我的大学

My Universities

（苏）高尔基 ◎ 著

乔舒言 ◎ 译

煤炭工业出版社

·北　京·

图书在版编目（CIP）数据

我的大学/（苏）高尔基著；乔舒言译．－－北京：
煤炭工业出版社，2018

ISBN 978－7－5020－6349－8

Ⅰ．①我… Ⅱ．①高… ②乔… Ⅲ．①长篇小说—苏
联 Ⅳ．①I512.45

中国版本图书馆 CIP 数据核字（2017）第 325389 号

我的大学

著　者	（苏）高尔基
译　者	乔舒言
责任编辑	刘少辉
封面设计	艺和天下

出版发行　煤炭工业出版社（北京市朝阳区芍药居 35 号　100029）
电　话　010－84657898（总编室）
　　　　010－64018321（发行部）　010－84657880（读者服务部）
电子信箱　cciph612@126.com
网　址　www.cciph.com.cn
印　刷　三河市天润建兴印务有限公司
经　销　全国新华书店

开　本　710mm×1000mm $^1/_{16}$　印张　29 $^1/_2$　字数　460 千字
版　次　2018 年 3 月第 1 版　2018 年 3 月第 1 次印刷
社内编号　9229　　　　　　　定价　42.00 元

前　言

　　高尔基（1868—1936），伟大的无产阶级作家，苏联文学的创始人。原名阿列克赛·马克西莫维奇·彼什科夫，出生于俄国伏尔加河畔的下诺夫戈罗德城（今高尔基城）。早年丧父，寄居在经营小染坊的外祖父家。11 岁开始独立谋生，其童年和少年时代是在旧社会的底层度过的。高尔基早年的经历在他著名的自传体三部曲中作了生动的记述。人间的苦难，生活的辛酸，磨练了他的斗志。他在繁重劳动之余，勤奋自学。对社会底层人民痛苦生活的体验和深切了解成为他创作中永不枯竭的源泉。1892 年，以马克西姆·高尔基这个笔名，发表了处女作《马卡尔·楚德拉》。1895 年发表浪漫主义短篇《伊则吉尔老婆子》和《鹰之歌》，以及描写流浪汉生活的代表作《切尔卡什》。1899 年，高尔基完成了第一部长篇小说《福马·高尔杰耶夫》。1901 年，高尔基因参加彼得堡的示威游行而被捕。著名散文诗《海燕》就是他参加这次示威游行后写的，他以这篇豪情洋溢的革命檄文，迎接了 20 世纪无产阶级的革命风暴。

　　1906 年，高尔基创作的代表作《母亲》发表了。在世界文学史上，它是一部划时代的巨著，开辟了无产阶级文学的新的历史时期。同年，在美国创作了描写工人暴动的剧本《敌人》，它是高尔基最优秀的剧作之一。1913 年高尔基创作了自传体三部曲的第一部《童年》；1916 年，发表自传体三部曲的第二部《在人间》；1922 年发表第三部《我的大学》。十月革命胜利后，1925 年发表长篇小说《阿尔达莫诺夫家的事业》。1925～1936 年写的长篇史诗《克里姆·萨姆金的一生》是高尔基的最后一部巨著，这部史诗是高尔基最杰出的艺术成就之一。高尔基开创了无产阶级文学的新纪元，被列宁称为"无产阶级艺术的最杰出的代表"。

《我的大学》是高尔基著名的自传体三部曲的第三部，是一部有着深刻教育意义和巨大艺术魅力的作品。小说叙述了十六岁的主人公怀着上大学的愿望，告别了年迈的外祖母，从下诺夫哥罗德来到了伏尔加河岸的喀山市。到了喀山，主人公就清楚地看到，严酷的现实生活使他上大学的美好愿望顿时化为泡影，因为他必须直面人生，必须首先为生存而受雇去干活。于是喀山的贫民窟、穷街陋巷和轮船码头变成了他踏上人生之路的头一所社会大学。作者力图以自己的生活经历和感受为主线，塑造出一个努力探索生活的意义、寻找新的生活道路、内心充满了激烈冲突的人物。情节富于传奇和童话色彩，人物具有特异的精神力量。而绘声绘色的景物描写与色彩斑斓的语言，则造成了激情洋溢的艺术效果和一种歌唱般的语言风格。本书写于高尔基创作完全成熟的时期，是他艺术遗产中最优秀的部分之一。

　　在《我的大学》里，高尔基用自己的笔触反映了当时俄国知识分子的生活和民粹派反抗沙皇统治的活动，展示了这一时期俄国知识分子的思想状况。在高尔基的自传小说中，我们看到青少年时期的高尔基就已经对俄国的丑恶现实十分憎恶，一直努力探索生活的道路。他曾经幻想自己做一个强盗，劫富济贫或者用祈祷上帝的方式来改善人们的生活，但当时他还很年轻，当然这只是天真幼稚的幻想。在大量的批判现实主义作品中，他也未能找到曾苦苦思索的"我该怎么办"的问题的解答。当接触了许多具有革命情绪的知识分子，高尔基又想从他们那里找到新的生活道路。本书以其现实主义写实风格和热情勇敢的生活态度征服了全世界无数读者的心。它问世之后产生了广泛的影响，鼓舞着无数渴望光明和知识的年轻人勇敢前进。几代人都是读着这本书一步步成长，最后迈入了大学的门槛，而"苦难是一所大学""人是在不断反抗周围的环境中锻炼出来的"这几句话已经成为许多有志者的座右铭，激励着人们无论在什么样的困境中都不放弃对美好生活和理想的追求。

编　者

目　录

我的大学

于是，我动身前往喀山，最起码是跨出了读大学的头一步。

一个名叫尼古拉·叶夫列伊诺夫的预科生使我起了读大学的念头——他是个可爱的小伙子，相貌英俊，一双如同女人般柔媚的眼睛。那个时候他居住在和我同一栋房子的阁楼上，时常碰见我夹着书本，便愈想与我结识，时间不长他便使我坚信，在我的身上具有"从事学术的天赋"。

"您生来就是为了未来科学。"他断言，一面潇洒地将他的长发一甩。

当时我还不知道，就连一只豚鼠也能对未来科学做出贡献；不过叶夫列伊诺夫却煞费苦心地向我表明，大学中匮乏的恰恰是像我这样的家伙。当然，他和我回顾起米哈伊尔·罗蒙诺索夫来作为论证。叶夫列伊诺夫还说，到了喀山以后，我能暂住在他家，用一个秋冬的时间完成预科课程，接着去随便参加"几场"考试——他就是这么说的："几场"；然后大学就会发给我奖学金。再过差不多五年的时间，我就会成为一名"学者"了。所有的一切都显得那么简单，可叶夫列伊诺夫那时终究才十九岁，怀着一付热心肠。

他终考后便回家了。差不多两周之后，我也随之启程。临别时，外祖母叮嘱我："你可不要再与外人耍脾气了。你总是闹脾气，对人总那么严厉苛求。这种脾气都是跟你外祖父学的。然而——你看看他，你的外祖父又怎么样啦？可怜的老头儿，活了多半辈子，结果却老成了个傻瓜。你千万得记着：上帝不责备他人，魔鬼才喜欢干那种事儿！唉，再见吧——"

她一面揩掉她晦暗松弛面颊上的几颗泪珠，一面对我说："将来咱们恐怕见不着了。你的心跑野了，越跑越远，可我却行将入土。"近来一段时间，我经常离开亲爱的外祖母，很难与她见上一面。此刻我心头忽然感到非常难受，我将来兴许再也看不到这位骨肉相亲的人，当真要与我分别了。

到了船上，我在船尾始终看着她。她立在码头边在胸前画着十字，另外一只手拿破旧的披巾角揩拭着她的面颊，揩拭着她那闪烁无限慈祥的黑色的眼睛。

我终于抵达那个半鞑靼化的城市。到了一座小山脚下狭窄荒僻的街道，我在一间小平房的陋室中落了脚。平房的一面朝向一块到处长满了茂密杂草的空地——那是一片遭火灾后的废墟。在苦艾、牛蒡和马蓼的草丛深处，在灌木丛的环绕当中，隐约矗立着一大堆倒塌的建筑废墟。废墟底下有个大地窖，一群流浪狗就住在里面，或死在里面。我一辈子都记得那个地窖，它是我所读大学中碰见的头一所大学。

在叶夫列伊诺夫的家——母亲和两个儿子仅仅靠着少得可怜的养老抚恤金过活。我刚到他们家的头几天，经常看到身材矮小、面无血色的寡妇从市场回来，将买来的的物品放到厨房的桌子上面，开始苦思冥想着这道难题：怎样用这几块非常小的下脚肉做出一顿丰盛美味的佳肴，来喂饱三个身强体壮的男孩子——这还没包括她自己。

她沉默寡言，一对灰色的眼睛中却蕴藉着温柔和无奈的固执，像一匹精疲力竭的驾辕老马，它沿着山坡向上拉车，明知无力到达，却仍旧拼命朝上拽！

来到叶夫列伊诺夫家三四天后的一个早晨，我去厨间帮她洗蔬菜。她的两个儿子此刻还在酣梦中。她小心翼翼地轻声问我："您来这里做什么？"

"读书，上大学。"

只见她的眉梢慢慢向上一挑，前额菜色的皮肤也跟着起了皱纹。她手里的刀掉了，划伤了她的指头。她用嘴吸吮着伤处，跌坐在椅子里，然而又马上蹦起来，说道："啊，真是活见鬼！"

她拿手绢包扎好手指头以后，夸赞道：

"土豆皮您倒是削得不错。"

我自己当然知道削得不错！我对她讲起过去在轮船上帮厨的事儿来。她问道："您觉得仅凭这点儿本事就可以上大学么？"

当时我还不明白什么是诙谐嘲讽。我对她的问题非常当真，立即对她讲起我的周密打算，同时妄下结论说，学术殿堂的大门对我是敞开的。

她叹着气埋怨道：

"唉，尼古拉，这个尼古拉呀！"

正好这时尼古拉走进厨房洗漱——他睡眼蒙眬，头发乱蓬蓬的，而且还是以往那副乐天派的模样

"妈妈，吃顿肉饼该多好。"他说。

"行，那就吃吧。"母亲同意了。

为了急于展示一下在烹饪方面的特长，我说做馅饼这肉的肉质不够好，此外，也太少了点儿。

这几句话惹得瓦尔瓦拉·伊万诺芙娜即刻大动肝火。她着实不客气地数落了我几句，弄得我满面赧赤，耳根子发烧。她将洗好了的一捆胡萝卜扔到桌上，转身离开了厨间。尼古拉朝着我挤挤眼，对母亲的言行解释道："耍脾气呢。"他大模大样地坐在长凳上，和我说女人通常就比男人更神经质，她们生性就是这样，并说仿佛瑞士有个颇有名望的科学家无庸置疑地证实过这一点，有个叫约翰·斯图亚特·穆勒的英国人也曾探讨过这一课题。

尼古拉非常乐意开导我，一遇到合适的机会，便向我灌输那些在生活中不可或缺的教诲，缺少那些东西则难以存活。我如饥似渴地聆听他的教诲，以致后来居然将傅科、拉罗什富科与拉罗什雅克兰弄混了，把他们当成了同一个人，怎么也分不清到底是谁砍了谁的头：是拉瓦锡砍了迪穆里兹的头呢，还是正好相反，迪穆里兹砍了拉瓦锡的头。这个热心肠的小伙子一门心思要"开导我成才"。

他很有把握地承诺可以达到这一点。然而，他没有时间，也没有其他条件来按部就班地指导我。年轻人那种自我与少虑的盲目性，让他看不到母亲是在如何含辛茹苦、精疲力竭地操持家务。同时，他那个迟钝寡言的还在上学的弟弟更留意不到这一点。

然而我很早便发现了这里的厨房技艺和经济调配的奥秘。我清楚地感到这位母亲做饭菜的煞费苦心，每天既要养活自己的两个儿子，还得喂饱我这个其貌不扬、举止粗俗的流浪儿的肚子。不用说，我咽下的每一小块

面包，都如同一块沉重的石头压住我的良心。我准备出去找点儿活儿做。

我每天一大早便躲出去，确信饭点过去之前一直呆在外面；碰上刮风下雨，我便待在那个偏僻的火灾废墟下的地窖里。在那儿，我坐在死猫死狗当中，嗅着动物尸骸的腐臭，聆听外面瓢泼大雨的哗哗声与狂风的怒吼。我顿时恍然大悟，上大学仅仅是个空幻的梦想而已，当初我倒不如跑到波斯去还好点儿。

接着我将自己想象成一名老魔法师，可以使每一粒小麦和黑麦都能长得像苹果那么大，每个土豆都会长到一普特（俄国 16—17 世纪主要重量单位。1 普特约 16.38 千克）重——不管怎么说，为这片沃土普施恩惠，这片土地上受苦受难的也并非唯有我一个人。

我沉湎于进行伟大的冒险与建功立业之中。在生活艰难困苦的时期，这样的想象给予我莫大的帮助，由于这种苦难的日子非常漫长——我便愈加沉浸在幻想之中。我根本就不期待外界的帮助，也并不指望偶然的好运降临，然而我逐渐磨炼出坚忍的意志。生活的条件愈艰苦，我便感到自己变得愈坚强，甚至可以使智慧得以增长。我从小就明白，人是在与其所处的外部环境不停抗争中成长的。

为了填饱肚子，我时常去伏尔加河边的码头上干活，在那里赚个十五到二十个戈比（俄罗斯等国的辅助货币）也并非什么难事。在这里，与搬运工、流浪汉、窃贼为伍，我感到自己好像是一块投进熊熊炉火里的铁块，每天都会留下紧张炽烈的印象。

在这儿，那些坦率鲁莽与生性粗野的人群，总在我眼前走马灯似的消遣娱乐——我喜欢他们此种对生活的怨恨，也喜欢他们对世间全部的一切都持着敢爱敢恨的潇洒人生态度和对自己的毫不在乎。因为以前的各种经历，我不自觉地和这些人亲近起来，并迫不及待地想加入这伙放荡不羁的人群里去。而且再加上我曾经读过的布雷特·哈特的作品与另外一些"低级趣味"的小说，愈加增强我对这群人的可怜。

以前是师范学院学生而眼下专以盗窃为生的巴什金，是个饱经风霜、害了肺痨的人。他显得非常机智地对我说："你干吗始终像个娘儿们似的胆小怕事，畏缩羞涩，难道害怕别人损害你的名誉吗？名誉对一个娘儿们来讲，永远都是资本；但是对你来讲，只是一具枷锁。一头牛之所以老实，是因为它只配吃干草！"

巴什金长着一头棕发，脸刮得光光亮亮，活脱脱一个准备登台的戏子，矮小的身体移动起来如同猫一般轻柔与灵活。他始终以导师与保护人的身份自居。我也能够看出，他从内心深处希望能够为我指点迷津，并在一生当中干出点儿什么名堂来。他机智过人，看过很多好书，他最爱看的书是《基督山恩仇记》。

"这本书中不仅有人生追求的目标，还有恒心。"他说。

他有酷好女人的癖瘾，聊起女人就意醉神迷，呲牙咧嘴，那孱弱的身躯还会出现阵阵痉挛。这种痉挛是那么别扭，像是某种生理病态。但是我仍旧聚精会神地听他讲，并感到他说得非常动听。

"女人啊，女人！"他咏叹道，蜡黄的脸上泛起了红晕，乌黑的眼珠闪烁出狂热，"为了女人，我什么都能豁得出去。跟魔鬼一个样儿，女人压根就没有罪恶感！在爱海中生存——没有比那更美的事儿了！"

他具有讲述故事的天赋。不费吹灰之力，他就能为妓女们编不少有关红颜薄命或情天恨海的小曲儿。他所编的小曲儿在伏尔加河沿岸所有城镇纷纷传唱。

下边便是他编的流传很广的小调之一：

> 小妞貌丑又没钱，
> 衣裳褴褛又破烂，
> 有谁愿娶她为妻？
> 相伴怪物度残年！

我有个行踪诡异的朋友名叫特鲁索夫。此人相貌堂堂，衣着考究，手指像器乐演奏家般纤细而修长。他在舰场区有一间小店铺，上面挂有"钟表修理"的牌子，可事实上干的却是销赃的勾当。"彼什科夫，你可别去学鸡鸣狗盗的事情！"他一面很正经地捋捋自己的灰白胡子，眯缝起一对儿粗莽狡黠的眼睛，一面冲着我说。"那不是你该走的道，我看得出来。你是高档次那类人。"

"你说的高档次那类人是什么意思？"

"哦，就是那些没有嫉妒心的人——仅有好奇心而已。"那句话对我来说并不够贴切，其实我经常对好些事儿怀有嫉妒心。比如说，我对巴什金的语言表达天赋就非常嫉妒——他富有创意和诗韵的语调、他绘声绘色的叙述以及他曲折的表述方式。记得他讲一个爱情故事的时候，开始便如此描述："在漆黑的夜色里，我如同一只待在树洞中的猫头鹰那样，蜷缩在荒僻小城斯维亚日什克的一家客栈中。但是外面正值深秋十月，细雨连绵，金风萧瑟，就像一位备受屈辱的鞑靼人在拖长嗓音倾诉着自己的哀怨——呜呜的永无休止……

"……然而正在此时此刻，她来了，是那么轻盈、娇艳，好像旭日初升时的云朵，她的眼神却流露出那伪饰的天真烂漫。'亲爱的，'她用极为真诚的嗓音说，'我没有什么对不起你的。'我明知她在撒谎，然而——却宁愿相信这是真情！我凭头脑的理智确信一切都是谎言，而我的内心却无论如何都无法相信她会伪装。"

他讲故事时半合着双眼，身体有节奏地不停摇摆，还常常用手按住自己的胸膛。

他的嗓音有些暗哑，并没有什么特色，然而一字一句清晰感人，仿佛夜莺在歌唱。

我还嫉妒过特鲁索夫。他说起西伯利亚、希瓦、布哈拉等地的故事，技巧非常娴熟，兴味盎然，对主教们的生活肆意嘲讽。有一回他竟然偷偷地说起沙皇亚历山大三世来："这个沙皇可真称得上是位圣明之君！"

小说里经常有那么一类"恶人"，读者看到小说的结尾处，他们就会出乎意料地变为品德高尚的英雄。我觉得特鲁索夫便是那类人。

　　有时在炎热的夜晚，大伙儿就渡过喀山河，到彼岸的草地或小树林中去，在那里一面吃喝，一面倾诉各人的心事，然而大部分谈的是困苦的生活呀，人和人之间奇异的纠纷呀，最热门的话题是女人。聊起女人来，他们始终是充满了怨恨，充满了忧伤，有的时候聊得令人感动，并且差不多一直是流露出那么一种心情，好像要在星光黯淡的黑魆魆的夜空之下看穿这充满人生意想不到的满是蛇蝎的黑暗世界。

　　我和他们在树林茂盛的、炎热的洼地中共住了两三次。这儿因为靠近伏尔加河，潮气非常大，黑暗里船上的每一盏桅灯的灯火，就如同金灿灿的蜘蛛在夜幕中移动。在漆黑陡峭的河岸上，闪烁着一簇簇、一串串的灯火，这是富裕的乌斯隆村的小酒馆与住宅中透出的亮光。轮船的外轮片隆隆地拍击着河水，轮船上的水手们在狼嗥一般拼命嚷叫，不知道什么地方有人用锤子在敲击船帮，传来拉长声调的凄厉的歌声——不知道什么人在排遣心中的忧伤——不知不觉给人们的心里凭添一份哀绪。

　　听见这些人们悄悄谈话——他们在思索怎样应对艰难的生活，倾诉着自己的心事，几乎谁也顾不上听谁的，更使人愁上加愁。大家在灌木丛里或坐或躺，吸着烟卷，有时并不贪喝地来上一口伏特加或是啤酒，接着他们便陷入了沉思，回想起自己难以忘却的往事。

　　"看，我过去遇见过这样一档事儿。"黑夜中一个伏在地上的人说。

　　听完故事结尾后，大伙儿异口同声地说：

　　"不错，还经常有类似的事儿。类似的事情会发生的。"

　　"以前有""如今还有""从前常有"，听了这些话，我心中仿佛感到今晚他们已经走到了人生的终点，所有的一切都已经历过了，将来不会再有任何新鲜的事物了！

　　这样的想法让我故意疏远巴什金与特鲁索夫，然而我仍旧喜欢他们两个，并且从我的生活历程来说，倘若我走他们的生活之路，那是非常顺理成章的。想追求社会上层的生活与进大学念书的理想遇到挫折，又让我去更加接近他们。在忍受饥饿、憋气与烦恼的时候，我感到自己完全有能力可以干点触犯"神圣的私有制"的勾当，并且能干其他的犯法行为。可是，年轻时代的崇高理想不允许我偏离我应该走的光明大道。

当时除去人道主义的布雷特·哈特的书籍与低级趣味的小说以外，我还读过很多内容正经的书——这些书激起我对某种尽管不太清晰，然而比我所看到过的一切更有价值的美好的前程。

在那同时，我又认识几个新朋友，也得到一些全新的印象。当时预科生经常到叶夫列伊诺夫家旁边的那片空地上玩一种击木游戏，其中有个名为古里·普列特尼奥夫的学生让我特别着迷。

那个小伙子长得像日本人，皮肤略黑，头发蓝黑蓝黑的，脸上满是极小的雀斑，仿佛抹过火药一般。他始终非常乐观，玩游戏机智灵巧，和人交谈幽默俏皮，他的身上蕴含着种种才能。他同几乎一切俄罗斯许多有天赋的人一样，就靠这样的生活，也不想去发展与提高这样的天赋。

他听力敏锐，对音乐有着出众的鉴赏力，并且喜爱音乐，还可以熟练地弹奏古斯里、三弦、手风琴，然而不去尝试深究更高级、演奏起来更困难的乐器。他非常贫穷，衣衫破烂，但是他那皱褶的旧衬衣、到处挂补丁的裤子，还有底儿磨出小洞的靴子，却和他的豪放不羁的性格、强健的敏捷动作与大刀阔斧的气质相契合。

如今他如同一位久患重症、刚刚由病床上爬起来的人，或是如同一个昨日刚从狱中获释的囚徒，对生活里的一切都非常感兴趣，都觉得赏心悦目，一切都让他感到非常惬意，他经常如同点燃的花炮一般跳来跳去。

得知我处境窘迫，生活没有依靠，他便劝我和他一块儿住，并能够为当个乡村教师做准备。接着我就住到"马鲁索夫卡"这个怪异但非常热闹的贫民窟来了，也许不止一代的喀山大学生都清楚这个所在。事实上这是一座坐落于雷布诺里亚德斯卡亚大街上的破烂不堪的大房子，仿佛它是由饥饿的大学生、妓女，还有那群受尽折磨而失去形态的穷鬼们从房主手里抢来的。普列特尼奥夫睡在走廊中那通往阁楼的楼梯下面。

他那儿放有一张轻便床，而在走廊另一头的窗口摆有一张桌子与一把椅子，这便是他的一切家当。走廊通着三个房间，两个房间内有妓女居住，第三个房间中住着一个得肺痨的师范学校数学系的学生。他高大并且瘦削，样子非常可怕，全身长满火红色的坚硬毛发，肮脏的破衣服几乎不能遮羞；由肮脏破衣的破洞中十分骇人地露出青乎乎的皮肤与非常瘦弱的肋骨。

他好像总是咬手指甲，将手指甲都咬破了。他没黑夜没白天地画着什么，算着什么，不住地吭吭地咳嗽。妓女们觉得他是个疯子，都非常怕他，然而出于同情之心，经常将面包、茶叶与方糖悄悄地放到他的门前。他看到了，从地上拾起这些东西，一古脑儿地搬回自己的屋里去，如同一匹累坏了的马一般呼呼地直喘粗气。倘若她们忘记了，或是因为什么原因没给他送吃的来，他就打开房门，就会听到走廊里传来他沙哑地喊叫："面包！"

他那两只深陷在发黑的眼窝中的黑眼睛，经常闪烁着狂躁高傲的神情，觉得自己非常了不起。有的时候会有一个身材矮小的驼子来找他，这驼子拐着一条腿，在肥笨的鼻子上架有一副深度近视眼镜，头发花白，一张阉人一般冷淡的黄脸上经常凝着狡黠的笑容。接着他们牢牢关起房门，连续几个钟头默不作声地呆坐着，气氛显得非常宁静。然而有一天夜里，这位数学系的学生嘶哑、气愤的吼叫声将我惊醒了。"噢，依我看，这里分明就是监牢！几乎像个牢笼！不错！是个耗子笼，不错！是个监牢！"

然后驼子发出尖锐刺耳的嘻嘻笑声，不停地重复说着一句让人无法理解的话，然而这个数学系的学生已经怒不可遏了："见你的鬼！给我滚！"

他可怜的客人急忙滚出房门，一面咕哝着，尖声咒骂着，一面用宽大破旧的斗篷裹住残疾的身子。这时候又瘦又高、脸色让人害怕的数学系学生站在门前，一只手的手指插进蓬乱的头发中，嘶哑的喉咙里说着："欧几里得是个地地道道的大傻瓜！大笨蛋！我能够说，上帝比这个希腊鬼更机智！"

说完以后，他砰地一下用力将门关上，震得房间中不知什么东西哐啷一声掉在地上。

此后没有多长时间，我知道了这个人原准备用数学来证明上帝确实存在，然而他还没有时间证明，就离开了人世。

普列特尼奥夫在一家印刷厂做报纸夜校工作，每个晚上可以赚十一戈比。倘若我没有时间外出干活儿赚点儿钱的话，那我们两个每天仅可以买四俄磅（俄制重量单位，1 俄磅约为 409. 512 克）面包、两戈比的茶与三戈比的方糖来填肚子。我没有很多的时间去找活干——我还要参加考试。

我需要花费好大的力气来学习各类科目，那种难以解释、必须死记硬背的古老呆板的语法格式，特别让我感到恼火，我根本就不会用老百姓那种生动活泼、机巧但非常富有表现力的俄语来替代古老生硬的语法。好在我很快就明白，我学这门课程还操之过急，即便我现在顺利通过乡村教师的资格考试，因为年龄太小，我同样不能得到那个位置。

普列特尼奥夫与我睡在一张单人床上，我晚上睡，他白天睡。每次早晨他干完一整夜的工作而精疲力竭，带着更加乌黑的面色与红肿的双眼回来时，我立即奔到小酒馆去打开水——茶炊我们当然不会有。接着我们坐在窗口吃早餐，边吃面包边喝茶。古里常给我说报上的新闻，读署名"红色骨牌"的酒鬼专栏作家让人发笑的打油诗。

古里对生活那种玩世不恭的态度让我始终弄不明白，我仿佛感到他对人生的态度，就与那个倒卖女人旧衣服与兼做拉皮条买卖的肥头大耳的婆娘加尔基娜没什么不同。

古里就是从这个婆娘那儿租到楼梯底下的那个休息之地的。然而他没钱付"房"租，仅能以给她讲讲笑话，拉拉手风琴，还有唱几支悦耳动人的歌当作租金。每当他歌唱的时候，他的眼睛里就会闪烁着嘲笑的冷漠光芒。加尔基娜婆娘年轻的时候曾是歌剧院的合唱歌手，对歌曲非常精通，经常被感动得热泪盈眶，一串串的泪珠扑簌簌地从她那不知羞耻的眼睛中滚落到这个贪喝贪吃的女人那醉得发肿的脸颊上，接着她伸出粗大的手指拭去两颊上的泪珠，之后用一块脏乎乎的小手帕慢慢悠悠地擦手指。

"啊，古里，古里，"她连声赞叹道，"您确实是个真正的歌唱家啊！倘若您长得再漂亮点儿，我能够让您走运！你知道，我已经介绍过多少个年轻小伙子去找那些独守空房、内心孤独的女人消遣呢！"

有一位这样的"年轻小伙子"就居住于我们头顶上面的阁楼中。他是个大学生，皮匠的儿子，中等个，宽宽的胸脯，下身非常瘦弱，整个身子看起来仿佛一个倒放的三角形，然而下方这个锐角略微折窄了一点——这个大学生的一双脚非常小，如同女人的脚一般；并且他那紧缩在两个肩膀中的脑袋也非常小，上面覆盖着一层如同鬃毛般的火红头发，一张毫无生机、没有血色的忧郁的脸上鼓出来一对绿色的眼睛。

这个大学生真有点儿叛逆精神，他因为违背父亲的命令，落得如同一条丧家狗一般在外饥寒交迫，后来费了好大劲儿，花了好长时间才从普通中学毕业，后来好容易进入大学读书。然后他发觉自己有副好嗓子，可以唱低沉、圆润的男低音，接着又准备专攻唱歌了。

由于这个原因，加尔基娜才来找他，介绍他去陪伴一名差不多四十来岁的富商太太。这个太太有个儿子，正在读大学三年级，她还有个女儿，差不多也快中学毕业了。商人太太身体瘦削、胸部扁平，身子直挺挺的，如同一个士兵，没有一点儿女性魅力。她的脸仿佛禁欲的修女一样冷漠，两只灰色的大眼睛凹陷在黑眼窝里。她经常穿着一件黑颜色的连衣裙，脑袋上戴着旧式丝巾，两旁的耳垂上挂着镶嵌有绿得耀眼的宝石耳环。

这名女人经常在夜晚或一大早来找这个大学生，我曾不止一回地看到，她动作非常敏捷地跳进大门，然后迈着坚定的脚步往院子走去。她的脸看起来十分吓人，嘴唇抿得非常紧，几乎看不到，眼珠倒是全瞪了出来，用命里注定要遭受痛苦的慌张神情看着前方，叫人感到她是个睁眼瞎。尽管不能说她相貌丑陋，然而从她身上能够清晰地觉察出一种紧张的心情，这样的紧张心态仿佛将她的身体拉长了，成了畸形，脸庞紧绷，非常怪异。

"看，"普列特尼奥夫说道，"确实是个疯子！"

大学生十分讨厌她，躲着不见，但是她如同一个不留情面的讨债鬼与歹毒的密探，时刻盯着他不肯放开。

"我确实是个无耻的人呀，"有一回大学生带些醉意，后悔地说道，"我为什么要学唱歌呢？就我这副德行，谁都不可能叫我登台演唱，这绝不可能！"

"那就和那个女人吹了吧！"普列特尼奥夫劝导他说。

"唉，然而我又同情她！我简直受不了她，但是又同情她！倘若你们能知道她是怎样盯着我的就行了，哦……"

我们已经明白了，由于一天晚上，这个富商的太太站在楼梯上，用沉重、颤抖的嗓音乞求大学生说："看在基督的名义上……我的心肝儿！噢，看在上帝的份上！"

这位富商太太是家大工厂的老板，拥有万贯家资。她曾为产科进修班捐了一笔巨款，然而她那日却如同一个乞丐，乞求大学生的爱情。

喝完茶以后，普列特尼奥夫便倒下睡觉了，我去外面寻找活儿干，等天一黑我回到家，那时他又必须去印刷厂干活了。倘若我运气好带回来面包与香肠，或是什么煮"下水"，我们两个就对半分，他拿着自己的一半。

在独自一个人闲着时，我就在马鲁索夫卡这个贫民窟的走廊与每个角落来回巡视，看看我的新邻居们是如何生活的。在这座大屋子中大家住得非常拥挤，简直如同一窝蚂蚁。里面散发着阵阵冲鼻的酸腐气，旮旮旯旯中看起来阴森可怕，仿佛隐藏着与人类敌对的仇恨。这里从清早到深夜一直都没有过片刻的安宁，缝纫女工们的缝纫机不住地发出嗒嗒的响声，轻歌剧班子的女歌手在吊嗓儿，那位大学生低沉地练着音阶，一个疯疯癫癫的酒鬼戏子正高声地朗读台词，喝得醉醺醺的妓女们大呼小叫地狂喊……看到这所有的一切，我的心中自然产生一个难以解释的疑问："他们做的这所有一切到底是因为什么呢？"

在一帮经常饥一顿饱一顿的年轻人中间，有一个早已秃顶、长有一圈红头发、颧骨突出的人。他挺着大肚子，两条腿非常细弱，一张笨嘴唇中包着一口如同马牙一般的大牙——因为这一口大马牙，大伙儿给他起了一个外号叫"红毛驽马"。他经常在那儿无所事事、游荡闲聊。他和自己的亲戚，辛比尔斯克的那帮商人，打了三年官司，遇到人便声称："我豁出命去也不叫他们好过——必须要折腾得他们完全倾家荡产不可！让他们去要饭，过上三年乞丐生活。在这以后，我才将打官司赢来的所有东西全部还给他们，并对他们说：'怎么样，你们这帮狗奴才们？这回还敢和我较量吗？'"

"驽马，这便是你人生的目标么？"其他人这样问他。

"我就是这么一门心思地追求这个目标。除此之外，我是什么事情都不去做！"

他每天十分繁忙，除了在区法院穿行，就是跑高等法院，或是去找自己委托的律师。一到夜晚，他经常坐着马车拉回来大包小包吃的喝的东西，接着在自己那间天花板将要坠落、地板将要塌陷的肮脏屋子内热热闹闹地举行晚宴，将大学生们、缝衣女工们，还有凡是希望来吃一顿饱饭与喝几口的人都请来。红毛驽马本人只喝朗姆酒，这样的酒不管溅到桌布上、衣服上还是地板上都会留下洗不去的深褐色斑点。喝醉以后，他就嚎叫起来："你们都是我可爱的小鸟啊！我爱你们，你们都是一些好人！但是我是一个恶棍，一条吃人的鳄——鱼，我想要吃掉我的那些亲戚，一口吃掉他们！真的！我无论如何也不叫他们好过，然而……"

喝醉了的驽马仿佛受了委屈似的眨巴着双眼，一面叫喊一面流下泪来。变得难看的高颧骨的脸上到处都是泪水。他习惯的动作就是用自己的手掌抹抹眼泪，往膝盖上擦擦——所以他那肥大的裤腿上始终都是油迹斑斑。

"你们过的是怎样的日子啊？"他高声喊道。"经常是忍饥挨饿，经常是挨冻，衣衫破旧不堪——难道人就应该如此活着吗？凭什么你们要过这样的生活？噢，倘若皇帝知晓了你们是如何生活的……"说着，他从衣袋中抓出一大把五颜六色的纸币，高声说："弟兄们，有谁需要钱？随便拿吧!"

那些女歌手与缝纫女工蜂拥而至纷纷要从他那毛茸茸的手中夺过钱来,此刻他却放声大笑,说道: "这钱并非给你们的! 是给那帮大学生的。"

然而那些大学生不拿他的钱。

"叫你的臭钱见鬼去吧!"皮匠的儿子满腔怒火地吼着。

一日他喝得醉醺醺的,手里捏着一大把揉成一团的十卢布(俄罗斯货币单位,1 卢布等于 100 戈比)票面的钞票来到普列特尼奥夫这儿。他将钞票朝着桌上一扔,说道: "看,这些钱你要吗? 我可是不要了……"然后他一斜身往我们的床上一倒,高声吼叫,嚎啕大哭,致使我们必须向他嘴里灌水,向他脑袋上浇凉水,叫他醒醒酒。待他昏昏沉沉进入梦乡以后,普列特尼奥夫试着将这些钞票展开,然而不行,由于这钱抓得太狠了,必须先将它们用水润湿,才可以一张一张揭开。

这个大贫民窟的几扇窗户全正对着隔壁屋子那面石砌的墙,看起来压抑而又憋闷,这时候是乌烟瘴气,到处都是肮脏不堪,一片嘈杂声,非常令人心烦。驽马叫得最欢。

我问他说:"你为什么住这里,而不去住旅馆呢?"

"我的小兄弟,因为要图个心情痛快! 与你们在一块儿,我可以体会到人间的温情。"皮匠的儿子表示同意:"说得不错,驽马! 我也有和你一样的感觉。倘若是我,还流落在其他的地方,恐怕早就废了。"这时候红毛驽马恳求普列特尼奥夫:"弹起你的琴! 唱吧……"古里将古斯里琴放在膝盖上,一边弹一边唱:

> 升起吧,快升起吧,
>
> 那灿烂明媚的朝阳,
>
> 用红晕将苍穹渲染……

他的歌声悠扬婉转，动人心弦。

屋子内逐渐安静下来，大家都沉浸在这如泣如诉的歌声和哀怨的琴声中了。

"唱得太棒了，伙计！"那个给富商太太做陪伴的可怜的大学生高声赞叹道。

在这座古老的大屋怪异的居住者当中，古里·普列特尼奥夫可以称得上是非常聪明的，他会营造快乐的气氛，生活中充当了仿佛神话故事中给人带来快乐的魔法师的角色。

他心胸非常开阔，生气勃勃，充满年轻人的热情，经常说一些十分幽默的笑话，唱些美妙动人的歌曲，尖锐地抨击社会上的旧俗与陋习，敢于揭穿生活里的不平等现象，为人们黯淡的生活添加了绚丽的色彩。

他只有二十岁，看起来好像还是个孩子，然而这个大家庭中的全部人都将他看成一个大人，拥戴他，信任他，在大伙儿碰见困难的时候可以给他们出些顶好的主意，并且总可以给他们实际的帮助。因此好人喜欢他，恶人害怕他，甚至连老警察尼基福里奇和他打招呼的时候也始终都是一张笑脸。

马鲁索夫卡大院坐落在那条到山上去的"通道"旁边，连接着雷布诺里亚德大街与老戈尔舍奇纳两条大街，在这条道的尽头，距我们的住宅大门很近的地方，在一个僻静的角落中孤零零地矗立着尼基福里奇的岗亭。

尼基福里奇是我们这条街上的警长，一个身材高大、身体瘦削的老头儿，胸前经常挂满奖章。他的脸看起来还算聪明，笑的时候倒也亲切，两只眼睛掩饰不住狡猾的神色。

他对这个人员复杂、一直都闹闹哄哄的大房子是十分重视的；他一日好几回全副武装地来这里巡视，在外面不紧不慢地转悠着，偶尔朝大屋的窗户看看，就仿佛动物园中的管理员在查看铁笼里的野兽一般。

就在这年冬天，在这座大房子的一个房间里，乔治十字勋章获得者与斯科别列夫带领的阿哈尔捷金远征的参加者、一只胳膊的军官斯米尔诺夫与士兵穆拉托夫遭到逮捕。除去他们两个，被捕的还有佐布宁、奥夫相金、格里戈里耶夫、克雷洛夫还有另外一个什么人。他们由于企图建立一个秘密印刷所，还有穆拉托夫与斯米尔诺夫在星期日的大白天到坐落在城中闹市的克柳奇尼科夫印刷所盗窃铅字这件事被逮捕的。

没过多久的一天夜晚，在我们大屋内居住的终日哭丧着脸的大高个儿，也就是我为他起了个外号是"活动钟楼"的那个人，也让宪兵给抓走了。次日清晨，古里知道了此事，愤怒地揪着自己的黑头发，冲着我说："看，马克西莫维奇，情况不是很好，你快点儿去跑一趟……"

他告诉我应该到哪里去，然后又加了一句："当心，一定要谨慎！或许那儿有密探……"这项秘密行动让我顿然兴奋不已，我好像一只疾飞的雨燕忽然飞进了舰船修造厂区。到了那儿，我进入一家昏暗的铜匠作坊，看到一个满头鬈发、有一对碧蓝眼睛的年轻人。他在焊一口带耳平底锅，看起来不像是个工人。在角落的老虎钳旁，有个低矮的、满脑袋白发用一根小皮带箍起来的老头儿，他正忙着打磨一只龙头。

我对这个铜匠说："你们这里有没有什么活儿做？"

小老头儿怒气冲天地回答说：

"我们有活儿做，但是你没有活儿做！"

那个年轻的工作者匆匆瞧了我一眼，然后又低下脑袋焊他的锅子。我把脚伸出来轻轻碰了一下他的脚，他立即瞪起，既惊诧又愠怒地看着我，一只手握着锅把，好像准备冲着我投过来。但是看到我在向他使眼色，他便心平气和地说道："先走吧，先走吧……"我再次向他递了个眼色，才走到门外，在外面停了下来；鬈发年轻人挺直身子，也跟着走了出来，一声不响地、直勾勾地看着我，一面点燃卷烟。

"您就是吉洪么？"

"对，不错！"

"彼得被抓了。"

他气愤地紧蹙双眉，上上下下打量我。

"哪位彼得被抓了?"

"身材高大的、仿佛教堂中的助祭那个。"

"就这件事吗?"

"没有其他的了。"

"彼得、教堂助祭还有其他等等和我有何关系?"铜匠问道,他这样反问的口气让我彻底明白,他并非铜匠铺里的工人。我跑回大屋子去,一路上为可以圆满完成任务而感到十分高兴。这是我第一次参与"秘密"活动。

古里·普列特尼奥夫和他们这些人非常接近,我请求他介绍我加入他们的圈子,但是他却回答:"老弟,你还小着呢!你必须先去好好读书。"一天,叶夫列伊诺夫引见我去认识一位做秘密工作的人物。这种碰面安排得非常缜密周全,不禁让我预感到一种非常沉重、紧张的气氛。

叶夫列伊诺夫带我朝城外,朝阿尔斯克田野走去,路上他始终提醒我,让我必须要谨慎小心,不要将这次碰面泄露出去,一定要保守秘密。到了那儿,叶夫列伊诺夫为我指着远方一个很小的灰蒙蒙的、在空旷的田野上慢悠悠走来的人影,注意地看了一下周围,扭头低声说:"看,就是他!跟在他身后走,待他停住脚步,你就向他走过去,冲着他说:'我是新来的。'"参加秘密行动总是使人觉得新鲜、刺激,然而这次我感到有点儿好笑:头顶是火辣辣的太阳,晴空万里,孤零零的一个人如同一根不起眼的小草在田野上深一脚浅一脚地走,其他的任何东西都看不见,就这些,没有别的。

直跟他到了墓地大门口,我才赶上他,此刻才看清楚他是个年轻人,脸儿瘦削,一双如同鸟儿一般溜圆的眼睛十分警觉。他身上穿着一件中学生的灰色大衣,然而铮亮的银灰纽扣都已掉光,钉上的全是骨制黑色纽扣,破旧的制帽上面还可以看到帽徽的印痕。总体上说,看起来他还是个孩子,却有一股郑重其事的味道——好像急于要证明自己已经是个彻底成熟的大人了。

　　我们在墓地中，在非常茂盛的灌木丛的荫影下坐了下来。他说话乏味而冷漠，脸绷得非常紧，他整个人由头至脚没有一点可以让我喜欢。他十分认真地问我念过什么书，然后提出让我参加他创建的小组，我表示赞成，接着我们的碰面便结束了。他先离开，边走边非常小心地严密观察着空旷无人的田野。

　　在这个小组中还有三四个年轻人，我是其中年龄最小的。在此以前我根本就没有读过约翰·斯图尔特·穆勒的著作及车尔尼雪夫斯基作的评注。我们在师范学院的学生米洛夫斯基的家里开会——他后来用叶列昂斯基这个笔名发表了一些短篇小说，写了非常厚的五卷后居然自杀身亡了——我碰见不少人都是如此没有来由地结束自己性命的！

　　米洛夫斯基是个不怎么说话、思维守旧、谈吐十分注意分寸的人。他居住在一个肮脏的屋子下面的地下室中，平日为了求得"身体和心灵"的平衡，也做点儿木匠活儿。同他待在一块儿叫人感到一点儿意思都没有，看穆勒的书也不能提起的兴趣。

　　这些经济学的理论我早已知道，而且已经是印象极为深刻，由于就我个人的生活经历来说，这些理论我一看就明白。我仿佛感到凡是为"外人"的幸福和快乐出过力的人都非常清楚这些理论，没有必要用艰深的词语来写上非常厚的一本书。在这到处都是鱼胶气味的地下室中，看着污浊的墙壁上来回爬着的小虫子，一坐就是两三个钟头，我觉得实在是太难为我了。

　　有一日，在平日集中的时刻，小组的辅导老师来晚了，我们觉得他一定不会来了，就跑出去买来一瓶伏特加、一些面包与黄瓜，准备小聚一次。

　　突然，地下室的窗口处蓦地闪过我们辅导老师的灰色裤腿；我们刚将伏特加藏入桌子下面，辅导老师就来到了我们面前，开始讲解车尔尼雪夫斯基的伟大论断。我们大伙儿都如同木头人一般，连动都不动地坐在那儿，时时害怕我们之中有人一伸腿将酒瓶碰翻了。但是，碰翻酒瓶的偏偏是辅导老师，他朝桌子下面瞥了一眼，一句话都没说。唉，这还不如那时就将我们狠狠斥责一顿呢！

他的默不作声，阴沉的脸色与那双气愤得略微眯缝起来的眼睛令我局促不安。我也斜着眼看了看我的伙伴们，个个满面通红，感到自己对辅导老师犯了大错并总有种负罪感，尽管说伏特加并非是我提出要买的。

这般听课让人感到非常无聊，我十分想到城外的鞑靼人居住区去，那里心地仁慈同时又和蔼可亲的人们过着一种非常纯朴的生活；他们说的是一口让人发笑的、发音不太纯正的俄语。每到黄昏，教士站在很高的清真寺塔楼上面用奇特的嗓音召唤大家去做晚祷。我心中琢磨着，鞑靼人过的彻底是另外一种生活，不会是如同我经常所体验与经常让我不快活的那种生活。

伏尔加河上劳动生活的热闹场面让我心驰神往，这种狂热的场面到现在都让我陶醉；我依然清晰地记得，我头一回感受到富有劳动热情的那一天。

一艘载满波斯货物的大驳船在喀山近处的水面上触礁，船底破了。码头装卸工搬运组的工人们领着我一块儿去卸船。当时正值九月天气，上游刮过来阵阵狂风，灰蒙蒙的河面上波涛滚滚，狂风猛烈地撕碎浪花，天空中下着冷丝丝的秋雨。装卸工搬运组差不多有五十来个人，他们身上披着粗席或是帆布，阴着脸坐在空驳船的甲板上面；一艘小拖轮不停地喘着粗气，朝风雨里喷吐着一团团通红的火星，在用力拽驳船。

夜已深了。仿佛铅一样阴沉的、下着小雨的天空逐渐黑了下来，低垂在河的上方。装卸工们又是叫又是喊、骂骂咧咧，一面骂着该死的风和雨，骂着自己的生活处境，一面在甲板上来回爬着，想避避风雨。我好像感到这些晕晕乎乎想要睡觉的人根本不像干活的，也无法拯救将要沉下去的货物。

快到深夜，小拖轮才拽着驳船驶到货船搁浅的地方，装卸工们将空驳船与碰礁搁浅的那艘货船系在一起。装卸组长是位狡猾并且凶狠的小老头儿，一脸麻子、长有一双鹰眼与一个鹰钩鼻子，爱说下流话。此刻他从秃脑袋上摘掉湿透的帽子，用婆娘一样的尖声嚷道："祈祷吧，伙计们！"

昏暗当中，装卸工们在驳船甲板上聚成一个黑团，如同一群熊一般狂叫起来。组长率先完成祈祷，于是就尖声尖气地喊道："快点上灯笼！喂，伙计们，看你们的了！用力干，我的孩子们！上帝祝福你们——现在开始吧！"

接着这些散兵败将、萎靡不振、全身湿透的人们立即变得生龙活虎。他们就像冲锋陷阵一般，纷纷纵身跳到那艘将要沉下去的货船的甲板上，跳入船舱中。然后那儿传来一片呐喊声、狂叫声，偶尔还夹杂着俏皮话。在我的前前后后、左左右右，一袋袋大米、一包包葡萄干、一捆捆皮革以及羊羔皮就像一只只绒毛枕头一样，轻轻地在飘来飘去，膀粗腰圆的身影在来回穿梭，不时地用吼叫、打呼哨、大肆谩骂来彼此鼓劲，挺起精神。简直让人无法相信，这些刚刚还在垂头丧气地埋怨生活，埋怨刮风下雨与天寒地冻，忍受无尽的折磨、愁眉不展的人们，此刻居然如此高高兴兴、手脚麻利地投入战斗了。此时雨越下越大，天气变得更冷，风也刮得比先前更猛了，偶尔吹卷起人们的衬衣，将下摆卷到脑袋上，肚皮都露出来了。在湿漉漉的黑暗里，在六盏灯笼非常微弱的灯火映射下，五十多个人影在跑来跑去，将货船的甲板踩得嗵嗵嗵直响。

他们干得非常卖劲，好像他们渴望这样的劳动，好像早就盼望可以享受这种抛着传递四普特重的米袋与扛货包赛跑的乐趣。他们干得酣畅、快活，如同儿童们在兴高采烈地做游戏一样，简直犹如搂抱女人一样让他们感到兴奋不已。

一名身材高大、满脸胡子、身上穿着一件紧腰长外衣的人，全身都湿漉漉、滑溜溜的——看上去他是货船的老板，否则就是货船的代理人——他忽然怂恿性地高声叫道："好小伙子们，干完以后，我奖你们喝一桶酒！拼命的小伙子们，两桶也可以！快点儿干哪！"

夜色中，立即从各个方向传来几个人沙哑的喊叫声：

"来三桶！"

"三桶不成问题！努力干吧，好好干吧！"

接着活儿干得就像狂飙突起，越发越热烈了。

我也跑去抱米袋，拖着扔给他们，接着又跑回来抱另一袋。一遍又一遍地重复干着，我感到自己与周围全部的人都不是在劳动，而是在狂欢；仿佛这些人真能够如此永生永世狂热地干下去，不知疲倦，一点儿都不疼惜自己；仿佛他们可以抓起城内的钟楼与清真寺塔，任意搬到哪里去都可以。

这天晚上，我体验到了前所未有的愉悦，从内心深处希望可以在这种疯疯癫癫、痛痛快快的干活气氛里过完一辈子。此刻船舷外波涛汹涌澎湃，大雨落在甲板上哗哗作响，河面上狂风依然呼啸。在黎明的薄雾里，这些半裸着身子、落汤鸡似的人快速地、不知疲倦地来回跑动着，高声喊着，哈哈笑着，显示着自己的力气与劳动成果。

此刻风吹开了大片厚厚的乌云，在蓝色的耀眼的天空中露出太阳粉红色的脸。这群快乐的苦力们一面抖动着可亲的脸上湿乎乎的胡子，一面迎着阳光一齐喊叫起来。看见这帮两条腿的"动物"干起活来如此机智灵活，如此忘我地投入，简直让人想要拥抱他们，与他们亲吻。

仿佛没有什么东西可以阻止得了那股由衷迸发出来的狂放的力量，这样的力量可以在世上创造奇迹，可以如同神话故事里所描绘的一样，一夜之内在整个世上盖起好多美丽的宫殿与城市。阳光非常吝啬地对人们的劳动仅仅露了一两分钟的脸，接着就再次被厚重的乌云遮住，湮没于云层里，就如同一个小孩掉进海中，完完全全被海水淹没了，此时又下起瓢泼大雨。

"停工吧！"不知道是谁喊道，人们立即气愤地叫道："是谁敢停工！"

就是这样，半赤裸的人们冒着倾盆大雨，顶着呼呼刮着的狂风，不知疲倦地一直干到次日下午两点，才将一船货物全部卸完。这种情形不自觉地让我顿然感悟人类世界可以爆发出多么强大的力量。然后他们返回小拖轮上，没过多长时间个个仿佛喝醉了一般躺下昏昏入睡了。等小拖轮靠上喀山码头，他们就犹如一道灰色泥流朝着岸边的沙滩蜂拥而去，跑到小酒馆里喝他们的三桶伏特加去了。

小贼巴什金也在那里，他看到了我，走到我的面前，看了我一会儿，问："你和他们做什么去了？"

我禁不住喜悦地将这回去干活的情形从头到尾地说给他听，谁知他听完以后叹了口气，一脸不屑地说道："真是大傻瓜。简直比傻瓜还傻，你确实像个白痴！"

说完以后，他吹着口哨，如同鱼儿游水一般晃动着身子，顺着一排排的酒桌之间窄小的过道离开了。这时候装卸工们正坐在桌子旁边热火朝天地大吃大喝，而角落里有人用男高音唱起了无耻小调：

> 嘿，夜半三更，不见五指，
> 有位太太钻进花园中，嘿！

此刻十来个嗓音一块儿发出震耳欲聋的吼叫声，并且用手掌敲打着桌子：

> 打更侠巡夜走过那里，
> 瞅见了绝妙的西洋景……

一时间大伙儿有放声大笑的，呼哨声、喊叫声响为一片，大伙儿用下流无耻的腔调胡说些世上不常见的污言秽语。

有个人引见我和小食品杂货铺的老板安德烈·杰连科夫认识，他的小铺坐落在一条荒凉小街道的尽头，靠着到处都是垃圾的河沟。

杰连科夫是一个手患肌肉萎缩症的人，相貌温和，留有银灰色的胡子，长着一双精明的眼睛。他拥有一个整个城里最好的图书室，藏着许多禁书与珍本，吸引着喀山许多学校的大学生与抱着进步思想的人来这儿借阅。

杰连科夫的小铺是一间非常矮小的披屋，紧挨着一个放高利贷的阉割派教徒的房子。小铺内的一扇门直通向大房间，房间中那一点微弱的亮光是从向天井开的窗子里透进来的。穿过这个房间，然后是非常窄的厨房。走过厨房，便是披屋与正屋之间的昏暗的过道，在过道的角落中有一个贮藏室，在贮藏室里就是一个非常隐秘的小图书室。图书室中一部分书是用钢笔抄写在非常厚的练习簿上面的——类似这样的书有拉夫洛夫的《历史信札》、车尔尼雪夫斯基的《怎么办》、皮萨列夫的文章，还有《饥饿沙皇》与《绝妙手段》等——如今这些手抄本全部都被翻烂了，书页也卷了。

我第一回来到食品杂货铺时，杰连科夫正在忙着招待顾客。他冲我点头向我示意那扇直通向大房间的门，我走进去一瞧：黯淡的屋角内有个小老头跪在地上虔诚地做祷告，他和谢拉菲姆·萨罗夫斯基的肖像非常相似。我看着眼前的这个小老头儿，感到有点不太舒服与反感。

大伙儿对我讲过杰连科夫是个"民粹主义者"，在我的想象里民粹主义者应该是革命者，不过革命者不应该信仰上帝。因此我感到这个虔诚的小老头在这间房屋中是没用的。

他做完祷告，认真地抚摩一下花白的头发与斑白的胡子，庄重地瞧了我一会儿，说道："我是安德烈的父亲。您是谁啊？怎么，原来是您啊？我还认为是哪位化了妆的大学生呢。"

"为什么大学生必须要化妆呢？"我问道。

"嗯，是呵，"小老头小声回答道，"无论你怎么乔装打扮，上帝都可以认出你来！"

然后他到厨房去了，我坐在窗口若有所思起来，忽然听见喊声："他往常就是这个样子啊！"

此刻看到厨房门口立着一位姑娘，她身上穿着白衣服，金黄色的头发剪得非常短，惨白浮肿的脸上挂着微笑，一双蓝眼睛熠熠发光。她的样子非常像廉价的石印油画上的小天使。

"您为什么如此战战兢兢的呢？难道我这样令人害怕吗？"她用柔声细气的发抖的声音说，同时扶着墙非常小心地、缓缓地向我移过来，仿佛她脚下踩的不是牢固的地板，而是架在空中的摇摆不定的钢丝绳。她连走路也不会，这种情形让她看起来更像一个来自其他世界的怪人。她全身颤抖，好像脚底扎进了万千支针，墙壁烫伤了她那两只孩童般胖乎乎的手，十指直直的僵得根本就动弹不得。

我一言不发地站在她跟前，感到一种从未有过的窘迫与怜悯之情。这个黯淡的屋子内一切都是异乎寻常的。

姑娘非常小心地在椅子上面坐了下来，仿佛害怕椅子随时会从她屁股下面飞出去一般。接着她十分坦诚地——一般没有人会如此做——对我说，她开始走路才第五天，而在此以前，她躺在床上休息了差不多三个月——她的手与脚都麻痹了。

"这是神经方面的一种疾病。"她满脸微笑地说道。

记得那时我非常想告诉她，她的这种症状还有其他的解释；对于总是倒在这样一个让人奇怪的房间中的姑娘来讲，仅仅说患的是神经方面的疾病，这听起来未免太简单了。她的房间里全部家什都非常胆小地依偎着墙壁，而在屋角的圣像跟前点着一盏分外明亮的长明灯，大饭桌的白桌布上面奇怪地晃动着长明灯铜吊链的黑影。

"我听到好些有关您的事情，接着就非常想来看看您到底是什么样的一个人。"她的嗓音如同小孩子一样尖细。

这姑娘用一种让人无法忍受的眼光看着我，我看到她的一双蓝眼睛中透出一种能穿透一切的神气。面对这么一位姑娘，我无法、也不会说什么了。接着我不得不默默无语，细看起墙上挂着的赫尔岑、达尔文与加里波第等人的肖像来。

这时候从食品杂货铺中跑出来一个年龄同我差不多的小伙子，长着一脑袋淡黄色的头发，眼中露出没有教养的神情。他用时断时续的嗓音高声叫道："你为什么要出来呀，玛丽娅？"然后便马上钻进厨房中。

"他是我弟弟阿列克谢，"姑娘说道，"我正在产科进修班学习，哎，如今却害了病。为什么您一句话也不说？您不好意思是吗？"

安德烈·杰连科夫将那条肌肉萎缩的手臂插在怀中，走了进来。他默不作声地用另外一只手抚摩了一阵妹妹那一脑袋柔软的头发，将头发弄得乱糟糟的，马上问我来要什么活儿？

不一会儿又走进来一个长着一脑袋火红色鬈发、身材均匀、有两只带些碧色的眼睛的小姑娘，她严肃地看了我一眼，抓住穿白衣服姑娘的手，说了句："好了，玛丽娅！"然后就扶她离开了。

这样称呼一位大姑娘的名字不太合适，显得过于粗俗，未免有点儿过份。

我也从食品杂货铺走到了外面，内心非常生气。第二日黄昏我再次来到那间怪房子里，试图搞清楚，他们是靠什么生活在这儿的？他们生活在这儿，确实让人感到奇怪。

那个温和可亲的小老头斯捷潘·伊万诺维奇面色惨白，白得如同透明一般。他坐在角落里看着，脸上微微露出笑容，翕动着发暗的嘴唇，好像在请求："你们不要来打扰我！"

他胆子很小，始终提心吊胆，一直都耽心会有什么大祸降临到自己的头上——他的内心世界我看得非常清楚。

安德烈一只手患有肌肉萎缩症，身上穿着一件胸前抹得到处都是油脂、沾满了如同树皮一般的硬面粉疙瘩的灰色短衫，斜着身体在屋子中蹀来蹀去，有些害羞地微笑着，仿佛一个由于顽皮而刚刚得到原谅的淘气小孩。二弟阿列克谢——一个既懒又笨拙的小伙子经常在铺子里帮他做买卖。

我的三弟伊万现在还在师范学院读书，平常在学生的宿舍中居住，只等到过年过节才回家一次；他身材矮小，打扮得挺精致，头发梳得光亮亮的，非常有老官吏的气质。得病的玛丽娅住在阁楼，她不怎么下来。她一来，我就感到不自在，好像身体被无形的绳索束缚住一样。

操持杰连科夫全家家务的是那个与阉割派教徒房东居住在一块儿的女人，她个子高大，身材瘦削，有一张如同木偶般的脸与两只凶狠的修女特有的冷酷眼睛。经常在这里转悠的还有她那长有一脑袋火红头发的女儿娜斯佳。当她那两只绿莹莹的眼睛看着男人时，她那个尖鼻子的鼻孔就会习惯性地抽动起来。

然而在杰连科夫家人的住宅中真正的主人却是一些喀山大学、神学院与兽医学院的大学生——一群喜欢吵吵闹闹的人，他们时时刻刻为俄国人民操心，总是为俄国的将来忧虑。

他们每当看见报上的有些文章，或是刚刚读到有些书里的观点，或是听见城内与大学里发生的不幸事件，总会非常激动，当天晚上就会从喀山各个角落跑到杰连科夫的小铺中来，展开激烈的讨论或是躲到屋角窃窃私语。他们经常是随身带着非常厚的书，一面用手指戳到某一页上，一面彼此高声嚷嚷，每个人都肯定自己喜欢的真理。

不用说，我对这些争辩简直是丈二金刚，按我看，在这种汹涌的空话里真理早已变得微不足道，就像穷人家的稀菜汤中漂着的一点儿油花一样。某些大学生不自觉地让我联想起伏尔加河沿岸教派信徒里的那些抱着经卷不放的老头儿，然而我知道，我在这儿所看到的大学生，他们都希望让生活变得十分美好，尽管他们的赤诚之心在空洞的评说之中打了折扣，然而到底没有全部淹没。

我很清楚他们希望解决的问题，那是我也感非常兴趣并且十分关注的问题的最终解决方案。我经常感到大学生们的话说出了我想说但没说的思想，因此我对他们的话差不多是欣喜若狂的，就如同一个囚犯刚刚得到自由那样。

大学生们看我，就仿佛木匠细看一块可以做出一件不同凡响的家什来的木料一般。

"天才。"他们经常这样将我介绍给对方，同时还带着一种很明显的骄傲自豪之气，就像流浪儿将在路上拾到的一枚五戈比铜板拿给其他人看一样。我不喜欢他们管我叫"天才""人民之子"——我倒感到自己是个被人遗弃的孤儿，偶尔来指导我念书的大学生让我感到烦闷，让我觉得非常痛苦。有一日，我在书铺的橱窗中看到一本连书名都看不明白的书《箴铭连璧》，我立即非常想看看这本书，接着我到一位神学院的大学生那里去借。

"看您！"这个将来的大主教，脑袋长得如同黑人、有一脑袋鬈发、嘴唇非常厚、咧着嘴的大学生嘲讽地对我说，"老弟，这简直是在瞎胡闹。给你什么书，就念什么书，而不适于你看的一类书，你就不要煞费苦心到处借着看了！"

这个大学生野蛮的训话大大伤害了我的自尊心。不用说，我后来买到了这本书。买书花的钱，有些是在码头上做工赚来的，有些是向安德烈·杰连科夫借的。这是我有生以来所买的头一本像回事儿的书，这本书现在我还保存着呢。

不管怎么说，这些大学生对待我是非常严格的。比如说，有一回我读了《社会科学入门》，好像感到作者过于夸大了游牧部落在安排文化生活当中具有的影响，而把对富有创造才能的游民与猎人却给忽略了。我对一个从事语言学研究的大学生说出自己的想法，然而他在他那充满女性美的脸上骤然显露出一副庄重认真的神色，唠唠叨叨整整一个钟头，对我大谈起"批评权"的问题。

"想拥有批评权，首先必须信仰一种真理，然而你信仰的是什么样的真理呢？"他问我。

他是个就算走在路上也在读书的人，经常走在大街上，把书放在脸上，走着走着就和别人撞在了一起。在他不幸得了斑疹伤寒，倒在自己的小阁楼上面时，他还高声叫着："道德应该将自由部分与强制部分和谐地结合在一块儿——和谐地，和……和……和……"可怜这个大学生身体柔弱，因为长期忍饥挨饿落得一副病态，如今因为拼命苦读寻求永恒的真理而搞得身心疲惫。除去读书，他不懂得世上有什么其他的快乐，然而一旦他觉得他使一对尖锐对立的矛盾达到了统一和谐时，他那两只温柔的黑眼睛就会含着微笑，闪现出孩子般幸福的光芒。在喀山那段生活结束以后过了十年，我在哈尔科夫再次碰到了他，那时他在凯姆流放五年期满，回来重新进入大学读书。在我看来，他钻进了不可调和的矛盾当中而不能自拔；到了他害肺痨病将要死去的时候，他还在极力协调尼采和马克思的矛盾。有一日他把冰凉的、黏糊糊的手指伸出来捏住我的双手，嘴中在咯血，喉咙里呼噜呼噜地说道："矛盾不调和，就难以活下去！"

后来他在去学校的路上不幸死在车厢里了。

这样为了理性而殉职的人我看到过很多——他们永远都值得我尊敬。

平日里有二十来个像他这样的人经常到杰连科夫的住宅中聚会，他们之中有个名为潘捷列伊蒙·佐藤的神学院的日本大学生。偶尔还有一个个子高大、有着宽阔的胸膛、蓄着密实的大胡子、剃着鞑靼式光头的人到场。他经常穿着一件灰色紧身的卡萨金，纽扣一直扣到嘴巴下。他始终坐在屋内的一个角落处，吸个短烟斗，用一双非常沉稳的灰色眼睛不停地看着大伙儿。

他的眼光经常注视着我的脸，所以我感到这个严肃的人在偷偷打量我，不知什么原因我心里直发虚。他那副保持沉默的模样让我感到好奇。周围的人都在高谈阔论、毫无顾忌地高声说着自己的观点，不用说，这种争论声愈是尖锐刺耳，我心中就愈是高兴。很长时间之后我才猜透，在他们唇枪舌剑的辩论中经常隐藏着见不得人而又虚伪的思想。但是这个满脸络腮胡子的大高个儿在思考些什么呢？

大伙儿管他叫一撮毛，好像除去安德烈，谁也不知道他的真实姓名。不久我才听说，这个人不久以前刚刚从雅库茨克流放地回来，他在那儿生活了十年。这愈加引起了我了解他的欲望，然而并没有让我鼓起和他相识的勇气，虽然我不害羞，不害怕见陌生人，并且正好相反，我心里充满着一种非常不安的好奇心，希望尽快知道他的一切。这样的性格让我一辈子没有研究过一件非常像样的事情。

当他们提到人民的时候，我对这个问题的考虑居然和这些人的想法那样不同，这让我觉得惊异与没有自信。在他们看来，人民是聪明、道德与善良的化身，是近于神圣的、统一的，集所有美好、正直与伟大的开端于一身的神圣群体。然而我从来都没有看到过这样的人民。

我看到过的仅有木匠、装卸工与泥瓦匠，还看到过雅科夫、奥西普与格里戈里，然而目前他们谈论的却是实实在在的人，并且将自己的位置看得要比他们低，愿意服从人民的意志。但是我好像感到，正是这些人体现了美德与思想的高尚，在他们身上集中和体现了以新的博爱精神去对待生活，去自由创建美好生活的善良的仁爱思想。

在此以前，在我生活于其中的那些人身上，我从来都没看到什么仁爱，然而在这里，在他们的每句话中都有这种博爱精神，每道眼光中都散发着这种博爱的光辉。

这些人民伟大、神圣的理论如同一阵甘霖滋润着我的内心，那些反映农村发生重大变化的生活与描写遭受苦难的农民的内容最朴实的现实主义文学作品非常大地给了我新的启发。我感到倘若有对人类非常深的爱以及强烈的爱，就可以从中激发起一股不可抗拒的力量，来探索与追求生活的意义。将来我再也不是只考虑自己，开始更多地为他人着想了。

有一日安德烈·杰连科夫信任地对我说，他将做生意赚来的很少的钱全都用来帮助那些相信"人民的幸福高于一切"的人了。他如同一个虔诚的教堂执事为大主教做事一般，经常在那些喜欢读书的人当中转来转去，一点儿都不掩饰自己对他们聪慧机智的欣喜之情。他经常情不自禁地面露幸福的笑容，将一只肌肉萎缩的手插入怀中，用另外一只手捋一捋柔软的胡子，问我："这好吗？依我看，就是好！"

然而有一日，兽医拉夫罗夫——他有一个如同鹅叫般的嗓音——独树一帜，不赞成这些民粹派大学生，每当这种时候杰连科夫就会惊恐不安地把眼睛往下一垂，小声说道："简直是在瞎捣乱！"

杰连科夫对民粹派大学生的态度和我一样，然而大学生们对他的态度，在我眼中，却显得野蛮无礼，就如同老爷对待奴仆，对待小酒馆中的小二似的。这一方面他自己并没有注意到。

每次客人逐渐散去，他经常留我在他那儿住宿。于是我们将房间收拾干净，就以地为席铺上毡子在地上睡。然而在长明灯黯淡灯光的照耀下，长时间地低声畅所欲言。他怀着教徒那种特有的虔诚和欢快告诉我："待有了成百上千个像这样出众的人才，他们将俄国一切重要位置全占领了，那整个世界就会立即翻个个儿！"

杰连科夫年长我十岁，我看到他非常喜欢红发姑娘娜斯佳。当着大家的面，他始终是以老板吩咐式的口吻很冷淡地同她说话，并且极力不看着她那两只满是激情的眼睛。然而待到她离开时，他就用爱慕的目光追随其后；当单独与她说话的时候，他就会唯唯诺诺，羞怯地微笑，不停地捋着稀软的胡须，这所有的一切让人觉得非常有趣。

他的小妹妹也经常待在角落里静观他们激烈地辩论。她那张有着孩童稚气的脸，十分认真地紧绷着，一双眼睛睁得非常大，聚精会神地听着。每次听到辩论高潮的时候，她就会发出一声尖锐的喊声，仿佛被当头浇了一盆冷水。一位头发火红的医学系的大学生，总是如同一只大公鸡似的绕着她来回转悠，压低嗓音，故弄玄虚地与她小声说些什么，一面还严肃地挤弄一下眉头。

秋季到了，我寻不到固定的活儿干是难以活命的。我被四周所发生的一切新鲜事迷住了，活儿干得愈来愈少，经常靠其他人来养活，而这种面包的味道是令人非常不好受的。一定找个"活计"来营生，接着我去瓦西里·谢苗诺夫的面包店里干活。

我所写的短篇小说《老板》《科诺瓦诺夫》《二十六个和一个》里描述的就是这段时期的生活。这是一个非常艰难的时期，然而也是一个很有意义的时期。

肉体上的折磨虽然痛苦，但是精神上的折磨更加让人无法忍受。

自从进了面包店的地下室以后，仿佛在我和那些过去天天碰面、天天听他们说话的人当中竖起了一堵"高高的墙"。

他们之中没有任何人来面包店的作坊看我，但是我因为一昼夜要干十四个钟头的活儿，也没有工夫去杰连科夫那里。节假日不是睡觉，就是和干活的伙伴们待在一块儿瞎闹。

一些伙伴刚开始几天就将我看成是一个让人取乐的小丑，另外一些伙伴对待我就如同天真的孩子喜欢会讲有趣的故事的人一样。鬼知道我经常对他们讲些什么，然而我所讲的自然是些可以激起他们对某种不很清晰生活的趣事，让他们想象以后过上另一种更轻松、更美好的生活。有的时候我讲得非常出色，看见他们浮肿的脸上显现出富于怜悯心的忧伤，眼睛中燃起或悲或怨或恨的火花，我便觉得非常高兴，并自傲地感到我在"做群众的工作"，在"教导"他们了。

不用说，我更多的是觉得自己那么弱小、知识贫乏，甚至连平时生活常识都不知道。此时我就感到自己被丢入了一个昏暗的地洞里，那儿的人们如同一群蛆虫似的在蠕动，极力躲避现实生活，只是钻进小酒馆去借酒浇愁，或是投进妓女冷冰冰的怀抱里去寻求安慰。

他们在每个月领薪水的那一日一定要去光顾妓院。距这幸福的一天还有一个星期，他们就开始乐滋滋地谈论那种趣事了。待嫖宿回来以后，他们又长时间地互相交谈亲身感受到的那份甜蜜。他们在交谈之中经常厚颜无耻地吹嘘自个儿性交的能耐，蹂躏妓女的本领，他们一面交谈，一面不时厌烦地吐唾沫。

不过说来确实奇怪！——我听到他们这样的谈论，感到仿佛这是一种悲哀与无耻。我感到在"逍遥宫"内，花一卢布便能够让一个妓女陪上一个晚上，我的伙伴们在那里焦虑不安，如同犯罪一样——在我看来，这也是非常自然的。但是，有几个伙伴举止非常放纵，肆无忌惮，我感到他们只是故意炫耀，假装大胆。两性关系让我有些恐惧地觉得好奇，接着我也非常敏锐地观察起这种事情来。我自己还没有体验过女人的爱抚，这令我处在使人不快的境地：妓女与伙伴们经常无情地挖苦我。

没过多久，他们就再也不叫我一块儿去"逍遥宫"了，并非常坦率地向我说："老弟，你不要再和我们一块儿去了。"

"什么原因呢？"

"没有什么原因！带你一块儿去别扭。"

我立即牢牢抓住这句话不放，感到这句话对我来说非常重要，然而当时没能叫他们说明白。

"你这人啊！告诉你不要去，就不要去！带着你去简直让人扫兴。"仅有阿尔乔姆比较明朗地对我说，"和你一块儿去，就如同跟着牧师或神父一般。"

那些妓女刚开始嘲笑我放不开手脚，后来气愤地问我："你是讨厌我们吧？"

四十岁的"姑娘"、漂亮丰满的波兰人捷列扎·博鲁塔是那儿的"管家"，她用纯种良狗一般温柔的眼睛看着我，说道："姑娘们，不要缠住他啦，他肯定是有情人了，对不对？如此健壮的小伙子肯定是被情人迷住了，肯定没错！"

这个女人是个酒鬼，喜酒贪杯，喝醉以后，就会丑态百出，让人厌恶，而在头脑清醒的时候，她那种对人们沉稳冷静的态度，沉着地猜测人们言行举止的方式又让我觉得诧异。

"来这儿的最让人感到奇怪的便是那些神学院的大学生，确实，"有一日她对我的伙伴们说道，"他们居然这么玩弄姑娘们：他们先命令姑娘在地板上擦上肥皂，再让一个赤身露体的姑娘手脚向下，分别放在四只瓷盘子上，接着他们冲着她的屁股使劲一推，瞧她在地板上滑行的距离有多远？把这个姑娘玩完了，就再换另外一个，一个接一个。为什么要这样呢？"

"你瞎说！"我说道。

"噢，不是瞎说！"捷列扎大声叫道，并没有生气，心平气和，然而这种平和叫人有点儿难受。

"这都是你自己编造的！"

"一个姑娘家怎么可以编造出这种故事呢？难道我是一个疯子？"她瞪着双眼对我说。

这时候人们都仔细听着我们的争论，捷列扎仍旧用冷静平淡的话语详细述说那些嫖客瞎胡闹的行为，她这么说来说去，仅仅是想弄明白这样一点：他们为什么要这样做？

那些在场的人厌烦地往地上吐唾沫，激烈地骂着大学生，我觉得捷列扎用此来煽动其他人对我所喜欢的那些大学生的气愤，就说那些大学生是热爱人民的，希望人民可以得到幸福。

"很对，你说的是复活街上那所学校的大学生，而我说的则是城外阿尔斯克平原上神学院的那些大学生。他们以后都是神职人员，以前全是孤儿，但孤儿长大成人，肯定是个小偷，或者一个调皮捣蛋的人与坏蛋。这些孤儿无情无义！"

"管家"所讲述的故事，妓女们对来这里的大学生、官员还有一般自称是"洁身一族"的刻骨的怨恨，不只是在我那些伙伴们的心里引起厌恶和气愤，并且差不多激起喜悦之情，他们说道："这么说，那些受过教育的人还比不上我们呢！"

听他们这么说，我心里觉得悲伤极了。我亲眼看着那些人如同城内的污水流向污水坑一般汇聚到这个昏暗的小房间中来，在乌七八糟地折腾一通以后，带有满腹怨气与愤恨又返回到城中的各个角落去了。

我发现那些人出于动物的情欲本能与因为生活的郁闷而来到这个肮脏的洞穴内寻花问柳，用极为荒诞的语言唱些凄楚的动人心弦的情歌，撒播一些"受过教育的人们"生活里的轶文趣事，嘲笑与发泄对那种让人觉得不理解的事情的愤恨。我也感到，这座"逍遥宫"就是一所大学，在这儿我的伙伴们经历了人间最丑恶的事情。

在这儿我仔细看着，那些"开心女"怎样慢吞吞地拖着脚步在污浊的地板上沙沙地踱来踱去，怎样在手风琴接连不停的哀鸣声，或是破旧钢琴无可奈何的颤音里让人厌恶地摆着柔弱的腰肢。我看着，脑中不自觉得出现一些隐约不定、但忐忑不安的忧思。周围的一切让人感到非常无聊，要离去可又无能为力，不免让我觉得沮丧。

回到面包店的作坊，我说起有人在毫不为己地探索一条为人民寻求自由和快乐的道路，马上有人提出质疑："姑娘们认为他们那些人做的并非那回事儿!"

他们不讲人情、无耻且又狠毒地攻击我，而这时我感到自己如同一条没有驯服的小狗，无论哪里都比不上他们那些大狗蠢，反而更聪明和勇敢——因此我也开始大发雷霆。此时我才开始明白，考虑人生的痛苦不会比实际生活来得轻松，有的时候我心里会爆发出对这些顽固不化的伙伴的愤怒。他们心甘情愿遭受醉鬼老板的侮辱，这种无可救药的顺从和毫无休止的忍受特别令我怒火中烧。

正是在这种非常痛苦的时期，仿佛有意和我过不去一般，我又接触到了一个崭新的思想，尽管这种思想事实上和我是敌对的，然而仍然引起了我非常大的关注。

一个风雪之夜，狂风怒号，仿佛要将灰蒙蒙的苍穹扯碎似的，碎片纷纷扬扬地飘落到地上，给大地覆盖上一层厚厚的白雪；又仿佛世界已经走到尽头，太阳自此沉没，再也不可能升起来了。就在这样一个谢肉节的晚上，我从杰连科夫那儿回到面包店的作坊去。我略微闭上眼睛，迎着大风，在一片被搅得昏天暗地的飞雪里迈步前行，忽然我跌倒在一个横躺在人行道上的行人身上。

我们两个人立即对骂开了，我用俄语，他用法语："噢，魔鬼!"他这么说倒激起了我对他的好奇，我将他搀扶起，看清楚他是矮个儿，身子非常瘦弱。此时他立即推开我，满腔怒火地叫道："我的帽子哪里去了? 简直活见鬼! 快点儿将帽子给我! 我快冻死啦!"

我在雪地中找到他的帽子，拾起来把雪抖掉，戴在他那由于发怒而倒竖的头发上，然而他又不通情理地摘掉帽子，一面挥舞着，一面用俄法两国话交错地詈骂，赶我走："快滚！"

说完以后，他猛地向前冲去，消逝在茫茫的雪夜之中。我接着赶路，走着走着再次看到了他：他抱着路灯早已熄灭的木头路灯杆立着。此刻他认真地说："列娜，我快要死了……噢，列娜……"看得出来，他确实喝醉了，倘若我将他扔在路上不管，他也许会冻死的。接着我问他住在哪里。

"这里是哪条街？"他嗓子中含有泪水高声叫道，"我不知道该朝哪里走。"

我抱着他的腰，拖着他向前走，一面不断地询问他住在哪里。

"我住在布拉克街，"他咕咕哝哝地说，身子冻得直哆嗦，"住在布拉克街……那儿有座澡堂，走过澡堂那所屋子……"

他步履踉跄，一溜歪斜，弄得我走路也非常吃力。我只听到他冻得上牙磕打下牙的咯咯响声。"倘若你知道……"他咕咕哝哝地说，一面撞靠着我。

"你说什么啊？"

此刻他停住脚步，一只手举起，说话比先前清晰了——我仿佛感到他嗓音里带点儿得意。他说道："倘若你知道，我要将你带到什么地方去……"说完他将手指含在嘴里，身子不停地摇晃，快站不住了。我蹲下身，将他背起来接着走。在背上他将下巴颏贴在我的脑袋上面，絮絮叨叨地说着："倘若你知道……我快要冻死啦，噢，上帝……"

到达布拉克街坊，我花了好大力气才由他嘴里得知他的住处。最后，我们进入一间坐落于院子深处、几乎被院内雪花湮没了的小厢房的过道内。他在黑暗中摸索了一阵房门，接着非常小心地敲一下门，并对我提醒说："嘘！要轻点儿！"前来开门的是一个身着拖地红衣的女人，她用一只手拿着亮着蜡烛的烛台。将我们让到屋里，她就悄悄地退到一旁，接着不知道从哪里掏出一个长柄眼镜，仔仔细细看起我来。

我对她说明，这个人好像双手冻僵了，应该立即给他脱去衣服，叫他躺到床上睡觉。

"是吗？"她用如同青春少女一样的清爽嗓音问。

"必须将他的双手泡在凉水中。"

此刻她只是静静地用长柄眼镜朝屋角指了指，那儿的画架上面放着一幅画有小河与树木的风景画。我奇怪地看着这女人毫无表情的脸，她却朝着屋角走去，在一张桌子面前坐下——桌子上面点燃着一盏带有粉红色灯罩的台灯——然后她若无其事地从桌上拿起一张红桃杰克扑克牌，认真观看起来。

"您家里有伏特加吗？"我高声对她说。她没有回答我，仍然在桌上玩纸牌。我费劲儿背回来的那个人坐在椅子里，垂着脑袋，两只冻得通红的手紧贴在身旁。我将他放到躺椅上，为他脱掉衣服。当时我自己也不明白为什么如此去做，仿佛在做梦一样。我对面长沙发上面的墙壁上，挂着许多相片，在相片里一个系白丝绸带蝴蝶结的金色花环隐约闪烁着光亮，白丝绸的一端印有一行烫金的字：

献给绝代美人吉尔达。

"简直是见鬼，你轻点儿！"当我开始为那个人搓手时，他痛苦地呻吟起来。

这个莫名其妙的女人依然在忧心忡忡、一言不发地玩弄纸牌。她长有一条如同鸟喙般的尖鼻子，两只大大的眸子黯淡无光。这时候她举起一双少女般的手，将自己浓密蓬松得如同假发一般的灰白头发弄得再松点儿，然后用轻柔且响亮的少女嗓音问："乔治，你看到米沙了吗？"

此刻这个倒着的乔治将我推开，马上坐起来，急忙说："要知道，他到基辅去了。""不错，他是去基辅了，"那个女人又说了一遍，双眼依然盯着纸牌。这时候我也感觉，她的嗓音听上去既单调又冷酷无情。

"他不久就会回来。"

"真的?"

"真的! 非常快。"

"真的吗?"那女人又说了一遍。

几乎赤裸的乔治霍地从长沙发上面跳到地板上,跳了两下,跑到女人脚旁跪下,用法语向她说了几句话。

"我才不会在意呢。"她用俄语说道。

"你可知道我刚刚迷路了?外面简直是冰天雪地,寒风刺骨,我感到自己差点儿冻死。"乔治急忙地说道,一面轻轻地揉着她在膝上放着的一只手。

他差不多有四十来岁,有一张绯红、厚嘴唇的脸,还留有黑胡须,看起来显得惶恐不安、心神不定。他经常狠命地抓着圆脑袋上面马鬃似的灰白头发,说话的时候头脑也愈来愈清醒了。

"我们明日就到基辅去。"那个女人说道,口气既如同是发问,又如同是下决心宣布。

"那好吧,明日就去!然而你应该休息了。为什么你不去躺下睡觉?夜已经非常深了……"

"米沙今日不回家吗?"

"哦,不错,不回家!这么大的暴风雪……我们走,我送你去躺下睡觉吧……"他手持灯盏,扶住她向书橱后面的一扇小门走了过去。在那里我一个人坐了好长时间,内心非常平静,仅听到他那有点儿沙哑的低语声。暴风雪就像长了毛的爪子不时地拍打着窗玻璃。地板上面,化了的雪水怯生生地映照出烛焰的光辉。房间中摆满了各种家具,到处都是暖融融的怪味儿,令人昏昏欲睡。

看,乔治总算摇晃着身子出来了,他双手捧着油灯,灯罩叮叮当当地撞击着灯芯玻璃。

"她躺下睡了。"

他将油灯放回原处，若有所思地在屋子当中站住脚步，眼睛不看着我便说道："哎，怎么说好呢？倘若没有你，我也许早就冻死了……非常感谢！你是干什么的？"

此刻他把脑袋一侧，竖耳倾听着隔壁房间中发出的细微的动静，身子不断地颤抖。

"那是您妻子？"我低声地问。

"不错。她是我的一切，也是我生命的全部！"他看着地板，声音很小但非常清楚，接着又用两只手掌狠命地抓起头发来。

"您喝茶吧，啊？"

然而他迟钝地冲着门口走去，然后又停住脚步，想到了他的女仆由于吃鱼中毒，已经被送到了医院。

我提议自个儿去烧茶炊，他点点头以示赞成。这时候他很明显忘了自己几乎赤裸着身子，赤着脚板在潮湿的地板上啪嗒啪嗒地走着，将我带入一间小厨房内。在那儿他背向炉火，又说了一遍："倘若没有你，我也许早就冻死了，非常感谢！"

突然，他哆嗦了一下，恐惧地瞪大双眼，直勾勾地看着我。

"假如确实那样，那她怎么办呢？噢，上帝……"

他盯着漆黑的门洞，快速而又小声地说道："你看，她是有病的人。她的儿子是个音乐家，在莫斯科开枪自杀了，然而她始终都在盼他回来，看，差不多已经盼了两年。"然后，在我们一块儿喝茶时，他语无伦次地说了些异乎寻常的情况。

他告诉我这个女人本是个地主，他自己是个历史教师，过去给她儿子做家庭补习教师，然后和这女人好上了，她抛弃了自己的丈夫，德国的一位男爵，去歌剧院谋生，他们两个生活得十分融洽，虽然她的前夫想方设法要破坏她的生活。

他略微眯缝起双眼，一边述说着，一边紧张地瞅着昏暗、肮脏的厨房中某个角落的什么东西，那儿火炉边的地板早已腐烂。他端起杯呷了一口茶，让热气烫了一下，立即眉头一皱，两只滚圆的眼睛胆怯地直眨着。

"你是干什么的？"他再次问我，"哦，做面包的，是个工人。奇怪，怎么不像。这到底是怎么回事？"

他的问话听上去有点不知所措，他用一种受过打击的不信任人的眼神地看着我。我简单地谈了自己的经历。

"原来是这样！"他低低地喊了一声，"噢，原来是这样呀！"这时候他忽然变得活泼起来，问："你听说过《丑小鸭》的故事吗？你曾读过吗？"

他的脸变得扭曲，气愤地讲述起来，不自然地发出的尖哑声让我感到惊异。"这个故事非常动人！在像你这么大的时候，我也曾幻想过：我是不是也会变成一只天鹅？然而如今，看……我应该进神学院的，却读了大学。我的父亲是个神父，与我断绝了父子关系。我曾经在巴黎研究过人类的悲剧史——进化史。是的，我还发表过文章。噢，这所有的一切到底是怎么搞的……"他吓人地跳起来，然后坐到椅子上，吓人地倾听一会儿里屋的动静，接着又向我说："进化是人们发明出来的欺骗自己的说法！现在的生活根本是不合理、没有意义的。倘若没有奴隶制度，就不会有所谓的进步，没有大部分人服从少数人，人类就不会进步。倘若我们要让自己的生活更加轻松自在，减轻劳动强度，那只会让生活变得更加困难，劳动也更加繁重。工厂与机器的作用就是为了不停地制造一架架机器，这简直是件蠢事！这样，工人会愈来愈多，但是只有生产粮食的农民才是不可或缺的。粮食，这是一定要通过劳动向大自然索取的全部东西。一个人希望愈小，他的幸福就会愈多；希望愈多，他的自由就会愈少。"

或许，这不是他的本意，然而这种让人不可思议的思想正是由他嘴里说出来的，并且说得是这样尖锐，这样坦率，这种怪论邪说我还是第一次听到。他激动地尖叫一声，立即用胆怯的眼神望一下里屋的门，听了一会儿动静，里面没有任何声音，接着又近似愤慨地低声说："要知道，每个人需求的其实很少：一块面包与一个女人……"接着他用一种神秘的低声、我从来都没有听到过的词儿与从来都没有读到过的诗句谈起女人来——他忽然间变得有点儿像小偷巴什金了。

"贝雅特里齐、菲娅美达、劳拉、妮侬……"他小声向我讲述了几个我不熟悉的名字，讲述了一些在恋爱当中的国王与诗人的故事，读了几段法国抒情诗，读的时候还用纤弱的、裸露到胳膊肘的手合着拍节。

"爱情与饥饿统治着世界。"我听见他那炽热的低语，不自觉地想起这是一本革命的小册子《饥饿沙皇》书名底下的副标题，这让我感到他的话更具有非常深远的意义。

"人们追求的是忘却与享乐，但不是知识！"这种想法让我十分惊讶。

清晨我走出厨房的时候，墙上的小挂钟刚六点过几分。我在灰蒙蒙的雪晨雾之中跋涉着，听着暴风雪的怒吼，想到那个受尽无限磨难的人发出的愤怒的尖喊，马上感到他的话仿佛卡在喉咙里，让我觉得窒息。我简直不想回面包店的作坊去，不想看到任何人，任凭身上积起非常厚的雪，在鞑靼区的街头不停地徘徊，一直逛到天亮，满天的大雪里影影绰绰现出路人的身影为止之后我再也没有碰到过那个历史教师，再说我也不想再碰到他。然而以后的日子中我不止一次听到人们说生活没有意义，劳动不会得到益处——这么说的有大字不识的云游四方者、四海为家的流浪汉、"托尔斯泰主义者"，还有受过高等教育的人们。讲这类话的，还有修士司祭、神学硕士、制造炸药的化学家与新活力论派的生物学家，还有其他许多人。无论如何，这些思想如今听起来不像头一回听到的时候那样让我无法理解了。

看，大概两年以前，在第一回听见那位教师说起这个话题以后过了三十年，我忽然从一位熟悉的老工人嘴里又听见几乎用一样的话表达的那种思想。

有一日我与这位老工人随便地交谈，经常苦笑地自嘲为"政治老油条"的他用一种仿佛仅有俄国人才有的非常直率的口气向我说："亲爱的阿列克塞·马克西莫维奇，我什么东西都不需要，对我而言科学院啦、科学啦、飞机啦，全部都跟我毫无关系！我仅需要一个宁静的角落，还要一

个女人，让我随时可以亲吻她，而她只要心灵与肉体上都属于我——这就可以了！您是喜欢用知识分子的方式考虑问题的，您已经不和我们是一路人了，您已中了毒。在您看来，思想高于一切，您是不是和犹太人一样，觉得人是为安息日而活着呢？"

"犹太人并不这么想……"

"鬼知道他们怎么想，这是个叫人感到奇怪的民族。"他自己答道，随手将烟头朝河里一丢，并一直望着它漂去。

月光如洗的秋夜，我们坐在涅瓦河岸的花岗石长凳上，我们两个人由于白天一整天的紧张奔忙而显得疲惫不堪，想做一件有意义的事情也是枉然。

"您和我们待在一块儿，然而和我们不一样，这便是我要说的，"他接着一边思考一边悄声说，"知识分子都不安分守己，他们世世代代就爱组织党团胡折腾。正像基督这个空想家为了大伙儿都上天堂瞎闹腾一样，一切知识分子也这样为实现乌托邦乱闹。一个疯狂的幻想家闹起来，那些社会渣滓、无赖、恶棍立即就一哄而起和他一块儿闹。他们这些人全都对政府心怀不满，因为他们看见生活里不曾有他们的位置。至于工人起义那是为了革命，他们要争取劳动工具与劳动产品的合理分配权。当他们彻底夺取政权之后，您觉得他们会同意建立国家吗？不管怎么样也不会的！那个时候，他们就会各奔东西，为了自己的安全，每个人都会做鸟兽状散去……"

"您想说机器吗？机器会将我们脖子上的绳套勒得更紧，将我们的身体束缚得更牢。不错，我们需要的是减轻劳动强度。人们都愿意过安静的生活。工厂与科学都不会给人带来平静。事实上一个人需要的东西再简单不过了。倘若我只需一间很小的屋子，那我为什么劳民伤财去建一座城市呢？城市中人们住得非常挤，并且有自来水管道、下水道与电灯。倘若没有这些，想想看，那生活过得将是多么轻松！确实是，我们有好些多余的东西，这都是知识分子弄出来的，所以我觉得：知识分子是不利的群体。"

我曾说过，世上不会有人会像我们俄国人这样，全盘否定活着根本就没有意义。

"俄国人的思想是自由的，"与我交谈的人微微一笑，"然而您不要生气，我能够肯定，我们千百万人都是这样想的，只是不说出来罢了……生活应该简简单单，那么生活就会让人们感到更亲切……"

这位工人向来都不是个"托尔斯泰主义者"，也从来都没有过无政府主义的倾向，我对他的思想发展史了解得非常清楚。

在和他交谈以后，我不自觉地琢磨：莫不是千百万俄国人确实仅仅由于心底中怀着从劳动中解脱出来的希望而情愿历尽革命的千辛万苦？付出最小的劳动，得到最大的享受，这说法就像所有难以实现的空想、种种乌托邦一样充满了诱惑力。

这时候我想到了亨利克·易卜生的一首诗：

> 你们说我变得守旧。
> 我依是我终生不改，
> 绝不充作爪牙走卒。
> 重来，我做你全部。
> 我承认的唯有革命，
> 决不可以欺骗讹诈，
> 唯有成功者的荣耀，
> 好似创世纪的洪水。
> 彼时撒旦也会上当，
> 方舟挪亚变成独裁。
> 大家一齐重新努力，
> 既做勇士又当说客。
> 掀起另一次大洪水，
> 我甘愿去撞沉方舟！

杰连科夫的那个小铺有些入不敷出了，然而需求物质帮助的人与"事"却越来越多。

"必须想点儿办法。"安德烈忧心忡忡地捋着胡须说。他愧疚地微微笑着，重重地长叹了一口气。

我仿佛感到他把自己当成一个被判无期徒刑、服服帖帖地给人们做苦役的人，尽管说他乐意忍受这样的惩罚，然而有时毕竟让他觉得不堪重负。

我曾多次变着方式问他：

"您究竟为什么要这样做？"

很明显，他搞不明白我的问话，答道"为什么"这个问题的时候，他毫无活力、用干巴巴很难明白的生硬词藻提起人民苦难的生活，谈到一定要让他们受教育，得到知识。

"噢，您说人们渴求得到知识，在追求知识吗？"

"哦，不错！那是当然！您不是也这样想吗？"

是的，我也希望这样。然而我还记得那个历史教师所说的话："人们追求的是忘却、享乐，但不是知识。"

此类刻薄挖苦生活的思想，一个十七岁的人听了是非常不利的，并且如果听多了，此类思想就会变得迟钝无力，同时听的人也不可能得到任何益处。

平日我有这样一种感觉：人们常常喜欢听有趣的故事，由于听故事可以使他们暂时逃避困难的、然而早已习惯了的现实生活。故事愈是离奇，人们越是喜欢听。一本有很多生动的充满奇异情节的书，才可以称得上是最有趣的。简而言之，我看这种现象就如同在雾中行走，一点儿都弄不明白是怎么回事。

当时杰连科夫决定开一家面包店。我记得那时曾做过非常周密的盘算，做这种买卖每一回资金周转能赚回不低于百分之三十五的利润。我被

— 47 —

委以重任做面包师的"下手",作为他指派的"亲信"去监视面包师工作,让他不敢盗窃面包店中的面粉、鸡蛋、黄油以及烤熟的面包。

然后我从非常脏的大地下室搬到比较干净整洁的小地下室来了,在那里收拾屋子也在我的职责范围之内。如今我面对的并非四十个人的一大帮,而只是一个人。这个面包师已经两鬓斑白,长着一撮小胡子,有一张枯瘦蜡黄的脸,一双深思而忧郁的黑眼睛与一张莫名其妙的嘴。他的嘴非常小,就像鲈鱼嘴,非常厚的丰满的嘴唇总是聚拢着,好像想要与人接吻似的。在他的眼睛里蕴含着一种不屑的神情。

不用说,面包师经常偷东西,就在我们一块儿干活的第一天晚上,他就将十只鸡蛋、将近三俄磅的面粉与一大块黄油悄悄搁到一边。

"你这是做什么用?"

"这是为一个小姑娘留的,"他平静地对我说,然后耸了一下鼻子,补充了一句,"一个非常不错的小姑娘!"

我试着向他说明,偷窃是一种犯罪的勾当。然而不知我太口拙呢,还是我自己都无法彻底相信我试图说服他的理由,我的努力全白费了。

面包师倒在装面的柜子上面,双眼看着窗子外面的星星,阴阳怪气地嘟囔说:"他也敢训斥我!头一回见面,就教训人!论年纪,他要比我小两个辈分呢。简直是太可笑了……"

他看了看星星,又望着我问:"我好像在什么地方看到过你,你过去在什么人那里干过活?在谢苗诺夫那里?就是闹暴动的那家铺子?不是。噢,这么说,我是做梦的时候看到过你……"

几天以后,我就发现这个面包师非常嗜睡,无论在什么地方,无论处在什么样的状态下,甚至站着,支着铁铲也可以入睡。睡着以后,他就略微挑起眉毛,面相变得非常怪异,显露出一副嘲弄人的让人诧异的丑态。平日里他爱讲一些寻找宝贝和梦幻的故事。

他曾信心十足地说:"我可以看穿整个大地,它就如同一个大馅饼,里面装满了种种宝物:一坛坛的钱,一箱一箱的值钱物什,随处都是铁。

我不止一次在梦里看到过这个十分熟悉的地方，比方说有一回梦到了澡堂，看到澡堂的角落里埋藏着一大箱金银器皿。一觉醒来，我就信以为真在夜里去挖。我挖了一俄尺（俄制长度单位，1 俄尺约为 0．711 米）半深，一瞧那儿埋藏着的只是些煤渣与死狗头骨。看，我挖出的全都是这些破烂货……这时候突然听到哗啦一声，窗玻璃被撞碎了，一个婆娘冷不丁愤怒地狂叫起来：'有贼啊，快点儿来人哪！'当然，我跑掉了，假如被捉住，肯定会挨一顿毒打。真是太可笑了。"

我时常听见他说："真是太可笑了！"然而伊万·科兹米奇·卢托宁说这话的时候自己却不笑，只是和言悦色地略微眯缝起眼睛，耸耸鼻子，张大鼻孔了事。

他的梦是日有所思，日有所见，并不奇妙有趣，因此它们就像现实生活一样枯燥乏味与荒诞无聊。我也搞不清楚，为什么他总是津津乐道地述说自己的梦，而不喜欢讲讲他周围生活里的真人真事。

有一天发生了一件事情，全城都为之轰动：一个富有的茶商的女儿由于不满意自己的婚姻，刚过门，便开枪自杀了。出丧那天，成群的年轻人——有好几千人，跟在她的灵柩后面给她送葬。大学生们在她坟前发表演说，警察过来将他们赶走了。在我们面包店附近的那家小商店里，大伙儿都在大声谈论这个悲剧事件。小店后面的那间大房子中到处都是大学生，愤怒的叫喊声、措辞激烈的辩论不停地传到地下室，传进我们的耳朵中。

"这个姑娘小时候管教不够啊。"卢托宁说道。然后他冲着我说："我可能是在池塘里正捉住一条鲫鱼，突然一个警察过来叫道：'站住，好大的胆子到这里来捉鱼？'此时我没有地方可逃，不得不一头扎入水里，然后就醒……"

卢托宁尽管对周围的现实生活视而不见、一点儿都不关心，然而没过多久他也感觉到面包店中的情况异乎寻常。店堂中卖面包的是两个姑娘，她们很外行，却非常喜欢读书——一个是老板的妹妹，另外一个是老板妹妹的女朋友，这个女朋友个子高大，脸颊粉红，有两只温柔可人的眼睛。一些大学生经常到这里来，他们在小店后面的那间大房子中一坐就是小半天，除了高声嚷嚷，就是小声交谈什么。老板不经常到店铺里来，而我这充当"下手"的，却东张罗西张罗就像是面包店的掌柜一样。

"你是不是老板的亲戚？"卢托宁问道，"或许他想让你做他的妹夫吧？对吗？简直太可笑了。那些大学生为什么一直来这里转悠呢？是来看两位姑娘的吧……嗯。大概是……虽然那两位姑娘长得并不多么可爱与漂亮……也许，大学生们来这里吃面包的积极性比看两位姑娘的兴趣要大……"

几乎每天早上五六点钟的时候，在面包店靠街的窗口都会看到一个短腿姑娘。她的身子很奇异地凸现出有大有小的半圆形，就仿佛装着西瓜的袋子。她的两只赤足一走到地下室的窗前，就一面打哈欠，一面喊道：

"瓦尼亚！"

她的头上扎着一块花花绿绿的头巾，头巾下面露出一头黄黄的卷发，好像一个个小圆圈披散在她那圆鼓鼓、红通通的面颊上、非常低的前额上，遮住了睡意蒙眬的眼睛。她慢吞吞地伸出两只小手从眼前撩开头发，她的十指仿佛新生婴儿那样非常滑稽地大大张开着，十分有趣。与这样的姑娘可以说点儿什么呢？我喊醒了面包师，他睁开眼问姑娘："你来了么？"

"你不都看见我在这儿了。"

"睡得好么？"

"怎能不好？"

"梦到什么？"

"记不清了……"

此刻整个城市一片寂静。但不知道是什么地方传来扫院子时挥动扫把的沙沙声，还有一觉儿醒来的麻雀叽叽喳喳的叫声。窗玻璃上映射出刚刚升起的太阳温暖的亮光。我非常钟情于这种可以谋划一天之计的清晨。面包师贪婪地由窗口伸出一只毛乎乎的手去摸姑娘的腿，而姑娘一点儿都不露笑容，眨着两只温柔顺从的眼睛，若无其事地任凭他摸。

"佩什科夫，快点把面包拿出来，是时候了！"

我立即从炉子中拿出烤面包的铁盘，面包师从里面抓起十几个圆面包、面包卷与酥面包，一块儿朝姑娘兜起的连衣裙的下摆中扔。姑娘抓起一只热面包，烫得不停地由一只手倒到另一只手，接着用一口绵羊般黄黄的细碎牙咬一口，烫到了嘴，气得她哼哼唧唧不停叫唤。

面包师痴迷地看着她，说：

"快将裙摆放下，不害臊的……"

姑娘走了以后，他便冲着我夸奖她：

"你看到了吗？她简直像一只小绵羊，长着一头卷发。兄弟，我是非常正派的人，不和婆娘们鬼混，只与姑娘们交朋友。她是我认识的第十三个姑娘，是尼基福里奇的教女。"

听到他这番得意洋洋的话，我私下里想道："我也应该这样生活吗？"

我从炉子中拿出称分量卖的白面包，拾了十多个大圆面包放进一个长托盘里，赶紧送到杰连科夫的小铺里去。接着回来，向大篮子中塞进两普特的白面包与奶油面包，再跑步给神学院送去，好赶时间让大学生们吃到早点。到了那儿，我站在饭厅门口，向大学生们发放面包，他们有些人"记账"，有些人"付现钱"。有的时候我站着听他们有关托尔斯泰的辩论。神学院有一个教授，名叫古谢夫，他是列夫·托尔斯泰的持不同政见者。有的时候我的大篮子下面藏着几本书，我必须偷偷将它们送到这个或是那个大学生手中。有的时候大学生们也将书与纸条悄悄地塞进我的大篮子里。

一个星期中有一天我要跑得非常远——跑到"疯人院"去发放面包。在那儿精神病学家别赫捷列夫拿病人做例子，经常为大学生们上课。有一回，他为大学生们讲解一位患躁狂症的病人。当这个身材非常高、身上穿着白病号服、头上戴一顶长筒袜状尖顶帽的病人站在教室门口时，我忍不住吃吃笑了出来，然而他走到我身边微微停留一会儿，冲着我瞪了一眼，我立即被吓得一个劲儿地往后退，好像他那乌黑的闪闪发亮的犀利眼光会将我的心刺透似的。在别赫捷列夫一面捋着胡须一面客气地和病人说话的时候，我一直偷偷地用手掌护着脸，好像它被炙热的尘土燎伤一样。

病人说话的语调非常低沉，他仿佛是在索取什么东西，一面从病号服的袖管中可怕地伸出一条长着五个纤细手指的细长胳膊。我仿佛感到，他的整个身体奇怪地在拉长延伸，没有止境地在拉长延伸，他站在原地一动不动，倘若伸出一只发黑的手，就可以抓住我，卡住我的咽喉。从他那干瘪的瘦脸上黑黑的眼窝中，一双黑眼睛放射出让人害怕的、恶狠狠的锐利目光。

二十来个大学生看着这个头上戴着奇怪的尖顶帽的病人，有几个学生在发笑，但大部分人都在冥思苦想，表情哀伤，他们平淡无奇的目光和病人闪闪发亮的目光相比，简直是太逊色了。病人的样子十分恐怖，然而他的身上有一种说不出的傲气——确实是让人害怕呀！

在大学生们如同鱼一般鸦雀无声的课堂上，教授讲课的声音听起来非常清脆，他提出的每个问题都能引起病人沉重的低声喝斥，这声音仿佛从地板下面，从没有窗子的白色围墙后发出来的，病人的身体来回移动就像大主教走动一般舒缓而又威严。

那天夜晚我写了一首与躁狂症病人有关的诗，将那个病人称为"所有主宰的主宰，上帝的挚友与参谋"。以后他的形象很长时间地留在我的脑中，扰得我寝食难安。

我每天从晚上六点钟便开始干活，几乎一直要干到第二天中午，午后我还得补觉。我想看会儿书，也只能在干活的间隙中，也就是在刚刚揉好一团面放着，另外一团还在发酵，或是将面包送入炉子去烤的时候。随着我逐渐掌握了干这种活儿的诀窍，面包师干活愈来愈少，他经常用和气而奇怪的口气"教导"我：

"你非常能干，过上一两年，你就可以做面包师了。简直是笑话。你还非常年轻，因此其他人不会听你的，也不会尊重你……"

他对我这样喜欢读书持反对的态度。"你如今最好不要读书了，最好是睡上一觉。"他经常这么关心地对我说，然而从来都没有问过我在读些什么书。

他头脑中装的全都是一些千奇百怪的梦、有关地下埋藏的金银财宝还有那个圆球似的短腿姑娘，这所有的一切让他神志颠倒、如痴如醉。那个姑娘时常在晚上和他约会，这时候他除了将她领到堆有一袋袋面粉的外屋中去，就假如天冷的话他耸耸鼻子，对我说："你上外面去待上半个钟头！"

我一面走出屋子，一面想着："他们如此相爱，与书中描写的可是相差甚远啊……"

小店后面的那间小屋内，住着老板的妹妹，我经常去为她烧茶炊，然而极力与她少碰面——看到她，我觉得不舒服。她那如同孩子般的眼睛总是让人难堪地看着我，就像刚开始几次碰面时那样，我觉得在她这双眼睛的深处，隐藏有一种笑，并感到这是一种讥讽我的笑。

我的力气非常大，然而笨手笨脚。有一回面包师望着我一下子搬运五普特重的面粉，非常遗憾地冲我说："你的劲儿大得一个顶仨，不过一点儿也不灵活！虽然你个子非常高，可是到底像一头既蠢又笨的牛……"

尽管说我已经读过很多书，也喜爱读诗，并且开始动笔写诗，然而我说话，还是说"自己的话"。我感到我说话听上去非常笨也很尖刻，我觉得只用这个粗糙的词语才可以表达我非常纷乱的思想。所以我有的时候有意说些粗鲁野蛮的话，以抗议我难以容忍并且让我激愤的一些事情。

有一个曾经做过我教师的数学系大学生对我说：

"鬼才知道您在说些什么话。说的真不是话，仿佛是地地道道的秤砣……"

总而言之，我也不喜欢自己，这是少男少女经常有的通病：始终认为自己既可笑，又粗野丑陋。一张脸长得如同卡尔梅克人，长着一副高颧骨，嗓音也把握不了。

然而老板的妹妹却步履轻盈、举止灵敏，就像空中飞来飞去的燕子，我甚至感到她那轻快灵活的动作和她胖乎乎、柔软的体形不太协调。她的举止与步态有点儿爱慕虚荣，她说话的时候声调欢快，并且常常开怀大笑，每次听见这快乐的笑声，我就想：她希望我忘记我第一次看到她时的那副病态。然而我不喜欢忘掉，在我看来，异乎寻常的事物是非常珍贵的，所以我非常想了解，或许会发生或是正在发生的事物。

有的时候她会问我：

"您在看什么书？"

我简洁地回答以后，简直想反问她：

"您为什么要知道这些？"

有一天夜晚，面包师想与那个滚圆的短腿姑娘亲热一番，于是用肉麻的语气冲着我说："您到外面去待一会儿。噢，您最好是到老板的妹妹那里去，为什么要在这儿傻乎乎地呆着？你知道那些大学生……"

我立即说，假如他还这样往下说，我就用秤砣砸烂他的头，说完以后，我就向堆面粉的外屋走去。从关得不太严实的门缝中我听见卢托宁念叨的声音：

"我为什么要生他的气呢？他时常拿着书本在看，如同一个书呆子……"

外屋中成群结队的老鼠吱吱叫着来回窜，并且在面包店中那个姑娘在哎哟哎哟地发出陶醉的呻吟声。我跑到院子里，外面悄无声息地飘洒着毛毛细雨，然而我依旧觉得憋闷，空气里到处都有一股焦糊味儿——也许是树林发生了火灾。

时间已经过了半夜。冲着面包店那座房子的窗户还打开着，房间中灯光昏暗，有些人在低声哼唱：

> 那是圣徒瓦尔拉米，
> 头上的光环在闪烁，
> 从天上俯看着她们，

禁不住露出了笑容。

　　我极力想像这时玛丽娅·杰连科娃正倒在我的两膝上，就如那个姑娘倒在面包师的膝盖上面一样。然而我全身心都觉得，这是非常荒谬的，甚至都有些可怕。

　　　　从日落直到日出，
　　　　酒杯伴随着歌声，
　　　　还呀更明确嗯，
　　　　还呀糟蹋了自己的身。

　　从合声吟唱里，突然，发出一个极为用力的意味深长的男低音——我两只手扶着膝盖，弯下腰向窗户中看去：透过钩花窗纱，我看到那是一个四四方方的斗室，在灰色的四壁当中点着一盏带有蓝色灯罩的小灯，灯底下有个姑娘脸冲外坐着写信。看，这时候她正抬起头来，用羽毛笔的红笔杆将一缕垂到鬓角的头发理一下。她的双眼眯缝着，脸上满是笑意。她缓缓地将信折叠起来，放入信封中，用舌尖舔着封口的胶边，将封口粘上，接着将信丢到桌子上，伸出比我小指还要小的食指在信封上指指戳戳。然而她立即又将信捡起来，紧锁双眉打开信封，重新读了一遍，然后将信纸装进另外一个信封封好，趴在桌上写好地址，随后高高地举着信，如同挥舞小白旗一般在空中摇来摆去。

　　她打着转，一面拍掌，一面朝放有床铺的角落里走去，接着又从那儿出来，脱掉短外套，露出丰满的、如同面包一般的臂膀。她从桌子上面端起台灯，接着又消失在角落中了。当你偷看一个人独自活动、干事时，你会感到她简直就像个疯子。我在院子中散步，心里想着这个姑娘独自一人待在自己的小屋内，她的生活怎么过得这么奇怪。

　　但是，每当那位火红头发的大学生来找她，降低声音，用耳语般的声音向她说些什么时，她却周身蜷缩，人变得比先前更小了。她害怕地看着他，将两手躲到身后或是桌子下面去。我不喜欢这位火红头发的大学生，一点儿都不喜欢。

此刻短腿姑娘头上裹着头巾，摇摇摆摆地走过来，对我嘟囔道："快点儿回面包店里去……"

返回屋中，面包师一边从面柜中向外掏面团，一边向我炫耀他的相好多么善解人意，多么的富有魅力，然而我心中想："再这样下去，我会被弄成一副什么样子呢？"

我仿佛感到，近在咫尺，或是在某一个角落中，一场灾祸正在等着我。

面包店的买卖非常兴隆，所以杰连科夫准备寻找另一家稍微大点儿的面包店，并打算再加一名帮手。这样做简直太好了，然而我一天要干的活太多，经常劳累得精疲力尽。"到了新的店铺，你就算个大师傅了，"面包师冲着我说，"我去说一声，应该将你每月的工资长到十卢布，那才行呢。"

我非常明白，叫我当大师傅对他有好处，他原本就不喜欢干活，而我则喜欢干，身体的劳累对我有益处，可以消除我心情的烦躁，克制强烈的情欲的需求。不过这样一来，书也就没法念了。

"你丢下书本了，这非常好，叫老鼠去钻研吧！"面包师冲着我说，"难道你晚上睡觉没有做过梦？也许你也做过梦，只是憋在心中不肯说！简直太可笑了。要知道说一下梦境，不会带来任何危害，用不着心惊胆颤。"

他对我说话很温和，似乎还带着几分敬意。大概他害怕我是老板故意安排到这里来的人，虽然店铺中的东西他天天依然不露声色地照常偷，一点儿没有顾忌。

我的外祖母离开了人世。这个坏消息我是在她安葬七个星期以后从表兄弟给我寄来的信里知道的。那封短短的、一个逗号也没有的来信中说，有一天外祖母在教堂门口的台阶上要饭时，不幸摔了下来，摔断了一条腿。到了第八天，她的腿便发生坏疽，接着就去世了。后来我又知道了，两个表兄弟与一个表姐还有几个孩子——全都是身强力壮的年轻人——都坐享其成，仅靠外祖母的乞讨生活，是他们将她活活累死的。他们居然也没有想些办法让医生为她治病。

信里是这样说的：

　　　她葬在彼得罗巴甫洛夫斯克墓地在那儿我们家全部的人还有一群乞丐为她送行他们尊敬她并恸哭不停。外祖父也跟着哭了他将我们撵走自己留在墓地我们藏在灌木丛中看着他哭他也将要死啦。

当时我没有掉眼泪，只记得仿佛有一阵刺骨的寒风朝我袭来。那天晚上我坐在院子中的柴火堆上，心情忧愁，我急切地想找个什么人讲讲我的外祖母，讲讲她是个这样聪明、这样真挚慈祥的人，她是我们全世界的母亲。我的心里长久地怀有这个向人倾诉的愿望，然而满肚子的话没有人愿意倾听，就这样，这个愿望、这些没有讲出来的话逐渐沉在了心底。

很多年以后，当我读到契诃夫有关一个马车夫对一匹马倾诉自己儿子的死亡的非常真实的短篇小说的时候，我又找回了过去的这份心情。但是十分遗憾，在那些十分悲哀的日子里，我身边不仅没有一匹马，就连一只狗也没有。我也没有想到叫老鼠来承受我内心的悲哀——面包店中老鼠倒有很多，我和它们生活在一起，并且成了亲密邻居。

没过多久警察尼基福里奇如同老鹰一般在我身旁盘旋起来。他身材匀称、身板强壮，一头银灰色的短发朝上竖起，既宽又密的胡子修剪得非常整齐。他经常津津有味地乱咂着嘴，瞪着双眼看着我，那副模样就仿佛圣诞节前一天人们宰的鹅一样。

"我听说你非常喜欢看书，对不对？"他问道，"你喜欢看些什么书？

比如，喜欢看《圣徒传》，还是喜欢看《圣经》？”

“我经常看《圣经》，也经常看《圣徒传》。”这话不禁让尼基福里奇感到意外，显然把他弄糊涂了。

“真的？看书是件合法的好事情！我猜想，托尔斯泰伯爵的作品你也是经常看的吧？”

托尔斯泰的书我也看过，然而我仿佛感到这并非警察敏感的作品。

“这些全都是些非常普通的作品，其他作家也可以写。听人说，他有几部大逆不道反对神父的作品，不妨看一看！”

这几本胶印的作品我都读过，但是我感到这些书读起来非常枯燥无味，并且我知道没有必要与一个警察来争辩这些作品。

经过几回在街上边走边谈以后，这个老头儿便邀我去他那里坐坐。

“到我的岗亭中去坐会儿，喝杯茶。”

不用说，我明白他要我去他那里做什么，然而我还是想去。我先向一些识大体之人讨教可不可以去，大伙儿觉得假如我谢绝警察的这片善意，就会增加他对面包店的疑心。

接着我便到尼基福里奇那里做客了。他的小屋中，俄国式的炉子占去了三分之一的地方，还有三分之一地方放着一张双人床，床上挂有一个印花布的帐子，摆着好几只套有红色斜纹布枕套的枕头。剩下的空地方放有一只碗橱、一张桌子以及两把椅子，窗子旁边放着一条长凳。尼基福里奇此刻正坐在长凳上解制服的纽扣，他的身子把这个小屋中唯一的一扇小窗挡得严严实实。在我身边坐着的是他的太太，一个胸部丰腴、面颊绯红、二十来岁的少妇。她有两只奇特的、灰蓝色的、狡诈且又阴险的眼睛，总是特意地噘着鲜红的嘴唇，说起话来总是怒气冲冲、非常强硬的。

“我清楚，”警察说道，“我的教女谢克列捷娅，一个浪荡、卑贱的丫头，经常去你们的面包店里。看，所有的女人全都是贱货。”

“都是么？”他的太太问道。

“没有不是的！”尼基福里奇坚定地答道，身子晃动得胸部的纪念章叮当直响，好像马匹抖动的时候挽具发出的响声一样。他端起茶碗喝了一口茶，又兴高采烈地往下说：

"从最低贱的妓女……甚至到至高无尚的女皇，全都是卑贱的、浪荡的女人！示巴女王为了倾诉衷情，走了两千俄里（俄制长度单位，1俄里约为1.0668千米）的沙漠地来拜见所罗门王。叶卡捷琳娜女皇尽管号称大帝，不过也不能脱俗……"

接着他仔仔细细地叙述起一个烧炉工的故事，这个烧炉工因为和女皇有过一夜风流，于是就飞黄腾达，从军士立即升为将军。他的太太认真地听着，偶尔舔一下嘴唇，还在桌子底下用脚碰一下我的脚。尼基福里奇讲得非常流利流畅，措辞也非常有趣，然而这时候他不知怎么不自觉地将话锋一转，向我说起另外一个话题。

"比如说，这里有个一年级的大学生普列特尼奥夫。"

他的太太遗憾地叹了口气，插嘴说道：

"他长得不怎么漂亮，但是人倒非常好！"

"你是说谁呀？"

"我是说普列特尼奥夫先生。"

"这样说不对，首先，他现在不是先生，待大学毕业以后才可以称先生，而目前他只是一个非常普通的大学生，就与我们身边千千万万的大学生一样。再就是，你说他人非常好，这是什么意思？"

"他快活而且年轻。"

"这么说来，第一，杂耍草台班子里的小丑也是一样快乐的……"

"那不一样，小丑的快乐是为了挣钱。"

"住嘴！第二，大狗、小狗都一样……"

"小丑就像耍猴一样……"

"我刚才说过了让你住嘴！听到了吗？"

"嗯，听到了。"

"这不就对了吗。"

尼基福里奇说服了妻子以后，就转过脸对我提议说：

"你这就去和普列特尼奥夫互相认识一下，他是一位非常有意思的人！"

我感到他是在试探我，由于他看到过我和普列特尼奥夫在大街上一起散步，并且或许看到过不止一次，我没有其他的选择，不得不说：

"我们两个认识。"

"真的，是这样的吗？"

他的话听起来有点失望，他突然抖动了一下身子，胸前的纪念章又响了。此时我反而留起神来，因为我知道普列特尼奥夫这时正在用胶版印传单。

他的妻子一面继续用腿碰我的腿，一面狡猾地找话碴特意逗他，但是他却如同孔雀开屏一样滔滔不绝地卖弄自己的能言善辩。他的太太有意要弄他，妨碍我听他讲下去，这时我又没察觉他的声音变了，变得更深沉、更威严了。

"有一条看不到的线，你明白吗？"他问我，瞪着两个圆眼睛盯着我的脸，似乎害怕什么似的。

"你不妨将皇帝陛下比作一只织网的大蜘蛛……"

"哎呀，你看你说些什么呀！"女人大惊小怪地叫起来。

"你给我住嘴！蠢货，这么说是为了说得更形象生动，而不是蓄意贬低，母狗！快准备茶炊去……"他眉头紧锁，稍微眯起眼睛，动情地继续讲，"这一条看不到的线就像一张蜘蛛网，从亚历山大三世皇帝陛下的心脏出发，经过各部的大臣，经过总督大人与各级官吏，直到我，甚至绵延到最下等的士兵头上。这一条线连结了所有的一切，包裹了所有的一切，好像一座看不到的堡垒维护着皇帝世世代代的统治。可是，那些被狡黠的英国女王收买的波兰人、犹太人以及俄罗斯人处处极力要破坏这条线，就像他们是为了人民一样！"

他隔着一张桌子朝我探过身来，声音带点恐怖地低声问：

"你懂吗？这就好。今天我为什么要和你说这些？你的面包师对你挺满意，说你这小家伙聪明、诚实，光棍一条。但是那一群大学生常到你们的面包店来胡闹，在杰连科夫房间里整夜整夜地谈论。假如是单独一两个大学生，那就不会有任何说不清楚的事。可是一来总有许多，做什么呀？啊？我可不是贬低大学生们，由于今天他是个普通的大学生，明天可能就是一个副检察官了。这群大学生都是好人，只是太着急崭露头角了，而沙皇的敌人正在私下里挑唆他们！你懂吗？我还要跟你说……"

他还没有来得及继续说下去，他家的房门忽然大开，走进来一个长有红鼻子的矮个儿小老头儿，他的一头卷发上束着一根小皮条，一只手提着一瓶伏特加，看样子可能喝醉了。

"谁和我来杀一盘棋？"他兴致勃勃地问，立刻现出一副俏皮的样子。

"这位是我的岳父，妻子的父亲。"尼基福里奇脸上带着阴郁的神色说，口气非常失望。

几分钟过去了，我该告辞了，走出大门，那个妖艳的少妇在我背后关上门的时候，捏了我一下，说："云彩像着火一样红红的！"

天空里有一小片金色云朵在逐渐消散。

说实话，我不想惹我的那些教师生气，但是我还是要说，对当时国家机构的安排，警察给我分析得要比他们更鞭辟入里。那好像有一只蜘蛛，它不停地织出一条条"无形的线"，将整个生活约束住，掌握在手里。我没多久就学会到处去感受由这条线连出的结实的网络。

晚上，女掌柜把店铺门关了以后，将我喊到自己房间里，一本正经地告诉我，她受托对我了解：那个警察对我到底讲了些什么？

"天呵，我的上帝！"她听完我的整个过程，恐惧得大喊起来，然后她像老鼠一样满地乱转，从一个角落跑到另一个角落，时不时地摇头，"这么说，面包师什么都没对您打探过吗？要知道他的情人是尼基福里奇的亲戚啊。必须将他赶走。"

我靠着门框站着，皱着眉头看着她。她说"情人"这个词有点太不负责了，我听了很不好受。并且她决定赶走面包师也惹怒了我。

"以后您要加倍小心。"她说，就像以往一样，她那敏锐的目光仿佛在询问我根本就不知道的什么事情似的，让我十分尴尬。看，她背着手，在我跟前停下来。

"为什么您老是这样烦闷呢？"

"不久以前，我的外祖母刚刚去世了。"

她听见这话好像感觉很开心。她面带微笑地问："您十分爱戴她吗？"

"是。如今您不再需要了解别的什么了吧？"

"对，不需要了。"

我离开了。那天晚上我作了一首诗，记得诗中有这么不客气的一句话："您呀——不过是爱慕虚荣罢了。"

从那以后店铺里就决定，叫大学生们尽量少到面包店里来。找不到他们，我几乎没有办法解决读书时遇到的难题了，只能将我感兴趣的问题写在笔记本上。但是有一次，我太疲惫了，枕在笔记本上呼呼地睡着了。此时面包师偷看了我的笔记，他喊醒了我，问道：

"你这是写些什么东西呀？'加里波第为什么不驱逐国王？'加里波第是谁？难道可以驱逐国王？"

他气愤地将笔记本往面粉橱上一丢，就跑到炉坑边去烤面包了，并在那儿不断地唠叨着：

"请自己说说，他应当驱逐国王吗？真是笑话。你还是放弃这古怪的想法吧。你这个书呆子！大约五年以前，在萨拉托夫，宪兵们如同捉老鼠一样捉像你这样的书呆子呢。如今虽说没有这种事了，但是尼基福里奇也早就注意上你了。你还是将驱逐国王的想法扔掉吧，把国王赶走可不像赶走鸽子那么轻而易举！"

他善意地劝告我，但是我不能正面回答他——那时我受到禁止，不能和面包师说"禁区之内的危险话题"。

当时城中广为传播着一本轰动一时的小册子，人们都在看，而且看后还谈论。我央求兽医拉夫罗夫帮我找一本，但是他的回答却使我失望：

"唉，早就没啦，老弟，别抱希望啦！不过，近日似乎有一个地方要宣讲这本小册子，可能到时候我领您去听听……"

在圣母升天节之夜，我跟随着拉夫罗夫高大的身影，走在一片黑糊糊的阿尔斯克昏暗的田野上。他走在前头，离我大约有五十来俄丈（约一百公尺）。田野上人迹皆无，但是我依然"随时防范"——拉夫罗夫这样告诫我的——边走边吹口哨，哼着小曲子，装作一个喝醉了的工人。在我的头顶上空慢慢飘动着黑色的云团，在浮云之间滚动着一轮金黄色的月亮，乌云的阴影掠过大地，水洼中闪动着熠熠银光与铁蓝色的寒光。城市在我身后沉沉地低声怒吼着。

我的领路人在神学院后边一座果树园的栅栏边停下脚步，我连忙赶上他。我们默默无语地越过栅栏，穿过杂草丛生的果园，触到树枝，大滴大滴的露水就滚落到我们的身上。在一幢屋子的墙脚处，我们停止了脚步，轻声扣击紧紧关闭的护窗板。此时一个络腮胡的人打开了护窗板，我看到他身后一片漆黑，听不到一点动静。

"什么人？"

"从雅科夫那儿来的。"

"赶紧爬进来吧！"

进了这黑糊糊的屋子，只感觉那里有很多人，只听到衣服的磨擦声与脚步的沙沙声、轻咳声和议论声。有人划了一根火柴，把我的脸照亮了，我看到靠墙的地板上有许多黑糊糊的身影。

"人都全到了吗？"

"全到了。"

"挂好窗帘，免得灯光从窗户缝隙里漏出去。"

一个气愤的嗓音高声说：

"这是哪个聪明人自以为是，将我们召集到这个不是人待的房子里来？"

"肃静！"

屋角中亮起了一盏小油灯。房间里空荡荡的，没有一点儿家具，只有两个木箱，上面放着一条木板，木板上坐着五个人，简直像五只寒鸦栖息在树枝上。小油灯也放在一个倒置的木箱上。靠墙的地板上还坐着三个人，窗台上坐着一个蓄着长发、脸庞瘦弱而又惨白的青年。除了他与那个络腮胡子之外，其他的人我都认识。

此时络腮胡子小声说，他要为大家宣讲一本名为《我们的意见分歧》的小册子——它是由"曾经是民粹派"的格奥尔吉·普列汉诺夫撰写的文章。

昏暗里坐在地板上的某一位气鼓鼓地喊了一声：

"我们早知道了！"

这种神秘的气氛使我兴奋不已，神秘的诗是最好的诗。这时我感觉自己是一个在教堂中做祈祷的教徒了，不禁联想到古罗马基督教的地下室中秘密祷告的场面。屋子中充满着人们的低语声，可是说话声听来还是非常清晰。

不知道是谁在屋角又大吼了一声。

"胡说八道！"

在那边黑暗的地方，模模糊糊地闪现着某一个铜器的亮光，好像罗马时代武士戴的盔甲。我估摸这也许是炉门上的什么铜把手。

房间里回响着低低的说话声，嘈杂声里经常冒出几句语言激烈的话语，一片乱哄哄，简直搞不清谁在谈论什么。有些人在我头顶上空的窗台上嘲讽地大声说道："我们还听不听呀？"

提出疑问的是一位留着长发的、脸色惨白的青年。大家不说话了，只听到一个男低音在宣讲小册子。人们划着火柴，烟卷头上微微的红光不时地闪亮，映照出一张张深沉思虑的脸，他们有的眯着眼，有的睁大眼睛。

宣讲的时间拉得太长，使人都厌烦了，我也听得疲惫了，尽管说我喜欢听这种语言尖锐、富于热情的朗读，它十分明确地表达出让人佩服的思想。

不知道为什么朗读的声音戛然停止了，屋中立即响起一片愤然的吼叫：

"叛徒！"

"一纸空文！"

"这是对英雄所流的鲜血的亵渎。"

"在格涅拉洛夫与乌里扬诺夫牺牲以后……"窗台上又传来那个惨白的青年的嗓音，"各位先生们，能不能严肃认真地提出反驳言词而不要进行咒骂呢？"

我讨厌人们争论不休，也不喜欢听人们争论，要琢磨他们飘移不定、情绪激动的思想，对我而言是十分不容易的，况且那些辩论者赤裸裸的自视清高的狂妄神气总是让我生气。

那个长发青年从窗台上弯下身来对我说：

"您就是制面包的佩什科夫？我是费多谢耶夫。我们真应该熟悉一下。说实话，在这儿呆下去什么也做不了，这场争吵要持续很久，得不到什么好处。我们还是离开这儿吧，怎样？"

过去我早就听说过费多谢耶夫这个人，说他是位非常沉稳庄重的青年小组的组织者。所以现在我非常喜欢他那张有一对深不可测的蓝眼睛的、苍白而又生动的脸。

我们两个走在田野上，他问我在工人当中是否有朋友，我在念什么书，是不是有许多空闲时间。他顺口告诉我："我知道你们那个面包店，使我好奇的是您竟然在那里碌碌无为地干着毫无意义的事。这是为什么呢？"

事实上，有时我自己也感觉做那些事一无所获，于是我将自己的念头告诉了他。他听了我的回答，非常满意，紧紧抓住我的一只手，露出灿烂的微笑。他告诉我，后天他就要去其他的地方，要三周，等他回来后，他再对我说，我们怎样和在什么地方见面。

面包店的生意越来越红火，但是我个人的情况却乱成了一团。搬到新面包店以后，我的工作量越来越重。我既要在面包店中做事，又要向外送面包，送私人住宅，送神学院，送"贵族女子中学"。

那些女学生常常趁我在篮子中挑甜面包的机会，偷偷塞给我小纸条，在这些美丽的信笺上我经常惊奇地看见用很幼稚的笔迹写的毫无廉耻的词句。

在这帮性格开朗、衣着洁净、眉清目秀的贵族小姐们围着我的面包篮子一边可笑地扮鬼脸，一边用粉红色小爪子挑捡白面包时——我看着她们，极力猜测——我感觉纳闷，是哪几位小姐给我写这种毫无廉耻的字条的呢？我想，可能她们还不明白这些话的下流意义。从这儿，我不禁联想起那肮脏的"逍遥宫"来。"难道真有那条'看不到的线'从那些逍遥宫一直伸展到这些贵族小姐的身上来了？"有一天，有位胸脯丰满、头发黑黑的、梳着一条粗辫子的女学生在走廊中拦住我，非常紧张地轻声说："我付你十戈比，劳驾你替我将这封便函照上面的地址送去。"

她那双柔和的黑眼睛中满含着泪水，盯着我，紧咬嘴唇，而此时她的脸与耳朵都是红红的。我委婉地谢绝了她的十戈比，大方地接过便函，将它送给了一个高等法院的司法人员的独生子、脸上泛着害肺痨病红潮的身材高大的大学生。他接过便函，一言不发、若有所思地取出一小把铜币数起来，打算给我五十戈比的报酬。听见我说不要回报后，他又将钱放回口袋，但是没放进去，铜币哗啦啦都撒落在地板上了。

他茫然地看着这些五戈比与七戈比的铜币四下翻滚，使劲儿地搓着两手，搓得指关节啪啪直响，一边困难地喘着气咕哝道："现在可怎么办才好？噢，就这样吧，再见！我得考虑一下……"我不清楚他今后会考虑出什么办法来处理此事，可是我十分同情那位贵族女学生。没多久，她就从那所贵族女子中学失踪了，十五年后我又碰到了她，当时她在克里米亚半岛上的一个中学当老师，已得了肺痨病。她谈到世上的各种各样的事，就顿生经历人生屈辱的难以平复的恨意。

就这样，我把面包送完就去睡觉，晚上再来到面包作坊来烤面包，到半夜的时候将刚烤好的新鲜面包送到商店里去。面包店位于市立剧院的旁边，每晚散场以后，观众经常顺路到我们这里来吃热乎乎的面包。随后我还要揉好按斤卖的面包与法式白面包的面团，用两只手揉好十五到二十普特面粉的面团，这可是件十分繁重的事啊。做完以后我再休息两三个钟头，然后又要去送面包了。

就这样，日复一日。

好在此时我已有强烈的欲望，要对人们播撒"合情合理的、美好的和永久的东西"。我善于和人打交道，故事讲得也非常生动，我的想像是由我的个人经历与所看的书本激发出来的。我不用花费太多的精力就可以将日常生活里的事实编撰成有意思的故事，故事里别出心裁地藏着那条"看不到的线"。

我和克列斯托夫尼科夫以及阿拉富佐夫工厂的工人们都认识。和我尤其接近的是老织布工尼基塔·鲁布佐夫，他大概在俄国的每一个织布厂都劳动过，是个天生聪明、性格开朗的人。

"我在世上混了五十七年啦，我的列克塞·马克西莫维奇，我的起绒草，小流浪儿啊！"他用低低的嗓音说，黑眼镜后边的那双生病的灰眼睛含着微笑。这副眼镜的镜架是他亲自用铜丝制的，戴时间长了，鼻梁上与耳后都染上斑斑绿铜锈。人们之所以称他为"德国佬"，是由于他以往刮胡子总爱像德国人那样嘴唇上留一小撮唇髭，在下嘴唇下留一块浓密的灰白胡须。他身材中等，胸脯宽阔，生性快乐而又满怀忧愁。

"我最喜欢去马戏场了，"他把凹凸不平的光头向左肩一歪，说，"马本来是个畜牲，人们是怎样将它们训练出来的呢？真让人羡慕。我敬佩地看着那些畜牲，心里思忖道：嗯，由此可见，人也能够训练得聪慧起来。在那儿马戏演员是拿糖块将畜牲训教得十分服帖的，嗯，自然我们会到小店去买糖块。我们，也就是我们的灵魂，需要糖块，而糖块就是善心！也就是说，年轻人，我们对人要充满善心，而不应该像我们如今这样举棒打人，你说对不对？"

其实他自己待人并不十分好，和人讲话经常带半鄙视半讥笑的语气，与人辩论时，态度粗暴，蛮横无礼，大有非要压倒对方不可的架势。我和他刚开始的相识是在一家啤酒店中，当时人们正打算围打他，而且已经打了他两下，我冲过去将他拉走了。

"您被打痛了吧？"在下着牛毛秋雨的夜晚，我和他并肩走着，一边问道。

"哦，这算得了什么？"他不屑地说，"等等，干嘛你和我说话总是称呼我'您'呢？"

从那以后，我们就成了朋友。最初，他经常尖刻、巧妙地讥笑我，可是我对他说了我们生活里那条"看不到的线"起着非常大的作用以后，他就一改常态认真地说道："你呀，不笨，真的不笨！我这么说对吗？"于是他如同一位长辈一般对我和蔼起来，甚至喊我姓名时还毫不客气地加上父称。

"我的列克塞·马克西梅奇，我亲爱的小伙子，你的看法没错，但是谁也不会信任你的话，不会有益处……"

"您信吗？"

"我如今是一条秃尾巴的丧家狗，而普通老百姓则是带着镣铐的看家狗，每个狗的尾巴上都带着很多带刺的杂草，像妻子、孩子、手风琴、套鞋，并且每个狗都非常痴迷自己的狗窝。他们不会相信的。起初在我们的莫罗佐夫工厂中发生的暴动就是这样！谁冲在最前头，谁就会被打破脑门子，而脑门子与屁股不同，一旦砸烂了，那可够难受的。"

但是，自从认识了克列斯托夫尼科夫工厂的钳工雅科夫·沙波什尼科夫——一个身患肺痨病、会弹吉他、精通《圣经》，可是强烈地否认上帝的存在的工人——后来，他讲起话来就和从前有点儿不同了。雅科夫不时地在一边随地吐着血，一边激烈而又狂热地证明说："首先，我绝不是'按上帝的形象'做出来的，我什么都不明白，一无所长，并且也不是个仁慈的人，千真万确的，不是仁慈的人！其次，上帝不知道我生活有多么艰难，也许知道，可是无力相助，也许有能力帮助，可是又不愿意帮忙。

最后，上帝并非无所不知、无所不能的，也不是仁慈的，说白了，上帝根本就不存在！这纯粹是凭空捏造出来的，纯粹是凭空想像出来的，连一切生活全是凭空捏造出来的，可是这一切欺骗不了我！"

听完这一番话，鲁布佐夫先是惊讶得朝后退了一步，然后气得脸色铁青，他开始破口大骂。但雅科夫引经据典，用一句庄严的话让鲁布佐夫无言以对，缩着身体，低头沉思起来。

沙波什尼科夫讲起话来简直令人恐怖。他的脸瘦而黑，乌黑的头发如同茨冈人似的鬈鬈的，青色的嘴唇中露出狼一样的牙齿，一对黑眼睛一眨不眨地直盯着对方的脸庞，这种凶光毕露的目光使人无法忍受——我感觉这很像躁狂病人的眼光。

告别雅科夫以后，鲁布佐夫闷闷不乐地对我说：

"在我跟前还没有人诬蔑过上帝。我从来没听见过这样的话。无论什么样的话我都听见过，但是没听见过这样的话。不消说，这个人在世上活不了多长时间。唉，真可怜！他自己已经烧到白热化的地步了……有趣，老弟，太有趣了。"

可是他不久就和雅科夫打得火热了，全身热血沸腾，异常得激动不安，一个劲儿地伸出手指擦擦害病的眼睛。

"那——那么，"他笑哈哈地说，"这就是说，免了上帝的职务了？我亲爱的小兄弟，有关沙皇，我仍然这么一句话：对我而言，沙皇他不碍事。问题不在沙皇身上，而在于一些老板们。我和每一位帝王都可以讲和，即使是和沙皇，即使是和伊凡雷帝都可以：既然你喜欢，那你就来统治，来做皇帝吧，只要可以让我去惩治老板，那就够了！你下令叫我去拿金链子将老板绑在皇帝的宝座上，我会如同朝拜沙皇似的朝拜你……"

有一天，他看完《饥饿沙皇》这本书后，对我说："书里所写的——没错！"

第一次见到这样的石印小册子的时候，他顽皮地问我："这是哪位给你写的？写得真清楚。麻烦你告诉他，说我感谢他。"

鲁布佐夫对知识的渴求是永不知足的。他常常十分仔细地倾听沙波什尼科夫大肆糟蹋上帝的话，一连几个钟头听我讲一些书里的故事，经常会被逗得仰着头，弯着脖子，放声大笑，而且大声称赞道："人的脑子真聪明啊，真聪明啊！"

他自己读书很吃力，由于一对害病的眼睛不好用，但是他见多识广，这常让我惊叹不已。记得一天他对我说：

"德国有一个绝顶聪明的木匠，国王自己都经常请他去出主意。"我进一步追问下去才弄明白，他说的是倍倍尔。

"您是从哪儿知道的？"

"我就是知道呀。"他随口一句，一边用小手指头搔搔长有疙瘩的秃脑壳。

沙波什尼科夫对现实生活的艰辛与忙碌并不关心，一门心思只想消灭上帝，讥讽神职人员，特别痛恨修士。

有一天鲁布佐夫心平气和地问他：

"雅科夫，你怎么总是对上帝咒骂呀？"

他立刻更加恶狠狠地狂叫道："除了这个上帝，还有什么可以妨碍我的生活，啊？我崇拜上帝几乎已有二十年，对上帝一直谨小慎微。什么事都担惊受怕，不许辩驳，一切由上帝做主，日子过得没有自由。自从我熟读了《圣经》，这才明白，这都是凭空捏造出来的！纯粹是凭空捏造出来的，尼基塔！"

说着，他一边生气地挥动着一只胳臂，好像要将那条"看不到的线"挣脱一样，一边快要哭出声来地说道：

"瞧！因为这事儿，我将要没有老就快死喽！"

当时我认识了好几个很有趣的人，还经常跑到谢苗诺夫的面包店去探望老朋友们。他们高高兴兴地欢迎我，很喜欢听我讲各种故事。然而鲁布佐夫居住在舰船修造厂区，沙波什尼科夫住在卡班河对岸非常远的鞑靼区，二者相距有五俄里，因此我几乎见不到他们。他们来看我也不可能，由于我没有可以款待他们的地方，还有新来的面包师——一个退伍士兵，常和宪兵们来往。宪兵队的后院紧靠着我们面包店的院子，飞扬跋扈的"蓝制服"们经常越过围墙来我们这里——来为汉加尔特上校买白面包，为自己买黑面包。

何况其他人还告诫我别过分"出风头"，以免惹起其他人对面包店的过度关注。

最近我看到自己的工作快做不下去了，越来越多地发生大家想不到的事情生意越来越差，还有人经常从钱柜里拿钱，以致有的时候没钱买面粉。

杰连科夫揪着小胡子，无奈地笑着说："我们要破产啦。"

他的私人生活也过得不好：火红色卷发的娜斯佳已经有了身孕，整天像只凶狠的野猫一般发出呼哧呼哧的声音，睁着两只绿眼睛充满了怨气地看着周围的一切和房子里所有的人。

她走起道来使劲儿向安德烈身上撞，似乎没看到他在她眼前一般。安德烈只是歉意地微微一笑，为她让路，接着摇了摇头。

偶尔安德烈向我诉苦：

"一切全乱套了。大家没有不拿的东西，太随便了。我刚为自己买了半打袜子，只一天工夫就消失了！"

提起袜子的事，的确使人发笑。

可是我没有笑，由于我看着这个善良的人在这么艰难地维持着铺子，极力在做好这桩有意义的事情，但是身边的人们对他的这种事情抱有轻视和一点儿也不关心的态度，甚至还进行诋毁。杰连科夫并不希望得到他所救助的那些人的感谢，可是他有权利请求他们对他更加关心、更加友善，而不是像如今这样的态度。他的家庭不久就遭遇了不幸，父亲因为宗教崇拜的压抑，害了精神忧郁症，小弟开始整日喝酒，跟女人们厮混起来，妹妹的行为变得如同一个陌生人，很明显，她和那位火红头发的大学生不快乐的恋爱已经告吹了。我经常发现她双眼哭红了，我心里不禁讨厌起那个大学生来。

我好像感觉我喜欢上了玛丽娅·杰连科娃。我还喜欢上了我们店铺的女店员娜杰日达·谢尔巴托娃，一个鲜红的嘴角处一直挂着妩媚的微笑、胖胖的红脸女子。

我真的开始恋爱了。我的年龄、个性及丰富多彩的生活使得我要去接近女人，这么做与其说是太早，毋宁说是太迟了。我很需要异性的温情，即使得到女性友善的关爱也行。我也渴望坦诚地倾诉自己的心事，需要其他人和我一起理清茫无头绪的思绪和十分复杂的感觉。

但是我还没结交真正意义上的朋友。那些将我视为一块"待加工的璞玉"的人，都不能得到我的好感，也不能让我对他们倾诉衷肠。

每当我讲起他们不感兴趣的话题时，他们就立刻劝我说："得啦，别往下说了吧！"

昨天古里·普列特尼奥夫被逮捕入狱，然后被押送到彼得堡的"十字架"狱里去了。这个坏消息是尼基福里奇今天早晨在街上碰见我时第一个告诉我的。他沉思着、洋洋得意地向我迎面走来，胸前挂满了奖章，好像刚刚走出阅兵场，随后将手举到帽檐边，默默地从我身边走过去了，可是他顿时又停下来，愤怒地对着我的后脑勺说："昨天晚上古里·亚历山德罗维奇被抓了……"接着他挥了一下手，一面四下观察着，转过头悄声加了一句，"这个年轻人算是完蛋了！"

我好像看出他那狡猾的眼睛中闪动着泪花。

我知道普列特尼奥夫早就预测到自己总有这么一天，他自己曾为此提醒过我，并奉劝不管是我还是鲁布佐夫都别去和他相会，他和鲁布佐夫的关系同我的关系一样，也是十分亲密的。

尼基福里奇眼睛望着脚下，不高兴地问我："你为什么不经常到我那儿去啦？"

晚上我去看他的时候，他刚刚睡醒，正靠在床上喝格瓦斯。他的妻子玛丽娜弯着身子坐在窗口，在缝补长裤。

"事情原来是这么回事，"警察挠挠长着像熊一般的长毛的胸脯，若有所思地看着我，开腔说道，"他被逮捕了。在他那儿搜到一口锅子，他就是用这口锅子熬颜料，打算印反动皇帝的传单的。"

说着，他向地板上吐了一口唾沫，没好气地对妻子吼道："将裤子给我！"

"快缝好了。"她没抬起头，应着。

"她心疼他，还为他哭泣，"老头儿用眼神示意他的妻子，说，"我也为他感到遗憾。可是一个大学生怎么可以反叛皇帝呢？"

他一面穿起衣服，一面对妻子说："我出去一下……你赶紧去烧茶炊。"

他年轻的妻子仍然一动不动地看着窗外，但是当他走出房门以后，她快速掉转身来，握紧拳头朝门口砸去，从龇着的牙缝中恶狠狠地骂道："哼，老不死的东西！"

她的眼都哭肿了，左眼圈旁边几乎布满了大块的伤痕。她跳起身来，来到壁炉跟前，一面朝茶炊弯下身子，一面低声咕哝着：

"我非要骗他一下不行，骗得他痛哭大叫！像狼一样嚎叫。你可千万不要信他的话，一句话也不要相信！他绝对不会放过你。他在胡说八道，他不会可怜任何人。他像个渔翁。你的事他全都知道。他就凭借这一手为生。他的爱好就是抓人……"

她来到我的身边，用恳求的语气说："你亲亲我行吗，啊？"

我原本讨厌这个女人，但是她那双眼睛这么凶狠、这么忧愁地看着我，使得我忍不住搂住她，摸了摸她那乱蓬蓬、油腻腻、有点发硬的头发。

"最近他在监视什么人？"

"他正在观察雷布诺里亚德大街上旅馆中的一些人。"

"你知道他们的姓名吗？"

她微微一笑，答道："看，我要跟他说，你在对我打听这些事！他回来了！天啊！古罗奇卡就是他发现的……"说着，她赶紧跳到炉子前面去了。

尼基福里奇取来一瓶伏特加、一瓶果酱与一些面包。然后大家坐下来一起喝茶。玛丽娜坐在我身边，特别殷勤地侍候我，经常用那只好眼睛望着我的脸。这时她的丈夫又教训起我来："那条看不到的线深入到人们的心中、骨髓里。看，可以将它扯掉，可以将它铲除吗？沙皇就是人民的上帝！"

这时他突然问我："嗳，你读过许多书，那福音书肯定读过吧？嗯，怎么样？你认为，那里面说的都对吗？"

"我不清楚。"

"依我看，那上面说的全是废话，而且还很多呢。比如，说到穷人，那里面说穷人是幸福的，穷苦人怎么会幸福呢？这简直有点胡说八道。总之，那里面关于穷人的话有不少是令人难以理解的。得把生来就穷的与中途变得穷苦的区分开来。生来就穷的人，这原本就非常糟！而中途变得穷苦的，可能是种不幸。应该这样来看待它们的区别。这样才更好。"

"为什么呢？"

他审问似的看着我，默默无语，接着条理清晰、严肃地说起明显经过一番深思熟虑的念头。

"福音书里有很多可怜人的话，而可怜却是有害的东西，我是这么想的。可怜就要在没有任何用处的、甚至有弊的人身上投入巨大的开支。要建什么养老院啦、监狱啦、精神病院啦，等等。实际上应该帮助那些身体结实、健康的人，使他们有可能有所作为。但是我们却经常帮助病人，难道可以将身子虚弱的人变成健壮有力的人吗？因为做这种无谓的事情，健康的人也会变得虚弱，那病人就会爬到他们的脖子上。看，这就是需要研究的现实生活！有很多情况应该重新探讨。一定要知道：生活早已放弃了福音书里写的一套，生活行驶的是自己的轨道。你看，普列特尼奥夫为什么会死呢？就是由于可怜。我们在怜悯穷人，而大学生却在受苦受难。这难道是合乎情理的吗，啊?"

我第一次听到有人这么胆大包天地表达这种思想，尽管以前也经常听到。这种想法比我料想的更鲜明生动，传播得更为广远。

过了七年左右，当我再次读尼采的书时，又清晰地回忆起喀山警察那套哲理。顺口说说，我在书本中很少看到那些我在以前的现实生活里所没有听到过的知识。

此时这个专职"逮人"的老头儿还在无休无止地往下讲，一面和着语调用小手指敲击托盘的边缘打节子。他那瘦瘦的脸残酷无情地皱起了眉头，可是眼睛没瞧我，而是望着擦拭得可以为镜的铜茶炊。

"你该走啦。"妻子提示他两次了，他根本不理会，只是不停地按自己的思路继续说下去。不知不觉中，他换了个新的话题，使得我一时不知所措："你这小伙子不痴也不傻，又识文认字，难道就只配一辈子做面包师吗? 如果你再为沙皇帝国效力的话，那赚的钱就不会少了……"

我一边听他讲话一边在琢磨，怎样赶快去给雷布诺里亚德大街上我的那些朋友报信，告诉他们尼基布雷奇正在监视他们。在那里的旅馆里住着一个刚刚从亚卢托罗夫斯克流放回来的人，他名字叫谢尔盖·索莫夫。人们对我描述过很多关于他的有意思的故事。

"聪明的人应该紧紧团结起来，就像蜂房里的蜜蜂一样，或者蜂窝中的马蜂。那沙皇帝国……"

"看，九点钟了。"妻子又催促他。

"真见鬼!"

尼基福里奇边系制服纽扣边站起身来。

"嗯，不要紧，我坐公用马车去。再见了，老弟! 欢迎常来走走，别客气"

当我走出岗亭小屋时，暗暗下定决心，以后再也不到尼基福里奇家来"做客"了——老头让我反感，尽管他也很有趣。他说的那些有关摒弃可怜使人焦虑不安的话，深刻地印在了我的脑海中。我认为那些话颇有一些道理，可令人惋惜的是，那些话竟然出于一个警察的口中。

人们经常对有关可怜的话题进行争论，其中有一个人的见解使我特别激动。

城中来了一个"托尔斯泰主义者"。

这种人我还是第一次遇到——身材高大，体格健壮，脸色乌黑，留着一把黑色山羊胡子，嘴唇厚厚的，如同黑人一般。

他常常弯着腰望着地面，偶尔也会突然抬起他那有些秃顶的头，一双湿湿的黑眼睛闪现出充满热情的炯炯光芒——他那锋芒毕露的目光里燃烧着仇恨的火焰。有一次大家在一个教授的家里进行谈话，那时有很多青年来参加，其中有一个身材瘦小、举止文雅的小神父，神学硕士，穿一身黑色的丝绸长袍；黑袍非常显眼地映衬出他那张惨白、俊秀的面孔，脸上那两只冷冰冰的灰眼睛经常闪现着傲视尘俗的笑。

这个托尔斯泰主义者就福音书中永恒不变的伟大道理谈了很久。他的嗓音略带沙哑，言简意赅，可是每一个字每一句话听起来都铿锵有力，让人感到他的话中蕴藏着一种真诚的力量。他一边说一边用那毛茸茸的左手做着乏味的手势，似乎在砍什么东西似的，右手始终插在口袋中。

"简直是一个戏子。"我旁边的角落里人们在纷纷议论着。

"没错，非常像在演戏……"

在这前不久我刚看过一本书，作者似乎是德雷珀，写的是天主教怎么反对科学的事情。我认为这是一个热烈的天主教徒的真心话，这些教徒确信用爱的伟大力量就可以拯救世界，并出自对人类的热爱，打算将人用刀杀死，用火焚烧。

他穿着一件肥肥大大的白布衫，外边披着一件灰色的旧外衣，这也让他和其他人不同。说教即将结束的时候，他提高了语调喊道："那么，你们是信任基督呢，还是信任达尔文呢？"

他像投一块石头一样突然提出这个问题，一瞬间拥挤着坐在屋角中的那些年轻的小伙子与姑娘们个个既惊又喜地看着他。很明显，他的发表征服了在场的所有的人，大家都默然无语，低头沉思这个庄严的问题。

他用焦急的目光环顾了大伙儿之后，愤怒地补充道："唯有法利赛人才可能将这两种无法调和的原则统一起来，他们这样做，既无耻下流地欺骗了自己，又用谎话坑害了其他人……"这时候小神父从座位上站起身来，不慌不忙地捋起黑袍的袖子，带着不友善的殷勤与故作慷慨的嘲笑，从从容容地说："看样子，你们是同意有关法利赛人的粗俗见解喽，这种见解不仅是庸俗的，而且纯粹是错误的……"他竟然开始说法利赛人真正地、真诚地继承了犹太人的传统，并且人民常常总是跟随着法利赛人去反对他们自己的敌人，这不禁让我非常吃惊。

"你们去看看约瑟夫斯·弗拉维乌斯的书吧……"托尔斯泰主义者跳起身来，挥手做了个狠狠地用大刀阔斧砍杀人的动作，仿佛要将弗拉维乌斯砍倒一般，大声喊道，"人民现在还跟随着敌人反判自己的朋友，人民这样做不是完全出于自愿，他们是被逼迫的、被强逼的。你们的弗拉维乌斯和我又有什么关系？"

小神父与别的人早已脱离争论的话题，说起了十分琐碎的小事情，所以事实上争论已消失了。

"真理就是爱！"托尔斯泰主义者高声叫喊，眼睛中闪射出仇恨与蔑视的光芒。我经常觉得自己被这些激烈的争辩弄得晕头转向，抓不住话中的真正意义，在唇枪舌剑的旋风里好像脚下的大地也晃荡起来。于是我失望地感到，也许世上没有比我更愚蠢、更没有出息的人了。

此时托尔斯泰主义者一面擦着紫红色脸膛上的汗水，一面狂怒地咆哮着："丢掉福音书，忘记这本书，以免再说谎！重新将基督钉上十字架吧，只有这样做——才更真诚！"

我心里立刻产生了一个很大的疑问，这是怎么一回事？如果生活就是为实现人们的幸福而进行的无休止的斗争，那么善良与爱就肯定会超越斗争获得胜利吗？

我打听到这个托尔斯泰主义者名字为克洛普斯基，得知他住在什么地方，第二天傍晚就去登门造访。他暂时寄居在两位年轻的女地主家中，我去的时候，他正与两位小姐坐在花园中一棵菩提树的树荫下的桌子边上。他身穿一条白裤子与一件白衬衣，衬衣扣子没系，露出黑糊糊、毛茸茸的胸脯。他身材高大，颧骨很高，脸型瘦弱，和我脑海中的云游四方的圣徒与布道者非常相像。

他用银勺子舀盘子中的牛奶浆果，津津有味地吃着，还经常地吧嗒着两片厚厚的嘴唇，每吃一下，就吹动一下存留在稀疏的猫一般胡子上的牛奶汁。一位小姐站在桌边侍候他，另一位小姐靠在树干上，双手交叠在胸部，想入非非地仰望着尘土飞扬的昏暗的天空。她们两个人都穿着紫丁香色的轻轻飘动的连衣裙，容貌极为相像，简直分辨不出谁是谁。

他友好亲切地和我谈起爱的理论，并且说应当在心灵中培养和发掘这种唯一"能让人具有世界意识"，也就是说具有现实生活里到处存在的爱的精神。

"唯有用这样的情感才能将人凝聚在一块儿！谁没有爱，谁就不可能理解生活。有的人说，生活的法则就是斗争，他们是一些命里注定要死亡的两眼一抹黑的人。用火不能扑灭火，同样，用丑恶也不能战胜丑恶！"

但是当两个小姐彼此搂着向花园深处的房间走去的时候，这个托尔斯泰主义者一面眯缝起眼睛看着她们的身影，一面问我："你是干什么的呀？"

他听了我的回答以后，用手指敲击着桌面讲起人在什么地方都只不过是人，不需要拼命去改变人在生活里的地位，而只需要努力提高爱人类的精神就可以了。

"人所在地位越低下，他就越靠近生活的真理，越接近生活的最高智能……"我甚至有点儿怀疑他自己是否知道这样的"生活的最高智能"，可是我没出声，不过对他和我说的话已经索然寡味了。他用厌倦的目光看了看我，打了一个哈欠，双手托住后脖子，两腿抻直，挺了挺身体，然后疲惫地合上眼睛，好像打盹一般嘟嘟囔囔地说道："服从爱……生活的原则……"

他哆嗦了一下，舞起双手，仿佛要抓住空中什么物体一般，双眼恐惧地注视着我，说：

"怎么回事？我疲劳了，对不起！请原谅！"

他又闭上眼睛，仿佛身子疼得难受，露出了一排牙齿。

下嘴唇垂下来，上嘴唇稍微朝上翘着，稀稀疏疏的发青的唇髭也立了起来。

我告辞了，心中对他没有一点儿好感，并且有点儿怀疑他对我的真诚。

过了几天，我早晨为一位熟悉的副教授、嗜酒的单身汉送白面包的时候，在他那里又碰到了克洛普斯基。他也许夜晚没有睡觉，一脸秽气，双眼红肿，我想他一定是喝多了。

肥头大耳的副教授也是醉醺醺的，直流眼泪。他只穿了一件内衣，双手抱着一个吉他蹲在地板上，周围是乱七八糟的移动过的家具、空啤酒瓶以及他脱下的外衣。他坐在那里，身子不停地摇摇晃晃，还嚷道："仁——爱……"克洛普斯基怒气冲天地厉声喊道："没有仁爱！我不是陷在爱里死去，就是在争夺爱的斗争中死去——反正都一样，我们命里注定要死……"说着，他紧紧揪住我的一个肩头，将我拉到屋中，对副教授说，"你就问问他吧，他想要些什么？你问他需要对人的仁爱吗？"

副教授双眼满含着眼泪，看了看我，然后笑了起来："他是面包店中的人！我需要付实面包的钱。"

他转了一下身子，将手伸到口袋中，拿出一把钥匙递给我，说："喂，把钱全拿去！"

但是托尔斯泰主义者却夺过他的钥匙，对我摆摆手："走吧！以后再来拿钱。"

说着，他将从我手中接过去的白面包向墙角处的长沙发上丢去。

多亏他没有把我认出来，这不禁让我暗自兴奋。离开时，我又记起他那段被爱毁掉的话，心中立刻对他充满了厌恶。

后来别人对我说，他对寄住家的一个小姐倾诉爱情，但是同一天又对另一个小姐求爱。姐妹两个在聊天时发现了这个情况，她们就对共同的恋人充满了恨意。于是她们命令看守院子的人让这个爱情的布道者马上滚出她们的家门。从此以后他就从城中消失了。

爱情与仁爱在人们生活里到底有什么意义？这个辣手而又错综复杂的难题，我早就在思考了。它起先在我心中只是朦朦胧胧的，可是我敏锐地感觉到这是矛盾的，后来我索性明确地指出：爱的作用到底是什么？

我以前读的一些书中写的全是基督教思想、人道主义和呼吁对人的怜悯——这些内容我那时所熟识的进步人士都非常慷慨激昂、绘声绘色地描述过。

但是我所直接观察到的一切，几乎全然不是对人的怜悯。在我面前所展示的生活是一连串无休无止的仇恨与凶残，为一丁点儿小事就不断地进行自私的斗争。我自己需要的只是书籍，除此之外，其他的一切对我而言都毫无作用。

只要走在大街上，或在大门口坐一段时间，你就会知道：所有那些马车夫、看守院子的、工人、官吏、商人，他们的生活过得并不如同我所看得上的那些人一样，他们所思考的也不像那些人一样，所走的也是其他的路。我所尊敬和信赖的那些人，是十分孤独的、和其他人格格不入的，所以在那样的大部分人中间，在那些如同蚂蚁一般忙忙碌碌不断地在做卑鄙狡黠的勾当的人们之间，是多余的；在我眼里，目前这样的生活愚蠢透顶，太无聊了。

我也经常看到，人们只是在口头上谈论仁爱与博爱，其实他们也无意识地在遵循生活的准则。

想过有意义的日子，是多么的困难呀！

有一天由于得水肿皮肤蜡黄、浑身浮肿的兽医拉夫罗夫喘着粗气对我说："应该增强人类的残酷，让人们为之而感到疲倦，让每个人都讨厌，就好像讨厌这个该死的秋天一样！"

这年秋天来得特别早，细雨连绵不断，温度急剧下降，瘟疫蔓延，自杀事件频繁发生。拉夫罗夫不喜欢任凭水肿折磨而死，也服氰化钾自杀了。

"为牲口治了一辈子的病，到最后却如同牲口一样死去！"兽医的房东、裁缝梅德尼科夫在为他送葬的时候这样说，他的身体瘦削，精神，可以背诵全部称颂圣母的赞美诗。他经常用三个鞭梢的皮条抽打自己的两个孩子——一个七岁的女儿和一个已经读中学的十一岁的儿子，用竹竿打妻子的腿肚子，而且抱怨道："民事法官斥责我，说我这样的陋习似乎是从中国人那儿学来的，但是除了在广告牌上与画片上，这辈子我还从来没有见过中国人呢。"

有一位长着罗圈腿的工人在他那里干活总是闷闷不乐的，绰号是敦坎汉子，经常提起他的老板："我对那些温柔的教徒感到害怕！脾性野蛮的人一眼就可以看出来，假如发生什么，还总是来得及逃避他。但是温柔的人靠近你的时候，常常不露声色，如同草丛里一条打埋伏的蛇，到时候它会冷不丁在你袒露的心窝处咬一口。我害怕慈善的人……"这个敦坎汉子友善而又圆滑，爱告密，是讨梅德尼科夫爱的人，他讲的这番话倒是的确有道理。

有时我认为，温柔的人就如同生长在石头上的苔藓类植物，可以让生活的岩心风化，使其土质变得疏松，长出其他的东西来。可是更多的时候，我遇见的许多温柔的人，他们做无耻勾当的随机应变的本事，难以猜测的瞬息万变，心灵的歪曲与如蚊蝇般的哼哼，经常让我认为自己好像是一匹位于一群牛虻包围之中被绊住脚的马。

那次离开警察时，我也曾经这么想过。

秋风吼叫着，灯火在风里摇摆，好像使人认为灰暗的天空也在发抖，朝大地落下十月的绵绵细雨。一个淋得湿湿的妓女拉着一个酒鬼顺街向上走，她拽着他的胳膊在推他，而酒鬼咕哝着，抽噎着。妓女一脸疲惫，用沙哑的嗓音说："哎！你的命运应当这样……"

"看，"我心中想，"此刻我也似乎被一个人拉着，推到穷街陋巷里，让我饱览丑恶、悲惨的场景与各种各样的人们。事实上，这些我看得已经够多的了。"

或许，我那时并不是这么想的，然而我的脑海中浮现的正是这样的思想。

也正是在那个悲凉的傍晚我第一次感到身心俱乏，情绪沮丧。从那个时候起，我开始认为自己心情糟透了，并用一种陌生人的、甚至轻视的目光来冷眼对待自己了。

我看到每个人的身上都纠缠着某些矛盾，有的比较尖锐，有的比较平缓，这所有的矛盾不但表现在语言与行动上，而且也表现在情感上。这类变化不定的情感上的矛盾特别让我痛苦不已，而且察觉到，这类变幻莫测我自己身上也存在，这更加让我痛苦。我对一切都产生了好奇心，包括对女人，对书，对工人，对快活的大学生。可是我在哪一方面都失败了，做什么都一无所获，认为自己像个陀螺，有一只看不到的有力的手舞着一根看不到的鞭子在使劲地抽打我，让我滴溜溜地转来转去。

有一天我听说雅科夫·沙波什尼科夫生病住院了，我去探望他。那里一位戴眼镜，头上蒙着白头巾，头巾底下耷拉着两只红红的、如同煮过似的耳朵的歪嘴胖女护士，轻描淡写地说："他死了。"

她看我不愿意离去，傻愣愣地呆站在她跟前，就愤怒起来，大声叫喊："喂？还站着干什么？"

我也气坏了，对着她说："你是个蠢猪。"

"尼古拉，快把他赶走！"

尼古拉正在拿抹布擦一个铜棍子，听到命令，他大吼一声，挥起手里的铜棍子朝我背上打来。此时我趁势冲上去拦腰抱住他整个身子，将他拖到外边，摁倒在医院大门台阶跟前的水洼中。他对我的这一手倒也显得非常冷静，两只眼睛狠狠地瞪着我，一言不发地在水洼中坐了一会儿，然后站起来，说："哼，你这条疯狗！"

我径直走进杰尔查文花园，在诗人的纪念铜像旁边的一条长椅上坐下来。此时我真想干件坏事，叫人们都朝我扑过来，我也可以趁机打他们一顿。

可是，尽管今天是周日，花园中却空空的，四周不见一个人的影子，唯有风席卷着飘零的枯叶在吹动，路灯杆子上的广告纸也沙沙地响着。

黄昏时分，花园上空晴朗蔚蓝的天逐渐暗了下来，使人觉得更凉了。诗人巨大的铜像竖立在我跟前，我注视着它，心里想道：雅科夫这个无依无靠的人活在世上，就是疯狂地否定上帝，到头来还是像其他人一样死去，死得无声无息。这真有点让人伤心，太令人惋惜了。

"尼古拉这个王八蛋，他应该跟我好好地打一架，要不然就去喊警察，将我抓到警察局去……"我去找鲁布佐夫，他正在他那简陋房子里的小桌旁坐着，在小灯下缝补衣服。

"雅科夫死了。"

老头子抬起拿着针线的手，很明显是想划十字，但是刚晃动手，手里的线挂住了一个东西，于是他小声地骂了一句："他娘的！"

然后他发起牢骚来："事实上，我们大家注定都要死去，我们卑贱的命就该这样呀，真的，老弟！看，他死了，这儿那个无依无靠的铜匠也快要死去了。他在一个星期日被宪兵逮去。我和他相识还是古尔卡牵的线呢。一个特别聪明的铜匠！他经常和大学生们待在一块儿。你有没有听说大学生们正在闹事，是不是真的？哎，你来帮我缝补这个上衣吧，我的老眼昏花了……"

他将他那件破衣服连同针线一块儿递给我，就倒背双手，在屋中走来走去，一面咳嗽，一面嘴里嘟囔道："无论在哪里，只要什么地方冒出一丁点儿亮光，魔鬼立刻就将它扑灭，然后又是一片寂静！这个城市真讨厌啊。趁如今伏尔加河还没有封港，你赶紧乘船离开这里吧。"

他停下脚步，搔搔头皮，自言自语道："然而上哪里去好呢？每一个地方都去过了。真的，差不多每个地方都走遍了，最后只是将自己的身子累坏。"

他吐了一口唾沫，继续说："唉，这也算是日子？见他妈的鬼去吧！

活了大半辈子了，到最后也没活出一个名堂来，内心也罢，身子也罢，都……"

他站在门后边的角落中，不说话了，似乎在竖耳倾听什么响动，随后走到我面前，在桌子旁边坐下来。"我亲爱的列克塞·马克西梅奇，我对你说吧，雅科夫一生耗费很大的精力去否认上帝，结果只是徒劳。既然我不承认上帝与沙皇，那么他们一定都不会变得善良。要紧的是，人们首先必须自己恨自己，放弃这种恶劣的日子——就要这样！唉，我已经老了，要做，也迟了，两眼已经快要瞎了，真难受啊，老弟！你补好了吗？多谢……我们去小饭馆喝杯茶吧……"

在去小饭馆的途中，他揪着我的两个肩膀，在黑暗里深一脚浅一脚地前进着，一边还嘟囔着："牢记我的话，普通百姓再也无法忍受了，总有一天愤怒会爆发出来的，将一切全部摧毁——将他们那无聊的生活完全摧毁！普通百姓再也无法忍受了……"

我们还没有走到小饭馆的门口，半路上遇到一群水手包围一座妓院，而阿拉富佐夫工厂的工人们在护卫妓院的大门。

"每逢放假，这里总要发生打架的事情！"鲁布佐夫眉飞色舞地说。当他在护卫妓院的工人当中认出厂里的朋友们时，就摘下眼镜，立刻前去参与这场战斗，而且鼓动性地大声喊道："坚持到底，工厂的朋友们！掐死那些蛤蟆！打死那些鲤鱼！哎——哈哈！"

这个机灵的老头儿从一群河运水手里挤了进去，抵挡他们的拳头，用肩膀撞得他们四仰八叉，干得那么勇敢，那么灵活，目睹这种场景，简直使人又奇怪又可笑。他们好像并无坏意，心情快乐地厮打，如同是为了表现一下自己的勇气，发泄一下剩余的精力。黑压压的一帮水手跑到大门口，将工人们向大门上挤；大门发出吱吱呀呀的响声，响起一阵群情激烈的喊声："打死那个光头长官！"

其中有两个人爬到了房顶上，在那儿快乐而又有节奏地唱着：

我们不是贼，

　　不是大骗子，

　　也不是强盗，

　　我们是船上的劳动者，

　　前来打鱼的！

　　警笛嘟嘟地响了起来，房顶上又传来了歌声：

　　我们将鱼网撒向河床干枯的两岸，

　　撒向店铺的仓库、货栈……

　　然后鲁布佐夫、我和另外五个人，一同被逮到警察分局去了。

　　"伏尔加河上的人们真好！"鲁布佐夫小声对我说，"你快跑吧！有机会就跑！"

　　于是我瞅准机会，和一个跟在我后边的水手迅速地跑进一条小巷里，逃掉了。

　　我的四周变得空荡荡的。我只看见大学生们在快乐地奔波，没有意识到这种忙碌会产生悲哀。

　　假如有人现在对我说："你去读书吧，可是为此，每逢星期天我们要在尼古拉耶夫广场上用木棍打你一顿！"即使提出这种条件，我也肯定会接受。

　　有一天我到谢苗诺夫面包店去，知道面包店的工人们准备到大学里去打大学生。

　　我和他们争吵起来，咒骂他们，但想不出什么理由来为大学生们辩论。

　　晚上我独自一人坐在卡班河岸上，反复思考着一个问题：我该怎么办才好？

　　这年年底，我决心自杀。我在短篇小说《马卡尔生平一事》里曾经试图描述我打定此主意的动机。然而我又失败了，结果小说写得很差，内容缺少真实性。书里的事情全是真的，然而述说这些现实的好像不是我，小说里写的也不是我自己。

我在市场上买了一支军人鼓手使用的左轮手枪，我举起枪冲着自己的胸口打了一枪，本来想打中心脏，没想到只打穿了一叶肺。过了一个月，我又返回面包店去工作了。

但是在那儿没干多久，三月底的一天晚上，我从作坊来到店铺里，在女伙计的房间里看到"一撮毛"。

"您有空闲时间吗？"他没和我打招呼，单刀直入地问道。

"大约有二十分钟吧。"

他仍然一副老样子。

"哎，"他安静地低声说，"您想不想到我那里去？我有一家小杂货铺，您去能帮我卖卖货，我还有一些好书，可以帮助您学习。您愿意吗？"

"好吧。"

"那您周五清晨六点钟到库尔巴托夫码头上来，你不用打听，到时候我肯定会提前到那儿。再见！"

他迅速地站起身，朝我伸出一只大手，一边取出一块凸形银壳怀表，说："我们六分钟就谈完了！那就这样吧。"

呆了两天，我就坐木船去克拉斯诺维多沃村赴约。

伏尔加河刚刚化冻，浑浊的水面上漂着、摇晃着灰色的不堪一击的冰块。载着沉重的一桶桶煤油和一袋袋、一箱箱货物的平底木船，扬起风帆，乘风而行。

舵手是年轻的庄稼人潘科夫，他衣着讲究，穿着一件熟羊皮短皮服，胸部还用彩色的丝线绣着美丽的花纹。站在船首的是潘科夫雇的工人库库什金，他一边用长篙拨着浮冰，一边轻蔑地咒骂道："一边呆着去……看你往哪儿滚……"我和罗马斯并肩坐在风帆底下的箱子上，他小声对我说："庄稼人都痛恨我，特别是有钱的！"

库库什金向我们扭过伤痕累累的脸，赞成地说："牧师很不喜欢你……"

"这话很对。"潘科夫断言道。

"牧师这个狗杂种，看到你，就好像喉咙里卡了一块骨头！"

"不过我也有许多朋友，您以后也会有的，"我听见一撮毛这样说。

库库什金发表着自己的看法："即使你不是牧师的老婆，可是他应该珍爱一切有血肉之躯的动物。"

"谁把你打成这样的？"罗马斯笑呵呵地问。

"噢，当然是那些凶神恶煞般的流氓地痞。"库库什金满不在乎地说。

"他们为什么要打你？"潘科夫问道。

"这是什么话，难道我可以弄明白他们为什么打人吗？"

罗马斯从来不问我以前为什么要开枪自杀，这一点让我感觉十分高兴。如果换了其他人，那早就问了，我不喜欢人家问这件事。并且回答起来非常难。鬼知道我那时为什么要自杀。

中午，我们抵达克拉斯诺维多沃村，这里看上去既简朴又漂亮。

我与库库什金开始搬运船上的货物，罗马斯没有看我，问道："此刻胸口还疼吗？"

"不疼。"

"可以说，凭你自己的力气，完全能对付这工作，"库库什金说。

此时从山坡走下来一个瘦高个子的庄稼汉。

他靠近河岸边，热情地高声叫道："欢迎你们的到来。"

他相貌堂堂，明显力气不小。"伊佐特，你不要着凉了。"罗马斯关切地说。

"我？别担心。"

"你的脸又受伤啦？"

"对他们那些人没办法呵？"

很明显，他对罗马斯很友好、很关心。

半个钟头以后，我已经坐在新建的木屋洁净而又温馨的房间里，一撮毛从手提箱里取出一些书，放在炉炕旁边的书架上。

"您的房间在阁楼上。"他说。从阁楼的窗户边望出去，能够看到半个村子。

我在这里怎样生活呢？

此时他们喊我下楼去吃饭。在楼下，伊佐特坐在桌子旁边讲话，可是看到我出现，就不说话了。

"你怎么不说啦?"罗马斯眉头一皱问道，"继续往下说。"

"没话可说了，全都说完了。总而言之，大家是这样决定的：我们自己要照顾好自己。小伙子，你喜不喜欢钓鱼?"

"不。"

罗马斯说必须把农民、小果园主联合起来，让他们从收购商们的束缚中摆脱出来。伊佐特认真地听完他的话，说："富农们肯定不会叫你过上安生日子的。"

我看着伊佐特，心里暗想道："卡罗宁和兹拉托夫拉茨基的小说中描写的可能就是这样的农民……"

他走后，罗马斯沉思着说："他这人既机灵又能干。遗憾的是，他不大识字，读点书非常吃力。"

直到傍晚，他一边在铺子里对我交待各种货物的价格，一边对我说："我到这里来，不是图我个人的舒服或者赚钱。这样做，就和你们开那间面包店意思差不多……"

我对他说："我已经猜了个八九不离十。"

小铺门已经关上了，大街上也有人小心谨慎地在泥泞中嘁嘁啪啪地走动。

"哎，您听见了吧？外边有人在走动! 他是米贡，一个穷光棍儿，一个畜牲。您和他说话可要小心，并且一般说……"

然后他返回自己的卧室，点起了烟斗。他慢慢地斟酌字句，十分简明地说，他早已经发现我在荒废青春了。

"您很有天赋，生性执著，显然也对未来充满了美好的愿望。您应该读书，可是不要叫书本遮住眼睛。人们教育你的时候显得很粗暴，因此使你感到痛苦，可是他们的教育让你终生难忘。"

下面他又说起我已经非常熟悉的那些话，从他那熟悉的话语中，我领悟到了更深刻、更具有魅力的含义。

"你们那儿的大学生们总是夸夸其谈什么热爱人民呀，因此我对他们说：不能热爱人民。如今谈热爱人民，只是一句空话……"

他用探询的眼神看着我，声音洪亮地、神采飞扬地继续说："难道对人民的愚昧无知可以不加以指责吗？对他们的野蛮行径能够谅解吗？不见得吧？"

"当然不行。"

说完，罗马斯走入厨房，告诉厨娘准备茶炊，然后他把他的一些书让我看。他用宽宽的手掌抚摩这些书，激动地小声说："全是好书！这本书很有价值，是书刊检查机关要禁止的书。您要是想知道国家是什么，那就看看这本书吧！"

说着，他递给我一本霍布斯著的《利维坦》。

吃茶的时候，他简单地向我讲述了自己的身世。

"那时我在那儿和雅库特人住在一个宿营地，我想这下完蛋了。要知道，那个鬼地方冬季连脑子也会被冻僵的。那地方有时候也出现俄罗斯人，其中有位大学生，名叫弗拉基米尔·柯罗连科，他这个人仔细而又固执，并且什么活儿都会干。"

罗马斯说了很久，一直说到半夜，很明显他希望尽快使我成为像他一样的人。我生平第一次感觉和其他人有这样真挚的感情。

星期日，做完弥撒，我们的小铺门刚打开，门口立刻聚集起很多村民。一撮毛在小铺门口的门廊上坐着吸烟，低头听着农民们闲聊。

我一直在等着，不知道罗马斯什么时候会发言。于是我一面认真听农民们闲谈，一面试图琢磨：一撮毛会说些什么呢？

傍晚喝茶的时候，我问一撮毛什么时候和农民交流思想。

"交流什么呀？"他听了我的话说，"要知道，要是我和他们讲这方面的事情，并且在大街上，那我准会又被流放到雅库茨克去……"

他装好了烟斗，点燃吸着了，立刻被烟雾所包围。此时他才从从容容地、使人难忘地讲起农民胆小怕事、疑心太重。他们是自己怕自己，害怕附近的人，特别是害怕外地人。

风猛烈地刮着，豆大的雨点噼哩啪啦地敲打着窗子上的玻璃。

晚上一撮毛外出到某个地方去了，大概十一点，我听见大街上一声枪响，这枪声就来自附近某一个地方。我急忙跑到漆黑的外面，米哈伊尔·安东诺维奇正向门口走来。

"您怎么出来了？是我开的枪……"

他站在门廊里脱了外衣，用一只手捋干湿漉漉的胡子，像马一样喘着气。

在房间里他一面对着镜子梳胡子，一面告诫我说："您走在村子里时要注意点儿，尤其是在节日或晚上，看起来他们也想打您……"

每天我都可以听到新消息，并且开始读一些有关自然科学类的书籍。

伊佐特每周有三个晚上到我这儿来，我教他识字。

他忽然向我提议："你像是挺有劲儿，喂，我们来拉棍较量较量吧？"

我们从厨房里拿来一根木棍，在地板上坐下，两人脚掌顶着脚掌，一撮毛高兴地为我们双方助兴："哎——哟，加油！"

后来，伊佐特好像对我更加热情起来。"没什么，你真够棒的！"他劝慰我说。

伊佐特学习热情很高，常常在上课时，突然站起来，从书架上随便抽出一本书，使劲儿地读上两三行。

"你感觉怎样？"他好几回压低嗓音、小心谨慎地问我：

"你帮我讲解一下吧，这些诗句到底怎么回事？人一看这些黑线，黑线就变成句子了。"

我可以回答他什么呢？告诉他说"不知道"也会让他苦恼。

他原本是个孤儿，和民众的关系非常紧张，常常暗示我："你不要看他们那么随和，可都是虚伪之徒。他们每个人都自私自利，将公益事业视为服劳役。"

他这个性情温和的人，说起"乡村的这帮土豪劣绅"居然也这么憎恨。

他很喜欢散布各种新鲜事儿，假如没有新闻可说，他就自己编造各种各样的故事，不过编来编去总是老一套。

库库什金讲起故事来总是这样：故事里的坏蛋与恶棍无恶不作，然后就"音信皆无，远走高飞"了。

他经常会冷不丁冒出些奇怪的念头，忽然皱眉蹙额地说："我们千万不能去镇压鞑靼人，他们比我们厉害！"但是，这时大家正在讨论成立果树合作社的事情，谁也没有接口提起鞑靼人来。

村子里的人都觉得库库什金是个没头没脑的人，他的故事和奇思异想经常引得大家捧腹大笑，不过他们总是十分感兴趣地、认真地听他说，好像希望从他编造的故事里可以得到点儿意外的收获一样。

库库什金、伊佐特和潘科夫傍晚常常到我们这里来，一坐就坐到半夜，听一撮毛讲国际形势，说外国的生活状况，说各国人民的革命运动。潘科夫很喜欢听法国大革命的事情。"这就是生活彻底的转变，"他憧憬地说。

潘科夫两年前和父亲，一个脖子上长了一个大肉瘤、一双眼睛瞪得让人心惊胆战的富农分开住了，通过"自由恋爱"，娶了一个孤儿，伊佐特的侄女。

他对妻子一直管束很严，不过又让她穿城里人穿的衣服。潘科夫把房子租给罗马斯，村里的富农们都将他视为眼中钉，乡村生活让他特别苦恼。

潘科夫对他的雇工库库什金一直都很不错，并且还常常细细品味这位幻想家乱编的荒诞故事，这种情形让我感到非常高兴。

夜谈结束后，我就返回自己的阁楼，坐在敞开的窗户那儿，凝望进入梦乡的村子和一片沉寂的田野。

我感觉农民的生活是复杂的，他们要费心思管理田地，要处心积虑地处理人和人之间的关系。因此这种缺少理性的生活是不快乐的。

我讨厌乡村，农民让人难以理解。女人们在一起特别喜欢诉说自己的疾病，说她们心中有一个东西"在发慌""胸中憋闷"，而且常常"小腹绞痛"。

这些婆娘最爱生气，动不动就彼此大肆谩骂起来。有些小伙子竟然公然无耻地对姑娘们动手动脚，在田野里抓住几个姑娘，把裙摆掀起来包在她们头上。

这时下半身裸露着的姑娘们发出一阵阵尖叫，高声叫骂，可是似乎她们对这种作弄感到很高兴。

这里的小伙子们好说大话，可是做起事来都是一群窝囊废。有一次他们用木棍打中了我的一条腿。当然，我没把这种小冲突对罗马斯说，不过后来他发现我走路不对劲儿，一下子就想到是怎么回事了。

虽然他再三建议我别在夜间外出散步，可是我有时候仍然穿过一个个菜园，蹓跶到伏尔加河岸，坐在那里的柳树下，穿过薄薄的夜幕，看着河对岸的草地。我突然感觉自己的思想变得更加活跃，更加敏锐了。

从前在书本上读到的东西此时都演变成了各种奇异的幻想。

伊佐特来找我，夜色中他看起来更魁梧，更和蔼可亲了。

"你又跑到这里来啦?"他问，并在我身边坐了下来，久久地沉默着，凝视着河面和天空，时不时地抚弄着细丝般的黄色的胡须。然后讲起自己的梦想。

他抬起头来遥望黑色的风景，又长叹了一声:"生活是美好的呀!"

我表示十分赞成:"对，很美好!"

我很喜欢米贡，喜欢听他唱那些优美而又哀怨的歌曲。他唱歌的时候，总是闭着眼睛，那张痛苦的脸也不颤抖了。到了傍晚，他就悄悄邀请我:"去伏尔加河上吧。"

在那儿他坐在小船船尾，将两条乌黑的小罗圈腿伸到黑色的河水中，开始修补禁用的捕鲟鱼的渔具。

此刻米贡的脸病态似地颤抖起来，眉毛也扬起来，手指微微抖动。

"得生存下去，是吗?"米贡叹了口气，问道。我仿佛在做梦似的思忖着:"但是其他人为什么要像你这样生活呢?"

"他们会整死一撮毛的。你等着，他们也会弄死你的。"米贡咕哝着，随后出乎意料地小声唱起歌来:

妈妈对我十分喜欢，

她常常这么对我说：

嗳哟，我的亚沙呀，

你是我的心肝宝贝，

过日子要平平安安……

此时他闭上了眼睛，这歌声听上去愈加铿锵有力，更加凄凉了，仍在检查渔具绳索的手停止了抖动。米贡像刚开始唱歌那样，忽然停止唱歌，坐在小船上，无声无息地消失在浓浓的夜色当中。我看着他的背影，心中思忖着："像他这种人活着是为了什么？"

巴里诺夫也是我的好友，他游手好闲，喜欢说大话，懒散，爱搬弄是非，是个不务正业的流浪汉。他过去在莫斯科呆过，现在提到莫斯科，就非常生气：

"那城市几乎和地狱没什么区别！乱七八糟的。教堂居然有一万四千零六个，但是那儿的人都是骗子！而且说实话，他们全都像浑身长疮的马！生意人也好，军人也好，市民也好，都是一个样儿，一面走路一面搔痒。"我对他说这都是信口开河，他一听，就气冲冲地说：

"我的天哪！你这人就知道扫人家的兴！这事儿是一个聪明人详细讲给我听的，但是你居然……"

米贡是个不注重衣着的人，经常披头散发，衣衫不整并且肮脏。在他和库库什金身上有一个相同的地方，可能，正是由于这一点，他们才故意躲避，互不见面。

巴里诺夫曾经有两次去里海捕鱼，于是絮絮叨叨地说："我的小兄弟呀，什么东西都不能和大海相提并论。你在大海面前渺小得像一只蚊子！假如你看到大海，一定会赞叹不已！那儿的生活也十分美妙。"

平常他像一只丧家犬，在乡村里逛来逛去，人们都瞧不起他，但是听他讲故事的时候，又显得很高兴，就像米贡用歌声取悦于人一样。

我发现——已经有很多次了——人们听那些虚构得非常离谱、有时明显是瞎编的故事比听那些郑重其事阐述生活意义的故事要备受喜爱。但是当我告诉一撮毛的时候，他笑道："这种情况马上就会过去的！您将会赞同我的看法他的故事虚构得并不太离奇……"

我和这些人相处得十分友好，从他们晚上的谈论中学到很多东西。可能是靠了书本里充足营养的滋润，感觉自己在进步，说话也充满了自信。

七月中旬，伊佐特失踪了。听说他掉进河里淹死了。过了两天得到了证实：在村子下游七俄里的地方，他的小船冲到了青草丛生的岸上，船底戳破，船帮已经撞碎。

发生此事的那一天，罗马斯在喀山。那天晚上库库什金来到小铺，垂头丧气地问："一撮毛什么时候回来？"

"不知道。"

他用手掌搓起那张布满伤痕的脸，一边悄声用脏话骂起街来。

"你怎么了？"

他紧闭着嘴唇看了我一眼，十分吃力地、断断续续地说："我与米贡去了那儿，看到了伊佐特的小船，他是被人故意杀害的！"

他不停地摇头，接连不断地咒骂着，喉咙里发出焦躁不安的干干巴巴的哽咽声。后来他站起身来，摇着头走开了。

次日傍晚，一群孩子去河边洗澡，看到伊佐特躺在村子附近的河边那条已经晒干了的破驳船下面，他的后脑勺被斧子砍掉了。水流冲得伊佐特的尸体鼓荡着，四肢直朝岸边甩，仿佛他在使劲儿要爬到岸上。

夜晚天气炎热，令人觉得憋闷而难受，喘不上气来。

我不自觉地回想起伊佐特那沙哑的音调与他讲过的那几句美妙动听的话："人人都有孩童般纯真的一面，应该看清这点，看见这种孩童般的纯真！"

两天后的夜里，一撮毛返回来了。

"伊佐特被人害死了。"

"什——么？"

他的脸由于听到这出乎意料的坏消息而变了形，颧骨突然高耸起来，好像咬紧牙齿的时候鼓出来的肌肉，胡子抖个不停。

我回到自己的阁楼，在窗前坐下来。广阔的田野上空忽然打了个闪，照亮了半个天空；天空中闪现出淡淡红光的时候，似乎月亮也不安地颤抖起来。

此刻楼梯上传来一阵沉重的脚步声，罗马斯俯身走进门来，把胡子一捻，在我的单人床上坐下来。"您知不知道，我快结婚了！真的。"

"女人到这里住，恐怕不方便吧……"

罗马斯站起身，挺直了腰，又说了一遍："无论如何——我快要结婚了！"

"什么时候？"

"秋天。等苹果摘完以后。"他走出了阁楼。

摘早熟苹果的时候已经到了。今年是个好收成，苹果树全被沉甸甸的果实压弯了腰。八月初，罗马斯从喀山回来，运回来一船货物和很多装满东西的筐子。

他是在那天清早八点钟到家的。一撮毛刚刚洗完澡，换了衣裳，打算去喝茶。

正在此时院子中响起了阿克西尼娅的哭喊声："着火了！"

我们立刻冲出院子，看见菜园那儿棚子的木墙正在燃烧。我们呆呆地看了几秒钟，看着在酷热的阳光下发白的黄色火舌无情地扑向木墙，朝棚顶窜过去。

我迅速把一桶柏油推出朝街上跑，又回来推一桶煤油，可是我转动煤油桶的时候，看到桶塞已经打开，煤油撒到了地上。我把这桶不满的煤油推到外边，看到村妇们和孩子们顺着街道从四面八方跑过来，吓得又哭又叫。

我又返回棚子，看到里边浓烟弥漫，烟雾里不停地发出轰隆轰隆、噼啪噼啪的声音，红色的火苗由棚顶上窜下来，到处蔓延，而板墙已烧得只留下一个空架了。

一撮毛冲入过道，我紧随其后，爬到小阁楼上，那儿有我的很多书。此时轰隆一声巨响，我突然间明白，这是煤油桶爆炸了。

片刻之间，通红的大火就像万条火蛇，把棚顶穿透了。我知道自己必死无疑，求生的本能让我急中生智，立刻找到唯一的一条逃命之路——我双手抱起被子、枕头和一小捆椴树韧皮，用罗马斯的羊皮袄护着头，从窗户翻身跳了下去。

等我在水沟边醒过来时，看到罗马斯正在我身边蹲着，大声叫喊道："你感觉怎么样？"

我站起身来，傻傻地看着我们的茅屋如同一堆红色的刨花一般在熊熊大火中慢慢化成灰烬。

"嗳，感觉怎么样？"一撮毛再次大声喊叫着。

我的左脚感到有点儿疼，便躺下来对一撮毛说："这只脚扭了。"他抓起我的这只脚轻轻地抚摩，然后用力一拽。几分钟后，我满心欢喜地瘸着脚，把从火里抢救出来的东西搬运到澡堂那儿。

罗马斯已经恢复了平静，然后认真地把东西摆整齐。

水沟上方的烟雾中飞舞着白色的纸张。"唉，"罗马斯说，"可惜这些书完蛋了！全是我心爱的书呀！"

这场大火已烧掉了四间茅屋。多亏今天没有风，火舌开玩笑似地朝左右两边飘忽着，似乎一把把灵巧的火钩，极不情愿地伸出红手臂慢慢钩住篱笆和屋顶，不紧不慢地开始掠夺和吞噬。

庄稼汉们和婆娘们只关心自己的东西，不时地发出嚎叫声："水——水！"

水源在离这里很远的地方，就是在山脚下的伏尔加河那儿。罗马斯抓着庄稼汉们的肩，推搡着，迅速地把他们集合在一起，然后将他们分为两组，吩咐他们拆掉篱笆和离火场近的披屋。

在滚滚浓烟中，我那些心爱的书页看上去就像一群飞舞的鸽子。右边的火势暂时得到了控制，但左边的大火却在凶猛地蔓延，而且愈烧愈旺。

在我们那间木屋的火场上，一堆金黄色的炭火还没完全熄灭，其中还有一只炉子，一缕缕蓝色的烟雾由没有烧坏的烟囱中冒出来，飞向酷热的空气中，烧得炽热通红的铁床架子就像蜘蛛的脚一样矗立着。

"我的书统统烧掉了，"一撮毛叹息一声说，"实在太可惜了！"

遭受火灾的人们阴沉着脸走来走去，把没有烧毁的家什收拾到一起。婆娘们不停地哭泣、叫骂，为了几块烧焦的木头一个劲儿地争吵。火场后边那片果园里的苹果树都没有受到火灾的侵害，只是很多苹果树的叶子被大火烤得发黄了，挂满枝头的红苹果显得更加光彩夺目。

我们去河里洗了个澡，接着到河岸上的小饭馆中坐下，静静地喝起茶来。

潘科夫走了进来，他心事重重，神情显得比以往更友善。"该怎么办，老兄？"一撮毛问道。

潘科夫无奈地耸了耸肩，说："我这间木屋的确是保过火险的。"

大家一句话也不说，好像不认识对方一样，用探索的目光，奇怪地彼此打量着。

"我有一个想法，"潘科夫说道，"我们到外边去谈吧。"

我也到了岸边，往树底下一躺，凝望着河面。这个村子所经历的一切，就像一幅用彩笔在河面上勾画出的广阔画卷一幕幕浮现在我的眼前。我真的很疲惫，就酣然入梦了。

"哎，"我迷迷糊糊听见有人叫我，"你是死了还是怎么回事？快点儿醒醒！"巴里诺夫俯到我身上，摇晃我。

"快点儿起来吧，一撮毛在找你，他可着急了！"

他跟在我后边往回赶，一路上埋怨着。

河岸上的灌木丛中传来窸窸窣窣的声音，枝条摇晃了起来。"找到了么？"米贡用他那洪亮的声音问。

"把他带上来。"巴里诺夫答道。

罗马斯看到我，生气地责怪道："您为什么要去散步呢？您想让他们狠狠地打您一顿吗？"

等到只有我们两个时，他紧锁着眉头悄悄地对我说："潘科夫建议您在他这里留下。我打算去维亚特卡，过些时候我就给您写信，让您到我那里去。行吗？"

"我得想一想。"

他在地板上躺下来，辗转反侧了几回，便一声不吭了。我坐在窗前，遥望伏尔加河。

"您是不是还生那群富农的气？"罗马斯无精打采地问，"千万不要生气。他们只不过因为缺乏知识而有点儿愚昧而已。凶狠，这也是愚蠢的表现。"

他的这番话不能令我获得安慰，也无法改变我心里无法忍受的强烈愤恨。

我没有那么好的修养，当时我还没有学会把对于我而言没有必要的东西抛诸脑后。不管怎样我不会、也没法儿在这些农民中间生活下去。

在我和罗马斯离别的那天，我把自己苦闷的想法统统告诉了他。

"这种结论未免下得太早了。"他责怪我说，"不要忘记一点，无论什么事情都会过去的，一切都会向好的一面发展。再见了，朋友！"

一句再见十五年过去了，罗马斯因为"民权党人"事件被拘留，在雅库茨克流放地又被流放了十年。我经常和巴里诺夫去各个乡村给富农们打工度日，脱谷、刨土豆、收拾果园。夜晚就在巴里诺夫的澡堂里睡觉。

雨点敲击着澡堂的窗棂，如注的雨水冲着澡堂的一个角落，哗哗地朝水沟流去。这是今年的最后一场大雨，雷电交加，白色的电光划过天边。巴里诺夫温和地问我："我们明天就起程，行吗？明天？"

我们出发了……秋天的晚上坐船行驶在伏尔加河上令人感到有无法言表的喜悦。

看不见边的河水在船尾缓缓地流动着，就像一条黑色丝绸一样光滑闪亮，像树脂一样浓稠。河面上空飘动着团团的乌云。

我感觉自己仿佛被囚禁在一个冷冰冰的油气泡里，这个油气泡正在顺着斜面悄然向下滑，我感到自己像一只小蚊子一样附在里边。我好像觉得，这种滑动慢慢地停下来，快要彻底停止时，所有的声音像树叶从树上掉落下来，粉笔字从黑板上擦掉一般不见了，我身旁的一切都一动不动，悄无声息。

身穿一件破羊皮袄、头戴一顶长毛绒皮帽的大个子掌舵人也纹丝不动地站起来，好像着了魔一样，不再嗷嗷乱叫。

那天太阳落山了，轮船由喀山出发时，我就注意着这个像只狗熊一样十分笨拙的人，他的脸上毛乎乎的，两只眼睛小得几乎看不见。

这艘大轮船拖着四艘载满一件件铁板、一桶桶砂糖和一些沉重的木箱。

巴里诺夫用脚踢了一下木箱，闻了闻，接着沉吟道："这些一定是武器，从伊热夫斯克工厂运过来的……"

我们两个穷光蛋买不起客轮的船票，多亏船主"仁慈"，我们才坐上这只平底货船，虽然在船上我们也像水手一样值班，可是他们依旧把我们当成乞讨者看待。

夜漆黑一片，看不到平底船，只有浓密的雾气中被桅灯照明的桅杆尖依稀可见。我被水手长命令来"值班"，帮着这个粗鲁的人掌舵。他一面凝望着前边的灯光，一面轻声对我说："嗳，掌好舵！"

我马上站起身来，用力转动舵把。"行了，"他嘟嘟囔囔地说。我重新在甲板上坐下。

他沉默无语。在渺茫的黑暗里，从很远的不知道的地方传来犬吠声。这禁不住令人联想起那些还没有被黑暗吞没、幸存下来的软弱无力的生命。这声音听上去非常遥远，并且是多余的。

拖轮上有人用传声筒喊话，疲惫无力的声音已是多余的，就好像融入浓浓黑夜的犬吠声一样。在拖轮两舷漆黑的水面上，微弱的灯光照射着，好像许多黄色的油斑，静静地漂着、融化着。一团团乌云饱含着水蒸气，显得那样稠，那样浓，好像河底的淤泥一样在我们的头顶上方翻滚着。我们愈来愈深地走进悄然无声的黑暗当中。

和掌舵的男人一同下班以后，我马上躲到帆布底下睡觉。但是没过多久，便被一阵急促的脚步声和叫嚷声惊醒。我从帆布下面伸出头，看到三个水手将掌舵的男人压到舱房舱板上，似乎在阻止他干什么事儿，你一言我一语地高声叫道："放弃这个想法吧，彼得鲁哈！"

彼得鲁哈双手，牢牢地抱着自己的肩膀，静静地站着，一只脚踏着甲板上的包袱，挨个儿注视所有的人，嘶哑地恳求道："不要叫我作孽！让我离开这儿吧！否则我会犯罪的！"

"你会被淹死的！"人们对他说。

"我？无论怎样也不会。放开我吧，老兄们！你们不放开我，我也肯定会去杀了他！到了辛比尔斯克，我就去……"

他缓慢地、伸出张得直直的双臂，跪下来，然后双手抓住舱房的舱板，好像被钉到了十字架上，反复说："不要叫我作孽！让我离开这儿吧，我不能犯罪！"

在他那低沉的声音里，有一种震撼人心的东西。他那双伸展的、长得像是船桨一样的胳膊抖动着，手心对着大家。他那留着毛乎乎大胡子的像熊一样的脸也在微微颤抖，一双鼹鼠般的小眼瞪出乌黑的小眼珠，仿佛有一只看不见的手掐着他的喉咙，想把他置于死地。庄稼汉们静静地给他让开了道，他笨拙地爬起来，拾起包袱，说："那就多谢了！"

他来到船舷旁边，突然轻盈而敏捷地跳进了河里。我也奔到船舷旁边，看到彼得鲁哈在河里好像头上戴了一顶帽子一样顶着自己的包袱，不停地摇着头，斜穿过急流，向岸边的沙滩游去。岸上的灌木丛被风吹得弯了腰，向水中飘落着枯黄的树叶，似乎在迎接他的到来。

庄稼汉们说："他终于还是征服了自己！"

我问："他——是不是疯了？"

"怎么会疯呢？不，他这样做是为了拯救自己的灵魂……"

此刻彼得鲁哈已游到了浅水处，在齐胸深的水里站住，拿起包袱在头顶上摇摆。水手们朝他高声喊道："再——见！"

有人问道："他没有身份证怎么去呢？"

一个红发罗圈腿的水手快乐地告诉我："他有一个叔叔生活在辛比尔斯克，对他什么凶狠的事儿都做了，弄得他倾家荡产，因此他发誓要杀掉他的叔叔；可是最后，他自己又可怜自己，不做这十恶不赦的事情了。这个庄稼汉十分野蛮，但是心地却非常善良！他是个好心人……"这个好心人已经顺着一条狭窄的沙滩路向上游走去，没过多久就消失在灌木丛里。

这群水手以前都是善良的小伙子，都是我的同乡，都是祖祖辈辈生活在伏尔加河流域的农民。到傍晚，我感到自己已经与他们亲密无间了。但是好景不长，第二天我就发现，他们都用郁闷而怀疑的目光望着我。我立即猜测到，魔鬼缠上了巴里诺夫的舌头，一定是这个爱幻想的人对水手们胡说了些什么。

"你对他们胡说了什么？"

他那女人般的眼睛微露笑容，有点儿不好意思地搔搔耳朵根儿，坦白地说："说了一点儿！"

"嗯，我不是早就和你说过不要胡扯吗？"

"我原本是不会说的，但这个故事十分有趣。那时我们想要打纸牌，然而纸牌被那个掌舵的人拿走了，大家闲得没事儿干！然后我就……"

经过我的深究细问得知，原来是巴里诺夫为了解闷，捏造了一个根本不存在的趣闻故事，故事最后说一撮毛和我像北欧海盗一样凶残，曾抢着斧子跟一帮庄稼汉们厮杀过。对巴里诺夫生气是没有用的——他看见的真理都脱离了实际生活。

记得曾有一天，我和他一起去找活儿干，路上一起坐在水沟口的田地上休息。他满怀信心而又亲切地劝说我："应该去找真正的真理！看，水沟对面，羊群在啃着青草，牧羊犬在不停地奔跑，牧羊人在走来走去。啊，看见这些又能怎么样呢？这种情形能让我们饥渴的心灵得到什么满足吗？好老弟，你只要环顾四周，没有一个好人，这便是现实。善良的人在什么地方呢？善良的人我们还没想像出来呢，的确是这样！"

来到辛比尔斯克，水手们非常无礼地让我们下船上岸。"你们和我们不是一路人。"他们说。然后他们用小船把我们送到辛比尔斯克码头。到了岸上，我们晒干衣裳，这时我们衣兜里只剩下三十七戈比，可以去小饭馆喝顿茶。

"以后我们应当怎么办呢？"

巴里诺夫坚定地说："应当怎么办？还得继续去闯荡。"

我们有幸作为"兔子"搭上了一艘客轮偷渡到萨马拉。到了那里以后，我们受雇去萨马拉的一艘平底船做帮工。七天以后我们就平安地抵达了里海海岸。

在卡尔梅克人卡班库尔肮脏的巴伊渔场上，我们开始了新的一天。

母　亲

上　篇

　　每天在郊外工人区的上空，在充满煤烟和油臭的空气里，当工厂的汽笛震颤着吼叫起来的时候，那些在睡梦中疲劳的筋骨还未得以完全恢复的人们，满脸阴阴郁郁的，就好像受惊的蟑螂，从那些简陋矮小的灰色房屋里走到街上。

　　在寒冷的微光中，他们沿着没有铺砌的道路，朝着工厂中那一座座高大的鸟笼般的石头房子走去。在那里，工厂正在睁开几十只油腻的四方眼睛，照亮泥泞的道路，摆出一副冷漠自信的样子等待着他们。泥泞的路在脚下扑哧扑哧地响着，不时发出嘶哑的说梦话似的喊叫声，粗野的叫骂恶狠狠地撕破了凌晨的天空，然而，对于他们，扑面而来的却是另一种声响——机器笨重的轰隆和蒸气的怒吼。高高的黑色烟囱，就像一根很粗大的手杖耸立在城郊的上空，那微微颤动的样子，阴沉而肃然。

　　傍晚时候，太阳落山了，血红的余光照在家家窗户的玻璃上，疲倦而忧伤地闪耀着。工厂从它石头般的胸腔里，将这些人抛掷出来，就好像投扔无用的矿渣一样。他们面孔被煤烟熏得漆黑，嘴里露出饥饿的牙齿，沿着大街慢慢地走着。这一会儿，他们的说话声有点兴奋，甚至是喜悦——一天的劳役已经做完了，晚饭和休息正在家里等着他们。

　　工厂吞噬了整整一天的时光，机器从人们的筋骨里榨取了它所需要的力量。一整天的时光就这样无影无踪地从生活中消失了，他们却向自己的坟墓又跨近了一步。但是，他们看着眼前的享受——烟雾弥漫的小酒铺里的歇息和快乐——还是觉得颇为满足。

每逢节假日，他们睡到上午十时左右，然后，那些老成持重、有家室的人们，换上较为整齐的衣服去做弥撒。一路上，他们骂着年轻人对宗教的冷漠无心。从教堂回来后，吃过馅饼，又躺下睡觉——一直睡到傍晚。

常年的劳作，使他们丧失了正常的食欲，为了能够吃下饭去，他们拼命地喝酒，让伏特加强烈的灼热来刺激他们的胃口。

入夜以后，他们懒散地在街上逛荡。有穿套鞋的，即使天上不下雨，也把套鞋穿上。有拿雨伞的，即使天上出着太阳，也把雨伞拿上。

他们相互碰面的时候，总是说工厂，谈机器，骂工头——他们的所思所想，都是和工作有关的事情。在这枯燥乏味而千篇一律的日子里，拙笨而无力的想法有时也会发出孤独的闪光。回到家里就跟老婆吵闹，而且经常是拳打脚踢。

年轻的要么下酒馆，要么轮流在各家举行晚会，他们拉起手风琴，唱着淫荡放肆的小曲，说起下流过瘾的话，跳舞，喝酒。劳累不堪的人往往容易喝醉，醉了之后，满肚子无名的火气，立刻就沸腾起来，寻找着暴发的机会。一旦有了这种可以发泄的机会，他们便抓住不放了，哪怕是为了一丁点儿小事，也就像恶兽一般凶狠地厮打起来。往往是头破血流，有时打成残疾，甚至将人打死。

在他们日常的交往中，最多的则是一触即发的怨恨，这种感情，和那不能得以恢复的筋骨上的疲劳同样地年深月久而根深蒂固。这些人一生下来就从父亲那儿承袭了这种灵魂的疾病，它像黑影似的一直伴随他们从小到大走进坟墓。在一生当中，是它叫他们干出许多令人生厌而又毫无意义的残酷勾当。

每当到了休息的日子，年轻人经常直至深夜才肯回家，他们之中，有的撕破衣服，浑身上下沾满泥巴和灰土，脸上带着伤痕，幸灾乐祸地炫耀自己对伙伴的殴打；有的则满心屈辱充满着愤恨；有的是委屈地挂着眼泪；有的灌得酩酊大醉一副可怜相；有的垂头丧气，看上去叫人十分讨厌。

有的时候，也有小伙子被父母生拉硬拽地拖回家去。他们在路旁围墙跟下，或者酒馆里找到醉成烂泥的儿子，立刻破口大骂，抡起拳头朝着那被伏特加灌软的有气无力的儿子狠命地捺。之后，把儿子带回去，好歹将他们拖到床上睡觉算是了事，因为第二天早晨，当汽笛像黑暗的洪水在空中流过来怒号不止的时刻，还得叫醒他们去上班。

尽管他们非常凶狠地打骂自己的儿子，但是在老年人看来，小伙子们的酗酒和打架是完全合理的现象——因为这班父辈们年轻的时候，也是同样地酗酒和斗殴，也是同样地受他的父母的打骂。生活从来都是一样的——它平缓地像一条混浊的河流，年复一年日复一日不知流向何方。他们的全部生活被那年深日久牢不可破的习惯所束缚，每天所做所想的无不是重复老一套。所以说，他们之中没有人想要改变眼前这种生活。

有时候，也有些外地人来到这城郊的工人区。

开始，他们只因为是陌生人而受到大家注意，后来，听他们讲起他们从前工作的地方，稍微引起人们一点表面上的兴趣。过了一些时候，那些新奇的东西便从他们身上消失了，于是大家就对他们习以为常，他们就再也不引人注意了。听了这些人的话以后，他们知道工人的生活在哪儿都是一样的。既然都是这样——那还有什么好说的呢？

然而有时候，陌生人说一些人们从未听过的工人区的新闻，大家也不和他辩论，只是半信半疑地听着。他们所说的那些话，在一些人心里惹起盲目的愤怒，在另一些人心里引起了模糊不清的焦躁，在第三种人心里，有一种对于朦胧事情的淡淡的期望，使他们感到忐忑不安。他们为着要驱散那种不必要的却足以妨碍他们的焦躁和不安，便索性喝下比平常更为多量的伏特加。

当看出那些陌生人身上奇特东西的时候，工人区的人们就牢记不忘了。他们对于这些与自己不同的人，抱着一种本能的警戒。他们生怕这种人在他们生活中投掷某种东西，这种东西足以破坏他们虽然苦重却还平安的生活常规。虽然说是无聊，但人们已经习惯忍受生活所给予他们的始终如一的力量的压迫，他们并不期望什么较好的变化，他们认为一切的变化只能更为加重压迫。

工人区的人们默默无语地离开那些讲述新奇事情的人。

倘若这些人不能和工人区单调的人群融合的话，那么，他们只好再流浪到别的地方去，或者孤单地留在工厂……

这样生活上五十年——人们就自然地死去了。

钳工米哈依尔·弗拉朵夫，也是这样生活着，他是个毛发浓重、脸色阴沉、眼睛细小的人；当他那双眼睛躲在浓眉底下看人的时候，常常带着狐疑的不怀好意的冷笑。他在工厂里技术高超，是工人区第一个大力士。他对上司态度很粗暴，所以得到的工钱极少。每逢休息的日子，他总要打人。大家都不大喜欢他，也挺怕他。

时不时的，大家伙想要揍他，可是总不成。弗拉朵夫看见有人前来找茬的时候，他便攥上石头、木板或者铁片，宽宽地叉开两腿，毫不出声地等着来犯之敌。他那张从眼到脖子全长满黑胡须的嘴脸和毛茸茸的双手，使大家感到害怕。尤其是他的眼睛，使人望而生畏——细小而且尖锐的眼睛，好像钢锥一般地刺人，凡是碰到他目光的人们，无不感到他那股无所畏惧、毫不留情的野兽般的劲头儿。

"给我滚开！孬种！"他低声怒骂。从他满脸的毛须里面，露出又大又黄的牙齿。原想要揍他的人们便怯生生地回骂着走开了。

"孬种！"他在他们的背后骂着。他的双眼中透出钢锥一般锐利的冷笑。他挑衅似的伸直了脖子仰起脑袋，跟在他们后面嚷道："来呀！想死就滚过来！"

谁也不想死。

他的话不多，"孬种"是他喜欢常用的字眼。他用这两字呼喊厂主、警察，也用来叫唤老婆。

"孬种！看不见？——裤子破了！"

当他的儿子鲍维尔十四岁时，弗拉朵夫有一回想要抓住儿子的头发把他拖出去，但是他的儿子却拿起一把很重的铁锤，斩钉截铁地说："别动手！"

"什么?"父亲一边说，一边逼近瘦高个儿的儿子，就像阴影渐渐移向白桦树一样。

"受够了！"鲍维尔说，"我再也不能忍受了……"

他举起了铁锤。

"好吧！……"他重重地吐了口气，补充说："唉，你这个孬种！……"

这事发生以后不久，他就和妻子说："以后不要再朝我要钱了！巴什卡能够养活你了……"

"那么，你就把钱都喝光?"她大胆地质问。

"用不着你管，孬种！我要去睡婊子！……"

他并没有去睡什么婊子，然而从此直到他死，几乎两年的光景，他再也没有去管教儿子，也没向他开口。

他养着一条和他自个儿一样高大而多毛的狗。每天进厂的时候，那条狗总要送他到工厂门口，临近傍晚时，再到工厂门口去等他回来。每到休息日，弗拉朵夫就到酒馆里去。他一声不响地走着，好像是在那找人似的，用眼光搜寻着别人的脸。那条狗拖着长毛大尾巴，一天到晚地跟在他身后。喝醉了就回家，他坐下来吃晚饭，就用自己的饭碗喂狗，但从来也不抚弄它。

晚饭后，一旦老婆不及时收拾碗碟，他就会把盘盏摔在地上，把酒瓶摆在自己面前，背靠着墙，张大嘴巴，闭上眼睛，用那令人生厌的声音哼唱。那凄惨难听的歌声，在他唇髭间打转，震下了粘在那上面的面包屑，他用粗大的手指捋着唇髭和胡须——自顾自地哼个不停。那歌词别人听不懂，字音拉得倒挺长，调门儿叫人联想起了冬天的狼嚎。就这样一直唱到酒瓶喝空为止，他横转身子瘫倒在长凳子上，或者把头埋在桌子上，直至昏睡到汽笛拉响的时候。

那条狗也躺卧在他的身边。

他是得疝气病死的。在临死前五天，他全身发黑，双眼紧闭，咬住牙齿，在床上乱滚，时而对老婆说： "给我拿点耗子药来，把我毒死算了……"

医生说病人必须接受手术，当日就得把他送进医院。

"去你的——我自己会死！……孬种！"米哈依尔声音嘶哑地骂着。

医生走后，他老婆流着泪劝他施行手术，但他却捏起拳头唬她，叫道："我好了——对你没好处！"

早上，正当汽笛叫唤着人们上工的时刻，他死了。他张大嘴巴，躺进棺材，而眉头却怒气冲冲地紧锁着。

他的老婆、儿子、狗，以及被工厂开除了的做贼的老酒鬼达尼拉·沃索西柯夫，和几个工人区的乞丐，参加了他的葬礼。他的老婆低声地哭了不大一会儿。鲍维尔没有哭。在路上碰着棺材的人们，都停住脚画着十字。

他们相互地谈论着："从此彼拉盖雅可以安心啦，那个人死了……"

有些人更正似的说："不是死了，是倒毙了……"

棺材埋了之后，人们就都走开了。但是，那条狗却还留在那里，它坐在新掘起的泥土上面，默不作声地嗅了许久。又过几天，那条狗不知被谁打死了。

父亲死后不到两个礼拜，在一个休息日，鲍维尔·弗拉朵夫喝得酩酊大醉地回到家里。他跌跌撞撞地走进门边的墙角，像他父亲那样攥着拳头在桌子上敲着，呼喊他的母亲。

"拿饭！"

母亲走近他的身边，和他并排坐下，把他的头搂在自己的怀里，拥抱着他。然而他却用手推着母亲的肩反抗着。

"妈妈——快些！……"

"你这个傻孩子！"母亲制止住他的反抗，悲伤而又温柔地说。

"还有——我要抽烟，把老头子的烟斗拿给我！……"鲍维尔勉强转动着不听使唤的舌头，嘟嘟囔囔地叫着。

这是他第一次喝酒。伏特加使得他全身疲软无力，但他还没有失去知觉，在他脑袋里不断地涌现一个问题："醉了吗？醉了吗？"

母亲的爱抚，使他感到无比羞愧。她眼睛里充满着悲哀，使他的心灵备受感动。他想要哭，为了要抑住这种想法的冲动，他强装出比刚才更厉害的醉态。

母亲抚摸着他那被汗水湿透了的蓬乱的头发，静静地说："这种事不是你该做的……"

他呕吐起来。

剧烈的呕吐之后，母亲把他安放在床上，把一条湿毛巾敷在他苍白的额头上。他渐渐地苏醒过来，但他周身的一切，都好像随波逐浪似的在那儿晃荡不停。眼皮觉得很重，嘴里觉得有一种无名的苦味。他从睫毛之间望着母亲宽大的面容，胡乱地想着：

"看来，对我还太早了点。别人喝都没什么，我却觉得很恶心……"

仿佛从很远很远的地方，传来了母亲柔和的声音：

"你要是喝起酒来，那还能养活妈妈吗？"

他紧闭着眼睛说："大家都喝酒……"

母亲喟然长叹。他说得不错。她自己也明白，除了去酒店之外，人们再没有别的玩的地方了。但是，她仍旧说：

"可是你不要喝！该你喝得那份儿，你爸爸早已替你喝光了。他叫我受苦可受够了……你也该可怜可怜你妈妈，好不好？"

听着这悲伤而温和的话语，鲍维尔想起了父亲在世的时候，家里如同没她这个人似的，她总是沉默着，一天到晚提心吊胆，不知什么时候不对劲就要挨打。鲍维尔因为不愿和他父亲见面，最近一个时期很少在家，因此和母亲也疏远了些，现在，他渐渐地清醒过来，专注地望着她。

她长得很高，稍微有点驼背，被长期劳作和丈夫殴打所折磨坏了的身体，行动起来毫无声响，总是稍稍侧着身子走路，总是担心会撞着什么似的。宽宽的、椭圆形的、刻满了皱纹而且有点浮肿的脸上，有一双工人区大部分女人所共有的不安而哀愁的暗淡无光的眼睛。右眉上面有一块很深的伤痕，所以眉毛略微有点往上吊，看过去好像右耳比左耳略高一点，这给她的面孔添上一种小心谛听动静的神态。在又黑又浓的头发里面，已经闪耀出一缕缕的白发了。她整个人都显露着悲哀与柔顺……

泪珠慢慢地顺着她的两颊滑落下来。

"别哭！"儿子平静地说，"给我点水喝。"

"我给你去拿点儿冰水来……"

可是等她回来的时候，他已经睡着了。

她低下头看着他，站了一会儿，手里的杯子便有点颤抖了，里面的冰块轻轻地碰着杯子。把杯子放在桌上，她默默地跪在圣像前。

从玻璃窗外突然传来醉鬼的吵闹声。在秋天薄暮的潮润空气里，手风琴响起来了。有人高声唱着，也有人骂着下流话，焦躁疲惫的女人发出惊惶的喊叫声……

在弗拉朵夫家小小的屋子里，日子过得比先前更安静、更稳妥了，而且和工人区其他各家比有点不同。

他们的房子坐落在工人区的尽头，在一条通往池塘的、不高却陡峭的坡路旁边。屋子的三分之一是厨房以及用薄板隔出来的母亲的小卧室，余下来的三分之二是一间有两扇窗子的四方形房间，一边放着鲍维尔的床，门口放着桌子和两个凳子、几把椅子，放衬衣的衣橱，橱上放着一面小镜，此外还有衣箱、挂钟和墙角上的两张圣像——这就是他们的一切。

年轻人所需要的一切，鲍维尔现在都有了：手风琴，有胸甲的衬衫，漂亮的领带，套鞋，手杖，一切他都买了。他变得和同龄人一样，也出席晚会，也学会加特里尔舞和波里卡舞。每逢节假日，他总是喝醉了才回家。早上醒来的时候，他觉得头痛、胃痛，脸色苍白，没有精神。

有一次，母亲问他："怎么样？晚上玩得开心吗？"

他用一种阴郁焦躁的口气回答："闷得要死！不如去钓鱼倒还好呢，

或者——去买上一支猎枪。"

他对工作非常热心，既不会偷懒，也不会犯规。

他沉默寡言，一对大大的碧眼，和母亲一样，总是不满地望着什么。他既没有买枪，也没有钓鱼，但是很显然他离开了一般人所走的旧路：晚会不常去了，休息日往往到别的地方，可是，回家时并没有喝醉。

母亲非常留心他的行动，觉得儿子浅黑色的面孔渐渐地变尖了，眼神也越来越严厉，嘴唇总是紧闭着。他仿佛是在对什么事情生闷气，又好像有什么疾病正在耗损他的体力。从前，常有伙伴来找他，但由于总是碰不上他，大家也就不再来了。

母亲看到儿子和别的青年工人不同，觉得十分高兴，但她能看出，他是在专心致志地从生活的暗流中朝一旁的什么地方游去——这在她心中又引起了一种茫然的忧虑。

"巴普洛什！你身体不舒服吗？"她有时问他。

"不，我挺好！"他回答说。

"瘦多了！"她叹息似的说。

他开始拿些书回来，悄悄用功，读过的书，立即藏起来。有时候，他从那些小册子里面摘录些什么，写在单页纸上，写好之后，也藏起来。

母子之间不常说话，碰面的时候也很少。早上，他一声不吭地吃了早点就去上工，中午回家吃饭，在饭桌上，聊几句无关紧要的话，吃完之后出去，又要到傍晚才回来。·晚上，他很用心地洗脸，吃过晚饭后，就长时间地独自一人看书。在休息日，他总是一早就出去，一直到深夜才回家。她知道他是到城里去看戏，但奇怪的是城里没有一个人来看他。

这样一天天地过去，她觉得儿子的话愈来愈少，同时，她又感到在他的话里，添上了许多她听不懂的新字眼，而那些她听惯的粗暴和凶狠的话，却从他嘴里找不到了。在他的行为举止方面，也增加了许多让她注意的小细节：他戒除了喜爱漂亮的习惯，对身体和衣着的干净却更加注重他的一举一动，变得更加洒脱，更加矫健，他的外表也更加朴实、柔和了——

这一切都引起他母亲焦虑不安的关心。对待母亲的态度，也有新的变化：他有空就扫房间地板，每逢假日亲手整顿自己的床铺，总之，他是在努力地减轻母亲的负担。在工人区谁也不会这样做的。

有一次，他拿回了一张图画，把它挂在了墙上。画上有三个人，他们正在一边谈话，一边轻快而勇敢地前行。

"这是复活的基督到哀玛乌司去。"鲍维尔这样介绍说。

母亲喜欢这张画，可是她心想："他一方面尊敬基督，另一方面却不到教堂里去？"

在那个木匠朋友替他做的书架上，书渐渐地增多起来，房间也收拾得令人感到畅快。他对她说话时用"您"，称呼她"妈妈沙"，有时他忽然温柔地对她说："嗳，妈妈，我回来迟一些，请您不要担心啊……"

这种态度使她非常欢喜，从他的话里，她能感到一种认真而又踏实的东西。

但是，她的不安仍旧与日俱增。这样经过一段时间，不安不仅没有消除，反而更加厉害地搅动了她的心，她像是有种非同寻常的预感。偶尔，母亲对儿子觉得不满了。她想："别人都那样，而他却像个和尚。他太老成了，这与他的年龄不相称。"

时不时地，她想："也许他结交什么姑娘了吧？"

然而，和姑娘们在一起玩是要花钱的，可他呢，几乎把所有的工钱都交给了母亲。

就这样，一个礼拜过去了，一个月过去了，不知不觉地，两个年头也过去了。这之间的生活充满了茫然的思虑和与日俱增的担忧，生活过得奇妙而沉默。

有一天吃过晚饭后，鲍维尔放下窗帷，坐在一边的角落里，他把洋铁灯挂在头顶的墙壁上面，开始看书。母亲收拾好碗碟，走出厨房，小心翼翼地走近他的身边。他抬起头，疑惑不解地望了望母亲的脸。

"没什么，鲍什！我就是这样！"她匆忙地说着，似乎难为情地皱着眉头走了出去。但是，她一动也不动地在厨房里立了一会儿，满腹心事地洗净了手之后，又走近他的身边。

"我想问你一句话，"她冷静地说，"你总是看些什么呢？"

他把书合起来："妈妈，请您坐下来。"

母亲笨重地和他并排坐了下来。仿佛是在期盼着什么重大事件，她竖起了耳朵，挺直了胸脯。

鲍维尔并不盯着母亲，他突然低沉地令人感到森严可怕地说道："我在看禁书。因为在这些书里有生活的真理告诉我们，所以禁止我们看……这些书都是偷着出版的，如果别人知道了我有这种禁书，那我就非坐牢不可。因为我要知道真理，就得让我坐牢。你懂了吗？"

忽然，她觉得呼吸困难起来。她睁大了双眼望着她的儿子，她觉得他好像是另外一个陌生的人。他的声音有些不同了——低沉、有力而响亮。他用手指捻着细柔的唇髭，怪模怪样地抬起眼睛盯着屋子的角落。她替儿子害怕，并且感到可怜。

"你为什么做这种事呢，鲍什？"她说。

他抬转头来，瞅着母亲，低声地回答："我要知道真理。"

他的声音很低，却非常坚定，眼里射出执拗的光芒。

母亲心里明白了，她的儿子已经永远地献身给一种秘密而又可怕的东西了。在她看来，生活中的一切遭遇是不可避免的，她已经惯于不假思索地顺从，现在，从她充满了痛苦与忧郁的心里，找不出什么可说的话来，她只有默默地哭泣。

"不要哭了。"鲍维尔温存地低声说道，但是她却觉得他是和她告别。

"请您想一想，咱们过得是什么日子呀？妈妈您已经四十岁了——难道过过一天好日子吗？爸爸时常打你——我现在才明白，爸爸是在你身上发泄他的痛苦，他生活中的痛苦。这种痛苦压在他的背上，可爸爸却不知道，这种痛苦到底是从什么地方来的。爸爸做了三十年的工，从工厂只有两栋厂房的时候就进厂干活了，现在，都已经有七栋厂房了！"

　　她听着他的话觉得可怕，但还是贪婪地听着。儿子的眼睛漂亮而明快地放着光芒。他把胸口抵住桌子，靠近他的母亲，直望着她满脸的泪水，第一次说出了他所理解的真理。

　　他用青年人的全部力量，用那种因为有了知识而自豪的、神圣地信仰着知识真理的学生的热情，说出了他明了的一切——他这些话与其说是说给母亲听，倒不如说是想对自身作一番考查。有时候，想不出合适的话，他住了嘴，在自己面前，他看见了那张悲哀的脸，脸上那对饱含泪水的眼睛闪出昏暗的光。她的眼睛含着恐怖和疑惑。他可怜起母亲来，他重新开始说话，但是这次谈的却是关于母亲自身，关于母亲的生活了。

　　"妈妈记得有过什么高兴的事吗？"他问，"在过去的生活中，有没有值得妈妈纪念的事情呢？"

　　她听了这些，悲伤地摇着头，同时，在内心感到一种未曾有过的既悲又喜的新鲜情调。这种情调温和地抚慰着她那颗千疮百孔的心。

　　这还是第一次听到别人谈她自身，谈她的个人生活呢。这些话在她心里唤起了早已淡忘的不很明朗的思想，轻轻地吹燃已经熄灭了的对生活茫然不满的感情——这是早年青春的思想和感情。关于人生，她和女伴们曾经聊过，长时间地聊过，十分仔细地聊过，但她们大家——连她自己也在内——只是埋怨，谁也说不清楚人生为什么如此艰难困苦。但是，现在她的儿子正坐在她的面前，他的眼睛、面孔，乃至他所讲的一切——都在触动自己的心灵，她的心中，充满了对于儿子的自豪，因为儿子能够正确地理解母亲的生活，说出她的苦恼，疼爱她，怜惜她。

　　做母亲的——向来没有人去怜惜。

　　这她是知道的。儿子所说的关于女人生活的一切都是悲伤的，为她所熟知的真实情景。在她胸膛里，无限的感触轻轻地颤动起来，有一种她从未体验过的爱抚越来越让她感到温暖。

　　"那么，你打算怎么样呢？"母亲打断他的话，问道。

　　"我要学习，然后我再教旁人。我们工人非学习不可。我们必须明白，必须懂得，我们的生活到底为什么这样痛苦。"

他的碧眼——老是认真而严厉的那双眼睛此时竟变得这样柔和，这样亲切——让她非常高兴。在她两颊的皱纹里虽然还有眼泪在颤动，但在她的嘴唇上，已经露出满足而恬淡的笑意。在她心里，为儿子能够把人生的悲苦看得如此清楚透彻而自豪，但是另一方面，她还是不能忽略她儿子的青春，还是不能忘却她儿子异于常人的谈话，不能无视儿子决心一个人站起来反抗大家（连她也在内）所习惯了的生活。她很想对他说："好孩子！你能干出什么名堂来呢？"

但是她又害怕这样会妨碍她对儿子的欣赏，他在她面前突然变得这样聪明——虽说对她有点陌生。

鲍维尔看到了母亲嘴唇上的微笑，脸上专注的神情，以及眼里的爱慕，便以为他已经使她了解自己的真理；于是，年轻人特有的那种对自己说服力的自豪，提高了他对自己的信心。

他谈得兴奋起来，一会儿微笑，一会儿皱眉，经常从他的话里流露出憎恶的感情。母亲听到这种高谈阔论，惊慌地摇着头，急切地询问儿子："真的吗？鲍什。"

"真的！"他断然地回答。他向她谈起了那些想为大家做好事而在民众中间撒播真理种子的人们，可是生活的敌人却因此将这些人当作兽类似的捕捉、监禁、充当苦役。

"我见过这样的人！"他热诚地慨叹道，"他们是世界上最好的人！"

这些人物在她心目中引起了恐怖，她又想问他："真的吗？"但是，她没敢说出口，只是呆呆地继续听儿子给她讲那些她所不了解的、教会她儿子去想去说一些对他有危险的事情的人们的故事。后来，她终于对他说：

"天快亮了，你睡一会儿吧。"

"好，就睡！"他应着。而后，他向着她弯下身来，轻轻地问道："妈妈了解我吗？"

"了解了！"母亲叹了口气回答道。从她的眼里，又滚出了泪珠儿。她抽咽了一下，又添加上一句话："你会把自己毁掉的！"

他站立起来，在屋子里踱来踱去，过了一会儿，说道："这样，妈妈，现在你总算知道了我在做些什么事情，到什么地方去，我都对你说了！母亲，如果你爱我，我也请求你不要妨碍我。"

"我的宝贝儿子呀！"她叫喊出来，"还不如让我什么都不知道的好！"

他握住了她的双手，紧紧地把它攥在自己的两手中。

他充满热情的有力地叫出来那声"妈妈"，这使她非常震惊，而这种握手也是非常新奇的。

"我什么也不妨碍你！"她断断续续地说，"只要你当心自己，千万要当心！"

她其实并不知道要当心什么，她又非常忧虑地说道：

"你越来越瘦了……"

她的目光中满含着亲切与温柔，紧紧地盯住了他高大而匀称的身体。

"上帝保佑你！我什么也不妨碍你，你只管好好地过你自己喜欢的生活吧。不过，我只求你一件事情，你不要轻易对外人谈起这些事！对外人非提防不可——人们都是互相嫉恨！有些人又贪心又妒忌，他们乐意干坏事。你要是去撕破他们的脸皮，说他们不好——他们就恨你，想法子害你！"

儿子站在门口，听着母亲说这些难受的话，等她说完之后，他含笑说道：

"人们很坏，那是真的。但自从我知道世界上有真理以后，人们就变得好了。"

他又微微一笑，接着说："连我自己也不知道这是什么道理！我从小就害怕生人，长大了，开始憎恨他们，对于一些人，是因为他们的卑劣，对于另一些人，却说不清是为了什么，只有一味的憎恨。但是，到了现在，我对他们有了不同的看法——不知是怜惜他们还是怎么的？什么原因我也不知道——可自从我知道人们的丑恶并不是全怪他们自己的过错之后，我的心肠就变软了……"

他仿佛是在倾听自己的心里话，便沉默起来，过了一会，他又若有所思地低声说：

"哦，真理是多么有力量啊！"

母亲凝视着他，平静地说道："天啊，你真变得可怕了！"

等他睡熟了以后，母亲轻手轻脚地下了床，悄悄地走到了他的身边。

鲍维尔仰身睡着，在白色的枕头上面，非常鲜明地显示出他淡黑色的、倔强而严厉的面容。

母亲穿着一件衬衣，赤着脚板，用手按住胸口，默默地伫立在他的床边，她的嘴唇无声地歙动着，从她的眼睛里缓缓地流出一滴一滴混浊的眼泪。

他们母子俩又默默地生活下去，彼此离得好像很远，又好像很近。

有一次，是在某个礼拜中的休假日，鲍维尔临出门时，对母亲说道：

"礼拜六城里有客人来。"

"从城里？"母亲重复了一句，突然哭出声来。

"嗳，为什么哭啊？妈妈！"鲍维尔不满地询问。

她用围裙擦了擦脸，叹息着说："我不知道为什么总是这样……"

"那是害怕吧？"

"害怕！"她下意识地承认道。

他对着她的脸俯下身来，像他的父亲那样气冲冲地说道：

"要是胆小，我们就会失败的！那些骑在我们头上的人，看见我们害怕，就会变本加厉地威胁我们。"

母亲忧愁地说："你不要生气！我哪能不怕呢！我害怕一辈子了——心里尽是可怕的事。"

他缓和了语气，低声说道："妈妈，请您原谅我——实在没有别的办法！"

他走了出去。

这两天里，一想起那可怕的陌生人要来，她的心就不停地打颤。

儿子目前所走的那条路，正是他们给指点的……

礼拜六的傍晚，鲍维尔从厂里回来，洗完脸，换过衣服，又要出门的时候，把目光避开母亲说道："客人要是来了，就说我马上回来。请你不要害怕。"

她无力地坐在凳子上。儿子皱着眉头看着她说：

"要么，妈妈……到别的地方去走走吧？"

这句话让她生气，她摇摇头，说："不用。为什么要那样呢？"

这是十一月的下旬。白天，在结冻的地上，落了一场细粒的干雪，所以现在可以很清晰地听见走出去的儿子踩雪的声音。很浓的暮色，好像心怀叵测地要窥探什么，不动声色地靠近了窗边。母亲用手按着凳子，望着门口的方向，在那儿等候着……

她好像觉得置身黑暗中，有些身着奇装异服的歹人，弯腰屈背，东张西望，从四面八方偷偷地钻了进来。果然如此，有人已经在房子周围走动了，正用手在墙壁上摸索。

她能听见口哨的声音。这委婉而哀愁的口哨，好像一股细流在寂静的空气里盘旋，它沉思似的在黑暗的旷野上徘徊，仿佛是在寻觅什么东西，渐渐地走近了。突然，好像在板壁上冲撞了一下，这声音骤然消失在窗下了。

门洞里有脚步声，母亲打了个冷颤，紧张地竖起眉毛站起身来。

门开了，起初，屋子里先伸进一个戴大羊皮帽子的头，紧跟着，慢慢地弓着腰走进一个很高的人来，他伸直了腰板，缓缓地举起右手，深深地吐了一口气，用洪亮而有力的声音说：

"晚安！"

母亲默然地鞠了个躬。

"鲍维尔不在家吗？"

那个人从容地脱下毛皮外套，抬起一只脚，用帽子掸去长筒靴子上面的雪，接着又把另一只脚上的雪掸去，把帽子扔到角落里，迈开两条长腿，一摆一摆地走进房来。他走到椅子旁边，朝着椅子看了一眼，像是估量一下这把椅子是否牢靠，最后坐了下来。用手掩着嘴巴，打了一个哈欠。

他的圆脑袋，剪得光光的，两颊也剃得精光，长长的唇髭往下垂着。那大而突鼓的灰色眼睛，朝屋子四下望了一望，然后把一条腿落到另一条腿上，在椅子上面摇晃着，问道："这间房子是你自己的，还是向人家租的？"

母亲坐在他对面，回答说："是租的。"

"房子并不怎么好。"他批评了一句。

"鲍什马上就回来，请你等他一会儿。"母亲安静地说。

"我是在等他呢。"那个高大的男人镇定地回答。

他镇定的态度、柔和的言谈和单纯的容貌，使她觉得安心。他坦然诚恳地望着她，在他清澈的眸子里流露出愉快的火花。在他那修长的两腿、耸肩屈背、瘦骨嶙峋的身体里面，似乎有些什么好笑而又使人喜爱的地方。他穿着蓝色的衬衣和黑色的裤子，裤角塞进长筒靴里。

她想问他叫什么名字，从什么地方来，是不是早已认识她的儿子，但是，他忽然摇动一下身子，先开口问她了。

"妈妈！你额上的伤疤，是谁打的呢？"

他眼里含着明朗的微笑，亲切地探问着，但这个问题却使她气恼。她紧闭着嘴唇沉默了一会儿，然后用一种冷淡而又不失礼的口气反问道："我的老天，这种事情与你有什么关系？"

他把身子朝她倾斜过来。"您不要生气，干吗要生气呢，因为我的养母也和您一样，头上有这么一个疤，所以我才这样问的。你听我说，她是被同居的靴匠用楦头打破的。她是洗衣女人，他是个靴匠。她——在我已经做了她养子之后——不知在什么地方碰到了这样一个酒鬼，真是她天大的不幸。他经常打她，真的！我吓得肉皮几乎要裂开了。"

由于他的直率，母亲觉着好像完完全全解除了戒备，她心想，鲍维尔会因为她这样不客气地回答这个怪人而对她生气的——她歉意地微笑了一下，忙说："我并没有生气，不过你问得太突然了，这是我去世的男人留给我的礼物，你不是鞑靼人吗？"

他把腿一伸，咧开大嘴笑起来，笑得差不多要把耳朵扯到后脑勺上去了。然后又认真地说："目前还不是。"

"听你的口音好像不是俄国人。"母亲领会他的诙谐，微笑着解释道。

"这种口音要比俄国人的好听吧！"客人愉快地点点头，说道，"我是赫罕尔，出生在卡涅夫城。"

"来这住了很久吗？"

"在城里住一年了，一个月前，才进了你们这儿的工厂。在这里认识了许多好人——你儿子和别人。在这里——打算暂时住一段。"他揪着胡子这样说道。

母亲对他喜爱起来，因为他赞美自己的儿子，便想酬谢他一下，于是她说："喝杯茶吧？"

"怎么，先请我一个人吗？"他耸着肩膀回答，"等大家都来了，您再请客。"

这句话又使她重新想起了刚才的恐怖。

"但愿大家都和他一样！"她热切地希望着。

门洞里又传来了脚步声，门被很快地推开了。母亲又站起身来。但是，叫她着实吃了一惊，走进来的原来是一个身材不高、长着一副乡下姑娘的单纯面孔、留着一根亚麻色粗辫子的姑娘。她低声问道："我迟到了吧？"

"哪里，不迟！"赫罕尔望着房外回答，"走来的？"

"当然。您是鲍维尔·米哈依洛维奇的母亲吗？您好！我叫纳苔莎……"

"父名呢？"母亲问道。

"华西里也夫娜。您呢?"

"彼拉盖雅·尼罗芙娜。"

"好的,我们认识了……"

"嗳!"母亲微叹似的应了一声,微笑地望着这个姑娘。

赫罕尔帮她脱下外套,问她:"冷吗?"

"郊外很冷!风大!"

她的声音圆润而清晰,嘴巴小巧,有点鼓起,她周身滚圆而且健康。脱了外套,她立刻用她那双被寒风吹红了的小手用力地磨擦绯红的脸颊。长筒皮靴的后跟很响地踏着地板,急急地走进屋里来。

"连套鞋都不穿!"这个念头在母亲心里一闪而过。

"是啊!"姑娘颤抖着,拖长了声音说,"冻僵了,哦!"

"我马上就烧茶炉去!"母亲快步走向厨房,"一会儿就来。"

她觉得这个姑娘她早就认识,好像早就对她怀着一种母亲般的善良而怜惜的爱,她不断地含着微笑,倾听着房间里面的谈话。

"你为什么那么烦闷?"那姑娘问道。

"唉——是这样,"赫罕尔轻声回答,"这位妈妈的眼睛好看得很,我想,我的母亲大概也有这样的眼睛。我经常想起母亲,我老觉着,她或许还活着。"

"你不是说她已经死了吗?"

"那是我的养母。我现在是说我的亲生母亲。我觉得她是在基辅的什么地方讨饭,喝醉了酒的时候,就被警察打耳光……"

"唉,怪可怜的!"母亲独自想道,叹了口气。

纳苔莎低声地、快速而热烈地不知说些什么。就又传来了赫罕尔洪亮的声音。

"嗨,你还年轻,朋友,苦酒喝得还不够多!生儿育女固然很不容易,但教人学好却是格外地困难。"

"嗬,真有两下!"母亲在心里叫了一声,她禁不住想和赫罕尔说些亲切的话。但是，这当口门被缓缓地推开了。涅考拉·沃索西柯夫走了进来，他是老贼达尼拉的儿子，是这个工人区里有名的孤僻的人，他老是阴沉着脸，避开所有的人，因此人们都讥笑他。

母亲吃惊地问他："你来干什么，涅考拉？"

他用那双大手擦了擦颧骨凸出的麻脸，也不寒暄，就闷声闷气地问道："鲍维尔在家吗？"

"不在家。"

他朝房间里看了一眼，一边往里走，一边说："晚安，朋友们。"

"他也是？"母亲带着敌意怀疑着，当她看见纳苔莎亲切而高兴地向他伸过手去的时候，觉得十分奇怪而惊讶。

此后，又来了两个差不多还是孩子的少年。其中一个名叫菲奥多尔的，母亲认得他是老工人希索弗的外甥，是一个尖脸盘、高额头、卷头发的少年。另外一个头发梳得很光亮，样子非常朴实，他虽然不是母亲的熟人，但也不是可怕的人物。最后，鲍维尔回来了，和他一起，又来了两个年轻的男人。她都认识他们，两个都是工厂里的工人。

儿子对她和蔼地说："茶炉已经生好了？那真得谢谢您了。"

"要买点酒来吗？"她建议道。她不知应该怎么向他酬谢那种她尚未理解的事。

"不，这倒不必！"鲍维尔面带微笑亲热地告诉她。

她豁然感到，儿子有意夸大集会的危险，是为了要捉弄她。

"这些就是危险人物吗？"她偷偷地问他。

"就是。"鲍维尔走进房间，一边回答母亲。

"你这个人啊！……"她用一种亲切的感叹送走他，心里宽恕地想道："还是孩子呢！"

茶炉烧开了，母亲把它搬进屋来。客人们围着桌子紧紧地坐成一圈，只有纳苔莎一个，手里拿本小书，坐在一角的灯下。

"为了要知道人们的生活为什么这样坏……"纳苔莎说。

"还有，为什么他们本人也不好。"赫罕尔插嘴说。

"……我们应该先看看，他们开始是如何过活的……"

"应该看看，亲爱的，应该看看！"母亲一边沏茶，一边独自说话。

大家安静了下来。

"妈妈！你怎么啦？"鲍维尔皱着眉头询问。

"我？"她向大家扫视一下，知道大家都在看她，她不好意思地辩解道："我，不自觉地说出口了，就一句——你们应该看看！"

纳苔莎笑了，鲍维尔也咧开嘴笑了，赫罕尔说："谢谢，妈妈，谢谢你的茶！"

"还没有喝，就谢谢？"母亲说着，又望着儿子。

"我在这儿不碍事吧？"

纳苔莎回答说："你是主人，怎么会碍客人的事呢？"

于是，就又像小孩似的可怜巴巴地央求道："嗳，快给我点茶吧，冷得我全身发抖，腿都冻僵了。"

"就来，就来。"母亲匆匆地答应着。

喝干了茶，纳苔莎大声地透了口气，将辫子甩到背后，开始朗读那本黄皮带图画的小书。

母亲小心翼翼地不让茶杯发出声响，一边倒茶，一边听那姑娘流畅的念书声。非常清朗的声音，和茶炉的细小而沉稳的歌声融合在一起，在房间里，食肉寝皮的野蛮人的故事，恰似一条美丽的丝带在婉动着。她所读的，和童话是一样的东西，母亲几次朝儿子望望，都想问他在这种历史里面究竟有什么可禁止的呢？但是过了一会儿，她听这故事听得疲倦了，便开始悄悄地观察这些客人，而且不让他们发觉。

鲍维尔和纳苔莎并肩坐着，他比谁都长得好看。纳苔莎低低地俯在书上，不时用手撩开那滑到两旁太阳穴上的头发。她常常地抬起头来，她那和善的眼睛望着听众，压低嗓音，不看书本，说出一些个人的意见。

赫罕尔把宽大的胸脯靠在桌子角上，斜着眼睛在观看自己那揪得下垂的胡须。

沃索西柯夫将手掌支着膝盖，像木头人一般笔直地坐在椅子上，他那张嘴唇很薄眉毛稀少的麻脸，像一副假面具似的一动不动。他那眨也不眨的细眼，顽固地盯着映在那个发光的铜茶炉上的自己的影子，他的呼吸似乎都停止了。

小小的贝嘉听着朗读，无声地歙动着双唇，仿佛是把书里的话在心里又重复一遍。他的朋友把臂肘放在膝盖上，用手掌支住腮帮，弯着身子，沉思地微笑着。

和鲍维尔同来的，有一个是红色卷发，长着一双快活蓝眼睛的小伙子，他大概是想找空儿说点什么，所以不安地在那里动弹着；另外那个浅色头发剪得短短的，用手摩挲着头，注视着地板，看不见他的脸。

房间里使人觉得特别舒服。母亲感受到一种她从来未曾体验过的特别空气，在纳苔莎那如同流水一般的念书声里，她想起了年轻时热闹的晚会，老是发散着腐臭酒气的年轻人的粗暴言语，以及那些人所讲的无聊笑话。她一想起这些，一种可怜自己的痛苦感，就隐隐地激荡着她的心灵。

她又想起死去的丈夫那时的求婚。在一个晚会上，他在黑沉沉的门洞里抓住了她，用整个身子把她挤靠在墙上，闷声闷气发怒般地问着："可以做我的老婆吗？"

她觉得疼痛而且屈辱，但是他用力地揉搓她的胸乳，粗暴地喘息着，把他湿热的气息吹到她的脸上。她在他的胳膊里挣扎着，最后终于挣脱到一旁。

"哪里跑！"他怒斥道，"喂，不回答吗？"

羞耻和屈辱，窒塞了她的呼吸，她一句话也说不出来。有人打开了门洞的门，他不慌不忙地把她放了。

"礼拜天派媒人来……"

母亲深深地叹了口气，闭上了眼睛。

"我要知道的，不是人类曾经怎样生活过，而是人类现在应该怎样生活！"屋子里响起了沃索西柯夫的不满的声音。

"对啦!"红发少年站立起来,表示赞同。

"我不同意!"贝嘉喊道。

争论爆发了,话头就恰似篝火的火舌一样闪烁着。他们在喊些什么,母亲全然不知。每个人的脸上,都闪现出兴奋的红光。但是谁也没有生气,在他们的话里,也没有那些她听惯的激昂的言词。

"在姑娘面前受拘束!"她这样估计。

她喜欢纳苔莎那副认真的模样,她仔细地观察所有的人,就好像这群小伙子是她的孩子。

"等一等,朋友们!"纳苔莎突然说。于是大家伙都静默下来瞅着她。

"主张我们什么都得知道,那无疑是对的。我们应该在自己身上燃烧起理性的光辉,使愚昧无知的人们可以看见我们。对于一切问题,我们都应该有一个公正而确实的回答。必须知道一切真理,和一切的虚伪。"

赫罕尔一边听,一边合着她的话音,摇着头打着拍子。沃索西柯夫,红发少年,和鲍维尔同来的那个工人,这三个人是紧紧地站在一边的,不知道为什么,母亲不大喜欢他们。

纳苔莎说完之后,鲍维尔站起身来,安静地说:

"我们单是希望能够吃饱肚子吗? 不!"他坚决地望着他们三个,自问自答道,"我们应该使那些骑在我们头上想蒙住我们眼睛的家伙知道,我们对一切都要看得一清二楚,我们并不是瞎子,不是动物,不是仅仅要吃饱肚子,我们希望过人的生活! ——我们必须让敌人看到,他们强加于我们身上的苦刑一般的生活,一点也不能妨碍我们和他们一样聪明,而且还要超越他们!"

母亲听着他的话,心里颤动起自豪感——确实说得有道理!

"吃饱的人多,正直的人少。"赫罕尔说道,"我们应该从这种腐朽的生活沼泽朝着未来的真理王国架起一座桥梁。这才是我们的任务,朋友们。"

"斗争的时刻已经到了,再没有时间先把两手治好了!"沃索西柯夫瓮声瓮气地反驳。

　　他们散会的时候，已经过了半夜。沃索西柯夫和红发少年两个先走，这又让母亲觉得不快。

　　“为什么这么着急！”母亲一边冷淡地鞠躬，一边这样寻思着。

　　“你送我吗？那罕德卡？”纳苔莎问道。

　　“当然要送！”赫罕尔回答。

　　纳苔莎在厨房里面穿外套的时候，母亲对她说：“都什么时节了，还穿这么薄的袜子！——要是你愿意，我会给你打一双羊毛的，好吗？”

　　“谢谢了！彼拉盖雅·尼罗芙娜！羊毛袜子扎脚！”纳苔莎笑着回答。

　　“不，我给你打一双不扎脚的！”弗拉朵娃说。

　　纳苔莎微微眯起眼睛看着她，这样凝视使她觉得不好意思。

　　“请原谅我的冒昧，我是出于真心的！”母亲低声说。

　　“啊，您真是好人！”纳苔莎很快地握住母亲的手，也同样低声回答。

　　“晚安，妈妈！”赫罕尔望着她的眼睛说。他弯下身子，跟着纳苔莎走进门洞里。

　　母亲望着儿子——他站在房门边微笑着。

　　“你在笑什么？”母亲很不自在地问道。

　　“哦，我很高兴！”

　　“做娘的虽然年老笨拙，可是要是好事我也懂得！”母亲面带愠色地嗔道。

　　“那就很好啦！”他搭话说，“请睡吧，时候已经不早了。”

　　“这就去睡！”

　　她绕着桌子忙活着，收拾了茶具，心里感到满足，甚至由于畅快，身上出了一层汗——她很高兴。因为一切都这样顺利而平安地结束了。

　　“你做了一件大好事，鲍什！”她说，“赫罕尔非常可爱！还有那个姑娘——嗬，她真聪明！她是干什么的呢？”

　　“小学教师。”鲍维尔在房间里踱着步，简短地回答着。

"当了先生——还这么穷！穿得真糟——衣服都破了！这样很容易患感冒。她的父母在哪里呢？"

"在莫斯科。"鲍维尔说着，走到母亲对面站住，严肃地压低声音说：

"告诉你吧，她的父亲是个老板，做钢铁生意的，有好几座房子。因为她走了这条路，就被她父亲赶出来。她可是在不愁吃穿的家庭里长大的，从小娇生惯养，要什么有什么，但是现在啊，她得在夜里走七俄里……独自一个人……"

这让母亲大吃一惊。她站在屋子中央，惊奇地耸动着眉毛，默不作声地望着儿子。过了一会儿，她低声追问：

"回到城里去？"

"是的。"

"唉呀！她不害怕吗？"

"她就是不害怕！"鲍维尔苦笑了一声。

"为什么要这样？留她在这里过夜——和我睡在一起就可以了！"

"那不方便！明天早上这里的人会看见她，这对我们没什么必要。"

母亲思索着朝窗外望了一下，低声问儿子："鲍什！我真是弄不明白，这有什么危险和值得禁止的呢？不是一点坏处都没有吗？"

母亲对此感到不解。她很想从儿子嘴里得到明白的答复。

他静静地望着她的眼睛，断然地回答道："坏处是没有。但是，在我们大伙前面，却有监牢在那儿等着。妈妈，你应当预先知道会有这样的事。"

她的两手战栗起来，压低声音说："也许……老天会保佑，总有办法可以避免的吧？"

"决不会有的！"儿子亲切地说，"我不会哄骗你，无法避免！"

他面带微笑。

"请休息吧，真够累的。晚安！"

房间里只剩下她一个人，她走近窗前，站在那望着街上。窗外又冷又黑。天空刮着风，从沉睡的小屋顶上吹落雪来，打在玻璃上，像是有什么东西正在急切地细语，然后落到地上，卷起一团团干燥的白雪顺着街道直滚。

"耶稣基督，可怜可怜我们吧！"母亲悄声低语。

在心田里，眼泪在沸腾，对于儿子那样镇静而自信地说出的不幸的期待，觉得好像飞蛾一般，盲目地、可怜地在那里颤动。在她眼前，出现了一片平坦的白雪旷野。混着雪粉的白风，发出刺骨而尖厉的嚎叫，狂奔着，来回窜腾着。

在雪野之中，只有一个青年姑娘黑小的身影，拽曳般地在那移动。冷风绊缠她的脚，鼓起了她的裙子，冷得刺人的雪片，纷纷落在她的脸上。前行非常困难，她的小脚陷进雪里，又寒冷又恐怖。她的身体微微向前——恰如昏暗的原野上面的一棵被秋风猛烈地吹打着的小草。她的右边，沼泽之上，森林如黑墙一样站在那里，光秃细长的白桦和白杨凄凉地摆动着。在遥远的前方，茫然地闪跳着城里的灯火。

"上帝啊！可怜可怜她吧！"由于恐怖母亲颤抖了一下，悄悄自言自语……

日子如同念珠似的，一天挨着一天滑过去，串连成周，再串联成月。每逢礼拜六，大家伙都在鲍维尔家里聚会。每个聚会都像一道坡度很平的长梯子上的一个阶梯——阶梯一步一步地让人向上，引导着他们到一个遥远的地方。

不久，又加入了一些新的朋友，弗拉朵夫的小屋渐渐地觉得狭窄而且气闷了。

纳苔莎也经常来，她虽然又冷又累，但还是非常活活泼泼，有不尽的欢乐。母亲替她织了袜子，并亲自替她穿在那双小小的脚上。纳苔莎开始一直笑着，但过了一会儿，忽然沉静下来，她思索片刻，低声说道：

"我有个保姆——也是特别慈善的女人！多么奇怪，彼拉盖雅·尼罗芙娜，工人们虽过着这样困苦和被压迫的生活，可是他们却比那有钱的人更富有人情味，更为善良！"她把手一挥，指着很远很远的地方。

"哦，您真是个苦命人！"弗拉朵娃说，"失去父母，失去了一切。"她有点词不达意，说不出想说的话来，她望着纳苔莎的脸，心里有一种要对她感恩的心情，她长叹了一口气，忽然沉默下来。母亲坐在纳苔莎面前的地板上面，那姑娘低头沉思面含微笑。

"失去父母？"纳苔莎重复一遍，"这一点都不要紧的。我父亲是一个粗野的人，哥哥也一样。而且都是酒鬼。姐姐——是一个不幸的女人……她嫁给了一个比她年纪大得多的人——那是个非常有钱、却无聊而贪心的家伙。母亲——真可怜！她和您一样是个老实人。像小老鼠一般的瘦小，而且跑得也是那么快，见了什么人都会害怕。有时，我十分想见见我的母亲呢……"

"啊哟，你真够可怜的！"母亲悲哀地摇着头说。

姑娘忽然抬起头来，要驱除什么似的伸出手来。

"哦，不！我经常感到这样高兴，这样幸福！"

她的脸色苍白，蓝色的眼睛明亮地闪动着光辉。她把两手放在母亲的肩上，用低沉而优美的声调说："要是您知道……要是您了解，我们在做着何等伟大的事情，那该多好啊！"

一种亲切羡慕的感情，触动了弗拉朵娃的心。

她从地板上站立起来，悲伤地说道："在这个上头，我太老了，又大字不识半个。"

鲍维尔的论说越来越多，争辩也愈来愈强烈——人也瘦多了。母亲觉得，当他和纳苔莎说话，或者盯着她的时候，他尖锐目光立时就变得柔和，声音也亲切起来，甚至他整个人都变得单纯了。

"上帝保佑他！"母亲想着，暗自微笑着。

每次集会上，一到争论激烈而狂热的时候，赫罕尔总是站起身来，像钟摆一样地摇着身子，用洪亮的嗓音说些单纯而温和的话，于是大家都为之更镇静、更严肃起来。沃索西柯夫总是非常阴郁，似乎是在催促大家到什么地方去，他和那个名叫赛蒙伊罗夫的红发少年，总是抢先开始争论，那个圆脑袋、头发白得像用刷子粉刷过的伊凡·蒲金常常对他们两个表示同意。头发光滑而漂亮的雅考夫·索莫夫——说起话来低沉而严肃，他不经常参与辩论，他跟额角很宽的贝嘉·玛切，每逢辩论的时候都是站在赫罕尔和鲍维尔的一边。

纳苔莎不来的时候，往往由涅考拉·伊凡诺维奇代替她从城里来参加集会。他戴着眼镜，个子矮小，留着亚麻色的胡子，不知他是远方哪一省的人，说起话来总带着一种"噢""噢"的异样口音。他整个人都有点外地人的味道。他总是说最简单的事——家庭的生活、小孩子、生意、警察、面包和肉类的价格等等，凡是与居家过日子有关的他都谈论。就在这繁复的事情里面，他能够发现许多的虚伪、混乱、愚蠢，或者非常滑稽而且明明对人们不利的地方。

在母亲眼里，他好像来自遥远的别的国度，在他的国度里，一切都是正直的，一切都是安逸的。但是到了此地，一切都和他不对劲，他不习惯这种生活，不认为这种生活是必不可少的，也就不喜欢它。它在他心里激起一种希望根据自己的意志改造一切的沉着执拗的愿望。

他的脸色有点发黄，眼睛周围布满了细密而明晰的皱纹。他的话音很低，手却总是热乎乎的。他和弗拉朵娃打招呼的时候，总是拿他有力的大手，裹住她的整个手掌。每每这样的握手之后，母亲总感到轻松与安心。

此外，从城里前来参加集会的还有一些人，其中来得最勤的，是个在清瘦白皙的脸庞上生着一双大眼睛的、身材苗条的姑娘。她的名字叫萨茜卡。她的言行举止都很像男人，她通常总是生气地锁着一对浓黑的眉毛，每当说话的时候，那笔直的鼻梁的鼻孔，总是不停在地鼓动。

萨茜卡最先高昂地说："我们是社会主义者……"

当母亲听到这句话的时候，就立时盯住这个姑娘，并抱有无名的恐惧。她曾经听说社会主义者刺死沙皇。那是在她年轻时发生的事件，当时大家都说，因为沙皇解放了农奴，地主要向沙皇复仇。他们立誓要杀了沙皇才剃头。因此人们称他们为社会主义者。但是此时此刻她真不明白为什么她儿子和儿子的朋友们也是社会主义者了。

散会之后,母亲问鲍维尔:

"巴普洛什,你当真是社会主义者吗?"

"是的!"他站在她面前,照例用明快而果断的口气回答。

"为什么要问这个?"

母亲叹了口气,垂下眼睑问道:

"真的?巴普洛什?他们不是反抗沙皇,还杀死一个沙皇吗?"

鲍维尔在屋子里转了一圈,用手摸着腮帮,微笑着说:"我们不需要这样做。"

他用柔和而又严肃的声调,给她讲了很久。她望着他的脸庞,心里揣摩道:

"这孩子是不会做坏事的!——他是不会的!"

但是到了后来,这个可怕的名词用得频繁了,自然它的锋芒也就渐渐地磨平了,最终这个词和数十个别的她不懂的名词一样,让她听得熟惯了。然而她对于萨茜卡还是有点不大喜欢,每在她来了之后,母亲总觉得有些不安,不自在的。有一次,她心怀不满地撅着嘴对赫罕尔说:"萨茜卡怎么那样厉害!老是下命令——你们应该这样,你们应该那样……"赫罕尔朗声大笑。"说得对,妈妈!你的眼力真不错!鲍维尔,你认为怎么样?"他又向母亲挤挤眼,眼神中含着嘲笑,说道,"贵族嘛!"鲍维尔郑重地说:"她是个好人!""这话说得对!"赫罕尔证明说,"她就是不明白她自己应当那样做,而我们是愿意而且那样做的!"

他们又开始争论起母亲所不理解的事情。

母亲又发现萨茜卡对她的儿子态度十分严厉,甚至不时训斥他。鲍维尔只是含笑不语,他的双眼中闪现和以前对待纳苔莎一样温和的光芒,他目不转睛地瞅着这个姑娘。这也让母亲觉得不快。

有时,突然有一种使他们所有的人雀跃欢喜的感情,这叫母亲不禁吃惊。这种情形大多发生在他们朗读外国工人新闻的晚上。每当这时，大家的眼睛里都闪烁着喜悦的光辉，大家都变得非常古怪，像孩童一般幸福，发出欢快爽朗的笑声，互相亲热地拍打着肩膀。

"德国的朋友们真是好样的！"不知是谁仿佛被欢乐陶醉一般地叫嚷起来。

"意大利工人阶级万岁！"又有一次，大家异口同声地叫喊出来。

他们这呼喊声传播给遥远的地方，传播给他们所不认识的、连语言也不相同的同志们，可是他们又好像深切地相信，那些未知的朋友一定能够听见他们和理解他们的欢乐。

赫罕尔两眼明亮，心里比谁都爱意荡漾，他说道："我们应该写封信给他们！让他们知道在俄国也有和他们信奉同一种宗教、抱着同一目的、正在为他们的胜利而欢乐的朋友！"

于是，大家梦幻似的面带微笑，长久地谈论法国人、英国人、瑞典人的事情，像谈论他们所尊敬的，为他们的欢乐而欢乐的，同情他们的不幸的自己的友人、自己的知心人一样。

在这个狭小的房间里，产生了全世界工人阶级在精神上亲密的感情。这种感情把所有的人融成一条心，它也感动了母亲——她虽然不了解这种感情，但是这种感情却用一种欢乐、青春、醉人和充满了希望的力量使她直起腰来。

"你们真棒！"有一次母亲对赫罕尔说，"什么人都是你的同志——不论是亚美尼亚人、犹太人、奥地利人——你们为所有的人欢喜，为所有的人悲痛！"

"为所有的人！妈妈！所有的人！"赫罕尔叫着，"在我们看来，没有所谓的国家，也没有所谓的种族，只有朋友和敌人！一切工人都是我们的朋友，一切的财主、一切政府——都是我们的敌人。当你用善良的眼睛看看世界，当你知道我们工人如此之繁多，如此之强大的时候——你的心就充满了欢喜，像过一个大节日一般！妈妈，不论是法国人、德国人，当他们这样地看人生的时候，他们也会有同感，意大利人也是同样欢喜。

"我们大家都是一个母亲的孩子——都是'世界各国的工人友爱团结'这一种不可战胜的思想的孩子。这种思想使我们感到温暖，它是天空中正义的太阳，而这个天空，就是工人们的心，不论是谁，不论他干什么，只要是一个社会主义者——我们就是精神上的兄弟，现在是这样，从前是这样，将来永远也是这样。"

这种孩子般的却很巩固的信念，愈来愈频繁地出现在他们中间，这种信念的力量逐渐提高、逐渐成长起来。

当母亲看到这种信念的时候，不由自主地感到世界上确实有一种和她所看见的太阳一般伟大而光亮的东西。

他们经常唱歌。高声快乐地唱着那简单的众所周知的歌，但有时，他们唱些调子不寻常而且节奏奇妙令人不快的新歌。唱这种歌的时候总是低声，严肃，好像唱赞美歌似的。唱歌者时而脸色苍白，时而情绪高涨，在那种响亮的词句里面，使人感到一种壮大的力量。

尤其是有一首新歌撼动了她的心灵。

在这首歌里，听不见那种遭到凌辱而独自在悲哀冷凝的黑暗小路上徘徊灵魂的沉痛之声，听不见被穷困折磨、饱受恐吓、没有个性的、灰色灵魂的呻吟。在这首歌里，也没有漠然地渴望自由力量的忧愁悲叹，也没有不分善恶一概加以破坏的那种激愤的挑战呼声！在这首歌里，完全没有只会破坏一切而无力从事建造的那种复仇和屈辱的盲目感情——在这首歌里，一点都听不出古老的奴隶世界的遗物。

这首歌歌词的激昂和调子的严肃，使母亲不大喜欢，但是在这些词句和声调后面，好像有一种更大的东西，它以自己的力量压倒了词句和声调，使她的心预感到一种思想所不能捉摸的伟大的东西。这个伟大的东西，她从年轻人的面目表情和眼色中看出来，她从他们的心里感觉得到，她被这首大过歌词和声调所容纳的歌曲中的力量所征服，每逢听到这首歌的时候，她总是比听其它的更专注，更感动。

唱这首歌的时候，声音总比唱其它的要低，但是它的力量，却比任何歌曲都要强烈，它好像三月里的空气——即将到来的春天第一日的空气，拥抱着所有的人们。

"现在应该是我们到街上唱歌的时候了！"沃索西柯夫阴郁地说。

当他的父亲又因为偷人家的东西而被抓进监牢去的时候，涅考拉向他的朋友们平静地说：

"现在可以来我的家里开会了……"

几乎每天下了工后，都有朋友到鲍维尔家里来。他们忙得顾不上洗脸，就坐在那里看书，或者从书里抄录些什么东西。吃饭喝茶手里也不离开书本。母亲觉得他们的话变得更加难以理解了。

"我们需要有一份报纸！"鲍维尔时常这么念叨。

生活变得匆匆忙忙，变得狂热起来。人们更为迅速地从这本书移到那本书——好像蜜蜂从这朵花飞到那朵花一般。

"人们在议论我们呢！"有一次沃索西柯夫说，"我们不久就会遭殃了！"

"鹌鹑本是被网捕住的！"赫罕尔说。母亲越来越喜欢赫罕尔。当他叫她"妈妈"的时候，好似有一只婴孩的嫩手在她的面颊上抚摸。每逢礼拜日，如果鲍维尔没有空闲，他就替他劈劈柴。有一回，他背来一块木板，抄起斧头，麻利而熟练地替他们改换了大门口那架已经腐烂的台阶。又有一次，人不知鬼不觉地为他们修好了坍塌的围墙。他总是一面做活，一面吹口哨，他吹得非常动听，但是也有一丝悲凉。

一次，母亲对儿子说："叫赫罕尔搬到咱们家里来住不好吗？你们两个在一起方便些——省得你找我，我找你的。"

"你为什么给自己添麻烦呢？"鲍维尔耸着肩膀说。

"嗳呀，我麻烦一辈子了，都不清楚是为了什么，为好人麻烦，那是应该的！"

"你乐意怎么办就怎么办吧！"儿子回答着，"如果他真的搬来了，我是会很高兴的。"

于是，赫罕尔搬了过来。

这座工人区尽头的小屋，引起了人们的注意。四周已经有许多怀疑的眼光向这里张望。各式各样谣言的翅膀，不安分地在房子的上空旋转着——人们努力地想要发现并且轰出隐藏在这个山谷上的房屋里的东西。每天晚上，总有不三不四的人朝窗子里偷窥，有时还敲一敲窗子，然后匆忙而惊慌地逃之夭夭。

有一次，小酒馆的主人别贡佐夫在半路上叫住了弗拉朵娃。他是一个相貌堂堂的小老头，在松弛而发红的脖颈上经常围着一块黑色的三角丝巾，上身穿了一件厚重的紫色天鹅绒背心。在油光发亮的尖鼻子上，架着一副玳瑁框的眼镜，所以人们都叫他"箍眼儿"。

他将弗拉朵娃叫住，根本不等对方搭话就用讨厌而干燥的声音说：

"彼拉盖雅·尼罗芙娜，身体还好吗？令郎呢？还没有替他娶亲吗？年轻力壮的小伙子正是结婚的好时候，媳妇娶得越早——做父母的也就越早省心。有了家室的人，身心就特别安全，男人在家里，就像早加了酸醋的香薹！要是我，早就为他娶亲了。如今这年头，对谁的生活，非严厉监督不可，人人都擅作主张。说起思想，真是五花八门，可做起事来，却该挨骂。年纪轻轻的，礼拜也不去做，从来不去公共场所，鬼鬼祟祟地聚在角落里嘀嘀咕咕。为什么要交头接耳呢？为什么要避开大家？在大庭广众之前——比如在酒店里——不敢说话，这究竟是怎么回事？这是秘密！说起秘密——那只有我们神圣的基督教会里才可以容许的，那些在角落里搞的秘密——都是因为冲昏了头脑！好了，祝您身体健康！"

他怪模怪样地弯起手来脱下帽子，在空中一挥，拔腿就走，把母亲弄得莫名其妙不知怎样才好。

弗拉朵娃的邻居，铁匠的寡妇，现在在工厂门口摆食物摊的玛丽亚·考尔松诺娃，在市场里碰到母亲的时候，也是同样地说："彼拉盖雅！当心你的儿子！"

"要当心什么呢?"母亲问道。

"外面有闲话呢,"玛丽亚神秘兮兮地说,"不好啊,我的妈妈呀!人家都说你儿子组织一个鞭身教一样的团体!据说这叫作结党,要像鞭身教徒那样相互鞭打。"

"够啦,玛丽亚,你少胡扯吧!"

"胡扯的人不一定撒谎,不胡扯的人也不一定不撒谎!"女商人回驳道。

母亲把这些话全告诉了儿子,他一声不响地耸耸肩膀,赫罕尔却发出了洪亮而柔和的大笑。

"姑娘们也在生我们的气呢!"她说,"不论在哪个好姑娘看来,你们都是好对象,酒也不喝,又会干活儿,但是你们却理都不理她们!她们在说,你们这里有些城里来的品行不良的姑娘。"

"难怪她们!"鲍维尔厌恶地皱起额头,深深叹了一声。

"沼地总是臭的!"赫罕尔叹息着说,"那么,妈妈,你开导开导那些傻丫头,讲讲结婚是怎么回事,叫她们不要着急去折断自己的骨头。"

"哎呀,我的老天!"母亲说,"她们也知道痛苦,她们也明白,但是除了结婚之外,叫她们到哪儿去呢?"

"她们还是不算明白,要不然早就找见道路了!"鲍维尔发表自己的见解。

母亲看了看他那严肃的脸。

"那么,你们去教导教导她们不是很好吗?挑几个伶俐点的来咱们家。"

"那不妥当!"儿子淡淡地答话。

"试试看怎样?"赫罕尔问。

鲍维尔沉默了一会儿。

"开始是出入双双,然后是有些人结了婚,结果就是这样!"

母亲独自陷入沉思。鲍维尔那种僧侣一般的冷峻,使她觉得不安。她看见年纪大一点的朋友，譬如赫罕尔都听从他的劝告，但是她觉得，大家虽然都畏惧他，但都不喜欢他的那种刻板。

有一次，她已经躺下睡觉的时候，儿子和赫罕尔还在读书，隔着一层薄薄板墙，她听见他们在低声谈话。

"我喜欢纳苔莎，你知道吗？"赫罕尔突如其来地低声慨叹。

"我知道！"过了一会儿，鲍维尔回答他。

可以听见，赫罕尔慢慢地站起身来，开始在房间里踱步，他的光脚板把地板踩出声响，又传来宁静的、忧郁的口哨声。过了一会儿，再次听见他那低沉的话音。

"她可知道？"

鲍维尔沉默着。

"你以为如何？"赫罕尔压低了声音问。

"她是知道的。"鲍维尔回答，"所以她才不乐意到我们这儿来讲课了。"

赫罕尔心事重重地在地板上踱着，屋子里重新回荡着他的口哨声。过了片刻，他问："假使我告诉她。"

"告诉什么？"

"什么？那就是我……"赫罕尔悄声回答着。

"为什么呢？"鲍维尔打断了他的话。

母亲能听见赫罕尔陡然站定了，觉得他好像在那里微笑呢。

"对啦，我这样想，如果我爱上一个姑娘，那我就得向她明说，否则半点结果也不会有！"

鲍维尔啪地合上了书。可以听见他的提问："不过你能期待得到什么结果呢？"

两个人沉默了好一会儿。

"啊？"赫罕尔问。

"安德烈，你得把你所期待的事情细细思量。"鲍维尔慢悠悠地说。

"就算她也在爱你——这我不敢肯定——就假设是这样吧！那么你们两个结了婚。这种结合确实有趣——知识姑娘和一个工人！于是生了孩子，到那时候，你只得一个人做工……而且，要干许多的活。你们的日子，就会变成只为一块面包、只为了孩子、只为了住宅而过活；在事业上——再没有你们的份了，两个人一块儿都完了！"

一下子变得静寂无声。过了片刻，又听见鲍维尔似乎比先前柔和的声音了。

"这些念头，你最好全部放弃，安德烈。别使她觉得为难。"

安谧的夜。挂钟的钟摆清楚地摆出每秒的声音。

赫罕尔说："心一半是在爱，一半是在恨，这算是心吗？嗳！"

书页发出嚓嚓的声响——准是鲍维尔又重新读书了。

母亲闭着眼睛躺在床上，一下都不敢动弹。她觉得赫罕尔怪可怜的，她想为他哭一场，但是她更可怜自己的孩子，心里惦记着他："我可爱的孩子……"

赫罕尔突然问道："那么，就别对她说了？"

"这样要好些。"鲍维尔一字一顿地回答。

"咱们就这么办吧！"赫罕尔说。又过了几秒钟，他冷静而悲哀地接着说："鲍什！要是你自己碰到这种事情，你也要难受的……"

"我已经在难受了。"

风吹在墙上，发出沙沙的声音。时针和钟摆，很清楚地数着逝去的时间。

"你不要笑我！"赫罕尔缓缓地说。

母亲将脸伏在枕头上，无声地哭泣起来。

第二天早上，母亲觉得安德烈更加矮小、更加可爱了。但是自己的儿子仍是那样瘦，身子挺得笔直，闷声不响。

以前，母亲总管赫罕尔叫安德烈·奥尼西莫维奇，但是今天，却不知不觉地改口说：

"安德留沙！你的皮靴该修补一下了——不然会冻脚的！"

"拿到工钱，去买双新的！"他笑着答话。

突然，把他那一只长胳膊放在了母亲的肩上，问道："大概，你就是我的亲妈吧？只是你不愿意向大家承认，因为我长得太丑，是不是？"

她默默地在他手上拍着。她特别想对他说几句安慰的话，但是，怜悯的感情紧紧地揪住了她的心，满心的话说不出口。

工人区的人们，在纷纷谈论那些社会主义者散发的用蓝墨水书写的传单。在这些传单里，语句愤怒地讲到了工厂的制度，也讲到了彼得堡和南俄罗斯工人罢工的事情，并号召工人们团结起来，为自己的利益而斗争。

厂里挣钱很多的上了年纪的人们，都很恼火。

"这些暴徒！做出这等事来，真是无法无天！"

于是，他们将传单送到工厂管理处去。年轻的人们都很热诚地在那儿诵读。

"这是真话！"

绝大多数过于劳累而且对什么事都漠不关心的人，懒洋洋地说：

"毫无结果的——这种事情做得到吗？"

但是，传单却使人很兴奋，要是一个礼拜看不到传单，大家便七嘴八舌地揣测说：

"看样子他们不再印了。"

但是，礼拜一的早晨，传单又出现了，于是工人们私下里又轰动起来。

在酒店和工厂里，出现了几个行为异样的陌生人。他们不时地探问、观察、查访，就这样，他们中有的是因为可疑的谨慎，有的是因为过分地纠缠，立刻就引起了大家的注意。

母亲心里明白，这场骚乱是她儿子工作的结果。她看到人们都聚集在他的身边。为鲍维尔的命运担忧，也为他而骄傲，这两种情感交织起伏。

有一天傍晚，玛丽亚·考尔松诺娃从外面敲打窗子。当母亲打开窗户的时候，她凑过来大声说：

"要当心啊，彼拉盖雅，宝贝们闹出事来了！今晚要来搜查你们、马琴和沃索西柯夫的家。"

玛丽亚厚实的嘴唇一张一合，肥大的鼻子哼哼哧哧地乱响，眼睛不住地眨巴着，左顾右盼生怕街上有行人看见。

"我什么都不知道，我什么都没有对你说过，也不要说我今天碰见过你——你听懂了吗？"

她立即就没影了。

母亲关上窗子，慢慢地坐在椅子上。但是，由于意识到危险正临近她的儿子，她又迅速地站了起来。她麻利地换了衣服，胡乱找了个围巾紧紧地包上了头，匆匆地跑到了贝嘉·玛切的家里——玛切正在生病，没有去上工。当她进去的时候，他正坐在窗边看书，一边用跷着大拇指的左手摇动着他的右手。

他一听这个消息，猝然跳起身来，脸色变得煞白。

"果然来了！"他喃喃自语。

"怎么办？"弗拉朵娃用发抖的手抹着脸上的汗，问道。

"等一等——不要害怕！"贝嘉用他那只好着的手搔弄着自己的卷发。

"你不是自己先怕吧？"她吃惊地叫着。

"我怕？"他的脸涨红了，惶惑不安地带着微笑，"对啦，这些畜生……应该去告诉鲍维尔一声。我这就差人去找他，你走吧——没有关系的，大概总不至于打人吧？"

回到家里，她把所有的小册子都收拢在一块，捧在胸口前，在屋子里徘徊了许久，火炉里面，火炉下面，甚至盛着水的水桶里面，她都仔细地看过了。她以为鲍维尔一定会丢下手头的工作，立刻回家来，可是，他没有回来。走得疲倦起来，她就把书铺在厨房的凳子上，再坐在书的上面。因为恐怕一站起来就被人发现，所以这样一直坐到鲍维尔和霍霍尔从厂里回来。

— 143 —

"你们知道了？"她还是坐在那里问。

"知道了！"鲍维尔面带微笑地回答，"你害怕吗？"

"害怕，真害怕！……"

"不必害怕！"赫罕尔说，"光害怕是不顶事的。"

"连茶炉都没有生！"鲍维尔说。

母亲站起来，指着凳子上的书，难为情地解释道："我一直没有敢离开这些书。"

儿子和赫罕尔一起笑了起来。这笑声叫她心强胆壮。

鲍维尔挑了几本书，去院子里藏。

赫罕尔一边生火，一边说："半点可怕的都没有，妈妈。"

"只是替那些干这种蠢事的人感到可耻。腰里挂了军刀，长筒皮靴上面装着马刺的那些年轻力壮的男人，什么地方都要寻翻个遍。无论是床底下，还是暖炉下，都要搜到的。假使有地窖，便爬进地窖里去。阁楼上也要爬上去，在那儿如果碰着蜘蛛网，也要乱叫一阵。这些家伙非常无聊，而且毫无羞耻，所以才装出一副特别凶狠的样子，对你大发脾气。这是下贱的行为，他们自己也知道！有一次他们到我家里翻得一塌糊涂，他们倒觉得有点狼狈，就那样屁也不放地出去了。但是第二次来，终于把我抓去了，关进监牢里。我在那里住了差不多四个月。有一天忽然来传讯，由兵士押着穿过大街，问了些什么话。这些家伙都是傻子，所以胡乱地说几句，说完之后，又叫兵士把我送回监牢里。总而言之，这样把我牵来牵去，总算对得起他们的俸禄。后来放了出来——这样就算完了。"

"您一向都是怎么说的来着？安德留沙！"母亲叫道。

他跪在茶炉旁边正在专心地用火筒吹火，这时候抬起紧张得发红的面孔，两手摸着胡子，问道：

"我是怎么说的？"

"您不是说谁都不曾侮辱过您……"

他站起身来，晃了晃脑袋，笑着说："在世界上，真有没受过侮辱的人吗？"

"我受得侮辱太多了，连生气的劲儿都没有了。假使人们非这样不可，那还有什么办法呢？屈辱的感情对工作有影响，老把它放在心上——那就虚掷了光阴。现在，是这样的人生！从前，我也是时常和人家生气，但过后沉思细想——就明白了——犯不上。人人都怕邻人打他，可是另一方面，却又在拼命地想打邻人的耳光。现在就是这样的人生，妈妈！"

他的话静静地流淌着，把那种因等待搜查而产生的不安推到了远远的一边，凸鼓的眼睛，光亮地含着微笑。他整个人虽说粗笨，其实内心却灵巧。

母亲叹了口气，温和地祝福他："愿上帝给你幸福！安德留沙！"

赫罕尔向茶炉走近一大步，又蹲下来，低声喃喃道："给我幸福，我当然不拒绝，但是要我去请求——那我可不干！"

鲍维尔从院子里回来，胸有成竹地说："决不会发现的！"于是开始洗手。

洗了之后，他仔细地把手擦干净，对母亲说：

"妈，假若你露出害怕的样子，那么他们就会想，这里一定藏着什么东西，否则她不会那样发抖。你要明白，我们不干亏心事，真理站在我们这边，我们要一辈子为真理而努力——我们的罪，全在这里，有什么可怕的呢？"

"鲍什？我没事的！"她答应了。可是接着不无忧虑地说了一句：

"干脆早一点来，也就算了！"

但是，这一晚没有来人。第二天早上，她怕他们笑话她胆小，索性就自嘲地笑起来：

"真是自个儿先吓唬自个儿！"

就在这个不安之夜后，大概又过了一个月的光景，他们终于来了。

涅考拉·沃索西柯夫也在鲍维尔家里，他们和安德烈三个，正在谈论有关自己的报纸的事情。时间已快到半夜了。母亲已经睡在床上，正在朦胧入睡的当口儿，她听见了忧虑的、很轻的声音。这时安德烈蹑手蹑脚地走过厨房，轻轻地带好了门。在门洞里响起了铁桶的声响，门突然敞开了——赫罕尔一步迈进厨房。

"有马刺的声音！"

母亲用抖动的手抓住衣服，从床上一跃而起，但是鲍维尔从那边走进来静静地说：

"请睡觉吧——你是有病的人！"

从门洞里，可以听见摸索的声音。

鲍维尔走近门边，用一只手推了推门问道："是谁？"

从门口立时走进了一个高大的灰色身影，跟着又走进了一个，两个宪兵把鲍维尔逼着往后退，然后站在他的两旁，他只听见一声响亮而嘲弄的话语："不是你们正等着的人吧？"

说这话的是一个长着几根黑胡子的瘦高个子军官。

本区的警察范加金来到母亲床边，一只手举到帽檐上，另一只手指着母亲的脸，装出毕恭毕敬的神色说："这是他的母亲，大人！"接着向鲍维尔扬扬手，补充说："这是他本人！"

"你是鲍维尔·弗拉朵夫吗？"军官眯着眼睛问。等鲍维尔默许点头之后，他捻着唇髭说："我现在要搜查你的屋子。老婆子，站起来！那里是谁？"

他探头看看屋里，蓦然向房门口迈进一步。

"你们姓什么？"他喊道。

从门洞里走出两个见证人——上了年纪的铸工特维里亚科夫和他的房客，火夫列彼——一个魁梧而黝黑的农民。低沉地大声地说："你好，尼罗芙娜！"

她穿了衣服，为了给自己壮壮胆儿，低低地说：

"这像什么话？深更半夜地跑来——人家都睡了，他们来折腾！"

屋子显得局促起来，不知怎的，屋子里面充满了皮鞋油的气味。两个宪兵和本区的警官雷斯金，踏着很重的脚步，从搁板上把书搬下来，将它们摆在军官面前的桌子上。另外两个人攥着拳头敲打墙壁，还朝椅子下面探望，一个笨拙地爬在了暖炉上——赫罕尔和沃索西柯夫紧紧地挨着站在角落里，涅考拉的麻脸上面，盖上一层红色的斑点。他那双小小的灰色眼睛，不断地打量着军官。赫罕尔捻着自己的胡子，看见母亲进来，带着微笑，亲切地对她点点头。

她尽力抑制内心的恐惧，不像平常那样侧着身子走路，而是胸脯向前倾着朝直走——这使得她的身形增加了一种滑稽、生硬的威严。她的脚步放得很重，但是眉毛还在那里颤抖。

军官用他那又白又长的细手指，飞快地抓起书籍，翻了几页，抖了一抖，巧妙地运用着他的手把它掷到一边。书籍纷纷软绵绵地滑落在地板上。大家都默不作声，可以听见满身是汗的宪兵沉重地喘息，马刺锵锵地响，有时发出低低的问话："这里查过了吗？"

母亲和鲍维尔并排站在墙壁旁边，她学着儿子的姿势，也把双手交叉在胸前，也盯着军官。她膝部以下都在战栗，干燥的云雾遮住了她的眼睛。

沉默之中，突然暴发出涅考拉震耳欲聋般的喊声："干吗要把书扔在地上?!"

母亲打了个激灵。特维里亚科夫好像被人打了一下后脑勺，脑袋晃荡了一晃。列彼吭呛地咳出了一声，目不转睛地盯着涅考拉。

军官眯着眼睛，像钢针一样地朝那张一动也不动的麻脸上刺了一眼。他的手指更加飞快地翻着书页。他总是好像不堪疼痛一般地张开他那双灰色的眼睛，似乎是对他那疼痛喊出无力憎恨的大声吼叫。

"兵士！"沃索西柯夫又说，"给我拣起书来！"

所有的宪兵都向他转过身来，又转脸望望军官。军官则又抬起头来，用穷追的目光扫视着涅考拉那粗壮的身体，拉着长长的鼻腔说："哼……拾起来……"

一个宪兵弯下身子，斜着眼睛瞅着涅考拉，把散乱了的书籍拾了起来。

"叫涅考拉别出声了！"母亲低声对鲍维尔说。

他耸了耸肩膀。赫罕尔垂下了头。

"这本圣经是谁读的？"

"我！"鲍维尔说。

"这些书都是谁的？"

"我的！"鲍维尔说。

"哼！"军官往椅背上一靠，把细长的手指攥得发出脆响，两脚伸在桌子底下，一面捋着胡子，一边向涅考拉问：

"你就是那个安德烈·那罕德卡吗？"

"是我。"涅考拉走上前去回答。赫罕尔伸出手来抓住他的肩膀，把他推到后面。

"不是他！我是安德烈！……"

军官举起手来，用他的细指头吓唬沃索西柯夫说：

"叫你知道我的厉害！"

他开始翻弄自己的文件。

皎洁的月亮，用它没有灵魂的眼睛，远远地注视着窗子里面。有人在窗外慢慢地走过，响起了踏雪的脚步声。

"那罕德卡，你受过政治犯罪的审问吗？"军官问。

"在罗斯托夫受过，在萨拉托夫也受过……但是那地方的宪兵是用尊称'您'称呼我的……"

军官眨着右眼，用手擦察它，于是露出了细小的牙齿，说道：

"那罕德卡，您，问的正是您，可知道在工厂里散发违禁传单的暴徒是谁吗？"

赫罕尔身子摇晃一下，满脸笑容想要说些什么，可是——这时候又听见涅考拉的那种焦躁的声音。

"我们现在才第一次看见这种下流的东西……"

忽然就沉默下来，人人缄口不语。

母亲脸上的伤疤发白，右边的眉毛吊着。列彼的黑色胡须莫名其妙地抖动起来；他垂下眼睛，用手指慢慢整理胡须。

"把这个畜生带走！"军官命令道。

两个宪兵抓住涅考拉的肩膀，凶暴地把他往厨房里拖。他用力把两脚撑在地板上不动，高声叫喊道：

"等一等……我要穿衣服！"

警官从院子里过来。

"一切都看过了，什么都没有。"

"哼，自然喽！"军官带着苦笑地讥嘲道，"有一位老手在这里呀……"

母亲听见了他那种脆弱而颤动的破锣似的声音，恐怖地盯着他黄色的脸，她从这个人身上感觉出，他就是对百姓满怀贵族老爷式侮辱的、毫无同情心的敌人。她因为不常碰见这种人物，所以几乎忘记了还有这种人存在。

"啊，原来就是惊动了这些人！"母亲暗自琢磨。

"私生子，安德烈·奥尼西莫夫·那罕德卡先生！现在要逮捕您！"

"为什么？"赫罕尔镇定自若地问。

"等以后跟你说吧！"军官用一种恶意的礼貌回答，又扭过身来向弗拉朵娃问道："你识字吗？"

"不识字！"鲍维尔回答。

"我不是问你！"军官严厉喝道，又接着问，"老婆子，回答！"

母亲对这个人油然生出了厌恶，忽地，像是跳到了冰水里面，浑身直打冷颤，她挺直了身子，他的伤痕变成了紫色，眉毛垂得很低。

"别喊得这么响！"她对他伸直手，说道，"你还年轻，没吃过什么苦……"

"妈，冷静点！"鲍维尔阻止她。

"等等，鲍维尔！"母亲向桌子那走去，边走边喊，"你为什么要抓人？"

"这与你无关——住口！"军官站起来吼了一声。

"把逮捕的沃索西柯夫带过来！"

军官拿起一张什么文件，凑到眼前，开始诵读。

涅考拉被带过来了。

"脱帽！"军官停止了诵读，大声呵责。

列彼走到弗拉朵娃身边，碰碰她的肩膀，低声安慰说：

"别着急，老妈妈……"

"他们抓着我的手，我怎么脱帽？"涅考拉的嗓门很高，压过了诵读罪状记录的声音。

军官把文件往桌子上一扔："在这上面签字！"

母亲看到他们在记录上签字，她的激奋消失了，心沉重起来，眼睛里涌出屈辱和无助的泪水。在婚后二十年的日子里，她没有一天不流着这种眼泪，但最近几年，她好像已经忘却了这种眼泪的辛酸滋味。

军官朝她瞪着眼，嫌弃地皱起满脸的皱纹，挖苦道："老太太！您哭得太早了！当心您以后眼泪怕是不够呢？"

她又气恨起来，冲着他抢白道：

"做母亲的眼泪是不会不够的，决不会不够！要是您也有母亲——那她一定知道，一定知道！"

军官很快地把文件放进一个簇新的、带有一个很亮锁钮的皮包里。

"开步走！"他发出了口令。

"再见，安德烈！再见，涅考拉！"鲍维尔和朋友们握着手，温和地低声道别。

"这真是再见呢！"军官嘲笑着重复了一遍。

沃索西柯夫沉重地哼了一声，他的粗脖子涨得通红，眼里跳动着仇恨的火花。赫罕尔很坦然地笑着，一边点头一边和母亲说了句什么话，于是母亲画着十字，也开口说："上帝是照顾好人的。"

穿灰色军大衣的人们走到门洞里，发出马刺的响声，然后就都消失了。列彼最后一个走出去，他用那双很专注的黑眼朝鲍维尔望了望，若有所思地说道：

"那么，再见吧！"他不停地从胡须间发出咳嗽声，从容地走了出去。鲍维尔反背着两手，迈过地上零乱的书籍和衣物，慢慢地在房间里踱步。

过了一会儿，他阴郁地说道："你看见了吧，把这里弄成了什么样子？"

母亲望着被翻得乱七八糟的房间，忧愁地说："为什么涅考拉要对那个家伙发脾气呢？"

"大概是因为吓坏了。"鲍维尔静静地回答。

"来了，抓了人，带走了。"母亲摊开两只手喃喃地说着。

因为自己的儿子没有被带走，所以她的心跳平息下来，但是脑子老停留在刚发生的事情上面，却又不能理解这事实。

"那个黄脸儿的家伙，专会嘲笑、恐吓……"

"妈，好了！"鲍维尔忽然果敢地说，"来，咱们把东西都收拾起来吧。"

他称呼她"妈"和"你"，平时只有当他站在母亲身旁的时候才这样叫。她走近他的身边，瞧了瞧他的脸，小声地问："你在生气吗？"

"是的！"他回答，"这样太难堪了，不如和他们一起被逮捕的好……"

她觉得儿子的眼眶里泪水在打转，她朦胧地感受到他的那种苦痛，于是，想要安慰他似的叹了口气说："总有一天，你也会被抓了去的！……"

"那是肯定的。"他应着。

沉默了一会儿之后，母亲愁闷地说："鲍什！你的心真硬！哪怕有时安慰我一下也好！不仅不安慰，我说了可怕的话，你还要说得更可怕一点。"他瞅了瞅母亲，走近她的身边。

"妈，我不会嘛，你非得习惯起来不可。"

她叹了口气，沉默了片刻，抑制着恐惧的颤抖，说道：

"他们大概要被拷问吧？会不会打伤身体，敲断骨头？我一想起这些，真觉得可怕，鲍什⋯⋯"

"他们的灵魂会被撕破的⋯⋯当灵魂被肮脏的手爪撕破的时候，那比撕破皮肉更痛苦呢⋯⋯"

第二天才知道，他们还逮捕了蒲金、赛蒙伊罗夫、索莫夫以及其他五个人。傍晚，贝嘉·玛切跑来——他的家也遭到了搜查，所以他很兴奋很知足，视自己为英雄。

"你不怕吗？贝嘉？"母亲问。

他脸色苍白，面孔瘦削，鼻孔颤动了一下。

"我很怕挨军官的打！那个家伙是胡须长得很黑的胖子，手指上长满了黑毛儿，鼻子上架着一个墨镜，所以看上去好像没有眼睛。他大声怒骂，双脚在地板上乱踩一气！而且还吓唬人，说是要把我们关死在牢里。我从来都没挨过打，哪怕是爸爸妈妈——他们都很爱我，因为我是独生子。"

他闭了一下眼睛，抿紧嘴唇，双手麻利地把头发拢到头顶上，用充血的眼睛看着鲍维尔说道：

"假使有人打我，我肯定像小刀子一般的猛扑上去——我用牙齿咬他——被人家当场打死也不要紧！"

"像你这么又瘦又小的人！"母亲大声说，"你有什么力量和人家打架？"

"能！"贝嘉低声回答。

他走了以后，母亲对鲍维尔说自己的看法："他比谁都更脆弱！⋯⋯"

鲍维尔一声不响。

几分钟之后，厨房的小门慢慢地开了，列彼走进来。

"你们好啊！"他脸上堆着笑说，"我又来了。昨天是给拖来的，今天是自动来的！"他使劲和鲍维尔握手，然后伸手按在母亲的肩膀上。

"可以赏光给一杯茶吗？"

鲍维尔默默地望着他那留着浓黑胡子的黝黑而宽大的脸和黑黑的眼睛。在他从容的目光中，仿佛包含着某种意味深长的东西。

母亲到厨房里去烧茶。

列彼捋着胡子坐下来，把肘弯放在桌子上，用他黑色的眼睛对鲍维尔望了望。

"是啊！"他好像在继续说未曾说完的话，"我得向你坦言。我已经对你注意了很久了。咱们几乎是隔壁住着，你们这来来往往的客人很多，可你们既不喝酒，又不闹事。这种事情还是头一回看见。只要你们不去胡闹，那些东西立刻就盯上了——这是怎么回事啊？老实说，我自己也是因为常避开他们，所以他们把我盯的很紧。"

他说得很沉重，但也很流利。他用黑手摸着胡须，眼睛直勾勾地盯着鲍维尔的脸。

"他们都在谈论你。我家的主人们说你是异教徒，因为你不去做礼拜。礼拜，我也不去做。后来，出现了传单，这是你想的主意吧？"

"是我！"鲍维尔回答。

"果然是你！"母亲从厨房里伸出头来，惊慌地叫了一声，"不止你一个人吧！"

鲍维尔苦笑了一下，列彼也跟着笑了。

"那当然！"他说。母亲大声地长长吸了一口气就走开了，由于他们冷落了她的话，她觉得有点委屈。

"传单，这法想得很妙。这种传单确实叫人惶恐。一共有十九张？"

"对！"鲍维尔回答。

"那么，我全看到了！不过呀，这些传单里面，有的地方看不大懂，也有些显得多余——总而言之，说得太多的时候，就容易说废话……"

列彼微笑起来他有一副洁白而强健的牙齿。

"于是，就来搜捕了。这可连我都累死了。你，赫罕尔，涅考拉——你们都暴露了……"

他一时想不出还要说什么，所以安静下来，他望了望窗子，用指头敲着桌子。

"他们发现了你们的计划。好吧，大人，你尽管做你的，我们照样干我们的。赫罕尔也是个好小伙子。有一回在厂里听见他的演说，我想，除了死亡之外，大概什么也不会把他打倒。真是个铮铮铁骨的汉子！鲍维尔，你相信我说的话吗？"

"相信！"鲍维尔连连点头。

"你想想看——我已经是四十岁的人了，我比你的年纪大一倍，经历得比你多二十倍，当过三年兵，讨过两次老婆，一个死了，一个被我丢了。高加索也到过，圣灵否定派信徒也见过。兄弟，他们是不能战胜生活的，不能！"

母亲兴致勃勃地倾听着他那激动人心的话。看见这个中年人跑到她儿子面前，仿佛忏悔似的跟他说话，觉得很高兴。但是她感到鲍维尔对待客人太冷淡，为了改变一下他的态度，她问列彼说：

"要不要吃点什么东西，米哈依洛·伊凡诺维奇？"

"谢谢，妈妈！我吃过晚饭来的。那么，鲍维尔，依你看现在的生活是不合理的吗？"

鲍维尔站起来，反背着手在屋子里走来走去。

"生活在正确地前进！"他说，"正是因为这个缘故，生活才引导你来找我坦白地说这些话。生活使我们劳苦大众渐渐团结起来；时机一到把我们全体都团结起来。生活对于我们是不公而艰难，但是使我们的眼睛看见了痛苦的意义的，也正是这种生活。生活本身，告诉人们应该怎样才能加速生活前进的步调！"

"对！"列彼打断他，"人啊非见一见新不可！——生了疥疮，那么洗个澡，换一身衣服，就可以治好！就是这样！可是应该怎么样清洗人们的内心呢？那就棘手了！"

鲍维尔激动而严厉地谈到厂主，谈到工厂，谈到外国工人怎样争取自身的权利。

列彼好像打句点一样地时时用指头敲着桌面。不止一次地喊道："对呀！"

有一次，他笑起来，低声说：

"啊啊，你还年轻！对人理解得不够！"

这时候，鲍维尔笔直地站在他面前，严肃地说："不要管年轻不年轻！咱们来看看谁的思想更正确。"

"据你所说，他们是用了上帝在欺骗我们？对，我也是这样想，我们的宗教是假的。"

这时候，母亲也参与进来。每逢儿子谈起上帝，谈起与她对上帝的信仰有关的一切，乃至谈起她认为贵重而神圣的一切的时候，她总是目不转睛地看着他，想要和他的视线相会，她想沉默地要求她的儿子，希望他不要说那些尖锐而激动的怀疑上帝的话来搅乱她的心。但是，在她儿子不信上帝的言语里面，却使人感到有一种信仰，这又使她放不下心来。

"我怎么能理解他的思想啊？"她想。

她以为上了年纪的列彼听了鲍维尔这些话，也应该感到不快，感到屈辱。但是，看见列彼坦然地对他提出问题，她有些耐不住了，于是就简短而固执地说：

"说到上帝，你们应该慎重一点！你们不管怎样都可以！"她透了口气，更加使劲地说，"但是像我这样的老太婆，如果你们把上帝从我心里夺去，那我在痛苦的时候，就无依无靠了。"

她眼睛满含着泪水。她一边在那里洗碗碟，一边手指颤抖着。

"妈妈，这是因为你没有了解我们的话！"鲍维尔低声而温和地解释。

"对不起，妈妈！"列彼用缓慢而洪亮的声音道歉，一面苦笑，一面望着鲍维尔，"我忘了，妈妈早已不是受得住割瘊子的年岁了……"

"我所说的，"鲍维尔接着说下去，"不是你所信仰的那个善良而慈悲的上帝，而是僧侣们当作棍子来恐吓我们的上帝！我所说的，是被人家利用上帝这个名字来使很多屈服在少数人恶毒意志之下的那个上帝……"

"对啦!"列彼用指头在桌面上敲了一下,高声地说,"连我们的上帝,都被他们调换过了,他们用他们手里所有的东西来和我们作对!妈妈,记着吧,上帝是照着自己的形象来造人的!所以,假使人和上帝相同,那么,上帝当然也应该和人一样!现在呢,我们非但和上帝不同,简直和野兽一样!教堂里给我们看的上帝,却是一个稻草人……妈妈,我们现在应该把上帝改变一下,替他刷洗干净!他们给上帝穿上了虚伪和中伤的外衣,改变了他的面目,拿来残害我们的灵魂……"

尽管他的话音不高,但字字句句,在母亲听来,都好像锤在她头上,发生震耳欲聋的打击。在他的络腮胡子的黑色轮廓中,那张像是穿上丧服的大脸,使她觉得害怕。那两只眼睛里的暗淡阴沉的光亮,也叫她受不了,他使她的心隐隐地感到一种疼痛般的恐怖。

"不,我最好走开!"她否定似的摇摇头,"我没有气力听你这种话!"

她很快地走进了厨房。

列彼仍旧在说他自己的这种话:"请看,鲍维尔!根本问题不在头脑,而在心灵!在人们的心灵里,有一个不让其他任何东西生长的地方……"

"只有理性能够解放人类!"鲍维尔断然地说。

"理性不能给我们力量!"列彼顽强地、大声地反驳,"能给力量的是心灵——绝不是头脑!"

母亲脱了衣服,没有做祷告就上床躺下了。她觉得又冷又不舒服。她起初觉得列彼为人正派而且聪明,现在对他有不同于以前的看法了。

"异教徒!暴徒!"听着他的声音,母亲心里诧异,"这个人——怎么也来了!"

而列彼依旧镇静而确凿地说:

"神圣的地方,是不应当空虚的。上帝住的地方,是最怕疼的地方。假使上帝从灵魂上面滑下来,那一定会留下伤痕!这是绝对的。鲍维尔,我们得想出一个新的信仰……得造出一个是人类友人的上帝!"

"已经有一个——基督！"鲍维尔说。

"基督的精神并不坚固。他说：'不要把酒杯传给我。'他承认了恺撒。神是不承认统治人类的人间权力的，他是万能的！神不能把自己的灵魂分成两个：这是'神的'，那是'人间的'……但是实际上呢，他承认了交易，又承认了婚姻。而且，他不公平地诅咒无花果树——难道无花果树不结果子是由于它自己的意志吗？所以灵魂也不是由于它自己的意志而不结善果——难道我自己在灵魂里面播下了恶种吗？嗨！"

房间里面，两个声音好像在兴奋地游戏，一会儿拥抱，一会儿争斗。鲍维尔在来回踱步，地板在他脚下发出轧轧的声音。他开口说话的时候，一切音响都淹没在他的话声里，但是当列彼沉重的声音平缓地流动的时候，可以听见钟摆声和用尖爪子在那里搔挠墙壁的轻微的冰霜爆裂声。

"照我自己的说法，就是照我们火夫的说法，神好像一团火。对啦！他住在人心里，圣经上说：'太初有道，道就是上帝，'所以道也就是精神……"

"是理性！"鲍维尔固执地说。

"对！总而言之，上帝是在心灵和理性里面，反正不在教堂里面！教堂是上帝的坟墓。"

列彼走的时候，母亲已经睡着了。

此后，他便常常过来。碰到鲍维尔家里有别人的时候，他就悄悄地坐在角落里，偶尔插嘴说："不错，对啦！"

有一次，他在墙角用阴暗的眼光望着大家，阴郁地说：

"我们应当说说眼前的事情，将来如何——我们不可能知道——是的！解放了的时候，他们自己会看出怎样做才好——这样的那样的，生塞进他们头脑的事情，已经够多的了——够多的了！让人们自己去思量。也许他们要推翻一切，推翻全部生活和全部科学，也许他们把一切都看得像教堂里的上帝一般，在反对他们。你们只要把一切书籍交给他们就好了，之后，由他们自己去回答——我以为就是这么回事儿！"

但是，只要鲍维尔一个人在家的时候，他们两人立刻开始无休止的，然而却是心平气和的辩论。每每这时，母亲总是不安地听着他们的话，注意着他们，努力想要理解他们所谈的话。有的时候母亲觉得，这个肩膀很宽，长着黑胡子的人，和身材匀称结实的儿子——两个人都好像已经变成了瞎子。他们东一头西一下地暗中摸索着，寻找着出路，用他们有力而盲目的双手乱抓一切东西，抖一抖，把它们换个位置，弄掉在地上，用脚踩那掉下来的东西。他们碰到的一切，都用手去一一抚摸，再把它抛弃，但信仰和希望并没有丧失。

他们使她习惯了听这些率直而大胆得令人深感可怕的谈话。但是，这些谈话，已经不像初次那样强烈地震撼着她了——她学会了该怎么不把这些话放在心里。在否定上帝的话背后，她常常感到着对上帝坚定的信仰。这种时候，她总是面带静穆的、宽容一切的微笑。这样，她对列彼虽说不很喜欢，但也不再有什么反感。

每星期一次，母亲给赫罕尔拿上衬衫和书送到监牢里去。有一次，她得到准许和他见了一面。当母亲回来的时候，很感动地说："他住在那里——就跟住在家里一样。不管是谁——因为他性子好，大家都在跟他开些玩笑。他虽然也有困难和苦楚，但是，他不愿意让人家看出来……"

"就应该这样！"列彼插嘴说，"我们被痛苦包裹着，就如同被皮包裹着——我们呼吸的是痛苦，穿的是痛苦。什么可夸耀的都没有！并不是所有人们都抹瞎了眼睛，有些人是自己闭上的——是这么回事！既然是傻子——就认了吧！"

弗拉朵夫家的灰色小屋子，越来越引起工人区人们的注意。在这种注意里，包含着许多怀疑的谨慎和无心的敌意，但是，与此同时，也渐渐地生出了信赖的好奇。时常有人跑来，很小心地朝四周望望，然后，对鲍维尔说：

"喂！朋友，听说你看了很多的书，那么你一定通晓法律了，有这么回事，你来给分析分析……"

于是就对鲍维尔说起警察和工厂当局的某一种不正当的处理。情形复杂的时候，鲍维尔就写一个便条给这个人，叫他去找城里某个熟识的律师请教，他自己能解决的就自己来解决。

久而久之，在人们的心目中逐渐地产生了对这个年轻而认真的人的尊敬。他总是专心致志地观察一切，听取一切，他那注意力顽强地钻进每一个纠纷里，他永远而且到处都能从千万个牢牢地束捆住人们的线结里面，找出一根共同的、没有尽头的线索，简单而大胆地谈论一切事情。

尤其是自从"沼泽的戈比"事件之后，鲍维尔在人们眼中的地位提高了。

在工厂的后面，有一个长满枞树和白桦的沼泽地，像一个腐烂的圈子，几乎把工厂包围住了。到了夏天，沼泽地上面蒸发出一种浓黄色的气体，成群的蚊子，从这块沼泽地飞到工人区去散播疟疾。沼泽地是属于工厂的土地，新厂主为了要从这块土地上面获得利益，所以想弄干这块沼泽地，附带着还可以从这里采挖泥炭。于是便对工人们说，弄干这块沼泽地，可以整顿地形，并为大家改善生活条件，所以应该从他们工钱里面，按每卢布扣一戈比的比例扣钱，作为弄干沼泽的费用。

工人们愤愤不平起来，尤其是职员可以不必负担这笔费用的规定，这更让他们群情激愤。

礼拜六厂主宣布募集戈比的时候，正巧赶上鲍维尔生病在家，他没去上工，所以不知道有这件事。第二天做过午祷后，仪表堂堂的老铸工希索弗和个子很高而性子很坏的钳工玛霍廷，到他这来告诉他关于沼泽地厂主的决定。

"我们年长一点的人开过会了，"希索弗庄重地说，"商议决定派我们两个来和你商量，因为你是我们伙伴中最明白事体的人——厂主要用我们的钱来和蚊子打仗，天下真有这种法律吗？"

"你想想！"玛霍廷眨着细眼说，"四年前，那些骗子也曾捐过一次钱来盖浴室。那时候收集了三千八百卢布。但是那些钱到哪里去了？什么盖浴室……影子都没见。"

鲍维尔给他们说明了这种苛捐的不正当，以及这种办法对厂方的明显利益，他们两个皱着眉头走了。母亲送他们出门之后，带着苦笑说："鲍什，那样的老头子也来请教你了。"

鲍维尔没有回答，他心事重重地坐在桌子旁边开始写着什么。几分钟之后他对母亲说："我有一件事情请您帮忙，您把这张字条送到城里去……"

"这危险不？"她问。

"危险。那里在印我们的报纸。这桩事件无论如何非得见报不可……"

"真的！"母亲说，"我这就去……"

这是儿子托付她的第一项任务。她很高兴，儿子对她公开说明了这件事。

"鲍什，这事我也懂的！"她一边换衣服，一边说着，"他们这样干是巧取豪夺！那个人叫什么？伊格尔·伊凡诺维奇？"

夜晚时分她才回来，虽然疲劳，却看得出心满意足。

"我看见萨茜卡了！"她对儿子说，"她问候你呢。那个伊凡诺维奇非常直爽，是个滑稽鬼！很会说笑话！"

"你能跟那些人说得来，我真高兴！"鲍维尔平静地说。

"真是些直爽的人！鲍什！人是越直爽越好！他们都敬重你……"

礼拜一鲍维尔又没能去上工，因为他头痛。但是午饭时，贝嘉·玛切跑来了，他的样子兴奋而且幸福。

他说："去吧！全厂都闹起来了。大家让我来叫你去！希索弗和玛霍廷都说你最会讲理。怎么办呢？"

鲍维尔一声不响地穿上了衣服。

"女工们都跑来了，七嘴八舌地在那里吵呢！"

"我也去！"母亲说，"他们打算怎样？我去看看！"

"妈妈也去吧！"鲍维尔说。

他们加快了脚步一声不响地在街上走着。

母亲激动得喘着气，她心里预感到一件重要的事情即将发生。

工厂门口有一群女工在那里叫骂。他们三个悄悄地走进院子里，立刻被卷进了拥挤不堪的、黑压压成群的激动喧噪的人流中。

母亲看见大家的视线都集中在锻冶车间前面，在那堆烂铁堆上，在红色砖墙前面，希索弗、玛霍廷、维亚洛夫，还有五六个德高望重的老工人，正指手画脚地站在那里。

"弗拉朵夫来啦！"有一个叫道。

"弗拉朵夫？快叫他到这儿来……"

"静一静！"有几处同时这样喊。

这时候，不远处忽然发出了列彼平缓的声音。

"不仅仅是为了一戈比钱，是为了正义！——对啦，我们看重的，不是一戈比……它并不比别的戈比更圆，可是它却比别的戈比更重，我们一戈比里面含的血汗，比厂主一卢布里面含的还多——就是这点！我们并不看重一戈比——我们是看重血汗，看重真理——就是这一点！"

他的话音未落，便引起了群众的热烈的呼喊。

"对啦，列彼！"

"不错，火夫！"

"弗拉朵夫来了！"

这种呼声融合成音响的旋风，压倒了一切机械的沉重的闹声，蒸气艰难的叹气声，和导管的耳语般的低音。人们急忙从四周聚拢过来，大家都在挥动着手臂，用热烈的、亢奋的话语互相燃烧着。平时那种像睡着了一般隐藏在疲倦了的心里的愤怒，此刻觉醒起来，在寻找着出口，它像夸耀胜利一般在空中飞翔，更加宽大地张开它的黑翅，更加坚固牢靠地抓住了人们，使他们跟在自己后面，互相冲撞，然后变成了憎恨的火焰。在人群之上，煤烟和尘埃的乌云正摇荡着，流着汗水的面孔像是在发烧，腮颊上面挂着黑色的眼泪。在每一张乌黑的面孔上，眼睛在发亮，牙齿闪着白光。

鲍维尔走到希索弗和玛霍廷站着的地方,发出了呼喊。

"朋友们!"

母亲看见他的脸色苍白,嘴唇在发抖,她不由自主地推开众人,挤上前去。

人们朝她焦躁地大声问道:"向哪儿挤呀?"

她被人流推涌着。但是这却不能阻挡住母亲,她想站到她儿子身边去,所以用手臂和肩膀拼命地在人流中挤着,望着她的儿子一步一步地向前挪动。

鲍维尔从胸膛里喷出了他富有哲理的言语,他觉得,那种突如其来的战斗的欢喜,好像塞住他的喉咙;在他的意识里,充满了那种要把燃烧着真理之火的心呈现给大家的愿望。

"同志们!"他从这句话里汲取狂喜和力量,接着往下说。

"我们是建筑教堂和工厂,制造金钱和铁锁的人!我们是从生到死维系人类命运的力量!……"

"不错!"列彼喊了出来。

"无论何时,无论何地——劳动的时候,总是我们在前,可是享受的时候,总是我们在后。有谁关心我们?有谁希望我们幸福?有谁把我们当人看?没有任何人!"

"没有任何人!"不知是谁像回声似的重复了一句。

鲍维尔控制了一下自己的情绪,更简练、更镇静地接着讲。人群慢慢地向他聚集,结合成一个人头攒动的整体,无数专注的眼睛盯着他,大家一字不漏地聆听他的话。

"如果我们意识不到我们彼此之间都是同志,都是为着一个希望——希望为争取我们的权利而斗争——而坚牢地结合成一个朋友们的大家庭,那我们是不会获得良好的命运的!"

"快谈谈实际的问题吧!"母亲旁边有人粗暴地喊道。

"别插嘴!"有两个不很响亮的声音,从不同的地方发出来。

带着烟煤的脸,阴沉地、不信任地皱着眉头;几十只眼睛,严肃地、沉思地望着鲍维尔的脸。

"不愧为社会主义者,一点也不傻!"有人说。

"哟!说得好勇敢!"一个高个子独眼工人碰了碰母亲的肩膀,说道。

"同志们,现在我们应该明白,除了我们自己,谁也不能帮助我们!人人为我,我为人人——如果我们要战胜敌人,那就得把这当作我们的法律!"

"弟兄们,这话说得对!"玛霍廷喊了一声。他把胳膊高高地扬起来,攥起拳头在空中挥动着。

"该把厂主叫出来!"鲍维尔说。

人群像是被旋风刮了一下,开始摇动起来,同时发出了数十个呼应声:

"把厂主带过来!"

"派代表去叫他来!"

母亲终于挤上前去,充满了自豪地上上下下打量儿子:鲍维尔站在了德高望重的老工人们中间,他们都听他讲的话,对他表示同意。她的儿子不像别人那样愤怒、更不像别人那样破口大骂,这使母亲觉得高兴。

如同冰雹落在铁板上,周围不断地响着断断续续的感叹、谩骂和恶毒的言词。鲍维尔居高临下地注视着大家,睁大了眼睛似乎在他们中间寻找着什么。

"派代表出来!"

"希索弗!"

"弗拉朵夫!"

"列彼!他伶牙俐齿的!"

在人群中,忽然发出不很响亮的叫声。

"他自己来了……"

"厂主!……"

人群左右分开，给那个长着尖尖的胡子和长条儿脸的高个子让开了一条道。

"让一让!"他一边说，一边打手势叫工人让路。但是他的手并不去碰他们。他的眼睛眯得很细，用一种老练的人类统治者的视线，锋利地向工人们脸上扫过去。在他面前，有些人脱了帽子，有些人给他行礼——他不予理睬地朝前走，在人群中，散布着寂静、惶惑、狼狈的微笑，和低声的叫喊，在这种声音里面，可以听出一种孩子意识到闯了祸的后悔。

他经过母亲身边的时候，用险恶的目光，朝她脸上望了一眼，走到铁堆前面停了下来。有人从铁堆上面伸手搀他，但他没有理会，而是自己轻快地爬了上去，他站在希索弗和鲍维尔的前面，问道：

"聚在这里干什么? 怎么不去做工?"

寂静了几秒钟。

人们的脑袋像稻穗一般地摇动着。希索弗把帽子朝空中一挥，耸耸肩膀，垂下头来。

"我在问你们呀!"厂主厉声质问。

鲍维尔站在他的旁边，指着希索弗和列彼高声回答说：

"我们三个，是弟兄们推举的全权代表，要求你取消扣除一戈比的决定……"

"为什么?"那厂主并不拿正眼瞅鲍维尔。

"我们认为给我们这种负担，是不应该的!"鲍维尔响亮地说道。

"你们认为干燥沼泽地计划只是想榨取工人，而不是关心并改善生活吗? 是不是?"

"是的!"鲍维尔果断地回答。

"您也是这样想?"厂主问列彼。

"这样想!"列彼回答。

"那么，您老人家呢?"厂主望着希索弗。

"是的，我也要向你请求，请你让我们留下一点钱吧。"

希索弗重新垂下了头，似乎不好意思地微笑着。

厂主慢慢地把人群望了一遍，耸了耸肩膀，然后尖刻地盯着鲍维尔。

"你好像是个知识丰富的人，真的不懂得这种办法的好处吗?"

鲍维尔高声作答: "如果厂里出钱来弄干沼泽地——那是谁都懂得的。"

"工厂不是慈善机构!"厂主冷冷地说，"我命令大家即刻去工作!"

他用脚小心地踏着铁块，瞧也不瞧，就向下面走去。

在人群里，响起了不满的呼声。

"什么?"厂主站定了问。

谁都不响，只有很远的地方有一个人在喊:

"你自己工作去吧! ……"

"如果十五分钟之内不去上工，我就下令全体处以罚金!"厂主冷淡而决绝地说。

他重新在人群里穿行，但是这一次在他后面掀起了很大的声浪，他越往前走，叫喊的声浪就越高。"跟他谈个屁!""什么权利不权利! 唉，命苦……"人们望着鲍维尔，朝他喊道:

"喂，大律师，现在怎么办?"

"你说了许许多多，但是他这一来——都白说了!"

"喂，弗拉朵夫，怎么办?"

当呼声一浪高过一浪的时候，鲍维尔向大家说: "同志们，我现在提议，我们要罢工，一直到他放弃扣除一戈比的时候为止……"

一石激起千层浪，轰的一声，人群嘈杂起来。

"世界上真有这样的傻子!"

"罢工吗?"

"为了个把戈比?"

"怎么? 罢工就罢工!"

"这样一来，大伙的饭碗都砸光了！"

"那谁去做工呢？"

"自然会有人呀！"

"那不是叛徒吗？"

鲍维尔走了下来，和母亲站在一起。周围的人都在相互争论着，激动着，叫喊着——人声沸腾了。

"不要罢工吧！"列彼走到鲍维尔身边说，"群众虽是心疼钱，但是到底胆小。赞成你这个主意的，最多有三百个。光是一个叉杆，无论如何也叉不起这一大堆肥料来！……"

鲍维尔沉默着。在他面前，群众巨大的黑脸在晃动，恳求地望着他的眼睛，心脏不安地跳动着。弗拉朵夫觉得，他方才所说的话，好比是有限的几滴雨水落在久旱的干土上面，在人群里面，消失得无影无踪了。

他忧郁疲倦地走回家。在他后面，跟着他的母亲和希索弗，列彼与他并排，对着他的耳朵说：

"你说得很好，但是——没有说到心里，就是这一点！非说到他们心里不可，非将火花一直投掷到他们心里去不可！用理性去说服人，那样的鞋袜是不合脚的——又窄又小！"

"我们老年人，已经是快入土的时候了！尼罗芙娜！新的人物出来了。我们过去的生活怎么样呢？跪着在地上爬，老是鞠躬到地。如今的人——不知是觉醒了，还是变得更糟了，总而言之，已经今非昔比了。就比如今天，年轻的人都能够和厂主平等地讲话了——再见！鲍维尔·米哈依洛夫！你特别乐意替弟兄们帮忙，这很好！托上帝的福，是啊！也许能有些什么结果的——托上帝的福！"

他走了。

"对，你们还是死了的好！"列彼狠狠地说，"你们现在已经不是人了，你们是油灰，只好把你们拿去塞塞裂缝儿。鲍维尔，你可看清呀，是谁推举你作代表的？就是那些说你是社会主义者和暴徒的家伙呀！的确是那些家伙！说是你一定会被赶走的——赶走了倒好。"

"他们也有他们的道理。"鲍维尔说。

"豺狼把同伴吃了，也有自己的道理……"

列彼的脸色忧郁，声音颤抖得很很厉害。

"空口说白话，人们是不信的——非吃点苦头不可，非得把话用血来清洗不可。"

整整一天，鲍维尔都是阴沉沉的、疲倦的，并且显得非常焦躁。他的眼睛在燃烧，好像老是在寻找什么东西。

母亲看到他这个样子，小心地问他："你怎么了？鲍什，嗳？"

"头痛。"他沉沉地回答。

"躺一躺吧——我给你请医生去……"

他望着母亲，急忙回答："不，不要！"

过了一会儿，他突然低声说："我还年轻，没有力量——就是这么回事！他们不信任我，不听我的真理的指引——这就是说，我还不会说明白真理！……我觉得难过——生自己的气！"

她看着他忧郁的样子，想安慰安慰他，于是轻轻地说：

"你得等一等！他们今天不懂——明天一定会懂……"

"他们应当懂！"他喊了起来。

"是的，连我都懂得你的真理了……"

鲍维尔走近她的身边。

"妈妈，您是一个好人……"他这样说着，背转过身去。

母亲好像被这句话烧燎了一般，身子颤抖了一下，用手按住自己的心房，珍惜地领受了他亲切的赞赏，然后走开了。

半夜时分，母亲已经睡了，鲍维尔躺在床上看书，这时宪兵进来了，怒气冲冲地搜遍了他们的阁楼和院子。黄脸的军官，和第一次来的时候一样——他嘲笑地、令人可恨地在欺辱别人中取乐，极力地叫人家心疼。

母亲一眼不眨地望着儿子，坐在角落里一言不发。当军官放声大笑的时候，鲍维尔的手指头奇怪地颤动起来，她觉得他已经很不容易控制自己不回嘴了，已经受不住他的玩笑了。现在，她不像第一回搜查那样恐慌，她对于这些夜半三更前来的带着马刺的灰色不速之客，感到无比的憎恶——这种憎恶吞没了她的恐惧。

当他们不注意的时候，鲍维尔轻轻地对母亲说："他们是来抓我的……"

她低下头，静静地回答："我知道……"

她知道，他被捕是因为今天他对工人们讲了话。但是，大家都赞成他所说的话，所以大家一定会帮助他的，也就是说——不至于长时间地监禁他。

她想拥抱着他哭一场，但是军官站在旁边，正眯着眼睛打量着她。他的嘴唇发颤，胡子发抖——弗拉朵娃觉得这个人在等着她的哀求和眼泪。她鼓起全身的力量，努力少说些话，握住儿子的手，屏住呼吸，慢慢地低声说道：

"再见，鲍什。要用的东西全拿了？"

"全拿了，不要担忧……"

"基督保佑你……"

他被带走之后，母亲坐在凳子上，闭着眼睛，低低地哭泣。她像丈夫活着的时候时常把背靠住墙壁那样地坐着，深深地被忧愁、被对于自身无助的屈辱感笼罩着，她仰着头，长久地、呆呆地恸哭着——在这种哭声里面，流出了受伤的心灵的哀痛。在她眼前，那个长着几根唇髭的黄色嘴脸，好像不能移动的斑点似的停在那里，那双眯起的细眼，似乎在心满意足地观察人。在她的心里，对于那些从她身边把她儿子抓走了的家伙们的愤恨和憎恶，变成了漆黑的一团在那纷扰！

天气很冷，雨点打在窗子上，黑夜里，在房子周围，好像有些没有眼睛的宽阔红脸和长长手臂的灰色的身影在那里潜行，他们一边走着，一边发出了差不多听不见的马刺声响。

"他们连我也抓了去，倒也好。"她想。

汽笛吼叫着，要求人们去上工。今天的汽笛声似乎低沉而且犹豫不决。

门打开了，列彼走了进来。

他站在她面前，用手抹着胡子上的雨滴，问道："被抓去了？"

"被那些该死的东西给抓去了！"母亲叹着气回答。

"真不像话！"列彼苦笑着说，"我也被搜查了，家里处处都翻了个遍，搅得一塌糊涂。挨了一顿骂……还好没有侮辱我。鲍维尔是被捕了！厂主挤挤眼，宪兵把头点——人就没有了。他们两方勾结得很好呢。一个挤人们的奶，一个抓住角……"

"你们应该去营救鲍什呀！"母亲站起来高声说，"他不是为着大伙，才被抓了去的吗？"

"要谁去营救？"列彼问。

"要大家伙！"

"看你说的！不，这是不可能的。"

他一边苦笑，一边迈开沉重的脚步走出走。他的严峻而无望的言语增加了母亲的痛苦。

"说不定——要挨打，要经受拷问？"

她想像着儿子被打得血肉模糊的样子，于是，恐惧的念头变成一块冰冷的东西，塞住了她的胸口，压迫她。眼睛觉得疼痛。

她没有生炉子，没有煮饭，也没有喝茶，到了晚上，她才吃了一片面包。当她躺下睡觉的时候——她觉得有生以来从没有这样孤独而单调过。最近几年来，她已经习惯于经常期待着一件特大的好事。那些青年男女们喧哗地、精力充沛地在她周围转来转去，她眼前总是呈现着儿子的严肃面庞——是他安排下这种令人惶恐、然而却是良好的生活的。现在呢，他已经不在这儿了，所以——一切都没有了。

一天像一年一样慢慢地过去了，经过一个不眠之夜，第二天过得更慢了。

　　她在等人，但是谁也没有来。到了傍晚，又到了夜间。冷雨叹息着，沙沙地从墙上扫过。烟囱发出低声的呜叫，地板下面似乎有某种东西在蠕动。雨点从屋顶上落下来，它那种凄凉的声音和挂钟的声响奇怪地融在一起。整个房子，好像在无声地摇动着，周围的一切都是多余，在忧愁里面变得死气沉沉。

　　有人在轻声地敲着窗子——一下，两下……她已经听惯了这种声音，她已经不觉得害怕，但是现在却有一种欢喜的针刺在扎她的心，使她颤抖了一下，她怀着漠然的希望，很快地站起来，把围巾披在肩上，打开了门。

　　赛蒙伊罗夫走了进来，在他后面，跟着一个把帽子戴得盖到眉毛上、把脸包在大衣领子里的人。

　　"我们把您叫醒了？"赛蒙伊罗夫没有寒暄一声，就这样直截了当地询问，他的神情忧虑而且阴沉，跟平时判若两人。

　　"我还没睡呢！"母亲回答，她用一种期待的目光注视着他。

　　赛蒙伊罗夫的同伴重重而沙哑地吐了口气，脱掉帽子，向母亲伸出宽大的手来，如同一个老朋友似的友爱地对她说："您好，妈妈，还认识我吗？"

　　"是您啊？"弗拉朵娃突然说不清来由地欢喜起来，她叫了一声，"伊格尔·伊凡诺维奇？"

　　"就是我。"他低垂着唱圣歌的助祭似的蓄着长发的头，回答道。他那肌肉丰满的脸上，带着善良的微笑，小小的灰色眼睛，亲切而明亮地望着母亲的脸。他整个人看上去像一具茶炉——他跟茶炉一样又圆又矮，有一个粗脖子和一双短胳膊。他的面孔润泽而发光，他很响地喘气，胸腔里老是呼噜呼噜地响。

　　"请到房间里去吧，我换件衣服就来！"母亲说。

　　"我们是有事来找你的。"赛蒙伊罗夫盯住母亲，担忧地说。

　　伊格尔走到房间里，隔着板壁对母亲说：

"今天早上，亲爱的妈妈，您所认识的涅考拉·伊凡诺维奇从牢里出来……"

"他也在牢里吗?"母亲问。

"住了两个月零十一天。他在牢里看见了赫罕尔——他向您问好，也看见了鲍维尔，他也向您问好，请您不要担心，而且说，在他所选择的路上，监牢是人们休息的地方，这是我们照顾周到的长官们已经规定好了的。妈妈，现在我们谈谈正题吧。您可知道昨天在这里抓了多少人?"

"不知道，那么——鲍什之外还抓了人吗?"母亲高声地问。

"他是第四十九个!"伊格尔镇静地打断了她的问话，"看样子，官府里还要抓上十来个呢，这一位也要被抓去的……"

"对，我也要被抓去的!"赛蒙伊罗夫皱着眉头说。

弗拉朵娃觉得呼吸轻松起来。"在那里不止他一个!"在她头脑里闪过这个念头。

穿了衣服，她走进房间来，很有精神地对客人微微一笑。

"抓了这么多人，总不致于长时间关在那里吧……"

"对!"伊格尔说，"如果我们想办法破坏他们这场好戏，他们一定会手忙脚乱的。问题是这样:如果我们现在不把小册子送进工厂，那么宪兵们就会抓住这种可悲的事实，去跟鲍维尔以及和他一块坐牢的其他朋友们为难的……"

"这为什么?"母亲大惊失色地叫了一声。

"很简单!"伊格尔温和地解释，"有时候，那些宪兵也能很正确地判断。你想鲍维尔在厂里，厂里就有人散传单和小册子，现在鲍维尔不在厂里，传单和小册子也没有了!这样，传单显然是鲍维尔散的，不就确定了吗?于是，牢里的人们就成为他们嘴里的吃食了——当宪兵这些东西，最喜欢把一个人收拾得不像样子……"

"懂了，懂了!"母亲很忧愁地说，"啊啊，上帝呀!现在到底该怎么办呢?"

从厨房里传来了赛蒙伊罗夫的声音："差不多全给抓了去了——他妈的！……现在我们必须继续干，不但是为了工作本身，而且为了营救同志。"

"但是，谁去干呢！"伊格尔带着苦笑说，"传单小册子倒是现成的——都是我自己弄的！……但是怎样才能拿进工厂里去，真是没有法子！"

"在门口，现在搜身了！"赛蒙伊罗夫说。

母亲觉得他们对她有所希望和期待。

于是她急急忙忙地问道："那怎么办？怎么办呢？"

赛蒙伊罗夫站在门口说：

"彼拉盖雅·尼罗芙娜！您认识那个女商贩考尔松诺娃……"

"认识的，怎样？"

"去找她商量商量，看她肯不肯拿进去？"

母亲否定地摇摇手。

"绝对不行！她是个最爱多嘴的女人——不行！她马上就会告诉别人，说是我交给她的，是从我家来的——不行不行！"

忽然，她恍然想到了一种出其不意的办法，于是压低嗓门说："你们交给我吧，交给我，我一定能办到，我自己可以想法子的！我去求求玛丽亚，请她把我收为助手！就说我为了吃饭，要找工作！这样，我也可以到工厂里送饭了！我就可以把那些东西带进厂去！"

她把手按在胸口处，很性急地说，我一定可以神不知鬼不觉地把事情办好，最后，她胜利地喊道：

"那时候他们一定能够看到——鲍维尔不在厂里，他的手也可以从监牢里伸出来——他们一定能够看到！"

三个人都兴奋起来。

伊格尔用力地擦着手，微笑着说道："妙极了，妈妈！真不知道这有多么好！简直——妙不可言。"

“如果这事办成了，我就像坐安乐椅一般去坐牢！”赛蒙伊罗夫擦着手说。

“您是一个美人！”伊格尔沙哑地喊道。

母亲微微一笑。她很清楚如果现在工厂里出现了传单——那么官府里就会了解，这次的传单不是她儿子散的。她深感自己有执行这个任务的能力，不觉全身都欢喜得颤动起来了。

“您去跟鲍维尔会面时，”伊格尔说，“请您告诉他，他有这样一个好母亲……”

“我希望早点看见他！”赛蒙伊罗夫笑着答应了。

“请你和他说，要我做的我都要做到！要他知道这件事！……”

“如果人家不把他抓了去呢？”伊格尔指着赛蒙伊罗夫问道。

“啊——那可怎么办？”

他们两个都大笑起来。她自知失言了，所以不好意思地、又好像自我解嘲地，也跟着他们轻声地笑了。

“只顾自己——就忘了别人！”她垂下眼睛说。

“这是很自然的！”伊格尔说，“但是关于鲍什的事，请您不要担心，不要悲伤。他从监牢里出来后会更好的。他在那里休息，用功，要是在外面，我们的弟兄们是没有这些工夫的。我也坐过三回监牢，虽然收获不大，可是每次智力和精神都得到了补益。”

“你的呼吸很急促！”母亲亲热地望着他朴实的面孔，说道。

“这是有特别原因的！”他举起了一个指头，回答道，“那么就这样决定了，妈妈！明天我把材料给您送来——我们那架锯破永恒黑暗的锯子又要活动了！自由的言论万岁！母亲的心万岁！那么，再见！”

“再见！”赛蒙伊罗夫紧紧地握住了母亲的手，说道，“这种事情，我连半句都不敢跟我自己的母亲提——真的！”

“慢慢谁都会懂的。”弗拉朵娃想使他欢喜起来，就这样宽慰。

他们走后，她关上了门，跪在房间的正中央，在淅沥的雨声里祈祷。

她默默地祈祷着，一心只念着鲍维尔引进她生活里的那些人。似乎他们是从她和圣像之间走过，他们都是些普通的、相近的、孤独的人。

第二天一大早，她就到玛丽亚·考尔松诺娃那里去了。

那个女商贩像平时一样，满身油污、喋喋不休，她同情地迎接着她。

"很冷清吧？"她伸出沾满了油腻的胖手在母亲肩上拍了拍，问道。

"算了吧！抓了去，押走了，真倒霉！可这是昧良心的。从前都是因为偷东西才坐牢，可是现在是因为真理。那天鲍维尔别说那些话就好了，可是他是站出来为大家说话——大家都理解他，你放心吧！大家尽管嘴上不说，但是在心里，谁好谁坏是一目了然的。我老想到你家里去看看，可是你瞧，忙成这样子，脱不了身。一天到晚做点心，卖钱，临了还是像叫花子一样地死去。形形色色的男人，都到这里来鬼混，可把我给缠死了，这些无赖！这个也来吃我，那个也来吃我，好像一群蟑螂咬一块大面包似的！攒上十来个卢布，不知哪个鬼东西立刻挨上门来——一直把铜气都舔得精光！做个女人——真是倒霉的事儿，做女人是这个世界上最讨厌的事儿了！一个人过日子困难，两个人——无聊！"

"我想到你这儿求你帮忙！"弗拉朵娃打断了她的瞎扯八道，插上话头。

"这是为什么？"玛丽亚问道。

她听母亲说完后，肯定地点点头。

"好的！你大概还记得吧，从前我那死鬼打我的时候，你总帮护着我。那么现在你有困难，我也该帮助你……大家都应该帮助你，因为你的儿子是为了公众的事才被抓起来的。大家都在说呢，你有这样一个争气的儿子！谁都同情他。我说——这样捉了去，官府是一点好处都得不到的——你看，厂里怎样？谁都不说好话，亲爱的！那些当官的，大概以为打伤腿就走不远了，可是，哼，对不起，打十个——惹恼了一百个呢！"

她们谈话的结果是：明天中饭时弗拉朵娃挑两个盛着玛丽亚的食品的大罐子到工厂里去，玛丽亚自己到市场上去做买卖。

工人们立刻发现了这个新的女商贩。

有些人走到她身边来鼓励她说："尼罗芙娜，你做起生意来了？"

有些人跑来安慰她，说鲍维尔很快就会被放出来；也有些人说些可怜的话使她悲伤的心更加悲痛；也有些人臭骂宪兵和厂主，引起了她心里的共鸣；还有些人幸灾乐祸地望着她，考勤员依萨·高尔博夫从牙缝里说：

"我要是省长，像你儿子这样的，早就把他绞死了！不让他妖言惑众！"

听到这种恶意的攻击，她全身涌起死一般的寒冷。她对依萨什么也没说，只是看了看他那满是雀斑的瘦小面孔，叹了口气，垂下眼睑，望着土地。

工厂的局面很乱，工人们东一帮西一伙地聚拢着，都在低声地谈论些什么，满腹狐疑的工头，到处乱窜，时而发出恶骂和暴躁的笑声。

他一只手塞在口袋里，一只手抚摸着红褐色的头发。两个警察带着赛蒙伊罗夫从她身边走过去。

有一群工人，大约一百几十个，用叫骂和嘲笑追着警察，跟在后面给赛蒙伊罗夫送行。

"格利沙，你去散步！"有人向他喊道。

"我们弟兄真排场！"又有一个人在旁边助威，"带着卫兵散步……

他接着骂得非常厉害。

"大概是他妈的抓小偷没好处了，"那个高个独眼工人恶狠狠地高声骂道，"所以专抓好人……"

"还是晚上来抓吧！"人群中有的接过话头，"光天化日的——不要脸——坏东西！"

警察皱着眉头，加快了脚步朝前走着，置若罔闻竭力对周围的一切都不看。对面有三个工人，手里拿着铁条走来。用铁条指着警察喊道："当心点，钓鱼的！"

赛蒙伊罗夫走过母亲身边的时候，微微地笑着，对她点点头，说道：

"抓走了！"

她一声不响地向他低低地鞠了个躬。这些正直的、头脑清醒的、满脸含笑地走进监牢的年轻人，让她非常感动，在她胸中涌起了母亲般的怜爱。

从工厂回来，母亲整天替玛丽亚帮忙，还边听着她说东道西。到了很晚的时候，才回到自己冷清寂寞使人难过的家里。她长久地在屋子里徘徊，找不到一个安定的地方，想不出应当做什么。差不多就要到半夜了，伊格尔所答应的传单还没拿来，这叫她特别心慌。

窗外纷纷地落着秋天沉重的灰色雪片。雪片软绵绵地打在窗子上，无声地滑下去，融化了，在地上留下一个湿印。

她在想念儿子……

有人轻声地敲门，母亲飞快地跑过去拔开了门闩——萨茜卡走了进来。母亲有好久不见她了，现在给她的第一个感觉，就是她变得不自然的肥胖了。

"您好啊！"母亲说，因为有人来了，今晚上有了伴，所以很高兴，"很久不见您了。到什么地方去了？"

"不是，在监牢里呢！"姑娘微笑着回答，"和涅考拉·伊凡诺维奇一起——您还记得他吧？"

"哪里会不记得呢！"母亲喊道，"昨天伊格尔说，他已经放出来了，但是关于您的事情，什么都不知道……没有人提起您也在那里呀……"

"我的事情有什么说头呢？……趁伊格尔还没有到，我得换件衣服！"她看看周围说道。

"你浑身都湿透了……"

"我送传单和小册子来了……"

"给我，给我！"母亲催促。

姑娘很快地解开了大衣的纽扣，抖了抖，她身上像树叶子似的发出索索的声音，许多纸包跌在地上。母亲一边笑着，一边从地上将纸包拾了起来，说道：

"我看你这样胖，以为你做了新娘子，有了小宝宝呢。啊啊，拿了这么多来！——是走来的？"

"嗳！"萨茜卡说。她现在又变成从前那样苗条而瘦小，母亲见她两颊消瘦，眼睛显得格外大，眼睛下面有一片黑晕。

"放出来就干，怎么不休息几天？真是的！"母亲叹了口气，摇着头说。

"别无选择！"她一边打寒战，一边说，"请你告诉我，鲍维尔·米哈依洛维奇怎样了？——还好吧？……他不怎么焦急吧？"

她不停地问着，眼睛没盯着母亲；她歪着头整了整头发，她的手指在发抖。

"还好！"母亲回答说，"他是一个埋藏心事的人。"

"他很健康？"姑娘低声询问。

"没有生过病，从来没有！"母亲说，"你浑身都在发抖。我来给您倒杯加覆盆子的茶喝一喝吧。"

"那当然好！但是不该劳驾您呀，天这么晚了，让我自己来吧……"

"您已经累成这样子了！"母亲生着茶炉，带着责备的语气说。

萨茜卡也走进厨房，在凳子上坐下来，把两手拢在脑后，开口说话：

"不管怎么说，在监牢里，还是消耗体力的！令人诅咒的无聊才是最痛苦的。明明知道外边有许许多多的工作在等着——偏偏像野兽一样被关在笼子里……"

"受了这样的痛苦，有谁来报答你们呢？"母亲问。

她叹了口气，自己回答："除了上帝，还能有谁呢！你大概也是不信上帝的吧？"

"不信！"姑娘摇摇头，简单地说。

"虽是这样说，可是我总是不能相信你们的话！"母亲突然兴奋地说。她很快在围裙上擦了擦被炭灰弄脏的双手，继续坚定不移地说："您不理解您的信仰！不相信上帝怎能过这个样的生活呢？"

在门洞里有人很响地跺着脚，喃喃自语着，母亲抖了一下，姑娘噌地跳起来，迅捷地和母亲耳语了几句。

"不要开门！如果是宪兵，那么你就说不认识我吧！……就说我走错了人家，忽然晕倒了，你替我脱衣服，看见了这些东西——懂了吗？"

"我的好孩子，您这是为什么呀？"母亲备受感动地问。

"等一等！"萨茜卡侧着耳朵听外面的动静，说道，"好像是伊格尔……

走进来的，果然是他。浑身上下都淋湿了，因为疲劳，喘得透不过气来。

"好家伙！这不是茶炉吗？"他喊道，"妈妈，这是人生中最好的东西，萨茜卡，你早来了？"

小小的厨房里面，充满了他沙哑的声音。他慢慢地脱下了沉重的大衣，滔滔不绝地说开了：

"嗳，妈妈，官府真拿这位姑娘没办法！管牢的家伙欺侮了她，她就对那帮人说，如果不给她道歉，就饿死在他面前，她真的在八天之中，滴水不进，饿得奄奄一息了。不坏吧？哦，我的肚子像什么样子？"

他边说边用那双短手捧住难看的向下垂着的肚子，走进了另一个房间，随手带上了门，嘴里还在那里不住地嘀咕些什么。

"哎呀，真的绝食八天吗？"母亲惊奇地问。

"为着要叫他道歉，这样做是必要的！"姑娘回答着，她好像怕冷似的耸着肩膀。她那种镇静和顽强，在母亲心里唤起了一种近乎于责备的感情。

"嘀，真厉害！……"她想着，就又问道："如果真的饿死了呢？"

"有什么办法呢？"她静静地回答，"那家伙终于道歉了。人是不应该让人欺侮的……"

"是啊……"母亲缓缓地应和着，"可是我的姐妹们被人家欺侮了一辈子了……"

"我脱了大衣了！"伊格尔打开了房间门，宣布道，"茶炉生好了吗？让我来拿……"

他端起了茶炉，一面走着，一面说："我的亲生父亲，一天至少要喝二十多杯茶，所以才没病没灾地活了七十三岁。他体重八普特，是华司克列生斯基村的僧仆……"

"你是伊凡神父的儿子吗？"母亲喊了出来。

"对啦！您怎么知道？"

"我是华司克列生斯基村的人呀！"

"是同乡？娘家是那里？"

"你们的邻居！我是赛列根家的人。"

"瘸腿尼尔的姑娘吗？他是我的熟人，我的耳朵不知被他拧过多少次……"

他们面对面地站着，一边互相询问，一边欢笑着。萨茜卡微笑着望望他们，开始动手煮茶。茶具的声响使母亲从追忆里醒悟过来。

"啊呀！对不起，只顾着说话了！碰到同乡真叫人高兴……"

"我才对不起呢，在这里竟自己动起手来。但是已经过了十一点了，我还得走很远的路……"

"到哪去？城里？"母亲吃惊地问。

"嗳嗳。"

"为什么？这样黑的天儿，又下着雪！——您已经累了！住在这里吧！伊格尔睡在厨房里，咱们睡这屋……"

"不，我非走不可。"姑娘坚定地说。

"是的，老乡，这位姑娘不得不走了。这里的人都认识她。如果明天让他们看见，那就不好了。"伊格尔说。

"她怎么走？一个人？"

"一个人走！"伊格尔笑着说。

姑娘往自己茶碗里倒茶，拿了一块青稞面包，在上面撒了些盐，沉思地望着母亲。

"你们怎么敢走这样的路啊？你，还有纳苔莎。我可办不到——怕得很！"弗拉朵娃说。

"她也害怕！"伊格尔插嘴说，"怕吧？撒莎！"

"当然！"姑娘回答。

母亲看看她，又看着伊格尔，由衷地赞叹道：

"你们真了不起呀……"

喝完了茶，萨茜卡一声不响地握了握伊格尔的手，向厨房走去，母亲跟在她后面送她。

在厨房里，萨茜卡说："见了鲍维尔，请代我问候他！"

她握住房门把手的时候，忽然回转头来，低声地说："可以亲亲您吗？"

母亲默默地拥抱了她，热烈地亲了个吻。

"谢谢！"姑娘静静地说，点点头，走出门去。

回到房间里，母亲不安地望着窗外。黑暗之中，雪片重重地降落着。

"还记得普罗佐洛夫一家吗？"伊格尔问。

他宽宽地叉开两腿坐着，很响地吹着那杯茶。他的脸色很红，流着汗，一副很满足的样子。

"记得，记得！"母亲侧着身体走近桌子，满腹心事地说。她坐下来，用她悲哀的眼睛望着伊格尔，慢慢地拖长了话音："哎呀呀！说起萨茜卡，不知道她能不能走到城里……"

"累是的确累了，"伊格尔同意地说，"她本来身体还比较结实，可是牢里的生活把她折磨坏了……况且她从小娇生惯养……大概她肺里已经有了毛病了……"

"她是什么人家出身？"母亲专心地打听。

"地主的女儿。父亲——据她说是个大坏蛋！妈妈，您知道他们想结婚吗?"

"谁想结婚?"

"她和鲍维尔……但是——事情糟糕得很,他自由的时候,她在坐牢,现在呢,恰恰调换了一下!"

"我一无所知。"静默了一会儿,母亲回答,"鲍什从来不提他自己的事……"

此时,她更加觉得姑娘可怜,不由得露出不快的脸色向客人瞧了一眼,说道:

"你应该送送她!"

"不行!"伊格尔低声解释。"我这里任务繁多,明天从早到晚,要奔走一天。对于我这样有喘息病的人来说,这些差使是够呛的……"

"她是一个很好的姑娘。"想起伊格尔告诉她的话,母亲顺口说了这么一句。这件事情不是从儿子口里而是从旁人口里听来,她觉得有点委屈,所以她抿着嘴唇,低低地垂下眉毛。

"是个好姑娘!"伊格尔点点头,"你在可怜她,我知道。这是没用的。如果你觉得我们这些搞革命的人很可怜,即便你再多几个心也是不够的。老实说,谁过得都不安逸。譬如,我有一个朋友,最近刚从充军的地方回来。当他经过尼日尼的时候——他的妻子和小孩还在斯摩棱斯克等他,可是,当他到了斯摩棱斯克——她们都已经进了莫斯科的监牢了。这回该轮到他的妻子充军西伯利亚了!我也有老婆,是个很好的人,可是过了五年这样的生活,终于把她送进坟墓了……"

他一口气喝完了茶,又接着讲下去。他算了算监禁和充军的岁月,讲了各种不幸的事件和西伯利亚的饥饿。

母亲望着他,听着,对于他从容地讲出这种充满了迫害、苦难和对人的侮辱的生活,觉得有些吃惊……

"好了,咱们来谈谈那件事吧!"

他的声调变了,神情也严肃起来。他开始问母亲,她打算怎样把那些小册子带进厂去，他对一切细小的事情都很清楚，叫母亲十分惊奇。

　　谈完这件事情之后，他们又回忆起故乡。他的谈吐很有风趣，而她却深深地沉浸在回忆里了。她觉得，她过去的生活很像一块沼泽地——沼泽上单调地布满了一块块草丘，丛生着纤细的、畏惧地颤抖着的白杨，矮矮的枞树以及似乎在草丘之间徘徊着的白桦树。白桦慢慢地成长，在稀软而腐烂的土地上面站了五年，就悄悄地倒下去烂掉。她看着这幅图画，忍不住不知对什么东西可怜起来。在她眼前，站着一个面孔瘦削而刚强的姑娘，她冒着潮湿的雪片孤独而疲倦地走着。儿子呢，坐在监牢里。他大概还不曾睡，正在想什么……但是他想念的不是她，不是母亲，他已经有了比母亲更加亲近的人。沉重的思虑，像斑斑纷扰的乌云向她爬过来，紧紧地裹着她的心……

　　"您累了吧，妈妈！咱们休息吧！"伊格尔微笑着说。

　　她和他道了晚安，满怀着辛酸悲苦，侧着身子悄悄地走进厨房。

　　早上喝茶的时候，伊格尔对母亲说：

　　"要他们抓住了你，问您这些异端的小册子里是什么地方来的——那您怎样对付呢？"

　　"'不要你管！'——我说！"她答道。

　　"可是，他们是难对付的！"伊格尔反驳她，"那些坏蛋非常自信，认为这正是他们要管的事！他们肯定会唠唠叨叨问个没完！"

　　"不论怎样我就是不说！"

　　"把你关进牢里！"

　　"这算什么？连我都配坐牢——那就谢天谢地了！"她透了口气说，"我对谁有用啊？对谁都没用。据说，还不至于拷打……"

　　"嗯！"伊格尔专心地望着她说道，"拷打——是不至于吧。但是，一个善良的人应该保护自己……"

　　"这一点跟你们是学不来的！"母亲笑着回答。

　　伊格尔沉默地在房间里走了一圈，然后走到她跟前，说道：

"很困难，老乡！我觉得——你是很困难的！"

"大家都困难！"她摆摆手，回答道，"大概只有明白的人比较轻快……可是，善良的人们在要求些什么，我也一点一点地明白起来了。"

"您既然明白了这个道理，妈妈，您对大家就成为有用的人了——对大家！"伊格尔认真地说。

她凝视着他，默默地笑了。

正午，她非常镇静而且认真的将小册子塞到自己的胸脯处，她装得是如此巧妙而且方便，所以伊格尔很满意地弹响了一下舌头称赞道：

"捷尔、古特！德国人喝干了一桶啤酒之后，常常这样说。妈妈！书籍的存在并没有使你的样子改变！你依旧是个胖胖的、高高的、善良的中年妇人！无数的神都在祝福你的工作开始！"

半点钟之后，因为担子的沉重而压弯了背脊的母亲，若无其事地站在了工厂门口。

被工人们的嘲笑惹火了的两个守门人，一边粗暴地搜查进厂的工人，一边跟他们对骂着。门边站着一个警察，和一个两脚很细、脸孔很红、一双眼珠子滴溜溜乱转的家伙。母亲将担子换了一只肩膀，觉得这个人就是特务，皱着眉头盯了他一眼。

一个高个鬈发的青年，将帽子戴在脑壳后面，对着搜身的守门人喊道："鬼东西，不要在口袋里搜！在脑袋里搜吧！"

一个守门人回嘲道："你的脑袋上除了虱子什么也没有！"

"我看你们这帮家伙，不要捉鱼，还是去捉虱子更合适！"工人针锋相对地骂他。

那个特务很快地对他望了一眼，吐了一口唾沫。

"让我走吧。"母亲央求说，"你们不是看见人家挑着重担子，腰骨都压断了……"

"走！走！"守门人生气地喊道。

母亲战战兢兢走到指定的地方，放下大罐子，一边擦脸上的汗，一边东张西望。

钳工古塞夫兄弟立刻走到她跟前。哥哥华西里皱着眉头，高声地问："有包子吗？"

"明天拿来！"她回答。

这是他们预定的暗号。兄弟两个听了欣喜若狂，伊凡忍不住地叫了出来：

"你真是个好妈妈！"

华西里蹲下身来望着罐子，于是传单顿时塞进他的怀里。

他高声地说："不要回家去了，就在她这吃中饭吧！"他一边说，一边将传单飞快地塞进自己的长筒靴子里。

"应该帮帮新来的女商人的忙……"

"应该帮帮她！"伊凡附和着他，大声地笑了起来。

母亲小心翼翼地望着周围，嘴里叫着：

"菜汤——热面！"

这样喊着，叫人不知不觉，她把小册子一卷接一卷地塞给兄弟两个。每一个书卷从她的手里交出来的时候，她的眼前总是闪出一个黑暗里磷火一样的黄色斑点军官的脸。这时候，她怀着一种幸灾乐祸的感情，心里对他说：

"拿去！我的老总……"将一卷传单递出的时候，她又满足地补充了一句，"拿去……"

手里拿着饭碗的工人们走近来，于是伊凡·古塞夫高声地笑起来，弗拉朵娃一边盛汤盛面，一边停止了递送。古塞夫兄弟和她说笑起来。

"尼罗芙娜，手段不错呢！"

"没选择的时候，什么都会做的！"一个不知道叫什么名字的火夫阴郁地说，"养活她的人——被抓走了！那些坏家伙！哦，给我三戈比的汤面！不要扰心，妈妈！总可以活下去的。"

"多谢你的好话！"她微笑着说。

他一面走开，一面自言自语："好话算不了什么……"

弗拉朵娃吃喝着："热的——菜汤，麦糊，肉汤……"

她心里正在想着如何告诉儿子她第一次的经验，但是在她面前，老是浮现出那张既狐疑又恶毒的军官的黄脸。在他嘴上，黑色的小胡子惊惶失措地在那儿抖动，在他那暴躁的翻起来的嘴唇下面，露出了紧闭的白牙——她心里像有一只小鸟在唱歌似的充满欢喜，两道眉毛，似乎很狡猾地在那里跳动。她很灵巧地干着自己的事情，暗自说："嗬！再来一个！"

薄暮时分，正当她喝茶的时候，忽然听见外面似乎有马踏在泥泞里的声音以及很熟的说话声。她一跃而起，跑到厨房门边。此刻，在门洞里，有人很快地走来。她一阵眩晕，把身子靠在了门框上，用脚踢开了门。

"晚安。妈妈！"耳际传来熟悉的叫声。一双干枯的长手，搭在了她的肩膀上。

她的心里，燃烧着失望的痛苦和会见安德烈的欢欣。痛苦和欢欣共同燃烧着，混合成为一种灼热的感情；它像一股热浪拥抱着她，拥抱着她，把她举起来——她将脸埋在安德烈的胸口上。他也同样用力地将她抱住，他的手有点抖，母亲不说一句话，低声地哭泣，他抚摸着母亲的头发，像唱歌似的说："别哭了吧，妈妈，别心痛了！我给您说实话——他很快就会被放出来的！他们并没有搞到对他不利的证据，大家都活像是煮了的鱼似的半声不吐……"

他搂着母亲的肩胛，把她让进了房间，她靠在他的身上，像松鼠一样敏捷地把眼泪擦干，用整个身心贪婪地汲取着他的话。

"鲍维尔向您问好，他非常健康，非常快活。那里地方很窄！犯人一共有近百个，有我们的人，也有城里的人，每间住三四个。监狱当局并没有怎样，比较起来还算好的，宪兵这些畜生们给他们带去这么多人，弄得他们都筋疲力尽。因此监狱当局管理也就随便了，时常说：'诸位，请你们安静些，不要给我们找麻烦！'嗳！一切都很好，可以谈话，可以互换书籍，还可以分食物。这种监牢不坏！虽然房子旧了，地方很脏，但是自由而且适意。刑事犯人也都是好人，给了我们许多方便。

"现在，我和蒲金等一共六个被放了出来。鲍维尔不久也可以出来了，这很准确。沃索西柯夫大约要住得最长，人家都生他的气。他一天到晚尽是骂人！宪兵们不敢见他。大约得经过审判，或许要挨上一顿。鲍维尔常常劝他说：'涅考拉，不要这样！你骂了他们，他们那些东西也不会变好！'但是他还喊着：'我要把这些坏东西像割瘤子一样地从地上割掉！'鲍维尔态度很好，平和而坚决。我可以告诉你，他很快就会被放出来……"

"很快！"镇静了的母亲亲切地微笑着说道，"我知道，很快！"

"知道，那是再好不过的了！好，给我倒一杯茶吧，告诉我，这些天您是怎样过的？"

他满脸笑容地望着母亲，他给人的印象是那样可亲可爱，在他那滚圆的眼睛里，闪动着爱与愁的火花。

"我非常喜欢您！昂特廖萨！"母亲由衷地叹了口气，望着他那瘦长的、密布着灌木林一般黑毛发的脸，满怀深情地说。

"我能够得到一点，就满足了。我知道您疼爱我——您能够疼爱一切的人，您有一颗伟大的爱心！"赫罕尔在椅子上一边摇着身体，一边夸赞母亲。

"不，我特别地喜欢您！"她坚持着说，"如果您有母亲，大家都会羡慕她能有这么一个好儿子呢……"

赫罕尔摇摇头，两只手使劲地擦着自己的脸。

"我也有母亲，可是不知身在何方……"他冷静地说。

"你可知道我今天做了什么事情吗？"她喊了一声，由于感到满足，她一停一顿又急急匆匆地描述起她是如何把宣传品送进厂里去的。

起初，他惊讶地瞪起了眼睛，但是，过了一会，他哈哈大笑起来，摇动着双脚，用指头敲着脑袋，欢喜地喊道："啊呀呀，啊呀呀！——嗬，这可不一般，这是一件大事呀！鲍维尔知道了一定很高兴，是不是？这太好了——好极了！妈妈，为着鲍维尔，同时也是为着大家！"

他兴高采烈地打了个响指，吹着口哨，摇着身体，由于欢喜而红光满面得意洋洋。这在她心中引起了有力而彻底的共鸣。

"昂特廖萨，亲爱的！"母亲激动地说，她的心仿佛绽开了，从里面像溪水一般地澎湃而出的是和悦的话语。

"我也曾经计划过我的一生——耶稣基督啊！我活到现在，究竟是为了什么？挨打……干活儿……除了丈夫之外，什么都没见过，除了恐怖之外，一无所知，鲍什是怎样长大的——也没看见，丈夫活着的时候，我是不是爱我的儿子，我也不知道！整个心思只用在一件事上——挖苦心思让我那死鬼吃得有滋有味儿，吃得饱，一到时候就得端出饭来伺候，别叫他生气，希望他不要打我，多少地可怜我一下。我不记得他曾有过怜悯。他打我，好像不是在打老婆，而是在打他所痛恨的仇人。这样的日子熬了二十年，结婚之前的事，我已经模糊了。

"我回想回想，但是像瞎子一样，什么都看不见。伊格尔·伊凡诺维奇到这儿来过——他和我同村，他谈起了许多往事，可是，我只记得自己的家，记得那里的人，但是大伙怎么生活，说过哪些话，谁出了什么事儿——全忘了！我只记得失火，闹过两次火灾。好像一切都从我心里打掉了，心灵的门窗好像被钉得严严实实的，什么也看不见，什么也听不见……"

她叹息了一会儿，好似在岸上的鱼儿一般拼命地吸气。

她向前俯着身子，放低了声音，继续说道："丈夫死了，我指望儿子——但他走上了这条不归路。这可叫我为难啊，心疼他……一旦他有个意外，可叫我怎么活下去？我不知道也说不清经历了多少的不安和恐惧，每逢想到他的命运，心啊，好像就要炸裂了……"

她沉默着，静静地摇着头，语重心长地说："我们女人的爱，不是无私而高尚的！……我们只爱自己所需要的！比如你——你也在想念自己的母亲——但是她对你有什么用呢？你们这些人都是为了大家伙，去受苦受难，去坐牢，去西伯利亚，去送死……年轻的姑娘们，半夜三更的独自一个人，在泥路上，冒着雨雪，走七俄里路，从城里到这儿来。有谁催她们？有谁逼她们？这是因为她们爱人民啊！像她们那样才是纯洁高尚的爱！纯洁的信仰！昂特廖萨，可是我，却办不到！我只爱我自己的，爱我亲近的！"

"您办得到的！"赫罕尔接住话茬儿说，眼睛不看她，照例用手使劲地擦着脑袋、腮帮和眼睛，"不论哪个人，谁都是爱自己亲近的，但是——在了不起的心里，远的也会变成近的。您能够做许多事情的，您的母爱是伟大的……"

"但愿能应了你的话。"她沉静地说，"我已经感觉到这样的生活是对的！——真的，我喜欢您——或许比喜欢鲍什还喜欢！他是把所有心事都藏在肚子里……比如，他明明要和萨茜卡结婚，但是只字不跟我这当妈的提……"

"不，"赫罕尔表示反对，"这件事我知道。不是您说的那样。他爱她，她也爱他，那是真的。但是结婚——是不会的，不会的！即使她愿意，他也不愿意……"

"原来是这样！"母亲沉静而恍然地说，她的眼睛悲伤地注视着赫罕尔的脸，"是啊，原来是这样！人们牺牲了自己的私生活……"

"鲍维尔是一个非同寻常的人！"赫罕尔低声说，"他是一个铁打的人……"

"如今——他坐在牢里！"母亲深思熟虑地接着说，"这种事情叫人担惊受怕——可是，现在并不觉得怎么样！活了一辈子都不曾是这样的，恐惧也不曾是这样的——现下是替大家担心。心也变了——灵魂睁眼一看，又悲伤又欢喜。有许多事情，我眼下还不懂。你们不信上帝，这件事使我很难受，很生气，不过，这也无可奈何！可是，我明白你们个个都是好人，的确是好人！你们为大家受苦，为真理受责难——这是你们为自己选定的道路啊。你们的真理，我也了解：世界上有了有钱的人，大家就什么也得不到了，不论是真理，还是欢乐，什么也得不到！我这样的人在你们中间生活，有时夜里也想起从前的事情，想起被糟尽了的我那股子力量，想起磨碎了的年轻的心———一想起这些，我就可怜我自己，苦啊！如今呢，日子总算比过去好过些了。我对自己呢，渐渐地更了解了……"

赫罕尔站起身，慢慢地踱着，极力使地板不发出声音来，他看上去又高又瘦，在那儿陷入沉思之中。

"你说得很对！"他郑重地赞叹道，"很对。在克尔契那地方，有个年轻的犹太人，他写诗，有一次他写了这样的诗句：

"连那没有罪而被杀了的，真理的力量也能使他复活！……"

"他本人就是被克尔契那地方的警察当局杀害的。但是，这并非什么大不了的事！他知道了真理，在人间更多地撒播了真理。譬如您——也是没有罪而被杀了的人……"

"我现在说这些话，"母亲接着说，"我自己说，自己听着，连自己也不敢相信。我一辈子只想着一件事，就是怎么能够躲过一天算一天，怎么活得使人们都不知道，让人家不要碰我。可是现在我却想着大家，也许，我还不很了解你们的事情，可是我觉得你们都很让人亲近，对谁我都疼爱，希望你们成功。昂特廖萨，特别对您是这样！"

他走到她身边说：

"多谢！"

他用两只大手拿起她的手，紧紧地握了握，又抖了抖，很快地向一旁走去。兴奋得有点疲倦了的母亲，慢慢地洗着茶碗，一声不出了。有一种饱满而令她安稳的心灵的情感，在她的胸怀里暖烘烘地发着热。

赫罕尔一边走，一边对她说："妈妈，也请您可怜可怜沃索西柯夫吧，哪怕是一次也成！他父亲也在监牢里——那是个龌龊的老年人。涅考拉隔着窗子，常常骂他，这多不好啊！涅考拉是个好人——他爱惜老鼠和狗之类的动物，但是，他却不爱人类！嗳嗳，一个人竟被毁成这个样子！"

"他的母亲失踪了，父亲喝酒，当贼。"她沉思地说。

安德烈去睡的时候，她悄悄地替他画了十字。等他睡了半点钟之后，母亲压低声音问:"昂特廖萨,睡着没?"

"嗳——什么?"

"睡吧!"

"谢谢,妈妈!谢谢您!"他十分感激地回答。

第二天,当尼罗芙娜挑着担子路过工厂门口的时候,守门人很凶暴地把她叫住,叫她将罐子放在地上,对她仔细地搜查起来。

"你把我送来的饭都弄凉了!"他们粗暴地搜查她衣服的时候,她镇定自若地说。

"闭嘴!"一个守门人很不高兴地说。

另外一个在她肩膀轻轻地推了一下,很有自信地说:"我说过嘛——那是从墙外面丢进来的!"

第一个走近她身边的,是希索弗老人。他先朝周围看了一下,然后低声说:

"听见了吗,妈妈?"

"什么?"

"传单呀!昨天又出现了!真是——好像面包上撒盐一样地在什么地方都散到了。叫他们又抓人又搜查吧!我的侄儿玛切也让他们给抓去了——但是,结果怎么样呢?你儿子也抓去了——现在总算明白了吧,这事不是他们干的!"

他将着满把的胡子,朝她说着。临走的时候,他又说:"怎么不到我那儿去坐坐?一个人肯定闷得慌吧……"

她谢谢他。一边喊叫着饭菜的名字,一边用眼睛锐利地观察着工厂里那种从来没有的极其活跃的气氛。

工人们都很兴奋,一会儿聚拢,一会儿又散开,从这个车间跑到那个车间。在充满了煤烟的空气里面,好像弥漫着一种勇敢而且朝气蓬勃的气氛。时而在这里,时而在那里,发出激励的呼声,嚷出嘲笑的叫喊。上了年纪的工人,谨慎地微笑着。厂方人员心事重重地走来走去,警察更是东奔西跑。工人们看见他们过来，立时就漫不经心地散开，或者停止说话，仍旧站在那里一动不动地望着他们那凶狠而暴躁的面孔。

工人们的脸仿佛洗得干干净净。古塞夫硕大的身体在她眼前闪过，他弟弟伊凡，像小鸭一般地走着，哈哈哈地笑着。

木工车间的工头华维洛夫和考勤员依萨从容不迫地从母亲身边走过。身材矮小而瘦弱的依萨，抬起了头，把脖颈侧向左边，望着华维洛夫冷俊浮肿的脸，摇着短短的颚须很快地说：

"伊凡·伊凡诺维奇，他们都在笑呢，——他们都很愉快，不管厂主先生怎样说这是涉及危害国家的案子。伊凡·伊凡诺维奇，我看仅仅斩草还不行，非得除根不可……"

华维洛夫反背着两手走着，把手指捏得紧紧的："你们尽管印你们的，狗崽子，"他高声地骂着，"要是说我的坏话——那可不行！"

华西里·古塞夫走近母亲的身边，说：

"我又到您这儿吃中饭来了，好吃得很啊！"他放低了声音，眯着眼睛，补充说："正打在节骨眼上了！……嗳，妈妈，好极了！"

母亲亲切地向他点点头，这个工人区最调皮的小伙子对她称"您"，秘密地跟她谈话，使她很高兴，整个工厂的空气都很紧张，也使她高兴。她心里想道："如果不是我——也许不会这样……"

在不远的地方，站着三个小工，其中一个很遗憾地低声说："什么地方都没找到……"

"要听别人念念！我不认识字，但是我也明白，正好打中他们的要害！……"另外一个说。

第三个向周围瞅了瞅，提议说："咱们到锅炉室里去吧……"

"发生作用了！"古塞夫挤了挤眼睛，低声地说。

尼罗芙娜很愉快地回到了家里。

"在厂里，有人抱怨自己不识字呢！"她对安德烈说。"我年轻的时候也认得些，但是现在都忘记了。"

"不妨努力些!"赫罕尔向她提议。

"像我这么大岁数?白叫人家耻笑……"

安德烈从搁板上面拿下一本书来,用小刀的尖端指着封面上的字母,问她:"这个念什么?

她笑着回答。

"那么这个呢?"

"……"

她有点羞怯,而且有点懊恼。她觉得安德烈的眼睛用着一种隐匿的微笑在那里笑她,所以努力避开他的眼光。但是他的声音听来却温和而平静,只是面孔非常严肃。

"昂特廖萨,你真的想要教我吗?"母亲不由得苦笑着问。

"这有什么假的?"他回答,"您既是认过的,那么记起来是很容易的。即使没有奇迹——也不会有坏处。如果有了奇迹,那不是很好嘛!"

"可是俗语说得好:'看了圣像,不是就能够成为圣人的。'"

"嗳嗳!"赫罕尔摇着头说,"俗语多得很,知道的少一点,睡得熟一点,这不是很对吗?心里想着俗语,就是要它结好一根鞭子,来管好自己的灵魂的。这个是什么字母?"

母亲说。

"对!你看这个字母伸胳膊撂腿的。好,这个呢?"

她集中精力,吃劲儿地动着她的眉毛,拼命地回想那已经忘记了的字母。在不知不觉之间,只顾着努力,反倒把一切都忘记了。但是,不大一会儿工夫,她的眼睛就疲倦起来。起初滴下的是疲惫的眼泪,后来却扑簌簌地流下了悲伤的泪水。

"我还认字呢!"她抽咽了一下,说道,"四十岁的人了,才刚刚开始认字……"

"不必哭!"赫罕尔亲热地低声劝解,"在以前,您是不能过别的生活的——现在,您总算明白了您过得不好,成千上万的人,他们可以过比您更好的日子——可是他们却像家畜一样地生活着，而且还在那里夸耀，说他们过的生活很好！有什么好呢？一个人，今天是做工、吃饭，明天也是做工、吃饭，难道就这样一生一世就是做工、吃饭吗？

"在这样做工、吃饭的时候，生了孩子，起初还凑合着抚养他们，后来逐渐地他们也得吃很多的饭了，于是就对他生起气来，大声地骂他们：饭桶！快点长大！到了可以做工的年龄了，于是，又使他们的儿子变成家畜，而他们的儿子又是为着填饱自己的肚子去做工——结果，还是这一套生活，像驴拉磨似的！——只有从理性上打断了锁链的人，才是真正的人。譬如现在您，正在用尽自己的力量开始做着这件事。"

"哪里呀，我算什么？"她感叹着，"我还能有什么用处？"

"为什么要这样说呢？这是和那雨一样的，每一滴都能滋养种子。你已经开始读书识字了呀……"

他笑起来，站起身在房间里走着。"对，您学习吧！……等鲍维尔出来，一看您，——嘿，怎么啦？"

"哎呀！昂特廖萨！"母亲说，"年轻人，什么都是简单的。但是上了年纪——悲伤多起来了，心有余而力不足，头脑就完全不好使唤了……"

傍晚，赫罕尔出去了。母亲点上灯，坐在桌子前织袜子。

但是，很快又站起身来，犹犹豫豫地在屋里走了一趟，迈进厨房，上好了门闩，又紧紧地皱着眉毛回到屋里。她放下了窗帷，从隔板上面拿下一本书来，重新坐在桌子前面，向周围望了望，把身体伏在书上，她的嘴唇开始翕动了。每当街上有点声响，她就跟着颤动一下，耸起耳朵，把手掌掩在书页上面……眼睛有时闭上，有时睁开，又轻声地念道：

"生活，大地，我们……"

有人敲门，母亲跳起身来，把书赶紧放到隔板上，不安地问："是谁？"

"我……"

列彼走了进来，他威严地捋着胡子，说道：

"从前，一声不问，您就让人进来。您一个人在家吗？嗳，我以为赫罕尔在这里呢。我今天看见他了……监牢是不可能把好人变坏的。"

他坐下来，对母亲说："咱们谈谈吧……"

他意味深长地、神秘地注视着她，使母亲感到一种模糊的不安。

"什么都得用钱！"他用沉重的声音说他的看法，"不管生还是死，都离不了钱——对吧。不论传单和小册子，都得用钱！你知道弄传单和小册子的钱是从什么地方来的？"

"不知道。"母亲似乎感到了什么危险，低声回答。

"对，我也不知道。还有，你知道小册子是谁做的？"

"有学问的人……"

"那是大人先生们！"列彼说，长满了胡子的脸紧张起来，泛着红光，"就是说，大人先生们做了书，分给大家。但是，那些小册子里写的却是要反对大人先生们，你倒说说看——花了钱而叫人们反对自己，对他们到底有什么好处呢？——嗳？"

母亲眨着眼睛，很胆怯地说："你在想些什么呀？"

"哦！"列彼像狗熊似的在椅子上面转动着身子，"对啦。我一想到这里，就凉了半截。"

"你知道了些什么吗？"

"这是在骗人！"列彼回答，"我觉得，这是骗人。我什么都不知道，可是我知道这是在骗人。对啦。大人先生们说了许多深奥的事情，可是我们所要的，只是真理。我也知道真理了。我是不会上他们的当的。在必要的时候，他们会将我推在最前面——他们要踏着我的尸首，像过桥似的向前进……"

他把那种阴森森的话，牢牢地缠在母亲的心上。

"上帝呀！"母亲忧郁地说，"鲍什真的不知道吗？所有干这种事的人们……"

在她脑海里，闪过了伊格尔、涅考拉·伊凡诺维奇和萨茜卡的严肃而正直的容貌。于是她的心颤动起来。

"不，不！"她否定地摇着头说，"我不能相信，那些人都是诚心诚意的！"

"你说谁？"列彼深沉地反问。

"大家……我所知道的一切的人！"

"不要只看这些地方，妈妈，你要眼光放得更远！"列彼垂下了头说。"和我们接触的这些人，他们也许自己一无所知。他们相信非这样干不行，但是，在他们后面，一定有人在那里享受好处。人是不会去做那些对自己有损害的事情的……"

这样说完，他又用农民的执拗的信念，添加了一句："大人先生们永远不会做出什么好事来的！"

"你想出了什么怪念头啊？"母亲又怀疑起来，这样不解地问道。

"我吗？"列彼朝她望了一眼，停顿了片刻，重复说，"要离这些先生们远一些，对啦！"他又沉默起来，阴沉着脸。

"我本想和青年们接近，和他们在一起。对这种工作我是有用处的——我知道非对大家宣传不可。可是，现在我要离开了。我实在是不能相信他们，所以我非离开不可。"

他低着头，想了想。

"我一个人要走遍大小村庄。我要唤起老百姓。让他们自己起来。只要他们理解，他们是能够给自己寻找出路的。所以，我努力让他们理解——他们除了自身之外，是没有希望的，除了自己的智慧之外，是没有别的智慧的。就是这样！"

她可怜起他来，觉得替他害怕。常常让她不愉快的列彼，不知怎的，现在忽然觉得可亲可近。

她缓缓地说："人家会抓你的……"

列彼望着她，静静地回答："抓了——放了。于是我再去……"

"农民会亲自把你绑起来，这样，你就非坐牢不可……"

"坐牢，出牢，于是再去，至于农民，他们绑我一次、两次，但是到了后来，一定会明白没有绑我的必要，那时——就会听我的话了！我对他们说：'你们不相信也不要紧——只请你们听就是了，'只要他们肯听，慢慢就会相信的！"

他说得很慢，好像在没有说出口之前，每一个字都抚摸一遍似的。

"我近来遇到了各种事情，明白了一点道理……"

"你要被毁掉的！米哈依洛·伊凡诺维奇！"她悲哀地摇着头说。

他用那双黑色的深深的眼睛，仿佛疑问和期待地对她望着。他那结实的身体向前趋着，两手按住椅子的靠背，黑胡须的轮廓里面，淡黑色的脸似乎苍白了。

"你知道基督对于种子所说的话吗？不死亡——就不能从新的穗里再新生。我还不至于有那种结局呢。我很机警的！"

他在椅子上待了一会儿，缓缓地站起来。

"我到酒店里去，在那里跟大家聊一会儿。赫罕尔为什么不来呢？又在开始奔忙吗？"

"是吧！"母亲微笑着说。

"应该那样干！请你把我的话告诉他……"

他们并肩走进厨房，谁也不看谁地简短地谈了几句。

"那么，再见吧！"

"再见，几时拿工钱去？"

"已经拿了。"

"几时动身？"

"明天一早，再见！"

列彼弯着腰，不悦地、笨拙地走到门洞里。

母亲在门口站了一会儿，默默无言地听着他沉重的脚步声，意识到自己心里的疑惑。然后，缓缓地回转身来，走进房间，把窗帷掀起一点来，向窗外眺望。玻璃之外，似乎冰冻地笼罩着墨黑的夜色。

"我过的真是黑夜的日子！"她这样想。

她对于这个农民，觉得可怜——他是如此一个魁梧而强壮的汉子。

安德烈回来了，他还是活泼而兴奋。

当她把列彼的话告诉他的时候，他说：

"就让他敲着真理的钟声，到各村庄去唤醒人们吧。他很难跟我们搞到一起。在他的头脑里，有一种独特的农民思想根深蒂固，容不了我们的思想。"

"喔，他说了些关于大人先生们的话，似乎有道理！"母亲慎重地说。"他们总不至于会骗人吧！"

"打动了您的心了？"赫罕尔带着笑喊道，"嗳，妈妈，钱哪！要是我们自己有钱就好了！我们现在还是靠别人的钱过日子。譬如说，涅考拉·伊凡诺维奇每月收入七十五卢布——给我们五十。还有别的人也是这样。有时候，穷苦的学生们每人凑几戈比给我们寄一点来。大人先生们当然各个不同。有的骗人，有的后退，但是和我们一起工作的，都是最好的人……"

他把手一拍，很有力地接着往下说："离我们成功的日子还远得很！但不论怎样，我们开一个小小的五一节纪念会！一定很愉快！"

他那快活的样子，驱除了列彼所散布的忧虑。

赫罕尔用手擦着头，不停地在屋里走着，眼睛看着地板说：

"您可知道，有时啊在我们心目中有种可敬的东西！不论走到哪里，都有我们的同志，大家都燃烧着同一的火焰，大家都很快活，善良可爱，无须言语，大家都能了解……大家都像在合唱似的生活着，而每个人心里都在唱着不同的歌曲。一切歌曲都像溪水一样地奔流汇集，成一条江河，于是这条宽广自由的江河，注入了充满着新生活欢乐的大海洋……"

母亲为了不妨碍他，不至于打断他的谈兴，所以努力地一动不动。她听他说话，总是比听别人说话专注，他的话听起来，比任何人的都容易领会，他的话，比任何人的都更有感染力。鲍维尔永远也不谈未来的预见，但是这种预见，却似乎是母亲心灵的一部分。在他的话里面，仿佛有一种普天同庆的未来节日的童话故事。这种童话故事，向她照亮了她儿子以及一切朋友们生活和工作的意义。

"醒悟过来，"赫罕尔把头一振，说道，"向你周围看一看……阴冷、肮脏！大家都疲劳，大家都带着杀气……"

他带着深切的悲哀，继续说：

"不相信人们，害怕人们，甚至憎恨他们！——这是令人可恼的事！人已经变成双重了。如果你只想去爱，那你怎么能办得到呢？如果别人像野兽一样向你袭来，不承认你是个活着的人，在你脸上用脚来踩来踢，那你怎能原谅他呢？那一定不能原谅！不是为着自己个人而不能原谅他——为着自己，我可以忍受一切侮辱——但是，我不愿意纵容残暴凶残的人，我不愿意人们用我的后背练习打人的功夫。"

此时，他的眼睛里，燃起一种冷火，他顽强地侧着头，更加决断地说：

"我不能原谅任何有害的东西，即便它对我并没有害。在地球上，不只是我一个人！如果今天我容许了人家对我侮辱，我大可一笑了之，因为他并没伤害我，但是——到了明天，在我身上试过自己力量的他，难保不去活剥别人的皮呀。这样对于人，非得有不同的看法不可，非得狠着心，严格地把人们区别开来：这是自己人，那是外人。这种事情虽然正当，但是，这又何等地无情啊！"

不知怎么搞的，母亲忽然想起了军官和萨茜卡。

她叹了口气说："没有筛过的面粉是做不成面包的！"

"痛苦的根源就在这里！"赫罕尔提高声音。

"是呀！"母亲说。在她脑海里，浮现出丈夫的身影，那是一个生了苔藓的岩石一般阴郁而沉重的身影。她又想像着已经做了纳苔莎丈夫的赫罕尔，和已跟萨茜卡结了婚的儿子。

"这是什么缘故呢？"赫罕尔热烈地问道，"这是不言而喻的，甚至是好笑的。这就是因为人世间不平等！让我们使一切人都站在平等的地位！我们要把头脑和双手所产生的一切都平均分配！让我们使人与人之间不再互相恐吓和嫉妒，不再贪婪和愚蠢！……"

他们常常谈起这样的问题。

安德烈又进工厂做工了，他将自己全部的工钱，完全交给母亲。母亲也好像从鲍维尔手里接到工钱一样，很自然地收下了他的钱。

有时，安德烈眼睛里满含微笑地向母亲提议："咱们读书吧，妈妈，嗳？"

她用玩笑的口气，固执地拒绝了他。他那种微笑使她觉得难堪，她感到有点受屈。她想：

"如果你是在笑——那又何必呢？"

此后，她常常问他书里面她不懂的字眼。她问他的时候，眼睛总是朝一边望着，装出一副毫不在意的样子。

安德烈猜出她在偷偷地自学，理解她的害羞心理，于是不再提议和她一起读书。

不久之后，母亲对安德烈说："我眼睛不行了，昂特廖萨，配副眼镜才好。"

"对啦！"他答应着，"那么礼拜日咱们一同到城里去，叫医生给您配一副眼镜……"

她已经去过三次了，请求和她儿子见面，但是，每次都被宪兵队的那个将军——在紫色脸膛上面长着一个大鼻子的白头发小老头，委婉地拒绝了。

"大婶子，再过一个礼拜，提前是不行的！再过一个礼拜——我们给你想想法子——但是现在，是不行的……"

他又圆又胖，使她联想起了熟透的、放了许多日子的、外皮上已经生了霉菌的李子。他总是用一根很尖的黄色牙签剔着那口细碎的白牙。小小的碧色眼睛，很殷勤地微笑着，他的声音，也是和蔼可亲的。

"挺客气的！"母亲一边想着，一边对赫罕尔说，"老是笑容满面的……"

"是啊！"赫罕尔说，"他们——态度还不错，很客气，总是带着微笑。假使有人命令他：'喂，这个聪明而正直的人对于我们是危险的，快给我拿去绞死！'那么，他们也会带着笑容拿去绞死的——绞了之后，他们还是依旧带着微笑吧！"

"比起上回来搜查的那个，他厚道些，"母亲比较了一下，"那个一看就知道是狗腿子……"

"他们都是野兽。他们是用来打人的铁锤，是一种工具，使用他们来殴打我们弟兄，叫我们变得服服帖帖的，他们本身就是统治我们的人们手中的服服帖帖的工具——人家叫他们做什么就做什么，既不想也不问为什么要这样做。"

她终于得到允许可以会见儿子了。礼拜天，她端坐在监狱办公室的角落里。在那间矮小污秽的房间里面，除了她之外还有几个等待会见的人。他们大概不是第一次来这里，互相都认识；在他们之间，倦怠地、慢慢地开始了像蛛网一般牵牵扯扯地谈话。

"您听说了吗？"一个胖胖的、筋肉肥弛的、在膝头上放着一个皮包的女人说，"今天早上做弥撒的时候，教堂里的领唱撕破了唱歌班孩子的一只耳朵……"

一个穿着退伍军人制服的中年男子，大声咳嗽着说："唱歌班都是些顽皮的小家伙。"

一个矮小、秃顶、下颚骨凸出、两脚很短而两手却很长的男子，似乎很忙地在办公室里来回地走动着，用不安的轧轧的声音滔滔不绝地说着话："生活程度渐渐提高，人们也渐渐凶狠起来！次等牛肉，一斤十四戈比，面包又要两戈比半了……"

有时候，囚犯走了进来，他们都是形销骨立，穿着笨重的皮鞋。他们走进了幽暗的屋子，眼睛立刻眨动起来。有一个，脚上发出了脚镣的声音。

周围死一般的寂静，是不愉快的单调。好像大家早已弄熟了，对自己的处境习惯了：有的静静地坐着，有的懒散地巴望着，还有的在有不紧不慢、懒洋洋地和被监禁的人谈话。因为等待得有些不耐烦，母亲感到心在颤动，她茫然地望着周围的一切，那种沉重的单调令她深感惊异。

在她旁边，坐着一个矮小的老妇人，她的脸上布满了皱纹，但是她的眼睛却充满年轻的活力。她扭转着很细的脖子，倾听着别人的谈话，同时格外热诚地看着大家。

"关押的是你什么人？"弗拉朵娃悄悄地问她。

"儿子，是个大学生，"老妇人马上高声回答，"你呢？"

"也是儿子，是个工人。"

"姓什么？"

"弗拉朵夫。"

"没听说过。进来很久了吗？"

"第七个礼拜了……"

"我儿子已经十个月了！"老妇人说。在她的声音里面，母亲感到有一种仿佛自豪感的奇妙的东西。

"是啊！"秃头老人很快地说，"耐不住了……大家都在焦急，大家都在吵闹，一切都在涨价。而人的价格，却反比例地降低了。平和声音再也听不见了。"

"一点不错！"军人说，"不成样子了，最后呀，应该来一个坚决的命令：'不准说话！'应当这么办。坚决的命令……"

谈话变成了共同的、活跃的。每个人都想赶快陈述出自己对生活的感悟，但是大家都是放低了声音在谈话，在他们身上，母亲感到一种陌生的东西。平常在家里，谈话不是这样！总是比较容易理解，简单，响亮。

一个留着四方红胡子的胖看守，叫出了母亲的姓名，从头到脚把她打量了一遍，对她说："跟我来！"

他摇摇晃晃地带她进去。她一步一步地跟着走，很想往看守背上推一下，使他走得快些。鲍维尔站在一间小屋里面，微笑地将手伸出来。母亲握住了他的手笑着，频繁地眨着眼睛，因为一时激动而语塞，只是低声地说："你好……你好……"

"妈妈，您静一静心！"鲍维尔握着她的手说。

"没有什么。"

"母亲！"看守叹了口气说，"也得分开一点——你们中间应该保持一些距离……"看守这样说着，很响地打了一个哈欠。

鲍维尔问问她的健康情况，打听家里的事……母亲在期望着别的什么问题，所以在儿子眼里寻找着，可是却没有找到。他和平常一样的平静，不过脸色稍稍有点发青，而且眼睛好像大了一点。

"撒莎向你问好呢！"她说。

鲍维尔的眼睑颤动了一下，表情变得温和了，微微地一笑。一股刺骨的悲痛，刺疼了母亲的心。

"你很快就能出来了。"带着一种屈辱和焦躁的表情，她说了出来。"为什么叫你坐牢呢？那些传单不是照样又散出来了吗？"

鲍维尔眼睛里放出了欢乐的光芒。

"又散出来了？"他很快地问。

"不准说这些话。"看守懒洋洋地命令，"只许谈谈家常的事情……"

"难道这不是家常的事情吗？"母亲反问。

"我不知道，不过这是禁止的。"看守满不在乎地坚持说。

"妈妈，谈谈家常的事情吧，"鲍维尔说，"妈妈在做什么？"

她自己身上感到一种青年人的热情，回答说："我拿这些东西到工厂里去……"

她停顿了一下，带着微笑接着说："菜汤，麦糊，玛丽亚店里所做的东西，和其他的食物……"

鲍维尔领会了。他的面孔由于抑制着内心的笑而颤动起来，他搔着头发，亲切地、用一种母亲从来没有听到过的声调说："妈妈有了职业，真是太好了——你不闷得慌了！"

"那些传单又散了的时候，我也被搜了一次呢！"母亲似乎很自豪地说道。

"又说这些了！"看守生气地说，"我不是和你说过不准说吗？剥夺了自由的人，就是让他孤陋寡闻，可是你还要信口胡说！——你得明白什么话是禁止的。"

"啊，妈妈，不要说吧！"鲍维尔说，"马特维·伊凡诺维奇是好人，不要使他生气。他和我们处得很好。他今天是偶然来监视一下——平常总是副监狱长来看守着的。"

"时间到了！"看守看着表，朝他们宣告。

"那么，谢谢妈妈！"鲍维尔说，"谢谢，好妈妈。不要担心，我不久就能出去了……"

他用力抱住她，亲了一下，感动了的母亲幸福地哭了起来。

"走吧！"看守说。他一边领着母亲出去，一边嘀咕着说："不要哭！会放的，都要放的……这里住不下了……"

回到家里，她满脸笑意，高兴地耸动着眉毛，对赫罕尔说："我很巧妙地和他说了——他懂得了！"

接着她又伤感地叹了口气。"一定是明白了！不然，不会那样和我亲热的——他从来不是那样子的！"

"哈哈哈！"赫罕尔笑起来。"人各有所求啊，而母亲总是寻求安慰……"

"不，昂特廖萨——我说，人真是的！"母亲突然吃惊地喊道，"人真是容易习惯！儿子被抓了去，关在牢里，但是他们呢，若无其事地跑了来，坐着、等着、聊着——你看，受过教育的人都是这样容易习惯，那么我们普通老百姓更不用说了吗？"

"那是当然的，"赫罕尔带着他的特有的微笑说，"无论如何，法律对他们更宽容些——而且，比起我们，他们更需要法律。所以法律向他们额头上敲了一下，他们也不过皱一皱眉头就行了。自己的手杖打自己，总要轻一点。"

有一天晚上，母亲坐在桌子旁边打毛线袜子，赫罕尔在那里正读着关于罗马奴隶起义的书，这时候，忽然听见有人在很重地敲门。赫罕尔出去开了门，沃索西柯夫挟着一个包袱，帽子戴在脑后，膝盖上溅得都是污泥点子，边说边走了进来。

"正好路过这儿，看见你们家里灯还亮着，所以进来招呼一下。才从牢里出来的。"他用一种奇怪的声音解释着，并跟弗拉朵娃有力地握了握手，说：

"鲍维尔问候您……"

他一边说着，一边踌躇地坐在椅子上，拿他那双阴暗而怀疑的眼睛，向周围望了一遍。

母亲从前不喜欢他，他的剃光了有棱角的头和眯缝的小眼睛，都使她感到可怕。但是现在她却非常高兴，并亲热地微笑着，很起劲儿地说：

"你瘦了！昂特廖萨，煮点茶吧……"

"我已经点上了茶炉！"赫罕尔从厨房里说。

"那么鲍维尔怎么样呢？都有谁出来了？只有你一个吗？"

涅考拉低着头回答：

"鲍维尔还在里面，在那里等呢！只放了我一个！"他抬起头来望着母亲的脸，慢慢地从牙缝里挤出似的说："我对他们说：'够了，放了我吧！不然我打死个把人，我也死给你们看！'于是他们就把我放了。"

"啊！"母亲往后退了一步说，当她的视线和他那细而尖锐的目光相遇时，不禁眨了眨眼睛。

"贝嘉·玛切怎么样啊？"赫罕尔从厨房里大声喊着，"在作诗吗？"

"在作。我真不懂！"涅考拉摇着头说，"他是什么呀？难道是云雀吗？关在笼子里，还要唱歌！我现在只明白一点，我不想回家……"

"噢噢，说起家来，家在哪里呢？"母亲若有所思地对他说，"既没有人，又没有生火，冷冰冰的……"

他眯起眼睛，暂时沉默了一会儿，从口袋里摸出一盒香烟来，然后慢慢地点了一支吸着。他望着那些在他眼前消散的灰色烟气，仿佛一只阴郁的狗似的，冷笑了一下。

"是呀，一定冷得很！地板上躺满了冻死的蟑螂，老鼠也冻死在那里了。彼拉盖雅·尼罗芙娜，你让我在你这里住一晚上行不行？"他躲开视线，闷声闷气地问。

"那当然可以呀，我的爷！"母亲不假思索地回答。但是，和他在一起，她觉得有点不舒服。

"这年头，当儿子的替父母害羞……"

"什么？"母亲战栗了一下，问道。

他向她望了望，闭上眼睛，他的那张麻脸，好像变成了瞎子的脸。

"我说，儿子觉得父母可耻呢！"他重复了一遍，很响地透了口气。"鲍维尔是一点都不必替你害羞的，但是我的父亲，却是可耻得很！他的家里——我一生一世再也不想回了。我没有这个父亲——也没有家！我这是被警察监视住了，要不然，我早想逃到西伯利亚去——我去解放那些被流放的人，叫他们逃走……"

母亲那颗最容易被感动的心，立刻觉得了他的烦恼，但是他的创痛，唤不起她的同情。

"是的，既然是这样，还是逃走了好。"她说，生怕沉默会让他不高兴。

这时，安德烈从厨房里走过来，笑着说："你在讲些什么大道理？"

母亲一边站起来，一边说："该弄些什么吃的东西才好……"

沃索西柯夫凝视着赫罕尔，突然说："我这样想，有些人非干掉不可！"

"哟嘿！这又是为什么呀？"赫罕尔问。

"省得有这种人……"

身子瘦长的赫罕尔摇着身子站在房子中间，两手叉在衣袋里，俯视着面前的客人。涅考拉被烟气围绕着，稳稳地坐在椅子上。在他灰色的面孔上，现出了红色的斑点。

"依萨·高尔博夫这个家伙，非叫他的脑袋搬家不可，你等着瞧吧！"

"为什么？"赫罕尔问。

"不要侦察，不要告密。我的父亲是他一手给弄堕落的，是通过他去当密探的。"涅考拉用一种冷冷的敌意望着安德烈，说道。

"原来是这样！"赫罕尔喊了一声，"但是，有谁把这种事情当作你的罪恶呢？傻瓜！"

"什么傻瓜、什么精豆……还不是一样的！"涅考拉断然地说，"比方说吧，你是个精豆，鲍维尔也是个精豆，但是，在你们看来，我跟玛切或者赛蒙伊罗夫一样，大概都是傻瓜，或许，你们相互之间，也是这样地想吧？不要说谎，反正我是不相信。而你们呢，偏偏也排挤我，叫我孤立起来……"

"涅考拉，你的心里有着伤痛呢！"赫罕尔坐在他的旁边，静静地，很和气地说。

"是有伤痛！你的呢？一样也有伤痛。不过，你们的那个瘤子，比我生得高贵一点罢了。但是照我看来，咱们都是废物！你信不信我这话？嗳？"

他锐利的眼光，箭一般射在安德烈的脸上，他龇着牙，在等待他的回答。他的麻脸，一动也不动，但是他的厚嘴唇颤动了一阵，好像有点什么灼热的东西，在他唇上烫过似的。

"没什么不信的！"赫罕尔用碧眼里悲哀的微笑，温暖地抚慰着涅考拉含有敌意的眼光，缓缓地说。

"我知道，当一个人的心中的伤痕还带着鲜血的时候，假使和他争论，那就好像是侮辱他，这是我知道的，兄弟呀！"

"不要跟我争论，我不会争论！"涅考拉垂下双眼，叽咕着说。

"我想，"赫罕尔继续说，"我们每一个人都是赤着脚板在碎玻璃上走路，每逢碰到很艰难的时刻，都是和你有一样的想法……"

"你不论跟我怎么说，都是没有用的！"涅考拉慢慢地说，"我的灵魂，就像狼一般地在嚎叫！"

"我也不愿意说！不过我清楚，你目前的这种心境，不久就会过去的。也许不能彻底根除，但肯定是能过去的！"

他笑了笑，拍了拍涅考拉的肩膀接着说：

"兄弟，这是跟麻疹一样的小孩病。我们每个人都患过这种病，强的人轻些，弱的人重些。人们虽然发现了自己，但是对于人生，对于自己在人生里面所占的位置还看不清楚的时候，这是最容易染的毛病。你以为全世界，只有你一个是好吃的黄瓜，所以大家都想吃你。但是过了一些时候，等你自己明白，你的灵魂善良的部分，和他人心里的比较起来并没有多和少，那时候你就会感到舒服一点。并且，你还会觉得有点惭愧——你自己的钟是那么小，在礼拜的钟声鸣响的时候，连听也听不见，那么，为什么要爬到钟楼上去敲它呢？将来呀，你准能理解这个道理，你自己的钟声，只有在齐鸣的时候，才能够听得见，单独的时候，那些旧的钟声会把你那小钟的声音沉没在嗡嗡嗡的声音里面，就如同苍蝇沉没在油里一样。我所说的，你懂了吗？"

"大概，懂了吧！"涅考拉点了点头回答说，"但是我不相信！"

赫罕尔笑了起来。他很快地离开座位，在房间里激动地走着。

"我从前也不相信。哎呀，你这个货车！"

"为什么是货车呢？"涅考拉盯着赫罕尔，阴冷地苦笑着。

"有点像！"

突然，涅考拉张开大嘴高声地笑起来。

"你怎么啦？"赫罕尔站到他面前，吃惊地探问。

"我想，谁欺负你，谁就是傻子！"涅考拉摆着头说。

"怎样欺负我?"赫罕尔耸着肩膀说。

"我不知道!"涅考拉说,不知是表示善良还是表示宽厚,他龇出了牙齿,"我只是说,那个欺负你的人,后来一定觉得惭愧。"

"你扯到哪儿去了!"赫罕尔笑着说。

"昂特廖萨!"母亲在厨房里叫他。

安德烈走了进去。

房间里只剩下涅考拉一个人了,他向四面仔细地望了一遍,伸直了穿着笨重的靴子的两脚,看了一会儿,便俯下身去用手在肥胖的小腿肚上摸了摸,把手拿到眼前,很专注地瞅了一会儿,然后翻转了手掌。手掌生得很厚,指头很短,上面盖着一层黄色的汗毛。他把手在空中一挥,站起身来。当安德烈把茶炉拿进来的时候,他正站在镜子面前,望着自己的姿态,说道:

"我很久没有看见自己的模样了……"接着,他笑了一下,摇着头继续说,"讨厌的嘴脸!"

"你这是为了什么?"安德烈好奇地看着他问。

"萨茜卡说的,脸是心灵的镜子!"涅考拉慢悠悠地回答。

"假话。"赫罕尔喊道,"她的鼻子像只钩子,颧骨像把刀子!但是她的心,却像一颗天上的星。"

涅考拉朝着他望着,憨笑起来。

他们坐下喝茶。

涅考拉抓了一个大马铃薯,在面包上撒了很多的盐,静静地,像牛一般的大吃大嚼起来。

"工作怎样?"他边吃边问。

安德烈愉快地将工厂里宣传发展的情形讲给他听,他又沉下了脸,瓮声瓮气地说:

"这一切还得搞多久,多久!非再快一点不行……"

母亲看着他,在心里隐隐地蠕动着对这个人的敌意。

"生活不是一匹马！不能用鞭子赶！"安德烈说。

涅考拉顽固地摇了摇头。

"太慢！我忍受不住！我应当怎么办呢？"

他凝望着赫罕尔的脸，无力且无奈地摊开两手，沉默着等待回答。

"我们应该学习并且去教别人！这是我们的任务！"安德烈低着头说。

涅考拉又问："那么要等到什么时候才干呢？"

"在时机没有成熟之前，我想我们非受几次挫折不可。"赫罕尔笑着回答，"但是，我们要到什么时候才作战——那可不知道！你要知道，我们应该先把头脑武装起来，然后再武装两只手，我想……"

涅考拉又开始吃起来。母亲皱着眉头，悄悄地望着他那张宽大的脸，竭力想在他脸上找出什么可以使她对那笨重的四方身材不感到讨厌的东西。

每每和他那双小眼睛刺一般的视线相遇的时候，她总是胆怯地颤动着眉毛。

安德烈好像有点忐忑，忽而脸上堆起笑容，说起话来，忽而又打住话头，吹起口哨来。

母亲觉得，她理解他心中的惊慌。

涅考拉沉默不语地坐在那里，赫罕尔有话问他的时候，也只是给他一个简短而不很高兴的回答。

小小的房间里面，两个经常住在这里的人觉得狭窄和闷热起来。

他终于站起身来说：

"我睡吧。在牢里住了许久，一下子被放出来，又走到这里，已经够累的了。"

他走进厨房，唧唧咯咯地响了一会儿后，便像死一般地睡着了。

母亲耸起耳朵，听听四周的寂静，和安德烈耳语道：

"他在想些什么可怕的事情……"

"确确实实是个苦闷的青年！"赫罕尔点头表示同意。

"但是就会好起来的！我也曾经这样过。心里不能明亮地燃烧的时候，总是堆满了烟灰。好，妈妈！你睡吧！我再读一会儿书。"

母亲走到墙角，那里安放着一张床，床上挂着印花布的帐子。安德烈坐在桌子旁边，听到母亲在不停地祈祷并一劲儿地叹息。他快速一页一页地翻着书，兴奋地擦着额角，或者用细长的手指捻捻胡须，或者沙沙地伸挪着他的两只脚。

钟摆在那里摆动着，窗外的冷风在那里叹息着。

可以依稀听见母亲在轻轻地祈祷："啊，上帝！世上倒有多少人，各有各的哀苦在呻吟着。快乐的人们到底在什么地方？"

"这种人已经有了，有了！不久就会有许许多多——嗳，许许多多！"赫罕尔应着。

光阴似箭，日子一天天地过去，那是些各种各样的、面貌不同的日子。

每天，新鲜的事情不断，而这已经不再使母亲感到恐慌不安了。

天天晚上，频频有陌生人跑来，忧虑而小声地和安德烈谈话，到了深夜，方才竖起衣领，把帽子低低地拉到眼睛上，小心地，无声无响地，在黑暗中离去。从他们身上，可以感受到一种掩饰着的兴奋，好像他们都想唱歌，都想欢笑，但是他们没有时间，他们都很忙。

有些人，爱嘲笑人而又严肃；有些人，非常愉快而又充满了青春的气息；更有些人，喜欢沉思，不爱讲话……在母亲看来，他们这些人都有一种共同的顽强的信念，每个人的面相虽然不同，但是在母亲眼里，好像所有的脸，都叠合成一张脸：瘦小的、从容不迫的、坚毅的、光明的脸，黑色的眼睛中发出深沉的、温和而又严肃的目光，正像到哀玛乌司去的基督的目光一样。

母亲计算着他们的人数，在心里把这些人集合在鲍维尔的四周——因为在这么一大群人的中间，鲍维尔在敌人眼中才不特别显眼。

有一次，从城里来了一个活泼可爱，长着卷发的姑娘。她拿来一卷东西，交给了安德烈。回去的时候，闪动着她那双快活的眼睛，对弗拉朵娃说：

"再见，同志！"

"再见！"母亲含笑而答。

送她出去之后，母亲走近了窗边，面带微笑，望着她的同志，很敏捷地迈动小巧的双脚，在路上走，像春花一般的新鲜，像蝴蝶一般的轻快。

"同志！"望不见这个女客人之后，母亲说，"可爱的姑娘！愿上帝给你一个对你忠实一辈子的同志！"

从那些城里来的人们身上，母亲常常发现一种孩子般的气质，于是她总是宽厚地微笑。但是，真正叫她惊喜，而且使她感动的，是他们的信仰。她越来越明白地感觉到这种信仰的深度，他们对于正义胜利的梦想，使她得到安慰和温暖。听着他们的话，母亲常常不由得感到一种莫名的悲哀，唏嘘不已。可是特别使她感动的，却是他们的率直，他们那种优美的、慷慨无私的作风。

现在，对于他们谈起的生活问题，母亲已经懂得很多了。

她觉得他们的确是发现了人类不幸的真正的根源，因此也就习惯地同意了他们的思想。但是，在灵魂的深处，还是不能相信他们能够按照自己的办法来改造生活，不能相信他们有足够的力量来带动全体工人。每个人都只顾今天吃饱，假使眼前可以吃一顿，那么谁也不愿把这顿饭搁到明天再吃。走这种路漫漫其修远兮的人并不多，能够在这条路的尽头看到人们亲如兄弟的童话世界的人更少。故此，这些善良的人们，尽管都已经长了胡子，而且有时显得面容憔悴，但在母亲看来，还像孩子一样。

"我可爱的人们！"她摇着头心想。

但是，他们都在过着善良、严肃而聪明的生活，都在谈些善良的事情，愿意把自己所知道的教给别人，他们奋不顾身地做这种事情。她觉得这种生活虽然危险，还是值得热爱的，她叹息着，回头看看，她的过去像一条狭长的暗淡的带子，平平地拖在身后。

在她心里，不知不觉地形成了一个稳定的意识，——意识到自己对于新的生活是一个有用处的人。从前，她从来没有感到过自己对什么人有用处，但是现在已经明白地看到，她对许多人是有用处的。这是一件新的、愉快的、能使她充满骄傲的事情！

她总是准时将传单拿到工厂里去。她把这事当成自己的义务，因此，她成为暗探们熟识的人物，并被他们盯住。她被搜查过许多次，但是每次检查，都是在工厂里面发现了传单的第二天。

当她空手进厂的时候，她学会了故意引起暗探特务和守门人的怀疑，他们抓住了她，搜遍了她的全身，她装出生气的样子，和他们争吵，羞辱他们一场，就走开了，她为自己的手段巧妙而感到自豪。她是很喜欢这种游戏的。

涅考拉因为厂里不再要他，所以就给一个木材商当了工人。他在工人区里运梁木、木板和劈柴。

母亲几乎天天碰见他。两匹老瘦的黑马用力地在地上撑着由于紧张而颤抖的四条腿，它们的头疲倦而悲伤地摇晃着，浑浊的眼睛疲惫不堪地眨巴着。它们颤颤巍巍地拉着一车长长的湿木头，或者拉着一车在一头发出很响的声音的木板。涅考拉在车的旁边，垂下了缰绳，一步一步地跟着走，他披着脏乱不堪的衣服，穿着笨重的靴子，将帽子推到后脑勺上……那种样子，像是从土里掘出来的一段树根似的。他望着自己的两脚，也在摇着头。

他的马常常撞到对面过来的人和大车，在他周围，怒骂声像黄蜂似的跟随着，恶狠狠的喝责声划破了空气。

他总是不抬头不理睬地走着，嘴里吹着尖厉刺耳的口哨，用沉闷的声调对马嘟囔着说："喂，留心点！"

每一次，当同志们聚集在安德烈那里，念新近的外国报纸或书刊的时候，涅考拉也来参加。他总是坐在角落里，一连一两个小时沉默不语地听着。

念完了之后，青年们总是争论得热火朝天，而涅考拉却从来也不参与争论。他呆得比大家都时间长，等只剩下他和安德烈两个人的时候，他才提出一个阴郁的问题：

"谁最坏？"

"第一个说出'这是我的东西'的人，最坏！但是，这个人早在几千年前就已经死了，所以我们已经没办法跟他去生气了！"赫苹尔有点戏谑地说，可是他的眼里却闪动着不安的光。

"那么——财主呢？财主们的帮凶呢？"

赫苹尔抓着头发，揪着胡子。用简单浅显的话语，谈了很久关于人和生活的道理。但是，在他的话里面，仿佛所有的人都不好。涅考拉对这种看法不太苟同。他紧紧地噘着厚嘴唇，否定地摇着头，不信任地说出了他的不同意观点，然后，阴郁地，不满地，走出房间去。

有一次，他说："不对，一定有坏人，一定有！我对你说——我们得锄一辈子，像锄生满了杂草的田地一样——彻底根除！"

"对啦，有一回考勤员依萨说起了您！"母亲想了起来，告诉说。

"依萨？"沉默了片刻，涅考拉问。

"嗳嗳，那是个坏人！专门监视大家伙，到处去偷听，近来常常在这条街上走来走去，朝我们窗子里偷看……"

"偷看？"涅考拉重复了一遍。

母亲已经躺在床上，所以看不见他的脸，但是她明白了她不该对涅考拉说这种话，因为赫苹尔慌张地、像是调和似的说："就让他游荡，偷看去吧！他有空闲的时候——他自然得散散步呀……"

"不，等一等！"涅考拉不快地说，"他就是坏人！"

"为什么是坏人？"赫苹尔立即就问，"因为他愚蠢吗？"

涅考拉并不回答，走了出去。

赫苹尔缓慢而疲倦地在屋子里踱步，那细小的蜘蛛似的脚在地板上发出稀碎的声音。他已经脱了皮靴——一如往常，为了不妨碍弗拉朵娃的睡眠。

但此时母亲还没有睡着，涅考拉走了以后，她惊慌地说："我很怕他！"

"是啊！"赫罕尔慢慢地拉长了声音说，"一个容易生气的孩子。妈妈，以后您对他千万不要再提依萨，那个依萨确实是一个暗探！"

"有什么奇怪呢？他的教父就是宪兵！"母亲说。

"涅考拉大概会打死他的！"赫罕尔心事重重地说。

"你看，我们生活中的官长们对他们的下属，养成了什么样的感情？像涅考拉这样的人，要是受到了屈辱，并且难以忍受的时候，结果会怎样呢？在空中鲜血飞溅，在地上发出肥皂一般的泡沫……"

"怕得很，昂特廖萨！"母亲低声说。

"不吃苍蝇是不会呕吐的！"一阵沉默了之后，安德烈说，"总之，妈妈，他们的每一滴血，都是人民的无数眼泪所酿成的……"

他忽然低声地，又补充了一句："这是正当的事情——但是，并不能给人什么安慰！"

有一回，是在假期，母亲从铺子里回来，她推开了房门，站在了门槛上，突然，好像被夏天的暖雨浇了一阵似的，全身涌起欢愉——房间里面，洋溢着鲍维尔那种充满了力量的声音。

"是她来了！"赫罕尔喊了一声。

母亲只见鲍维尔很快地转过身来，脸上闪烁着一种对她说来将有一个重大希望的光彩。

"终于回来了……回到家里了！"因为太意外，所以她茫然失措地说着，坐了下来。

他的脸色苍白，弯下身子倾向母亲，眼角含着小粒的明亮的泪珠，嘴唇在颤动着。他沉默了一会儿，这当口儿，母亲也是在沉默地望着他。

赫罕尔轻轻地吹着口哨，垂着头从他们身边走过，到院子里去了。

"多谢，妈！"鲍维尔声音低沉地说，一面用他抖动着的双手，握住了她的手，"谢谢了，我的亲人！"

母亲被儿子的表情和叫声感动得无所适从，她伸出手抚摸着他的头发，抑制住强烈的心跳，低声说："上帝保佑你！为什么要谢我？"

"因为你帮助了我们伟大的事业，所以谢谢你！"他说，"一个人要是能够称自己的母亲在精神上也是亲生的母亲——这是无比幸福的啊！"

她一声不响，一边用她张开了的心房，贪食一般地吞下了他的话，一边欣赏着她的儿子——他现在是如此光华、如此亲近地站在她的面前了。

"妈！我知道有许多事情伤透了您的心，让您煎熬了。我想，妈妈是不能够和我们在一起的，不能把我们的思想当作自己的思想来接受的，您只会像从前那样忍受，默默地忍受下去。我一想到这些，是很难忍受的！……"

"昂特廖萨教我懂得了许多事情！"她插嘴说。

"他刚和我谈起您了！"鲍维尔笑着说。

"伊格尔也是一样，他是我的同乡。昂特廖萨连读书写字都教我……

"妈妈有点不好意思，所以自己一个人在暗中用功，是吗？"

"他看出来了！"母亲难堪地说。因为她太高兴了，有点忐忑不安，她向鲍维尔说："叫他进来吧！他怕妨碍我们，所以特意走开了，他是没有母亲的……"

"安德烈！"推开到门洞去的门，鲍维尔喊，"你在哪儿？"

"在这儿，我想劈点柴。"

"到这儿来呀！"

他犹豫不安地走了进来，他进到厨房，关心地提醒道："得告诉涅考拉，叫他拿柴来——差不多快烧完了。妈妈，你看，鲍维尔怎么样？监牢里非但不给他吃苦，反而把这个'暴徒'养胖了……"母亲笑了。她的心胸，感到了甜蜜的紧缩——她觉得已沉醉在欢乐里。但是，这时却有一种吝啬而小心的东西在她心里唤起了一个愿望，就是想看到儿子像平时一样地平静。她心里很是舒畅，她希望这种有生以来每次体验到的特大欢喜，永远就像它刚来到世间那样生动有力地藏在她的心里。她害怕这种幸福会减退，所以尽可能迅速地要将它关在自己的心里，就像捕鸟的猎人把偶然捕到的一只珍贵的好鸟关起来一样。

"吃饭吧，鲍什！你还没有吃吧？"母亲慌忙地说。

"没有。昨天，看守告诉我今天可以出来，所以也没有吃也没有喝。"

"我回来第一个遇见的，是希索弗老头子，"鲍维尔讲述着，"他看见了我，就从街对面走过来和我打招呼。我对他说：'我是危险人物，被警察监视着，你现在和我在一起要小心点。''不要紧。'他说。关于他的外甥，你猜他是怎样问的？他说：'菲奥多尔在那里行为好吗？'于是我说：'在监牢里怎么才叫行为好呢？'他说：'就是他在牢里有没有说什么对同志们不利的话？'我和他讲，贝嘉是一个忠实而聪明的人。他摸着胡子，傲然地说：'我们希索弗一家，决不会有不肖子孙的！'"

"他是一个有智慧的老人！"赫罕尔点着头说，"我们经常跟他聊天——是个好人。贝嘉大概就会被放出来的吧？"

"我想，所有的人都会给放出来的！在他们手里，除了依萨的报告之外，什么证据也没有，而依萨又能说出些什么呢？"

母亲在屋里踱来踱去，一直望着她的儿子。

安德烈听着他说话，反背着手，立在窗子旁边。

鲍维尔在房里走着。他的胡子长得很长，一圈圈又细又黑的胡子，密密麻麻地长在两腮上，衬得他淡黑的脸色略微白了一些。

"坐吧！"母亲把滚热的食物放在桌上，朝儿子吩咐。

在吃饭的时候，安德烈讲起了列彼。他讲完之后，鲍维尔不无遗憾地说：

"假如我在家里，我是不会放他走的！他带了什么东西走？他怀着满腔的愤慨和糊里糊涂的头脑走了。"

"哦，"赫罕尔苦笑着说，"已经是四十岁的人了，并且他自己也已经跟内心的那些狗熊似的意识做过长期的斗争了——要使他改变可不容易……"

他俩又开始用母亲听不明白的话争论起来。

吃过饭后，他俩更激烈地把一些像是噼噼啪啪的冰雹似的难懂的话抛向对方。有时，他们的语句很简单。

"我们寸步不退地在我们的路上前进！"鲍维尔坚决地说。

"这样，我们在途中要遇到千万的险阻……"

母亲细心地听着他们辩论，知道了鲍维尔不太喜欢农民，而赫罕尔偏庇护他们，主张连农民也得给予教导。对安德烈所说的话，她懂得多些，而且觉得他是正确的。可是每当他对鲍维尔说了些什么话的时候，她总是竖起耳朵，屏住呼吸，等待着儿子的回答，想早点知道赫罕尔的话是否使他生气。但是他们两个，还是照样泰然自若地互相嚷着。

有时母亲她儿子："鲍什，真的是这样？"

他带着笑回答："真的是这样！"

"您呀，先生，"赫罕尔用一种亲切的挖苦的口气说，"您吃得多嚼不烂，都横在喉咙里了，你喝点水顺顺吧！"

"不要开玩笑！"鲍维尔告诫他。

"我现在的心情沉重的好像是在追悼会上！"

母亲静静地笑着，摇了摇头。

春天到了，积雪融化开来，露出了埋在下面的污泥和煤屑。泥泞一天天地更加明显起来，整个工人区好像披着肮脏的褴褛衣片。

白天，房檐上滴答着雪水，家家的灰色墙壁都疲倦地、汗涔涔地在冒烟。夜里，无数冰棱朦胧地闪着白光。太阳越来越频繁地在天空中出现了，溪水已经不断地发出潺潺的声音，向沼泽地流去。

已经着手准备庆祝"五·一"。

工厂和工人区到处都是解说五一节意义的传单，连平时不听宣传的青年，看了传单后，也说："这倒是应当举行的！"

涅考拉闷闷不乐地微笑着，喊道："时候到了！玩捉迷藏玩够了！"

贝嘉·玛切非常高兴。他的身体瘦得厉害，由于他的动作和谈话都很激动，就更像关在笼子里的云雀了。

常和他在一起的，是那个寡言、少年老成的在城里做工的雅考夫·索莫夫。因为监狱生活而毛发愈加变红了的赛蒙伊罗夫、华西里·古塞夫、蒲金、德拉古诺夫和其他几个人，主张拿起武器，但是鲍维尔、赫罕尔及索莫夫等几个人不赞同他们的意见。

伊格尔来了。他老是疲惫地流着汗水，好像连气也透不过来。

"改变现行制度的事业，是一桩伟大的事业，诸位同志，但是要使它进行得更顺利，我得去买一双新的靴子！"他指着自己脚上那双又湿又破的皮鞋说。

"我的套鞋，也破得不能修补了，我的两脚每天都泡在水里。在我们没有与旧世界公开而明确地脱离关系之前，我是不愿意搬到地心里去住的，所以我反对赛蒙伊罗夫同志的武装示威提议，我提议用一双结实的靴子，把我武装起来，我深信不疑，为了社会主义的胜利，我的提议比一场残酷的打架还要有益！"

就用这种巧妙的话，他把各国人民如何为减轻自己的生活负担而斗争的历史，讲给工人们听。

母亲愉快地听他说话。从他的讲解里面，她得出了一个奇怪的印象——最残酷最频繁地欺骗人民的、最狡猾的人民的敌人，是一些小小的、突撅着肚子的、红脸膛的小人，这些人都是没有肝肺的、残酷、贪婪而狡猾的家伙。当他们自己觉得在沙皇的统治之下苟延残喘的时候，他们就唆使劳苦大众起来反抗沙皇政权，但是，当人民起来从皇帝手里夺取了政权之后，他们又用欺瞒的手段把政权抓到自己手里，而把人民大众赶进狗窝里去。一旦人民大众和他们抗争，他们就把人民大众赶尽杀绝。

有一次，她鼓起勇气，把从他话里面所创造出来的那幅现实生活的图画，讲给他听，不好意思地微笑着请教："是这样的吗，伊格尔？"

他滴溜溜转着眼珠儿，哈哈地笑起来，两手揉着胸口，上气不接下气地喘着。

"一点也不错，妈妈！您已经抓住历史的牛角了。在这黄色的底子上面，多少还有点装饰，就是还有点刺绣，但是——这并不能改变本质！正是那些胖胖的小人，才是罪魁祸首，他们是伤害民众最毒的毒虫子！法国人民替他很好地取了一个名字，叫作'布尔乔亚'。妈妈，记住，布尔乔亚。他们吃我们的肉，吸我们的血……"

"那就是财主们吗？"母亲问。

"对！他们的不幸在这里。你想，要是在婴儿的食物里面加了些铜，那么这个孩子的骨骼就不能成长，就会变成一个矮子，同样地，假使大人中了黄金的毒，那么他的心灵立刻会变成一个小小的、僵死的、灰色的、花五个铜子就可以买到的橡皮球一样的东西……"

有一次谈到伊格尔的时候，鲍维尔说：

"你要知道，安德烈，心里有苦痛的人，最喜欢开玩笑……"

赫罕尔沉默了一会儿，眯着眼睛说：

"如果你的话是对的，那么全国的人都会笑死了……"

纳苔莎来了。

她也曾在另外一个城市里坐牢。但监牢生活并没有使她发生什么变化。

母亲看出来了，纳苔莎在的时候，赫罕尔总是比平常高兴，和别人说笑，或者拿些轻松的话挖苦人，从而博取她的欢笑。但是等她走了之后，他就忧郁地用口哨吹着无休止的曲子，迈着软绵绵的脚步，在房里走过来走过去。

萨茜卡也常常跑来，总是蹙着眉头，忙忙碌碌的。不知什么缘故，她的身体更加消瘦了。

有一次，鲍维尔送她到门洞里，没把门带上。母亲便听见了他们很快地谈着话。

"是你拿旗？"姑娘低声问。

"是我。"

"已经决定了?"

"嗯。这是我的权利。"

"又要坐牢!"

鲍维尔沉默不语。

"你不能……"她说,又立刻停住了。

"什么?"鲍维尔问。

"让给别人……"

"不!"鲍维尔高声地说。

"您想一想吧,您很有威望,大家都爱戴您!……你和那罕德卡是这儿的领袖,你们的身体自由的话,你们可以做更多的工作,你想一想!这样,你是会被充军的,到很远的地方,长时间地!"

母亲觉得,在这个姑娘的声音里面有一种熟悉的感情——忧虑和恐惧。萨茜卡的话,像大滴的冰水一样,直滴在她的心上。

"不,我已经决定了!"鲍维尔说,"无论怎样我都不放弃这件事。"

"我求你都不行?"

鲍维尔忽然很快地、用一种严肃的口气说:

"你不应当说这种话,你怎么啦?你不应当这样!"

"我是人!"她声音很低。

"是好人!"鲍维尔也是低声说,可是显得有点异样,好像是透不过气来,"是我所珍贵的人。所以……所以你不能说这种话……""再见!"姑娘说。听着她的脚步声,母亲知道她差不多像跑一般地走了,鲍维尔跟在她后面,走到院子里去。

一种沉重的、令人窒息的恐怖,包围着母亲的心。他们在说些什么,她不能理解,但是她已经觉得,不幸的事情就在前面等待着她呢。

"他想干些什么呢?"

鲍维尔和安德烈一同回来,赫罕尔摇着头说:

"嗳，依萨那个东西，怎么办他才好呢？"

"我们得忠告他，叫他停止他的阴谋！"鲍维尔皱着眉头说。

"鲍什，你打算做些什么？"母亲低着头问。

"什么时候？现在？"

"一号……五月一号？"

"噢。"鲍维尔放低了声音说，"我拿了旗开路。这样，我大概又要进监牢了。"

母亲的眼睛，感到热辣辣的，嘴里干燥得非常难受。他拿起母亲的手，抚摸着。

"这是必要的，请您理解我吧！"

"我什么都没有说呀！"她说着，慢慢地抬起头来。当她的眼睛和儿子倔强的视线相遇的时候，她又弯下了脖颈。

他放开了她的手，叹了口气，带着责备的口气说：

"妈妈不要难过，应该为我高兴——要到什么时候，母亲们才能很乐意地送自己的儿子去就义呢？"

"加油，加油！"赫罕尔插嘴说，"卷起了长衫，我们的老爷马上加鞭！"

"难道我说了什么了吗？"母亲又问，"我并不妨碍你。如果说我怜惜你——这也不过是母亲的心！……"

他从她身边走开了。母亲听见了一句激烈而尖锐的话：

"妨碍人类生活的爱……"

母亲战栗了一下，她恐怕他再说出什么使她心疼的话，所以赶紧说："不必说了，鲍什！我已经懂了，你没别的法子，为了同志们……"

"不！"他说，"我这样做——是为着自己。"

安德烈站在门口——他比门还高，好像嵌在门框里面一样站着，怪模怪样地屈着膝，把一边肩膀抵住门框，另一边肩膀和脖子以上，全伸进门里。

"您少罗嗦几句吧！先生。"他忧郁地用凸出的眼睛望着鲍维尔的脸。他的神情很像石缝里的蜥蜴。

母亲想哭一场。她不愿让儿子看见眼泪，突然喃喃自语地说："哎哟，我的天啊！我忘记了……"

这样，她走进门洞里，把头抵住墙角，任由的眼泪往下淌。她无声地哭着，倍感脆弱，仿佛和眼泪一起流出来的还有她的心血。

从没有关严的房门里，传来了低低的争论声。

"你怎么——折磨了母亲，你很得意吗？"赫罕尔质问。

"你没有说这种话的权利！"鲍维尔喊道。

"我看着你像蠢山羊一样地跳，却一声不响，那才算是你的好同志！你为什么说那些话呢？嗳？"

"'是'或者'不是'，任何时候都应当毫不含糊地说出来。"

"对母亲？"

"不论对谁！被囚禁的爱和友情，我都不要……"

"真是好样的！揩揩你的浓鼻涕！揩了之后，到萨茜卡那里也照这样说吧！这是应该和她说的……"

"我已经说了！……"

"说了？撒谎！你对她说的要亲热、要温存，我虽然没听见，但是我料得到的！在母亲面前逞什么英雄……告诉你吧，傻子，你的英雄主义是一文不值的！"

弗拉朵娃迅捷地擦了眼泪，恐怕赫罕尔会叫鲍维尔难堪，她赶快推开门，走进厨房。

她全身打着寒颤，心里充满了悲凉和恐惧，高声地搭话："噢，好冷！已经是春天了……"

她漫无目的地在厨房里移动各种东西，为的是努力扰乱房间里放低了的谈话声，所以更提高了声音说："一切都变了——人们狂热起来，天气反倒冷了。从前这个季节，早已暖和起来了，天朗气清的，太阳……"

房间里面静了下来。她立在厨房中间等待着。

"听见了吗？"赫罕尔轻轻地问，"这一点应该了解——鬼东西！这——在精神上要比你丰富……"

"你们不喝茶？"母亲用发抖的声音问。为了掩饰她的颤抖，不等他们回答又说："什么缘故呀？我觉得冷得很！"

鲍维尔慢慢地走到她的身边，低头望着她，负罪似的颤动着他的双唇，微笑着说：

"妈妈，请您原谅！"他轻轻地请求着。"我还是个孩子，我是个傻瓜……"

"你别管我。"母亲把他的头抱在自己的心口上，痛苦地说。

"什么都不要说吧！上帝保佑你，你的生活是你自己的事情！但是不要让我生气吧！做母亲的哪能不担忧呢？那是办不到的……对于任何人，我都是担忧的！你们，都是我的亲人，是珍贵的人！除我以外，还有谁来替你们担忧呢？……你在前面走，其他的人们一定能够抛弃了一切跟上来的……鲍什！"

在她心胸间，高尚而热情的思想在那儿波动，忧愁和痛苦的喜悦，使她的心灵生了翅膀，但是，她不知道说些什么才好，因为苦于口拙，所以挥着手，用她燃烧着明亮而尖锐的疼痛的眼睛，望着儿子的脸。

"好的，妈妈！我知道，您会原谅我的！"他低下头喃喃自语，带着微笑他又看了她一眼，然后不知所措又欢天喜地地转过身去，补充说："我不会忘记这件事的，一定！"

母亲推开了他，朝房间里面望了望，用和蔼恳求的口气对安德烈说：

"昂特廖萨！请你不要骂他了！你毕竟比他年纪大一点……"

赫罕尔背朝母亲站着，纹丝不动，奇怪而滑稽地低吼道："哼！我要骂他，而且还要打他！"

她慢慢地走到他身边，把手伸给他，一字一句地说："您真是个可爱的人……"

赫罕尔转过身来，像牡牛一般歪着头，两只手紧紧地捏着背在身后，从母亲身边过去，走到厨房里。从那里传来他不高兴的嘲笑似的声音：

"鲍维尔，赶快走吧，不然我咬下你的头来！我是在说笑话呢，妈妈，您别当真！我把茶炉生起来。哦，家里的炭——这么湿，真见鬼！"

他静了下来。当母亲走进厨房的时候，他坐在地上吹炭呢。

赫罕尔并未抬头看她，只是说："您别不放心，我不会碰他的！我这个人和蒸萝卜一样的软和！加上……喂，朋友，你别听——我是喜欢他的！但是，我对于他的那件背心，有点看不上眼！您看，他穿着那件新背心，得意洋洋，所以连走路也挺着肚子，什么人都被他推开；再看一看我的背心吧！这也不是很好吗？但是，为什么要推人呢？不推已经很挤的了。"

鲍维尔苦笑了一下，问道："你要唠叨到什么时候？你骂了我一顿，总该满足了吧！"赫罕尔坐在地上，将两脚摆在茶炉两边，凝视着炭火。母亲站在门口，亲切而哀愁地盯着安德烈圆圆的后脑和弯下去的长脖颈。赫罕尔把身子往后一仰，两手撑在地板上，用微微泛红了的眼睛望着他们母子二人，眨眨眼睛，然后低声说：

"你们都是好人——真的！"

鲍维尔弯下身去，捏住了他的手。

"不要拖！"安德烈低沉地说，"我会被你拖倒的。"

"有什么不好意思的呢？"母亲忧郁地说，"亲一下不好吗？紧紧地、紧紧地拥抱着……"

"好吗？"鲍维尔请求。

"当然好呀！"赫罕尔站起身来答应着。

他俩紧紧地拥抱在一起，屏着呼吸一动不动地呆了一会儿——两个身体，融成了一个燃烧着热烈友情的灵魂。

在母亲的脸颊上，流动着愉快的眼泪。她一边抹泪，一边不好意思地说：

"女人是最容易动肝肠的，悲伤也哭，欢喜了也哭！……"

赫罕尔用柔和的动作推开了鲍维尔，一边用手指抹着眼泪，一边说：

"好啦！穷开心开够了，该去受苦了！嘿！这些混账的炭，吹着，吹着，吹到眼睛里去了……"

鲍维尔低着头，朝着窗子坐下来，静静地说："这种眼泪没有什么可害羞的……"

母亲走了过去，坐在了他的身边。一种令人振奋的感情，温热而柔和地包住了她的心。她觉得悲伤，但同时又深感愉快而平静。

"我来收拾碗碟，妈妈，您坐一会儿吧！"赫罕尔一面说，一面走进房间来，"休息一下吧，让您伤心了……"

在房间里，能听见他唱歌般的声音。

"我们现在的生活真是美好啊——真正的、人的生活！"

"对啦！"望着母亲，鲍维尔赞同着。

"一切都变了样子！"她接下去说，"悲哀也不同了，欢喜也不同了……"

"就应该是这样的！"赫罕尔又说，"这是因为新的精神在成长，我亲爱的妈妈——新的精神在生活中成长着。有一个人用理性的火焰照耀着生活，一边走，一边高喊：'喂，全世界的人们，团结成一个大家庭吧！'所有的心都响应了他的号召，把它们健全的那部分结合成为一颗巨大的心，像银钟一般坚强、响亮……"

母亲紧紧地抿住了嘴唇，为了不使嘴唇打颤；牢牢地闭上了眼睛，为了不使眼泪流出来。

鲍维尔举起一只手来，好像要说些什么，但是母亲拉着他另一只手把他按了下来，并轻声说：

"不要去妨碍他！"

"知道吗？"赫罕尔站在门口说，"在人们面前还有许多的悲苦！从他们身上，还要榨出许多的鲜血。但是，所有这一切，所有的悲哀，乃至我的鲜血，跟我心里和脑里已有的东西比较起来，已经算不了什么……我已经够丰富的了，像一颗星星拥有的光芒那样地丰富——我可以忍受一切——因为，在我心里，已经有一种不论是谁，不论是什么东西，不论什么时候，都不能消减的欢喜！在这种欢喜里面，包藏着一种力量！"

他们喝着茶，一直坐到半夜。关于人生、人们和未来，讲了许多知心的话。

当母亲了解了一种思想的时候，她总是长吁一口气，从她过去的生活里面，找出一些痛苦而粗暴的东西，于是用这些像她心里的石块似的东西，来证实她所了解的思想。

在这次温暖的谈话中，消除了她的恐惧。现在，她的心情就好像有一天听她父亲说了几句严酷的话之后那样，他说：

"不要出怪相！有什么傻瓜来娶你，尽管去吧！不论哪个姑娘都要嫁人，不论哪个女人都要生孩子，不论哪个父母都要替儿女们赔眼泪的！你怎么，不是人吗？"

自从听了这些话之后，她看见自己面前是一条不可避免的、没有尽头的、在一片荒凉而黑暗的地方伸展着的小路。由于知道了非走这条小路不可，她心里充满了一种盲目的平静。现在，也是这样。只不过，感到了新的悲哀的到来，她内心好像在对什么人说：

"要拿，尽管拿了去吧！"

这使她内心的隐痛减轻了一些。这种痛苦像是一根拉紧了的琴弦，在她心中颤巍巍地弹奏着。

但是，就在她那由于预料到未来的悲哀而骚动着的灵魂深处，却存在着一线虽说不很有力，但还没有熄灭的希望：总不至于从她身上把一切都拿完，都抢光吧！总会有些剩下来的吧！

清晨，鲍维尔和安德烈刚刚出门，考尔松娃就来慌张地敲窗子，她急匆匆地喊道：

"依萨被人杀了！去看热闹吧……"

母亲哆嗦了一下，在她脑子里，像火花似的闪了一闪杀人者的名字。

"是谁？"胡乱地披上披肩，她简单地问。

"他不会坐在依萨身边等着人来抓的，打了一闷棍，就跑了！"玛丽亚回答。

她在街上说："现在又该开始搜查了，搜查凶手。你们的人昨晚都在家，总算运气——我是证人。过了半夜，我从你们门口走过，朝你们窗子里望了一眼，你们正都在桌子旁边聊天呢……"

"你怎么啦，玛丽亚？难道能怀疑是他们干的吗？"母亲吃惊地喊道。

"是谁打死他的呢？一定是你们的人！"玛丽亚确信地说。

"大家都知道，他在监视你们的举动……"

母亲站着不动，喘息着，用手按住胸口。

"你怎么了？你别怕！谁杀人谁偿命！快点走吧，不然尸首就被收拾走了……"

母亲一想到沃索西柯夫，这痛苦的念头就使她站不稳。

"嘿，真干出来了！"她怔怔地想。

离工厂的墙壁不远的地方，在那儿不久前失火烧掉了一所房子。看热闹的人们拥成一团，踏在木炭上面，把灰烬扬起来，搅起了许多灰尘，恰似一窝蜂的人们在那儿嗡嗡地吵吵着。有许多女人，还有更多的孩子，有小商小贩，酒铺里的堂倌，有警察，还有一个叫作彼特林的宪兵，他是一个高个子的老头，留着很密的银丝般的鬓发和胡须，胸前挂着许多奖章。

依萨半身躺在地上，背靠在烧焦的木头上面，没戴帽子的光头耷拉在右肩上。右手还塞在裤兜里面，左手的指头抓进松软的土层里了。

母亲朝他脸上看了一眼——依萨的一只眼睛，昏暗地望着那顶扔在无力地伸开着的两脚中间的帽子，嘴巴好像很吃惊似的半开着，茶褐色的短胡须向一旁翘着。他那长着一个尖脑袋和雀斑小脸的干瘦身子，死后缩得更加小了。

母亲透了口气，画了十字。他活着的时候，让她觉得那样讨厌，但是现在却引起她隐隐的怜悯。

"没有血！"有人低声耳语，"大概是用拳头打的……"

一个凶狠的声音喊着："谁胡说八道？把他的嘴堵上……"

宪兵身子一震，伸出两手推开了女人们，威吓地问：

"刚才是谁嚷的？嗳？"

人们被宪兵哄散了，有些人很快地逃开了，不知是谁幸灾乐祸地笑了起来。

母亲回到了家里。

"没谁可怜他！"她想。

在她眼前，像影子似的站着涅考拉宽大的身躯，他细小的眼睛冷酷地望着，右手好像受了伤似的摇晃着……

儿子和安德烈回来吃中饭的时候，她劈头就问：

"怎么样？谁都没有被抓去？——关于依萨的事？"

"没有听说！"赫罕尔回答。

她看得出来，他们两个人的心情都很沉重。

"没有人提到涅考拉吧？"母亲低声地问。

儿子用严厉的目光望着她的脸，咬字格外清晰："谁也没有说什么，大概连想也没有人想吧。他不在此处，昨天中午到河边去后还没有回来呢。我早就问过别人……"

"啊，谢天谢地！"母亲宽松地透了口气说道，"谢天谢地！"

赫罕尔朝她望了望，低下头。

"那人倒在那里，"母亲沉思地讲述着，"脸上的表情好像吃惊的样子。可怜他的人，说他好话的人，一个都没有。身体小小的，难看得很。他好像晕了过去的样子——不知被什么东西打了一下，倒下来，就那样躺在了地上……"

吃饭的时候，鲍维尔突然扔下勺子，说道：

"我真不懂！"

"什么？"赫罕尔问。

"为了果腹而宰杀牲口，这已经是可恶了。猎杀野兽或者猛兽，那是可以理解的！我可以亲自动手杀人，如果这个人对于别人变成了野兽的话。但是打死这么一个可怜的东西——怎样能忍心下手呢？"

赫罕尔耸耸肩膀，跟着说：

"他比野兽还有害。蚊子吸了我们一点点血——我们不也要打死它吗？"赫罕尔又补充了一句。

"那当然啰！但是我说的不是这个——我是说，这令人讨厌！"

"那有什么办法？"安德烈又耸着肩膀说。

"你也能打死这种家伙吗？"沉默了许久，鲍维尔沉思地问。

赫罕尔睁圆了眼睛，对他看了看，又朝母亲瞥了一眼，然后悲哀地、但却很决断地回答道：

"为了同志，为了工作，我是什么事情都可以做的！杀人也可以！哪怕杀死自己的儿子——"

"啊呀！昂特廖萨！"母亲轻轻地感叹。

他对她笑了一下，说道："没有别的办法！生活就是这样的！"

"是啊！"鲍维尔慢慢地拖长了声音。"这就是生活的本质……"

好像受到内心什么触动，安德烈突然激动起来，他站起身，两手一挥，说道：

"你们打算怎样？为了人类之间只有爱的时代早一天到来，我们现在不得不憎恶一些人。对那些妨碍生活的人，对那些为了获得自己的安乐和名位而出卖同伴的人，我们必须消灭他！假使犹大站在正直的人们路上，在那里预备出卖他们，那么，如果我不去消灭他，那我自己也变成犹大了！我没有这种权利吗？

"那些东西，我们的老板们——他们有权利拥有军队、刽子手、法院、监牢、苦役和其他一切足以保护他们平安舒适的可恶机构吗？有时候我们自己不得不拿起他们的棍棒——那有什么办法呢？——我是决不拒绝去拿的。

"他们把我们成百上千地残害——这使我有权利举起手来，在敌人头上，在一个离我最近，在我工作上最有害的敌人头上，给他一下！生活就是这样的！我是反对这种生活的，当然不喜欢这种生活。

"我知道，他们的血，是什么都创造不出来的！不会结出什么果实的……要我们的热血像暴雨般落下来，真理才能好好地生长，他们的血是腐败的，会毫无踪影地消灭掉，我知道这一点！但是，我可以自己承受罪过，要是看见，就把他们杀掉，这是应该的！不过我只是说自己的事！我的罪过，会和我一起死亡，决不会给未来留下什么污点。它不会玷污什么人，除了我以外，决不会玷污任何人！"

他在房里徘徊，一只手在自己面前挥舞着，好像在空中切什么东西，使它和自己分开似的。母亲怀着不安和悲哀的心情向他望着，在他内心有什么东西被伤害了，使他很疼痛。关于杀人的那种悲惨而可怕的念头，仍然不能使她忘怀："假使不是沃索西柯夫，那么鲍维尔的伙伴里面，是没人去干这种事的。"她想。鲍维尔垂下了头，在那里静听着安德烈的话，而安德烈还是在侃侃而谈。

"我们在这条路上走，非得克服困难约束自己不可。我们应该善于献出一切，献出全部心灵，献出生命，为了工作而死——这是很简单的！要献出更多的东西，献出对于你比生命还贵重的一切。那时候，你的最贵重的东西，你的真理，才能有力地成长起来！"

他站在房间中央，脸色苍白，微闭着眼睛，举起一只手，庄严地许下了诺言，说道：

"我知道——人们相亲相爱，每个人都成为别人面前的星光的时刻，就要到来！由于得到自由而了不起的人们，将要自由地在大地上行走。到那时候，所有的人都是真诚坦白的，任何人都没有嫉妒心，人与人之间再没有恶意。

"到那时候，不再是为生活，而是为人类服务，人的形象高高悬起，自由的人们，可以到达任何的高度！到那时候，人们是为着美，生活在真理和自由里面，谁用广大宽厚的心灵拥抱世界，谁深切地爱世界，谁就是最好的；谁是最自由的，谁就是最好的——在他们身上，才有最大的美！这样生活着的人们是伟大的……"

停了一停，他挺挺身体，用他整个胸中的音量，洪亮地说：

"所以——为了这种生活——我什么事情都敢干……"他的脸庞忽地颤抖了一下，从眼睛里面，沉痛的泪水潸然而下。

鲍维尔抬起头来，脸色煞白，他睁大了双眼，凝望着安德烈。

母亲从椅子上欠起身来，她感觉有种阴森森的不安情绪在生长着，又渐渐地逼近她。

"你怎么啦，安德烈？"鲍维尔轻轻地问。

赫罕尔摇一摇头，像弓弦一般地伸直了身子，望着母亲说："我看见的……我知道……"

母亲站起身来，很快地跑过来抓住了他的双手——安德烈想挣脱出他的右手，但是母亲把它捏得很牢，她热切地小声说：

"我的好孩子，你小心点！我亲爱的……"

"等一等！"赫罕尔低沉地说，"我告诉你们那件事是怎样发生的……"

"不必了！"她带着眼泪望着他如同耳语般地说，"不必了，昂特廖萨……"

鲍维尔热泪盈眶地望着自己的同志，慢慢地走到他跟前。他的脸色苍白，强颜欢笑缓慢而小心地说：

"母亲害怕是你干的……"

"我不怕！我不相信！即使她看见，也不会相信的！"

"等一等，"赫罕尔并不瞅他们，自顾摇晃着头，一边想挣脱出他的右手，一边说，"不是我干的，但是我当时可以劝阻他不要去干……"

"不要说了！安德烈！"鲍维尔说。

鲍维尔用自己的一只手紧握住他的一只手，把另一只手按在他的肩上，好像要制止他那高大的身躯的颤动。赫罕尔把头倾过来，朝他们断断续续地低声讲述：

"我是不愿干的，这你是知道的，鲍维尔。事情是这样的：你前脚回来，我和德拉古诺夫站在大街拐角上，这时候依萨从转弯的地方走了出来，站在旁边。他看着我们，阴险地笑着……德拉古诺夫说：'你看！那东西整夜都在监视我。我去收拾他！'他就走了——我以为他回去了……于是，依萨走到我跟前……"

赫罕尔喘了口气。

"从来没有人像他那样侮辱我，那条狗！"

母亲默默地捏着手，把他拖到桌子旁边，好不容易才使他坐到椅子上。她自己也与他肩并肩地坐下来。鲍维尔站在他们两人面前，阴郁地摸着胡子。

"那东西对我说，我们所有的人，他们都知道了，我们每个人的名字都上了宪兵的黑名单，在五月以前，全给抓了去。我没搭理他，脸上堆着笑，但是心里却气得要命。他还说，看我是个聪明的小伙子，不该走这条路，最好是……"

他停顿了一下，用左手擦了擦脸。只见他干枯的双眼，明亮地闪动了一下。

"我知道了！"鲍维尔说。

"他说，最好是遵纪守法，嗳？"

赫罕尔挥挥手，扬了扬捏紧的拳头。

"遵纪守法，该死的脑袋！"他咬牙切齿地说，"说这种话，倒不如打我一个巴掌的好！这样对我倒舒服一些，对他也许也舒服。但是，他把那种恶臭的唾沫吐在我的心上，我真是忍受不住了。"

安德烈痉挛般地从鲍维尔手里拔出自己的手来，更加低沉地用嫌恶的口气说：

"我打了他一掌，就走开了。之后，我听见背后德拉古诺夫的声音：'碰上了吧？'大概，他躲在拐角处……"

沉默了一会，赫罕尔说：

"我没有回头去看，虽然感觉到……听见了殴打的声音……我安心地走回家来了，就仿佛踩了一只癞蛤蟆似的。哪里成想，今天到厂的时候，大家都说依萨被打死了！我不敢相信，但是手上有点疼痛——活动起来有点不灵便——其实不是疼，倒像是短了一截……"

他朝手上斜看了一下，说道：

"恐怕这辈子都洗不净这个污点了……"

"只要问心无愧就好了，我的好孩子！"母亲低声劝慰。

"我不是说自己有罪——不是的！"赫罕尔断然地说，"我讨厌这种事！这对我是多余的。"

"我不了解你！"鲍维尔耸着肩膀说。 "他不是你杀的，但是，即使……

"兄弟，我明明知道在杀人而不去阻拦……"

鲍维尔肯定地说："我完全不懂……"他想了一下，又补充道，"懂是可以懂，但是那种感觉，我可不会有。"

汽笛声响了。

赫罕尔歪着头，听着那有力的吼叫声，振了振身子，说道：

"我不去上工了……"

"我也不去了。"鲍维尔应声附和。

"我去洗个澡。"赫罕尔勉强地笑着说完后，就不声不响地收拾了东西，神色黯然地大步跨了出去。

母亲用痛苦的眼光望着他的背影，对儿子说：

"鲍什，你怎么想呢？我明明知道杀人是一种罪恶，但是对谁都不怪罪。依萨很可怜，他跟洋钉一般大小。方才我看见他，回想起他曾经恐吓说，要绞死你，现在他死了，我也不恨他，也不高兴，只是觉得可怜。但是，现在连可怜都不觉得了……"她忽然停下来，想了一想，吃惊似的微笑着又说：

"哎呀，鲍什，我说的话你听见了吗？

鲍维尔大概没有听见，他低着头在屋里踱步，双眉紧蹙若有所思地说：

"这就是生活！您瞧，人们是如何地在那里敌对？心里不愿意，可是却打了！打谁呢？打那些地位低下的人。

"他比您更不幸，因为他愚蠢。警察、宪兵、暗探——这都是我们的敌人，可是他们和我们一样都是人，他们也被人家吸血，不当人看。都是一样！他们把一部分人和另一部分人对立起来，用恐怖和愚昧无知来蒙住他们的眼睛，缚住他们的手脚，压榨他们，讹诈他们，互相践踏，互相殴打。把人变成枪械，当作棍棒，当作石头，而说：'这是国家！……'"

他走近母亲的身边。

"这是犯罪的行为，妈妈！这是对几百万人类的最卑劣的杀戮，是灵魂的杀戮……懂得吗？这就是屠戮灵魂。看一看我们和他们的区别吧谁打了人，谁就感到不快，羞耻，苦痛。不快，这是主要的！

"但是他们呢？却若无其事、毫无怜悯、残忍地杀戮了千百万人，心满意足地杀戮！他们把所有的人和一切东西都压死，仅仅是为了保护金银，为了保护毫无意义的纸片，为了保护赋予他们支配权的一堆可怜的垃圾。你想想看——他们杀死人民的肉体，歪曲人民的灵魂，并不是为了保护自己，他们这样做不是为了自己本身，而是为了他们的财产。不是从内心防守自己，而是从外面……"

他握住了母亲的手，俯下身来，一边摇着她的手，一边继续说：

"如果妈妈能够了解这一切的卑劣和可耻的腐败，那么，您一定能够理解我们的真理，一定能够看到我们的真理是如何的伟大而又光辉！……"

母亲激动地站起来，心里充满了想把自己的心和儿子的心融成一团火焰的愿望。

"等一等，鲍什，等一等！"她气喘吁吁地说，"我已经感觉到——等一等吧！"

门洞里来人了，发出很响的声音。他们两个吃了一惊，你看看我，我看看你。

门被慢慢地推开了，列彼笨重地走了进来。

"啊！"他仰起头来，脸上挂着微笑，说道，"我们的福玛先生什么都喜欢，喜欢酒，喜欢面，喜欢人家向他问安！"

他身穿沾满柏油的短皮袄，脚上穿着草鞋，腰带上面塞着一双墨黑的手套，头上戴着顶毛茸茸的皮帽。

"鲍维尔，身体好吗？放出来了？好的。尼罗芙娜，日子过得怎样？"他露出一口白牙，满面笑容，他的声音比从前稍稍缓和了一点，脸上的胡子长得更加浓密了。

母亲很高兴，走近他身边，握住了他黑色的大手，闻着有益于健康的、强烈的柏油气味，说：

"啊呀！原来是你……我真高兴！"

鲍维尔望着列彼情不自禁地微笑。"好一个乡下人！"

列彼慢慢地脱了皮袄，说：

"嗳，又做乡下人了！你慢慢地变成先生了，我是向后退呀！"

他一边把那件有条纹的麻布衬衫拉直，一边走进房间来，非常认真地朝室内扫了一遍，说道：

"家什没有增加，书籍可添了不少！好，讲讲吧，近来工作怎样？"

他宽宽地叉开两腿坐了下来，把手撑在膝头上，用他黑色的眼睛好像询问般地瞪着鲍维尔，脸上浮着和善的微笑，等待回答。

"工作很顺利。"鲍维尔告诉说。

"耕了地再播种，空口讲白话没有用，收了庄稼酿些酒，喝醉了就倒下睡——是吧？"列彼打趣地说。

"您过得怎样？米哈依洛·伊凡诺维奇？"鲍维尔坐在他对面问。

"没有怎样，过得挺好。在哀格里杰耶沃住了下来，你听说过哀格里杰耶沃这个地方吗？是一个很好的村子。每年逢两次集，人口大约有两千以上——人可凶得很！因为没有地，所以都是租人家的地。土地贫瘠的很。我给一家富农当雇工——那里雇工多得像死尸上的苍蝇！熬柏油、烧木炭。工钱只有这里的四分之一多，劳累却比这大两倍，——唉，在那个富农家里，共有我们七个雇工。没关系，都是青年人，除我之外，也都是本地人，他们都认得字。有一个小伙子叫做耶贝莫，烈火般的性子，不得了！"

"您怎样，经常和他们谈话？"鲍维尔颇感兴趣。

"我的嘴没闭着，我把这儿的传单都拿去了——一共有三四张。不过，我还是用《圣经》进行宣传的时候多，因为那里面还有些东西可利用，书很厚，是官方的，教务院印的，他们总可以信得过了！"

他对鲍维尔挤了挤眼，带着微笑往下说：

"只是这些还太少。我是到你这儿拿书来了。我们来了两个人，跟我来的就是这个耶贝莫。我们是来搬柏油的，顺便到你这里转转。我想在耶贝莫没来之前能拿上书，让他知道是不必的多余的……"

母亲望着列彼。她觉得他除了脱掉西装外套之外，还脱下了一些什么东西。他已经不像从前那样威严了，眼睛也不像从前那样率直了，而是带了些狡猾的神气。

"妈妈，"鲍维尔说，"请您跑一趟，去拿些书来，那边知道给您什么样的，您只说乡下用的就行了。"

"好！"母亲说，"生好了茶炉，我就去。"

"你也干这种事了吗？尼罗芙娜？"列彼笑着问，"好。我们那边喜欢看书的人很多，是一个教员教的——大家都称赞他是一个好小伙子，虽然他是僧侣出身。离我们那七俄里路，还有一个女教员。不过，他们是不用禁书做教本的，他们都是安分守己的人——都怕惹事儿。可是我却要些最激烈的禁书，我借他们的手悄悄地散出去……警察局长或者僧侣们看见了，他们总以为是教员散的！我暂时躲在旁边见机行事！"

他很满意自己的计策，高兴地咧着嘴满脸微笑。

"啊呀，你真是！"母亲想，"看上去像只熊，却干狐狸的勾当……"

"你看怎样，"鲍维尔追问，"假使他们怀疑教员们散布禁书，叫他们坐牢呢？"

"坐就坐呗——怎么啦？"列彼问。

"散传单的是你，而不是他们！你才该去坐牢……"

"怪人！"列彼拍着膝头，苦笑一下，"谁知道是我散的呢？一个小百姓会干出这种事情来？书啊什么的，都是先生们的事，他们应当负责……"

母亲觉得鲍维尔无法理解列彼，她看见他眯着眼睛，看来是在生气。于是，她小心而委婉地说：

"米哈依洛·伊凡诺维奇是想由他来做工作，让别人来担罪名……"

"对啦！"列彼摸着胡子说，"暂时就这样干。"

"妈妈！"鲍维尔很是冷淡地喊了一声，"如果我们的伙伴中有一个人，就假定是安德烈吧，借着我的手去做了什么事情，而我却白白坐了监狱，那么妈妈你怎么想呢？"

母亲打了一个冷战，疑惑地向儿子看了看，不同意地摇着头，说道：

"难道可以这样出卖朋友吗？"

"啊哈！"列彼拖长了声音说，"我明白你什么意思了，鲍维尔！"

他嘲笑地挤了挤眼，朝母亲说：

"妈妈，这事是很微妙的。"

他用教训的口气又对鲍维尔说：

"你的想法还很幼稚，兄弟！做秘密工作——诚实是没有用的。你想想：第一，在谁身上查出了禁书，谁就被关进牢里去，而不是教员——这是一层。

"第二，教员教的虽然是检定的书籍，但是书中的实质，完全和禁书没有两样，只是字句不同，真理少些——这是二层。就是那些人，也和我们一样地在希望着同样的事情，不过他们走的是小道，我走的是大路——

在官府看来，都是一样的罪，对不对？

"第三，我和他们没有一点关系——俗语说得好，马下人不是马上人的朋友，假使受连累的是老百姓，我就不会这样干的。他们呢，一个是僧侣的儿子，另一个是地主的女儿，他们为什么要使百姓们起来——我是不明白的。

"绅士们的想法，我这个种田人是琢磨不透的！我自己做的，我当然了解，但是绅士们想干些什么，我可不知道。他们安逸地当了千年的老爷，剥我们百姓的皮，现在突然地——醒来了，让百姓也擦亮眼睛！我是不喜欢听童话的，兄弟，而这种事情，跟童话差不多。不论哪位绅士，都和我离得很远。冬天，在田野里走路，前面隐隐约约好像有个什么动物，是狼，是狐狸，或许是狗——看不清楚！离得太远！"

母亲注视着儿子。他的脸上流露出悲哀的神情。

但是，列彼的眼里，却充满了阴险的光，他自满地望着鲍维尔，兴奋地用手梳理着胡子，接着说：

"我没有工夫献殷勤。生活严酷地望着我们——在狗窝里和在羊圈里不同，各有各的叫法吧……"

"在绅士里面，"母亲想起了几个熟人，开始说道，"也有为了大家的幸福，丢了性命，或者一辈子在监牢里受罪的……"

"那些人是另一回事，对他们的态度也是另一回事！"列彼说，"农民们发了财，就升为绅士，绅士们破了产，就降为农民。袋里的钱空了，不知不觉地心眼就干净起来了。鲍维尔，你还记得，你从前教过我，人怎样生活，就怎样想，如果工人说好，老板一定说不行，工人说不行，老板按着他们的本性，一定会喊很好！这样看来，农民和绅士，在性质上也是不同的。如果农民们肚子吃饱了，绅士们在晚上就睡不稳。当然，什么人中间都有坏坯子，所以我也不同意偏向所有的农民……"

他站起身来，周身显得灰暗而有力。他的脸色阴冷，胡子发颤，好像牙齿在无声地打颤，他放低了声音，继续说：

"五年来，我进过不少工厂，对于乡下，确是生疏了！这次回到乡下，看了看，觉得那种生活，真是受不了！你能够明白吗？我受不了！你去呆呆看——天下哪有这种屈辱！在那儿，饥饿好像影子一样跟着人们，面包是捞不到手的，捞不到！饥饿吞下了人们的灵魂，连人们的面孔都毁坏了！人们不是活在那里，是在难以忍受的贫穷里腐烂着……加上周围，衙门里的老爷们，好像乌鸦似的窥伺着，看你还有剩下的一块面包没有？看见了，就抢去，还给你一个耳光子……"

列彼向周围望了望，一只手支着桌子，身体屈向鲍维尔。

"我再次看见这种生活，简直想呕吐。我看，吃不消！然而，我到最后还是战胜了自己——不行，灵魂，你想淘气啊！——我这样想。于是我留了下来。我即便不能给你吃面包，我就给你煮些粥吧！于是，我就给我的灵魂煮粥吃！我对他们感到既可怜，又可恨。这种心情，像一把小刀子似的，插在我心里搅动着。"

他的额上冒着汗，缓慢而逼人地走近鲍维尔。他把手放在鲍维尔的肩上，只见他的手在发抖。

"帮助我吧！给我一些书读读吧，要那些读了之后使人激动不安的书。应当把刺猬塞进脑壳里，浑身是刺儿的刺猬！告诉你城里的朋友们——替你们做文章的人们，叫他们给我们乡下人也写点东西吧！希望他们写出的东西能使乡村沸腾起来，使人们能去赴汤蹈火！"

他举起了一只手，一个字一个字地低沉地说：

"用死来治愈死，对啦！就是——为着使人们复活而死！为了使整个地球上无数的人民复活，死几千人也不要紧！对的。死是很容易的。只要大家能够复活，只要大家能够站起来，那就好了！"

母亲斜睨着列彼，把茶炉拿进来。

他那些沉重而有力的话，压迫着她。从他的神情之中，她感到有些与她丈夫相像的地方，她的丈夫，也是这样龇着牙，卷起袖子，指手划脚的，在他身上，也同样地充满着一种急躁的憎恶，虽然急躁，然而却是无声的憎恶。不过，列彼是说出来，而且不像丈夫那样叫人害怕。

"这是必要的！"鲍维尔点头同意了，"给我们材料吧，我们给你们印报纸……"

母亲微笑着望了望她的儿子，摇了摇头，然后默默地穿好了衣服，走出门去。

"给我们印吧！材料有的是！写得简单些，让小牛犊都看得懂！"列彼应道。

房门被推开了，有人走进来。

"这是耶贝莫！"列彼望着厨房门说，"耶贝莫，到这里来！他叫鲍维尔，就是我常和你说起的那个。"

在鲍维尔前面，站着一个身穿短外套，长着一双灰眼和亚麻色头发的宽脸青年，手里拿着帽子，皱着眉头观望鲍维尔。他身体很好，看样子很有力气。

"您好！"他沙哑地问候，并跟鲍维尔握了手，然后用手捋了捋挺直的头发。

他向屋子四围看了一遍，轻手轻脚地走到了书架旁边。

"哦，给他看见了！"列彼对鲍维尔使了个眼色，说道。

耶贝莫转过头来，向他看了看，一边翻书一边说："您这儿书真多呀！你们一定是没工夫读吧。可是在乡下，看书的时间多得很呢……"

"但是，不想看书吧？"鲍维尔问。

"为什么？想看。"年轻人擦擦手掌，答道，"老百姓也开始动起脑筋来了，《地质学》——这是什么？"

鲍维尔解释给他听了。

"这对我们没用！"年轻人将它放回书架，说道。

列彼很响地透了口气，插嘴说："乡下的人们感兴趣的，不是土地从什么地方来，而是土地是怎么样被分散到各人手里——就是说，绅士们是如何从老百姓脚下夺走了土地。地球究竟是站着不动，还是旋转不停，这都无关紧要，哪怕你用索子把它吊住——只要它给我们吃的就行，哪怕你用钉子把它钉住——只要它养活我们就行……"

"《奴隶史》，"耶贝莫又读了一遍书名，向鲍维尔问道："这是说我们的吗？"

"还有关于农奴制度的书！"鲍维尔一面说，一面把另外一本书拿给他。

耶贝莫把书接过来，翻弄了一下，放在了旁边，冷静地说："这已经是过去的事了！"

"你们自己有地吗？"鲍维尔问道。

"我们？有！我们弟兄三个，地嘛，一共四亩。都是沙地，拿来擦铜，倒是很好，可是用来种麦，可就完全不成了……"

沉默了一会儿，他又开口说：

"我已经和土地断绝关系了——土地是什么呢？又不能给我们饭吃，反而把我们的手脚都捆住了。我在外面做了四年雇工。今年秋天，该轮到兵役了。米哈依洛伯父说，别去！现在的军队都是硬派了去欺压人民的。可是，我倒想去。司杰帕·拉辛的时候和普加乔夫的时候，军队都打过人民。现在该不是这样了。你看怎样？"他凝视着鲍维尔，认真地探问。

"现在该不是这样！"鲍维尔面带笑意地回答，"但是，很难！必须知道应该怎样和兵士进行谈话，跟他们谈些什么……"

"我们学一下——就会的！"耶贝莫说。

"如果被当官的抓住，那就要枪毙的！"鲍维尔好奇地望着他说。

"那是不会客气的！"年轻人很镇静地表示同意，又开始翻起书来。

"喝茶吧！耶贝莫！我们就要走了！"列彼对他说，

年轻人答应着，又问道："革命——是暴动吗？"

安德烈走了进来，面孔蒸得通红，看上去有点闷闷不乐。他一声不响地和耶贝莫握了手，然后在列彼身旁坐下来，朝他看了看，咧着嘴笑了一笑。

"为什么这样不高兴地看人？"列彼在他膝盖上拍了一下，问道。"没什么。"赫罕尔回答。

"他也是工人？"耶贝莫望着安德烈问道。

"也是！"安德烈回答。"怎么样？"

"他是初次看见工人！"列彼替他说明着，"他说，工人是一种不同的人……"

"有什么不同？"鲍维尔问。

耶贝莫专心地看着安德烈，说道："你们的骨骼都是突出的，农民的比较圆一点……"

"农民的脚站得稳！"列彼补充说，"他们能感觉到自己脚下的土地，即使自己没有土地，他们也会感觉到：这是土地！可是工厂里的朋友们却像鸟儿：没有故乡，没有家，今天在这儿，明天就到那儿了！就是女人也不能把他捆在一个地方，他动不动就'再见，亲爱的！'再去找更好的地方，而农民老守着一个地方不动，想把自己四周布置得好一些。看，母亲来了！"

耶贝莫走到鲍维尔跟前，问道："可以借些书给我看吗？"

"拿去吧！"鲍维尔爽快地答应了。

年轻人的眼睛贪婪地燃烧起来。

他很快地说："我保证就还给你！我们有许多人常来附近运柏油，我要他们捎来还你。"

列彼早已穿好衣服，把腰带紧紧地扎好，对耶贝莫说："我们该走了！"

"好，我来读它一阵！"耶贝莫指着书籍，笑容满面地喊了一声。

他们走了之后，鲍维尔望着安德烈，很高兴地喊道："看见这些鬼吗？"

"是啊！"赫罕尔慢吞吞地说，"好像乌云一样……"

"是说米哈依洛吗？"母亲说，"好像没在工厂里干过似的，完全变成一个农民了！一个多么可怕的人！"

"可惜你不在这里！"鲍维尔对安德烈说。安德烈坐在桌子旁边，阴郁地望着自己的茶碗。

"你看一看刚才的游戏多好——你不是常常谈什么心的问题吗？看列彼多么够劲——他推翻了我，把我扼死了！我简直连反驳他都不能，他对人是那么不信任，他把他们看得那么不值钱！妈妈说得很对，这个人内心有一股可怕的力量！"

"这一点我也看出来了！"赫罕尔幽怨地说，"人民被毒害了！他们起来的时候，会把一切都挨着个推翻喽！他们只需要光秃秃的土地，所以他们要将土地弄成不毛之地，要将一切都捣毁！"

他说得很慢，显然他有些心不在焉。

母亲关切地捅了捅他。

"你清醒清醒吧，昂特廖萨！"

"等一等，妈妈，我的亲人！"赫罕尔安静而又和蔼地请求道。

他忽然兴奋起来，用手在桌子上拍了一下，开始说道："对，鲍维尔，假使老百姓造起反来，他们会把土地弄成不毛之地的！好像黑死病之后——他们会放一把火，把一切都烧光烧净，叫自己的屈辱的烙印也像烟灰一样消散……"

"接着就会阻挡我们的道路！"鲍维尔冷静地插嘴说。

"我们的任务，就是制止发生这种事情！我们的任务，鲍维尔，是要阻止它！我们最接近他们——他们信任我们，会跟着我们向前走的！"

"噢，列彼说，叫我们替他们出一种农村的报纸呢！"鲍维尔告诉他。

"这倒是必要的！"

鲍维尔微笑着说："我不曾和他辩论，觉得心里很不舒服！"

赫罕尔摸着头，镇静地说："辩论的时候多着呢！你吹你的笛子吧！脚跟站不稳的人，自然而然会跟着你跳舞的！列彼说得很对，我们的脚下是感觉不到土地的，而且也不应当感觉到，因此动摇大地的责任才会落在我们肩上。我们动一下，人们就会离开大地，动两下，就离得更远了!"

母亲笑盈盈地说:"昂特廖萨，在你眼里，一切都很简单!"

"嗳嗳，对啦!"赫罕尔应着，"简单! 和生活一样!"

过了几分钟后，他又说:"我到野外去走走!"

"刚洗了澡就出去? 外面有风，会着凉的呀!"母亲关心地警告。

"正是想去吹吹风呢!"他回答。

"当心，要感冒的!"鲍维尔亲热地说，"还是躺一会儿吧。"

"不，我一定要去!"

他穿上外套，一声不响地出了门……

"他很难过!"母亲叹了口气说。

"你知道吧，"鲍维尔朝她说，"你刚才说得很好，你和他说话时，已经称呼'你'了!"

母亲惊奇地向他望了望，回答道:

"我一点都没有注意到怎么会变成这样的! 他已经成为我的亲人了——我不知怎么说才好!"

"你的心真好，妈妈!"鲍维尔由衷地说。

"在我，不过是想替你和大家尽点力量罢了! 如果能够做到就好了!"

"不必担心，一定做得到……"

她轻声地笑起来，并说:"可是，我就是不能不担心……"

"好了，妈妈! 别说了吧!"鲍维尔说，"你要知道——我是非常、非常地感谢妈妈您的!"

她不愿意拿自己的眼泪惹他难为情，所以走进了厨房。

直到夜晚，赫罕尔才疲倦地走了回来。

"差不多走了十俄里，我想……"说完这句话，就马上躺到床上睡觉了。

"有效果了?"鲍维尔问。

"不要吵了，我要睡了!"话说完之后，便像死去似的一声不出了。

过了一会儿，沃索西柯夫跑来了，穿着又脏又破的衣服，和平时一样，满脸不悦。

"你听说没有，是谁把依萨给打死了？"他笨重地在房间里走着，对鲍维尔发问。

"没听说。"鲍维尔简练地回答。

"真有不厌恶干这种事的人！我一直就打算亲手把他干掉！这是我份内的事儿——对我最适合！"

"涅考拉，不要说这种话了！"鲍维尔和蔼地劝慰他。

"你到底是怎么回事呀？"母亲亲切地接过去说，"你的心肠很软，却偏要那样吼啊叫的。到底为什么呀？"

在这种时刻，母亲看见涅考拉觉得非常欢喜，甚至觉得他那张麻脸，也似乎比以前好看了些。

"除了做这种工作，我什么用处都没有！"涅考拉耸动着肩膀说，"我想了又想，哪里是我该去的地方呢？没有我去的地方！想和人们谈谈聊聊，可是我不会！我经历了各种各样的事情，感到了人们的一切屈辱，但是，我不能说话！我的灵魂是哑的！"

他走到鲍维尔身边，垂着头，手指在桌上捻着，用一种孩子般的口气，绝不像他平常那样，可怜巴巴地说："您给我一些繁重的工作吧，老弟！这样无聊地生活下去，我真受不了！你们大家都在工作，我呢，只是看着工作的进展站在一旁。我在搬运木材、木板。难道说我就是为了这种事情而生活的吗？快给我一些繁重的工作吧！"

鲍维尔握住了他的手，把他拉到自己的近前。

"我们一定会给你的！"

这时从帐子里发出了赫罕尔的声音：

"涅考拉，我教你排字吧，将来你做我们的排字工，行不行？"

涅考拉走到他跟前说："如果你教会了我，我送你一把小刀……"

"拿着你的小刀见鬼去吧！"赫罕尔喊着，忍不住笑了起来。

"很好的小刀呢!"涅考拉仍坚持说。

鲍维尔也忍俊不禁。

于是,沃索西柯夫站在房屋中间,问道:"你们是在笑我?"

"哦,对啦!"赫罕尔边回答边从床上跳下来,"好,咱们到郊外去逛逛,夜里的月亮好得很。去不去?"

"好吧!"鲍维尔说。

"我也去!"涅考拉说,"喂,赫罕尔,你笑的时候,我很喜欢你……"

"你答应送给我东西的时候,我很喜欢你!"赫罕尔边笑边说。

他在厨房里穿衣服的时候,母亲絮絮叨叨地对他说:"穿暖和些……"

他们三人走了之后,她隔着窗子望了望他们,然后又看看圣像,低声地说:"主啊,愿你帮助他们!"

日子箭一样一天天地飞过去了。母亲忙得连考虑五一节的工夫都没有。整天忙忙碌碌地奔走,疲倦了的她只有每晚临睡的时候才觉得心里隐隐地有点疼痛。

"但愿这一天早一点来吧……"

天亮的时候,厂里的汽笛响了,鲍维尔和安德烈草草地喝了茶,吃了面包,将许多事情托付给母亲后,就去上工了。

母亲整天像车轮上的松鼠转来转去,煮饭,煮贴传单用的紫色胶水和糨糊。有时候,有人跑来,把鲍维尔的信塞给母亲时,便把那种兴奋传染给她。

号召工人们庆祝五一节的传单,几乎每晚都贴到墙上,这些传单每日都在厂里发现,甚至在警察局的大门上也贴着。每天早上,警察们一边埋怨,一边在工人区巡视,把墙上的标语撕去,但是到了午后,那些传单又满街飞,在行人的脚下翻滚。

城里派来了暗探,他们站在街角,用目光窥探回去吃饭或者吃过饭回来的那些愉快而兴奋的工人。对于警察的束手无策,大家都觉得有趣,连上了年纪的工人都在嘲笑地议论:

"他们在干什么呀？嗯？"

到处聚集着一堆堆的人，热心地在议论那令人鼓舞的号召。

生活沸腾起来了。这一年的春天，生活对大家更有兴趣。对于所有的人，都带来了一种新的东西：对有些人，带来的是又一个令人生气的原因，他们怒骂图谋叛乱的人；对有些人带来的是模糊的希望和不安；对有些人——他们是少数——带来的是由于意识到自己是唤醒大家的力量而感到强烈的喜悦。

鲍维尔和安德烈几乎每夜都不睡觉，汽笛快要呼叫的时候，才回到家里。两个人都疲倦不堪，哑着嗓子，脸色苍白。

母亲知道他们是在沼泽地或者森林里开会。她还知道，在工人区的周围，每晚都有骑马的警察巡查，都有暗探潜入，他们捉拿或搜查个别的工人，驱散群众，有时把个别人逮捕了去。她也明白，儿子和安德烈，每晚都可能被捕，但是她反而有点希望这样——她觉得这对他们倒要好些。

依萨的被杀，很是奇怪，但没有人提起。在出事之后的两天，警察曾审问过一些有嫌疑的人，但是审问了十来个人之后，他们便失去了对这桩案件的兴趣。

玛丽亚在和母亲的谈话里流露出的意见，像和所有的人相处一样，她和这些警察处得挺好。

她说："哪里抓得到犯人？那天早上，大概有一百多人看见依萨，其中至少有九十个都会给他一家伙。这七年来，他对任何人都干过下流的勾当……"

赫罕尔明显地变了模样。他的脸瘦下去了，眼皮似乎很重很沉地盖在突出的眼球上，差不多遮住了眼睛的一半。从鼻孔到嘴角布满很细的皱纹。关于日常的事儿，他越来越顾不上谈了，但是他的感情却日渐激昂，好像陶醉了一般，并且使得大家也陶醉在狂喜里，每当他谈起未来的事情——谈起自由和理智、胜利的美好、光明的节日的时候都是如此。

当依萨的死再没人提起的时候，他又厌恶又悲哀地带着微笑说：

"他们不仅不爱惜人民大众，就连那些用来侦察我们的走狗，也是看得一钱不值！不爱惜忠实的犹大，只爱惜钱……"

"这事不要再谈了，安德烈！"鲍维尔断然地说。

母亲也低声地附加了一句："把烂木头碰一下——那就要粉碎的！"

"说得对，但是——并没有什么可高兴的！"赫罕尔忧虑地说。

他常说这句话，在他的口头上，这句话似乎带着一种特别的、全知全能的意味，同时也含有哀愁和辛辣的意味。

五月一日这天，终于到了。

跟平时一样，汽笛急促而威严地吼叫起来。

整夜都不曾睡踏实的母亲，跳下床来，生旺了前一天晚上已经预备好了的茶炉。和平常一样，她想去敲儿子和安德烈睡着的房门，但是寻思了一下，挥了挥手，就在窗外坐了下来，用手托着脸腮，好像牙痛似的。

在蔚蓝的天空中，一群白色和蔷薇色的薄云，好像被汽笛的吼叫惊吓了的鸟儿一样，飞快地漂浮着。

母亲望着云彩在想自己的心事。她的头脑觉得沉甸甸的，因为夜里失眠而充血的眼睛也觉得干燥，她心里感到出奇的安静，心脏跳动得很均匀，心里想的是一些普通平凡的事物……

"茶炉生得太早了，已经开了！今天让他们多睡一会儿吧！两个人都熬得够受了……"

初升的太阳一边快乐地嬉戏，一边往窗户里偷看。她把一只手放在阳光下面，灿烂的阳光晒在她的手上，她沉思而亲切地微笑着，用另外一只手轻轻地把阳光抚摸了一下。过了一会儿，她站起来，拿开了茶炉上的烟囱，格外小心地不弄出声响来，洗了脸，她开始祷告，拼命地画十字，无声地翕动着嘴唇。她的脸上溢着光辉，右边的那道眉毛，一会儿慢慢地推上，一会儿又突然地放下……

第二次的汽笛声比较低，不像上次那样决断，在那种粗重而潮湿的声音里面，微微有点颤动。母亲觉得，今天的汽笛，响得好像特别长。

房间里面，传来赫罕尔洪亮而清楚的声音。

"鲍维尔！听见了吗？"

他们俩不知是谁光着脚在地板上走动，又不知是谁甜甜地打了一个哈欠。

"茶炉烧好了！"母亲喊道。

"我们这就起来！"鲍维尔快乐地答话。

"太阳升起了！"赫罕尔说，"有云在天上飞！这云，今天是多余的……"

他走进厨房，头发蓬乱，样子憔悴，可是却很高兴。

"早安，妈妈！晚上睡得好吗？"

母亲走近他的身边，压低声音说：

"昂特廖萨，你可要和他并排走啊！"

"那当然！"赫罕尔在她耳边轻轻地答应，"只要我们在一起，不论到什么地方都是并排走，您放心吧！"

"你们在那儿嘀咕什么呢"？鲍维尔问。

"没有什么，鲍什！妈妈对我说，洗得干净一点，姑娘们要看咱们的！"赫罕尔一面回答着，一面走到门洞里去洗脸。

"起来，饥寒交迫的奴隶！"鲍维尔低声歌唱。

太阳越来越明亮，浮云被风吹散了。母亲正在准备喝茶的用具。她一边摇头，一边在想，这一切是多奇怪：今天早上他们两个都是非常愉快地在打趣，带着微笑，可是中午会有些什么在等待他们呢？谁也不知道。连她自己不知何故也很镇静，差不多觉得欢喜。

为了消磨等待的时间，他们喝茶喝了许久。

鲍维尔如同往常，慢慢地、很细心地用勺子调匀了杯子里的砂糖，在一块面包上面——他喜欢吃带硬皮的面包——仔细地撒了食盐。

赫罕尔老在桌下挪动他的两脚——他从来不能一下子就把两脚放得舒服——望着蒸汽反射的阳光在天花板和墙壁上跑来跑去，便讲起了他的故事。

"当我还是十来岁孩子的时候，我想用茶杯去捕捉太阳。我拿了茶杯，蹑手蹑脚地，往墙上猛力一扑！结果呢，割破了手，又被打了一顿。挨了打之后，走到院子里，看见太阳躲在水潭里，我想要用脚踩它，哪知浑身溅满了泥浆，又挨了一顿打……怎么办呢？我向太阳大声骂道：'我一点都不痛！红毛鬼！一点都不痛！'不停地朝它伸着舌头，这样，总算出了一口气。"

"你为什么骂它红毛鬼呢？"鲍维尔笑着问。

"我们对门铁匠店里，有一个红胡子红面孔的铁匠，他是一个又愉快又和气的汉子，我觉得太阳很像他……"

母亲忍不住地说："你们最好是谈谈你们怎样去干！"

"谈论已经决定了的事情，只能使事情更混乱！"赫罕尔温和地说，"妈妈，如果我们都被抓了去，涅考拉·伊凡诺维奇一定会来告诉你怎么办的。"

"那很好！"母亲叹了一口气说。

"想到街上去！"鲍维尔梦幻般地说。

"不，还是在家里等一会儿好！"安德烈制止说，"我们何必白白地让警察们眼睛疼呢？他们对你已经知道得够清楚的了！"

贝嘉·玛切跑了来，满面春风，双颊泛红。他全身都洋溢出欢喜的劲头，驱散了这等待的乏味。

"开始了！"他说，"群众出发了！大家涌到街上去了，人人的脸蛋都像斧头似的。工厂门口，沃索西柯夫、古塞夫、赛蒙伊罗夫在那里演说。大多数人都回家来了！咱们走吧，到时候了！

"我要去了！"鲍维尔坚决地说。

"看吧，"玛切预言道，"吃过午饭，全厂都要起来的！"他跑了出去。

"这个人像迎风的蜡烛似的忽起忽落地燃烧着！"母亲轻轻地说着这句话，想送儿子出去。她站起身走进厨房，穿上自己的外衣。

"妈妈，您到哪里去？"

"和你们一块去!"她说。

安德烈扯着自己的胡子,朝鲍维尔望了望。

鲍维尔迅速地整了整头发,走到她身边:

"我什么话都不和妈妈讲……妈也不要向我开口说,好吗?"

"好的,好的,愿基督保佑你们!"她说。

当她走到街上,听见外面充满了骚动的、像是在期待着什么似的嗡嗡人声的时候,当她看见各家窗口和门口聚着成堆成堆的人们,他们都用好奇的眼光望着她的儿子和安德烈的时候,她的眼里,蒙上了一层灰露似的斑点,一会儿变成透明的绿色,一会儿又变成浑浊的灰色,在她眼前晃动着。

路上有人向他们问好,在那些问好里面,含着一种特别的意味。在她耳际,可以听见那种断断续续的低声谈话:

"看,他们就是今天的首领……"

"我们不知道由谁来指挥……"

"我并没有说什么坏话呀……"

在另一处,院子里有人焦躁地喊道:

"警察把他们全抓了去,他们就完啦……"

"正在抓呢!"

女人的尖叫声,恐惧地从窗里飞到街上:"你也清醒清醒,你怎么啦,是光棍儿呀还是怎么的?"

他们走过每月靠厂里的伤害抚恤金度日、没有脚的卓西莫夫门口的时候,他从窗口伸出头来大声地喊:"巴什卡!你这流氓,干这种事情,你的饭碗保不住了!等着瞧吧!"

母亲停了脚步,打了一个寒噤。这种喊声,在她心里引起了异常的憎恶。她向那个残废者黄肿的脸瞪了一眼。他呢,一边骂人,一边把脸躲开了。于是母亲加快了脚步,赶上去,努力想不落后一步地跟在儿子后面。

鲍维尔和安德烈好像什么都没有看见,就连沿途人们的喊声,似乎也没有听见。他们从容不迫、光明磊落地走着。

正在走着的时候，有一个因谨慎清白地生活而赢得大家敬重的老人——朴实的米洛诺夫，叫住了他们。

"达尼洛·伊凡诺维奇，您今天也不去上工了？"鲍维尔问。

"我家里——女人正在生产！况且——又是这样不太平的日子！"米洛诺夫注视着他的同伴们，解释了一下，然后又低声问道，"听说你们今天要和厂长捣乱，打碎他的玻璃窗？"

"您当我们都喝醉了？"鲍维尔惊叫了一声。

"我们只不过是拿上旗子在街上走走，唱唱歌！"赫罕尔说，"请你听着我们的歌吧，歌里所说的就是我们的信念！"

"你们的信念，我早已知道了！"米洛诺夫沉思地说，"我看过传单了！嗬，尼罗芙娜！"他叫了一声，他那智慧的眼睛含着笑意朝母亲望着，"连你也去参加暴动啊？"

"哪怕在进棺材以前，能跟真理一起逛一逛也是有幸的！"

"嘿，你呀！"米洛诺夫说，"怪不得他们都说，厂里的禁书都是你带进去的！"

"谁这样说？"鲍维尔问。

"大家都这样说呗！那么，再见吧，你们自己可得多保重呀！"

母亲静静地笑了，她对于这种传闻，深感愉悦。

鲍维尔面带微笑，对母亲说："你也要坐牢的，妈妈！"

太阳高悬于东方，把它的温暖注入春天令人振奋的新鲜空气里，浮云飘得更慢了，云影渐渐稀薄，渐渐透明。这些影子在街上和屋顶上慢慢地掠过，笼罩在人们身上，好像是要给工人区来一次扫除，扫了墙上和屋顶上的灰尘，擦去了人们脸上的苦闷。街上渐渐地热闹起来了。嘈杂的人声愈来愈高，渐渐地盖住了远处传来的机器声。

许多地方，从窗子里，院子里，又向母亲的耳朵里爬来或者飞过来那些惊慌而凶狠的、沉思而愉快的语句。但是现在，母亲很想和他们辩论，向他们致谢，跟他们解释，她很想参加这一天光怪陆离的生活。

在街角后面，在狭窄的巷子里，聚集了一百多个人。从人群里面，传来了沃索西柯夫的声音。

"我们的血好像野莓子的浆汁一样，都被榨干了。"粗笨的语句，降落在群众的头上。

"不错！"几个声音一同喊出来。

"这小子在讲呢！"赫罕尔说，"好，我去帮帮他的忙！"

好像螺旋拔钻进瓶塞里，他那瘦长而灵活的身子钻进了人群中，鲍维尔拦都拦不住。接着，便传来了他那悦耳动听的声音：

"朋友们！人家说，地上有各种各样的民族，什么犹太人、德国人、什么英国人、鞑靼人，但是，我不相信这话！在地球上，只有两种人，两种不可调和的种族——富人和穷人！人们穿着各式各样的衣服，说各式各样的话，但是仔细看一下，有钱的法国人、德国人、英国人，对待劳动人民的态度是怎么样的，那么就可以看见，对工人说来，他们都是杀人的强盗，他们都该让骨头咔死！"人群里有人笑起来。"再从另一面看看吧——我们可以看见，法兰西、鞑靼、土耳其的工人，不是都和我们俄罗斯劳动人民一样地过着猪狗不如的日子吗？"

从街上来的群众渐渐地增加了，大家都是伸长了脖颈，踮起了脚尖，一声不响地，一个跟着一个地挤进巷子里来。

安德烈把声音提得更高了。

"在外国，工人已经理解了这个简单的真理，所以，在今天——在光辉灿烂的五月一日……"

"警察！"有人喊叫。

只见四个骑马的警察，挥舞着鞭子，从大街上一直朝巷子里的人群闯过来，嘴里喊着：

"散开！"

群众皱着眉头，慢慢地给马让开路。有些人爬到围墙上。

"让猪猡骑上马，它们就会神气十足地乱叫——我们是战士！"有人用洪亮的、挑战的声音喊。

只有赫罕尔一个人，站在巷子的中央，两匹马摇着头，朝他冲过来。他从容不迫地避开了——同时，母亲抓住了他的一只手，把他拖到身边，叨咕着说：

"刚才说好了和鲍什一起的，现在就独个地拿鸡蛋来碰石头！"

"对不起！"赫罕尔微笑着表示歉意。

一种不安的情绪和四肢无力的疲劳抓住了母亲。这种疲劳从内心上升到头顶，使她头晕目眩，悲哀和欢喜在心中奇怪地交替着。她只巴望着中饭的汽笛，早些呼叫起来。

穿过广场，向教堂走去。教堂四周，在围墙里，已经挤满了人，有的站着，有的坐着，这里有五百多个愉快的青年和小孩。群众在那里波动，人们不安地抬起了头，远远地朝四处张望，不耐烦地等待着。大家都感到了一种不能形容的紧张。有些人的眼神惊慌失措，有些人表现出很勇敢的样子。妇女们压低声音悄悄地嘱咐着什么。男子们懊恼地避开了她们，时时可以听见低声的咒骂。含有敌意的乱哄哄的喧闹声，笼罩着这五光十色的群众。

"米青卡！"一个女人的声音低低地颤动着，"当心你自己……"

"不要缠我了！"回答的声音。

那块儿，希索弗正在用庄严的声调，富有说服力地说着："不，我们不应小看年轻人！他们变得比我们更加聪明了，我们也更有胆量，是谁坚持反对'沼泽戈比'来着？是他们！这是我们应该记住的。他们因为那事件坐了牢——但是得到好处的是大家！"

汽笛吼了，黑色的音响吞没了一切人声。人群骤然波动了一下，坐着的站了起来，在这一瞬间，大家屏住了鼻息，竖起两耳提防着，许多人的脸都变得煞白。

"同志们！"鲍维尔用响亮而坚定的声音喊道。干燥而赤热的云雾，遮住了母亲的眼睛，她突然用一种硬朗的动作，站在儿子的后面。大家都向着鲍维尔转过身去，好像铁粉被磁石吸住了似的聚拢在他的周围。

母亲望着他的脸，她只看见他那双自豪的、勇敢的、燃烧着的眼睛。

"同志们！现在，我们要公开宣告，我们究竟是怎样的人！今天，我们要高高地举起我们的旗帜，举起理性的旗帜，真理的旗帜，自由的旗帜！"

很长的白色旗杆，在空中一划，便倾斜下来，把人群切开，隐没在人群中间。过了一会儿，在万头仰视的上空，仿佛赤鸟一般的招展开劳动人民的大旗。

鲍维尔一只手往上举起——旗杆摇了摇，这时候，几十只手，抓住了白色的旗杆，母亲的手，也夹在其中。

"劳动人民万岁！"他喊。

几百个声音，轰然地跟着呼喊起来。

"同志们，我们的党，我们精神的故乡，社会民主工党万岁！"

群众沸腾起来。了解旗子意义的人，都挤到旗子下边。

鲍维尔旁边，站着玛切、赛蒙伊罗夫和古塞夫兄弟；涅考拉歪着头，推开了两旁的人们跑过来，还有许多母亲所不认得的、眼睛里燃烧着光芒的年轻人，把她挤开……

"全世界劳动者万岁！"鲍维尔叫着。几千人的响应变成了震撼人心的音响，越来越增加了力量和愉快。

母亲抓住涅考拉和另外一个人的手，泪水似乎堵塞了胸口，但是她没有哭泣。她两脚发抖，用颤动的声音说道："亲人们……"

涅考拉的麻脸上面，布满了欢笑。他望着旗子，一只手朝着旗子伸过去，嘴里低沉地叫着，过了一会儿，他忽然用那只手搂住了母亲的头颈，吻了吻她，尔后笑了起来。

"同志们！"赫罕尔用自己温和的声音盖住了群众的嘈杂声。他像歌唱似的演讲起来。"我们今天为着新的神，为着真理和光明之神，为着理性和善良之神，向十字架的道路前进！我们离目标还很远，我们离荆冠却很近！谁不相信真理的力量，谁就没有胆量拼死地拥护真理；谁不相信自己，谁害怕受苦受难，就让他从我们身边走开吧！相信我们能够胜利的朋友，请跟我们来；看不见我们的目标的，就请他不要和我们一起走！等待着我们的只有痛苦。同志们！排起队来！自由人的节日万岁！五一节万岁！"

群众聚得更紧了。鲍维尔把旗帜一挥，顿时在空中招展开来，在阳光照耀下，它鲜红地带着微笑，一步步地向前飘扬。

旧世界打得落花流水……

贝嘉·玛切高声响亮地唱起来，几十个声音，合成了有力而柔和的波浪应和着。

粉碎那旧世界的锁链，奴隶们起来！……

母亲嘴角上含着热烈的微笑，跟在玛切后头。从他的肩上，她望见儿子和旗帜。在她周围，闪动着欢喜的脸和各种颜色的眼睛。在群众的前面，是她的儿子和安德烈。她听出了他俩的声音——安德烈柔和而润泽的声音，和儿子宽阔而低沉的声音，非常和谐地融在一起。

起来！饥寒交迫的奴隶！
起来！全世界受苦的人！

人们纷纷跑来，迎着红旗，嘴里喊着，加入到队伍里面，跟着大家一起前进，他们的喊声消失在歌声中——这首歌，平时在家里唱的时候，比唱任何一首歌声音都要低，可是在街上，它是那样平稳而坚决地流散出来，带着一种可怕的力量。在歌词里，有一种钢铁般的英雄气概，号召人们走向未来遥远的里程，而且诚实地说明了这个道路的险阻。就在这首歌伟大的、不能动摇的火焰里，熔化了痛苦的灰色残渣和习以为常的感情沉疴，对于新事物的恐惧，完全化成了灰烬……

有一张惊喜交加的脸，在母亲的身边摇动，跟着是一个颤动的、呜咽的声音，喊道：

"米加！你到哪里去？"

母亲一面走，一面劝慰她："让他去吧！——不必担心！起初我也是很害怕，现在我儿子在最前面。拿旗的那个，就是我儿子！"

"强盗！你们到哪里去？有军队扎在那儿呀！"

忽然有个瘦长的女人用她瘦干的手抓住了母亲的手，说：

"老妈妈，您听他们唱的！米加也在唱……"

"您不必担心！"母亲喃喃地说，"这是神圣的事情……你想——如果人们不为基督去赴死，根本就不会有基督！"

她的头脑中突然产生了这个思想，那个思想所包含的明白而简单的真理使她吃惊，她望了望这个紧紧抓住了她手的女人，出其不意地微笑起来，又重说了一遍：

"如果人们不为基督去赴死，根本就不会有基督的！"

希索弗走到了她的身边，脱下了帽子，挥动着它，像是给歌儿打拍子，说道："公开出动了，老太太，大家想出了这首歌，这是什么歌呢？"

> 沙皇的军队需要兵士，
> 你们将儿子送给他吧……

"他们什么都不怕！"希索弗说，"我的儿子已经在坟墓里了……"

因为心脏剧烈地跳动，母亲渐渐地落后了。人们把她挤到一旁，挨近了围墙旁边。群众的潮水，浩浩荡荡地从她的身边流过——人数众多，这使母亲觉得高兴。

起来！全世界受苦的人！……

仿佛，空中有个巨大的铜喇叭在吹奏，那种声响，唤醒了人们。在人们心里，或者唤起了战斗的准备，或者唤起了莫名的欢喜，或者唤起了对新事物的预感，或者唤起了燃烧一般的好奇；有些地方，激发起模糊的希望与战栗，有些地方，给多年来郁积着的一股恶毒的憎恨打开一条出路。所有的人，都是昂然地望着前方摇荡招展着的红旗。

"前进！"有人狂喜地喊道，"兄弟们，好极了！"

有些人，似乎感到一种不是普通言语所能表达的伟大，所以就狠狠地骂了起来。但是那种憎恨，那种奴隶的昏暗而盲目的憎恨，一旦阳光照临到它的身上，就像一条毒蛇似的，在恶毒的语言中盘绕着，发出咝咝的声音。

"邪教徒！"有人从窗子里伸出拳头来恐吓，用破锣般的嗓子喊。

有一个人的刺耳尖叫声，纠缠不休地爬进母亲的耳鼓中："反抗皇帝陛下吗？反抗沙皇陛下吗？暴动吗？"

激动的面孔从母亲面前闪过去，男人们、女人们连跳带蹦地从她身边跑过去，被歌声吸引住的群众，像一大股黑色熔岩似的向前流去。歌声用它独有的乐动的压力，冲破了前面的一切，扫清了路上的障碍。

母亲远远地望着前方的红旗，她虽然不能看清，也好像看见了她儿子的容貌神情，他青铜一般的前额，燃烧着信仰火焰的双眼。

但是，她终于落在群众的后面——落在那些预先知道了这件事的结果，所以不慌不忙地走着，用一种冷淡的好奇心观望着前面的群众中间。他们一边走，一边低声地说：

"在学校附近驻着一个连，还有一个连，驻扎在工厂旁边……"

"省长来了……"

"当真?"

"我亲眼看见的——的确来了。"

有一个人似乎很高兴地骂道:"他们究竟是怕我们的弟兄们!不论军队,还是省长。"

"我的亲人啊!"母亲的心在跳。

但是,听她周围的谈话,都是死气沉沉的,冷冰冰的。她加紧了脚步,想要离开这些人——要超过他们那缓慢而懒散的脚步,对母亲来说,还是很容易的。

突然,游行队伍的先头好像碰到了什么似的,它的身体并不停止,踉跄地后退了一步,发出不安的骚动。唱歌的声音,也跟着颤动了一下,接着,更急速更高声地响了起来。但歌声的波浪,又慢慢地低了下去,往后滚过来。声音一个个地从合唱里面退出来。然而,也有个别的声音,想尽力把歌声提到原来的高度,推动它向前:

> 起来!饥寒交迫的奴隶!
> 起来!全世界受苦的人!……

但是,这种歌声里面,已经含上了不安,已经没有了普遍的、融合为一的自信。

前面到底发生了什么事,母亲一点也看不见,也不知道。她挤着人群,快步地朝前走去,但是众人迎面又向她退来,有些人歪着头颈、皱着眉头,有些人狼狈地微笑着,还有些人嘲笑地吹着口哨。她忧愁地望着他们的脸,她的眼睛默默地对他们询问、要求、呼唤……

"同志们!"传来了鲍维尔的声音。

"军队和我们都是一样的人,他们不会打我们的。为什么要打我们呢?因为我们掌握着为大家所需要的真理吗?这种真理,他们不是也需要吗?现在,他们虽然还不知道我们的真理,但是,他们和我们站在一起,不在杀人和掠夺的旗帜下，而是在自由的旗帜下前进的日子，已经近在眼前了！为了使他们早一点理解我们的真理，我们应当前进。前进吧，弟兄们！永远地前进吧！"

鲍维尔的声音很坚决地响着，每一个字都掷地有声地回荡在空中。但是，游行的队伍，仍在继续崩溃，人们陆续向左右人家里躲避，靠着墙壁站着。此时，队伍变成了楔子的形状，鲍维尔站在楔子的尖端，在他头上，火红地飘扬着劳动大众的旗帜，散开的队伍，又像一只黑鸟，宽宽地张开了两只翅膀警戒着，随时都准备飞起，鲍维尔是那只黑鸟的嘴。

母亲看见，在街道的尽头，站着一排分不清面目但看上去一样的人，像一堵灰色的墙，挡住了通往广场的道路。他们肩上的刺刀，那些锐利的刀刃，发出了寒冷逼人的光。一阵冷气，从这堵森然不动的墙上向工人们吹来。这股冷气吹进了母亲的胸口，刺进了她的心窝。

她挤在群众里面，挤到了那些站在前面旗帜下她熟悉的和不熟悉的人们混杂在一起的地方，挤到这里，她好像有了依靠。

她的肩胛紧紧地依贴着一个身体高大没留胡子的工人身上。那人是个独眼，所以倏然扭转头来。

"你怎么啦？你是谁？"他问。

"鲍维尔·弗拉朵夫的母亲！"她一边回答，一边觉得膝盖以下在发抖，下嘴唇不自觉地松弛下来。

"同志们！"鲍维尔说，"永远向前进——我们没有第二条路！"

四周都很静，连细微的声响都能听得清楚。旗子举了起来，摇晃了一下，沉思般地在人们头上飘动，平稳地向着灰墙般站着的兵士们前进。

母亲身体发抖，闭上了眼睛，惊叫了一声——鲍维尔、安德烈、赛蒙伊罗夫，玛切，只有四个人离开了人群一直朝前走。

贝嘉·玛切的嘹亮的声音，缓缓地在空中颤动。

你们已经做了牺牲……

——两个叹息一般的粗重的低音，跟着唱起来。

这是最后的斗争……

人们用细碎的脚步踏着大地，慢慢地向前行进。

忽然，一个坚决的、下了决心的新的歌声，又唱了起来。你们为了它，已经尽可能地献出了一切……

——同志们齐声唱着。

为了自由……

"嘿……!"有人在旁边幸灾乐祸地叫喊，"唱起追悼歌来了，狗崽子!"

"揍这个家伙!"有人愤怒地喊了出来。

母亲用双手捂住了胸口，向周围望了望，看到刚才挤满了街道的群众，都犹豫地站着，迟疑不决地望着拿了旗子前进的人们。跟在他们后面的，只有几十个人，每前进一步，总有几个向两边躲开，就好像街道中间的路是烧红了的，烫疼了他们的脚。

专制将要打倒……

——在贝嘉的嘴里，歌儿发出了预言……

人民就要起来! ……

——一股强大的合唱自信而威严地跟着他唱起来。

但是，透过这整齐的歌声，可以听见轻微的话声：

"在发号令了……"

"预备！……"在他们面前，发出了一声尖厉的喊叫。

刺刀在空中划出一条弧线，倒下来，狡猾地微笑着，迎着红旗直伸过来。"开步走……"

"他们出动了！"独眼说，两手塞在衣袋里，大踏步地向路旁逃避。

母亲双眼一眨不眨地望着。兵士的灰色潮水波动起来，横着排满了整个街道，他们向前托着银光闪闪的钢齿梳子，脚步齐整地、冷酷地向前行进。她三步并作两步，走近儿子的身边，同时看见安德烈也是很快地跨到了鲍维尔前面，用自己的身体遮住他。

"并排走，同志！"鲍维尔厉声喊道。安德烈唱着，反剪双手，高仰起头颅。

鲍维尔用肩膀推了他一下，又喊道："并排走，你没有这种权利！走在前面的应当是旗帜！"

"解散！"一个矮小的军官，挥舞着雪白的军刀，尖声地喊叫。他不弯膝盖，抬起了脚，用靴底暴跳如雷地踩在地上。他那双擦得很亮的长靴映入母亲的眼帘。

在他旁边稍后一点，有一个身材高大、刚刮过脸、留着白色唇髭的人，他穿着红里子的灰色大衣，下身穿着镶有黄色丝带的宽筒军裤。他也像赫罕尔那样反剪双手，高高地竖起很浓的白色眉毛，望着鲍维尔。

母亲因为看见了太多的事情，在她脑中，有一种高声的呼喊，随着每一次呼吸都可能从喉咙里迸发出来。这呼喊使她喘不过气来，但是她两手抓住了胸口，抑制住这个呼声。

群众将她挤开，她跌跌撞撞、毫不思索，差不多是无意识地向前走去，她觉得后面的群众在渐渐地减少，对面逼过来寒冷的巨浪，使他们彼此散开了。

护着红旗的人们和灰色的行列，渐渐地接近。兵士们的面孔，可以清楚地看见了——这些面孔难看地压成一条又脏又黄的窄带子，横着排满了整条街——在窄带子上，高高低低地镶嵌着各种颜色的眼睛，在它前面，刺刀的尖端，寒光逼人。刺刀对准人们胸口，还没有碰着他们，就已经把他们一个个地剔出了队伍，他们四分五裂地败下阵来。

母亲听见了背后有逃跑的脚步声。压抑着的惊惶的声音，不断地在叫喊。

"散开，兄弟们……"

"弗拉朵夫，快跑！"

"回来，鲍维尔！"

"把旗子丢开，鲍维尔！"沃索西柯夫阴郁地说，"交给我，我把它藏起来！"

他用一只手抓住了旗杆，旗子稍稍往后倾倒了一下。

"放手！"鲍维尔喊了一声。

涅考拉好像被火烫了似的把手放开。歌声完全消散了。人们纷纷停住了脚步，紧紧地围着鲍维尔。但是，他依然排开了众人，勇往直前。

突然，一阵沉默袭来，它像是看不见地从天上降下来，立刻把人们笼罩在透明的云雾里。

红旗下面，最多不过二十个人，但他们却是坚定不移地站着——一种为他们担忧和想要对他们说些话的模糊愿望，指引着母亲朝他们靠近。

"把他们手里那个东西夺下来，中尉！"传来那个高个儿老头子的命令。

他伸出一只手，指着旗子。那个矮小的军官跑到鲍维尔跟前，伸手抓住了旗杆，尖叫道："放下！"

"把手拿开！"鲍维尔高声地威逼。

旗子忽而倾向左，忽而倒向右，红彤彤地在空中颤荡着，一会儿又笔直地竖了起来——军官被推了出来，一下子坐在地上。

涅考拉攥紧了拳头，伸直了胳膊，快得异乎寻常地从母亲面前溜过去。

"把那些东西抓起来!"老头跺着脚,大吼一声。

几个兵士跳向前去。有一个人抡了一下枪托——旗子抖了一下,就倾倒下来,隐没在灰色的兵士里面。

"啊呀!"有人忧伤地叫喊了一声。

母亲发出了野兽般的嚎叫。但是在兵士的队伍里面,她听见了鲍维尔清朗的声音。

"再见了!妈妈!再见了!亲爱的……"

"他活着呢!他记挂着我呢!"母亲的心为之震动了两下。

"再见了,我的妈妈!"安德烈喊道。

母亲踮起了脚,挥着双手,极力地想看看他们。在兵士们的脑袋之上,她望见了安德烈的圆脸——他微笑着,和母亲打招呼。

"亲爱的……昂特廖萨!……鲍什!"她叫着。

"再见了,同志们!"他们在兵士的队伍里叫嚷着。

回答他们喊声的,是许多零零乱乱的声响,这声响是从窗子里,从屋顶上,以及从上面什么地方发出来的。

有人在母亲胸口推了一下。透过遮住眼睛的云雾,她看见了她面前那个低矮的军官。他的脸通红,神情紧张,对着母亲喊道: "滚开,老太婆!"

母亲从上到下地打量他,看见了在他脚边躺着那折成两段的旗杆——在一段上面,还有一块完整的红布。她弯腰把它拾起来。

军官从她手里将旗杆夺下去,往旁边一扔,跺着脚大声喊: "叫你滚开!"

在兵士中间,忽然爆发出歌声。

起来!全世界受苦的人!……

周围一切都突然旋转、动摇和战栗起来。在空中发出了一种和电线的模糊声响相似的、粗重而惊慌的嗡嗡声。军官很快地跑了过去，暴躁地尖叫："不准他们唱，克拉衣诺夫曹长！……"

母亲摇摇晃晃地走到被他扔掉的断旗杆旁边，又把它拾了起来。

"堵住他们的嘴！……"

歌声混乱、颤动、断断续续，终于还是消失了。

有人抓住了母亲的肩膀，让她转过身去，在她背脊上推了一下，说："走，走……"

"把街道扫干净！"军官叫道。

母亲在离开自己十步左右的地方，又看见一群聚集的群众。他们在那里吼叫、嘀咕、吹口哨。然后又慢慢地从街道向后退，躲进了人家的院子里。

"走，鬼婆子！"一个年轻的留着髭胡的兵士，走到她的身边，朝着她的耳朵喊了一声，把她推到人行道上。

她拄着旗杆走着，她的两条腿直不起来，为了不至于倒下，她的另一只手扶住墙壁。在她前边，群众在往后退，在她旁边，在她后面，都是兵士们。他们边走边吼：

"走，走……"

兵士们从她身边走过，她停下脚步，朝四周看了看。在街道的尽头，稀疏地排列着一队兵士，挡住了广场的出口。广场上空无人迹。广场那边，也有一排灰色人影，正在那里慢慢地向群众逼近……

她想转回去，但是不知不觉地又向前走去，走到一条小巷子前，忽然走了进去，这是一条窄小而无人的巷子。

她重新站定，沉重地喘了口气，耸着耳朵听着。在前面什么地方，好像有喧闹的人声。

她拄着旗杆，继续一步一步地往前走。她忽然出了一身汗，动着眉毛，抖着嘴唇。在她心里，有些言语像火花似的迸发着，它们迸发着，拥挤着，点燃起执拗的、强烈地想说出它们，叫喊出来的愿望……

小巷子突然向左转了个弯。母亲转过弯后，看见密密地挤着一大堆人。不知是谁正在有力地高声说着："弟兄们，往刺刀上碰可不是好玩的……"

"他们怎样了呢？他们对着刺刀走去——站住了！我的兄弟，面不改色地站在那儿了……"

"鲍什·弗拉朵夫也是那样的！"

"赫罕尔呢？"

"反背着手在那里笑呢，这鬼……"

"亲爱的人们！"母亲挤进人群，人们很恭敬地给她让开。

有人忽然笑了："看，拿着旗子！手里拿着旗子！"

"不要出声！"另外一个人严厉地制止。

母亲宽宽展展地向左右摊开了手……

"请你们听听吧，为了基督！你们大家，都是亲人……你们大家，都是真心诚意的……你们放开胆子看看吧，方才出了些什么事呀？我们的儿子，在世界上到处寻求真理！为了大家！为了你们大家，为了你们的孩子，他们给自己选定了到十字架去的道路，去寻找光明的日子。他们希望过那真理和正义的生活……他们希望大家都有幸福。"

她的心在炸裂，胸口感到堵塞，喉咙干燥而辣热。在她内心深处，产生一些拥抱一切事物和所有人的慈爱的话，这话燃烧着她的舌头，使她更有力更自由地述说出来。

她看见，大家都在默不作声地听着；她感到，大家都紧紧地围着她，在那儿思索着。在她心里，产生了一种愿望——现在对她已经是很明白的愿望——想鼓动人们跟着她的儿子、跟着安德烈、跟着一切被兵士带去、现在成为孤单的人们向前走。

她环视周围那些皱着眉头、集中注意力的面孔，用一种温和的力量继续说：

"我们的孩子在世界上是向着快乐的生活前进的——他们是为着大家，为着基督的真理，我们那些恶毒的、欺诈的、贪婪的家伙，用来压迫我们，绑缚我们的一切东西——都是他们要反对的！我的这些亲人，就是为了全体人民而起来的年轻血肉，他们是为着全世界，为着全体工人而去的！……别离开他们，别抛弃他们，别把自己的孩子丢舍在孤单的路上。可怜我们自己吧！相信儿子们的信仰吧！他们得到了真理，为着真理而死，请你们相信他们吧！"

她的嗓音哑了，她浑身疲惫，四肢无力，身体摇晃了一下。旁边一个人，立刻扶住了她的胳膊……

"她讲的是上帝的话！"有一个人激动不已地低声惊叹，"上帝的话！善良的人们！大家快听她讲啊！"

又有一个人对她萌生怜悯，"哎呀，看她这伤心的样子哟！"

大家用责备的口气反驳他："她哪儿是伤心呀，她是在鞭打我们这些傻瓜——你要懂得！"

响亮的、颤抖的声浪，在人群之上波动不已："正教的信徒们！我的米加是一个心地纯净的人——他干了些什么呢？他跟着伙伴们去了，跟着亲爱的同伴们……那个老太太说得不错——我们怎么能抛弃自己的孩子！？难道他们对我们干了什么不好的事情？"

母亲听了这些话，忽然战栗不已，她的泪水静静地淌下来，仿佛是对这些话的回报。

"回家去吧，尼罗芙娜！回去吧！老妈妈！你辛苦了！"希索弗大声问候。

他的脸色苍白，胡须零乱地颤抖着。忽然间，他皱起了眉头，用尖刻的目光向大家看了一眼，伸展了身子，清清朗朗地说道："我儿子马特威，在工厂里压死了，这是你们都知道的。假如他现在还活着，我肯定叫他和同伴们一同去的！我一定说'马特威！你也去吧，去吧，这是对的，这是光荣的！'"

他忽然又闭上了嘴，默默不语了。大家也都陷入了忧闷的沉默中，但好像有一种清新的、并不使大家害怕的巨大的情感有力地笼罩着所有人。希索弗又举起手，在空中挥动着，他继续说："这是老年人的话——你们不会不认得我！我在这干了三十九年，今年我都五十三了！我的侄子，是个纯洁的孩子，今天又被抓了去了！他也和鲍维尔一起走在前头，就站在旗子旁边……"

他挥了挥手臂，弯下腰来，握住了母亲的手，说道："这位老太太说的是大实话。我们的孩子都希望过上合乎正义、合乎理智的生活，但是，我们却舍弃了他们——我们都逃了，逃跑了！尼罗芙娜，回去吧……"

"你们都是我的亲人！"他用哭肿了的眼睛望望大家伙，说道，"生活就是为了孩子们，所有的土地是孩子们的！"

"回去吧！尼罗芙娜！来，拿着拐杖。"希索弗把那一段旗杆交给母亲，并嘱咐着。

大家用忧郁和尊敬的目光，注视着母亲。人群中响起一阵同情的话语，仿佛是对她的送别。

希索弗沉着地把人群拦开，大家都无言地让路。有一种很茫然的吸引力，促使他们一边交谈，一边不慌不忙地跟在她身后。

到了自己家门口，母亲便转过身来，挂着那段旗杆，给大家鞠躬："谢谢你们！"

她重新想起了自己的思想——想起了似乎是在她自己心里生长出来的新的思想——她说："如果人们不是去为了他的光荣而赴死，我主耶稣基督就不会存在了……"

人们望着她，鸦雀无声。

她又向大家鞠了一躬，然后走进院子里。希索弗低着头，跟在她后面。

人们站在门口，谈论了一会。大家便缓慢地走开了。

下 篇

这一天剩下来的时间，是在一片扑朔迷离的回忆中度过的，是在无法抗拒的沉重疲劳中度过的。在她眼前，那个瘦子军官就像一个灰色的斑点似的跳跃着，鲍维尔的青铜色的脸庞放射出光芒，安德烈的眼睛里含着微笑。

她在房间里走来走去，一会儿坐在窗前，观望街上，一会儿蹙起眉毛，战栗着，四周张望着，又起身走过来走过去，仿佛在茫然地寻找什么。

她喝了水，可是仍然不解渴，不能浇灭她心里那种灼烤般地微燃着的凌辱和悲伤。

这一天被切成两半——开始那半很有内容，可是现在呢，什么都没有了。仿佛面对着一片凄凉的空虚，在她脑海里不断出现着一个难以解答的疑问。

"现在该怎么办？"

考尔松诺娃来了。她指手划脚地大说特说，时而悲泣，时而高兴，还跺着脚板，提出劝告和诺言，一会儿又在恐吓什么人。可是，这都不能打动母亲的心。

"哼！"她听见玛丽亚那刺耳的声音，"到底将大家弄得发了疯吧！厂里的工人们都起来了——全厂都起来了！"

"唔，唔！"母亲摇着头。但是，她的眼睛却呆呆地瞪着，仿佛又看到了先前与鲍维尔、安德烈游行分手那一刻的情景，她哭不出来——心受到压抑，已经干枯了，嘴唇也是皲裂干燥的，嘴里觉得火热难捱。双手颤抖，背上的皮肤也不住地在轻轻抽搐着。

傍晚时分，来了几个宪兵。

母亲不觉惊奇也不害怕地迎接他们。

他们闹哄哄地闯了进来，脸上充满得意洋洋的神情。黄脸军官龇着牙戏谑说：

"怎么样？您好吗？我们已经是第三次见面了，是吧？"

她一声没吭，只是用干燥的舌头舔着嘴唇。军官煞有介事地不停教训着，母亲觉得，他这样做，只是为了使他自己高兴。他的话，她一个字也没听进去，她只顾想自己的事。一直等他说道："老婆子，如果你没有本事教训你的孩子尊敬上帝和沙皇，就该责怪你自己……"过了一会儿她才开了口，这时她正站在门口，对他看也不看一眼地：

"是的，孩子们是我们的裁判官。他们要很公正地责备我们，因为我们在这条路上离开了他们！"

"什么？"军官大声喝问，"大声点！"

"我说孩子是我们的裁判官！"她叹着气很不耐烦地重复一遍。

军官恼怒了，叽里呱啦地不知说些什么。可是他的话，只在母亲身上回荡，并没有使她生气。

玛丽亚·考尔松诺娃也是见证人之一。她站在母亲旁边，但不敢抬眼看她。每当军官问她话的时候，她总是非常慌张地深深行礼，并用同一句话回答：

"我不知道，大人！我是没文化的女人，做小生意的，笨得很，什么都不知道……"

"好，闭嘴！"军官动着唇髭，发号施令。

她一面行礼，一面把大拇指塞在食指与中指之间——作出这个轻蔑人的动作——偷偷地对他晃一晃，轻轻地对母亲说："呐，给你！"

军官叫她搜查弗拉朵娃的身上，她把眼睛眨了又眨，又睁得圆圆的，朝军官瞟了一眼，吃惊地说："大人，这样的事我不能做！"

军官把脚一跺，大骂起来。玛丽亚只好垂下眼睑，低声央求母亲说："没办法，解开扣子吧，彼拉盖雅·尼罗芙娜……"

她仔细摸着母亲的上衣，双脸涨得通红，小声说："唉，真是混账东西，你说呢？"

"你说什么？"军官朝她所在的角落看了一眼，凶狠地逼问。

"我说的是女人家的事，大人！"玛丽亚因为害怕而含混不清地回答。

后来，他命令母亲在记录上签名。

母亲的手尽管捏不惯笔杆，但还是用印刷体写了几个粗大的字：

"工人的寡妇，彼拉盖雅·弗拉朵娃。"

"你写些什么？为什么要这样写？"军官轻蔑地歪着脸喊道。过了一会儿，又冷笑着说："没文化的家伙！"

他们走了。

母亲将双手放在胸口，站在窗前，高高抬起下颌，久久地，一动不动地，用茫然的眼光望着前方。她紧闭着嘴唇，用劲地压住颚骨，不大一会儿她就感到牙痛了。

洋灯的煤油点干了。火苗不住地发出响声，并渐渐熄灭。母亲吹灭了灯，站在黑暗中。烦恼的阴云堵在她的胸口，使她呼吸感到困难。她站了许久，眼睛和腿都觉得很疲倦。

她听见玛丽亚在窗子下面站住，用醉醺醺的声音喊道：

"彼拉盖雅！你睡了吗？真是不幸的苦命人，睡吧！"

母亲和衣躺在床上，就像行人跌入深渊一般很快陷入可怕的梦境。

她梦见沼泽地后面的一个黄色沙丘，在去城里的路上，有人在一个又一个的洼坑里挖沙。鲍维尔站在沙丘的旁边，向那些洼坑倾斜的断崖上面，用仿佛安德烈的声音轻轻地、清楚地唱着：

起来！饥寒交迫的奴隶！……

她一路走着，路过沙丘旁边时，便用手遮在额头上，眺望儿子。衬着淡蓝色的天空，他的身形显得非常清楚，轮廓格外分明。她不好意思走到他面前，因为她怀了孕。她手里还抱着一个婴儿。

她一直朝前走去。野外有许多孩子正在踢球，皮球是红色的。婴儿想挣脱她的手，到孩子们那里去，因此放声大哭起来。母亲让他含了乳头，又转过身来走回去。可是，沙丘上已有兵士们站在那里，正用刺刀对着她。她很快地朝矗立在草地中央的教堂跑过去。教堂是白色的，轻飘飘的，似乎是用云朵砌垒而成的，而且高耸人云。那里好像在举行葬礼，棺材很大，是黑色的，棺材盖紧紧地盖着。但是教士和陪祭们都穿着白色袈裟在教堂里走来走去，嘴里唱着：

基督从死里复活了……

陪祭点了香，脸上带着笑对她点一点头。他的头发是浅褐色的，样子也很快活，就好像赛蒙伊罗夫一样。上面，从拱顶射下一道道阳光，有手巾那么宽。两边唱诗席里的孩子们轻轻地唱着：

基督从死里复活了……

"抓住他们！"教士在教堂中央站住，忽然大喊了一声。他身上的袈裟不见了，脸上长出样子威风的灰白色的唇髭。大家撒腿就跑，陪祭也是丢了香炉就逃命，双手抱住了头，跟赫罕尔一样。

母亲手里的婴儿掉在地上，掉在人们的脚边，他们就绕着婴儿的身旁跑过去，害怕似的望着他赤裸裸的小身体。母亲跪倒在地上，向他们高喊道："不要丢掉孩子！将他抱起来……"

基督从死里复活了……

赫罕尔反剪双手，笑呵呵地唱着。

母亲弯下腰抱起婴儿，把她放在一辆板车上。涅考拉在车旁缓慢地跟着，哈哈大笑地说道：

"他们给了我一件困难的工作……"

路上很湿，人们从窗口伸出头来，有的人吹着口哨，有的叫喊着，挥动着手。

天气晴朗，阳光灿灿，到处都找不到一点阴影。

"唱吧！妈妈！"赫罕尔鼓励着她，"生活就是这样！"

说着他就唱起来，他的歌声压倒所有的声音。母亲跟在他的后面走着，她突然绊了一跤，迅速地跌进了一个无底的深渊，深渊对着她发出可怕的吼叫……

她吓醒了，浑身在颤抖。好像有人用着粗暴的手掌抓住她的心，又恶意地揉捏着它，轻轻地压榨它。

上工的汽笛执拗地鸣叫了。她断定这已是第二次的汽笛声了。房间里乱糟糟地堆着书籍、衣服……一切都被移动过，弄乱了，地上踩得很脏。

她站起身来，脸也不及来洗，祷告也不做，就动手收拾房间。

她走到厨房里，一眼就看见带着一条红布的旗杆。她恼羞成怒地将它拾了起来，想把它丢在暖炉下面，可是，她叹了口气，却把那破碎的红旗解了下来，又仔细叠好，藏在衣袋里，把旗杆在膝盖上折断，丢在暖炉的炉台上。然后用冷水洗窗户，擦地板，生茶炉，又穿上了外衣。

等她在厨房的窗子前坐下来的时候，心里又出现那个问题。

"现在该怎么办？"

她忽然想起了今天还没有做祷告，于是站起来走到圣像前面，站了几秒钟，重新坐下，——心里觉得十分空虚。

一切都是异常的寂静，好像昨天在街上那样大喊大叫的人们，今天都躲在家里，回想着那个不平常的日子。

忽然，她眼前浮现出年轻时看过的一幅情景：

在查乌莎依洛夫老爷家那个古老的花园里，有一个长满了睡莲的大池子。在秋天的一个灰朦的日子里，她刚好从池边走过，看见池子当中有一只小船。池水黑黑的，非常平静，小船好像是凄凉地贴在落着黄叶子的黑水上，让人感到无限的悲哀和莫名的痛苦。

母亲当时在池边站了许久，心里感到奇怪，是谁把这只小船从池边

推开的，到底为了什么？那天晚上，查乌莎依洛夫家的管家的老婆，一个老是蓬着一头黑发、步履轻盈的小个女人，在这个池子里投水自尽了。

母亲下意识地用手摸了摸脸，她的思绪抖颤着回到昨天的印象中。深深地陷入了昨天的记忆之中。直呆呆地瞅着早已冰凉的茶碗，就这样僵坐了许久。其实，在她心里燃烧着一种希望，希望看见一个聪明而质朴的人，以便向他请教许多的问题。

恰恰与她的希望相合，在午饭之后，涅考拉·伊凡诺维奇来了。可是，母亲一看到他，又突然惊醒起来。她没有来得及回答他的问候，就低声说：

"啊，您不该到这儿来！太不小心了！被人看见会把您抓去的呀。"

他紧紧地握住了母亲的手，推了推眼镜，将脸凑近母亲，很快地说：

"事先我早跟鲍维尔和安德烈说好了，如果他们被抓走，第二天我就接你到城里去住！"他亲切地解释着，随后又担心地问："到家里来搜过了？"

"来过了。到处都搜查，也搜了我的身。那些人啊，真是半点良心和廉耻都没有！"她大声回答。

"他们要廉耻干什么？"涅考拉耸了耸肩膀说道，接着向母亲说明搬进城里去住的必要性。

母亲听到这种充满关怀的亲人般的言语，脸上浮现出幸福的微笑，双眼和平地望着涅考拉；她虽然听不明白他的理由，但是却深感惊奇，自己为什么对他有这种亲近感和信任呢？"若是鲍什要这样做，"她说，"而且对您没有妨碍……"

他打断她的话，"那您没必要担心。我只单身一人，我姐姐也是偶尔才会来一趟。"

"可是，我不愿意白吃您的……"她脱口而出。

"如果您愿意，总会有工作可做的！"涅考拉宽慰地说。对母亲来说，所谓"工作"，已经和她的儿子、安德烈以友一班同志们所做工作，

— 275 —

不可分割地融合在一起了。她朝涅考拉走近一步，望着他的眼睛，问道：

"真有工作可做？"

"替我照料那小小的、单身汉的家……"

"我说的不是这个，不是家务！"她认真地轻声表明。

她很难受地叹了口气，好像他不能理解她的心愿，使她的感情受了伤害。涅考拉站起身来，那双近视眼里带着微笑，沉思地说："哦，有了！在跟鲍维尔见面的时候，您能不能想办法问问他，那些需要报纸的农民的地名……"

"那我就知道！"她很高兴地叫道。"我可以找到他们，并且照您的话把事情办好。有谁会能想到，我身上带着禁书呢？工厂里也拿进去过——感谢上帝！"

她突然真的想要背起口袋，拿着拐杖，沿着大路，经过森林和村庄，到什么地方去。

"我亲爱的，让我做这件事吧，我求你了！"她说，"为了你们，我什么地方都敢去。我可以走遍各省，不论任何地方我都可以找到的！我可以当一个巡礼的女人，不分冬夏地四处奔走，一直到死——我的命运又有什么不好呢？"

她仿佛看到自己成了一个无家可归的巡礼的女人了，站在农舍的窗下，靠着基督的名义，挨家挨户地请求布施，于是，禁不住有点悲伤起来。

涅考拉小心地握住母亲的双手，用自己的温热的手把它抚摸了一下。然后看一看表，说："这事以后再谈吧！"

"我亲爱的！"她喊着，"孩子们是我们做母亲的最宝贵的东西，是我们的心肝，他们已经献出了他们的自由和生命，毫不利己地走向牺牲，我当母亲的，怎能什么事都不管不做呢？"

涅考拉的脸色变白了。

他尊敬而又亲切地望着母亲，郑重地说："要知道，我听到这样的话，今天是第一次……"

"我能说什么呢？"她悲伤地摇着头说，随即又无力地摊开了双手，"要是我能够说明白当母亲的心，那是……"

她被她内心的力量鼓舞着，那种力量渐渐增长着——她站起身来；愤怒的言语像一股汹涌的热潮，使她的大脑异常兴奋起来。

"许多人听了都会哭的——哪怕是歹人，是没廉耻的人……"

涅考拉听着也站起来，再看一看表。

"好，就这样决定——您搬到城里我那儿去，好吗？"

她默许地点了点头。

"那什么时候搬？早点吧！"他问过之后，又温和地加了一句，"可当真啊，不然我要替您担心。"

母亲惊讶地看他一眼——他和她有什么关系？他低下了头，不好意思地微笑着，站在她的前面——驼背，近视，穿着普通的黑衣服，他身上的一切都显得和他本人有些不大相称……

"您还有钱吗？"他垂下眼睑问道。

"没有了！"

他迅速地从口袋里摸出了钱包，打开来递到她面前。

"请，请拿去……"

母亲不由自主地笑了一笑，摇着头说：

"一切都是新式的！连钱也不算什么了。人们为了钱失掉了自己的灵魂，可是您把钱看得很冷淡。您有钱好像是专门为了布施似的……"

涅考拉轻轻地笑起来。

"钱啊就是一种非常叫人不舒服、叫人讨厌的东西！不论是给或者是拿，总是让人很不舒服……"

他抓住母亲的手紧紧地握了一下。

他又要求了一遍："要早点搬吧！"

他说完之后，就像平常那样安静地走了出去。

母亲送他出门，心里想道："这样的好人，可是不知道爱惜……"

她不能理解——这是使她感到不快呢，还是只叫她觉得惊奇？

涅考拉来后的第四天，母亲搬到他家里去了。

当货车拉着她的两只箱子离开工人区来到田野的时候，她回头望了一下，突然觉得，她永远不会再看见这个地方了——她一生中最痛苦最黑暗的时代，是在这里度过；那充满崭新的欢乐、崭新的悲愁的，充满迅捷与激动的另一种生活，也是在这里开始的。

在那被煤烟熏染黑了的大地上，工厂的烟囱直入云端，就像一只极大的、暗红色的蜘蛛似的伸开了脚爪。工人们住的平房，紧挨在工厂的周围，一间间灰色扁平的小屋子，密密麻麻地挤在沼泽地的一边。那一面面矮小、阴暗的窗子，惆怅地互相对望着。跟工厂一样颜色的教堂，高出这些工人们的住房，它的钟楼比工厂那根烟囱稍低一些。

母亲叹了口气，觉得衣领太紧，勒得脖子难受，便整了整衣领。

"咻，咻!"车夫挥动着鞭子，嘴里不停地嘟哝着。

他是个瘸腿汉子，看不出到底有多大年纪，两眼无神，头发胡子都很稀少，好像褪了色似的。他左右摇动着身子，跟货车并排向前走。看得出，不管是向左走还是向右拐，对他都无所谓。

"咻，咻!"他无精打采地吆喝着。有点滑稽地拐着他的弯腿，脚上穿的长筒靴沾满了泥巴。

母亲毫无目的地朝四周围望了望。野外是和她的心间一样，空空荡荡的……

拉车的马似乎有些累了，它摇着头，在那被太阳晒暖了的厚厚的沙土上，吃力地一步步地走着。沙土轻轻地发出声音。这辆好久没有浇油的破马车发出咯吱咯吱的响声。这些声音混合起来和尘土一起飞荡在马车的后面……

涅考拉·伊凡诺维奇住在市郊的一条荒凉破败的街上，住的是一所小小的绿色侧屋，添造在一所由于古旧而显得臃肿而又昏暗的二层楼房旁边。

草木茂盛繁复的庭园，紫丁香花、槐树枝条，栽种了不长时间的银色的杨树叶子，亲切地朝三个房间的窗户窥探观望。这几间房屋里清洁安静，花木的影子投射在地板上，无声无息。靠墙摆着几排书架，上面密密地排列着各种各样的书。墙上挂着画像，画像上每个人的样子都特别严肃。

"您住在这儿行吗？"涅考拉将母亲领进一间小小的房间，向她征求意见。这间小屋，有两面窗子，一面窗子对着庭园，一面窗子对着野草丛生的院子。房间里面，靠着墙壁也摆满了书橱和书架。

"我住在厨房里就行了！"她说道，"厨房里很亮堂，又干净……"

母亲觉得，涅考拉听了她的这话之后有种怯生生的表情。他不自然地、好像很为难地劝阻母亲去厨房住。所以母亲只好答应，——他立刻就高兴起来。

所有这三个房间中，都充满了一种特殊的空气，呼吸起来，让人觉得非常轻松和舒服，可是说话的声音却不自觉地要压低下来，身在其中，决不会想大声说话，因为那样要妨碍墙壁上那些凝神沉思的人们。

"花儿应该浇些水才好！"母亲摸摸窗台上花盆里的泥土，建议说。

"对！对！"主人似乎有点不好意思地赞同。"我喜欢种花，可是没有时间服侍……"

母亲仔细地瞅着他，她能看出来，在他自己的这样安逸的家里涅考拉也是非常小心，对他周围的一切都感到生疏。他总是将脸凑近要看的东西，用右手细长的指头扶着眼镜，眯起眼睛，带着默默的疑问的神气观察着他感兴趣的东西。

有时候，他把东西拿在手里，再凑到眼前，细细地观察着辨认着，好像，他是和母亲一同刚走进这间屋子似的，跟她一样，对屋子里的一切都感到陌生而不惯。

母亲看到他这样，立刻意识到了她在这所房子里的地位。母亲跟在涅考拉后面，注意观看各样东西安放的地方，又问了他的生活习惯。他用抱歉的语气逐个回答着她，好像明明知道什么都做得不对，可又找不到别的办法。

母亲浇了花，又将胡乱堆在钢琴上面的乐谱整整齐齐地叠放好，然后望了望茶炉，说：

"应该擦一下……"

他听了后，便用指头朝昏暗无光的铜壳上摸了一下，然后将手指拿到眼前，非常认真地观察起来。

母亲看到他这个样子，禁不住要笑出声来。

躺在床上之后，她回想起了这一天的事情，做梦似的又从枕头上抬起脑袋把四周望了一遍。对她来说，这是有史以来第一次住在别人家里，但是，她却丝毫也没感到拘束。

她很关切地想着涅考拉的一举一动，感到有一种愿望，要尽自己最大可能来照顾他，使他在生活里感到亲切、温暖。涅考拉那笨手笨脚的样子，可笑的举动，与常人不同之处，以及他浅色的眼睛里闪耀着的孩子般的聪明的神情，都让她备受感动。

过了一会儿，她的思路转到了儿子身上。在她面前，又浮现了被新的声响所包裹着，被新的意义所鼓舞着的五月一日！这一天的痛苦，跟这一天本身所有的东西一样，都是特别的——这种痛苦，并不是将人打昏的拳头，把人打得脑袋耷拉到地上，而是如同无数的针刺着心灵，从内心唤起无言的愤怒，叫人把压弯了的背脊勇敢地挺直起来。

"全世界的孩子都起来了！"她的耳轮中充斥着她所不熟悉的城市夜生活的声音，头脑中出现了这个念头。一种疲惫无力的声响，从远方吹来，在庭园里把树叶弄得簌簌作响，爬进开着的窗子，又悄悄地在这间屋子里消失了。

第二天清早，她擦干净茶炉，又烧开水，轻手轻脚地拿出了碗碟杯盘，然后坐在厨房里等着涅考拉醒来。

先是听见了他的咳嗽声，过了片刻，涅考拉一手拿着眼镜，一手按着喉咙，从门口进来了。

母亲回答了他的问候，将茶炉搬到房间里。他开始洗漱，把水溅了一地，肥皂、牙刷都掉在地上，不住地哗啦哗啦地把水撩到脸上。

喝茶的时候，涅考拉对母亲说："我在地方自治局里做的那件工作，真叫人心里难受——我眼睁睁地看着我们的农民们是如何破产的……"

他带着惭愧的微笑继续说：

"人们都饿坏了，不到时候就进了坟墓，孩子们生下来就很瘦弱，好像秋天的苍蝇一般地死掉。我们什么都清楚，同时也知道这种不幸的原因，我们整天就这么眼睁睁地看着这些事情，领着薪金。老实地说，除了这个什么都不干……"

"您是个大学生？"母亲问他。

"不，我是教师。我的爸爸是维亚特卡一家工厂的经理，我最初是个教师，后来因为在乡下给农民分发书籍，所以坐了牢。出狱之后，当了书店的店员，可是因为做事不小心，又被投进了监狱，后来，又被流放到阿尔罕格尔斯克。在那里，又跟省长发生了冲突，于是把我送到了白海沿岸的乡下，我就在那里住了五年。"

他的声音平静而低沉地回响在阳光明媚的房间里。

母亲对于这一类的故事，已经听过多次，但是她总不能理解，为什么人们能这样平静地叙述自己的这种故事，将这种事情都看作是命里注定而不能更改。

"今天我姐姐要来！"他说。

"已经出嫁了吗？"

"她丈夫充军去了西伯利亚，后来从那里逃出来，两年前在外国生肺病死了。"

"她比您大多少？"

"比我大六岁。她给我的帮助很多。你可以听听，她的钢琴弹得多么好！这是她的钢琴呢……这儿的东西多半是她的。我的只是书籍……

"她住在哪儿？"

"随便什么地方都住！"他引以为豪地笑答，"什么地方需要勇敢的人，她就在什么地方。"

"也是——干这种工作的？"母亲问。

"当然！"他说。

不多一会儿，他出门上班去了。母亲却开始思想起这些人们每天执拗而镇静地干着的"这种工作"。她感到自己面对着他们，正像面对着黑夜里的一座高山。

正午时分，来了一个身穿黑衣服、身材修长而苗条的年轻太太。母亲开了门，把她让进屋。她放下一个黄色的小箱子，迅速地握住了母亲的手，问道："您是鲍维尔·米哈依洛维奇的母亲，是吗？"

"是的。"母亲看着她华贵的衣服，困惑迷惘地回答。

"跟我想象的一样！我弟弟给我写了信。说您要搬到这里来！"这位年轻太太在镜子前面摘着帽子，继续说："我和鲍维尔·米哈依洛维奇是老朋友，他常常跟我讲起您。"

她的声音有些嘶哑，话语缓慢，可是她的动作却很快，很有力度。那双灰色的大眼睛满含着微笑，显得年轻而明快，可是眼角上已经明显地有了细密的皱纹。小巧的耳朵上面好像已经有了几根白发在闪着银光。

"我想吃点东西！"她说，"要是能喝上一杯咖啡就好了……"

"我马上就煮。"母亲应着，一面从橱柜里拿出咖啡具，"鲍什真的经常讲起我吗？"

"讲得许多……"

她摸出一只小小的皮烟盒，点起一根烟抽着，在室内边走边问："您一定非常替他担心吧？"

母亲望着煮咖啡的酒精灯的青色火焰，脸上挂满了微笑。刚才在这位太太面前所感到的那种不安，现在在这种由衷的喜悦里面一下子就消失了。

"我的好孩子，真是那样地讲起你母亲！"她心里这样满意地想着，嘴上却慢慢地说道："当然，不怎么放心，可是以前更厉害呢，现在我已经知道，他不是自己一个人……"

她望着这位太太的脸庞，询问："您叫什么名字？"

"瑟蓓娅！"她说。

母亲用敏锐的目光打量着她。不难发现，在这个女人身上，有一种豪放的、过分敏捷和急躁不宁的神情。

她大口地喝着咖啡，颇有把握地说："最要紧的，是不让他们长期被关在监牢里，要让他们的案子尽快地判决出来，只要一判了充军，我们马上就设法帮助鲍维尔·米哈依洛维奇逃出来——在这里，他是必不可缺的人。"

母亲将信将疑地望着瑟蓓娅。瑟蓓娅朝四周打量了一下，看看什么地方可以扔烟头，最后将它插在花盆里的泥土上。

"这样花会干死的。"母亲不自觉地说。

"对不起！"瑟蓓娅说，"涅考拉也总是这样对我说。"她从花盆里取出烟头儿，将它扔出窗外。

母亲不安地看着她，尴尬地说："抱歉！我是顺口说的。我哪里能指责您呢！"

"既然我这样随便，为什么不能指责我呢？"瑟蓓娅耸了耸肩膀，关心地问，"咖啡给煮好了，应多谢您！为什么杯子只有一只？您不喝？"

忽然地，她把两手搭在母亲的肩膀上，将她拉近自己身边，凝视着她，用一种惊奇的口气问道："难道您还要客气吗？"

母亲笑了笑，说道："刚才不是连烟头的事情都说了吗？这不能叫客气吧？"母亲毫不遮掩自己的吃惊与不安，就像询问家常一般地说："我昨天才来，可是好像住在自己的家里一样，一点也不生疏，想要说什么话，就都说出来了……"

"这样才好呢！"瑟蓓娅高兴地说。

"我的脑袋里很乱，好像我自己都认不清楚了，"母亲接着说道，"从前啊，想对一个人说句真心话，总是要左看右看他的脸色地看清楚，可是现在呢，总是直直快快地说出来，那些以前不敢说的话，开口就出来了……"

瑟蓓娅又抽起了烟，她亲切地，含情脉脉地用她灰色的眼睛望着母亲。

"您是说要设法让鲍什逃走吗？那么，他成了一个逃亡者，叫他怎样生活呢？"母亲提出了这个让她不安的问题。

"那不妨事的！"瑟蓓娅又给自己倒了些咖啡，回答母亲："就像其他许多逃亡者一样地生活啊……我刚才接了一个人，把他送到了另一个地方，他也是个非常重要的人，判了五年的流刑，可是只住了三个半月……"

母亲专注地望着她，笑了一笑，摇着头低声说："那一天，五一那一天，把我弄糊涂了！我觉得有点不自在，好像同时走着两条路：有时候呢，好像什么都明白，可有时候又忽地一下子像掉在云雾里面。现在，我看到了你，像您这样的夫人，也干着这样的事情……您认识鲍什，又是那样看重他，我觉得应该向您道谢才是呢。…"

"要向你道谢才对呢！"瑟蓓娅友好地笑起来。

"什么？向我？可不是我教育的他！"母亲叹了口气推辞说。

瑟蓓娅把烟头放在茶盘上面，猛然地摇了摇头，金色的头发散了下来，一缕缕地披在肩背上。

"好，现在我该把这一身豪华的衣服脱下来啦！"说完这句话，她就走开了。

傍晚时分涅考拉才回来。他们三人一同吃饭。吃饭的时候，瑟蓓娅一面微笑着一面讲述她是怎样去接那位从流刑中逃出来的朋友，又是怎样把他藏起来，怎样地提心吊胆，害怕遇见的人都是侦探，以及那个人的态度是多么滑稽等等。她的口气让母亲觉得她好像是一个工人很圆满地完成了一件困难工作，对自己深感得意地在那里夸耀着。

瑟蓓娅这时候已经换上了一件铁青色的宽大衣服。穿着这件衣服，显得她个子更高了，动作也好像安闲舒缓，眼睛仿佛变成了黑色的。

"瑟蓓娅！"吃完了饭，涅考拉说，"你又有新的工作了。你知道，我们曾经计划着把报纸送给农民，可是因为这次的被捕，跟那边的联系失去了。现在，只有彼拉盖雅·尼罗芙娜能够指示我们，该怎样找到负责在农村里散发报纸的人，你和她一起去一趟吧，应该尽量早些去。"

"好！"瑟蓓娅吸着烟回答，"彼拉盖雅·尼罗芙娜，我们这就去吗？"

"当然就去……"

"很远吗？"

"大约有八十俄里……"

"好极了！可是，现在我要弹一会儿钢琴。彼拉盖雅·尼罗芙娜！稍微来一点音乐不会妨碍您吗？"

"啊，您不必问我，您只当我不在这里就是了！"母亲坐在沙发的一端，说明自己的意思。她能看出来，他们姐弟俩好像不再对她注意了，可是，她不知不觉地被他们吸引住了，而且禁不住要参加他们的谈话。

"哦，涅考拉，你听！这是格利格的曲子，我今天取来的……你把窗子关上。"

她翻开乐谱，用左手轻轻地按着键盘。琴弦发出了低沉的、和谐的声音。本音之外，好像深深地叹息了一声似的，又添加了一种丰满的声响。从她的右手下发出了一阵异常清丽的抖音，好像是飞出一群惊慌的小鸟在那低音的深暗背景上拍打着翅膀，跳跃不已。

最初，这种声音没有打动母亲的心。她在这种响声里，只听到一片杂乱无章的音响。她的耳朵听不出那复杂和弦里的旋律。她只是半睡半醒地望着盘腿坐在宽大的沙发的另一端的涅考拉，注视着瑟蓓娅严整的侧影，以及她满头浓密的金发。

阳光温暖地照在瑟蓓娅的头上和肩上，不多时候就移上键盘，拥抱她的手指，在她的手指上跳动着。音乐渐渐地充盈了室内，不知不觉地唤醒了母亲的心。

不知什么缘故，在母亲心中，从过去的回忆的黑暗洼坑里面，浮现出了一件早已忘记了的，可是现在已经让人痛苦的、历历在目的过去了的屈辱。

有一次，她丈夫深夜回家，喝得醉醺醺的，一把就抓住了她的手，将她拖下床来，抬腿就朝她的腰眼踢了一脚，骂道："滚出去！贱货！老子已经讨厌你了！"

她恐怕挨打，飞快地抱起两岁的孩子，跪在地上，用自己的身子护住孩子的身体。

孩子光着身子，这一闹就把他吓哭了，温热的身子在她怀里打颤。

"滚蛋！"米哈依尔吼着。

她站起身来，逃进厨房里，披了一件上衣，又用围巾裹了孩子，默不作声，既不叫喊也不抱怨。就那样，衬衣外只披着件上衣，光着脚跑到街上。

那是五月，夜里还很凉。街上冷冷的土粒粘在她脚心上，粘在脚趾间。孩子不知怎么回事，又是哭又是闹腾。她解开衣服，把孩子紧紧搂在胸口前。就那样，被恐怖驱使着，在街上走来走去，她嘴里低声哼着催眠曲：

"喔——喔——喔……喔——喔——喔……"

天快要亮了，她心里害羞而担忧，生怕有人出来看见她这么狼狈地半露着身体。她走到沼泽附近，在那长满小白杨的地上坐着。就这样大睁着双眼呆呆地望着黑暗，在夜色的包围中坐了很久。她胆怯地唱着，用歌声抚慰着睡着的孩子和自己深受屈辱的心……

"喔——喔——喔……喔——喔——喔……喔——喔——喔……"

　　就在那儿坐着的时候，有那么一眨眼的工夫，一只黑色的鸟儿静悄悄地在她头上掠过，直飞向远处，——这只飞鸟唤醒了她，叫她站起身来。她冷得全身发抖，走回家去，准备去接受已经习惯了的殴打、辱骂和恐吓。

　　冷冰冰的、低沉的和音最后叹息了一次，接下来，就又岑寂无声。

　　瑟蓓娅转过头来，低声问弟弟：

　　"你喜欢吗?"

　　"非常喜欢!"他像大梦初醒似的，颤动了一下，"非常喜欢……"

　　在母亲的心里，往事的回忆仍在歌唱着，波动着。可是从旁边不知哪儿忽然发出了另外一种想法：

　　"你看看，人们和和气气地、安静泰然地生活着! 不吵架，不喝酒，也不为了一块面包争抢……和那些在黑暗中生活着的人们完全两样……"

　　瑟蓓娅吸着烟，她吸得很多，几乎是在一根接一根地吸着。

　　"这个曲子是死了的阿斯嘉最喜欢的，"她急迫地吐了一口烟雾，说完之后，又重新手抚琴键，弹奏出柔弱而悲切的和音，"从前，我是多么喜欢给他弹琴。他真是个多情善感的人，对什么人都同情，对什么人都充满……"

　　"她一定是在追念她的丈夫……"母亲觉察出来了，"哦，她还带着微笑……"

　　"他给了我无限的幸福，"瑟蓓娅轻声地说着，好像是在用轻快的琴声给她伴奏，"他是多么懂得生活呀……"

　　"是啊!"涅考拉摸着胡须，应着姐姐，"他的心地真好! ……"

　　瑟蓓娅丢下刚点起来的香烟，扭过身来对母亲说：

　　"这种嘈杂的声音没妨碍您吧?"

　　母亲黯然回答：

　　"您不必问我，我什么都不懂。我坐在这儿一边听着，一边想心事呢……"

"不，您绝对能够听懂的。"瑟蓓娅说，"凡是女人，没有不懂音乐的，尤其是在她悲伤的时候……"

她用力地按着琴键，于是，钢琴发出了一声很高的呼声，恰似一个人听到了有关自身不幸的消息似的——这消息震动了他的心，引起了这种令人警醒的惊心动魄的声音。一阵活泼的旋律，仿佛吃惊似的颤动起来，又惶惑地匆匆消失；接着又发出一声愤怒的高叫，把其余的音响都压下去。一定是发生了一件很不幸的事情，可是，这不幸的事情所引起的并不是怨诉，而是愤怒。后来，终于出现了一个亲切而有力的人，他唱起一首单纯而美丽的歌，似乎在劝说大家，叫大家都跟着他走。

母亲心里充满了想要对这些人说些好话的希望。她完全陶醉在音乐里，脸上生动地浮现出微笑，由衷地相信自己可以替他们姐弟二人做一件他们需要的事。

她用眼睛寻找一下需要做的工作，然后悄悄地走到厨房里，准备茶炊。

可是，她内心的这种希望还是不能完全消去。她倒着茶，不好意思地笑着说着，她的心好像被自己那些温暖的话所爱抚着，而这些亲切的话有一半是给他们姐弟俩听的。

"我们这些吃苦受难的人，其实，样样都能感觉得出来，可就是不会用话说明白。懂是懂了，可是，嘴笨得很，这是让人惭愧的。我们常常因为惭愧——对自己的念头生起气来。生活真是从四面八方鞭笞着你，你想要休息一下，可是就是这种念头不让你休息。"

涅考拉一边听着母亲说，一边静静地擦他的眼镜。瑟蓓娅忘记去吸那根即将烧完的烟卷了，只顾圆睁着大眼，凝视着母亲的脸庞。她侧身坐在钢琴前，不时地用她右手那细长的手指轻轻地按着琴键。这种轻美的谐音，小心地跟母亲由衷而发的真诚言语汇合在一起。

"我现在对有关自己和人们的事，好歹都能够说一些了，因为——因为我现在渐渐明白，能够做比较了。从前啊，虽说是生活着，可是一点比较都没有。我们的生活，家家户户都是一样的。现在，我看到别人的生活，想起自己过去的生活，觉得十分伤心，十分难受！"

她压低声音，继续说道："也许，我的话有些说得不对，有些不必说，因为这些话是你们都知道的……"

她的声音里仿佛浸着泪水，而她的眼睛里却含着微笑。她望着他俩，接着说道：

"我想把我心里的话都对你们说出来，好让你们知道，我是多么地希望你们好啊！"

"我们知道！"涅考拉低声表白。

母亲仍然觉得没有尽兴，又对他们讲起了她认为的非常新鲜、非常重要的事情。当她讲到自己充满屈辱的生活和她甘心忍受的痛苦的时候，她嘴边挂着惋惜的微笑，丝毫也没有抱怨和嫉恨。尤其是讲到过去灰色悲惨的日子，列举被丈夫殴打的情形时，她竟然是心平气和的。只是屡遭打骂的原因之小，着实令她吃惊，自己每每不能避免遭这种打骂，又使她感到奇怪……

他俩默默地听她讲述着，被这个平凡人的平凡故事深深感动了，因为故事虽然平凡，但其中所包含的意味却是深长的。大家都把这个人看作牲畜，而这个人自己也是沉默不响，长久地把自己看作牲畜。好像千千万万个人的生活都借她的口说了出来；她全部的生活是平凡而又简单，因此她的故事有着象征意义。

涅考拉把臂肘支撑在桌上，用手托住了头，身体一点不动，紧张地眯着眼睛，透过镜片盯着母亲的双脸。瑟蓓娅靠在椅背上，偶尔颤动一下，同情地摇摇头。她的脸仿佛变得更清瘦、更苍白了，整个过程中，她没有吸烟。

"有一次，我觉得我是一个不幸的女人，好像我的一生是在害着热病。"瑟蓓娅垂着头低声说，"那时是在流放中，住在一个小小的县城里，整天没有事情可做，心里也老是琢磨关于自己的事情。我将自己的一切不幸堆积起来，由于无事可做，便想着要权衡一下它的重量。这些不幸是：和亲爱的父亲争执，因为被学校开除而感到受辱，监牢，亲密同志的叛变，丈夫的被捕，重新入狱，流刑，丈夫的死。那时候，我以为我是一个最不幸的女人。可是，将我的不幸再加十倍——彼拉盖雅·尼罗芙娜呀，还是抵不上您一个月生活中的痛苦……那是长年的持续的折磨啊！人们到底是从哪里得到的力量，能够忍受这无边的痛苦呢？"

"他们习惯了！"弗拉朵娃叹了口气回答她。

"我从前以为，我是懂得这种生活的。"涅考拉若有所思地说，"可是，现在听到的这些，和书里写的、或是跟自己支离片断的印象都不相同，这是从身受迫害的人经历中亲耳听到的——这真是可怕的事情！琐碎零乱的事情是可怕的，微不足道的事情是可怕的，堆积成年成月的每一瞬间也是……"

三个人的谈话不停地进行下去，面面俱到地介绍并理解着悲惨的生活。母亲深深陷入回忆之中，从朦胧模糊的过去，取出每天每日所受到的屈辱与痛苦，构成了两幅沉重的、充满无法言表的恐怖的画面——她的青春就是在那无言的恐惧中度过的。最后她说：

"啊，说得太多了，你们该休息了。这些话是永远也讲不完的……"

姐弟俩听了她的话后，便默默地站起来跟她道晚安。母亲能感觉出来，涅考拉鞠躬的时候比以前更恭敬了，握手也比以前更热情了，瑟蓓娅将她送到卧室门口，站在门口轻声说："请休息吧，祝您晚安！"她的声音里充满着温情，灰色的双眼柔美动人。亲切异常地看着母亲的脸……

母亲把瑟蓓娅的手紧紧地握在自己的手掌里，无限感激地说："谢谢您了！"

几天之后。母亲和瑟蓓娅穿上了穷市民的家常衣服，来到涅考拉面前。涅考拉看到：她们两人都穿了破旧的印花布长衣，外面加了一件短袄，肩上背了口袋，手里拿着拐杖。这种打扮使瑟蓓娅显得矮了一点，那张苍白的脸显得格外严峻起来。涅考拉和姐姐道别的时候，紧紧地和她握住手。在这个时候，母亲又一次地发现了他们之间的那种镇静而单纯的关系。这些人不接吻，也不说爱抚的话，可是他们之间的关系却是十分真挚的和关切的。她从前所接触和熟悉的那些人们，虽然常常接吻，常说爱抚的话，可是他们经常像饿狗一般打架撕咬。

她俩默默地穿过城里的大街小巷，来到了郊外。两人肩并肩地，沿着那条两旁长着老白桦的大路一直往前走去。

"您累不累？"母亲问瑟蓓娅。

瑟蓓娅高兴地、好像夸耀小时候淘气的事情，开始向母亲讲述她的革命工作。

她经常拿了假护照，借用别人的名字，有时候化了装逃避暗探的注意，有时候将好几普特的禁书送到各个城市，帮助流放的同志逃走，将他们送到外国。

她家里曾经设立过秘密的印刷所。当宪兵发觉了要来搜查的时候，她一刹那间化装成女仆，在门口迎接客人，然后就溜走了。她外套也不穿，头上包着薄薄的头巾，手里提着盛煤油的洋铁壶，冒着严寒从城市的一端走到另一端。

有一次，她到一个陌生的城市去看朋友，当她已经踏上寓所的楼梯时，她发觉朋友家正被搜查。这时候要退回去已经来不及了，于是她放大胆儿，机智地按响了住在她朋友下面那家人的门铃，然后提着皮包走进了毫不认识的人家，老实而从容地向他们说明了自己的处境。

"假使你们愿意，那么不妨将我交给宪兵，可是我想，可是我想，你们一定不会干这样的事情。"她用一种信任的口气确切地说。

那一家人吓得要命，一夜都不敢睡，时时刻刻提防有人敲门。可是，他们非但没有把她交出来，第二天早上还和她一起嘲笑了那些宪兵。

还有一次，她打扮成修女，和追踪她的暗探坐在同一节车厢里的同一条凳子上。暗探不知好歹地夸说着自己的机敏，自己被蒙在鼓里，一点都不知道。他还对她讲了探捕犯人的方法。他以为他所注意的女人一定是坐在这一班车的二等车厢里，所以，每当到站停车的时候，他总是出去看看，回来的时候，总是说道："没有看见，一定是睡着了。他们也要疲倦的——他们的生活也和我们一样的辛苦呢！"

母亲听了她的故事，禁不住笑了起来，双眼含着爱抚望着她。修长清瘦的瑟蓓娅迈动着她那匀称的双腿，轻快稳健地走在路上。在她的步伐之中，在她虽是低哑却很有精神的话语和声调之中，在她整个挺直的身形里都饱含着一种精明、健康，快活勇敢的神气。她的眼睛闪烁着青春的光芒，和周身上下所有的地方一样，都充满朝气蓬勃的欢乐。

"您看，这棵松树多好！"瑟蓓娅指着一棵松树，兴高采烈地对母亲说。母亲停下脚步看了一下，觉得这棵树并不比别的高大或茂盛，其实只是一棵挺平常的树。

"很好的树！"母亲嘴角挂着微笑应道。说话间，她看见微风吹拂着瑟蓓娅耳朵上的那几根白发。

"云雀！"瑟蓓娅灰色眼睛里立刻发出了柔美的亮光，她的身体好像要离开地面似的，迎着一种晴空中不知是什么东西发出的音乐飞去。她不时俯下柔软的身段采摘地上的野花，用她纤细灵活的手指轻轻地抚弄着摇曳的花朵。有时，她还情不自禁地轻声唱起那动听的歌儿。

这一切都使得母亲的心更加贴近这位长着浅色眼睛的女人。母亲不由自主地紧靠着她，努力地要跟她走得步调一致。

可是，瑟蓓娅的话语有时非常激烈，让母亲觉得，这是多余的，并且引起她内心的不安："米哈依洛恐怕不喜欢她。"

但是，不大一会儿之后，瑟蓓娅说的话又是很单纯很真挚的了，母亲亲切地端详着她的那双眼睛。"您还是那么年轻！"母亲感慨地说。

"啊，我已经三十二岁了！"瑟蓓娅朝她喊道。

弗拉朵娃笑了一笑。

"我不是这个意思，看了您的面相模样，或许可以说，您不是特别年轻了，可是看到您的眼睛，听到您的声音，那真叫人惊奇呢，好像您还是个年纪轻轻的姑娘呢！您的生活虽然这么不安定，这么劳苦、这么危险，可是您的心总是带着欢笑。"

"我并不觉得苦，同时我也不能想像，还有比这个更好和更有趣的生活……我以后要叫您尼罗芙娜，彼拉盖雅对您好像是不相称的。"

"随您叫吧！"母亲沉思一般地说，"您喜欢叫我什么就叫什么吧。我一直在看着您，听着您说话，心里也一直在想着您。我觉得，您知道怎样接近人的心灵，这让我十分快活。在您面前，一个人可以把心里所有的一切都毫不羞怯、毫不担忧地都直截了当地说出来——心房自然而然地会向您打开。在我看来，你们大家都是这样，你们能够征服世界上的一切罪恶，一定都能够征服！"

"我们相信一定能够征服，因为我们是和工人大众站在一起的。"瑟蓓娅充满自信地高声应和，"在工人大众中，包含着一切的可能，和他们在一起，所有的目的都能达到！只是，他们的意识现在还没有能够自由地成长，非去唤醒他们的意识不可……"

她的一席话在母亲心里唤起了复杂的感情——不知什么缘故，母亲对瑟蓓娅产生了一种不会使人感到屈辱的友爱的怜悯，并且想从她嘴里听到一些别的、更普通的话。

"你们这样劳苦，有谁来酬报你们？"她悲伤地低声问。

瑟蓓娅带着母亲听来似乎是自豪的口气回答说："我们已经得到报酬了。我们已经找到了使我们称心满意的生活，我们可以拿出我们全部的精神和力量——此外还有什么奢望呢？"

母亲瞥了一下，又低下头来不安地寻思："米哈依洛恐怕不会喜欢她……"

呼吸着芬芳的空气令人心情爽朗，尽管她们不是在疾步向前，却走得非常轻快。母亲觉得，她好像真的是去朝拜圣地。她回想起幼年时代过节的时候，她常跑到离村子很远的修道院去参拜施行奇迹的圣像时那种欢欣的心情。

瑟蓓娅有时用动听悦耳的低音唱出一些关于天空和恋爱的新歌，或者突然念出一些歌颂田野、森林和伏尔加河的诗歌。母亲带着微笑听着，她受到了诗歌和音乐节奏的影响，不由自主地随着诗的韵律和音乐的拍子点着头。

她的心里，好像夏天傍晚时分古老而美丽的小花园一般，充满温和静穆的沉思。

第二天，她们终于到达了村子。母亲向一个正在种田的农夫打听到了柏油工地的地点。不多一刻，她们顺着一条陡峭的林中小道走下去了，而后，来到一块小小的圆形的林中空地，地上乱堆着木炭和沾满柏油的木片子。

"总算到了！"母亲一边朝四周打量，一边不安地自言自语。

在那用木杆和树枝搭起来的小屋旁边，列彼浑身墨黑，敞着衬衫，露着胸脯，正在跟耶贝莫等几个小伙子坐在桌子旁吃饭。他们的饭桌，就是在打进地里的木桩上搁了三块没有刨平的木板。列彼第一个看见她们，随即把手搭起眼篷，默默地等着。

"米哈依洛兄弟！近来还好吗？"母亲老远地喊着打招呼。

他站起身来，不慌不忙地迎上去。当他认出了是她时，就站住，脸上带着笑容，用黑手摸了摸胡子。

"我们去朝拜圣地。"母亲边走边说，"我想，正好顺便来看看您！啊，这位是我的朋友安娜。"

母亲似乎是满意自己的巧计，斜过眼来对瑟蓓娅严肃而端庄的脸瞅了一下。

"你好！"列彼带着阴郁的微笑跟母亲握了握手，然后对瑟蓓娅行个礼，"不必说什么假话，这儿不是城里，没有说假话的必要！这儿都是自己人。"

耶贝莫坐在桌旁，目光炯炯地打量着眼前这两个巡礼的女人，然后对同伴们嘀嘀咕咕了几句。等她们走到桌前，他站起来默默地朝她们行了个礼，可是他的同伴依然坐着一动不动，就好像不知道有客人来了。

"我们这里过的日子就跟和尚一样。"列彼边说边轻轻地拍了拍弗拉朵娃的肩膀，"谁都不来，东家不在村里，主妇进了医院，好像在做经理。请在桌子旁边坐下吧。想喝点茶吗？耶贝莫！快拿点牛奶来！"

耶贝莫不慌不忙地走到小屋里。两个巡礼的女人从肩上取下口袋。有一个瘦高的小伙子站起身来，过去给她们帮忙。另外一个矮胖的头发蓬乱的小伙子，好像寻思什么似的，把胳膊撑在桌上，望着她们，一会儿搔搔头，一会儿低声哼唱。

柏油那股怪味儿和腐烂了的树叶子的臭味儿混在一起，熏得人头要发晕。

"他叫亚可夫。"列彼指着瘦高个儿的小伙子介绍说，"这边的叫耶戈纳金。唔，你的儿子怎么样？"

"在牢里！"母亲感伤地回答。

"又在坐牢？"列彼惊讶地喊道，"大概他很喜欢……"

耶戈纳金停止了唱歌，亚可夫从母亲手里接过了手杖，说：

"请坐！"

"您怎么啦？请坐呀！"列彼对瑟蓓娅说。她于是便默默地坐在木板子上。仔仔细细地打量起列彼。

"什么时候被抓去的？"列彼关心地问，他也在母亲的对面坐下，摇了摇头，高声感叹，"尼罗芙娜，您真是不幸！"

"没什么！"她说。

"那怎么？习惯了？"

"也不是什么习惯不习惯，只不过是知道了不这样是不行的。"

"对！"列彼说。"好，你讲吧……"

耶贝莫拿来了一壶牛奶。他从桌上取了茶碗，又用水洗了洗，然后倒了牛奶，送到瑟蓓娅面前，并且用心地听着母亲的话。他的这些动作都做得十分小心，一点声响也没有。

　　母亲简单地讲完了之后，大家彼此谁也不看谁，都沉默起来。过了一会，耶戈纳金坐在桌旁，开始用指甲在桌板上划着花纹。耶贝莫站在列彼后面，将臂肘放在列彼的肩上。亚可夫靠在树上，两手交叉着放在胸前，低着头。瑟蓓娅在这个时候悄悄地用余光打量着这些农民……

　　"对啦！"列彼沉闷地拖长了话音，"就应该这样公开地干！"

　　"我们如果这样干上一下子，"耶贝莫接过话茬苦笑着说，"非得让乡下人打个半死不可……"

　　"肯定打个半死！"耶戈纳金点了点头，表示同意，"哼，我要到厂里去做工去，那边会好些……"

　　"你说，鲍维尔要受审判吗？"列彼问，"那么，判决会是个什么样的结果呢？哎，打听过没有？".

　　"做苦役，或者是终身流放到西伯利亚……"母亲沉痛地低声作答。

　　三个小伙子一同望了望母亲，谁也没说什么。

　　列彼低下头去，缓缓地追问："那么，在计划这次游行之前，总是知道他要遇到什么危险的吧？"

　　"当然知道的！"瑟蓓娅高声回答。

　　在场的人都沉默起来，谁也不再动弹，好像有一个冰冷的念头把大家都给冻住了。

　　"原来是这样！"列彼满脸郑重的表情，他严峻地接着说，"我也想，他肯定是知道的。没有考虑之前，他决不会轻举妄动的，他是个严肃而又有头脑的人。喂，大家听见没有？人家？人家呀，明明知道了要吃刺刀，要被判苦役，还要去干！即使他的妈妈倒在路上，他也顾不上管她，而是从她身上跨过去！尼罗芙娜，他一定会跨过你的身子勇往直前的吧？"

　　"一定会的！一定会的！"母亲哆嗦了一下回答他，重重地叹了口气，向周围看了看。

　　瑟蓓娅静静地摸了摸母亲的手，她皱着眉头，目不转睛地瞅着列彼。

　　"这才是个了不起的人呀！"列彼低声夸赞了一句，然后用他那深色的眼睛朝在场的人望了望。

六个人都肃然不语。

一道又一道细细的阳光宛如金色的丝带挂在空中。乌鸦们在树林里大胆而自信地聒噪着。

母亲回忆起五一那天的情形，便有些伤感，再加上怀念儿子和安德烈，心里就更加难受了。她手足无措，茫然四顾。

窄窄的林中空地上，乱糟糟地堆着柏油木桶，还有些连根挖出来的树桩。橡树和白桦密密挤挤地长在空地的四周，自然而然地把这块空地裹在里面。树木被寂静束缚着，凝然不动，只把它们暖和宜人的深色影子洒落在地上。

忽然，亚可夫离开树木，走到一旁，然后站在那儿把头一甩，用枯燥的嗓子高声地问道："这是要我们和耶贝莫去反对这些人吗？"

"你以为是去反对谁？"列彼阴郁地反问他，"他们要用我们自己的手来绞杀我们的自己人，这就是他们玩的把戏！"

"我还是要去当兵！"耶贝莫的声音不大，语气却非常坚定。

"谁强留你啦？"耶戈纳金高声说道，"去吧！"他盯着耶贝莫，不无带嘲笑地说："可是对我开枪的时候，应要瞄准脑袋，不要弄得人家半死不活的，要一下子结果了才行。"

"知道了！"耶贝莫刺耳地喊了一声。

"大家先慢点争论！"列彼说话的同时也严厉地望着他们，慢慢地举起了手。"这个女人真了不起！"他指着母亲说，"她儿子的问题现在大概很糟……"

"你何必提这个？"母亲忧郁地发问。

"应该要提！"他阴沉地回答，"应该让人知道、你的头发不是无缘无故地变白了的。可是，这样就能把你吓倒了吗？尼罗芙娜，你拿书来了？"

母亲对他望了望，沉吟一下："拿来了……"

"好！"列彼的手掌在桌子上拍了一下，压抑不住内心的兴奋，"我一看见你，立刻就明白了，要不是为了这件事，你何必到这儿来呢？大家看见你，心里就明白了，儿子被抓去了，母亲就起来代替他！"

他用手威严而有力地点点划划，嘴里带着牢骚的骂声。

母亲被他的叫骂声吓了一跳，她焦急地望着他，她看出米哈依洛的脸一下子变得厉害了——他消瘦了，胡子变得参差不齐，可以明显地感到胡子下面的颊骨。淡青色的眼白上布满了红丝，很久没有睡觉似的。他的鼻子变得更软了，阴险地弯着，原本是红色的衬衣已让柏油浸透了，领口敞着，露出干枯的锁骨和浓黑的胸毛，整个形象看上去，好像比以前更阴郁、更悲惨了，就仿佛经历了许多事。那双充血过多的干涩的眼睛，闪动着不可遏制的愤怒火焰，火焰映照着他阴暗的脸颊和鼻棱。

瑟蓓娅的脸色苍白起来，她一声不响，目不转睛地望着这些农民。耶戈纳金眯起了眼睛，摇着头。亚可夫又站在小屋旁边，用黑黑的手指生气似地剥下木杆的树皮。耶贝莫在母亲背后沿着桌子慢慢地踱着。

"前几天，"列彼继续说，"地方自治局的议长叫我去，对我发问：'你这坏蛋跟教士讲了些什么鬼话？'我为什么是坏蛋？我拿自己的力气挣饭吃，从来没有干过坏事。就是这样！我不卑不亢。那家伙气得大喝了一声，挥起拳头直朝我的牙齿砸过来……后来，将我监禁了二天三夜。好，你就这样对待老百姓，是吗？你这个恶鬼！我不会饶过你的！如果不是我，别人也会替我报仇！你死了，也要找你的孩子报复，父债子还！你要记清楚！你用凶狠的铁爪抓开了人民的胸口，给你自己种下了恶果！恶鬼呀，不会饶过你的！就是这样。"

他心中的仇恨似乎沸腾了一般，他的话语里掺杂着一种抖动的声音，使母亲听了非常害怕。

"我对那教士说了些什么呢？"他的声调稍微有些平缓了，"有一天，村会开过之后，他和农民一同坐在街上，对他们说，人和家畜一样，所以——向来缺不了牧人！于是，我开玩笑说：'要是派狐狸做了林中的官，那么树林里只会剩些羽毛，鸟儿都没有了！'那教士瞅了我一眼，讲起了人们一定要忍受，并且要祈祷上帝，赐给他忍受的力量之类的话。我听完之后说，祷告的人太多了，大概上帝已经没有工夫听祷告，所以不听了！他盯住我，问我念哪些祷文？我回答他，我像所有老百姓一样，一辈子只念一个祷文：'上帝呀，请你教我们替那些贵族搬砖头、吃石子！'他没有让我讲完。啊，您是贵族吗？"列彼的叙述戛然而止，突然转了话锋询问瑟蓓娅。

"为什么我是贵族呢？"瑟蓓娅吃了一惊，立刻向他反问。

"为什么？"列彼感到好笑，"那是你生来就有了的命运呀！就是这样。您以为花布头巾就能遮住贵族的罪恶，让人们无法看见了吗？教士哪怕是披着席子，我也能看出他来。方才您的臂肘碰到桌子上的水渍时，您就颤动了一下，又皱起了眉头——您的脊背也很直，不像个工人……"

母亲生怕他的这种令人难堪的嘲弄，会使瑟蓓娅生气，连忙严厉地说道：

"她是我的朋友，米哈依洛·伊凡诺维奇，她是个好人，因为干这种工作连头发都发白了，你说话不要这么过分……"

列彼意味深长地叹了口气。

"难道我说了什么让她生气的话了吗？"

瑟蓓娅望了望他，冷冷地问："您有话要对我讲吗？"

"我吗？有的！最近这儿来了一个新的伙伴，是亚可夫的堂兄弟，他生了肺病，可以叫他来吗？"

"有什么不可以呢？去叫吧！"瑟蓓娅回答。

列彼眯起了双眼，朝她觑视着，然后压低了声音说："耶贝莫，你去走一趟，叫他晚上来——就是这样。"

耶贝莫戴了帽子，一声不响，对谁也不看一眼，慢悠悠地走进森林里去了。

列彼望着他的背影点了点头，小声对大家说："他正苦闷呢，轮到了他的兵役——他，还有亚可夫。亚可夫干脆地说：'我不能去。'其实他也不能去，可是又想去……他想去鼓动兵士，我劝他说，别用脑袋撞墙壁去……可是他们预备拿起枪来就走。是啊，他在烦恼着呢，耶戈纳金方才讥讽他——那是没有用的！"

"绝不是没有用的！"耶戈纳金忧郁地说着，但眼睛并不看着列彼，"到了那边，他们会逼着他服从，他就能够和其他兵士一样地开枪……"

"不会这样容易吧！"列彼沉思地说，"可是，假使能够逃避兵役，那当然更好。俄罗斯这样大，到哪儿去找他？弄到一张护照，乡下什么地方都可以去。"

"我就这样办！"耶戈纳金用一块木片在自己脚上敲着，"已经决定反抗，就坚决地反抗吧！"

谈话到此中断了。蜜蜂和黄蜂忙忙碌碌地飞来飞去，嗡嗡地响着，使空间显得格外寂静。小鸟啁啾不已，远远地传来了一阵歌声，歌声在广袤的田野上荡荡漾漾着。

列彼沉默了片刻，恍悟般地说："好，我们该去上工了……你们要休息一下吧？小屋里有床。亚可夫！你去给她们拿些枯叶子来……好，老太太把书给我吧……"

母亲和瑟蓓娅解开了口袋。列彼弯下身子看看口袋，满意地说："哦，真不少！这事情干很久了吗？您叫什么名字？"他问瑟蓓娅。

"安娜·伊凡诺夫娜！"她回答，"干了十二年了……怎么样？"

"不，没有什么。那么，坐过牢？"

"坐过。"

"懂了吗？"母亲用责备的口吻低声说，"你方才还对她说那样不客气的话……"

他没有回话，手里接过一叠书，露出了满嘴的牙，执拗地说："请您不要生气！老百姓和贵族，如同油和水，怎么着也溶和不了……"

"我又不是贵族，我只是一个人！"瑟蓓娅带着温柔的微笑反驳他说。

耶戈纳金和亚可夫走到他面前，伸出了手。

"给我们吧！"耶戈纳金说。

"都是一样的？"列彼向瑟蓓娅问道。

"各种的都有。里面还有报纸……"

"喔！"

他们很快地走进了小屋。

"农民们都热心起来了！"母亲用沉思的眼光望着他们的背影，轻轻地评判。

"可不是吗？"瑟蓓娅小声附和着，"我从来没有看到像他这样的脸——简直像个殉道者。到里面去吧，我想看看他们……""他说话不客气，您不要跟他生气……"母亲请求般地劝慰她。

瑟蓓娅笑了出来。

"您真是好人，尼罗芙娜……"

她们走到门口的时候，耶戈纳金抬起头来，对她们瞥了一眼，他把手指插进蜷曲的头发里，低头看着放在膝上的报纸。列彼站着，把报纸放在从屋顶缝隙里洒下来的阳光底下，翕动着嘴唇念着。亚可夫跪在地上，脑部抵着床铺，也要看书。

母亲走到小屋的角落里，弯腰坐了下来。瑟蓓娅搂着母亲的肩膀，默默不语地看着屋里的情景。

"米哈依洛伯伯！这里在骂我们农民呢！"亚可夫头也不回地说。

列彼扭过头来，看了他一眼，然后笑盈盈地说："那是善意的责骂！"

耶戈纳金咽了口唾液，抬起头来，闭着眼睛说："这儿写着：'农民已经不是人类。'当然，已经不是了！"

在他那张单纯坦率的脸上，掠过了愤懑的阴影。"哼，你倒换了我的地位，来活动活动看。让我看看，你会变成个什么样子——自以为聪明得了不得似的！"

"我得躺一下。"母亲悄悄地对瑟蓓娅说，"到底有些累了，那些气味熏得我头晕。您怎么样？"

"我不想睡。"

母亲在床板上伸展了身体，说话间就迷迷糊糊地打起瞌睡来。瑟蓓娅坐在她旁边关切地照顾着她，不时地看看他们几个读书的情形。偶尔有黄蜂或者野蜂在母亲脸上打转转，瑟蓓娅就及时地把它们赶走。母亲迷离的双眼看到这种情景，心里有种说不出的高兴——瑟蓓娅的这份热诚令她深感欢欣。

列彼走到跟前来，用粗浊的声音轻轻地问道："她睡了？"

"嗯。"

他凝视着母亲的脸，沉默了一会儿，然后叹了口气，轻声说："跟着儿子，走儿子走的道路，她大概是第一个吧，是第一个！"

"不要吵醒她，我们到那边去吧！"瑟蓓娅说，"唔，我们得去做工了。还想谈谈，只好等晚上再谈了！喂，我们走吧……"

他们三个一齐走了，剩下瑟蓓娅待在小屋旁边。母亲心里想着："啊，好了，谢天谢地！他们已经相处得很好了……"

她呼吸着森林和柏油的香气，静静地睡着了。

柏油工人们干完活，十分满意地回来了。

母亲被他们的声响吵醒了，她一边打着呵欠，一边微笑着从小屋里走出来。

"你们都在干活，我倒像贵妇人一样，在这儿睡觉！"她用温柔慈爱的目光望着大家伙，嘴里客气地解说着。

"人家会原谅你的！"列彼说。他的态度和神情都比先前镇静了，好像疲劳吞下他过度的兴奋。

"耶戈纳金！弄点茶吧！"他说，"我们这儿是每天轮流着弄饭吃，今天轮到耶戈纳金给我们弄吃喝了！"

"今天我可以让别人来做！"耶戈纳金说。他动手搜集了生火的木片和枝条，一面留神听大家说话。

"有客人，是谁都喜欢的。"耶贝莫在瑟蓓娅身旁坐下来说。

"我来帮你，耶戈纳金！"亚可夫低声说着，一面走进小屋。从里面拿出面包，将它一片一片地切开，按座分放。

"哟嘿！"耶贝莫低声说，"有咳嗽声儿。"

列彼侧耳细听了一下，点了点头，确信地说："不错，他来了……"他扭过脸来对瑟蓓娅解释道："证人马上就来了。我真想带他到各个城市去，让他站在广场上，让老百姓都听听他说的话。他讲的虽然总是那一套，可是大家都应该听听……"

暮色渐渐浓重起来，森林更加寂静，于是，人们说话的声音听起来显得更为柔和了。

瑟蓓娅和母亲老是望着他们——他们的动作都十分缓慢、笨重，好像格外地小心。同样，他们几个也在观察着这两个女人。

这时，从森林里走出一个瘦高个儿而驼背的男子。他拄着拐杖，走得很慢。远远的，都能听见他那呵嗄呵嗄的咳喘声。

"我来了！"他说了三个字就咳嗽起来了。

只见他身穿一件很长很长的、一直拖到脚跟的旧外套。长着略带黄色的直头发，头发从他揉得皱巴巴的圆形帽下面，稀稀拉拉地搭下几绺来。瘦骨嶙峋的黄脸上长着浅色的胡子，嘴巴半开着，眼睛深陷进去，从黑眼窝儿里发出点点热病患者常有的那种亮光。

当列彼替他和瑟蓓娅介绍的时候，他向她问道："我听说，您给我们送来书了？"

"是的。"

"我代表大家伙谢谢您！……群众本身还不能懂得真理……所以懂得真理的我……代表他们前来致谢。"

他的呼吸颇为急促，说话时，总是不迭地大口大口地吸着空气。他的每句话常常中止，双手看上去无力而瘦削，手指缓慢地在胸前移动着，努力要解开大衣的扣子。

"这么晚了在树林里对您是有害的。树林里树叶很多，又潮又闷人。"

瑟蓓娅好心地劝说。

"对于我，已经没有什么有益的东西了！"他边喘边说，"对我，只有死是有益的……"

他的话和那种声音叫人听了很难受，他整个的身形让人看了顿生怜悯，谁都会感到爱莫能助，觉得世间有阴郁和烦恼。

他坐下来的时候，非常小心地弯曲了膝盖，生怕把腿折断似的，然后擦了额上的冷汗。他的头发是那么干枯，犹如死人的一般。

篝火燃烧起来了，周围的一切都开始颤动，开始摇晃。被火烧着了的黑暗，害怕似的逃进森林里去了。耶戈纳金那张圆鼓鼓的脸，在火光上方掠动了一下。于是，火光熄了，发出了煤烟的气味。寂静和黑暗又密集在林中空地上，仿佛凝神来细听病人沙哑的声音。

"可是对于群众，我还是有点用的，我可以做这种罪行的证人……啊，你们看看我……我只有二十八岁，可是差不多就要死了！十年以前，我可以毫不费力地背十二普特的东西，一点都不在乎！我想，像我这样棒的身体可以一直活到七十岁都不生病……可是才过了十年，十年——已经全完了。老板夺去了我的寿命，夺去了我四十年的寿命，四十年啊！"

"你听，他说的就老是这一套！"列彼低声说。

篝火重新炽烈起来，比以前的更旺也更亮了。影子往树林乱窜，又猛退到火边，围着火焰无言而又充满敌意地跳着舞，抖动个不停。火堆里的湿树枝发出噼噼啪啪的响声，表达着怨怒。一阵阵的热空气摇动着树叶，使它发出私语一般的声响。愉快活泼的火焰，仿佛是在游戏，互相拥抱着，红色的火舌向上卷起，散出一个个的火星，燃着的树叶在飞翔，天上的星星好像在对那些火花微笑着频频招手。

"这不是我的话！千千万万的人，虽然不知道这对于生活在苦难中的人民有什么有益的教训，都在说同样的话。不知有多少做工做成残废的人，一声不响地被饿死了……"他佝偻着身子，全身抖动地咳嗽起来。

亚可夫将一桶格瓦斯放在桌上，丢下一把青葱，对病人说："来，萨威里，我替你弄些牛奶来了……"

萨威里推辞着摇摇头，可是亚可夫一把抓住他的胳肘，将他扶了起来，搀到了桌子前面。

"嗳，"瑟蓓娅带着责备的口吻低声向列彼说，"为什么叫他到这儿来？他随时都可能死去。"

"对，可能！"列彼附和着说，"不过，让他说说吧。为着一点儿意思都没有的事情，把命都送了——那么为着大家，就让他再忍耐一下吧——不要紧的！就是这样。"

"你好像是在欣赏什么。"瑟蓓娅高声评说。

列彼对她瞅了瞅，阴冷地回答："贵族才欣赏基督在十字架上受苦的情形呢。我们是向人学习，我们希望，您也得学一点才好……"

母亲担心地抬起了眉毛，对他说："你呀，别说了吧……"

吃饭的时候，病人又讲了起来：

"他们用工作把人们累死……这是为什么？我们的老板——我们的性命是在工厂里送掉的——我们的老板送了一套金的洗脸用具给歌剧院的一个女演员，连尿壶都是金的。这个金尿壶里有我的气力、我的生命。你看，我的寿命就是为这种东西而浪费掉的。这个人用工作夺掉我的性命，他用我的血汗来讨他姘头的欢心——用我的血汗替她买金尿壶！"

"听说人类是按照神的模样造的，"耶贝莫苦笑着说，"可是却把他们胡乱糟蹋……"

"不能再沉默了！"列彼拍着桌子说。

"不能再忍受了！"亚可夫低声补充一句。

耶戈纳金听了只是苦笑一声。母亲觉得，三个小伙子都在如饥似渴地听着，每逢列彼开口的时候，他们都是非常专注地凝视着他的脸。萨威里的话在他们脸上引起了异样的、怀着恨意的苦笑。好像他们对于病人没有一点怜悯的感情。

母亲将身体稍稍挪向瑟蓓娅，悄声问道："难道他说的是真话？"

瑟蓓娅高声回答说："不错，是真的！送金器的事报上登过，那是莫斯科的事……"

"可是，那家伙什么惩罚也没有！"列彼低声说，"应该把他判处死刑——把他带到老百姓面前，把他切成一块一块的，把他肮脏的肉喂狗吃。人民起来的时候，一定要大大地惩罚他们。为了洗刷自己的侮辱，群众是要叫他们大流血的。这些血，是群众的血，是从群众的血管里面吸出去的。群众才是这些血的真正主人！"

"冷得很啊！"病人说。

亚可夫扶他起来，搀着他走到火堆跟前。

篝火熊熊地燃烧着，没有长脸的影子们吃惊似的望着火焰的快活游戏，在篝火周围颤动不已。

萨威里在树桩上坐下来，伸出枯干的、几乎是透明的手来烤火。

列彼将头向他那边示意了一下，然后对瑟蓓娅说："这比书还要厉害！机器切断了工人的一只手或者是轧杀了一个工人，这还可以说怪他本人不小心。可是吸干了一个人的血，就把他当死尸似的扔掉——是无论如何也说不过去的。不论怎样杀人，我都能明白，可是为着自己的娱乐去折磨人家，那我是不能懂得的。老百姓为什么一生下来就该受折磨，我们大家为什么要受苦呢？这完全是为了好玩，为了作乐，为了活得有趣，为了用血可以买到一切——女戏子、马、银制的餐刀、金做的面盆……还替他们的孩子买些什么贵重玩具。你们去做吧，你们出力去做，我呢，可以靠你们的劳动储蓄金钱，去买金尿壶送给情妇。"

母亲听着这些话，看着眼前的一切，在她面前的黑暗里，又像光带一般闪耀着一条鲍维尔和他的同志们所走的道路。

晚饭后，大家又围火而坐。篝火匆匆地吃着柴枝，发出熊熊的火焰；沉沉的夜幕遮住了森林和天空。

病人睁大了双眼盯着火苗，他不断地咳嗽着，全身都跟着颤动，——好像他残余的生命，急于要抛弃这个被疾病吃空了的躯体，从他的胸口冲出来。火焰的反光在他脸上跳动，可是他的皮肤仍旧像死的一般，只有他的眼睛还像余下的两堆柴烬在那里微微泛光。

"萨威里，你还是到屋里去吧？"亚可夫弯下腰来问他。

他费劲地回着话，"我要在这儿坐一会儿！我和大家在一起的时候已经不多了……"

他向大家望一望，沉默了一会，接着就有气无力地苦笑一下，说道："和你们坐在一起，我觉得舒服。看着你们，我心里想，也许这些人会替那些被剥夺了生命的人、替那些惨遭杀害的老百姓们申冤报仇……"

没有谁开口回答他。不大一会，他就无力地垂下了头，打起瞌睡来了。

列彼望了望他，低声说道："他到我们这里来的时候，一坐下来就总是讲这件事——讲对于人的这种侮辱……他的整个心思都放在了这件事上，好像他的眼睛已经被这件事给遮住了，除了这个，他就什么也看不见了。"

"不过，别的还要看到什么呢？"母亲若有所思地说，"如果有成千上万的人，为了让主子可以胡乱花钱，天天都累死累活的，还要把性命送掉……那么还要看到什么呢？……"

"听他的话真叫人腻烦！"耶戈纳金小声嘟哝，"这种话，听上一遍就不会再忘记了，……可是他老是翻来覆去地说这些话。"

"所有的一切，都包括在这一件事情里，要明白呀！全部的生活都包括在这件事情里！"列彼满脸阴郁地说，"他的故事我已经听过十遍了，可是，有时候还是要怀疑。有时，心肠发软的时候，好像不愿意相信一个人会做出这样荒谬、丑恶的事情来……那时候，我觉得有钱人和穷人都是同样可怜。有钱的人也是走错了路！一面是被饥饿遮住了眼睛，另外一面——是被金钱迷住了眼睛。喂，你们仔细想想，喂，弟兄们！你们都打起精神来，好好地想一想，都凭良心想一想呀！"

这时，病人的身体晃了一晃，他睁开眼睛，在地上躺下来，仿佛十分疲惫。

亚可夫悄悄地站起来，走进屋去拿一件皮袄盖在他身上，重新又回到瑟蓓娅身边坐了下来。

火焰般红润的脸蛋上带着热情的微笑，映照着周围黑蒙蒙的人影。火旁人们的声音，渐渐地跟火焰的轻快的噼啪声、簌簌声沉思地融在一起。

瑟蓓娅毫无疲倦地讲着全世界人民为获得生活的权利而进行的斗争，讲到了过去德国农民的斗争，爱尔兰人的不幸，以及法国工人在不断的争取自由的斗争中的伟大功绩。

在这披着天鹅绒般的夜色的森林之中，在这被树林包围着、被黑暗的天幕笼罩的林中空地上，在这跳跃着的火光面前，在这一圈好像带着敌意似的人影中间，震撼了饱食终日、贪得无厌的人们的世界的那些事件，一一苏醒过来，全世界的战斗得疲乏了的人民，流着鲜血，一个个地走过；那些为自由和真理斗争的战士的名字，一个个地又被生动地回忆起来了……

瑟蓓娅那微带嘶哑的声音低低地流动着，好像来自遥远而真实的远方。就是这种声音唤醒了人们的希望，给人们增加信心。大家伙都默默地听着自己精神上的弟兄们的这些故事。每个人都认真地凝视着这个女人的苍白而消瘦的脸庞；在他们面前，全世界人民共同的神圣的事业——为了争取自由的无穷无尽的斗争——愈来愈鲜明地放出了光辉。一个又一个的杰出的人，从遥远的、被黑暗和血腥的幕布遮住的过去，在他们不知道的外国人中间，看到了自己的思想和希望，使他从理智和情感上都想参加这个世界，因为他们在这个世界里发现了许多许多的朋友。这些朋友，在很久之前就已经同心协力和义无反顾地决定要寻找到人世间的真理，并且花费了无限的痛苦的代价来使自己的决定神圣化。为了那光明灿烂的新生活的来临，抛头颅洒热血，和所有的人们在精神上接近的感觉产生了，而且不断地增长着，一颗充满了渴望理解一切、团结一切的热望的崭新的心产生了。

"总有一天，世界上各个国家的工人们都会抬起头来，坚决地说：'够啦！我们再不过这种生活了！'"瑟蓓娅非常有信心地说，"那时候，那些只是靠着贪婪而有力的强者，他们的虚幻的力量就会丧失殆尽！土地也就会从他们的脚下化为乌有，他们连立足之地也不会再有了。"

"那是一定的！"列彼点着头说，"如果不怕死，什么事情都可以成功！"

母亲耐心地听着，眉脊高高地耸着，脸上自始至终带着惊喜交加的微笑。她感到，先前认为在瑟蓓娅身上的那些多余的东西——诸如急躁、锋芒太露、过于豪放等，现在都消失了，都溶解在她热烈而又流畅的故事之中。

夜色的沉静、火焰的跳动、瑟蓓娅的脸庞，都使她欢欣不已，然而，最使她高兴的是农民们的那种严肃而认真的态度。他们恐怕妨碍故事的继续，怕打断使他们和世界连接的那根光辉的线，所以每个人都是一动不动地端坐着。他们中间，只是有人偶尔轻手轻脚地往篝火里添些柴草，当篝火堆里忽然飞起一股烟和些许火星儿的时候，他们就迅捷地用手挥挡着，尽量不让烟和火星飞到她们那边。

有一次亚可夫站起身来，低声说："请稍等一下再讲……"

他很快跑进小屋去，拿来了衣服，然后和耶戈纳金一起默不作声地为这两个女人盖好肩头、裹好双脚。

瑟蓓娅接着讲下去，她描述出胜利的日子，向他们鼓吹着对于自己力量的信念，使他们明明白白地意识到，他们的命运和那些为富人无聊的娱乐享受而忍辱负重地劳碌了一生的人们的命运是相同的。

确切地说，那些话并没有使母亲倍加激动，然而，因为瑟蓓娅的言语而唤起的要拥抱一切人类的那种伟大的情感，使她心中也对那些人充满了感谢和虔诚的情意，那些人冒着危险去努力接近那些被劳苦的铁链缚住了的人，而且给他们带来光明的理性和对真理的热爱。

"上帝啊！愿您保佑他们！"她闭了双眼，心中默念。

天快亮的时候，瑟蓓娅感到疲倦了，于是沉默下来，她带着微笑朝她周围那些思索着的愉快的面庞看了一看。

"我们该走了！"母亲说。

"是该走了。"瑟蓓娅劳累不堪地应道。

小伙子们中间，有人重重地叹了口气，仿佛是在依恋，又好像是惋惜。

"你们要走了，这真是怪可惜的！"列彼用他从来没有用过的温柔的声音说，"您讲得真好！叫大家伙互相亲近起来，这是一件重要的工作！现在我们知道千百万人都有着和我们同样的希望，心也变得更加善良了。这种善良就是伟大的力量！"

"你用善良去待他，他用棍子来待你！"耶贝莫一边笑谑地说着一边快速地站了起来，"米哈依洛伯伯，她们是该回去了，趁现在天黑没有人看见。若不然，将来我们把书分了，官府里又要来人查这些书的来路了，或许，有人会记起，有两个巡礼的女人来过这儿……"

"那么，好吧，真是谢谢了！妈妈！谢谢你的工作！"列彼打断了耶贝莫的话，赞叹道，"我看着你，心里就一直想着鲍维尔的事，——你能干这样的工作，真了不起呀！"

他的态度变得温和，满脸都是善良的微笑。尽管天气寒冷，可是他却只穿一件衬衫，领口还大敞着，袒露出胸膛。

母亲望着列彼魁伟的身材，亲切而关心地劝说道："天气很冷，要多穿件衣服！"

"里面正发着热呢！"他回答说。

三个小伙子站在篝火旁边，正在轻声谈论。病人盖着皮袄，躺在他们脚边。

这时，东方天际渐渐发白了，夜的阴影正在退去，树叶摇动起来，十分欣然，好像是在等候着太阳。

"那么，再见了！"列彼握着瑟蓓娅的手亲热地告别，"到城里的时候，怎样才能找到您呢?""你来找我就行了!"母亲说。

小伙子们挤挤捱捱地,慢慢走到瑟蓓娅面前,默默地和瑟蓓娅握手。他们的亲切态度显然有点不大自在。从他们每个人的脸上,都明白地看出了一种充满了感谢和友情的、又不肯轻易流露出来的满足。这种新鲜的感觉大概使他们感到惶惑。因为一夜没睡,他们的眼睛有些发干发涩,但目光中仍含着微笑。他们一声不响地看着瑟蓓娅,很不自然地站在那里表示告别。

"不喝点牛奶再走吗?"亚可夫问道。

"哎呀,有牛奶吗?"耶贝莫插嘴道。

耶戈纳金狼狈地摸着头发解释道:"没有了,被我打翻了……"

三人不约而同地笑了起来。

虽然他们嘴上说着牛奶,可是母亲感到,他们心里是在想着别的事情——他们是在默默地祝母亲和瑟蓓娅平安和顺利。

他们的这种态度,显然也感动了瑟蓓娅,也使她内心涌动着一种不知所措的感觉,唤起了一种淳朴的谦逊,这使她说不出别的话来,只是轻轻地说:"谢谢了,同志们!"

他们听了互相望了一望,好像这简单的一句话深深地打动了他们。

这时候,病人发出了嘶哑的咳嗽声。那堆篝火快要燃尽了。

"再见了!"农民们低声说。这句满含着惆怅与哀切的话盘旋在她们的耳际,久久地伴送着她们往前走。

在黎明的朦胧中,她们沿着林中小径慢慢地走着。母亲跟在瑟蓓娅身后,不无感慨地说:

"样样都顺顺利利,好像做梦一样,真好!大家都想知道真理,亲爱的,大家都是这样!好像大节日早祷前的教堂一样。教士还没有来,教堂里面又暗又静,很是可怕,可是参拜的人们已经都陆续来到了,圣像前面点起了蜡烛,蜡烛亮起来了,照亮教堂,渐渐才赶走黑暗……"

"对啦!"瑟蓓娅愉快地回答道,"只是这里的教堂是整个世界。""整个世界！"母亲沉思着点了点头，禁不住把瑟蓓娅的话又重复了一遍，"真好，简直叫人不敢相信……您真会讲话，讲得真好！我原来还一直担心，害怕他们不喜欢你呢……"瑟蓓娅沉默了片刻后，充满怜爱地小声说道：

"跟他们在一起，人会变得单纯……"

两人就这样一边走着，一边谈论着列彼和病人，谈论这几个年轻人是多么留神听着，沉默着，他们是多么笨拙地、然而又是多么明白地用体贴入微的关怀，表明了他们的感谢的友情。

当她们走到田野里时，太阳已经在上升了。虽然还不能望见太阳，可是蔷薇色的阳光已经像一把透明的扇子在空中展开了。草丛里面，露珠发出了春天似的使人欢欣振奋的五彩光芒。小鸟们早已经苏醒过来了，愉快而自由地歌唱着，使大地的早晨充满了生气。一群肥胖的老鸦也忙忙碌碌地叫着，展开沉重的翅膀飞来飞去。不知在什么地方，黄鹂令人不安地唱个不停。大自然的远景逐渐地展开，脱掉它丘陵上的夜的阴影来迎接太阳。

"有时候，某一个人讲了半天，你也听不懂，除非他能对你说出一句简单的话，那时候，就会让你豁然一下全都明白过来！"母亲一边思考一边说，"那个病人的话就是如此。工人们在工厂里或是在其他的地方总是遭受压迫的事情，我早就听人说过，自己也知道些。可是，从小就习惯了，心里早已经不怎么感到难受了。现在，那病人突然讲了那么桩气人又丑恶的事情。天哪！难道工人们劳作了一辈子，就是为了让老板开开玩笑吗？这是怎么说也说不过去的呀！"

母亲的头脑里一直在琢磨这件事。在这件事的阴暗而无耻的光亮里，使她明白了她从前曾经知道，但现在差不多已经忘记了的那些同一种类的胡乱而丑恶的行为。

"可是，他们是对一切都玩腻了，对一切都讨厌了！我听见过这样的一个故事，有一个地方自治局的议长，当他的马走过村子的时候，一定要逼着老百姓对他的马行礼，谁不行礼就把谁抓起来。他这样做到底有什么必要呢？真是不可思议，不可思议！"过了一会，瑟蓓娅小声地唱了起来，尽管声音不高，但她唱的歌儿却像清晨一样充满朝气……

尼罗芙娜的生活过得异常平静。这种平静有时甚至连她自己都感到吃惊。儿子在监狱里，她明明知道，有严厉的惩罚在等待着他，可是每一次她想起这事的时候，恰恰与她意志相反，她总是想起安德烈，贝嘉和其他许多人。

儿子的姿态吞食了所有和他同一命运的人，不断地在她眼前长大并引起了她的冥想；她对鲍维尔的想念无形中扩大起来，向着四处伸展开来。这种想念像一道道纤细的、强弱不同的光线，不断地向四面分布着，触到一切，就好像打算照亮一切，将一切集中在一幅画里，不让她的思想停留在一件事上，不让她一天到晚老是想念儿子，为儿子担心。

瑟蓓娅呆了不久就走了，过了五天，她才十分高兴十分活泼地回来了。可是，没有几个钟头，就又不见她的影子，直到过了两个星期才又露面。她生活的范围好像非常广泛，甚至无边无际。她只是偶尔抓空儿来看看弟弟，每次她的到来，都使他的屋子里弥漫着她的勃勃生气和动人的音乐。

母亲也渐渐地喜欢上音乐了。她听着音乐，觉得总有一阵阵温暖的浪花冲打进她的胸膛，涌流到心里，于是心的跳动就变得十分平静匀和。恰如种子种在了深耕的、灌溉得宜的膏腴之地里一样，思潮在心田里迅猛地发芽了，被音乐的力量激起的言语，便轻而易举地开放了美丽的花朵……

然而，对于瑟蓓娅到处乱扔东西、乱扔烟头、乱弹烟灰的那种散漫脾气，尤其是对她的那种毫无顾忌的言语谈吐，母亲却难以习惯——这一切，和涅考拉那平静沉稳的态度、永远不变的温和严肃的举止言谈相比起来，显得格外惹眼。

在母亲眼里，瑟蓓娅像个急于要冒充大人的孩子，可是看起人来仍然是把人们当作很有趣的玩具。

她经常谈到劳动是多么神圣，可是因为自己本身的马虎随便，往往总是不合理地增加母亲的劳动量。她经常讲自由，可是母亲看得出，她的那种激烈的偏执，不断的争论却明明地侵害别人的自由。她身上有着许多的矛盾，母亲清楚这些，所以在对待她时便非常注意，非常小心，对待瑟蓓娅总不能像对待涅考拉那样，内心怀着一种经常不变的美好而可靠的温暖之情。

涅考拉总是非常辛苦，每天都过着那种单调而有规律的生活：早上八点钟喝茶、看报，并将新闻告诉母亲。母亲听他讲着，就好像非常逼真地看见了似的，看见生活的笨重的机器，是怎样无情地将人们铸造成金钱。

母亲觉得，他和安德烈有某些共同的地方。他和安德烈一样，谈到人的时候并不会怀有恶意，因为他认为在现今这种不合理的社会里面，一切人都是有罪的；但是，他对生活的信心不及安德烈那样鲜明，也没有安德烈那样热忱。

他讲话的时候总是特别镇静，声调像一个正直的法官，虽然他说的是可怕的事情，但脸上仍是带着同情的微笑，不过他的目光却非常冷静非常坚决。母亲看见这种目光，心里就明白了，这个人不论对什么人对什么事都不会宽恕，而且不能宽恕。母亲觉得，这种坚决对他是非常难得的，于是心里便觉得很舍不得涅考拉，因此也就更喜欢他了。

涅考拉在九点钟准时出去办公。这时，母亲收拾好房间，预备上午饭，洗了脸，换上整洁的衣裳后，便坐在自己的房间里翻看书上的插图。

现在，她已经能够自己单独看书了，只不过还是非常吃力。书看不多大一会，就会觉得很疲倦，字句的连贯也就弄不清楚了。可是书中的图画却像吸引孩子似的吸引了她——这些图画在她面前展开了一个能够理解的、差不多可以触摸得到的、新奇而美妙的世界。大的城市、好看的建筑物、机械、轮船、纪念碑、人类所造就的无限的财富，以及令人目眩的大自然的奇观。于是，生活也就无限地扩大起来了，每天都在她眼前展开未知的、巨大的、奇妙的事物，是生活用它的丰饶财富和无限的美景越来越强烈地刺激着母亲的已经觉醒了的饥渴灵魂。

母亲特别喜欢看大本子的动物画册。虽然这些画册上印的是外国文字，可是却能凭着画面使她对于大地的美丽、富饶和广大，有了一个非常鲜明的概念。

"世界真大啊！"有一次她对涅考拉感叹地说。

所有的昆虫，尤其是蝴蝶，最让她欢喜。她往往总是惊讶地望着这些图画，好奇地说道："涅考拉·伊凡诺维奇！这是多么好看的东西啊！是吧？这种好看的东西，什么地方都有，可是它们总是在我们身旁一飞而过，我们一点都没有在意。人们整天的只是忙忙碌碌，什么都不知道，什么都不欣赏，唉，也没有兴致。如果他们知道世界是这样丰富，有着这么多让人惊奇的东西，那他们可以得到多少乐趣呀！一切是为了大家，个人是为了全体，对不对？"

涅考拉微笑着回答。以后，他又为她拿来了一些有插图的书。

晚上，他们家里总是聚集着许多客人——白脸黑发、态度庄严、不大开口的美男子阿历古赛·代西里耶维奇；圆头、满脸酒刺、总是遗憾似的咂着嘴的罗曼·彼得罗维奇；身材瘦小、留着尖尖的胡子、声音很细、性子很急，喜欢大叫大喊，说出话来好像锥子一般尖利的伊凡·达尼洛维奇；以及一直拿自己、拿朋友们、拿他的逐渐加重的毛病开玩笑的伊格尔。还有其他许多远道而来的客人。

涅考拉跟他们静静地长谈，他们谈话的题目就是一个——关于全世界的工人。

有时候他们非常兴奋，手舞足蹈地辩论，喝茶喝得很多很凶；有时候在他们大声谈论的过程中，涅考拉默默地起草传单，写完之后，向大家诵读一遍，然后立刻用印刷字体将传单抄写出来。这时，母亲总是仔细地把撕掉的草稿的碎片拾起来烧掉。

每天晚上，母亲总是为他们倒茶。她对于他们谈到的工人大众的生活和前途，谈到怎样更迅速更有效地向工人宣传真理，提高工人的热情等事情时的热烈情绪，都感到非常惊奇，他们常常生气，各不相让地争执，你说我不对，我说你不对，于是双方都感到生气，可是不多一刻，却又争论起来。

母亲觉得，和他们比较起来，自己早巳更深刻地了解了工人的生活。她觉得，她对他们担当的任务的艰巨，比他们本身看得更清楚。这种感觉使她对他们怀着一种宽容的、乃至有点忧伤的感情。正像大人们看到在扮夫妻游戏、然而却不明白这种关系的悲剧性的孩子时的心情一样。她常常不由自主地拿他们的话跟鲍维尔和安德烈的话比较。相较之下，她感到两方之间存在着差别、可是起初她不能懂得这种差别。她时常觉得，这儿说话的声音比乡下还要大，她于是对自己解释说：

"知道得越多，说话的声音也就越响……"

可是母亲又常常感到，好像这些人都是故意在互相鼓舞，故意做出激昂慷慨的样子，好像每个人都想向同志们证明，真理对于自己比对其他人更为接近、更为可贵；别人听了不服，也来证明真理对自己是更接近，于是开始了激烈而粗暴的争论。母亲觉得，他们每人都想压倒别人。这种情形使她不安并且难受起来，她眉毛动着，用哀求的眼光望着大家，心里想："他们已经忘记鲍什和其他同志了……"

母亲总是紧张地听着这样的争论，她虽然听不太懂，可是却千方百计地探求着言语背后的感情。她能看出，在工人区里讲起"善"的时候，是把它当作了一个整体，这里呢，却是将一切打碎，而且打得十分零碎；工人区里的人们有着更深、更强烈的感情，而这里的思想却是很锐利的，有着将一切都剖开的力量；这里更多的是谈论着破旧的事物。因为这种缘故，母亲深感鲍维尔和安德烈的话对她更亲切，使她更容易了解。

母亲还注意到，每逢有工人来访的时候，涅考拉总是变得特别随便，脸上露出温和的样子，说话和平常迥然不同，既不像是粗鲁，又不像是轻率。

"这一定是为了使工人能够听懂他说的话！"母亲推测。

可是，这种推测并不能使她安心。她不难看出，来的工人也很放不开，好像心里受着拘束，不像他跟母亲，跟一个普通妇女谈话那样容易而随便。有一天，涅考拉出去之后，母亲对一个年轻人说：

"你为什么这样拘谨？好像小孩子要受考试似的……"

那个人咧开嘴大笑起来。

"到了不习惯的地方，虾也会变成红色的……到底不是自己的弟兄嘛……"

有时萨茜卡也跑了来，但她从来都不长时间地逗留。她说起话来总是一本正经的样子，笑也不笑。每次临走的时候，她总是向母亲询问：

"鲍维尔·米哈依洛维奇怎么样——他身体还好吗？"

"嗳，托您的福！"母亲回答，"没事，他很快活！"

"替我问候他！"姑娘说完就走了。

有时候，母亲向她诉苦说，鲍维尔被拘留了许久，还不曾决定审判的日子。萨茜卡听了就锁住眉头，一声不响，她的指头却不由自主地抖动开来。

尼罗芙娜时时感到内心有一种愿望要对她说："好孩子，我知道你在爱他……"可是她却不敢把这话说出口——这位姑娘的严肃的面貌、紧闭的嘴唇，以及事务般的枯燥的谈话，好像都在预先拒绝这样的爱抚。

母亲只好叹着气，无言地握着她伸出来的手，想道："我可怜的……"

有一次，纳苔莎来了。她看见母亲非常高兴，抱住她吻了又吻，然后突然轻轻地说："我的妈妈死了，死了，怪可怜的！……"

她摇了摇头，很麻利地擦了眼泪，接着说道："我很是舍不得我的妈妈，她还不到五十岁呢，应该还多活上几年。可是话又说回来了，死了反而可以清静安逸了。她总是一个人在那儿，谁也不去理她，谁也不需要她，一天到晚只怕挨我父亲的骂。这样也算是生活吗？人活着谁都指望过上好日子，可是我的妈妈除了受气之外，什么指望都没有。"

"纳苔莎，您说得对！"母亲想了一想，"人活着都是指望有好日子过，要是没有指望——那还算什么生活呢？"母亲和蔼亲热地摸抚着姑娘的手，关切地问她："你现在只有一个人？""一个人！"纳苔莎轻快地回答。

母亲沉默了一会，忽然满脸微笑地朝她说："无妨的！好人总不会孤零零地生活的，一定会有许多人跟着他……"

纳苔莎当上了县里一家纺织工厂的教员，于是，尼罗芙娜就经常把禁书、宣言和报纸送到她那里。

所以，这就成了她的工作。每月里她总有几次扮作修女，或者装成贩卖花边和手织物的女商贩，有时候还打扮成小康的市民或是朝拜圣地的和巡礼者，背了口袋，或者拿了皮包，在全省范围里四处奔波。不论是在轮船上、火车里，还是在旅馆、客栈里，她的态度总是镇定自如、落落大方。她总是先去跟不认识的人攀谈，她那善于交际的、亲切的谈话，以及见多识广十分自信的态度往往引起人们的注意，可是她毫不害怕也毫不在乎。

她喜欢跟人谈话，喜欢听他们讲各自的生活和满腹的牢骚与不满。每逢看到人们有强烈的不满的时候，她心里就充满了喜悦，因为这种不满一方面能反抗命运的打击，一方面对心里早已构成的问题紧张地寻求着解决的办法。

在她眼前，越来越广泛地、多样地展开了那种为了养家糊口而在挣扎的那种忙碌不安的人间生活的画面。不论任何地方，都可以清清楚楚地看见要欺骗人、剥削人，千方百计为自身的利益而压榨别人、吸干别人鲜血的那种残酷无耻的，明目张胆的勾当。

她也看出，地上的物产虽然非常的丰饶，可是老百姓仍旧非常贫困，围着那无数的财富却过着挨饿的生活。城市里有许多个教堂，教堂里堆满了上帝用不着的黄金和白银，可是在这些教堂门口，讨吃要饭的男男女女都在那儿可怜巴巴地颤抖着，徒然而无奈地等待着过往的人们动了恻隐之心往他们手里扔上一个小铜子。

说实话，从前，她也曾经看见过这种情形——金碧辉煌的教堂和神父那织金线的袈裟，乞丐的破陋住屋和他们褴褛的衣衫；可是从前她老是觉得这些都是十分正常的，但现在却知道这是不能容忍的，对穷人来说是莫大的侮辱。她知道，教堂对于穷人，应该比对于富人更为接近、更为必需。

她从画着基督的图画上和关于他的故事里，知道了基督是穷人的朋友，穿得非常朴素。可是，在穷人们来找他寻求安慰的教堂中，她看见，他却被无耻的黄金和那在贫民前面夸耀般闪闪发亮的绸缎所束缚着。这时，她就不由得想起了列彼的话：

"借上帝的名义来欺骗我们！"

于是，她祈祷的次数不知不觉地减少起来。然而，她却越来越多地想到基督，想到有些人，他们虽然不提到基督的名字，甚至好像不知道基督，可是在她看来，好像他们是在遵照基督的教训生活着，而且和基督一样，也将大地看作穷人的王国，也想将地上所有的财富平均分给穷人。

她在这方面想得许多许多，这种思想逐渐地在她心里成长、加深，并包容了她的一切见闻，用它匀称安详的火光普照整个黑暗的世界，整个生活和整个人类。

她觉得，她一向用一种不很明确的爱——恐惧和希望紧密地联合着、感动和悲哀结合着的一种复杂的感情——爱着的基督，现在和她更靠近了，而且和从前的基督完全不一样了。基督变得更为崇高，对她更容易理解了，基督的脸好像也变得更加愉快、更加光明了，好像，基督受着人们的热血的灌溉（人们往往是为他慷慨地流出热血，却谦虚地不说出他们的难友的名字），真的复活了。

每次出门之后，再回到涅考拉那里的时候，母亲总是因为路上所见所闻的一切感到愉快、兴奋，再加上工作完成的圆满顺利，也就更加精神抖擞了。

"这样到处走走，看看，是再好不过的事情了！"晚上，她常对涅考拉这样说，"使你可以知道，生活到底是个什么样子。老百姓已经被逼得走投无路了。他们备受屈辱，在那里奔波劳作，可是，有谁过问他们到底愿意不愿意呢？他们是在琢磨着，这究竟是为了什么呀？为什么要压迫剥削我们？地上的东西很多很多呀，为什么我们要挨饿呢？世界上到处都有知识，为什么我们是愚笨无知的睁眼瞎呢？慈悲的上帝看人是不分贫富贵贱，一律都当成他的孩子的，可是他究竟在哪里呢？人民因为不满自己的生活，逐渐就激愤起来——他们感觉到，要是他们再不替自己打算打算，那么这不合理不公平的生活就会把他们闷死！"

母亲心里越来越明显地感觉到，内心有那么一种渴切而执著的愿望——就是想用自己的话向人们说出生活的种种不合理的现象；有时候她竟然很难抑制住这种愿望。

涅考拉每次看到母亲看插图的时候，总是微笑着给她讲些非常美好而又不平凡的事情。她被这种大胆的工作吓得半信半疑不知该说什么好，于是惊讶万分地问涅考拉：

"这样的事当真能够成功？"

于是，涅考拉就执拗地、带着对自己预言的真实不可动摇的确信，隔着眼镜用和善的目光望着她，向她讲述未来的事情。

"人的愿望是没有限度，人的力量也是用不尽的！可是，世界在精神方面的发展，还是非常缓慢的。因为现在每一个人如果要使自己得到解放，需要积蓄的不是知识，而是金钱。可是，如果人们能够克服自己的贪心，能够摆脱强制劳动的时候，那么……"

她对涅考拉的话能够完全理解的还是特别的少。然而，对他的那种显示出他的坚决信念的感情，她却逐渐地能够理解了，因为这种感情让他的言语有了生气。

"世界上自由的人太少，这就是它的不幸！"他说。

这是她能理解能明白的事情——她认识一些完全没有贪心和恶意的人，她懂得，假使这样的人能够再多些，那么生活的黑暗狰狞的面目就可以变得比较亲切，变得比较和善和比较光明。

"人们非要违反本来的意志，变得残酷无情不可！"涅考拉忧郁地说。

母亲一下子想起了赫罕尔的话，于是连连点头表示赞同。

有一次，向来都非常准时的涅考拉回家却晚了许久。

一进家门，连外套都顾不上脱，便兴奋而激动地搓着双手，急急忙忙地说："尼罗芙娜，今天有一个同志从狱里逃出来了。可是是谁呢？我还没有打听出来……"

母亲的心立刻就激动起来，身子晃了一晃。

赶忙在椅子上坐下，低声问道："那会不会是鲍什？"

"也有这种可能。"涅考拉耸耸肩膀，说道，"可是怎样帮助他躲藏起来呢？现在到哪儿去找他呢？我刚才在街上各处走了一遍，心里想，也许可以碰到他？这当然是很笨的，可是总得想个办法才好呀！我再去走一趟……"

"我也去！"母亲高喊一声。

"您到伊格尔那里去，也许他能知道点消息。"涅考拉边说边一溜烟地跑了出去。

她包了头巾，心里充满了希望，也紧跟着出了门。眼前有点发花，心脏跳得很快，双腿几乎要跑起来。

她只顾低头往前，四周的东西一样也看不见。

"等我到了那边，也许他正在那里！"这种希望好像电光一样在她心里闪着，有力地推动着她。

天气闷热，她累得喘不过气来。

等她走到伊格尔住屋的楼梯口时，她再也没有气力往上迈步了。于是，她就站住了，回头望了一望，不觉惊奇地低声叫喊了一句，同时把眼睛闭了一下——她仿佛看见涅考拉·沃索西柯夫站在门口，两手插在衣袋里。可是，当她重新张开眼睛时，却一个人影也没有了。

"或许是心理作用！"她心里想着，一边拾级而上，一边留神细听动静。下面的院子里有缓慢的、不清晰的脚步声。

于是，她机警地在楼梯转弯的地方站住，弯下腰来往下一看，她又看见一张麻脸在对着她微笑。

"涅考拉！涅考拉……"母亲欢呼起来了，跑下去迎他。可是她的心中却一下子失望起来，倍感难受。

"你走你的！你走你的！"他小心地摇着手低声说。

她便疾步往上走，推门跨进了伊格尔的房间。她一眼看见伊格尔躺在沙发上，就上气不接下气地说道："涅考拉……从监狱里逃出来了！"

"哪一个涅考拉？"伊格尔腾的一下子抬起头来，慌忙地问，"那里有两个涅考拉……"

"沃索西柯夫……到这儿来了！"

"太好了！"

这时候，他已经走进了房间，回头反锁上了门，然后摘下帽子，摸着头发，脸上挂着笑。

伊格尔从沙发上坐起来，摇着头，急切地说："请过来吧……"

涅考拉满脸带着微笑走到母亲身边，和她握了握手。

"要是不看见你，我简直想回监狱里去了！城里连一个熟人也没有，回到乡下，立刻就会被抓住。我一面走，一面想，真傻！为什么要逃出来呢？正在这个时候，忽然看见了尼罗芙娜在路上跑呢！我就跟着走进来了。"

"你是怎么跑出来的？"母亲问道。

他很拘束地坐在沙发边上，不好意思地耸着肩膀，说着：

"完全是偶然的！我在散步，有几个犯人在打一个看守。那里有一个宪兵出身的看守，因为偷了东西被降下来了。那家伙专门做暗探，告密，弄得大家走投无路！这会子大家在打他，闹得一团糟。看守们都害怕起来，跑来跑去，嘴里吹着警笛。我一看牢门开着，外面就是城里的空地。我就不慌不忙地走了出来……好像做梦一般。走了一会儿之后，我才算明白过来了，到什么地方去呢？回头一看，牢门已经关上了……"

"唔！"伊格尔说，"先生，那您就该回转身去，客客气气地敲敲门，请他们放您进去。您就说，对不起，我有点舍不得走呢……"

"嗳嗳，"涅考拉苦笑着说，"那不就太傻了！不过这样对于同志们总是很不好的——对谁都没有说一声……我走着，看见有群人在替小孩子出丧，我就跟着棺材，低垂了头，对谁也不看一眼。后来我在墓场上坐了一会儿，让风一吹，脑子里想起了一件事……"

"只想起一件?"伊格尔问着又叹了口气，随后又添了一句，"脑子里未免太空了！"

沃索西柯夫把头猛摇了一下，一点也不生气地笑了起来。

"不，现在我的脑袋不再是像以前那样空空的了。可是，伊格尔·伊凡诺维奇，你却老是在生病……"

"每个人都做他所能够做的事情！"伊格尔一边咳嗽，一边回答他。"好，好，讲下去！"

"后来，我走进博物馆。在里面转了一圈，参观一番，心里一直盘算着该怎么办，我到哪里去呢？自己甚至生起自己的气来。同时，肚子又饿得要命！我在大街上，胡乱地走着，心里很不高兴。我觉得，警察好像在盯着每一个人看。我心里想，我的这副尊容，是再也逃不过法庭的！突然，尼罗芙娜从对面跑了过来，我赶快避开，跟在她的后面——就是这样，完了！"

"可是，我怎么没有看见你呀?"母亲带着抱歉的口吻说。她对沃索西柯夫细看了一下，觉得他好像比从前容易接近了。

"同志们一定在担忧……"涅考拉搔着头说。

"可是，你不可怜官府吗？他们也在担忧呢!"伊格尔调侃地说。他张开了嘴巴，开始翕动着双唇，好像咬嚼空气一般。"好啦，不要再说笑了！得把你藏起来才好，虽然叫人痛快，可是事情并不很简单。假使我能起来……"他透不过气来了，把双手放在胸前，轻轻地抚摸着。

"你病得很厉害，伊格尔!"涅考拉说着，低下了头。

母亲叹了口气，不安地将这很挤很窄的小房间打量了一遍。

"这是我个人的事！"伊格尔回答说，"妈妈，您不必客气，问他鲍维尔的事吧。"

沃索西柯夫咧开嘴笑了笑。

"鲍维尔很好！身体很棒。他在那里好像是我的队长。和看管交涉也是他出面，总之，他在那里指挥，大家都尊重他……"

弗拉朵娃一边听沃索西柯夫讲着，一边点着头，并且用余光看了看伊格尔的发青而浮肿的双脸。他这张脸上死板板的没有表情，好像非常非常扁了，只有双眼还放射着活泼愉快的光芒。

"饿得很，想吃点东西！"涅考拉像记起什么似的突然说。

"妈妈，面包在架子上，再请你走到走廊里，敲一下左边第二扇门，有一个女的会出来开门，您就叫她把所有可吃的东西一起拿过来。"

"所有的哪里吃得下？"涅考拉反对说。

"你放心不会拿太多的。"

母亲走出去，敲了敲门，便凝神听着，一面悲哀地想起了伊格尔。

"他快要死了……"

"谁？"里面问道。

"伊格尔·伊凡诺维奇叫我来的！"母亲低声回答，"他请你去一下。"

"就来！"里面不开门只是回话。

母亲等了一会儿，重新敲门。这次门就很快地开了，走出一个长得很高戴眼镜的女人。她一边匆匆地整着上衣那很皱的衣袖，一边严厉地问母亲："什么事？"

"我是伊格尔·伊凡诺维奇派……"

"哦！我们走吧。啊，我认得您！"她低声说，"您好！这里很暗……"

弗拉朵娃望了望她，想起她曾经到过涅考拉家里。"都是自己人！"她的脑子里这样闪过一下。

那女人差一点撞在母亲身上，于是就让母亲在前面走，自己跟在后面。

一边走一过问："他不舒服吗？"

"是啊，他躺着。他说请您拿点吃的东西去……"

"哦，还是不吃为好……"

她俩走进伊格尔的房间的时候，他用喑哑的声音对她们说："朋友，我是不久就要回老家了，廖得米拉·伐西里耶夫娜！这个家伙没有得到官府的同意就从牢里逃出来啦，胆子真不小！请您先给他点东西吃，然后将他藏起来。"

那个女人点了点头，很关心地望着病人，严厉地说：

"伊格尔，有人到您这儿来，就应该立刻来叫我！我看，你已经两次没有吃药了，真不当回事！朋友们！到我那去吧！医院里马上就会派人来接伊格尔。"

"那么，我还是要进医院？"伊格尔无奈地问道。

"是啊，我跟您一块去。"

"跟我进医院？唉，天啊！"

"不要再胡说了……"

她一边说着，一边伸手整一下伊格尔胸口的棉被，对涅考拉仔仔细细地看了一遍，然后又检查玻璃瓶子里还有多少药水。她的声音十分镇静，每一个动作都十分稳当。她的脸色非常苍白，两道黑眉毛差不多在鼻梁上连在一起。

母亲不太喜欢她的这张脸——她的脸好像非常傲慢，眼睛里没有光泽，更不带着丝毫笑意，她一说话就好像是在下命令。

"我们走吧！"她继续说道，"我就回来！您先把那种药水倒一汤匙给伊格尔喝下去，不要再让他说话……"

这样说完后，她就把涅考拉带了出去。

"她这个人真好！"伊格尔叹了口气，坚持说，"她这个人真了不起呢……妈妈，你应该帮她一下——她已经很累了……"

"你不要说话！还是先吃药吧！"母亲温柔而体贴地劝说。

他吃了药，眯着一只眼睛说：

"就算不说话，最后也还照样要死……"

他用另外一只眼睛望着母亲，他的嘴唇慢慢地展开来，算是笑了。

母亲忽然低下了头，一阵强烈的怜悯之情涌上心头，以至于让她几乎要流泪。

"这不要紧，这是很自然的……有了活的乐趣一定要有死的义务……"

母亲疼爱地把手抚在他的额头，又轻声地劝说：

"不要说话了，好吗？"

他闭了眼睛，好像是在倾听自己胸中的痰声。过了一阵，他又执拗地继续开口说话了：

"妈妈，不叫我说话是没有意义的！不说话有什么好处呢？不过是多受几分钟的痛苦。一方面，还要失去跟好人谈话的乐趣。我想，像这个世界上这样的好人，在那个世界里是不会有的……"

母亲十分担忧地打断了他的话。"要是那位太太来了，她一定要骂我不该让你讲话。"

"她不是太太，她是个革命家，是个同志，是个好人。妈妈，她一定会骂你的。她对什么人都骂，老是这样的……"

伊格尔慢慢地、费力地动着嘴唇，讲起了他这个邻居的历史。讲述中，他的眼睛里含着微笑。母亲看出来，他是故意在那里说她。母亲望着伊格尔那蒙着一层青色的脸，惊惶地想道："他是活不长了……"

廖得米拉走了进来，仔细地关上了门，对母亲说："您的朋友一定要换了衣服离开此地，越快越好。所以，彼拉盖雅·尼罗芙娜，你现在就得去替他弄一身衣服，把所有的东西都拿过来，只可惜，瑟蓓娅不在这儿，把人藏起来那是她的特长。"

"她明天回来。"母亲将披巾搭在肩上，回答说。

每次她受了委托去办什么事的时候，她总是一心想很快很好地将它完成，除了她要做的事情之外，她什么也不再想。

此时，她也是很担心地皱着眉头，一本正经地问："您打算让他穿什么样的服装?"

"什么样的都好!反正他是在夜里走……"

"夜里反而不好——路上人少,容易被人注意,他又不很灵活……"

伊格尔沙哑地笑了起来。

"可以到医院里去看你吗?"母亲问道。

伊格尔咳嗽着点了点头。

廖得米拉用她的黑眼睛望着母亲的脸迅速地说:"您愿意和我轮流着来照顾他吗!对吧?很好,可是,现在赶快去吧!"

她亲切地、可是又不容分说地挽着母亲的手臂,把她带出门外,站在门口,压低嗓门说:

"我把您带了出来,请您不要生气!他讲话对他的身体很有害,"可是,我有希望……"

她捏着手,手指发出咯咯的声响,但是,她的眼皮却疲劳困倦地垂下来了……

这种解释使母亲狼狈起来,她含糊不清地说:

"您这是什么话呢?"

"您要仔细注意一下,有没有暗探?"她低声地嘱咐,接着她就抬起双手,在额角左右擦了一下,她的嘴唇在抖,面色好像比以前温和。

"我知道的!"母亲带着几分自负地说道。

走出门外,母亲停了下来,整一整披巾,同时悄悄地、却是目光炯炯地向四周看了一遍。在街上的人群里面,母亲已经能够几乎很准确地认出暗探来——他们的步伐总是故意装得很悠闲的样子,表情上、姿势上都带着不自然的放肆,脸上带着疲劳和无聊的表情,还有那双张皇的眼睛,眼光尖锐得令人不快,眼色忽忽闪闪,像是提心吊胆、干什么坏事,又非常拙劣地想掩盖起来。

这些情形,母亲是十分熟悉的。这一次,母亲没有看到那些看熟的暗探的面孔。她不慌不忙地在大街上走了一段路,后来就雇了马车到市场。

她替涅考拉买了衣服，激烈地和那个卖主讨价还价，这之中，她故意大骂着自己的酒鬼丈夫，害她差不多每个月得替他购置全身新衣服。这个计策对商人并不起什么作用，可是母亲自己却觉得非常得意——因为她一路上已经想过，警察局知道，涅考拉逃走之后一定要改装，所以会派暗探到市场来的。

她怀着同样的孩子般的小心回到伊格尔家里，不多一会儿，她就要完成将涅考拉送往郊外去的任务。

她陪着涅考拉在街的边上走。她看到涅考拉低着头，沉重地跨着步子，那件很长的土红色大衣的下摆老是不断地缠住他的两腿，他不时地得伸手把帽子扶正，因为帽子总是滑到鼻子上。这些让她心里觉得又好笑又高兴。

来到一条清冷的街上，萨茜卡在那儿等着他们；然后，母亲就朝涅考拉默默点头告别，独自回家来。

"可是，鲍什还在里面……昂特廖萨也在……"她忧伤地想着。

一看见母亲，涅考拉就不安而焦急地大声说道：

"您知道吗？伊格尔的病情非常严重，非常严重！他已经进了医院，方才廖得米拉来过了，要您到她那儿去……"

"到医院去？"

涅考拉用颤抖的手指推了推了眼镜，又替母亲披了一件衣服。

然后，他用温暖的、干枯的手握着母亲的手，声音发颤地说："哦！您把这个包裹带去。沃索西柯夫的事办好了吗？""全办好了……""我也去看看伊格尔……"

由于疲劳，母亲感到有点头晕，可是涅考拉的那种不安的心情在她心里引起了悲剧的预感。

"他快要死了。"一个模糊的念头在她脑海里萦绕着。

可是，当她步人那个整洁明亮的小病房，看到伊格尔倚着一堆白枕头坐在病床上，沙哑地大笑时，她一下子就安下心来了。

她笑眯眯地站立在门口听病人对医生说道：

"所谓治疗，这是一种改良……"

"不要瞎说，伊格尔！"医生关切地低声阻止道。

"可是，我是革命家，我最讨厌改良……"

医生小心地将伊格尔的手放在他的膝上，站起身来，沉思地捋了捋胡须，然后开始用指头按摸病人那浮肿的脸。

母亲跟那个医生很熟，他是涅考拉的一个特别亲密的同志，名叫伊凡·达尼洛维奇。

母亲悄声走到病人面前，病人对她伸了伸舌头。

这时，医生转过头来，对母亲说道：

"啊，尼罗芙娜！您好！他手里拿的是什么呀？"

"大概是书。"

"他不能看书！"身材瘦小的医生命令似地说。

"他想把我弄成一个白痴！"伊格尔抱怨着。

短促而沉重的呼吸和痰的声音一同从伊格尔胸口处冲了出来。他的脸上，透出一层薄汗，他慢慢地举起了不听使唤的、好像十分沉重的手，用手掌在额上擦了一下。浮肿的两颊显得异样地呆板，使他原本善良的宽脸变得很难看。仿佛一切的轮廓都在死的面具下面消失殆尽了，只有因为脸肿而显得深陷下去的眼睛，仍是闪闪发光，带着宽容的微笑。

"喂，科学先生！我很累了，可以躺下吗？"他问。

"不行！"医生简单地回答。

"好吧，等你走了我就躺下……"

"尼罗芙娜！请您别让他躺下！给他把枕头垫好。还有，请您不要和他说话，这对他非常有害。"

母亲会意地点了点头。医生用细碎的步子很快很轻地走了出去。

伊格尔垂下头，闭了双眼，安静下来了，只有手指还在慢吞吞地动着。病房的白粉墙壁使人感到干燥的寒冷和阴冷的悲哀。

很大的窗子外面，可以清清楚楚地看见菩提树的繁茂的树顶。在那沾满了灰尘的暗色的叶片之间，很鲜明地闪动着一点点的黄叶——这是那即将到来的秋寒之触角。

"死神正在不情愿地、慢慢地向我走过来……"伊格尔并不睁开双眼，身子纹丝不动，他接着说："它看我是个非常和气的小伙子。好像有点可怜我……"

"不要说话了，伊格尔·伊凡诺维奇！"母亲轻轻地抚着他的手，请求般地劝说。

"等一等，我就要不说话了……

他不停地喘着，每句话说得都困难，因为体力十分衰弱，他总得停上好一会儿才能再接着往下说：

"您和我们在一起，这是很值得庆幸的——看了您的脸，心里就高兴。我经常问我自己，她的前途是什么呢？在前面等待着她的，也像大家伙面前的一样，是监狱和受肮脏的欺辱！当我想到这里，总觉得难受得很啊。您，不怕坐牢？"

"不怕！"她简单地回答。

"哦，那是当然的，可是不论怎样说，监狱总是令人讨厌的。我变成这个样，完全是因为坐牢的缘故。凭良心说，我不愿意死……"

"或许，你还不会死！"母亲想这么说，可是望着他的脸色，却没能说出口。

"我是还能工作的……不过，要是不能工作，活着也是枉然，而且那样活着也没有什么意义……"

"话是对的，可是，这并不能使人得到安慰！"母亲不禁想起了安德烈的话，重重地叹了口气，仿佛有什么沉甸甸的东西压在她的心中。一天的奔波让她疲惫不堪，肚子很饿。

窗外菩提树的树梢如同低垂的乌云，它的那种悲哀的黑色使人看了觉得吃惊不已。四周的一切在黄昏的寂静中都凝止了，没精打采地等待着黑夜的降临。

"啊啊，难受得要命！"伊格尔说完，闭了双眼，不再开口。

"睡一会儿吧！"母亲耐心地说，"睡着了也许会好受一些。"

接下来，她屏气凝神地听了一会儿病人的呼吸，然后，向周围望了一遍，悄悄地坐在那里，心中便充满了凄凉的悲哀，不知不觉打起盹来。

门轻轻地响一声，惊醒了她——她吓一跳，看见伊格尔的眼睛已经睁开了。

"我睡着了，对不起！"母亲低声说。

"我对不起您呢！"他也轻轻地说。

窗外的暮色越来越浓重了。带雾的寒气叫人睁不开眼睛，一切都变得非常模糊，病人的脸也变得阴暗不清了。

传来了一阵低语和廖得米拉的声音：

"灯也不开就在那里叽叽咕咕地说话。电灯开关在哪儿?"

说话间，整个房间里便亮起了令人不快的白花花的冷光，只见身材修长挺直的廖得米拉，穿着一身黑衣服，站在房间的中央。

伊格尔全身猛地抖动一下，将手放在了胸口上。

"怎么样?"廖得米拉惊叫着，朝他跑过来。

伊格尔眼光呆滞地望着母亲。此时此刻，他的眼睛好像很大了，而且是异样的发亮。

他大张着嘴，仰起了头，把手伸到前面。

母亲非常小心地握住了他的手，屏着呼吸望着他的脸。

他的脖子剧烈地抽动了一阵，脑袋便倒了下来，尔后，他高声地说道：

"不行了——完了！……"

他的整个身子轻轻地抖了一下，脑袋无力地垂在肩上，他的睁得很大的眼睛里，毫无生气地映出了悬在病床之上的冷寂的灯光。

"我亲爱的！"母亲耳语般地说。

廖得米拉慢慢地离开床边，在窗前站定，双眼望着窗外。用一种母亲觉得是很陌生的、很高的声音说："死了……"

她屈着身体，把臂肘撑在窗台上，忽然，好像头上被人打了一下，颓然无力地跪倒下去。她双手捧住脸，低沉地呻吟起来。

母亲将伊格尔那沉重的双手交叠放在胸口，把他那格外沉重的脑袋在枕头上摆好，然后，流着眼泪，来到廖得米拉的身旁，弯下腰来轻轻地抚摸着她浓密的头发。

廖得米拉慢慢地扭过脸来，她那没有光泽的眼睛像生病似的睁着。

她站起身来，嘴唇在不断发抖，低声说："在流刑的时候，我们住在一起，我们一块到了那里，坐过牢……有时候是难受的，很多人情绪低落……"

没有眼泪的痛苦的哽噎塞住了她的喉咙，她勉强抑制号啕痛哭，把脸凑近母亲的脸，悲哀的、亲切的情绪使她的脸显得温柔而年轻了，尽管没有流下泪水，但内心的悲苦与哀伤使得她的话语时断时续。

"可是，他一向总是非常愉快，讲些笑话给大家听，和每个人都开玩笑，勇敢地遮掩自己的痛苦……竭力鼓励软弱的人，他善良、敏感、亲切可爱……在西伯利亚的时候，无聊的生活容易使人堕落，使人发生诅咒人生的情绪——可是他很能够跟这种倾向作斗争！……您不知道，他是个多好的同志啊！他的生活非常艰苦，可是从来没有人听他发过一句怨言！我和他是最亲密的朋友，我从他那里得到许许多多的友爱和帮助。他把全部的知识都教给了我，他十分孤独而疲劳，可是他从来不要求别人给他爱抚和关心……"

说到这，她走到伊格尔面前，弯下身体，吻着他的手，悲切地低声说："同志啊，我最敬爱的人，我感谢您，真心地感谢您，别了！我一定要像您那样工作，不知疲倦、不怕辛苦、决不迟疑，毕生劳作！……永别了！"

悲痛的呜咽使她的身体颤动起来。她抽泣着将头伏在伊格尔脚后的床上。

母亲默默地一直淌着眼泪。她不知为什么竭力抑制住自己的眼泪，她也想用特别的爱抚来安慰廖得米拉，更想说些亲切又悲哀的话来悼念伊格尔。但她只能透过泪水，静静地望着他那消瘦的脸，望着他那仿佛进入睡眠的紧闭的双眼，以及发黑的、永远含着一丝微笑的嘴唇。

病房里静谧安详，光线黑暗……

伊凡·达尼洛维奇像平时一样，迈着匆忙而细碎的步子走了进来，忽然在房间中央站住，很快地将两手插进衣袋里。

他十分紧张而迫急地问道："许久了吗？"

没有人回答他。

他一边擦着额头，一边摇摆着身子走到伊格尔面前，握住他的手，然后退到旁边。

"这没有什么奇怪的，老实说，照他的心脏的情形，在半年前就该这样了……至少在半年前……"

他那尖锐而镇静的声音很高很亮，听起来好像与这种场合不大适宜。忽然，他打住话头，背靠白墙，伸出手没目的地很快地捻着胡须，同时，眨着眼睛望着床边的女人。

"又少了一个！"他好像是在自言自语，声音轻微。

廖得米拉站起身来，走到窗口，推开了窗子。

过了片刻，他们三人互相紧挨着站到了窗前，一起望着秋夜阴暗的景色。

在黑色的树顶上空，星星在闪闪发光，衬得天空无限深远……

廖得米拉挽着母亲的手，默默地靠在母亲的肩上。医生低垂着头，用手帕揩着眼睛。

在窗外的寂静之中，黄昏时分城市的喧哗声疲乏而执拗地叹息着。冷气扑面而来，吹动了人们的头发。但这种时节，这些情景并没有打动他们，廖得米拉仍在不停地颤抖，两颊上闪着晶莹的泪花。医院的走廊里传来惊慌忙乱的声响，有急促的脚步声，有呻吟，也有悲伤的低语。然而，他们一动也不动地站在窗口，凝视着空中的黑暗，没有一个人说话。

母亲觉得，自己已经没有留在这儿的必要了。于是，她悄悄地抽出手，一面慢慢地朝门口走，一面向死去的伊格尔行礼。

"您要走吗？"医生轻轻地、头也不回地问询。

"嗯……"

路上，母亲又想起了廖得米拉，想起她的难得流下来的眼泪：

"连哭也不会……"

伊格尔临终的话，引起了她无限的感慨和轻轻的叹息。她缓慢地走着，眼前又浮现出他活泼的眼睛，他讲的笑话和关于生活的故事也萦绕在她的耳际。

"好人活着虽然困难，可是死的时候倒很容易……我将来死的时候不知怎么样？……"

后来，她又想起站在那间光线太强的白色病房里的廖得米拉和医生，想起他们背后的伊格尔毫无生气的眼睛，心里便涌起了无尽的怜悯与同情。她沉重地叹了口气，加紧脚步，好像有种不安的情绪在催促着她。

"该快点走！"她服从着在她内心轻轻地推动着她的一股悲伤的、然而勇敢的力量，边走边告诫自己。

第二天，为了准备葬礼，母亲又忙活了一整天。

傍晚，母亲和涅考拉姐弟俩正在喝茶的时候，萨茜卡忽然来了，她神情兴奋，不停地嘻嘻哈哈。

她的两颊绯红，眼睛里闪烁着愉快的光亮。母亲觉得，好像她全身都充满了快乐的希望。

她的这种情绪，猛然地闯进了缅怀死者的那种悲伤的情调和氛围之中，两者不能融和，就像在漫漫黑夜里突然发出一团火似的，使大家手足无措、眼花缭乱，不知怎样才好。

涅考拉沉思似的用指头敲着桌子说：

"您今天有点不同，撒莎……"

"是吗？大概是的！"她回答着，幸福地笑了起来。

母亲拿责备的目光看了她一眼，没说什么话。

瑟蓓娅用提醒的口吻对她说："我们正在谈伊格尔·伊凡诺维奇……"

"他真是一个好人，是吗？"萨茜卡高声说，"我没有一次不是看见他微笑，说着笑话。而且他的工作又是干得那么出色！他是革命的艺术家，他像巨匠一样具备着革命的思想。不论什么时候，他总是朴素地、有力地描绘着揭露虚伪、暴行和奸邪的图画。"

她低声说着，眼睛里带着沉思似的微笑，但这种沉思并不能使她目光中那些谁都不了解、可是谁都一目了然的喜悦的火花熄灭消减。

他们不愿使他们追念朋友的悲哀的心情屈服于萨茜卡带来的喜悦的情绪。他们纯粹是无意识地维护着这种把自己浸沉于哀伤里面的权力，一面努力把撒莎引进他们的情绪里……

"可是现在他死了！"瑟蓓娅凝视着她，执拗地说。

萨茜卡用她的怀着疑问似的目光迅速地对大家看了一遍，她的眉头皱起来了。她低下头，慢慢地整理着头发，不开口了。

"死了？"过了一刻她高声说，用挑战似的目光又向大家看了一遍，"所谓死了，这是什么意思？究竟是什么死了？我对伊格尔的尊敬，我对他，对一个同志的爱，对他的思想所做的工作的纪念，难道都死了吗？这种工作难道死了吗？他在我心里唤起的感情，难道消失了吗？我一向把他看作是一个勇敢而诚实的人，难道我对他这种看法动摇了吗？难道这一切都死了吗？我想，这对于我是永远不会死的。我以为，我们常说一个人死了，这种说法未免太急了。他的嘴巴死了，可是他的言语将要永远活在生者的心里！"

萨茜卡兴奋起来，重新在桌旁坐下，将臂肘撑在桌上，带着微笑，用一种十分恍惚的眼光望着大家，镇静地说：

"或许，我的话有些傻气。可是，同志们，我深信，诚实的人是不死的；那些给我幸福，使我能过上像我现在所过的这种美好生活的人，是永远不死的。这种生活的复杂性、形形色色的现象，以及对我说来好像我的心灵一样可贵的理想的成长，使我感到陶醉。我们的感情，也许太不肯流露，我们想得太多，这使我们的性格变得有些古怪，我们只是用脑子去理解，从来不去用感情……"

"您是碰到什么好事了吗?"瑟蓓娅笑着问。

"是啊!"萨茜卡点了点头，"我觉得是一件很好的事! 我和沃索西柯夫谈了一个通宵。从前，我讨厌他，以为他是一个粗鲁无知的家伙。而且，他过去的确是这样的。无论对于什么人，他总是暗暗地怀着恶意的愤怒，无论什么时候，老是把自己放在一切的中心上，嘴里凶狠地、粗鲁地嚷着——我，我，我! 使人讨厌得要死。其中啊，带着一种小市民的、叫人生气的东西……"

她微微笑了笑，又用发亮的眼睛把每个人都看了一遍。

"现在呢，他把别人叫作同志了! 应该亲自听一听，他是怎样说的。他是怀着一种害羞似的、温柔的爱——这是不能用语言表达出来的! 他现在变得非常单纯、非常真诚，心里充满要工作的渴望。他找到了自己，看见了自己的力量，知道了自己缺少的是什么；最重要的，就是从他心里发出了真正的同志感情。"

弗拉朵娃听萨茜卡说着，她看见这个严肃的姑娘变得这么温柔而愉快，心里便觉得非常高兴。同时在她内心深处又产生了那么一种嫉妒的想法："那么鲍什呢……"

"他呀，"萨茜卡继续说，"一心只想着同志们，你们知道不，他劝我干什么? 他劝我一定要设法帮助同志们出狱，嗳，是的! 他说这是非常简单、非常容易的事情。"

瑟蓓娅抬起头来，精神振奋地说：

"您以为怎么样? 撒莎? 这个主意我看很不错!"

母亲听了，手里的茶碗颤动了起来。

撒莎抑制住自己的欢喜，蹙着眉毛沉思了一会儿，然后口气严肃地，但却愉快地微笑着回答说："假使一切都真像他所说的那样，我们就应该试一下！这是我的责任！"

她的脸忽然涨红了，于是她不自然地在椅子上坐下来，沉默了。

"可爱的姑娘！"母亲带着微笑想道。

瑟蓓娅也笑了一笑，涅考拉却温柔地望着撒莎，轻声地笑出了声。

这时，撒莎抬起头，严厉而认真地对大家看了一看，她的脸色发白，眼睛炯炯发光，冷冷地、语气里带着怒意说：

"你们在笑，我明白你们的意思，你们以为我只是考虑我个人的事吗？"

"为什么？撒莎？"瑟蓓娅站起身来朝她走过去，同时，很狡猾地问着。

母亲觉得，这句话问得是多余，会使撒莎生气，因而，她叹了口气，耸了耸眉毛，好像责备似的望着瑟蓓娅。

"可是，我不赞成！"撒莎喊着，"如果你们要研究这个问题，我是不预备来参加并解决这个问题的……"

"撒莎，不要这样说！"涅考拉十分平静地说。

母亲走到撒莎面前，俯着身子，小心地摸抚着她的头发。

撒莎抓住了母亲的手，抬起涨红了的脸，困惑地望了望她。母亲微笑了一下，不知该对撒莎说些什么才好，只是悲伤地叹了口气。

瑟蓓娅在撒莎旁边坐下来，抱住她的肩膀，面带微笑望着撒莎的眼睛说：

"你这个人真怪！"

"对，我这个人好像太傻了。"

"您怎么能想……"瑟蓓娅接下去想说自己的意思。可这时，涅考拉忽然用一种认真的像事务式的口吻打断了她的话。

"关于营救的计划，如果可能，当然是没有人反对的。第一呢，我们应该知道，狱中的同志们究竟是不是愿意……"

撒莎又低下了头。

瑟蓓娅吸着香烟，朝弟弟瞥了一眼，然后把手一挥，将火柴丢到了角落里。

"大概不至于不愿意吧！"母亲叹着气说，"只是我不相信，越狱是这么简单的事……"

大家便都默不作声了。其实，母亲心里却很想再听一听是否有越狱的可能。

"我要见一见沃索西柯夫。"瑟蓓娅忽然说。

"明天我告诉您时间和地点吧！"撒莎小声回答。

"他要做些什么工作？"瑟蓓娅一边踱步，一边询问。

"决定了叫他到新的印刷所去当排字工人。在印刷所没有成立之前，暂时就住在看林人那里。"

撒莎的眉毛皱了起来，脸上露出她一向惯有的严峻的表情，声音听起来也是冷冰冰的不一样了。母亲正在洗碗，涅考拉走到她身边，对她说："后天你去看看鲍维尔，把一张字条交给他。要知道，我们应该了解……

"我知道，我知道！"母亲连连回答他，"我一定交给他……"

"我要回去了！"撒莎说着，便迅速而无声地和每个人都握了手，迈开似乎特别坚定的脚步，身体挺得笔直，冷漠超然地走了出去。

母亲坐在椅子上，瑟蓓娅把手放在她肩上，一边摇着她，一边笑着说：

"尼罗芙娜，您喜欢有这样一个女儿吗？……"

"啊，天啊！我是多么希望看见他们在一起啊，哪怕就是一天也好！"母亲几乎是带着哭声喊了出来。

"是的，一点点的幸福——这对每个人都是好的！……"涅考拉接着话音低声附和。"然而，没有人希望只有一点点的幸福。可是幸福多了——又会变得没有价值了……"

瑟蓓娅坐在钢琴前面，又弹起一支忧伤的曲子。

第二天的早上。数十个男女站在医院门口，等待着他的同志的棺材出来。暗探们细心地包围住他们，耸起敏锐的耳朵想要听到只言片语，同时还努力记着他们的面貌长相和举止行为。街对面，一队腰里带着手枪的警察向着他们盯望。

暗探的傲慢的态度，警察的嘲笑的表情，以及他们要显显威风的那种神气，引起了群众的愤慨。有的人为了遮掩自己的愤怒，故意讲着笑话；有的则阴郁地瞅着地面，竭力不去看这种令人倍感被欺辱的情形；有的压不住怒火，就索性嘲笑当局，说他们对除了言语之外没有任何武器的群众都要害怕。

秋天淡青色的天空，晴朗朗地俯视着铺着黄色圆石的街道。秋风卷着落叶，把它们吹到人们脚下……

母亲混在人群里面，注意着张张熟悉的面孔，悲哀地想："太少了，人数太少了！差不多没有一个工人……"

开了，一具棺材抬了出来，上面放着系有红丝带的花圈。

大家不约而同的摘下了帽子，好像是一群黑鸟在他们头上飞舞。一个红脸、留着浓密的黑唇胡的高大警官，很快地跑到人群中间。一队兵士跟在他后面，把笨重的皮靴在石子路上踏得丁当响，他们蛮横地推开群众。

警官用沙哑的声音像发布号令似的大声喊道："请把丝带解下来！"

话音刚落，这些男男女女便紧紧地把他围住了，他们纷纷挥动着手臂，非常激动地推搡着、吵嚷着，也不知都在说些什么，乱作一团，难以分清。

母亲只觉得，眼前闪动着一个又一个嘴唇发抖的激动的脸庞，她弄不清楚谁是谁，其中好像有一个女人的脸颊上流着屈辱的眼泪……

"打倒暴力！"有个年轻人高喊了一声。然而，这喊声很显得孤零，在喧闹的声浪里立刻就被淹没了。

母亲心里顿感痛苦难捱，于是，她对她身旁的一个穿得很寒碜的年轻男子激愤地说："怎么竟连给一个人出丧都看管，简直太不像话！"

群众的反感情绪不断地增长着。棺盖在人们头上摆动，风吹拂着丝带，在人们的头上和肩上不停地缭绕飘动。每个人都可以清楚地听见红丝带那干燥的如同神经质般的嚓嚓声。

母亲害怕可能发生冲突，急忙悄声对左右两旁的人说："算了，既然这样，就解了丝带吧！解了有什么要紧呢！"

一个高亢而洪亮的声音，压倒了所有的喧噪声。葬！……

不知是谁又用尖细激越的声音高唱起来。

你在战斗中牺牲了……

"把丝带解下来！亚可夫列夫，把它给切断！"

听见了拔刀的声音。母亲闭上了双眼，等待人们的呐喊。

然而，此时声音却渐渐地静下来。过了片刻，人们像被在追逐的狼似的骤然咆哮起来。到后来，大家都一声不响地低下了头继续朝前走，街上只听见沙沙沙的脚步声。

前面抬着被洗劫了的棺材。棺盖上面放着被踩躏了的花圈。警察们骑在马上，身子左右摇颤着，一派洋洋得意。

母亲在人行道上，那具棺材已经被密集的人群围着，母亲已经看不见它了。群众不知不觉渐渐增多了，几乎要挤满了街道。群众后面，也高耸着骑马警察的灰色的身影；徒步的警察手按马刀，在两旁走着；四处都躲闪着母亲常常看见的暗探的狡猾眼睛，正在仔细而尖锐地观望人们的脸。

永别了，我们的同志，永别了——两个好听的声音悲伤地唱着。

这时，突然发出了一声叫喊："不要唱！诸位，我们应该肃静！"在这声叫喊里，有一种感人的威严气势。

悲哀的歌声停止了，谈话的声音也轻起来。只有踏在石子路上的坚定的脚步声，让大街之上充满了整齐而低沉的送别感。这种脚步声，渐渐地升高了，升到了透明的天空中，仿佛第一声春雷传来的沉痛而喜悦的余音，震动了空气。

冷风越来越硬了，恶意地把城里街道上的灰尘和脏东西朝人们迎面吹过来，吹动着衣服和头发，吹迷了人们的眼睛，拍打着人们的胸脯，在脚边乱窜……

在这种没有教士、没有令人心酸的歌声的肃穆的葬礼上，沉思的脸，紧蹙着的眉头，在母亲心里唤起了一种惊慌的感觉。她的思想慢慢地转动着，把她的感想用忧伤的话语表达出来。

"为正义斗争的人还是不多……"

她低头走着，她觉得这里葬下的好像不是伊格尔，而是另外一个她非常熟悉、非常亲近而又是她不能缺少的人。她觉得悲伤而且不自在不知如何是好。她还觉得有些不安——因为她不赞成为伊格尔送丧的人们所采取的方法，于是，心中好像打了个疙瘩似的。

"当然，"她心想，"叶戈鲁什卡是不相信上帝的，他们大家也和他一样……"

可是，她不想再想下去，但为了驱散胸中的痛苦，她叹了口气。

"啊，神啊，耶稣基督啊！难道说我将来也这样？……"

他们到了墓地，又在坟墓中间的那条小路上左左右右地走了好久，最后才算走到一块满是矮矮的白色十字架的空地上。大家聚在坟墓旁边，沉默起来。

在许多坟墓之间，活着的人们的严肃和沉静唤起了一种恐怖的预感，叫母亲的心抖动了一下之后就好像停止了跳动似的，仿佛是在等着什么。

风，在十字架上唿哨着，怒号着。棺盖上那被踩蹦了的花朵令人伤心地颤动着……

警察们都竖起了耳朵听着动静，每个人的身体都挺得笔直，眼睛训顺地望着警官。

有一个身材高大魁伟的年轻男子站到了坟上，他留着长长的头发，脸色苍白、黑黑的眉毛、头上没有戴帽子。

就在这时，警官猛地大叫一声："诸位……""同志们!"黑眉毛的男子开口说话了，声音洪亮悦耳。"等一等！"警官喊道，"我宣布，这儿不准演讲……"

"我只讲几句话！"青年十分镇静地回驳后，接着又说："同志们！我们应该在我们导师和友人的墓前宣誓，我们决不忘记他的遗训：对于造成祖国的一切不幸的根源，对于压迫祖国的暴力——专制政体，我们每一个人都要终生不懈地替它们挖掘坟墓！"

"抓住他！"警官喊着。可是一阵嘈杂的叫喊声盖过了他的声音。

"打倒专制！"

警察拨开群众，闯到演说人的面前。那人虽然被紧紧地包围着，但还是高举起拳头在那高喊：

"自由万岁！"

母亲被挤到了一边，她恐惧地靠在了十字架上，索性闭上双眼等着挨打。

一阵猛烈的旋风般的噪音差不多要震聋了她的耳朵，脚下的土地似乎也在抖动，恐怖和骤然的寒风让她不能呼吸。

警笛的声音十分尖锐地从空中飘过，有个粗暴的嗓音在发布命令，女人们在歇斯底里地叫喊，围墙的木材发出了断裂的响声，脚板重重地踏在干燥的土地上发出低沉的共鸣。

这一切继续了许久。母亲觉得，闭着眼睛听到这一切是非常可怕的。于是她睁开双眼。这一刹那间，她突然喊叫了一声，并伸着手朝前跑去。

离她不远的地方——在坟墓间的窄窄小路上，警察们围住了那个长头发的男子，同时，正拼命驱逐四周袭击过去的群众。只见出了鞘的马刀在空中闪着冷飕飕的白光，在人们头顶上忽起忽落着，而手杖和瓦砾也在上下飞舞着。扭打在一起的人们发出了野蛮的叫喊声，叫喊声混乱地盘旋在墓地之上。那个青年的苍白的脸庞在高处出现了，就在那憎恶和愤怒的风暴上面，又响起了他坚决而洪亮的声音：

"同志们！别做无益的牺牲！"

他的喊声生了效。

人们纷纷丢下了手杖，渐渐地退散开来。可是，母亲仍被那种不能抑制的力量所吸引着，还是继续向前挤。

这时，她忽然看见了涅考拉。涅考拉把帽子推到了后脑上，正在推着被气愤激怒了的群众。

她听见了他的责备般的呼喊："你们别发疯啦！镇静一下吧！"

母亲恍惚看见，涅考拉的一只手上已经染上了鲜血。

"涅考拉·伊凡诺维奇，走吧！"母亲急匆匆地冲到他身边，关心地喊着。

"您要到哪儿去？那边会打您的……"。

瑟蓓娅站在母亲旁边，伸手拢住了她的肩膀。她头上没有帽子了。头发散乱，扶着一个差不多还是孩子的青年。

这个小青年一手捂着被打破了的、流着血的脸，用抖动的嘴说：

"放手，不要紧……"

"照顾他一下儿，带他回去！这儿是手帕，给他把脸包上。"瑟蓓娅迅速地说着，顺便将小青年的手塞给了母亲。然后一边跑，一边叫喊着：

"快走啊，在抓人了！"

群众四散而逃，警察紧跟在后面，嘴里大骂着，手里挥舞着马刀，在坟墓中间笨重地跨着步子，两腿常被大衣的下摆缠裹住，很不灵便。

这个小青年用狼一般恶狠的目光盯着警察的背影。

"咱们快些走吧！"母亲用手帕擦着青年脸上的血，低声喊道。

他不停地吐着带血的唾沫，含含糊糊地说道："您不要担心！我不疼。他用把子打我，我也用手杖结结实实地揍了他几下！揍得他哭了出来！"

他挥动着带血的拳头，用已经沙哑了的声音喊：

"等着吧，不可能让你们这样就算完了！我们工人阶级全体都起来的时候，不用动手就足以制服你们！"

"快走吧！"母亲着急地催他。·

　　于是，他俩加快了脚步，朝坟场围墙的小门走去。母亲以为，围墙外面的空地上，一定有警察躲藏在那，等着他们，等他们一出去，马上就会冲过来打他们。可是，当她小心地推开小门，朝那满是秋天的灰雾的空地上张望的时候，外面静悄悄的，连个人影也没有，所以她立时就安下心来。

　　"让我替你把脸包起来！"她说。"不，不必了，我一点也不觉得惭愧！他打了我，我也打了他，这是很公平的……"母亲麻利地给他包扎好伤口。一看见血，她心里就不由得充满了怜惜之情；当她的手指触到温湿的血时，她突然害怕不已地战栗起来，但，她还是能控制自己的。

　　母亲默默地挽着那个小青年，飞快地穿过空地。

　　小青年这时的口齿清楚起来了，他友好地嘲笑说：

　　"您把我拖到哪里去，同志？我自己还能走……"

　　可是，母亲觉得，他的身子在摇晃，他的步子很不稳，他的手在发抖。他有气无力地向她问开了话，但并不给她回答的空儿。

　　"我是洋铁工人伊凡，您是谁？我们是在伊格尔·伊凡诺维奇的小组里的三个洋铁工人，小组里一共十一个人。我们非常敬爱他——愿他到天国去吧！虽然我是不相信什么神的……"

　　母亲在一条街上雇了马车，让伊凡坐上车之后，她悄悄地对他叮嘱："现在别讲话！"她边说边用手帕仔细地裹住他的嘴巴。

　　伊凡将手举到嘴边，可是已经不能把手帕取掉了，于是，那只手无力地放在了膝盖上。但即使现在蒙着手帕，他还是含糊不清地嘟哝着：

　　"今天你们打了我，我是到死也不会忘记的……在他以前，有一个大学生季托维奇……教我们政治经济学……后来被抓去了……"

　　母亲抱着伊凡，让他的头抵住自己的胸口，小青年的身体忽然沉重起来，也就不再作声了。母亲几乎被吓呆了，她偷偷地望着马车的两边，她觉得马上会从什么地方的角落里跑出了几个警察，如果他们看见伊凡的头包扎着，立刻会抓住他，把他打死。

"他喝醉了?"车夫回转头来,善良地笑着问。

"不提了,喝了不少烈酒!"母亲叹口气接应着话头。

"是您的儿子?"

"嗳,他是皮匠。我是替人家做饭……"

"你苦啊。原来这样……"

车夫加了一鞭,又扭过头来接着问道:

"你听说了吗,方才墓地那边打得可厉害啦!一个政治人物出丧,那人也是反对官府的……他们不赞成官府的做法。当然,送丧的也是这样的人,是他的朋友。他们在那里喊着什么'打倒政府',说什么政府使人民破产……于是警察就打他们!据说有的人被砍得差点没命喽。当然,警察之中也有的受了伤……"他停顿了一下,难受地摇着头,用异样的声音说,"死人都不得安宁,唉!把死人都给吵醒啦!"

马车吱吱咯咯地在石子路上颠簸着,伊凡的头轻轻地撞着母亲的胸口。

车夫侧身坐着,仿佛是沉思了之后说道:

"老百姓里面已经有了动摇,天下就要大乱了,对不对?昨天夜里,宪兵闯到我们邻居家,一直闹腾到天亮,今天早上抓走了一个铁匠。据说,夜里要把他带到河边,偷偷地把他推到河里淹死。可是,那个铁匠人倒不错……"

"他叫什么?"母亲问。

"那铁匠吗?他叫萨威尔,外号叫叶甫钦珂。年纪还不大,可是懂得事却很多。现在的时势,大概懂事是有罪的!他到我们这儿来的时候,总说:'赶马的朋友们!你们的日子怎么样?'我们说,'真的,还不如狗呢!'"

"停下!"母亲要求。

马车一停,把伊凡惊醒了,他低声呻吟起来。

"小伙子醉得可真不轻啊!"车夫说,"唉,伏特加,伏特加……"

伊凡全身无力地又摇又晃，踉踉跄跄地在院子里走着，嘴里说着：

"不要紧，我能走。"

瑟蓓娅早已经回家来了。

她一见母亲进来，急忙前来迎接，嘴里正叼着烟卷，满脸兴奋的神情。她轻手轻脚把受伤的人安放在沙发上，很敏捷地给他解了绷带布，小心地照顾着他。她的眼睛被烟卷的烟雾熏得眯缝着。

"伊凡·达尼洛维奇，受伤的人被带回来了！尼罗芙娜，你很累了吧？受惊了，对吗？好，您先休息一下吧。涅考拉，给尼罗芙娜拿一杯葡萄酒来！"

母亲被今天发生的一切弄得头昏眼花，她沉重地呼吸着，胸中感到有阵阵疼痛袭来，她含混地说：

"您不必照顾我……"

其实她整个身心都是在渴望着大家来注意她关怀她，给她安慰和爱抚。

一只手包着纱布的涅考拉，和衣着凌乱、头发像刺猬一般地直竖着的伊凡·达尼洛维奇医生从邻室走了出来。

医生快速走到伊凡面前，俯着身体说：

"拿水来，多拿些水来，还有干净的纱布和棉花！"

母亲听了准备去厨房里拿去，可是涅考拉用左手挽住她，把她带到餐室里去，并且亲切地说：

"他不是叫您去拿，是叫瑟蓓娅去拿。今天，您可是激动得太厉害了吧？"

母亲看到他凝视而同情的眼光，忽然不能抑制住感情了，便呜咽着大声说道：

"亲爱的，这到底是怎么一回事啊！居然用刀砍，用刀砍人啊！"

"我看见了！"涅考拉将葡萄酒递给母亲，点着头说，"双方都有些太激动，可是，您不用担心，他们是用刀背砍的，所以重伤的恐怕就一个人。他们在我面前打了他一下子，我就把他拖了出来……"

涅考拉的脸和他的声音、房间里的光明和温暖，使她安下心来。她感激地望了他一眼，问道：

"您也被打了？"

"这怪我自己不小心，手不知在什么地方碰了一下，割破了一点皮，没什么。喝茶吧，今天很冷，您穿得又单薄……"

母亲伸手去接茶杯，忽然看见自己的手指上全是凝结了的血迹，于是，不由自主地把手放到膝上，结果把裙子也弄湿了。她睁大了眼睛，竖起了眉毛，斜过眼来瞅着自己的指头。

她的头忽然晕起来，有一个念头在心里撞击着：

"他们对鲍什也要那样，他们会那样的！"

伊凡·达尼洛维奇单穿着一件背心，衬衫袖子卷着，走了进来，用尖细的声音回答涅考拉无言的问询，说：

"脸上的伤并不怎么厉害，可是脑壳破了，不过这也并不太厉害，小伙子身体很好！只是流血太多。送他进医院吧？"

"为什么？让他在这儿吧！"涅考拉高声建议。

"今天可以，明天大概也行，可是以后他在医院里对我比较方便些。我没有工夫出来看病人！关于今天坟场上的事，你要发传单吗？"

"当然！"涅考拉回答说。

母亲悄悄地站起身来，要去厨房。

"您去哪儿，尼罗芙娜？"他担心地阻止了她，"瑟蓓娅一个人办得了！"

母亲对他瞥了一眼，异样地笑着，嘴唇抖动着说：

"我身上都是血……"

在自己房里换衣服的时候，母亲重新想起了这些人的镇静的态度，和他们能够迅速应付可怕事变的能力。这种想法驱逐了心里的恐怖，使她清醒起来。她走进病人躺着的房间的时候，瑟蓓娅正俯在伊凡身上，对他说：

"同志，您说的是傻话！"

"我会给你们添麻烦！"他声音微弱地说自己的想法。

"您不要说话了，这样对您更有好处……"

母亲站在瑟蓓娅背后，把手放在她的肩上，笑眯眯地望着伊凡的脸，带着亲热的表情，讲述他怎样在马车里说胡话，他的不小心的言语使她非常害怕。

伊凡听她讲着，眼睛狂热地放着光。他将嘴唇咂了一下，狼狈地高声说："唉，我这个傻瓜！"

"好吧，我们要到那边去了！"瑟蓓娅替他盖了被，这样说道。"您休息吧！"

他们走到餐室里，久久地谈着这一天的经过。他们坚决地瞩望着将来，讨论着今后的工作方法，所以对今天的墓地的一幕，已经看作是很远的过去了。尽管大家脸上带着倦意，可是思想却很有精神，谈到自己的工作，一点也不掩饰对自身的不满。

医生坐在椅子上，身体紧张地动着，努力压低自己的又尖又细的声音：

"宣传、宣传！现在光是宣传是不够的了，那个青年工人的话是对的！现在需要的是更广泛地鼓动——我说，工人是对的……"

涅考拉阴郁地学着他的口气说：

"各地都抱怨说印刷品不够用，可是我们一直不能成立一个像样的印刷所。廖得米拉的气力已经要用尽了，如果不派人去帮她，她会被累垮的。"

"沃索西柯夫怎么样啦？"瑟蓓娅问。

"他不能住在城里。他只能在新的印刷所里干，可是廖得米拉那里还少一个人手……"

"我去行不行？"母亲低声问。

他们三个人一同把目光转到母亲脸上，沉默了一会儿。

"好主意!"瑟蓓娅高兴地说。

"不行,尼罗芙娜,这对您是很困难的!"涅考拉冷冷地说,"这样您就得住到城外去,不能再和鲍维尔见面了,而且……"

母亲叹了口气,反驳道:"这对鲍什并不是什么很大的损失,对于我来说吧,这样的见面也只是使我伤心!什么话都不能讲。像个傻子似的站在儿子对面,有三人盯着你的嘴巴,看你是不是会说出不该说的话来……"

最近几天的事件使她觉得疲倦。现在她听见有可能住到城外,远离城里的悲剧,就急不可耐的想抓住这种可能。

可是,涅考拉又转换了话题。

"您在想什么,伊凡?"他朝着医生问。

医生抬起了低垂在桌上的头,阴郁地回答说:"我在想,我们人太少!必须更有劲地工作……而且,一定要说服鲍维尔和安德烈,叫他们逃出来,他们俩什么都不干整天坐在牢里未免太可惜了……"

涅考拉皱着眉头疑惑地摇了摇头,又很快地对母亲看了一眼。

母亲明白,在她面前,他们不便谈论她儿子的事,于是就回到自己的房里去了;对于他们这样忽视她的愿望,心中感到有些生气了。她睁着眼睛躺在床上,听着他们的低语声,不禁被不安的情绪控制了。

过去的一天,充满了阴郁的疑惑和不吉利的暗示。想起这些,母亲觉得很难受。为了推开这些阴郁的印象,她就想起鲍维尔。她希望他能够自由,同时这又使她觉得恐怖。她觉得她周围的一切都在不断地尖锐化起来,都有发生剧烈冲突的危险。人们沉默的忍耐消失了,代之而起的是紧张的等待,激怒也显著地增强起来了,言语激昂起来,到处都感到一种令人兴奋的气氛……

每一次散发的传单都在市场上、小铺子里、仆人和手艺匠中间引起热烈的争论。城里每一次抓了人之后,大家谈论起逮捕的原因的时候,总是引起惴惴不安的、疑惑的、有时是不自觉地同情的反响。从前使她害怕的那些字眼：暴动、社会主义者、政治等等，现在听到它们从普通人口中说出来的时候愈来愈多了。

这些字眼，有人用嘲弄的口吻说着，可是在嘲弄的背后流露出掩藏不住的探究的心意；有人怀着恶意说着，可是在恶意之中听出了恐怖；有人沉思地说着，带着希望和害怕。这种激动像波纹似的慢慢地、然而圈子很大地在那停滞了的黑暗生活中散播开来。昏昏欲睡的思想渐渐醒来，对于正常生活的那种惯常的平静的看法动摇了。

这一切，母亲看得比别人更明白。因为对于生活的忧郁的面貌，她比别人知道得更清楚。现在，当她看到这张脸上的疑虑和愤怒的皱纹时，她觉得既是欢喜又是害怕。欢喜的是，因为她认为这是她儿子的工作；害怕的是，因为她知道，如果鲍什真的出了狱，他一定要站在大家的前面，站在最危险的地方。而且很可能牺牲……

有时候，儿子的形象在她眼里，像童话里的英雄那样高大；他把她所听到的一切诚实的、大胆的话，她所喜欢的所有的人们的优秀品质，她所知道的一切光明勇敢的高尚行为，都集合到他身上去。每当这时，她感到又是感动、又是骄傲，心里充满说不出的欢喜，她满怀着无限的喜悦望着儿子的影像，心里充盈着真诚的希望，默默地想：

"一切都会好起来的，一切都会好起来的！"

她的爱——母爱——燃烧起来，压住了她的心，几乎让她感到了隐隐的疼痛。后来，这种母性妨碍了人性的成长，而且把人性烧光了，在这种伟大的感情的原来的地位上产生了不安与惶惑，在它灰白色的灰烬里，有一种忧愁的思绪在胆怯地颤动着：

"他将会死的……会没命的……"

正午时分。母亲在监狱事务室里和鲍维尔面对面地坐着。透过迷茫的泪水，她仔细端详着儿子那长了胡子的脸庞，找机会将那紧紧捏在手中的字条交给他。

"我身体很好，大家也都很好！"他低声说，"您近来怎样？"

"我还好！伊格尔·伊凡诺维奇死了！"母亲机械地回答。

"真的?"鲍维尔惊叫了一声，然后悄悄地低下了头。

"出丧的时候，警察们闯来打架了，还抓去了一个人！"她直截了当地说明着事实。

副监狱长咂了一声他那薄嘴唇，忽然跳了起来，含糊不清地命令道："这是不准讲的，你是应该知道的！不准谈政治！"母亲也从椅子上站了起来，装作什么也不知道的样子，抱歉地说：

"我不是在讲政治，我是在讲打架的事！他们打架了，那是事实。有一个人的头都打破了……"

"反正都一样！我请您住嘴！就是说，凡是跟你个人——跟你的家庭和家里没有关系的事情，都不准说！"

他觉得自己说得很没有顺序，便就重新在桌旁坐下，一面翻着案卷，一面无精打采地、似乎疲倦地补充道："我是要负责的，不错……"

母亲向周围看了一下，飞快地将手里的纸团塞在鲍维尔的手里，好像放下重担般地透了口气。

"我不知道该说些什么才好……"

鲍维尔笑了出来："我也不知道呀……"

"那么就不必来！"副监狱长生气地说，"没有话好说，还尽跑到这儿来添麻烦！"

"快要审判了吗?"母亲沉默了一会，不得不找话说。

"两三天之前检察官来过，说快要……"

他们互相说着毫无意义的、双方都觉得没有必要的话。母亲能看出来，鲍维尔的眼睛里温柔而亲切地在望着她的脸。他的那种镇定自若的态度和平常一模一样。只是胡子长得长了，使他看上去显得老了一些，他的手腕也好像比以前白了一些。

母亲由衷地想使儿子高兴，想对他讲些涅考拉的事情。于是，她并不改变谈话的声调，还像刚才说那些没有趣的废话时一样，开口说道："我看见过你的学生……"

鲍维尔凝视着母亲，两眼中充满无声的提问。为了使儿子记起沃索西柯夫的麻脸，她灵机一动，用手指头在脸上点了几下……"那孩子很好，身体也很健康。不久就可以找到事情做了。"鲍维尔明白了她的意思，会意地向她点了点头，眼睛里带着微笑地回答说："那真是好极了！"

"是啊，你瞧！"她很快意地说，儿子的喜悦之情更感动了她，她便更加高兴了。

分手的时候，他紧紧地握着母亲的双手，真心地说："多谢您，妈妈！"因为和儿子心灵上的交流而产生的喜悦，使她深深陶醉了。她甚至没有力气用话语来回答他，只是默默地握着他的手。

回到家时，撒莎已在等她了。每逢母亲去看望鲍维尔的日子，这个姑娘总要来的。但她从来不主动问鲍维尔的情况；若是母亲自己也不讲的话，她只是静静地凝视着母亲的脸，也就感到满足了。然而，今天她一看见母亲就担忧地开口问道："他怎么样了？"·

"没什么，身体很好！"

"字条交给他了？"

"交给了，我很秘密地塞给了他……"

"他看过了吗？"

"哪会看过呢？那里怎能看？"

"对对，我忘了这一点了！"姑娘慢慢地说，"还要等一星期，一个星期！您想结果怎么样——他会同意吗？"，

她皱着眉头，目不转睛地望着母亲的脸，很认真。"啊，我可不知道。"母亲一边考虑，一边回答。"假如没有什么危险，那为什么不出来呢？"撒莎用劲摇了摇头，冷冷地问：

"您知不知道，病人可以吃点什么东西？他想吃东西。""什么都可以吃！我马上去……"她快步进了厨房，撒莎慢慢地跟在她的身后。

"要我帮您的忙吗？"

"多谢，不要。"

母亲弯下腰来，从炉子里取出一个钵头。

姑娘轻声地说："请您等一等……"

她的脸色发白了，眼睛悲哀地睁大着，用抖动着的嘴费力而迅速地低声说：

"我有件事要拜托您。我知道，他是不会同意的！请您务必得劝劝他！他这个人是不能缺少的，您对他说，为了工作是少不了他的。我一直在担心，怕他生病。您看，审判的日期老是定不下来……"

她好像每说一句都很困难。她的身子站得笔直，眼睛望着别处，声音忽高忽低。说完后她疲乏地垂下眼皮，咬住嘴唇，紧紧地捏着自己的手指，发出了咯咯的响声。

母亲被她的激情与真诚弄得不知如何是好，但毕竟她很了解这种心情，她的心中充满了惆怅的感情，激动不已地抱住撒莎，悄声地说道："亲爱的！他是除了自己的话之外，什么人的话都不会听的，不管是谁的……"

她俩紧紧地拥抱在一起，默默不语。后来，撒莎小心地从肩上拿了母亲的手，颤抖着说：

"是的。您的话是对的！刚才这都是傻话，太神经质了……"忽然，她变得严肃起来，简单地说："我们快把这东西给病人吃吧……"

她坐在伊凡床边，关心地、亲切地问道："头疼得厉害吗?""不很厉害，只是脑子里非常模糊！而且觉得浑身没劲。"伊凡好像怕羞似的把被头拉到下巴底下，像是怕光似的不断地眯缝着眼睛。

撒莎知道病人不好意思在她面前吃东西，便就站起身来，走了出去。伊凡坐在床上，望着她的背影，眨着眼睛说：

"真是很漂亮！"他生就一双快活的浅色的眼睛，小小的牙齿排列得整整齐齐，声音好像还未脱去孩子的声调。

"您几岁?"母亲沉思般地问道。

"十七岁……"

"父母亲在哪里?"

"在乡下。我十岁就到了这里——从学校毕业之后就来了。同志!您叫什么呢?"

被人家用这个字称呼的时候,母亲总是觉得又是好笑,又是感动。

这一次她也是面带微笑地问他道:"您想要知道我的名字做什么?"少年尴尬地沉默了一会儿说:"我们小组里的那个大学生,就是和我们一起看书的那一个,经常和我们讲起工人鲍维尔·弗拉朵夫的母亲。——五一示威的事,您知道吗?"

她点了点头,觉得紧张起来。

"他第一个公开举起了我们党的旗帜!"少年自豪地说。他的自豪感和母亲心里的感情呼应了起来。

"那次我没有参加,那个时候我们在这儿计划自己的示威运动,但是没能成功!那时候我们的人还很少。可是到明年——嘿!您等着瞧吧!"他体味着未来胜利的喜悦,兴奋得说不出话来了。接着,他用汤匙在空中挥动着,继续讲道:"刚才说过的母亲弗拉朵娃,在这个示威之后也加入了党。他们说,这简直是个奇迹!"

母亲咧开嘴笑了笑,她听到这个孩子的充满兴奋的称赞,觉得很是欢喜。欢喜的同时她又觉得有几分不好意思。她甚至想对他说:"我就是弗拉朵娃……"然而她忍住了,含着一丝的嘲笑和惆怅对自己说:"唉,你这个老傻子呀!……"

"好,您多吃些吧!赶快好起来,好去干有用的事!"母亲俯身对着他,突然激动地说。

房门开了,吹进来秋天阴湿的寒气。瑟蓓娅两颊红润,愉快地走了进来。

"暗探跟在我的后面,就像求婚的人追求富家小姐一样,真的!我得离开此地了……喂,凡尼亚,你怎么样了?舒服了吗?尼罗芙娜,鲍维尔怎样？撒莎也在这儿？"

她吸着烟，一样样地向着，并不等待答复。还一面用她那灰色的眼睛温柔地望着母亲和少年。

母亲望着她，心里暗自微笑着想道："我也成了一个好人了！"她又俯身对伊凡说："快点儿好起来吧，孩子！"

说着她走进了餐室。这里瑟蓓娅正在和撒莎谈话：

"她那里已经准备了三百本！这样拼命地工作，差不多把自己累死了！这真是英雄主义！嗳，撒莎，生活在这样的人们中间，做他们的同志，和他们一起工作，这真是莫大的幸福……"

"是啊！"姑娘低声回答说。傍晚喝茶的时候，瑟蓓娅对母亲说："尼罗芙娜，您又得到乡下去一趟。"

"要去就去吧！什么时候去？"

"两三天之后，可以吗？"

"好的……"

"您坐车去！"涅考拉低声劝她，"雇了驿马，最好走另外一条路，经过尼柯尔斯柯耶乡……"他停顿了一会儿，脸上皱起了眉头。这种样子和他的脸不相称，使他平日镇静的表情变成一种难看而奇怪的样子。

"经过尼柯尔斯耶太远！"母亲说，"而且雇马很贵……"

"您要知道，"涅考拉继续说，"在我看来，我是不赞成这次旅行的。那边很不安静——已经抓了人。有一个小学教员被带去了，要小心一些。应该等几天……"

瑟蓓娅用指头在桌上敲着，接上去说："保证持续不断地散发印刷物，对我们是很重要的。尼罗芙娜，您不怕去吧？"

母亲心里觉得很不高兴。

"我什么时候怕过？第一次做的时候都不怕……现在难道会……"她一句话没有讲完，就低下了头。每当有人问她怕不怕、方便不方便，或者问她是否能完成某件工作的时候，她总是从这些问话里听出向她请求的语气，她便觉得他们把她看作了外人，并不像他们彼此之间那样没有疑问和担心。

"您真不应该问我怕不怕，"母亲心事重重地说，"你们相互之间怎么从来不问害怕不害怕的话呢？"

涅考拉听了很急虑地摘下眼镜，然后又把它戴上。他向瑟蓓娅凝视了一会儿。让人难堪的沉默使母亲不安起来，她怀着歉意从椅子上站起来，想找些话说，可是这时瑟蓓娅碰了碰她的手，轻轻地请求说：

"原谅我！以后再也不问了！"

这句话使母亲轻松起来，甚至还让她感到有点好笑了。几分钟之后，他们三个都不约而同地谈起了他们共同关心的去乡下的问题。

黎明时分。母亲乘坐驿站的马车，在那条被秋雨浇过的路上摇摇晃晃地行驶着。空气中吹送着潮湿的秋风，泥泞被车马践踏，水溅出许多泥点子。马车夫侧着身子对着她。像是沉思一般，忽然，他鼻音很重地开口说话了。"我对他——对我哥哥说，怎么样，我们分开了吧！这样我们就分开了……"

突然，他扬手在左边的马身上抽了一鞭，生气地呵斥道："嘘！畜生，快走呀！"

秋季之中的肥胖的乌鸦们，好像十分担心地在收割了的田里走着。寒风发出呜呜地吼声，吹在它们的身上。乌鸦侧着身体，想要抵挡风势。而风吹动了它们周身的羽毛，甚至吹得他们站不住脚；它们只好让步了，懒洋洋慢腾腾地振着翅膀飞到别处去了。

"可是，他并不跟我平分，我一看，剩给我的就那么点了！"马车夫嘀咕着。

母亲仿佛做梦一般地听他说着话。回忆起自己最近几年来所经过的事情。当她把这些往事重温一遍的时候，到处都可以看见自己……从前，生活和她离得很远，也不知道是由谁的原因造成的，也不知道究竟是为了什么，可是现在，许多事情都是在她眼前发生的，而且有她自己参与过、出过力量。

这些情景她心里引起一种错综复杂的感情，交织着对自己的怀疑、自满、犹豫和无法说出的惘然与惆怅……

周围的一切都缓慢而有节奏地摇动着。天上的灰色的云漂浮着，笨重地互相追逐。道路两旁，被打湿了的树木们摇荡着没有叶子的树枝树梢，从马车两边闪动过去了。田野扇形地展开，小山一会儿出现，一会儿又隐没。

车夫那鼻音很重的话语，驿马的铃铛声，风的嗖哨声和嗞嗞声，好像汇合成一条抖动的、曲折的小溪，在田野的上空单调地流动着……

"有钱的人到了天堂也还是嫌不好，真是这样的呢！他们还是要压迫人，官府里的都是他们的朋友。"马车夫在座位上摇晃着，声音拖得老长。到了驿站，马车夫解了马缰绳，用一种不抱希望的口吻对母亲说：

"给我五个戈比吧，让我喝一杯也是好的啊！"

母亲给了他一个铜币。他将铜币在手掌上掂了一下，用同样的调子告诉母亲说："三个戈比喝烧酒，两个戈比吃面包……"

中午之后，母亲感到又冷又累，这时到了很大的尼柯尔斯柯耶乡。母亲走进驿站，要茶喝，便在窗前坐下来，又将沉重的箱子放在自己坐的凳子底下。

从窗口可以看见一块不大的广场，铺着踏平了的干草，还有乡政府那顶子歪斜的深灰色的屋子。屋子的台阶上，坐着一个秃顶，但却长着胡子的农民，他只穿一件衬衣，正在那儿抽烟。有一头猪在草地上走。它似乎有点不满，使劲摆着耳朵，鼻子在地上嗅着，摇着嘴巴和脑袋。

乌云一大堆一大堆地漂浮着，渐渐地集聚过来，四处都非常寂静，也非常阴暗。而生活好像躲得不知去向了，或者是藏在什么地方正偷看。

忽然，县里的一个低级警官快速跑到广场上，将棕色大马停在乡政府的台阶旁边，挥了一下鞭子，对那个农民吆喝了起来，吆喝声冲在玻璃窗上，可是却听不清楚吆喝的是什么。

那农民站起身来，伸出手来指了指远处。警官跳下马来，身子摆动了一下，又将鞭子交给农民，然后抓住扶手，笨重地走上台阶，进到了乡政府的大门里面……

四处又恢复了寂静。

马掀起蹄子，在软软的地上踢了两下。驿站里走进来一个十五六岁的姑娘，她脑后拖着一条黄色的短辫，圆圆的脸蛋上长着一对可爱的眼睛。她手里捧着一只边上有缺口的大托盘，盘子里放着餐具。她走近前来，咬着嘴唇，不住地点头，给母亲行礼。

"你好，姑娘！"母亲很亲热地打招呼。

"您好！"

姑娘在桌子上摆着盘子和茶具，忽然活泼地说："刚才抓了一个坏人，就要带走了！"

"什么样的坏人？"

"我也不知道……"

"那人干了什么坏事呢？"

"我不知道！"姑娘重复了一遍，"我只听说抓了人，乡政府的看门的跑去请警察局长去了。"

母亲朝窗外望了一望，广场上来了许多农民。有的慢慢地、十分镇静地走着；有的一边走一边急急忙忙地扣着皮袄的纽扣。大家都在乡政府门前的台阶旁站住了，眼睛望着左边的地方。

姑娘也跟着向窗外看了一眼，然后从房间里跑了出去，砰的一声关上了房门。

母亲被颤动了一下，将凳子底下的箱子又朝里面塞了塞，把披巾朝头上一披，很快地走到门口，压住一种突如其来的莫名其妙的企图赶快逃走的愿望……

当她走到台阶上的时候，突然打了一个寒噤。她觉得呼吸困难，腿脚也麻木了——被反绑了两手的列彼在广场中央走着。两个乡警和他并排走着，手里的棍子有节奏地在地上敲着，乡政府的台阶旁边挤满了看热闹的人，都在静静地等待着。

此刻，母亲茫然若失了。她目不转睛地望着，——列彼在说话，她能听见他的声音，但是他的话却在她心里的一片黑暗的、战栗的空虚中消失了，没有回声。

母亲恢复了知觉，透了口气，台阶旁边站着一个蓄着浅色大胡子的农民，他用蓝眼睛盯着她的脸望着。

她不住地咳嗽起来，用她那吓得发软的两手摸着喉咙，费力地问：

"这是怎么回事呀？""唔，您看吧。"农民回答了，就转过身去。这时又来了一个农民，站在他的旁边。

乡警在群众前面站住。群众的人数很快地增加了，可是仍旧默不作声。这时，人群的上空突然发出了列彼那粗壮的声音。

"正教的信徒们！你们听说过写着我们农民生活的真理的那些可靠的书吗？我就是因为那些书受苦的，那些书是我散给大家的！"

人们蜂拥而至地围住列彼。

他的声音非常镇定，使母亲渐渐清醒起来。"听见了吗？"另外一个农民用手在那蓝眼睛的农民腰上戳了一下，低声问道。

那人没有回答他，抬起头来又对母亲望了望。另外那个农民也朝母亲看了一眼。这个人比较年轻，蓄着稀稀落落的黑胡子，瘦削的脸上全是雀斑。接着，两个人都离开了台阶，走到一边去了。

"他们在害怕！"母亲直觉地判断。

她的注意力也更加敏锐了。在高高的台阶上，她很清楚地看到了米哈依洛·伊凡诺维奇那被打伤了的黑脸，看到了他眼睛里放出的热烈的光亮。她希望列彼也能看见她，于是，她勇敢地踮起脚跟儿，向他伸长了脖子。

人们阴郁地、将信将疑地望着他，沉默不应，只有在后排的人群中，可以听到声音压得很低的谈话。"老乡们！"列彼尽量提高着迟钝的声音说，"你们要相信那些书，为了这些书，我连死都不怕，他们打我，折磨我，想要我说出这些书的来源，他们还要打我，可是我都能忍得住！因为这些书里讲的是真理，这真理对我们来说应该比面包还重要——就是这样！"

"他为什么要讲这些话？"站在台阶旁边的一个农民轻轻地问道。

那个蓝眼睛的农民慢吞吞地回答他道："现在反正是这么一回事——一个人不会死两次，死一次总是免不了的……"

群众们默默地在那里站着，蹙着眉头阴郁万分，大家身上仿佛压着一种看不见却沉重的东西。

那个警官在台阶上出现了，身子摇摇晃晃的，用喝醉了的声音怒吼道："谁他妈的在这儿讲话呢？"他忽然跑下台阶，揪住了列彼的头发，将他的头猛烈地推撞着。

"是你在胡说八道！狗东西！他妈的！"

群众蠕动起来，开始发出嗡嗡的谈论声。母亲内心的痛苦无法表达出来，只得低下头。这会儿忽然又听见了列彼的声音："好，乡亲们，大家看啊……"

"住口！"警官打了他一记耳光。列彼晃了一下身子，耸了耸肩膀。

"他们绑住了你的手，想怎么折磨你就怎么折磨你……"

"乡警！把他带下去！大家都走开！不准站在这儿！"那警官颇像一只被链索拴在一块肉前的狗，在列彼身前乱蹦乱跳，用拳头在他脸上、胸上、肚子上用力地殴打着。

"不要打了！"群众里面有人喊。

"为什么打人？"另外一个声音附和他。

"我们过去吧！"蓝眼睛的农民点点头说。于是他们二人不慌不忙地朝乡政府走过去。母亲用善良的目光看着他们的背影，轻松地吐了口气。那个警官又笨重地走上台阶，在台阶上挥舞着拳头，发疯似的嚷着："我说，把他带到这儿来！"

"不行!"群众中不知是谁发出了一声有力的呼喊——母亲知道,这是那个蓝眼睛的农民的声音。"大家听着!不能让他带去!到了夜里,一定会被打死的。打死了之后,又会推到我们头上,说是我们打死的!不准带走!不准!"

"老乡们!"列彼的声音嗡嗡地响起来,"难道你们没有看见自己的生活吗?难道你们不明白,你们是怎样地遭人剥削,怎样地受人欺诈,怎样被坏蛋吸你们的血吗?不论什么事情,缺了你们,没有你们是不行的,只有你们才是天下最有力的人,最该得到财富的人,可是你们看看,你们的权利呢?你们只一种权利——就是饿死!活活饿死!"

农民们听了,立时就七嘴八舌地叫嚷喊闹开了。"他说得对!"

"叫局长出来!局长跑哪去了?……"

"警官骑马去叫了……"

"那个醉鬼!……"

"叫局长不是我们的事……"

这声浪越来越大,越来越高,大有排山倒海之势。

"你讲下去呀!我们不让他们打你……"

"解开他的手!"

"小心啊,别闯祸!……"

"我的手特别疼!"列彼那洪亮的声音盖过了一切声音,"老乡们,我是不会逃的!我不会逃避我的真理,真理就在我心里……"

有几个人悄悄地交谈了几句之后,摇了摇头,然后态度十分庄重地离开了人群,走了。可是,从四面八方跑来的人都不断地增加着,他穿得很贫寒,好像刚刚披了衣服,满脸都是激动不已的表情。他们围着列彼,仿佛是一大片黑色的泡沫在热烈地沸腾着。列彼站在群众之间,好像森林里面的教堂似的。他高举起双手向群众挥动着,真诚而感动地说:

"谢谢你们,诸位乡亲,谢谢你们!我们的手应该由我们自己互相帮着来解开!没有别人会帮助我们的!"他摸了摸胡子,又举起了那只带血的粗大的手掌。"看！这是我的血，这血是为真理流的！"

母亲走下台阶。可是，她站在平地上看不到被群众包围住的列彼，所以，又重新走上台阶来。她的心窝里发热，有一种说不清楚的喜悦在她的全身血液里颤动。

"老乡们！你们去找那些书来看吧，不要相信官吏和教士的话，他们把那些带着我们真理的人，叫作暴徒，叫作逆党！真理偷偷地在地上行走，它要在人民中间找一个窠，在官府方面看来，这是跟小刀和火一样的东西，他们不能接受它的。真理要把他们杀掉，把他们烧毁！而在我们看来，真理是我们善良友好的朋友。在官府看来，真理是该死的敌人！因为这个缘故，所以真理不得不躲藏着。乡亲们，你们听到没有？"

群众里面，又发出了几声动人的欢呼声，充满喜悦与激动。"正教信徒们，大家听着！"

"喂，兄弟，你要完蛋啦……"

"是谁告的密？"

"教士！"一个乡警说。

两个农民便破口大骂起来。

"喂，大家小心！"群众里面发出警告的声音。

警察局长终于出现了。

他朝着这边走过来。他长着一张圆脸、身材非常高大，体格也很健壮。歪戴着帽子，一边的胡子向上翘着，一边的胡子往下耷拉，因此，看上去他的脸歪斜的，更显得他难看而蠢笨了，满脸都是迟钝而没有真情实意的那种假笑。他左手拿着马刀，右手在空中挥动。远远的，就可以听见他的沉重而又坚定的脚步声，

群众纷纷让开了路。大家脸上都是阴郁失望而怨愤的表情。吵嚷议论声逐渐压低了，仿佛都钻到地下去了，场面上一片寂静。

母亲觉得，额头上的皮肤有点抽搐，眼睛在发热。她想挤进人群，于是全身紧张地朝前冲去，但突然她又呆住了。

"这是怎么回事?"局长站在列彼前面,一边打量他,一边强硬地问,"为什么不捆起手来?乡警!绑起来!"

他的声音很响亮,可是并没有逼人的气势与威严。

"本来是绑着的,不知是谁又给他解开了!"一个乡警回答。

"什么?不知是谁?是哪些人?"

局长看了看他面前的群众。群众紧密地站成了一个半圆形,严阵以待。

局长又用他那单调平板的、没有气力的声音说:"这都是些什么人?"他用刀把子朝蓝眼睛的农民的胸口上用力地戳了一下。

"楚马柯夫,是你干的吗?哦,还有谁?有你吗?米新?"说着又用右手拉着另外一个农民的胡子逼问。

"滚开!混蛋!要不走,给你们尝点厉害!"这时,他的声音和他的脸上,既没有愤怒,也没有威吓的神气,他只是很平静地说着,用他那又长又结实的手习惯地、有节奏地打着前边的人。人们低下头,转身向后躲着。

"喂,你们怎么啦?"他对乡警说,"绑起来呀!"他嘴里不干不净地骂起来,同时,望了望列彼,恐吓着说:"背过手去!混账东西。"

"我不愿意让人绑我的手!"列彼不卑不亢,"我又不打算逃,也不反抗,为什么要绑我?"

"什么?"局长上前一步追问。

"你们虐待百姓虐待得也该够了!畜生!"列彼提高了声音骂道,"你们流血的日子也快要到了……"

局长站在他面前,耸动着唇髭,朝他望着。然后退了一步,用他那种咝咝啦啦的嗓门儿吃惊地喊叫,"啊,啊,龟孙子!这是什么话?!"

说着的同时,他飞快地抬起手在列彼的脸上重重地打了一记耳光。

"拳头是打不死真理的!"列彼挺身上前喊道,"你没有权利打我!你这个狗东西!"

"我没有？我没有？"局长拉长了声调吼叫着。他对准列彼的脑袋又挥起了手。列彼把身子一缩，闪了过去。局长的拳头落空了，身子随着晃了一晃，差一点站不住脚。

群众中有人高声嗤笑了一声，好像很解气的声音。列彼又发出了愤怒的呼声：

"我说，你不敢打我，你这个魔鬼！"

局长向四周望了望，人们阴郁地、默默地凑在一起，形成一个紧紧团结的黑色的大圈……

"尼基塔！"局长朝周围张望着，高声叫喊，"喂！尼基塔！"

从人群里面走出一个穿着短皮袄的又矮又胖的汉子。他低着他那个头发蓬乱的大脑袋，双眼望着脚尖。

"尼基塔！"局长捻着口髭，慢慢地说，"打这家伙的嘴巴子，重重地打！"

尼基塔走近前来，站在了列彼面前，抬起了他的大脑袋。列彼傲然地直对着他的脸，说出了几句沉痛而又真诚的话，这话好像重重地打在了他的脸上。

"喂，大家伙你们看看，那个野兽想用你们自己的手来勒死你们自己！大家伙看一看吧，想一想吧！"

那个农民尼基塔抬起手来，懒洋洋地对着他的头打了一下。

"这算是打了吗？混蛋！"局长尖声叫喊起来。

"喂，尼基塔！"人群里面有人低声说他，"不要忘了上帝！"

"叫你打呀！打！"局长在他的颈子上猛推了一把。

那农民退到旁边，低下头阴郁而冷淡地对局长说："我不打了……"

"什么？"

局长的脸立刻就抽搐了一下，他两脚跺了起来，嘴里大骂着，扑到列彼身上，狠狠地打了一拳。列彼的身子晃了一下，连忙伸出手来招架，可是，局长第二拳就把他打倒在地上了。局长被激怒了，像猛兽似的咆哮着，在他的周围暴跳如雷，拼命地用靴子朝他的头部、胸部、腰部乱踢一气。

人群里顿时发出了充满敌意的嗡嗡声，他们波动起来，朝局长面前汹涌过来，气势逼人，不可遏止。看到这种情景，局长连连后退，慌忙从刀鞘里抽出了马刀。

"你们想干什么？打算造反是吗？……这像什么话？……"

他的声音哽了一下，发出了一声尖叫，好像断了，后来就发哑了。也奇怪，他的嗓子一哑，他的力量也好像丧失掉了。只见他缩着脖子，弯了腰身，用茫然若失的眼光向四面张望着，每退一步都小心地用脚试着身后的土地，向后退了几步之后，就声嘶力竭地慌忙喊道：

"好啊！把他带走，我要走了。可是，你们这些该死的畜生，你们应该明白，他是政治犯，他反抗沙皇图谋造反，你们知道吗？你们还打算保护他吗？你们也是暴徒吗？啊！……"

母亲一动不动地站着，眼睛一眨也不眨。此时此刻，她没有力气了，也没有思想了，就好像在做梦一般，心里充满了恐怖和怜悯。在她的头脑里，群众的愤怒的、阴沉的、恶恨的喊声，像野蜂似的嗡嗡地响着；局长的声音在发抖；还有人在低低谈话……

"如果他有罪——审判他好了！……"

"大人，饶了他……"

"您怎么能这样打他，一点也不考虑法律呀？"

"怎么可以这样呢？要是不论谁都可以打人，那成什么样子了……"

人们分成两堆——一堆围着局长，嘴里一劲喊着，劝说着他。另外一堆人数较少，他们仍然围着被打得遍体鳞伤的列彼，恼怒地纷纷议论着，主持正义。其中有几个人将他扶了起来。乡警又想过来捆绑他的手。

"等等吧！恶魔！"大家齐声怒喝。

米哈依洛擦抹着脸上的污泥和血迹，一声不吭地朝四周望望。他的视线在母亲的脸上滑过去——母亲为之战栗一下，身体向前倾着，不由自主地挥了挥手——可是列彼已经转过脸去。几分钟之后，他的目光重新停在了母亲的脸上。这回，母亲觉得，列彼好像伸直了身体，也抬起了头，染了血的面颊颤动起来……

"他认出来了——真的认出来了吗？……"

母亲对他点点头，心里又是悲戚，又是害怕，又是高兴，不由得颤抖起来。可是，接下来她就发现，那个蓝眼睛的农民就站在他身边，也在目不转睛地盯着她。他的视线有一刹那在她心头突地引起了一种危险的感觉……

"我这是在干什么呀？他们不会把我抓去的！"

那个农民对列彼说了些什么，列彼把头猛地一摇。

他用发抖的声音，但仍旧很清晰，很有精神地说："不要紧！世界上不止我一个人——真理，他们是抓不完的！我呆过的地方，人们都会想起我，就是这样！哪怕他们把我们的老窝都捣毁，那里不再有我们的同志……"

"这是对我说的！"母亲当下就明白了。

"可是，雄鹰可以自由飞翔，人民被解放的那一天，总会到来的！"

一个女人拿了一桶水来，开始动手替列彼洗脸，一面不住地叹息着。她那纤细的、怨诉地话声和列彼的话声混合在一起，使母亲听不清他们在说什么。

一群农民跟在局长后面，而且越跟越近，其中有人高喊："喂！来一辆车子给犯人坐！当班的是谁呀？"

接着是局长那生气的声音："我可以打你，你可不能打我，你不能打我，你也不敢，笨蛋！"

"原来这样！你是什么——你是上帝吗？"列彼怒吼着。

一阵混乱的、并不很响的喊声，盖过了列彼的声音。

"老大爷，不要争论了！人家是官家……"

"大人，您不要生气！他有点疯了……"

"住口！你这个混蛋！"

"现在马上就把你押到城里去……"

"城里也得讲道理吧！"

群众的喊声带着劝释和恳求。这些声音融成一团乱哄哄的喧噪声，里面的一切都充满了无可名状的怨诉，又仿佛是绝望的声音。乡警抓住了列彼的手臂，将他带上乡政府的大台阶，又推进了房门。这样，农民们慢慢地在广场上四散而去了，仿佛也是不约而同。母亲看到，那个蓝眼睛的农民正皱着眉头瞅着她，而且像是直朝她走过来，步子很大。母亲觉得自己的小腿在不停地抽搐起来，凄凉的感情缠绕着她的心，令她很不舒服，甚至有种呕吐的感觉。

"用不着逃走！"她心里告诫自己，"用不着！"

于是，她紧紧地抓住扶手，站在原地一动不动。

局长站在乡政府的台阶上面，挥舞着双手，用他恢复原状的、没有精神的声音呵斥着没有去的人们：

"你们这些傻瓜，狗娘养的！什么也不懂，还想来管国家的大事?！畜生！他妈的！你们应该感激我，跪在我面前谢谢我才行！要不是我的心肠好，非叫你们一个个都去做苦役不行……畜生们！"

二十来个农民脱了帽子站在那儿，听他说话。天色渐渐黑暗下来了，乌云也渐渐地低垂。蓝眼睛的农民走到台阶前，叹了口气，用一种轻重缓和的口气说：

"我们这儿的事就是这样……"

"是呀。"母亲低声答应说。

他用坦率的眼光望着母亲，问道："你是做什么的?"

"我想从乡下女人手里收购些花边，还有土布什么的。"

那农民慢慢地摸了一下胡子。接着，他用眼睛望着政府那边，冷冷地低声说："我们这里没有这种东西……"

母亲从上到下打量了他一遍，等待着可以比较方便地走进驿站的机会。那人面目清秀，仿佛在沉思，眼睛里带有忧郁的神气。他身材高大、宽肩，穿着落补丁的外衣和一件干净的洋布衬衫，下面穿着一条乡下人织的呢子做的赤褐色的长裤。光着的脚上套着一双破烂的鞋子

不知是什么缘故，母亲轻松地舒了一口气。突然，她顺从着自己那比模糊的思念来得更早的直觉，自己也觉得很突然地问道："你那里可以过夜吗？"

问过了之后，她便觉得自己全身的肌肉和筋骨都紧张了起来。她挺直了身体，呆定定地望着他，在她的头脑中不断地闪现着一个好像刺痛了她的念头。

"我害了涅考拉·伊凡诺维奇。我要很久地不能看见鲍什了……他们会把我打死的！"

那农民眼睛看着地面，用手将上衣把胸口掩上，不慌不忙地说：

"过夜？怎么不可以？可是，我们家里的房子不好……"

"我是不会在乎的！"母亲无意识地回答着。

"那就行！"那人以惊奇的目光打量着母亲，重复了一句。

天色已经暗下来。在暮色中，他的眼睛里发出冷冷的光亮，脸色也显得十分的苍白。

母亲怀着好像下山时的心情，轻轻地说："那么我就去吧，你替我拿一拿箱子……"

"好。"

他耸了一下肩膀，又重新将前襟掩上，低声说："看马车来了……"

列彼出现在乡政府的台阶上。他的双手被捆绑着，头和脸上好像用灰色的什么东西裹着。

"乡亲们，再见！"他的声音在寒冷的黄昏的暮色中回响着，"你们要寻找真理，保护真理，相信那些带给你们真话的人们，为了真理，不要贪生怕死……"

"闭嘴，狗东西！"不知从什么地方传来了局长的声音，"乡警，让马

走快些，傻瓜！"

"你们有什么贪恋呢？想想你们过得是怎样的一种生活呢？……"马车动了，列彼坐在两个乡警中间，仍用低沉的声音喊道："饿死有什么名堂呢？为自由而奋斗吧，自由可以带给我们真理和面包——再见了，乡亲们……"

车轮急速响声和马蹄杂沓声，局长的呼喊声，混合在一起，冲乱了他的话，淹没了他的话。

"这是对的！"那个农民猛地摇了摇头说。接着，他又对母亲嘱咐道："你在驿站里面坐一下，我就来……"

母亲走入室内，靠着桌子在茶炊前面坐下了，拿起一块面包看了一看，又缓缓地把它放回盘里。她不想吃东西，心里又有一种想呕吐的感觉。那种感觉温暖得令人难受，吸引着她心里的热血，使她疲惫无力，更叫她感到晕眩。在她眼前，浮现出了那个蓝眼睛的农民的那张脸——脸的样子很怪，轮廓看上去很不清楚，不能让别人对它产生信任。她不知究竟为了什么——她不敢大胆地推断，这个农民可能会去告密。然而，这种想法已经在她心头产生了许久，并且十分沉重而又牢固地压迫着她。

"他已经看破我了！"母亲懒懒地无可奈何地想着，"已经看破了，猜出来了……"

可是，这种想法沉溺在难堪的灰心和执拗得要呕吐的感觉里，并没有能够持续下去，或得到发展。

窗外，喧闹已被无声的静寂代替了，充分地暴露出乡村里特有的那种沉闷而令人担惊的气氛，这种气氛增加了人们心里的孤独之感，叫每颗心都充满了晦暗的情绪，像是一种灰烬般的灰色的、软软的东西堵塞在胸口。

姑娘走进来了，站在门口问道："要来个煎蛋吗？"

"不要了，我现在觉得什么也吃不下去了，刚才的吵闹打架把我吓坏了！"

　　姑娘走近桌旁，激动不已地却仍是低声地说："那局长打得真凶啊！我当时站得很近，清清楚楚地看见了那个人的牙齿都被打掉了，吐出来的都是浓浓的紫血，颜色那么深！……眼睛差不多已经看不见了！那个人是柏油工人。警官在我们那儿躺着，喝醉了酒了，还是一个劲儿地嚷着再拿酒来。他说他们结了帮，那个长着络腮胡子的就是首领。

　　"一共抓了三个，听说呀，还有一个逃了。另外还抓了一个小学教师，也是和他们在一起的。他们都不相信神，劝人们去抢教堂，你看，他们就是这种人！我们这里，有些乡下人很是可怜他，但也有人说——应该把他干掉！我们这儿有些乡下人凶得很呢——真吓人！"

　　母亲听着她的话，努力使自己保持平静，忘掉不安，忘掉可怕的期待，尽量集中注意力。虽然这个姑娘的话不连贯又说得很快。姑娘看见有人专心听她讲这讲那，心中很高兴，所以越说越起劲儿，几乎透不过气来了。然而，她并没有停下话头的意思，仍是喋喋不休地说：

　　"告诉您吧，听我爹说，这都是因为灾荒年头的缘故！近两年啊，我们这儿一点收成都没有，老百姓都要苦死了！所以才出了这样的乡下人——真倒霉！在集会时也总是大喊大叫，争吵打架，不久之前，瓦修柯夫因为欠税，村长要卖他的家具，他就打了村长一个耳光。嘴里嚷嚷着说，这就是还给你的税……"

　　这时候，门外忽然传来了沉重的脚步声。母亲两手按着桌子站了起来……蓝眼睛的农民走进来了，他连帽子也不摘，就愣愣地问道：

　　"行李在哪儿？"

　　他毫不费力地提起了箱子，顺手把它摇了摇，说道：

　　"空的？玛利卡，将客人领到我家来。"

　　说完后，他什么也不看地走了出去。

　　"在这里过夜？"姑娘问道。

　　"是的！我这是来收花边的，买花边……"

　　"这儿不织花边！在企尼考伏和达利诺那边有人织，可是，我们这儿没人织。"姑娘对她说。

"我明天就到那边去……"

母亲付了茶钱，另外给了她三戈比的小费，使姑娘非常高兴。走到外面，她的光脚在潮润的泥土上啪哒啪哒地走着，步子迈得很快。一边走，一边对母亲说：

"您要不要我到达利诺去跑一趟，叫她们把花边都拿来；要是她们来呢，您就不用去了。总共有十二里路呢……"

"用不着了，好孩子！"母亲和她并排走着，无比感激地回答她。不能不承认，寒冷的空气使她的精神大为振奋，于是，她心里产生了一个不很明确的决定。而这种模糊的、但却有所预示的决定慢慢地发展扩大着……而母亲想要加速这种决定的成长，便不停地反复问自己："怎么办？如果老老实实说了……"

周围又暗、又冷、又湿。各家各户窗子里那一动不动的，发红的灯光，模糊不明地闪动着白黄色的光晕。在一片寂静里，可以听到家畜那带着浓浓的倦意的哞叫声，以及偶尔的一两句的人们的呼叫声。阴暗而沉重的悲哀裹住了整个村庄……

"这边来！"姑娘叨叨着，"您投错人家了，这家子穷得很……"她摸到了门，随即把门打开了，活泼地朝里喊："塔齐扬娜大娘！"

喊完后，姑娘就迅捷地走开了。

从一片黑暗中传来她告别的话音："再见！"

母亲站在门口，把手搭在额头上，仔细地打量一番。看上去，房子很挤很窄，但是却很干净。有一个年轻女人从暖炉背后探出头来张望一下，行了个礼，什么都不说就又进去了。在前面角落里摆着一张桌子，桌上点着一盏灯。

主人就坐在桌子旁边，用指头轻轻地敲着桌子的边沿儿，正目不转睛地望着母亲的脸。"请进来！"过了一会儿，他才开口让客，"塔齐扬娜，去叫彼得来，快些！听到没有？"

女人很快地跑了出去，也不抬头向客人望一眼。母亲坐在主人对面的凳子上，又仔细端详了一遍——她的箱子没有看见。恼人的寂静充斥了小屋，只有洋灯的火焰发出勉强可以听到的爆裂声。那个农民的脸好像是在沉思，皱着眉头，很模糊地在她的面前晃动，叫她产生一种忧郁的烦恼。

"我的箱子放哪了?"母亲忽然开口高声追问，这声音连她自己都没有预料到。

那人耸了耸肩，心事重重地说："不会丢的!"他压低声音，皱着眉毛接下去说;"刚才在那个小姑娘面前，我故意说那是空的，不，其实不是空的，里面装的东西重得很!"

"哦?"母亲问;"那么怎么样?"

他站起身来，走到母亲跟前，俯下身来低声问道:"你认识那个人?"

母亲颤抖了一下，但是却很决断说:"认识!"这句短短的话就好像从她内心发出光华来一样，照耀了外部的一切。她放心地透了一大口气，在凳子上动了动，就坐得更加牢靠稳妥了……

那个农民咧开嘴笑出声来。

"您在跟那人互相打暗号时，我看出来了。我凑近他的耳朵问了他——是不是认识站在台阶上面的那个女人?"

"那么他怎么讲?"母亲急切地问。

"他? 他说——我们的同志多得很。不错! 他说，多得很……"他疑问般地望着母亲，重又笑着说，"那人真有力量! ……胆子大得很……一点也不抵赖，什么都是——'我'……被打得那么厉害，他还是说他自己的……"

他的柔弱无力的声音，轮廓不很分明的面貌，神情坦率的眼睛，使母亲越来越放心了。在母亲的身上，对列彼辛酸的怜悯渐渐代替了不安和失望的情绪。

此刻，她终于忍耐不住了，怀着突如其来的、痛苦的仇恨，绝望地喊了出来:"那帮强盗! 没人性的东西!"母亲就哭了出来。

那个农民阴郁地点着头，缓缓地从她身边走开了。

"当官的可找到一帮好朋友，是啊！"

忽然，他又向母亲转过身来，低声对她说道："我猜，箱子里是报纸——对不对？"

"对！"母亲抹着眼泪，率直地说，"给他拿来的。"

他皱着眉头，把胡子握在拳头里，眼睛瞅着旁边，沉默了一会儿。

"报纸到我们这儿来了，小册子也来了。这个人我们认识……以前看到过的！"那个农民站住了，想了一会儿，然后又开口问道："那么，现在您打算怎样安排这个箱子呢？"

母亲向他望了望，挑战似的说："留给你们？"

他并不吃惊，也不反对，只是简单地重复了一句："给我们！"他表示许可似的点了点头，放开了握着的胡子，用指头梳了梳胡子，然后坐下来。

记忆是毫不容情的，也是执拗而顽强的。它让母亲眼前不断地映出列彼被折磨的惨痛情景。他的形象打消了母亲心里所有的一切思想念头，因为他而感到的痛苦和屈辱掩住了母亲心里一切的感情；她对于箱子的事，对于其他的一切，已经什么都不考虑了。她的脸色十分阴沉，眼泪从她的眼睛里忍不住地涌出来了，可是当她和主人讲话的时候，声音却一点也不发抖。"他们掠夺人，压迫人，将人踩在泥水，那些该死的东西！"

"他们有力量啊！"那个农民静静地答应着话头，"他们的力量大得很啊！"

"可是，力量是从哪里来的呢？"母亲愤愤地叫道，"还不都是从我们这里，从人民手里夺去的吗？一切都是从我们这里抢去的！"

这个农民的神情是愉快的，可是有一张令人不能理解的面貌，使母亲烦躁起来。

"对啦！"他沉思似的拖长了声音说。"车轮……"他机敏地警惕起来，将头侧向门边，听了一会儿，低声说："来了……"

"谁?"

"自己人……一定是……"

进来的是她妻子,后面还跟着一个农民。那人将帽子丢在角落里,很快地走到了主人身边,向他问道:

"喂,怎么样?"

主人肯定地点了点头。

"司杰帕!"女人站在暖炉前面说,"恐怕客人肚子饿了吧!"

"不饿,多谢你,亲爱的!"母亲直截了当地回答。

那个农民走到母亲身边,用破滥的声音很快地说:"我们来认识一下,我叫彼得·叶戈洛夫·李雅比宁,绰号叫'锥子'!对于你们的工作,稍稍懂得一些。我会写会念,可以说,不是傻瓜……"

他握着母亲伸出的手摇着,一面对主人说:

"司杰帕!你得当心!华尔华拉·涅考拉耶夫娜太太,当然是个好心肠的人!可是她说,所有这种事情都是胡说,没有道理。她说,那些乳臭未除的孩子和一些乱七八糟的大学生,因为不懂事,害得乡下人受苦。可是,我们不是看见——刚才被抓去的人的确是个好人,是个可靠的人,就是眼前这位上了年纪的太太,看来也不是什么富家大户出身。请您不要生气,您是什么出身?"

他匆忙而又流畅地说出这么多话,而且口齿清晰。说话期间,他的胡子神经质地随着抖动;眼睛眯着,仿佛探测似的对母亲的脸上身上迅速地打量着。他的衣服破破烂烂,蓬乱的头发令人感到很不舒服,好像刚跟谁打过架一样。打架中像是打败了他的对手,所以带着胜利般的喜悦和兴奋。他的这种活泼的态度和一开口就非常直率地讲话的性格,都叫母亲喜欢。她望着他的脸,回答了他的问话。彼得再一次和母亲热烈地握手,用他那破锣似的声音轻轻地干笑着。

"司杰帕,你看见吗,这是很正当的事情!这是非常好的事情!从前,我不是也对你说过,这得我们老百姓自己亲手来开始。太太是不会说出真理的，这对她没有好处。可是，不管怎么说，我还是敬重她！她是一个好人，也希望我们能有好处，可是只要有一点点，而且对她们自己没有损失！可是老百姓情愿一直干下去，就是吃亏、受损害，我们都不怕，懂吗？整个生活对我们老百姓都是有害的，到处都要吃亏，没有路可走，周围什么都没有，只有人从四面八方喊着，叫你'别动！'"

"我懂！"司杰帕点着头说，接着又加了一句，"她在担心那只箱子。"

彼得调皮地对母亲使了个眼色，并让她安心地挥着手继续说道：

"您不必担心！不会出乱子的，老太太！箱子在我家里，刚才司杰帕跟我讲起您，说您也跟这种事情有关系，而且认识那个人。我对他说，司杰帕，你要小心些！这种非常严重的事情，是不能胡说八道的！喂，老太太，刚才我们站在您旁边，您大概也能感到我们是什么人吧？正直的人，脸是看得出来的，因为，老实说吧，他们是不大可能在街上来回来去闲逛的！您的箱子在我家里……"

他就坐在了母亲身旁，用请求和希望的目光望着她。又说："如果您要散发，我们很愿意替您帮忙！我们特别需要那些小本的书……"

"她愿意把全部的书都交给我们！"司杰帕插话。

"那真是再好不过的了，老太太！我们都可以安排好！……"

他从椅子上跳起来，笑了出来，一副兴奋不已的表情。他一边快步地来回走着，一边满意地说：

"这件事真是巧到家了！虽说，这也是很平常的事儿。一个地方的绳子断了，可是另一个地方的已经打好了结头！没有关系！老太太，那些报纸很好，特别有用处——它擦亮了我们的眼睛！老爷们当然讨厌它。我在离这里七里光景的一位太太家做工，做木匠。凭良心讲，她为人很好，给我许多书看。有时看了，心里会明白起来！总之，我们都感谢她。可是有一回我拿了一份报纸给她看，她看了有些生气，她对我说：'彼得，快把它扔掉！这是没头脑的小孩子们干的事情。看了这个呀，你的痛苦只会增加，不会减少，因为这些，你不是坐牢，就是流放西伯利亚……'"

他戛然而止，思索了一下，又问："请问您，老太太，那人和您是亲戚？"

"是外人！"母亲告诉他。

彼得不知为了什么好像非常得意，轻轻地笑了起来，还不时地点头。

母亲立时感到"外人"这个称呼，用在列彼身上不太妥当，自己生起气来。"我跟他不是亲戚，"她补充着，"可是，认识很久了，一直很尊敬他，把他当作自己的哥哥一般对待！"

一时再也找不到合适的话了，这使母亲非常不快。她不自觉地轻轻哭泣起来，一种特殊的情感令她难以抑止。小屋之中弥漫着一种寂寞，仿佛是在等待什么，阴郁难捱。彼得歪着头站在那儿，好像是在倾听什么似的。司杰帕将臂肘搁在桌子上，不住地用手敲着桌面，好似敲打他自己的那种沉思。他的妻子靠着黑暗之中的暖炉，一句话也没有，但她把凝视的目光送给了母亲，因而母亲也不时地望望她的脸——她的脸是椭圆形的，皮肤是浅黑色，鼻子直挺，下巴尖削。那对绿色的眼睛总是格外：专注地瞅这个瞅那个，明亮大胆，炯炯发光。

"原来是好朋友！"彼得低声说，"性子很强。对啦！……他把自己看得很高——看法很正确！塔齐扬娜，这才是了不起的人呢，对不？你说……"

"他有老婆吗？"塔齐扬娜打断了他的话，好奇地问。问完话之后，她那薄薄的两片嘴唇又紧紧地闭上了。

"老婆已经死了！"母亲悲哀地回答。

"所以才会这样大胆啊！"塔齐扬娜用她那低低的胸音说，"有家的人不会走这条路的——他们怕……"

"那么我呢？不是也有家吗？"彼得高声说。

"算了吧你！"女人撇子撇嘴唇，对他看也不看地说，"你算得了什么呢？只会说，偶然看看书。你跟司杰帕鬼鬼祟祟地躲在角落里说点儿这个，说点儿那个，对大家又有多大的好处呢？"

"听我说话的人多得很!"彼得好像受了冤屈似的轻轻地反驳说,"我在这里像一个酵母,你这样评价我很没有道理……"

司杰帕默默地朝妻子望了一眼,然后又低下了头。

"乡下人为什么要讨老婆呢?"塔齐扬娜问着,"大家说说,是为了要一个干活的帮手,可是,是为了干什么活呢?"

"你嫌活儿还不够多嘛!"司杰帕低沉地插嘴说。

"这种活计有什么意思?还不是每天都在挨饿。生了孩子,没有工夫照管——因为要去干不能换面包的活儿。"

她走到母亲身旁,慢慢坐下来,一面执拗地说着,一边瞅着大家,但她的话语和口气并没有抱怨和忧伤……

"我生过两个孩子,一个在两岁的时候被开水烫死了,另一个是没有足月,生下来就是死的——都是为了这种该死的工作。我心里会快活吗?所以我说是说,乡下人讨了老婆只是碍手碍脚的,一点都没有好处,应该没有家累,应该去争取应该有的制度,像那个汉子一样不顾一切地为真理而奋斗!我说的对不对?老太太……"

"对!"母亲回答,"说得对,亲爱的!不这样是不能战胜生活的……"

"您有男人吗?"

"死了。有一个儿子……"

"他在哪儿?跟您在一起吗?"

"在牢里!"母亲说。

她感觉,这三个字除了使她感到一向的那种悲伤之外,还足以使她的心里充满着平静的自豪。

"这是第二次坐牢了——这都是因为他懂得真理,而且敢公开地宣传……他还很年轻,可是他长得很漂亮,也特别聪明!这里的报纸,就是他想出来的主意,使列彼走上这条道的,也是他——虽然列彼的年纪要比他大上一倍!对,我儿子最近就要受审判了,全是因为他干了这种事——等判定之后,他就无法从西伯利亚逃出来,重新去干他的工作……"

母亲这样讲着，自豪感在她心里也不断地增长着，乃至压迫住她的喉咙，让她寻找最适当的言语词藻来创造英雄的形象。她深深觉得，一定要用一种鲜明而又有理智的东西抵挡那一天她所看到的充满无谓的恐怖和无耻的残暴的、叫她心痛的悲惨景象。母亲不知不觉地依从着健全的精神的要求，想将她看到的一切光明纯洁的东西集合成一团光华夺目美丽照人的火焰。

"那样的人，现在已经很多了，而且一天一天地还在不断地增加着。他们每个人都誓死拥护人们的自由和真理……"

母亲忘记再提防什么，她把自己所知道的一切为了从枷锁里解放人民大众的秘密工作，一口气都讲了出来，只是没有提到各个人的名字。她描述着她心中的至贵至宝，把自己的全部力量和心中的至爱——很晚才被生活的令人激动不已的推动力唤醒的——毫无保留地灌注到她的每一句话里、每一个字里。同时，她自己也怀着强烈的喜悦赞叹着在她生活的记忆里浮现出来的每一个人——这些人们被她由衷地爱戴着、美化着。

"这种工作，在全世界、在一切城市里，都同时进行着。好人的力量是没有限制的，这种力量正在不断地成长着壮大着，一直到我们胜利的那一天为止……"

母亲说得格外流畅，每一句都轻而易举地找到适当的词汇；要洗净被这一天的鲜血和污泥玷污了的心灵的那种希望，像一根有力的丝线，如同穿起五彩珠子似的，很快地把这些言语词汇贯穿起来。母亲看到，这些农民听着她的讲述一动不动，连最初的位置也没有挪动半点，每个人都严肃地盯着她的脸；她甚至能听见，坐在她身边的那个妇人急促的呼吸声——这一切，都叫母亲增加了对她所说的和她向人们许诺的信心……

"所有生活困苦不堪的人，所有受着贫穷之苦和不法行为压制的人，应该起来战胜有钱的人和他们的走狗！全体老百姓都应该欢迎那些为了我们在监牢里牺牲和受尽磨难的好人。他们毫无私心地引导大家伙，使大家伙都知道了幸福的道路；他们毫不骗人地说明了这条道路的艰难困苦，他们从来不勉强别人跟从自己，可是你只要一跟他们接触，便永远不会再想和他们分开了，因为你看见，他们的一切都是对的，只有这条路可走！别无选择！"

母亲高兴的是她长久以来的愿望终于得以实现了——现在她在亲口向大家讲述真理宣传真理！

"人民就应该跟这样的人走在一起。他们是不彻底打倒虚伪、贪欲和罪恶决不罢休的！他们绝对要奋斗到底，直到全体的大众团结在一起，成为一个人，同一个声音喊出：'我们是国家的主人，我们自己来制定大家一律平等的法律……'"

母亲讲得疲倦了，便停下来，朝周围望了一望。她心里很有把握，她明白她的话是不会白讲的。农民们都望着她，似乎还在期待着。彼得将双手交叉在胸前，眯起了眼睛，在他那生满雀斑的脸上，挂满喜庆般的微笑。司杰帕一只手撑在桌子上，身体前倾着，伸长了脖子，母亲都不讲了，他还没有收回耳朵和脖子。影子射在他的脸上，因此他的脸显得比较端正了些。他的妻子坐在母亲旁边，身子弯曲着，两肘支在膝盖上，眼睛瞄着自己那伸直的双脚。

"对啦！"彼得低声说，他摇着头，很小心地在凳子上坐下来。

司杰帕慢慢地伸直了身体，望望他的女人，好像要拥抱什么似的张开了双臂……

"假使要干，"他沉吟般地低声说，"那真得用全副精神去干！"

彼得胆怯地插嘴道："对，不要回头看！"

"这已经是在广泛地发动了！"司杰帕接住话茬说。

"全世界都有！"彼得又加了一句。

母亲如释重负地靠在了墙上，她仰起头，细心地听他们小声的却很郑重的谈话。这时，塔齐扬娜站起身来，回头看了看，便又坐下了。当她脸上带着不满而轻蔑的神情看着这两个农民的时候，她的那双碧眼里闪出了冷冷的光。

"看样子，您受过不少的痛苦吧？"她突然问母亲。

"可不是吗？"母亲感慨地回答她。

"您的话讲得真好！——您的话能打动人的心。我刚才心里想呢，天哪，只要能让我看一眼这种人和这种人的生活也是万幸了。我这算是过得什么生活啊？就像绵羊一样！我也识得几个字，也看那些小书了，我想得很多，有时想得夜里都睡不着觉。可是，想又有什么用呢？我不想——也没有用，想——也没有用。唉！"

她服含嘲笑地说着，有时好像咬断线绳一样，突然将话停住。两个农民呆在那儿一声不响。风轻轻地拍打着窗子，把屋顶上的干草吹得簌簌作响。风中的烟囱也发出微弱的和音。不知谁家的狗在叫着。雨点们好像不大情愿似的偶尔打在窗子上。灯里的火苗抖动了一下，暗了下来，可是过了一会又亮起来。

"听了您的一席话，才知道人们为什么活着！您讲得真好！我听着您的每句话，总觉得这些我原来都是知道的啊！不是在您之前，我从没有听到过这样的话，而且想都不曾想到这样的事情……"

"该吃饭了吧！塔齐扬娜，熄了灯吧！"司杰帕皱着眉头慢腾腾地说。"人家会注意，怎么楚玛柯夫家里老点着灯？对我们倒不要紧，可是对于客人也许不大好……"

塔齐扬娜站起身来，走到暖炉旁边。

"对！"彼得带着微笑低声说。"老弟，以后非提防不可！等到报纸分给大家之后……"

"我不是说我自己，我就是被抓去，也没什么了不起的！"

他的妻子走到桌前，对他说："让开些……"

司杰帕站起身来，躲到旁边，看着他的妻子摆了桌子，冷笑着说："我们的价钱是五个铜板一把，而且一把是一百个……"

母亲忽然觉得他挺可怜的，逐渐地，她也喜欢他了。说了刚才那一番话之后，她感到背负了一天的肮脏的重荷之后，现在已经恢复精神了，心里十分满意，所以也希望大家都好。

"您的这种想法是不对的！"她说。"那些除了人们的鲜血之外什么都不要的家伙对我们的估价，我们哪里能同意呢？你们应该在朋友中间给自己估价，不是为敌人，应该为朋友们……"

"我们有什么朋友呢？"那个农民低声反问，"连一片面包都……"

"可是我说，人民是有朋友的……"

"有是有的，可是不在这儿——问题就在这里！"司杰帕沉思地说。

"你们应该在这儿找呀！"

司杰帕想了一会儿，低声说："不错，应该这样……"

"大家坐下吧！"塔齐扬娜说。

吃晚饭的时候，刚才曾被母亲的话深深感动，似乎茫然失措的彼得，精神振奋地首先开口说话了：

"老太太，为了不惹人注意，明天早上你得尽早离开这里。您坐车不要坐到城里去，只要坐到下站就行——要坐驿站的车子走。好不好？"

"为什么？我可以送她去。"司杰帕说。

"不必了！万一出了什么事——人家要盘问你，昨晚间住在你家了吗？住了。她到哪里去了？我送她走了！哦，原来是你送走的呀！那么请你到牢里去吧！你明白吗？何必这么着急抢着去牢里呢？一切都有个次序。俗语说，时候到了，沙皇也会死的。这样呢，很简单——她住了一夜，第二天叫了马夫走的！驿站附近的村庄，有人借宿过夜是很正常的，没有什么稀奇……"

"彼得，你是从什么地方学会了这样害怕的？"塔齐扬娜嘲笑着问他。

"大嫂！什么都应该知道！"彼得在膝上拍了一下，理直气壮地说，"能害怕的人，也能大胆。你还记得吧，华加诺夫就是因为这种报纸吃了自治局议长的苦头。现在，你不论给华加诺夫多少钱，他也不敢拿这种报纸了，不是吗？老太太，相信我吧，我干这种事是很机灵的，不相信，你可以问问别人。小册子和传单，随便有多少我都可以给您好好地分散喽。

这儿的乡下人，当然能够看书的很少，而且又都胆小，不过现在因为压迫得太厉害了，所以许多人都不由自主地想睁开双眼看看——这是怎么一回事情？那些小书能够非常简单明了地回答他们：就是这么一回事——您想想吧，考虑考虑吧！

"许多例子可以说明，不识字的反而比识字的懂得多，特别是如果那些识字的肚子都吃得饱饱的！这一带地方，我到处都去过，什么事情都知道——所以您不必担心！那是可以干的，可是要有头脑，要眼明手快，免得一下子就搞糟了。官府里也嗅得出来，好像乡下人里面刮出了一阵冷风——乡下人都不大有笑脸，态度不亲切——总之一句话，想离得官府远一点，越远越好！

"前些日子他们到施莫利亚柯伏去逼老百姓交粮——那是一个离这不远的小村子——乡下人都动了火儿，纷纷把棒子棍子拿了出来。警察局长对他们说：'你们这些狗娘养的！这是反对沙皇呀！'那里有一个农民叫斯比华金，他就说：'去他妈的沙皇吧！连乡下人的最后一件衬衫都要从身上给剥下来，还说什么沙皇不沙皇呢……'你看事情到了这种程度，老太太！斯比华金被带去坐了监狱，可是他的话却传播开了，连小孩子们都知道——他的话还是在生活中响着，存在着！"

他并不吃饭，只顾低声说着话，同时活泼地闪动着黑色的似乎很狡猾的眼睛。他好像从钱袋里掏出铜板似的，将他对于农村的认识、对农民生活的观察结果，非常慷慨地撒在母亲面前。

司杰帕对他说了两遍："吃了饭再讲吧……"

彼得拿了一块面包，拿起了汤匙，可是眨眼的工夫没到，他就又像金翅雀唱歌一般滔滔不绝地讲起来了。吃完晚饭，他终于站起来说：

"好，我得回去了！"他来到母亲身前，一边点头，一边握住她的手告别。"再见了，老太太！也许再也不能见面了。应该对您说，这一切都好极了！能遇到您，听到您说的那些话，是再好也没有的了！在您的箱子里，除了印刷品之外还有什么别的吗？还有一条羊毛头巾吗？是一条羊毛头巾。司杰帕！你记住了！他马上就把您的小箱子拿来！司杰帕，我们走吧！那么再见了！祝您好！祝您好……"

他们走了之后，蟑螂的沙沙声、屋顶上的风声、烟囱里响声和细雨打在玻璃上的声音，就都可以听见了。

塔齐扬娜从暖炉上和搁板上取了衣服放在长凳上，为母亲准备睡觉的地方。

"那人很有精神！"母亲夸赞着。

主妇蹙着额头望了母亲一眼，回答说：

"他喊叫得虽然响，但远的地方还是听不见他的声音。"

"您的丈夫怎样？"母亲问。

"没什么。算是一个安分守己的农民吧。不喝酒，大家和和气气地过日子，还凑合！只是胆子很小……"她伸直了腰，沉默了一刻后问道："现在必要的，是鼓动群众起来造反，对吗？当然是的！大家都在这么想，不过每个人是自顾自地放在心里。我觉得，这是应该大声说出来的……而且先应该有一个人敢站出来领头……"

她在长凳上坐下，突然又问道："您说，年轻的小姐们也在干这种工作，穿工人的衣服，读报，难道她们真看得起这种工作，也不害怕吗？"

她仔细听了母亲的回答后，深深地叹了口气。后来，她垂下眼皮，低下脑袋，又说道：

"我在一本书里看到了'没有思想的生活'这样一句话。我立刻就懂了！这样的生活我是知道的，思想是有的，可是没有联系，好像那些没有牧童的羔羊胡乱地走来走去，没有人、也没有什么办法把它们集拢起来……这就是没有思想的生活！我真想逃出这样的生活，连头也不回，这样的烦恼，尤其是如果你懂了点什么之后！唉！"

母亲在她那双碧眼发出的冷冷的光芒里，在她消瘦的脸上，都能看出这种烦恼。在她的那种声音里也能听出这种烦恼。于是，母亲思索着要说些话来安慰她。

"亲爱的，不是您已经知道，应该怎么样……"

塔齐扬娜低声地打断了她的话。"可是还要会做。床已铺好了。请睡吧！"她走到暖炉旁，笔直地站在那里，好像是在思索。

母亲和衣躺下，感到浑身上下的骨头关节又是酸痛又是疲乏，轻轻地哼了一声。塔齐扬娜吹灭了灯。当黑暗密密地充满了这间小屋的时候，母亲听见了她那低而平静的声音。这声音听起来就如同在沉闷而黑暗的扁脸上擦去了什么东西似的。

"您不做祷告吗？我也这样想，上帝是没有的。奇迹也是没有的。"

母亲不安地在长凳上翻了个身，无边的黑暗透过窗子直射在她的脸上，几乎听不见的低音和簌簌声执拗地爬进这种寂静。她用耳语一般的声音，胆怯地说：

"上帝，我是不知道的，可是基督，我是相信的……我相信他的话——要爱你的邻人像爱你自己一样——这样的话我是相信的！"

塔齐扬娜沉默着。

在黑暗里，在那黑色的暖炉的前面，母亲看见她灰色的、站得笔直的身形的模糊的轮廓。她丝毫不动地站着，母亲无聊地闭上了眼睛。忽然，传来了塔齐扬娜的冷冷的声音："因为我的孩子的死，我不能原谅上帝，也不能原谅人，永远不能！……"

母亲不安地、微微抬起身子，心里很理解因为这句话而唤起的痛苦。

"您还年轻，不愁没有孩子。"母亲亲切地安慰着。

过了一会儿，那女人才耳语一般地说："不！我不行了，医生说过，我不能再生了……"

一只老鼠在地上走过。不知是什么东西发出干燥的爆裂声，这声音就像无形的闪电一般，冲破了凝固的寂静。过了一会儿，又可以听到秋雨打在屋顶干草上的低语一般的声音和簌簌声，就好像有人用战栗的纤指在屋顶上摸索。雨滴没精打采地落在地上，好像昭示着秋夜的迟迟的行进……

透过睡意，母亲听到了大门外面和门洞里传来的钝重的脚步声。门，被小心地推开了，紧接着便听到了一声低低的呼唤声："塔齐扬娜，你睡了吗？"

"没有。"

"她睡着了？"

"好像是的。"

灯光忽然亮了起来，跳动了几下，又沉入了黑暗之中。那农民走到母亲床前，拾起外套，用它把母亲的脚包裹好。这种单纯而亲切地举动，暖暖地感动了母亲的心。她又闭上眼睛，微笑了一下。司杰帕悄悄地脱了衣服，爬上了床。周围又寂静起来。

母亲躺着不动，竖起耳朵听着那催人入睡的寂静的懒懒的扰动。在她面前的黑暗中，晃动着列彼的流着血的脸……

床上发出了冷冷的低语声。

"你看，是怎样的人在做这种工作？已经上了年纪，饱受了痛苦，辛辛苦苦地工作过，他们应该可以休息了，可是人家还在于！像你年纪还轻，又很懂事，唉，司杰帕……"

他用润泽低沉的声音回答道："这样的工作，不仔细想一想，是不能动手……"

"这种话我不知听了……

话音断了，后来又发出了司杰帕的低沉的声音：

"应该这样——先跟农民们个别谈一谈。譬如像阿廖夏·玛考夫，他很机灵，认识字，又受过他们的气；还有谢尔盖·萧林，也是个聪明的农民。克尼亚节夫，是个正直大胆的人，暂时这样就够了！应该去看看她所讲的那些人。我拿着斧头到城里去，给人家劈柴，就说去挣几个钱。这里应该小心，她说得对，人的价值，就在于他的工作。就像今天那个乡下人一样。那个人，即使你把他放在上帝面前，他也不会屈服的……他站得非常稳。可是尼基塔怎样呢？他也觉得难为情了，真是难得的！"

"在你们面前那样打人，你们还在张着嘴巴看着……"

"你不能这样说，我们没有自己动手打他，你就应该说一声谢天谢地了！"

他低语了许久，一会儿压低了声音，几乎使母亲听不见，一会儿又突然讲得很高、很响，这时，塔齐扬娜就拦住他：

"轻一点儿！不要吵醒了她……"

母亲沉沉地入睡了——睡魔好像闷热的乌云一般一下子就罩在她的身上，把她搂抱起来，迅速地带去了。

当塔齐扬娜唤醒母亲的时候，灰色的黎明还在茫然地望着小屋的窗子，整个村子仍然沉静在寒冷之中，教堂的钟声睡意正浓地在村子上空飘荡着，尔后渐渐消失在远方的天际。

"茶炉生好了，喝点茶吧，不然一起来就走，会觉得很冷的……"

司杰帕一面梳弄乱糟糟的胡子，一面事务式地问她城里的住处。母亲觉得，今天他的脸好像好看些了，轮廓也更清晰了。

喝茶的时候，司杰帕笑着说："真是巧得很！"

"什么？"塔齐扬娜问。

"这样相识！这么简单……"

母亲仿佛沉思地接过话头儿，语气非常确切："干着这样的工作，什么都是简单得叫人惊奇！"

分手的时候，主人夫妻俩都很谨慎地没有多说什么废话，可是对于母亲路上的安适却照顾得无微不至。

当母亲上了马车之后，心中便默默地强化了一个结论：这个农民一定能够小心而勤奋地工作个不停，恰似田鼠那样悄无声息又持之以恒。在他身边，他的妻子一定经常发出不满的牢骚，经常闪耀着她那碧眼里的灼人的光辉，而且只要她活着，那种母亲思念死去的孩子的、那种充满复仇之心的狼一般的忧愁，就不会在她心中消失。

母亲还想到了列彼。想起了他的血、他的脸、他的热情的眼睛和他的每一句话语——她的心由于在暴力前面倍感无力，便痛苦地紧缩起来。一直到进城为止，在那灰色岁月的晦暗背景之上，在母亲眼前一路上一直浮现着满面浓须的米哈依洛那结实的身形——他穿着破烂的衬衫，反绑着双手，头发散乱，脸上充满了愤怒和对自己的真理的信念。同时，母亲也想起了无数胆怯地缩在地上的村落，想起了成千上万毫无思想的、终生默默地工作的无所期待的人们……

生活，仿佛是布满丘陵的未曾开垦的荒地。它正紧张地、无言地等待着开垦的工人们，默默地向那些自由的、真诚的双手许着虔诚的诺言："请你种下理性和真理的种子吧，我可以百倍地偿还你们！"

想到自己的成功，母亲的心坎儿上不由得感到了一阵均匀的喜悦的颤动，但又好像怕羞似的，她抑制住了这种美妙的喜悦。

到家的时候，涅考拉蓬头垢面，手里拿着一本书来给她开门。

"回来了？"他喜出望外地喊，"真快！"

他的那双眼睛亲切而又生动地在他的眼镜后面眨着，像看见了久别重逢的亲人。他帮她脱下了外套，满脸带着热忱的微笑，双眼直望着母亲，说道：

"昨天夜里忽然来人搜查，我心里琢磨——是为了什么原因呢？会不会是您出了什么事儿了？可是他们没有把我抓去。要是您真被抓去了，当然不会放过我呀。"

他把母亲让进餐室，继续快活地说着他的情况："可是，现在要把我解雇了，这倒不值得难过。整天计算那些没有马的农民人数，我早已经厌烦透了！"

房间里乱七八糟一派狼藉，好像是有一个大力士傻性大发，从街上推着房子玩，一直把房里的所有家什都弄得东倒西歪才算了事。相片堆了一地。壁纸被撕碎了，一条一片地挂在墙上。有一块儿地板被挖了起来，窗台也翻了个个儿，炉子旁边撒了一地煤灰。母亲看到眼前这幅似曾相见的景象，禁不住摇了摇头，然而扭过头来看着涅考拉的脸，在他脸上仿佛看到了一种新的表情。

桌子上放着熄灭了的茶炉和没有洗的杯盘，干酪和香肠没放在盘子里，就搁在了纸上；面包皮、书籍、茶炉里用的炭，都胡乱地堆在了一起。母亲看到这些，禁不住笑出了声。涅考拉也难为情地跟着笑起来。，"这是我把遭劫的画面上又添了几笔，可是没什么关系的，尼罗芙娜，没什么关系的！我想他们还要再来，所以让它这样堆着吧。您这次出门怎么样？"

这句话好像在母亲心里重重地揪了一下——她面前立时又呈现出了列彼的姿态。她便觉得一回来没有马上讲他的事，似乎很不应该。她缓步来到涅考拉面前，垂着头坐在了椅子上，竭力保持住镇静的姿态，唯恐有遗漏地认真讲述起来。

"他被抓去了……"

涅考拉的脸抖了一下。

"是吗？"

母亲抬起手来示意他不要插话，自己又接着讲下去，仿佛她是坐在正义面前，向正义控诉迫害人类的罪行一般。涅考拉把身子靠在椅背上，脸色苍白，嘴唇紧紧地咬着，认真地听母亲讲述，他慢慢地摘下了眼镜放在桌子上，然后伸手在脸上摸了一把，好像拂去无形的蜘蛛网。只见他的脸仿佛变得尖削了，颧骨异样地突出了，鼻孔在翕动——母亲第一次看见他这副模样，因此心里有点害怕。

母亲讲完之后，他站起身来，把拳头深深地塞进衣袋里，默然地在室内徘徊起来。

过了一刻，他才咬牙切齿地说："他一定是一个很认真的人。他在牢里一定很痛苦，像他那样的人关在牢里一定是特别难受的！哼！罪恶的当局！"

他似乎是要抑制自己的激动，所以将手更深地塞在衣袋里，可是母亲还是能感觉得出这种激动，并且自己也被这种激动给感染了。他的眼睛眯成了一条细缝，好像刀尖一般。他又在室内踱开了，边踱边冷冷地、愤怒地说道：

"您看！这多么可怕呀！一小撮愚蠢的人维护着自己危害人民的权力，殴打人民，压迫人民，把大家压得透不过气来，您想想看，野性增长起来，残酷变成了生活的规律！有些人可以随便打人，因为他们打人可以不受惩罚而变得像野兽，他们有虐待狂——这是可以自由地充分表现奴性和畜生的习惯的奴才们所患的一种可恶的毛病。有些人一心只想着复仇，还有些人被打得呆钝了，变成哑巴和瞎子。人民堕落了，全体人民都堕落了！"

他站定在那儿，咬着牙齿，沉默了一会儿。

"过着这种野兽般的生活，自己也会不知不觉地变成野兽！"他低声说。

可是，他终于抑制住了自己的激动，比较平静地、目光坚定地望了望母亲那张泪痕纵横的脸。

"但是，尼罗芙娜，我们不能再耽搁了！亲爱的同志，大家都要振作起来……"

涅考拉面带苦笑，走到了母亲跟前，弯下身来，紧紧地握住了母亲的手，询问道：

"您的箱子呢？"

"在厨房里。"她说给他。

"我们门口有暗探，现在我们没有办法把这么多印刷品拿出去而不让别人看见，家里又没地方可藏了。我想，他们今天夜里肯定还得来。所以说虽然很可惜，但我们也只有把东西都烧掉了。"

"烧什么？"母亲问。

"箱子里的东西。"

母亲一下子就明白了他的意思，所以她心里虽是悲戚，但还是因为自己的成功而产生了自豪感，这种感觉使她脸上布满了自信而又光荣的微笑。

"箱子里连半张传单都没有了！"她说。她的精神一下子就振作起来了，于是一气讲出了遇见楚玛柯夫的事情经过。

涅考拉认真地听着，起初是不安地皱着眉头，可后来却渐渐地出现了惊奇的表情，最后竟拦住母亲的话，欢呼道：

"啊呀呀！真是好极了！您呀，真是个幸运的人……"他紧握住母亲的手，低声说："您对人的信任感动了他们……我会像爱自己的母亲那样爱您的！……"

她脸上带着好奇的神色微笑不已，双眼紧盯着他的举动。她想知道，他为什么一下子变得这么活泼而快乐。

"总之，太妙了！"他一边搓着手，一边微笑着说，"最近这些时日，我的生活过得非常愉快——一直和工人们在一起，读书啦，谈话呀。因此说，在我的心里积累了很多非常健康的、纯洁的东西。尼罗芙娜，他们真是好人！我说的是那些青年工人——他们个个都坚强而又敏感，心中充满着了解一切认识一切的渴望。看见他们，你就可以看见——俄罗斯将成为世界上最光明的民主国家！"

他像宣誓一样地确信而坚定地举起了手，停了一会儿，又继续说："老是这样子坐着写字，人好像发酸了，在书本里和数字里发霉了。这样的生活几乎过一年了，——这真是不正常的情形。因为我一向是习惯了呆在工人中间，离开了工人就觉得很不自在，要知道，我是强迫着自己过这种生活。可是现在，我重新可以自由地生活了，可以跟他们时常见面，跟他们一块儿工作。懂吗，我现在是走进了新思想的摇篮，走到了青春的创造力的前面。这是惊人的朴实，惊人的美丽，令人非常兴奋——叫人变得年轻了、坚强了，使生活充满了活力！"

他又是尴尬又是愉快地笑了起来。他的这种喜悦之情是母亲能够理解的，这使母亲很受感动。

"还有——您真是个好人！"涅考拉欢呼说，"您把人描绘得非常鲜明深刻，您对他们的认识也非常清晰……"

涅考拉坐在母亲身边，不好意思地把他那格外兴奋的脸庞转向另一边，整了整头发后，又转过脸来了，望着母亲，贪婪而放心地听着母亲这流畅而又简单鲜明的故事。

"这回真是惊人的顺利！"他高兴地感叹，"这一回，您完全有坐牢的可能，但是，突然就变了！这样看来呀，农民好像也动起来了，然而这其实是很自然的！……那个女人——我好像清清楚楚地看见了她！……现在我们一定要增加专干农村工作的人手！要人！我们目前缺的就是人……生活要求有几百个人手，几百个呀……"

"要是鲍什能出来就好了！还有昂特廖萨！"母亲低声说道。

涅考拉望了望母亲，然后垂下了头。

"尼罗芙娜，这样的话您听了一定很难受，可是我还是要说。我很了解鲍维尔——他是不愿意从监狱里逃出来的！他愿意在法庭上公开受审，他希望能光明正大地站在那里——他是不会逃避审判的，而且也没有必要！他到了西伯利亚总会逃走的。"

母亲叹了口气，轻声回答道："那有什么办法呢？他是知道怎样做才更好……"

"哦！"涅考拉从眼镜后面望着她，停顿了一下说，"要是您认识的这个农民能早点到这儿来就好了！要知道，列彼的事必须写在传单上散发给农民，既然他的态度是这样勇敢，那么发一次传单对他是绝对不会有害的。好！我现在就写，廖得米拉可以很快地把它印出来……可是用什么法子能尽快送到那里去呢？"

"我送去！"

"谢谢您，不过不要您去！"涅考拉不假思索地说，"我想，沃索西柯夫去不知行不行，您看怎么样呢？"

"要先跟他谈谈？"

"请您跟他谈谈吧！另外还得教一教他才好。"

"那么，我呢？"

"您不用担心！"

于是，他坐下来开始写了。母亲收拾着桌子，也抓空儿望望他。她看见他手里的笔抖动着，在纸上写出了一行行的黑字。偶尔，他脖子上的筋肉抖动起来，他便闭了眼，仰起头，他的下巴也就跟着抖动起来。这让母亲看来很不放心。

"好，写好了！"他站起来说，"您把这张纸藏在身上。不过，您要知道，宪兵来的时候，您身上也要被搜查的。"

"我才不怕那些畜生们呢！"她镇定自若地回答。

傍晚时分，伊凡·达尼洛维奇医生来到这里。

"为什么官方突然变得这么慌慌张张的呢？"他在房间里急急地来回走着，像是自问，又像是对别人发问，"夜里总共搜查了七家。病人呢？"

"他昨天就走了！"涅考拉回答说，"你看，今天是星期六，他们那里有朗诵会，他不想缺席……"

"哦，太傻了！头打破了不养着还去听朗诵会……"

"我跟他说了，可是他不肯听……"

"想要在同志们面前夸口。"母亲插嘴，"他会说，你们大家伙看看——我已经流了血了……"

医生望了望母亲后，故意装出一副凶恶的样子来，咬着牙说："哦，好一个凶恶的女人……"

"喂，伊凡，这儿没有你的事，我们在恭候着客人——你走吧！尼罗芙娜，快把那张稿子交给他……"

"又有稿子？"医生惊呼道。

"就是！你快拿去交给印刷所。"

"我拿上！就送去！别的还有没有？"

"别的没有了。门口有暗探。"

"我看见了。我的门口也有。没什么了不起的！那么，再见了！凶恶的女人，再见了！你们知道吗？墓地上的冲突，结果是一件好事情了！满城风雨地都在议论。关于这次事件的传单，你写得非常好，也很及时，一向我总主张嘛——坏的和平不如好的争吵……"

"好了，你快走吧！"

"您的态度可不大客气呀！尼罗芙娜，跟我握手吧！那个小伙子做事到底太傻了，头破血流的还去……你知道他住的地方吗？"

涅考拉告诉了他。

"明天应该去看看他——这孩子很不错，对吗？"

"对！很不错……"

"应该好好地关心他爱护他，他的头脑是健康的！"医生一边往外走一边不停地说着，"正是这种青年才能成长为真正的无产阶级的知识分子。将来等我们要到那个大概已经没有阶级对立的地方去的时候，他们就能接我们的班代替我们……"

"伊凡，你怎么变得这么婆婆妈妈了……"

"我很快活，这就是缘故。那么，你是准备去坐牢了？希望你在里面休息休息，好好休息休息……"

"多谢你了，我并不累。"

母亲站在一旁听着他们二人的谈话。他俩那种对于青年工人的关心之情，叫她觉得非常欢喜。

送走了医生之后，涅考拉和母亲喝着茶，吃点东西。一边低声谈论，一边恭候着夜里的客人。涅考拉一直给母亲讲述他的同志被流放的事情，讲到有些同志已经逃走，化名继续干着他们的工作。

撕去了壁纸的墙壁，听了这些无私地把自己的一切贡献给改造世界这个伟大事业的同志们的英勇事迹，仿佛又是吃惊又不相信似的，把他那轻轻的说话声推回来。

温暖的影子亲热地围绕着母亲，使她心中对那些未曾认识的人们萌发了温暖的爱意。这些人在她的想像中构成了一个充满了无穷力量的巨人。这个巨人款款地不知疲倦地在大地上走着，用他那热爱自己热爱劳动的巨手，清除着地面上千百年来虚伪的霉菌，晾给广大人民那单纯而又明白的真理……这个伟大的真理渐渐地苏醒过来了，用同样亲切的态度号召着所有的人们，并帮助他们每个人都摆脱贪欲、恶意和虚伪——这三种用无耻的力量来征服和威胁世界的恶魔……

这个巨人的形象在她心里唤起的这种感情，正像她过去站在圣像前面，用充满快乐和感谢的祈祷来结束一天的生活时的那种感情一样——因为那时候她觉得那一天在她的生活中过得是比较轻松的。

但是现在，她已经忘记那样的日子。然而，那种日子所唤起的这种感情却扩大了，变得更光明、更欢欣，在灵魂里生了更深的根，它好像有生命，越来越亮地燃烧起来。

"宪兵好像不来了！"涅考拉突然转了话锋恍惚般地说。

母亲朝他看了一眼，恼恨地说："哼！他们那些畜生！"

"是啊，可是您该休息了，尼罗芙娜，您一定累坏了吧——您的身体真棒！虽说遇着这么多不安和忧虑，都能轻而易举地忍受过去，真了不起！不过，只是头发白得很快。好啦，去休息去吧。"

很响的敲门声惊醒了母亲。母亲睁开眼睛侧身细听，有人正在很有耐心地持续不断地敲着厨房的门。这时候，天还很暗，周围寂静无声，由于这种无声，便使得这种执拗敲门声很容易引起室内人的惊慌。母亲匆匆地穿上了衣服，快步走到厨房里，站在门里问道：

"是谁？"

"是我！"一个陌生人的声音回答。

"谁？"

"请开门吧！"门外人用极其诚恳的语气低声请求。

母亲拔开了门锁，用膝头推开了门，进来的是耶戈纳金。

他很高兴地说："哦，没有敲错门儿！"

他的身上很多泥点子，脸色有点发灰，眼睛凹陷了进去，只有卷曲的头发还是很有神气地从帽子底下向四面钻出来。

"我们那儿出事儿了！"他反手关上门，小声说。

"我知道……"这话叫小伙子非常吃惊。

他眨巴着眼睛问道:"你从哪知道的?"

母亲简单地、快速地对他讲了一遍她看见的情景。

"那两个也被抓去了吗? 就是和你在一起的那两个?"

"他们不在家。他们去报到了——他俩是新兵! 连米哈依洛伯父算在里面,共抓去五个……"

他用鼻子吸了口气,面带笑意地说:"只剩下我。他们一定在查我。"

"那么你怎样能逃掉呢?"母亲问道。

这时通往房间的门轻轻地开了一条缝。"我?"耶戈纳金在凳子上坐了下来,四周看了看,说道:"在他们还没来之前,看林子的跑来敲着窗子说:'小心吧,有人到你们这来了……'"

他轻轻地笑了一下,然后用外套的衣襟擦了擦脸,继续说:"唔,可是米哈依洛伯父很镇静,他立刻对我说:'耶戈纳金,快到城里去吧! 那上了年纪的女人,你还记得吗?'他亲手替我写了一个字条。'呐,拿上走吧! ……'我躲在树丛里趴在那一动不动,后来就听到他们来了! 人数特别多,老远就能听到他们的动静,这些魔鬼! 工厂被围住了。我就躺在树丛里,他们刚好从我身边走了过去! 于是,我马上站起来,拔腿就跑! 这不嘛,一口气整整走了一天两夜。"

他似乎很得意,褐色的眼睛里充满胜利的喜悦,厚厚的嘴唇激动地颤动着。

"我马上给你弄茶喝!"母亲立时拿了茶炉,匆匆地说。

"我把字条交给您……"

他吃力地抬起一条腿来,皱着眉头,浑身都疲惫不堪,呼哧呼哧地把腿放在凳子上。

这时涅考拉出现在门口。

"同志! 您好!"他眯着眼睛说,"我来帮你!"

他俯下身子动手替他解泥乎乎的绑腿。

"啊……"小伙子把腿动了几下，低声应着。他的眼睛朝母亲惊奇地眨着。

母亲并没有注意他的目光，关切地对他说："脚得用伏特加擦一下……"

"对！"涅考拉附和。

耶戈纳金不好意思地用鼻子嗤了一声。

涅考拉找到了字条，飞快地打开来，把这张灰色的揉皱了的纸条拿到眼前，读道：

"母亲，不要放弃工作，请您对那位很高的夫人说，请她不要忘记，关于我们的工作多写些东西！再见了！列彼。"

涅考拉慢慢地垂下拿着字条的手，低缓地说："这真是了不起！……"

耶戈纳金望着他们，悄悄地动着泥脏了的脚趾；母亲扭转泪湿了的脸，端着一盆水走到小伙子面前，自己先在地板上坐下来，然后伸手来拿他的脚，而他却急忙把脚缩到凳子底下，吃惊般地问："干什么？"

"快把脚伸过来！"

"我去拿火酒来。"涅考拉说。

小伙子一听更是朝里缩脚，嘴里还含含糊糊地说："您怎么……也不是在医院里……不好意思……"

于是，母亲动手替他解另一只脚上的绑腿带儿。

耶戈纳金用鼻子很响地嗅了一下，很不自在地摇着头，滑稽地张开了嘴巴，低着头看着母亲。

"你知道吗？"她声音发抖地说，"米哈依洛·伊凡诺维奇挨了打……"

"是吗？"小伙子害怕地低声说。

"可不是吗？他被带过来的时候已经被打得很厉害了，到了尼柯尔斯柯耶村，又让警官打了一顿，警察局长打了他的脸，后来还用脚狠狠地踢他……弄得满身是血！"

"这一套他们是拿手的！"小伙子皱着眉头说。同时，他的肩膀跟着战栗了一下，"所以我怕他们就像怕吃人的恶魔似的！乡村里的人也打他了？"

"有一个人打了，是奉了局长的命令，可是别人谁也不动手，还有人说，不能打人……唉！"

"嗯——乡下人也渐渐地明白了，什么人该站在哪一面和为什么站在这一面。"

"那边也有明理的人……"

"什么地方没有？逼得没路可走了！这种人什么地方都有，可是不容易找到呀，对不对？"

涅考拉拿着一瓶火酒进来，他在茶炉里加上炭，然后又悄悄地走了出去。

耶戈纳金用好奇的眼光望着他的背影，悄悄地问母亲："这位老爷是医生吗？"

"在这种工作里是没有老爷先生的，大家都是同志……"

"我觉得很奇怪！"耶戈纳金半信半疑地微笑着说。

"你奇怪什么？"

"就是这个。一种人，要打人的耳光；一种人，肯替人家洗脚，那么在这两种人的中间是什么呢？"

那扇通往房间的门打开了，涅考拉站在门口说："在中间的是舔打人者的手、吸被打者的血的家伙——那就是中间的！"

耶戈纳金恭敬地对他望了望，又沉默了片刻，然后开口说："大概就是这样吧！"

小伙子站起身来，着实而大胆地把脚踏在地板上，试着走了几步，嘴里说："好像换了一双脚！谢谢你们……"

后来他们一起坐在餐室里喝茶，耶戈纳金有力地说："我从前送过报纸，我很能走。"

"看报的人多吗？"涅考拉问道。

"识字的人都看，连有钱的人也看，他们当然不看我们的……他们很清楚，农民们是要用他们的血来冲洗掉地上的地主和富人的，他们要自己来分得土地——他们要分得使以后永远不再有主人和雇工——还不是这样吗！要不是为了这个，那么他们为什么要打架呢？对不对？"

他说着说着甚至生起气来，怀疑地、询问似的望着涅考拉的脸。

涅考拉只是一声不响地笑着。

"如果今天大家都起来斗争，并且战胜了，可是明天又有了穷人和富人，那又何必呢？我们心里很明白，财富就像河里的砂一样，不会静止地停在那里，一定会向各处流去的！不，要真是这样，那又何必呢！对不对？"

"可是你不要生气呀！"母亲开玩笑似的说他。

涅考拉若有所思地说："有什么办法可以把关于列彼被捕的传单尽快送到那边去呢？"

耶戈纳金竖起了耳朵听着。

"有传单吗？"他问。

"有。"

"给我，我去送！"小伙子搓着手，自告奋勇。

母亲并不瞅他，只是轻轻地笑了起来。"你不是说过已经很累，而且又害怕的吗？啊？"

耶戈纳金用他的大手掌抚着他的卷发，一本正经地说："怕是怕，工作是工作！您为什么要笑呢？您这个人呀！"

"嗳，我的孩子！"母亲被他的话惹得高兴起来，情不自禁地喊道。

原本镇静的小伙子，一下子被弄得很尴尬，干笑着。

"你看，又成了孩子了！"涅考拉善意地说，"您不能再到那边去……"

"为什么？那么我到哪去呢？"耶戈纳金很担心地问。

"有人代您去，您只要详详细细地讲给那个人听，应该做什么和应该怎么做——好不好啊？"

"好吧!"耶戈纳金不情愿地答应。

"我们给你弄一张正规的护照,给你找个看森林的工作。"

小伙子听了马上抬起头来,担心地朝他问道:"假如乡下人来砍柴,或是有什么别的事……那我怎么办? 逮住他们? 绑上? 这事儿,我做不来……"

母亲和涅考拉不约而同地笑了。这下倒使耶戈纳金局促不安了,而他心中有些难受。

"您尽管放心!"涅考拉安慰他说,"保管您不必把他们逮住绑上!"

"那么也好!"耶戈纳金说,他算是放下心来,愉快地微笑了,"我最好能进工厂,听说,那里的人都很聪明……"

母亲站起身来,沉思地望着窗口,感慨地说:"唉,这就是生活! 一天哭五次,笑五次! 好了,耶戈纳金,完了吧? 你去睡吧,你别想别的事了!"

"我不想睡……"

"去睡吧,去吧……"

"你们这儿的规矩很凶! 那好,我就去睡了……谢谢你们给我喝了茶,还有糖,又待我这么好……"

他在母亲的床上躺下,用手指梳拢着头发,含糊不清地说:"从此以后,这儿要有柏油的臭味儿了! 这完全用不着……我一点都不想睡。……他关于中间的人说得那话真好……那些魔鬼……我……"

说着说着,他就发出了重重的鼾声。只见他高高地抬着眉毛,半张着嘴巴,安安稳稳地睡着了。

地下室的一个小房间里。耶戈纳金坐在沃索西柯夫的对面。他皱着眉头,压低了嗓音说:"在当中的窗上敲四下……"

"四下?"涅考拉仔细地问着。

"先敲三下,像这样!"他弯着手指,嘴里一面数着数,一面在桌上敲,"一,二,三。过一会儿,再敲一下。"

"明白了。"

"有一个红头发的农民出来开门，问你是不是要请产婆……你对他说是的，是工厂老板派来的！这样，什么都不用讲，就明白了！记住了吧。"

他俩面对面地坐着，脑袋凑在了一起。两个人的体格都很结实、强健。他们压低着声音说着。母亲把手交叉放在胸口处，站在桌子前面望着他们俩。当她听到他们的一切秘密的记号、约定了回答，心里忍不住暗自好笑地评价他们：

"毕竟都还是孩子……"

壁灯照着堆在地上的旧水桶和洋铁的碎片片。满屋子里弥漫着铁锈和油漆的臭气以及潮湿发霉的味儿。

耶戈纳金穿着一件毛茸茸的料子制作的很厚的秋大衣，他很喜欢这件衣服。母亲看见，他爱惜地抚摸着衣袖，使劲扭着那结实的脖子上下左右的打量着自己。

见此情景，母亲心里仿佛有一样柔软的东西在跳着："孩子！我亲爱的……"

"就是这样！"耶戈纳金站起身来说，"记住喽，先到摩拉托夫那里，问老头子……"

"记住了！"沃索西柯夫坚定地回答着他。

可是，耶戈纳金显然还有点不相信他，所以重新将那敲门的暗号、该说的话和记号重复了一遍，最后终于伸出手来说：

"代我问候他们！他们都是好人——见面你就知道了……"

他用满意的目光看了看自己，双手又摸了摸大衣，对母亲说："可以走了？"

"认识路吗？"

"唔，认识的，……再见，同志们！……"

他耸起肩膀，挺出胸脯，歪戴着新帽子，很神气地把双手插进衣袋里，走了出去。只见他亚麻色的卷发在他两面的太阳穴上不停地抖动着。

"好啦，现在我也有工作了！"沃索西柯夫亲热地走近母亲，高兴地说，"我正在闲得发慌呢……为什么要从牢里逃出来呢？现在只好一天到晚地四处躲着。要是在监牢里倒还能念书，鲍维尔逼着大家用功——那是有趣的呀！喂，尼罗芙娜，越狱的事情是怎么商量决定的？"

"我不知道！"母亲说了，不自觉地叹了口气。

涅考拉把他那粗大的手放在母亲的肩头，把脸挨近她，悄悄地说：

"你去对他们说，他们或许会听你的话，这是很容易的！你自己去看一看也能知道，这儿监狱的围墙，旁边有一盏煤气灯。对面是块荒地，左边是墓场，右边是大街。白天有一个管煤气灯的人来擦灯。靠墙架了梯子，爬上去，在墙头挂两个挂绳梯的钩子，把梯子放进监狱的院子，就可以开步了！只要跟墙里面约定时间，叫里面的刑事犯人吵闹一下，或者我们自己吵也可以，这时候要走的人就可以爬过梯子，翻过墙头，一，二，就行了！"

他在母亲面前连比带划地托出了自己的计划。听起来，他的计划非常简单、明白而又巧妙。

从前，母亲知道他是一个迟钝粗笨的人。从前，涅考拉的眼睛里总是含着阴郁的憎恶和不信任来看待一切，可是现在他的眼睛好像重新被打开了改造了，放出了均匀的、温暖的光辉，说服着母亲，让她感动不已……

"你想想看，这要在白天干……一定要在白天干。因为谁都不会想到，犯人敢在青天白日之下，敢在众目睽睽之中逃走……"

"他们要开枪的！"母亲颤抖了一下提出问题。

"谁开枪？兵士是没有的，看守的手枪只能用来钉钉子……"

"那么，这是非常简单的……"

"你将来会看见——这是真的！请你跟他们讲一讲，我这里一切都预备好了——绳梯，挂绳梯的钩子，这儿的老板可以扮擦灯的人，一切都胸有成竹……"

门外有人正在忙碌着、咳嗽着，又有铁器的响声。

"就是他来了！"涅考拉说。

从推开的门里塞进来一只洋铁浴盆，有一个哑嗓骂着：

"进去，鬼东西……"

接着出现了一个不戴帽子的圆乎乎的白脑袋，眼睛凸出来，嘴上蓄着胡子，样子非常和善。

涅考拉帮他搬进了浴盆，一个高大、稍稍有点驼背的人走了进来，他咳嗽了一下，鼓起了剃得很光的两颊，吐了口痰，用沙哑的声音招呼着：

"您好。"

"好，您问她就知道了！"涅考拉兴高采烈地说。

"问我？问我什么？"

"关于越狱……"

"啊——哦！"老板用黝黑的手指抿着胡子，说道：

"亚可夫·华西里耶维奇，你看，我跟她说简单得很，可是她不肯相信。"

"哦，不相信？就是说——不愿意干。我和你想干，所以就相信！"老板很镇静地说，他忽然弯着腰，声音低哑地咳嗽起来。咳嗽停了之后，用手抚着胸，站在房间中央，喘了好半天，一面睁大了眼睛打量着母亲。

"这要由鲍什和同志们一起来决定！"尼罗芙娜说。

涅考拉沉思地垂下了头。

"鲍什是谁？"老板坐下来问。

"我的儿子。"

"姓什么？"

"索拉朵夫。"

他点了点头，拿出烟袋，把烟斗塞进去装上烟叶，断断续续地说：

"听说过，听说过的。我外甥认识他。我的外甥在牢里，他叫叶甫钦珂，听说过吗？我姓郭本。再用不了多久，年轻的都得被抓进去了，我们这些老年人倒逍遥自在！宪兵队里对我说，要把我的外甥充军到西伯利亚。要充尽管充吧，他妈的!"

他吸了一口烟，转过脸来对着涅考拉，又在地上吐了好几口痰。

"那么，她不愿意? 那是她的事。人是自由的，坐厌了，就走走，走厌了，就坐坐。被抢了——不要作声，被打了——忍受着，被杀了——就躺下。这是谁都知道的! 可是，我要让萨夫卡逃出来。我要让他快点逃出来。"

他这阵像狗叫一般的简短的话，引起了母亲心中的踌躇，可是最后一句话又使她不由得羡慕起来。

母亲冒着寒冷的风雨在街上走着，心里又想起了涅考拉:

"啊，他变得多么厉害了!"

当她想起郭本的时候，差不多跟祈祷一般地默默念道:"可见呀，对生活改变看法的人不止我一个!"

紧接着，她又想起了儿子的事:"他要是答应了该多好啊!"

星期天，母亲又去监狱看了鲍维尔。当母亲在监狱办公室和鲍维尔分别的时候，觉得手里有一个小纸团。

说也奇怪，她好像被纸团烧痛了手心似的颤抖了一下，她急忙用请求和询问的目光朝儿子脸上望了望，可是却没得到答案。

只见他淡蓝的眼睛里依旧带着那种她所熟悉的、和平时一样的、沉静而坚定的微笑。

"再见!"母亲叹着气说。

儿子又和她握手，在他脸上掠过了一种很亲切的表情。

"再见了，妈妈!"

她握着他的手不放，似乎是在等待。

"不要担忧，不要生气!"他安慰着可怜的母亲。

她终于从这句话里和他额上那固执的皱纹里得到了回答。

"唉，你怎么啦?"她低下头来，含含糊糊地说，"那有什么……"

母亲快步走出去，不敢再看他，因为眼睛里的泪水和颤动的嘴唇，已经不能再掩住她的感情了。

一路上她总觉得，她那只紧攥着儿子的答案手，骨头都疼了，整个手臂非常沉重，就如同肩上被人重重地打了一下。

回到家里，她迅速地把纸团塞在涅考拉的手里，站在他面前等待着，当他展开那个捏紧了的纸团的时候，她重新感到了希望的颤动、喜悦的奔涌……

可是涅考拉说："这是当然的！他是这样写的：'我们决不逃走！同志们，我们不能逃走。我们里面的人谁都不愿意。这会失去对自己的尊重。请你们注意那个最近被捕的农民。他应该受到你们的照顾，同时也值得为他花费气力。他在这里是非常困难的，每天都跟狱吏冲突，已在地穴里关了一天了。他们在折磨他。我们大家都请求你们照顾他。安慰我的妈妈。请你们跟她说明，她一切都能理解的。'"

母亲抬起头来，轻声却发抖地说："嗯，何必要跟我说明，我懂！"

涅考拉很快地扭过脸去，拿出了手帕，大声擤了一下鼻子，含糊不清地说："我伤风了……"接下来，他两手遮着眼睛，整一整眼镜，在室内走着说：

"看，我们反正是赶不及……"

"不碍事！让他们受审吧！"母亲说着皱起了眉头，只觉得心中充满了沉重的、模糊的忧伤。

"我刚才接到了彼得堡一个同志的信……"

"就是到了西伯利亚，他仍然能逃出来的……能逃吗？"

"当然能啊！这个同志说，案子马上就可确定了，判决已经知道了——全体流放。看见了吧？这些渺小的骗子把他们的审判变成了最庸俗的喜剧。您要懂得——判决是在彼得堡拟定的，在审判之前……""别再说这事儿了，涅考拉·伊凡诺维奇！"母亲插上了嘴，"不必安慰我，也不必和我说明。鲍什是不会错的。他不会让自己和别人白白地受罪。他爱我，那是绝对的！您看，他是在挂念我。他是在挂念我。他不是写着——请您安慰她，对她说明，不是吗？"

她的心脏剧烈地跳动着，大脑因为兴奋而眩晕起来。

"您的儿子真是个好人！"涅考拉用异乎寻常的高声夸赞着，"我十分尊敬他！"

"那么，我们想一想列彼的事儿吧！"母亲提醒。

她想马上应做一些什么事，或走到什么地方去，一直走到疲乏为止。

"对，好的！"涅考拉边踱边答，"应该通知萨茜卡……"

"她会来的，我去看鲍什的日子，她总要来的……"涅考拉满脸沉思地垂下了头，咬着嘴唇，捻着胡子，坐在母亲身旁。

"可惜姐姐不在这里……"

"趁鲍什没有出来之前干吧，一定会使他很高兴！"母亲建议。两个人都沉默了……

突然母亲慢慢地低声问："我真不明白，为什么他不愿意呢？"

涅考拉猛地站了起来，可这时门铃正好响了。他俩立时警觉地互相对望了一下。

"是撒莎，唔！"涅考拉低声说。

"该怎么对她说呢？"母亲悄悄地问。

"是啊，要知道……"

"她太可怜了……"

门铃又响了一次，这次比上次声音好像低了，仿佛门外的人也在犹豫。

涅考拉和母亲不由自主地同时往外走，可是当走到厨房门口的时候，他却后退了一步，对母亲说："最好您去吧？……"

"他不同意？"母亲替她开门的时候，姑娘断然又直接地问。

"嗯。"

"我早知道了！"撒莎很随便地说，可说话的时候脸色变得苍白了许多。她很快地解开了外套的纽扣，然后又重新扣上两个，想把外套从肩上脱下来，可是脱不下来。于是，她说：

"又是风，又是雨——真讨厌！他身体好吗？"撒莎望着自己的手，低声发话。

"身体很好，很乐观。他写了个字条，要我们设法让列彼脱狱呢！"母亲说着，但目光并不注意她，仿佛在躲着什么。

"是吗？我想，我们应该利用这个计划。"姑娘慢慢地说。

"我也这样想！"涅考拉出现在门口，"您好？撒莎！"

"到底是怎么回事儿？这个计划大家都赞成？"

"可是谁去组织呢？大家都在忙……"

"让我去吧！"撒莎站起身，很干脆地说，"我有时间。"

"您去干吧！可是要问问其他同志……"

"好，我去问！我这就去！"

她用纤细的手指很有把握地重新扣上外套的纽扣。

"您最好休息一下！"母亲劝道。

撒莎轻轻地笑了一声，语气柔和地对母亲说："不要紧，我不累……"她接着便默默地和他们握了手，又像平常那样冰冷而凛然地走了出去。

母亲和涅考拉走到窗子前，目送着姑娘走过院子，在大门外消失了。涅考拉轻轻地吹起口哨，在桌子旁坐下，动笔写起来。

"她干着这样的工作，心里或许可以舒服些！"母亲若有所思地自言自语。

"当然！"涅考拉扭过脸来望着母亲，善良的脸上带着微笑，关心地问："尼罗芙娜，这种痛苦您大概没有体验过吧——想念爱人的烦恼，您恐怕是不知道的吧？"

"嗨！"母亲把手一摆，高声回答，"以前哪里有这样的烦恼呢？我们只是害怕，最好不要嫁人！"

"真没有过您喜欢的人？"

她回想了一下，说："记不起来了。哪会没有喜欢的人呢？……一定有过的，可是，现在是一点也记不得了！老喽！"母亲瞥了他一眼，简单地，带着几分惆怅地总结说："被丈夫打得太厉害了，所以在嫁他以前的一切人和事，好像都忘得一干二净了，多少年的事了……"

他听了又转过脸去。母亲出去了一会儿，等她再回来的时候，涅考拉亲热地望着她，轻声地说起来，仿佛用言语爱抚自己的回忆。"我从前也像撒莎一样，有过一段故事。我爱了一个姑娘，她是一个少有的好人！我在二十岁的时候认识了她，从那时就爱她，老实说，现在还是爱她！跟从前一样地爱她——用整个的心，充满了感谢，永远地爱……"

母亲站在他身边，望着他那双闪着温暖而明亮的光芒的眼睛。他将双臂放在椅背上面，头搁在手上，眼睛眺望着远方。他的整个瘦长然而强壮的身体，好像要冲到前面去，就像植物的茎伸向阳光一样。

"您就应该结婚呀！"母亲惋惜地劝告着他。

"啊！她在五年之前已经结婚了……"

"那么以前是为了什么？……"

他琢磨了一下，回答说："您想啊，我俩之间不知怎么搞得总是这样的：她在监狱里的时候，我在外面，我从监狱里出来时，她则又在监狱里或是被流放了！这种情景和撒莎很像，一点也不错！后来，她被判流放去到西伯利亚十年，远得要命！我甚至想跟着她去。可是，她总觉得有点害羞。后来，她在那里遇上了另外一个人，是我的同志，是一个非常好的青年！后来他们一起逃走，现在住在国外，这样就……"

涅考拉讲完之后，摘下眼镜擦了擦，又对着亮光照了照，接着重新擦。

"啊，我亲爱的！"母亲内心充满爱怜，她一边摇头，一边说。她觉得涅考拉很可怜，同时，他又要使她发出了温暖的慈母的微笑。可是他换了姿势，又把笔拿在手中，挥着手，好像打拍子般地开始说：

"家庭生活是要牵扯革命家的精力的，永远不会不牵扯！孩子，生活没有保障，为了面包必须多工作。可是呢，一方面革命家非要不断地、更深刻更广泛地发展他的力量不可，时代要求这样做，也必须这样做——我们应该永远走在人们的前面，因为，我们工人阶级是肩负着历史使命的——破坏旧世界，创造新生活！假使我们战胜不了小小的疲劳，或者是被手头的小小的胜利所迷惑，落后起来——这是极其不应该和不好的，这就意味着对事业的叛变！凡是和我们并肩战斗的人，没有一个会歪曲我们的信仰，无论什么时候，我们都不应忘记，我们的任务是要获得全面的胜利、彻底的胜利，而不是小小的一点成绩。"

他的声音变得镇定而坚强，脸色有点发白，眼睛里像是燃起了平时那种平静而又有节制的力量。

这时候，门铃又响起来了，打断了他的话。这次来的是廖得米拉。她穿了件不合时令的薄外套，两颊冻得通红。她一边脱下破套鞋，一边似乎生气地对他们说："审判的日子已经定了，在一个星期之后！"

"当真？"涅考拉在房里喊着问。

母亲很快地走到她的身边，心里很激动，自己也不知道是怕呢还是欢喜。廖得米拉和母亲并排走着，带着嘲讽的口吻低声说：

"是真的！法院里已经公开宣布了，判决也已经定了。可是，这算什么呢？难道政府还怕它的官吏会宽待它的敌人吗？这样长期而热心地放纵自己的仆人，难道还不能相信他们一定会变成卑鄙无耻的东西吗？"

廖得米拉在沙发上坐下来，用手掌搓着瘦削的双颊，没有光亮的双眼里燃烧着轻蔑，声音里渐渐充满了愤怒。

"廖得米拉，不要这样白白地消耗火药！"涅考拉安慰着说她，"他们又听不见您的这些话……"

母亲紧张地听着她的话，可是一点也听不懂，在她头脑中，只是不由自主地反复想着一句话："审判，再过一个星期就要审判！"她突然感到，有一种不可捉摸的、严厉得叫人难以忍受的东西渐渐地逼近了……

母亲就在这种疑惑和忧虑的乌云里，在烦闷难挨的期待的重压下，一声不响地度过了第一天、第二天。第三天，撒莎来了。

她告诉涅考拉："一切都准备好了！今天一点钟……"

"已经准备好了？"他吃惊地问。

"这算得了什么呢？我只要替列彼准备一个地方和一身衣服，别的都由郭本去办。列彼呢他总共只要走过一条街就行了。沃索西柯夫在街上接他——当然是化了装——替他披上外套，给他一顶帽子，指给他要走的路。我就等着他，给他换了衣服，然后把他带走就算成了。"

"不错！可是郭本是谁呢？"涅考拉问询着。

"您看见过他的。您在他家里给钳工们上过课。"

"啊啊！想起来了！想起来了。那个样子有点古怪的老头……"

"他是个老退伍兵，现在做洋铁匠。没有学问，可是他对一切暴力都怀有无限的仇恨……有几分哲学家的味道……"撒莎望着窗子，沉思着评价。

母亲默默地听着她的话，有一种模糊的思想在她心里慢慢地成熟起来。

"郭本想让他的外甥越狱——您记得吗，就是您喜欢的那个叶甫钦珂！他最爱干净，爱漂亮。"

涅考拉点了点头。

"他一切都预备得很周到，"撒莎继续说，"可是对于成功，我却开始有点怀疑了。因为散步的时候，大家都在散步；我想，犯人若是看见了梯子，很多都想逃走……"

说到这儿，她闭上了眼睛，沉默着。

母亲关切地走到她的身边。

"这样，大家伙就会互相妨碍……"

他们三个人都站在窗口处……母亲站在他们俩的身后，听到他们俩的谈话之后，心中不由得萌发了一种混乱的感情……

"我也去！"母亲忽然开口说。

"为什么？"撒莎问道。

"亲爱的，不要去！也许会出乱子！您不要去！"涅考拉劝说道。

母亲望了望他，把声音放低了些，但是语气却更固执更坚定了："不，我要去……"他们飞快地互相望了一眼，撒莎耸耸肩膀释然地说："我明白……"

她转过身来对着母亲，挽起她的手臂，身子靠着她，用率直的、让母亲听起来觉得很亲切的声调说："不过我还是要对您说……"

"亲爱的！"母亲伸出发抖的手搂住了撒莎，嘴里请求般地说，"带我去吧，我不会妨碍您的！我需要去。我不相信能够那么样逃走！"

"她也去！"撒莎对涅考拉说。

"这是您的事！"他低着头并不多说什么别的话。

"我们不能一起走。您从空地上走，到菜园那边去。在那儿可以看见监狱的围墙。可是，若是有人盘问你在那干什么的话，你怎么应付呢？"

母亲当下就高兴起来，她用确信的口气回答说："总能找出话来敷衍的！你放心！""您可别忘了，监狱里的看守是认识您的呀。"撒莎提醒着母亲，"假使他们看见您在那边，那么……""我不会让他们看见！"母亲欢喜地说着，显得非常有把握。

在她心里，一向都不怎么热烈地微微燃放着的希望，突然就病态般地，十分明亮地燃烧起来了，使她非常兴奋。

"或许，他也会……"她麻利地换着衣服，心里这样想。

一小时以后。母亲来到了监狱后面的空地上。

大风围着她飞舞，鼓起了她的衣服，不停地撞在冻着的土地上，凶狠地摇撼着母亲走过的菜园的破栅栏，又反复冲击着监狱那不很高的围墙，然后滚进墙里去，卷起了院子里的喊声，把这些喊声吹得四散开去，再抛到天空之中。天空上的白云很快地飞了过去，露出了不大的青天。

母亲身后是菜园，前面是块墓地，在她右面十俄丈的地方，就是监狱。

墓地旁边，有一个兵士正在拉着长索训练马。还有一个兵士和他并排站着，脚跺得很响，一边叫嚷，一边吹着口哨，还不时地大笑……除了他俩，监狱附近再没有别人了。

母亲慢悠悠地走过他们身边，朝墓地的围墙走过去，同时，用余光瞥着右面和后面。忽然，她觉得自己的两条腿猛的抖了一下，接着脚就像冻在地上一般不能向前移动了——从监狱的转角后面，有个驼背的男子背了梯子，好像路灯清洁夫平时那样匆匆地走了出来。

母亲害怕地眨了一下眼睛，迅捷地朝那两个兵士望了一眼——他们正在一个地方踏着步，马也正围着他们跑着；她急忙又朝背梯子的人看了一眼。这时，他已经把梯子靠在了墙上，不慌不忙地往上爬去。他朝院子里招招手，就很快地走了下来，躲到墙角后面。

这一刻，母亲的心脏跳得异常快，自己都能听到扑通扑通的声响。她只感到每一秒都过得特别慢。

梯子靠在暗色的墙上，墙上全是泥斑，石灰已经脱落，露出了里面的砖，所以不仔细看几乎看不出有梯子。

忽的，墙头上露出了一个黑头，渐渐地又露出了身体，跨过墙头，便顺着墙爬了下来。紧跟着，又露出了一个戴着大皮帽子的头，一团黑黑的东西滚到了地上，很快地在墙角后面消失了。

米哈依洛挺直了身子，回头看了一看，猛地摇了摇头……

"逃吧！逃吧！"母亲用一只脚在地上跺着，话又不敢嚷出来。

她的耳朵里嗡嗡地响了起来，传来了很响的叫喊声——现在墙头之上露出了第三个脑袋。

母亲两手抓住胸口，茫然无觉地望着。一个长亚麻色头发、没有胡子的人头，好像要和自己的身体脱离关系似的，猛地冒了出来，接着，又在墙后消失了。

喊叫声越来越高了，越来也越猛烈了。警笛尖细的声音随风飘过来。

米哈依洛沿着墙根走去，已经走过母亲身边，走过监狱和住房之间的那块空地了。

母亲只觉得列彼走得太慢，头抬得太高了——无论什么人只要朝他的脸上看一眼，就会永远记住这个脸。母亲耳语一般地说："快……快……"

监狱的围墙里面，有什么东西啪地一声响——可以听见打碎了玻璃的声音。

那个叉开腿站在地上的兵士，将马牵到了自己的身边；另一个兵士把手拢放在嘴上，向着监狱喊着什么。喊完之后，他把脸转过来，侧耳静听那边的话。

母亲紧张地向四周看了一个遍。她的眼睛虽然看到了一切，可是却不相信这是真的——她想像得非常可怕、非常复杂的事，完成得竟是这么容易这么迅速！说实在的，这种迅速的行动使她茫然若失，不知所措，仿佛在梦中。

街上已经没有列彼的踪影了。一个穿大衣的男子在走着，一个女孩子在奔跑。

从监狱里面跑出了三个看守，他们紧排在一起跑过来，另一个兵士围着马跑着，拼命想要上马，可是那马偏就乱蹦乱跳，不让他骑上身，周围的一切好像也随着马颠动着，不能平稳下来。

警笛不断地吹着，好像吹得透不过气来。这种令人警觉而惊慌的、不顾性命似的喊叫声在母亲心里唤起了危险的感觉；她颤抖了一下，眼睛盯着看守们，双脚不由自主地沿着墓地的围墙走去，只见看守和兵士们都朝监狱转角的另外一面跑，转了个弯，就消失了。

母亲认识的那个副监狱长，连外套纽扣都没有扣好，也跟在他们后面朝那边跑去。

这会儿，不知从哪跑来了几个警察，还跑来了许多看热闹的老百姓。

冷风好像有什么高兴的事情一般，旋转不停，猛烈地刮着。母亲的耳朵里隐隐约约地充满了混杂的警笛声和叫喊声……这种纷乱、这种骚动使她欢喜不已，于是，她加快了脚步，心里想：

"照这样子，他也能逃出来！"

从墙角后面，突然冲出了两个警察。"站住！"一个警察一边喘着一边吆喝道，"一个汉子——有胡子的——你看见了吗？"

"往那边跑去了——怎么啦？"母亲指着菜园的方向，镇静地回答。

"叶戈洛夫！吹警笛！"

母亲走回家去了。她觉得有点遗憾。在她胸口好像压着一种叫人懊恼的东西。当她穿过空地，走到大街上的时候，一架马车挡住了她的去路。她下意识抬起头来，看见车子里坐着一个生着淡色口髭，脸色十分苍白、神态十分疲惫的年轻人。年轻人也对母亲看了一眼。他是侧着身坐着，大概是因为这个缘故，他的右肩看上去要比左肩高些。

涅考拉很兴奋地迎接着母亲。

"那边怎么样？"

"好像成功了……"

她开始给他讲述她所看到的情形，一边讲，一边努力地追想着一切的细节。她讲的时候就好像是在转述别人的话，所以对于它的真实性还抱着怀疑的态度。

"我们的运气特别好！"涅考拉搓着双手说，"可是，我真的特别为您担心！鬼知道会出什么事！尼罗芙娜，请您接受我的劝告——不要害怕审判！审判越早，鲍维尔就能越早地得到自由！请您相信我的话，说不定他在路上就能逃走！所谓审判，也不过就是那么一回事而已……"

他给母亲描述了开庭的大概情况，母亲听他说着，知道涅考拉在担心什么事，所以也想鼓起自己的勇气。

"是不是您以为我会对法官说什么？"她突然问。"怕我会哀求他什么？"

他跳起身来，对她摆着手，生气似的说：

"这算什么话！"

"我心里害怕，这倒是真的！可是怕什么——我却不知道！"她沉默下来，目光在屋内漫不经心地挪着。

"我有时觉得，鲍什或许会受侮辱，会被嘲弄。他们会说，你是个乡下佬，你是个乡下佬的儿子！你想干什么呢？可是，鲍什的自尊心很强，他会特别激烈地回答他们！说不定安德烈也要嘲笑他们。他们都是很容易激动的。所以我这么想，也许他一时不能忍受……他们会判得叫我们永远不能见面！这辈子也不能见……"涅考拉皱着眉头，默默地捻着胡子。

"我不能把这种想法从脑子里赶出去！"母亲低声接着说，"审判是可怕的！他们对一切都要挑剔、较量个没完！可怕得很呀！可怕的倒不是刑罚，而是审判、审问。连我自己也不知道该怎么说才好……"

她觉得，涅考拉不能理解她的心情。这便叫她感到——要讲清自己的恐惧是格外困难的事情。

然而，这种恐惧好像是一种使人不能透气的湿闷的霉菌，在母亲心里繁殖起来……

到了审判这一天，母亲把这种压得她的背和头颈都直不起来的阴暗的重荷，也全部搬进了法院。

在街上，工人区里的熟人们碰上了都和她招呼，但她只是默默地点着头，在沉郁而灰暗的人群中穿过去。在法院的走道里，在大厅里，她也遇见了几个被告的亲属，他们正在压低了嗓音谈论着什么。母亲觉得没有说话的必要，同时她也不大了解这些话的意思。大家都被同样的悲伤的情绪笼罩着，这种情绪自然而然地传给了母亲，使得她更加难过。

"坐在一块儿吧！"希索弗对母亲说着，在长凳上把身子挪了一挪。母亲没说什么，顺从地坐下了。她整了整衣服，朝四周看了看。在她眼前连绵不断地浮动着红绿带子和斑点，闪耀着一根根黄色的细线……

"都是你的儿子把我的葛利沙害了！"坐在母亲旁边的一个女人低声责怪。

"不要说了，娜塔利亚！"希索弗不快地制止她。

母亲看了看那个女人，那是萨莫依洛娃，再过去坐着她的丈夫，是个五官端正的秃顶的男人，他蓄着很长的褐色浓须，他的脸却很瘦削。此刻，他正眯着双眼望着前面的动静，胡子也跟着颤动不已。

晦暗迷离的阳光透过高大的窗子洒进来，均匀地布满了整个法庭，雪花在玻璃上滑过。在两扇窗子中间，悬挂着巨幅的、装有金光灿烂的镜框的沙皇肖像。沉重的大红色窗帷打着整齐的褶，遮拦住镜框的两角。

肖像前面，摆着一张铺着绿毡的长桌，桌子的长度几乎和法庭的宽度相等。右面靠墙的铁栏里面，摆着两条木头长凳。左边摆着两排深红色的手圈椅。穿着绿领子的衣服、胸前和腹部钉着金钮的职员们，轻手轻脚地走动着。在浑浊的空气里，胆怯地飘着一些低语谈论声，还有药房里的混杂的气味。

这一切——颜色、光线、声音和气味——压迫着母亲的眼睛，随着呼吸一起闯进了她的胸间，在空虚的心房里填满了阴郁的恐怖，好像塞满了各种颜色的淤泥。

忽然有人高声说话了，这使母亲着实吃了一惊，大家都站起身来，她也就抓住希索弗的手站了起来。大厅左角的一扇很高的门开了，从里面蹒跚地走出一个戴眼镜的小老头儿。灰色的小脸，稀疏而颤动着的白发，光滑的上唇凹在嘴里面，高高的颧骨和下巴架在制服那很高的衣领上，好像衣领里面根本就没有脖子。一个脸长得像磁器的、面色红润的圆脸青年。在后面扶着他的手臂。在他们后面，还有三个穿绣金制服的人和三个文官，都在慢慢走着。他们这些人在桌子旁边摸索了很久，才在手圈椅上坐了下来。坐定之后，有一个敞着制服、脸刮得很干净、样子懒洋洋的文官，费力地翕动着嘴唇，低声地对小老头儿说着什么。小老头儿一动不动地听他说着，身体坐得笔直。母亲在他的镜片后面，看到了两个小小的没有什么光彩的斑点。

一个秃顶的高个子站在桌子尽头的书案旁边，不停地咳嗽着翻看文件。小老头将身体向前晃了一晃，开口说话了。第一个字说得很清楚，可是以后的字却好像是在他的两片薄薄的灰色的嘴唇上向四面爬了开去。"宣告，开庭。带人……""看！"希索弗低声说，他悄悄地推了一下母亲，站了起来。那扇铁栏后面墙上的小门开了，走出了一个肩上背着出鞘马刀的兵士。兵士之后，走出了鲍维尔、安德烈、贝嘉·玛切、古塞夫兄弟、赛蒙伊罗夫、蒲金、索莫夫，还有五个母亲叫不出名字的青年。

鲍维尔面带亲切的微笑，安德烈也是微笑着跟人点头打着招呼。在紧张的不自然的沉默里，他们带来了生机勃勃的笑容和亲切自信的举止，所以好像使法庭里变得明亮了一些，也舒服了一些。制服上光华照人的金色也暗淡了一些，看上去比较柔和了。这种变化是每个人都感觉到了的。

这种洋溢在法庭里的勇敢的自信和生动的活力触动了母亲的心，使它觉醒过来。在这之前，坐在母亲身后的凳子上的人们一直都神情沮丧地在那等待着，此刻，他们也发出了嗡嗡的不很响的应和声。

"看！一点都没有害怕！"母亲听见了希索弗低低的夸奖。她右边，赛蒙伊罗夫的母亲却忽然地啜泣起来。

"肃静些！"一个严厉的声音警告大家。

"预先宣告……"又是那个小老头儿在说。

鲍维尔和安德烈并排就座，玛切、赛蒙伊罗夫、古塞夫兄弟也和他们一起，在第一排凳子上坐下。

安德烈已经把胡子剃了。但他的唇须却留得很长，一直挂下来，使圆圆的头像猫儿的脑袋一样。他的脸上添了新东西——嘴角的皱纹里满是嘲笑的、狠毒的神情，眼睛里含着仇恨的火焰。

玛切的上唇上有了两条黑纹，脸胖了一些。赛蒙伊罗夫还是像以前一样，满头卷发。伊凡·古塞夫仍旧那样咧着嘴笑呵呵的。

"唉，菲奇卡，菲奇卡！"希索弗低声叫着并埋下了头。

母亲听着小老头那不很清楚的问话——他问话的时候也不看着被告，他的头一动不动地放在领口上面——又听着儿子的镇静而简单的回答。她觉得，首席法官和他的全部同僚都不可能是凶恶残忍的坏人。

母亲一面仔细端详着这些法官的脸，企图能预测些什么，一面静静地细听着在她心里萌发着的新希望。

那个面孔像磁人似的男子，毫无表情地读着卷宗。他的平板单调的声音使法庭里充满了枯燥的气氛。浸沉在这种枯燥的气氛里的人们，个个都好像麻木了似的呆呆地坐在那儿。

四个律师低声地，但却很有精神地和被告谈话。他们每个人的动作都有力而迅捷，好似四个巨大的黑鸟。

在小老头儿的一边，坐着一个胖得眼睛眯成一条小缝的法官。他肥胖的身子塞满了整个椅子。另外一边，坐着一个驼背的法官，苍白的脸上蓄着红口胡。他疲倦地将脑袋靠在椅背上，半闭着眼睛，仿佛是在思索什么，又好像什么都没思索。

检察官的脸上也露出了疲劳无聊的神气。法官的后面，坐着肥胖的、样子倒很威风的市长，他在若有所思地摸着他的胖腮和口鼻。贵族代表的脸红扑扑的，头发斑白，留着大胡子，长着一双善良的大眼睛。乡长穿着无袖的外套，挺着大肚子。他的这个偌大的肚子显然使他觉得很窘，他一直在设法用外套的前襟把肚子遮住，可是，前襟总是又滑下来。

"这儿并没有罪人和法官，"鲍维尔坚定的声音响彻大厅，"这里只有俘虏和战胜者……"

法庭里静悄悄的，几秒钟之内，母亲的耳朵里只有笔尖写在纸上的又细又快的擦响声和自己的心跳声。

首席法官也像要静听什么似的等待着。他的同僚动了一下，于是他说：

"嗳，安德烈·那罕德卡！您承认……"

只见安德烈稳稳地站起身来，笔直地立在那里，将着胡子，皱着眉头，望着首席法官，有种咄咄逼人的气势。

"在哪一点我可以承认自己有罪呢？"赫罕尔耸了耸肩膀，声音悦耳动听，就像平时一样不慌不忙一字一句，"我没有杀人，又没有偷盗，我只是不赞成这种使人们不得不互相掠夺、互相杀戮的社会制度……"

"简单一点回答。"小老头费力地说。

这一次声音比较清楚。母亲觉得她身后凳子上的人们开始活跃起来了，大家在轻轻地交谈着，挪动着，仿佛是要摆脱那个像磁人的人的灰色言语所织成的蛛网。

"你听见了他们怎么说吗？"希索弗悄声问。

"菲奥多尔·玛切，您回答……"

"我不愿意说！"贝嘉跳起来，请清楚楚地回答着。他的脸因亢奋而发红，眼睛中放着光，不知为什么，他把双手藏在背后。

希索弗轻轻地说了一声"啊呀"，吓得母亲立即就睁大了眼。

"我拒绝辩护！我什么都愿意讲！我认为你们不是合法的裁判人！你们是谁？人民将裁判我们的权力交给你们了吗？没有！绝对没有！我不承认你们！"

他坐了下去，把他那通红的脸躲在了安德烈的背后。

那个胖法官把头偏向首席法官，跟他耳语一阵。脸色苍白的法官抬起眼皮，斜着眼望了被告一眼，接着伸出手来用手遮着。

乡长摇着头，小心地换了两只脚的位置，又把肚子放在膝上，用铅笔在面前的纸上随便写了几句。小老头儿脑袋一动不动，将身子转向红胡子的法官，对他悄悄地说了几句话，红胡子的法官安静地低着头听着。

贵族代表在和检察官小声说话，市长仍摸着腮听他俩说呢。

这时，大厅中重又响起了首席法官的没有生气和感情的声音。

"回得多干脆！直截了当——比谁说得都好！"希索弗激动而惊奇地在母亲耳边夸奖着玛切。母亲困惑地微笑着。

她起初觉得这一切都是枯燥而不必要的前提，接着就要发生一件冷酷无情、顿时会将大家压倒的可怕的事情。但是鲍维尔和安德烈的沉着镇静的言语是这样的大胆而坚定，好像他们这是在工人区的小屋里，而不是在法庭上说话。

贝嘉的激烈的态度使她的精神振作起来。稍后，法庭里渐渐产生了一种大胆的空气，母亲听到坐在后排的人都在骚动之后，她就更加欣然了，因为她明白和她有同样感觉的不单单是她一个人。

"您的意思怎样？"小老头儿说。

秃头的检察官站起身来，一手按在书案上，开始分条列项地说起来。从他的声音里，听不出什么可怕的东西。

但是，同时有一种冷冷的、恼人的东西——模糊地感到有种对她含有敌意的东西——刺激着母亲的心，使她惊恐不安。这种感觉并不威吓人，也不叫嚣，可是却在无形地、不可捉摸地扩大。它懒懒地、迟慢地在法官们周围摆动，好像用不能透过的云罩着他们，使一切外界东西不能通过而到达他们那儿。

她对法官们看着，对于她来说，他们是不可思议的。跟她的预料相反，他们并没有对鲍维尔、贝嘉发怒，也没有用言语侮辱他们。但是，她觉得法官们所问的一切，对他们都是没有必要的，他们仿佛都很不乐意问话，又很吃力地听着回答，好像一切已经预先知道了，所以一点也没有兴趣。

站在他们面前的一个宪兵突然大声喊：

"据说，鲍维尔·弗拉朵夫是祸首……"

"那么那罕德卡呢？"胖法官懒洋洋地小声说。

"也是一样……"

一个律师站起来说：

"我可以说话吗？"

小老头儿不知是在对谁发问："您没有意见吗？"

母亲觉得，好像所有的法官都是病态的人。他们的姿态和声音都露出病态的疲劳。这种病态的疲劳和讨厌的灰色的倦怠，都毫无掩盖地流露在他们的脸上。显然，他们感到这一切——制服、法庭、宪兵、律师以及坐在手圈椅上问话和听取回答的责任——都是不舒服的。

母亲认得的那个黄脸军官站在他们面前，他态度傲慢，故意拖长了声音大声讲着鲍维尔和安德烈的事情。

母亲听着，不由的暗暗骂着："你这个坏东西！你知道的并不多！"

此时此刻，母亲望着铁栏里的人们，已经不再为他们害怕了，也不怜悯他们了——对他们不应该怜悯；他们在母亲心里唤起的只是惊奇和使她感到温暖的爱。

惊奇是平静的，爱是光明的，令人欢欣。他们年轻、结实，坐在靠墙的一边，对于证人和法官的单调的谈话以及律师与检察官的争辩，几乎不再插嘴。偶尔，他们中间有人发出轻蔑的微笑，并又和同志们谈几句，于是同志们的脸上也掠过轻蔑的微笑。

安德烈和鲍维尔差不多一直在悄悄地和一个律师谈话——这个律师，母亲曾在前一天见过他，是在涅考拉家。最活泼好动的玛切细心地听着他们的谈话。赛蒙伊罗夫常常对伊凡·古塞夫说些什么。母亲看见，每次伊凡都是在尽力忍着笑，悄悄地用臂肘在同志的身上一戳，他脸涨得通红，鼓起了腮，低下了头。已经有两次，他几乎都要扑哧一声笑出来，过后他又鼓着腮坐了几分钟，竭力想装得严肃一些。

不论哪个被告身上都充满了青春的活力，他们虽然要努力抑制青春的活泼奔放的感情，可是青春的活力毫不费力就把这些努力给打倒了。

希索弗轻轻地推了一下母亲的臂肘，母亲便回过头来，只见希索弗的脸上带着得意的、同时又有几分担心的表情。他轻声说：

"嗳，你看他们多么坚强啊！这些小伙子，态度多神气！对不对？"

法庭上，证人们用一种同样节奏的调子急匆匆地陈述着，法官们冷淡地、言不由衷地说着。那个胖法官用肿胀的手捂住嘴巴打着哈欠。红胡子法官脸色更加苍白，时不时地举起手来，用指头使劲地按着太阳穴，哀愁似的眼睛茫然地望着天花板。检察官偶尔用铅笔在纸上划一下，又重新去跟贵族代表谈话。贵族代表抚着他那灰色的长胡子，转动着美丽的大眼睛，很得意地点头微笑着。市长跷着腿坐着，用指头在膝上敲着，聚精会神地望着自己指头的动作。只有乡长仍旧将肚子放在双膝之上，小心地用手捧着肚子，低头坐在那儿，大概只有他一个人老老实实地细心听着这种单调的嗡嗡声。还有那个小老头儿，将身子埋在椅子里，好像没有风的时候的风标一样丝毫不动地坐着。这种状态持续了许久，令人麻痹的无聊重新让人迷惑起来，甚至无法排解。

"我宣布……"小老头儿说着，一面站了起来，可下面的话就被他薄薄的嘴唇给压住了。

于是，响音、叹息声、低低的惊呼声、咳嗽声和脚步声混合起来，充满了整个法庭。被告们被带了下去，他们出去的时候，满脸含笑地对自己的亲戚和朋友点头告别。

伊凡·古塞夫低声对什么人喊道："不要怕！伊格尔！……"

母亲和希索弗一同走出大庭来到走道里面。"要不要到酒铺里去喝杯茶？"老人关切地，沉思似的问她，"还有一个半钟头的时间呢！"

"我不想去了。"

"那么，我也不去了。你看，孩子们真是了不起，对吧？他们坐在那里，好像只有他们才是真正的人，其余的一切，都算不了什么！你看贝嘉，啊？"

赛蒙伊罗夫的父亲手里拿着帽子走到他们前面。他满脸带着阴郁的微笑说：

"我的葛里哥里不也是吗？他拒绝了辩护人，什么话都不愿意说。这种办法是他第一个想出来的，彼拉盖雅，你的孩子赞成请律师，可是我的孩子却说不要！于是四个人全都拒绝了……"

他的妻子站在旁边。她不停地眨巴着眼睛，一边用头巾的角揩着鼻子。

赛蒙伊罗夫抚摸着胡子，低着头说："居然有这样的事！我心想啊，这些鬼东西，他们这一切的打算都是枉然的，白白的使自己受罪。可是，我忽然开始明白，他们的话或许是对的吧？他们的伙伴在工厂里不断地增加，他们虽然常常被抓去，可是他们像河里的鱼，是抓不完的！我还想，力量也许真的在他们那一边？"

"司杰帕·彼得洛夫,这种事情对我们来说是不容易懂得的!"希索弗说。

"不错,是很难懂!"赛蒙伊罗夫表示同意。

他的妻子用鼻子深深地呼了口气说: "这些不要命的家伙身体倒很棒……"

在她那憔悴的宽脸上忍不住露出微笑来,她对母亲说:"尼罗芙娜,我刚才说全怪你的儿子不好,请你不要生气。老实说,究竟该怪谁不好,鬼才知道!刚才宪兵和暗探说,我家的葛里哥里也有份儿的——畜生!"

很显然的,她对自己的孩子感到自豪,她也许并不了解自己的感情,但是母亲却很理解这种感情,她带着和气的微笑轻轻地说:

"年轻人的心总是接近人的心理的……"

人们在走道里踱来踱去,有的三五成群地聚在一起,兴奋而又沉思地低声谈论着。差不多没有人单独地站着——每个人的脸都明明白白地显露出了想要谈话、询问和听人家说话的希望。在那两堵墙之间的白色走道里,人们好像被大风吹撼着一样前后摇晃着,好像大家都在寻找一个可以站稳的地方。

蒲金的哥哥——一个瘦高个儿显得有些憔悴的人,挥动着手,很快地跑来跑去,并对人说:

"乡长克莱巴诺夫这件事儿做得很不该、很不该……"

"别说啦,康士坦丁!"他的父亲,一个矮小的老头,劝他不要说,一面害怕地朝四面张望来张望去。

"不,我要讲的!我一定要讲出来!大家都说,他去年为了要把他的伙计的妻子弄到手,所以就把那个伙计给杀了。现在,他和那个伙计的女人同居了——这算怎么一回事呢?况且,他是个有名的贼……"

"算了吧,我的爹,康士坦丁!"

"对!"赛蒙伊罗夫说,"对的!审判是不大公平的……"

蒲金听见他的声音,赶快跑到他的前面,大家都跟在后面,他挥着手臂，兴奋地涨红了脸，大声说：

"审判杀人案和盗窃案的时候，审问的是陪审员和老百姓——农民和市民！可是现在来审问反对政府的人，审问的都是政府的官吏——这是什么道理？假如你侮辱我，于是我打了你，然后再由你来审判我——那么当然，我是罪人，可是最初侮辱我的不是你吗？就是你呀！"

一个白头发、钩鼻子、胸前挂着奖章的法庭管理员，驱散了群众，用指头认真地指着蒲金吓唬说：

"喂，禁止喧哗！这儿又不是酒馆！"

"是的，先生，我知道的！可是你听着，要是我打了你，然后再由我来审判你，那么你会怎么想呢……"

"看我叫人来带你出去！"法庭管理员严厉地说。

"带到哪里去？为什么？"

"带你到外面去。省得你瞎嚷嚷……"

蒲金对大家看了一遍，声音并不太高地说道：

"他们顶要紧的是要人不说话……"

"你以为应该怎么样?!"那老头声色俱厉、态度粗暴地叫喝着。

蒲金把双手一摊，把声音压低了一些，又说话了：

"还有一件事，为什么法庭上除了亲戚之外，不准大家来旁听？假使你审判得很公平，那么你当着大家伙的面来审判啊？怕什么呢？对不?"赛蒙伊罗夫又重复地说着，可是声音已经响了一些："审判不公平，这是真的……"

母亲想要把自己从涅考拉那儿听来的有关审判不公平的话告诉他，可是这个问题她并不是完全理解，而且有些话现在已经记不大清楚。

她一边努力地回忆着，一边离开人群，走到一旁。就在这会儿，她发觉有一个生着淡色口须的年轻人正在望着她。他把右手放在裤兜里，因此看上去左肩要比右肩低一些。母亲对这种较为特别的姿态觉得有点熟悉。可是，这当口儿，那人已经转过身去了。再加上母亲急于回想那些关于审判不公平的话，所以很快就把他给忘到脑后了。

但是，过了不多一会儿，母亲听见了一句不很高的问话：

"是她？"

另外一个比较响亮的声音高兴地回答："对！"

母亲回头看了一看。

那个肩膀一高一低的男子侧着身子站在她旁边，正在跟旁边一个穿短大衣和长靴的黑发黑须青年说话。

她的记忆重又那么不安地颤动了一下。可是又得不出一个明确的回答。在她心里不可抗拒地燃烧着要对这些人们讲述儿子的真理的愿望，她想知道，这些人要说些什么话来反对这种真理，她想从他们的言语里来推测判决的结果。

"难道这样干也就算是审判了？"她小心而气愤地对希索弗说，"他们只问是谁干的，可是为什么干，他们却不问。况且他们都是些老人，年轻人应该由年轻人来审判……"

"对对，"希索弗说，"我们老年人很难懂得这些，很难！"他这样说着，一边沉思地摇了摇头。

那个老管理员开了法庭的大门，然后对人群喊：

"亲戚家人，拿出入场票来！"

一个不欢悦的声音慢腾腾地说："什么入场票——简直像进马戏院！哼！"

所有的人现在都感到一种说不出的愤怒和焦躁。他们也渐渐地随便起来了，纷纷喧闹，和开门的嚷嚷着。

希索弗坐在凳子上，嘴里不停地嘟哝着，不知在说些什么。

"你说什么？"母亲忍不住问。

"嗳，当人民是傻瓜……"

这时，响起一阵铃声。接着有人很随便地宣布说：

"审判开始……"

所有的人又都站起来。法官重又按照原来的次序入席。被告也再次被带上来。

"坚持住!"希索弗说,"检察官要说话了。"

母亲伸长脖颈,全身都向前使着劲儿,几乎是在新的可怕的等待中呆住了。

只见检察官侧身对着法官们站着,面朝着他们,一只胳膊撑在桌子之上,先喘了口气,便开始讲起来,一边讲,一边在空中不停地挥动着右手。

最初的几句话母亲听不清。他的声音流畅而不明晰,时急时缓,没有规律。他的话单调地联成一长条,恰似衣服上的一条线迹,一会又急急地飞起来,好像砂糖上面的一群苍蝇猝然飞起来盘旋不止。可是在他的话里,母亲找不出一点可怕的东西和威胁的意味儿。的的确确,他的话语像霜雪一样的冷,像灰烬一般的苍白无力,一句句不断地落下来,仿若干燥的灰尘,使法庭里充满了一种令人感到难过和厌烦的东西。

而这种喋喋不休的、缺乏感情的言语,大概对鲍维尔和他的同志们一点也没有影响,他们都依然那么平静地坐着,照样窃窃耳语,有时还相对微笑,有时为了掩饰自己的笑容,故意皱着眉头。

"他说得不对!"希索弗悄悄地说。

母亲是说不出这句话的。她听着检查官的话,知道他想不分青红皂白地构陷大家的罪状;检察官的话是让人生气的,他先说完了鲍维尔的事,又开始讲贝嘉的事,他将贝嘉和鲍维尔并列,然后又执拗地把蒲金和他们推在一起——好像他是想把大家紧紧地叠在一起包装起来缝在一个袋里。

可是,他的话的表面意义既不能使母亲满足,也不能使她感动和害怕。他依旧期盼着可怕的东西,执拗地在言语之外——在检察官的脸上、眼睛里、声音里以及他那不慌不忙地在空中的手上——寻找这种东西。

可怕的东西是有的,她已感觉到它,不过,它是不可捉摸的、不能确定的;它重新又用冷酷而有刺激性的情绪包住了她的心房……

母亲望着法官们——他们听着这种陈述，也一定会感到无聊。因为在他们那些没有生气的、黄色和灰色的脸上，一点表情都没有。检察官的陈述，好像是在空气中抛散了一种肉眼所看不到的烟雾，这种烟雾不断地扩大着弥漫着，浓烈地集聚在法官们的四周，用冷淡和倦怠的期待的云雾将他们紧紧地包裹住。首席法官端坐在那里，纹丝不动，在他眼睛后面的两个灰点有时忽然就消失了，在苍白的脸上融解了。

母亲看着这种死气沉沉的漠不关心的情形，看着这种并没有恶意的冷淡的场面，心里困惑不解地发问：

"这也算是在审判？"

这个疑问重重地压住了她的心，渐渐榨出可怕期待，使她的喉咙被一种非常强烈的受了屈辱的感觉紧紧扼住。

莫名其妙的，检察官的话突然中止了，后来他又很快地、短短地补充了几句，并向法官们行了个礼最后搓着双手坐下去了。

贵族代表转着眼睛，向他点了点头；市长也伸了伸手，乡长望着自己的肚子平淡地微笑着。

但是，他的话很显然不能使法官们满意，他们连动都没动。

"辩论，"小老头儿将一份卷宗拿到自己面前，"辩护人费陀赛耶夫，玛尔柯夫，查加洛夫的辩论……"

那个母亲曾在涅考拉家里见过的律师站了起来。他有一张善良的宽脸，小小的眼睛微笑着，闪烁出光华——好像是从褐色的眉毛下面放出一把利剪似的在空中剪着什么。他从容不迫地、洪亮而清晰地讲起来。然而，母亲有点听不懂他的话。

希索弗附在她耳边问："他说的您懂吗？懂？他说的这些人是失掉理智的。这是说的菲奥多尔吗？"

沉甸甸的失望压住了她，她没有回答。屈辱的感觉越来越强，抑制着她的心。现在，母亲开始明白，为什么她最初期待着公平的审判了。因为她总以为可以听见儿子的真理和法官的真理之间的严峻而正直的争辩。她以为，法官们会向鲍维尔盘问很久，专心而详细地问到他的内在的生活，用锐利的眼光研究他的全部思想行动和他的全部生活。当他们看到鲍维尔是正确的时候，他们就会公正地、高声而痛快地说：

"这个人是对的！"

可是现在完全没有这么回事，仿佛被告和法官是隔得遥不可及的，而对于被告们，法官完全是多余的。

母亲感到了疲乏，对于审判完全失去了兴趣，她不再听辩论的话了，生气地想道："就这样也就算是审判了？"

"骂得好！"希索弗赞许似的说。

这会儿说话的已经是另外一个律师了。他身材矮小，面孔尖削而脸色苍白，流露着嘲笑的样子。而法官们常常阻止并打断他。

检察官跳起来，急匆匆地说了几句，大概是关于记录，他的脸上带着恼怒的神色。后来首席法官开始训话，那个律师毕恭毕敬地低着头听完了他的训话，接着又继续说下去。

"有话就统统都说出来吧！"希索弗说，"统统都说出来吧！"

法庭里一时间出现了活跃的气氛，好像点燃了战斗的兴奋。律师辛辣的言论刺激着法官们的厚脸皮。法官们好像挤得更紧了，他们纷纷鼓着腮帮，预备击退这些尖锐辛辣的言语的进攻。

但就在这时，鲍维尔站了起来，周围突然安静了，大厅里鸦雀无声。母亲一见儿子，全身紧张地朝前扑着。

鲍维尔镇定自若地站在那里，每句话都掷地有声：

"我是一名党员，我只承认党的审判，我现在要讲的，并不是为自己辩护，而是依照我的也拒绝了辩护的同志们的愿望，试着对你们说明一些你们所不了解的事情。检察官将我们在社会民主党领导下的行动称做反抗政府的暴动，他始终将我们看作是反对沙皇的暴徒。我严正声明，在我们看来，专政政治不是束缚我们国家的唯一的锁链，它只是我们应该替人民除去的最初的一个锁链……"

在这种坚定果敢的声音之下，大厅里显得更加寂静了。他的声音好像扩大了法庭的四壁，鲍维尔好像渐渐地离开了人们，退到了一旁，就像浮雕一般愈来愈突出了……

法官们笨重地不安地摇动起来。贵族代表在那个面孔懒洋洋的法官耳边说了一句话，那个法官点了点头，转过头去跟首席法官说了一句话。就在这个时候，好像生病的法官又从另一面对他耳语。首席法官坐在椅子上左右摇摆着，又对鲍维尔说了些什么，可是他的声音在鲍维尔的流畅广阔的潮水似的话语里一下子就淹没了。

"我们是社会主义者。这就是说，我们是私有财产制度的敌人，私有财产使人们互相倾轧，互相攻击，为着各自的利益造成不可调解的仇恨，为着隐蔽和掩饰这种仇恨而撒谎，用谎言、伪善、邪恶使人们堕落。我们认为：将人类只看作使自己发财致富的工具的社会，是违反人道的，这种社会和我们是敌对的，我们对于它的道德、虚伪和邪恶，决不妥协。这种社会对待个人的残酷和无耻的态度，我们认为是卑鄙的；对于这种社会的一切奴役人类的肉体和精神的方式，对于一切为了贪欲而使大众受罪的方法，我们一定要和它斗争。"

"我们工人，是用劳动创造一切——从巨大的机器至儿童的玩具——的人。我们是被剥夺了为自己的人格作斗争的权利的人们。不论什么人，都可以并且努力要将我们变做工具，来达到他们自己的目的。现在，我们要求有自由，使我们将来能够获得全部的政权。我们的口号很简单：打倒私有财产制度，一切生产资料归于人民，全部政权归于人民，劳动是每个人的义务。你们可以看出来——我们绝不是暴徒！"

鲍维尔冷笑了一声，慢慢地摸了摸头发，双眼里闪烁的火星更加明亮更加生动了。

"请不要离题太远！"首席法官简明扼要地要求说。他朝鲍维尔挺出胸脯，眼睛盯住他。母亲觉得，他的那只浑浊暗淡的左眼睛里好像燃烧着不怀好意的贪婪之光。

　　所有的法官都那样盯着她的儿子，好像他们的眼光都要钻透他的脸，钻进他的身体，渴望要吸他的血来滋养他们憔悴的身体。

　　然而，鲍维尔坚定的、岿然不动地站在那里，高大、挺拔、健壮、魁梧，他朝他们伸出一只手，有力地挥动着，声音并不高亢激荡，但却清晰明亮。

　　"我们是革命者，在一种人只管作威作福，另一种人只能辛苦劳动的情况下，我们永远要当革命家。我们反对你们奉命要保护它的利益的社会，我们是你们和你们的社会不能调和的敌人。在我们没获得胜利以前，我们和你们绝不可能和解。我们工人是一定会胜利的！你们的委托人完全不像他们所预想的那样有力。他们牺牲了几百万被他们奴役者的生命而积蓄的财产，以及政府给他们的压迫我们的权力，在他们之间引起了敌意的磨擦，使他们在肉体上和精神上走向毁灭。"

　　"私有财产需要太多的努力来保护自己，所以实际上，你们——我们的统治者，是比我们更可怜的奴隶！你们是在精神上深受奴役，而我们只是在肉体上受奴役。你们不能摆脱在精神上杀害你们的偏见和习惯的压迫，但是我们内心的自由并没有受到一点的障碍。你们用来毒害我们的毒药，敌不过你们并不情愿地灌输在我们意识里的解毒药。这种意识不断地生长，不停地发展，越来越快地燃烧，甚至将你们中间的一切优秀的、一切精神上健康的人吸引过来。"

　　"请看，在你们那里，能够在思想上为你们的政权斗争的人，已经没有了；能够为你们防卫历史正义谴责的论据，已经被你们用完了；在思想领域上你们已经创造不出新的东西，你们在精神上破了产。我们的思想不断地成长，越来越鲜明地燃烧，把握群众，组织他们为自由而斗争。对于工人阶级伟大使命的这种意识，把全世界的工人融合成一条心。你们除了残酷和无耻之外，已经毫无方法来阻碍改造生活的这种过程。而且，无耻已被人看破，残酷只能引起人们的反感。"

　　"今天压迫我们的手，不久就会像同志像朋友一般握我们的手。你们的精力——是增殖金钱的机械力——把你们联合成互相吞食的团体。我们的精力——是所有工人要越来越团结起来的这种意识的活的力量。你们所做的一切都是罪恶，因为都是为了奴役人类。我们的工作是要把世界从你们用虚伪、恶意、贪欲所制造出来的威胁人民的鬼怪和怪影下面解放出来。你们使人民和生活隔离了关系，使他们毁灭。可是社会主义却要将被你们破坏的世界结合成一个伟大的整体，而且这是一定会实现的！"

鲍维尔停了一下，接着又重复了一遍，声音更有力更坚决：

"这是一定能够实现的！"

法官们听了纷纷装出一脸怪相，互相耳语着，但他们的目光仍旧贪婪地盯在鲍维尔的身上。

母亲觉得，他们是因为羡慕鲍维尔的健康、鲍维尔的青春活力，所以才想用他们歹毒的目光来污损他英俊而结实的身体。

被告们都全神贯注地听着鲍维尔的话，他们的脸色发白，眼睛焕发出了愉快的光辉，如同金灿灿的光芒……

母亲贪婪痴迷地听着儿子的每一句话，句句都严整地排列在她的记忆里。满脸都是欣慰与自豪。

首席法官几次企图阻止鲍维尔的话，但每次都只解释了几句就被淹没了，有一次他的脸上甚至露出了悲惨的笑容，鲍维尔置他于不顾，又严峻而镇静地继续讲下去，强使法官听完听全面，并且叫法官们的意念随着他的意念，意志服从他的意志。

首席法官终于还是喊叫起来，向鲍维尔伸出了手，仿若威胁。这时，鲍维尔好像答复他似的，带着几分嘲弄的口吻说：

"我就要讲完了。我并不想侮辱你们个人，相反的，我被逼在这种你们所谓的'审判'的喜剧中出场，我几乎是对你们抱着怜悯之情。不论怎样，你们总是人。然而我们看到人——即使是对我们的目的抱有敌意的人——这样卑微可耻地为暴力服务，对于自己人格尊严的意识丧失到如此地步，我们总是觉得非常为你们难受……"

他对法官们连一眼也不看，就坐下来了，母亲屏住了呼吸凝视着法官们，等待着。

安德烈满脸笑容，紧紧地和鲍维尔握手。赛蒙伊罗夫、玛切和所有的人都很热烈地、钦佩似地看着他。鲍维尔被同志们的激情弄得有些不好意思了。

他微笑着，眼睛望着母亲那边并向她点了点头，似乎是在询问："是这样吗？"

母亲用喜悦的长叹答复他。周身充满了爱的热潮……

"好……审判开始了！"

希索弗低声说。"怎么判呢？啊？"

母亲默然地点了点头，她对于儿子大胆而高超的言论感到很满意，也许最让她满意的是他终于结束了讲话。在她心里，一个疑问开始在悄然颤动……

"喂，你们现在打算怎样？"

鲍维尔刚才的一席话对母亲来说，并不是特别新鲜的，她早已知道并了解这些思想，但是，在这众目睽睽的法庭上，她终归是第一次感到了他的信念不可思议的吸引力。

鲍维尔的镇静使她惊奇不已。他的话在她心里融成了一团星光灿烂的五彩缤纷的东西，这使她坚信他是绝对正确的，他一定能够获得胜利。

这会儿，母亲以为法官们要激烈地和他争辩，主张他们的那种真理，对他给以愤懑的反驳。

然而，正在这时，安德烈站了起来，把身子自信地晃了一晃，皱着眉头对法官们望了一眼，开始说话了：

"诸位律师……"

"在您面前的是法官，不是律师！"那个满脸病容的法官生气地高声对他更正着，样子颇为蛮横。

看到安德烈脸上的表情，母亲便知道他是在恶作剧。只见他口须抖动着，眼睛里闪耀着她所熟悉的那种狡猾的、猫儿般的亲切的神情。他伸出长手，重重地摸了摸头发，尔后叹了口气。

"当真？"他摇着头说，"我还以为你们只是律师，而不是法官呢……

"我请你说事情的真实情况！"首席法官冷冷地发令说。

"真实情况？嗯，也好！我就勉强假定你们是真正的法官，是公正而独立的人……"

"法庭的定义用不着您来分析！"

"用不着？哦，也好，可是我呢，还得说下去。在你们这些人眼里，应该是没有自己人和别人之分的，你们是自由的人们。现在，站在你们面前的是两方——一方控告说：他抢了我的东西，蛮不讲理地打了我！另外一方回答说：因为我有武器，所以我有抢夺和打人的权利……"

"关于本案您有什么要说的没有？"小老头按捺不住了，提高了嗓门问道。这时，他的手在发抖。母亲看见他发怒了，便觉得很高兴。

但是安德烈的态度却使她有些不满——他的态度和儿子的话不能融合在一起，她期望和喜欢的是严肃的辩论。

赫罕尔默默地望了望小老头儿，然后用手搓了搓头，严肃而认真地说：

"关于本案的？我为什么要和您谈到本案呢？你们需要知道的，刚才我们的同志已经讲过了，其余的问题，等时候到了，别人自然会告诉您的……"

小老头霍地站了起来：

"我禁止您发言！葛里哥里·赛蒙伊罗夫！"

赫罕尔用力地闭上了嘴唇，懒洋洋地坐了下去，和他并排的赛蒙伊罗夫甩了一下卷发，勇敢地站起来说：

"方才检察官说我们同志是野蛮人，是文化的敌人……"

"只允许讲跟您案子有关的话！"

"这当然是有关系的！没有一件事是和正直的人没有关系的。我请您不要插嘴了。我要问您，你们的文化是什么？"

"我们来这儿不是来和您辩论的！快点说案子的事！"小老头龇牙了。

安德烈的态度很明显地对法官们起了影响。他的话好像擦掉了他们身上的一层东西，使他们灰色的脸露出了斑点，眼睛燃着冷酷的绿色的火花。鲍维尔的话激怒他们了，但是这些话的力量和它引起的不由自主的尊敬，克制了他们的愤怒。赫罕尔的话揭破了这种克制力，很容易地使这层表面下面的东西暴露出来。他们个个都装出怪脸，互相耳语，他们的动作快得和他们的身份不相称。

"你们培养暗探，你们使妇女堕落变坏，你们使老百姓陷于偷窃和杀人的境况之中，你们用伏特加来麻醉他们，国际间的战争，公开的谎言，荒淫和野蛮——这就是你们的文化！是的，我们是这种文化的敌人！"

"我请求您！"小老头抖动着下巴喊了一声。

然而，满脸通红、眼睛闪亮的赛蒙伊罗夫也大声喊道：

"但是，我们尊敬和重视另外一种文化，这种文化的创造者被你们长期禁闭在监狱里，让你们逼得发疯……"

"我禁止你发言！菲奥多尔·玛切！"

个子小巧的玛切站了起来，就好像突然钻出了一把锥子。

他用断续不畅的话说："我……我可以发誓！我知道你们已经将我判了罪。"

他忽然噎住了，面部发青，脸上只显那两只眼睛了，他伸手喊道："我可以发誓！不论你们把我流放到哪里，我一定要逃走！再回来，永远地、终生地干这个工作。我可以发誓！"

希索弗响亮地咳嗽了一声，身体随着摇动起来。

法庭上旁听的人受到了越来越兴奋的情绪的影响，奇怪地、大声地喧哗着。其中，有个女人哭出声来，有人连连咳嗽，好像透不过气来似的。

宪兵也带着迟钝的警觉，而且十分惊奇地在打量被告们，目光露出了凶狠和无奈，有气无力地扫着所有的听众。法官们的身体也开站零乱地摇摆着。

小老头细声叫道："古塞夫·伊凡！"

"不愿意说话！"

"华西里·古塞夫！"

"不愿意说话！"

"蒲金·菲奥多尔！"

一个苍白清瘦的青年沉重地站起来，摇着头，慢慢地说："你们应该觉得惭愧！我是个感觉迟钝的人，可是连我都懂得正义！"他将一只手高高举过头顶，好像瞩望着远方似的，半闭着眼睛，突然不响了。

"这是怎么回事？"老头儿在椅子里往后一仰，激怒地惊异地问道。

"算了吧……"

蒲金皱着眉头坐了下来。在他这意思含糊的话语里，带着一种重要的、一种令人难受的、谴责的、天真的口吻。

这种情形大家都感到了，连法官们也竖起了耳朵在听着，好像是在期待着什么，会不会发出一句比这句话更清楚的回声呢。坐在凳子上的听众也都呆住了，只有幽幽的哭泣声，在空气中波动着。

后来，检察官耸了耸肩膀，冷笑了一下。贵族代表很响地咳嗽了一声。耳语声又渐渐起来了，兴奋而活跃地在法庭里回绕。

母亲把头靠近希索弗，问道："现在法官要讲话了吧？"

"都完了……只有宣判了……"

"什么都没有了？"

"唔……"

母亲有点不相信他的话。

萨莫依洛娃在凳子上焦虑不安地移动着。用肩膀和臂肘推了推母亲，又悄声对她的丈夫说：

"怎么会这样？这怎么行？"

"你看吧——行的！"

"那么葛利沙怎么样呢？"

"不要烦了……"

所有的人都感到心里有什么东西被移动了，有什么东西发生了变化，并且粉碎了。他们莫名其妙地眨着发花的眼睛，仿佛是在他们面前燃烧着一样光辉灿烂的、轮廓不分明的、意义不明确的、但是却具有吸引力的东西。他们不了解突然在面前展开的伟大的事情，便急忙将自己的新的感情花费在微小的、容易明白的事情上。

蒲金的哥哥毫不胆怯地高声发问："请问，为什么不让他讲呢？检察官怎么要讲什么就讲什么呢？……"

站在凳子旁边的法庭职员向人们挥着手，低声说："安静些！安静些……"

赛蒙伊罗夫向后靠着身子，在妻子背后嗡嗡地说着，不断地冒出这样的话来：

"当然，我们姑且就算他们是错了。可是你得让人家解释解释呀！他们反对的到底是什么？我特别愿意知道！我也有我的兴趣……"

"安静些！"法庭职员威吓地指着他，高声责令。

希索弗阴郁地点着头。

母亲一直望着法官们。她看见，他们都在交头接耳地谈话，他们的态度渐渐地兴奋起来，他们的谈话的声音，又冷又滑，触到她的脸上，使她的两颊发抖，嘴里引起了一种很不舒服的感觉。

不知为什么，母亲真切地觉得，法官们都是在谈论她儿子和他的同志们的身体，谈着这些充满活力满怀热情的年轻人的筋肉和四肢。这样的身体在他们心里引起了乞丐所怀有的那种嫉妒，引起了衰弱的人和病号所常常怀有的那种执拗的欲望。他们咂着嘴唇，好像是在可惜这些能够劳动、享乐、生产和创造的身体。现在，这些身体要离开事业上的活动，放弃真的生活，使他们不能再支配这种身体、利用它的气力、剥削这种气力！

因此，这些青年在这些老法官们的心里引起了衰弱的野兽所有的复仇的、苦闷的愤怒，因为这只野兽眼看着新鲜的食物，可是已经没有气力去捉住它，又不能利用别人的力量来使自己饱食一顿，眼看着充饥的源泉渐渐地离开自己，于是就病态地咕噜着，发出了悲鸣和哀号……

母亲越是仔细地望着这些法官，这种粗野的奇怪的想法就越是格外地鲜明起来。

母亲觉得，他们并不遮掩这些曾经可以大嚼饥饿者的贪婪和无力的怨恨。她作为一个女人，作为一个母亲，儿子的肉体一向对她总要比那些叫作精神的东西更宝贵。所以当她看着这些险恶的眼光在儿子脸上爬行、摸着他的胸膛和肩膀，在他那发烫的皮肤上擦过去的时候，她禁不住感到十分可怕，这种目光好像在寻找可能燃起和温暖这些垂死的人们的硬化血管和疲惫肌肉里的血液。现在，这些垂死的人们因为受了贪婪和对这种年轻生命的嫉妒的刺激，已经稍稍有了生气，虽然他们要将这些年轻的生命判审定罪，并且要使这些年轻的生命离开他们。

在母亲看来，鲍维尔也感到了这种湿粘的、叫人非常不快的触摸，所以身体颤抖着，远远地望着她。

确确实实，鲍维尔一直用他那稍稍有些疲倦的眼睛镇静而温柔地望着母亲。不时地微笑着朝母亲点头。

"快要自由了！"他的微笑似乎是在这样温柔地抚慰着她的心。

忽然，法官们一起站了起来。

母亲也不自觉地站起身来。

"他们要走了！"希索弗说。

"去商量判决？"母亲问。

"是啊……"她的紧张忽然松弛了，身体感到了令人窒息的疲劳，眉头抖动起来，额上渗出冷汗。痛苦的失望和屈辱的感情，涌上她的心头，又很快地变成了对于审判和法官们的轻蔑。

她觉得眉毛疼痛起来，便用手重重地擦了一下额角，然后回头看了一看，——被告的亲人们都挤近铁栅栏，法庭里充满了嗡嗡的谈话声。

于是，她也走到鲍维尔的面前，紧紧地握住了他的手。就在这一刻，她心里充满了委屈和欢喜，心情极为矛盾，竟不知怎么是好，这样便哭了出来。鲍维尔温柔地安慰着母亲。赫罕尔一边给母亲说笑话，一边自己笑个不停。

这会儿，所有的女人都哭了。但是，这种哭泣与其说是因为悲伤，倒不如说是由于习惯。

她们并没有受到那种突然的打击使人失去知觉的悲伤，这种悲伤也没有出人意料地突然降临到她们头上。她们所怀有的，是一定会和自己的孩子分别的那种悲伤的意识。但是，就连这种意识，也已经在这一天的事件所形成的印象里淹没了，溶解了。当父母的怀着极其复杂的感情，望着自己的孩子，在这种感情里面，对于年轻人的怀疑以及平素对孩子们的优越感，和另外一种近似对孩子们尊敬的感情，异样地混在一起。

执拗地萦绕在心头的、关于今后如何生活的忧虑，也因为被年轻人激起的好奇而淡漠下去，因为这些年轻人勇敢无畏地讲到另外一种美好的生活的可能。

他们的感情因为不善于表达而被抑制着，话虽然不多，可是说的大都是关于衬衫、衣服和保重身体之类的简单的事情。

蒲金的哥哥挥着手，劝弟弟说：

"要紧的只是正义！别的都不妨的！"

弟弟回答："好好的，当心我那只椋鸟……"

"保管不会出毛病！"

希索弗抓住外甥的手慢慢地说：

"菲奥多尔，你就这样去了吗？"

贝嘉弯下身子，狡猾地微笑着，对他耳语了几句。

卫兵也被逗得笑了出来，可是马上又板起面孔，咳嗽了一声。

母亲也和别人一样，跟鲍维尔说的，也尽是些关于衣服和健康的话。可是，她心里却有几十个问题，关于撒莎，关于儿子，关于她自己的问题，都统统地拥挤在那儿说不出来。可是，在这一切下面，对于儿子的热爱，要使他欢喜、要与他心灵接近的热望，还在慢慢地展开着。对于恐怖的事情的期待已经消失了，剩下的只是对法官们的那种不愉快的战栗，以及关于他们的模糊的想法。

她深切地感到，在她心里诞生了一种伟大而光明的喜悦，可是她并不太了解它，甚至觉得有些困惑……

这时，母亲看见赫罕尔在和大家谈话，懂得他比鲍维尔更需要亲切的安慰，于是便对他说：

"我看不惯这种审判！"

"为什么，妈妈？"赫罕尔感谢般地微笑着高声问，"俗语说得好，水车虽旧，还能干活……"

"既不可怕，又不能让人明白——究竟是谁错谁对？"母亲犹犹豫豫地回答。

"啊哟，您还希望什么！"安德烈喊着，"您以为这儿是追求真理维护真理的地方吗？哈哈……"

她叹了口气，微笑着说："起初我以为很可怕的……"

"开庭！"

大家很快地回到原位。

首席法官一只手撑在桌上，一只手拿了卷案正好遮了脸，开始用黄蜂似的、微弱的嗡嗡声读起来。

"在读判决呢！"希索弗留神地听着，嘴里念叨。

周围都很安静，连一点声响都没有。

大家都站着，眼睛望着首席法官。只见他矮小、干瘪，却站得笔直，好像是被一位眼睛看不见的人拉着的一根手杖。

法官们也都站着。乡长——仰起了脑袋望着天花板，市长——将手交叉放在胸前，贵族代表——抚摸着胡子，面带病容的法官、他的胖同僚和检察官朝着被告那边。

法官们后面，肖像上的穿着红色制服、脸色苍白冷淡的沙皇从他们的头上望下来。在他的脸上，有一个小虫子在爬。"充军！"希索弗轻松地叹了口气说。"哦，当然，真是谢天谢地！本来听说要判做苦役！不要紧的，老太太！这是不要紧的！不要紧的！"

"我也早知道了。"母亲疲倦地回答他，声音不高。

"总算定下来了！现在算是真的了！要不然，谁知道他们会怎样？"

被判决的人们快要被带下去了。希索弗转过脸来望着他们，高声喊：

"再见了，菲奥多尔！还有诸位！上帝保佑你们！"

母亲默默无语地朝儿子和他的同志们点着头，她心里非常想哭，可又不好意思哭出来。

母亲走出了法院。当她看见时间已经很晚，街上点了路灯，星星布满天空时，竟觉得有点惊奇——时间过得真快呀。

法院附近挤满了人，一群一伙的，在寒冷的空气中，发出了踏雪的声音，和年轻人的呼叫声混杂在一起；一个戴灰色风帽的男子凑到希索弗跟前，紧紧地盯着他，急火火地问道：

"判决怎样？"

"充军！"

"大家都一样？"

"一样。"

"谢谢！"那人走了。

"你看见了吗！"希索弗说，"大家都要问……"

忽然，有十来个青年男女过来把他俩围住，并急急地叫喊着别人。

母亲和希索弗站住了。

他们问到判决，问到被告们采取了怎样的态度，谁讲了话，讲些什么等等。在所有的问话里面，都可以感受到同样的急切和关怀，——这种真诚而热烈的好奇唤起了她要使他们得到满足的愿望。

"诸位！这就是鲍维尔·弗拉朵夫的母亲！"有一个不很响亮的声音喊

道，于是大家先后迅速地安静下来了。

"请您允许我握您的手！"，

只见一只有力的大手伸过来握住了母亲的手。同时有一个声音兴奋地说："您的儿子是我们大家伙的勇敢的榜样……"

"俄罗斯工人万岁！"又发出了一声响亮的呼喊。

这种呼喊声急剧地扩大着，此起彼伏地爆发出来。

人们从各处跑来，挤在母亲和希索弗的周围，人山人海。

警察的警笛声开始在空气中跳动了，但是这种跳动的声音却远不能盖过呼喊者。

希索弗不住地笑着，仿佛自己得到某种胜利。母亲觉得，这一切像美丽的梦。她也微笑起来，纷纷和众人握手，和大家打招呼，一种幸福和喜悦的眼泪噎住了她的喉咙，叫她喊不出来；她的双腿疲倦得发抖；可是充满了喜悦的心房却能吞下一切，好像湖水的平面一般反映出一切的印象……

在母亲身旁，有人清朗而兴奋地说：

"诸位同志！一直在大嚼俄罗斯人民的怪物，今天又用他贪得无厌的嘴巴吞下了……"

"尼罗芙娜，我们走吧！"希索弗提议。

这个时候，撒莎不知从什么地方走了过来，她挽住母亲的胳臂，很快地把她拖到街对面，匆匆地说：

"走吧，在这儿或许会挨打。要不然就会被抓去。充军？到西伯利亚？"

"不错，不错！"

"他怎样讲？可是我知道他要讲什么。他比谁都坚强，比谁都单纯，当然，比谁也都威严！他是特别敏感，特别温柔的，只是他不好意思表露自己的感情。"

撒莎兴奋的耳语和充满了爱的言词，驱走了母亲的不安，使她的气力又恢复过来。

"您什么时候到他那里去?" 母亲将撒莎的手亲切地按在自己的胸前,关怀地低声问。

撒莎自信地望着前方,回答母亲:"只要这里找到能够代替我的工作的人,我立刻就走。"

"其实我不也是在等待判决吗? 大概,我也会被发配到西伯利亚,那时候,我会要求发配到他去的地方。"

这时从后边传来了希索弗的声音:"那时候请替我问候他。就说是希索弗问候他。他知道的。菲奥多尔·玛切的舅舅……"

撒莎停下步子,转过身来和他握手,并和颜悦色地说:

"我也认识贝嘉! 我叫亚历克山特拉!"

"父名呢?"

撒莎看了他一眼,平静地回答:"我没有父亲。"

"已经过世了……"

"不,还活着!" 姑娘有点激动了,她的声音里含着一种固执而坚决的口气,脸上也露出同样坚定的表情,"他是地主,现在是地方自治局的议长,他是剥削农民的。"

"原来是这样!" 希索弗抑郁地说,然后沉默了一会儿,与她并排走着,他转过头来望着她说:

"那么,尼罗芙娜,再见了! 我要往左拐了。再见,小姐,你把父亲骂得太厉害了! 当然,这和我不相干。"

"假使您的儿子是个坏蛋,是一个对社会有害、是一个您所憎恶的人,您也会这样说的吧!" 撒莎的话说得很激烈。

"哦,——我一定会说!" 老人想了想才回答她。"可见,对于您,正义比儿子更宝贵;对于我,正义比父亲更宝贵……"

希索弗微笑着连连点头,然后又叹了口气说:

"您的口才可真棒! 哦,要是您能长久坚持下去,老年人也会让您说服的，您很有毅力！……再见了，好好的，多保重！对人还是亲切一点好，是吗？再见了，尼罗芙娜！要是碰到鲍维尔，告诉他，他的演说我听到了，我并不完全懂，有些话甚至可怕，可是我认为，他说得对！"

他举起帽子，庄重地朝街角拐弯处走去了。

"他大概是一个好人！"撒莎用她的含笑的大眼睛望着他的背影，称赞道。

在母亲看来，今天撒莎的脸比平时更和善更温柔。

回到家中，她俩挨得紧紧地坐在沙发上。母亲在寂静中休息着，重新提起撒莎去找鲍维尔的事。

姑娘沉思地耸起两道浓眉，那双大眼睛像在幻想似的望着远方，在她的苍白的脸上，洋溢着安静的冥想。

"将来等你们有了孩子，我可以到你们那里去，给你们照管孩子。我们在那里过的日子一定不比这里差。鲍什可以找到工作，他的手是很能干的……"

撒莎用探究的眼光望着母亲，问道：

"难道您现在不想就跟他到那里去？"

母亲叹了口气说："我去对他有什么用呢？他逃走的时候，反而要拖累他。况且，他不会同意的……"

撒莎点了点头。

"他不会同意的。"

"而且，我还有工作！"母亲略带自豪地说。

"是呀！"撒莎沉思地说，"这很好……"

突然，她像要抖掉身上的什么东西似的抖了一下，简单地低声说：

"他是不可能住在那里的。他当然要逃走的。"

"那么您怎么办呢？假如有了小孩呢？是不是……"

"到那时候再说吧。他不应该顾到我，我也非常不愿意拖累他。和他分离对我是很痛苦的，可是我一定能够克制自己。我决不想拖累他。"

母亲觉得，撒莎说到就能做到——她是这样的人。于是，心中忽然很可怜撒莎了，她伸出胳膊搂着她说："亲爱的，那对您一定是很苦的！"撒莎把整个身子都紧挨在母亲身上，温柔地笑了一笑。涅考拉回来了。

他看上去很疲倦，一面脱着外套，一面匆匆地说："喂，萨茜卡，您趁早走吧！

今天一早就有两个暗探盯在我身后，而且明目张胆毫不隐蔽，大概快要抓我了。我已经有了预感。估计在什么地方可能已经出了事儿了。正好我这儿有鲍维尔的演说稿，现在决定把它印出来。您拿到廖得米拉那里，请他务必尽快把它印出来，越快越好！鲍维尔讲得真棒！尼罗芙娜！……要当心暗探，撒莎……"

他一边说着，一边把冻僵了的手搓来搓去，然后走到桌子旁边，麻利地拉开抽屉，开始挑选文件。有的文件扯掉了，有的搁在一边，他的神色是焦虑而急迫的。

"不久之前刚全部整理过，现在又聚了一大堆——该死的东西！尼罗芙娜，您看，您最好也不要在这儿过夜，是吗？碰见这种情况，是相当乏味没有意思的，那些家伙可能把您也抓进去——您还得到处去分发鲍维尔的讲演稿呢……"

"可是，他们把我关进去有什么用处呢？"母亲有点不在乎。

涅考拉把手挥动着，很有把握地说：

"我有特别的嗅觉。况且，您不是也可以帮助廖得米拉吗？避开这些灾苦吧……"

可以亲自参与印刷儿子的演说记录的这件工作，使母亲非常高兴，她回答道：

"既然这样，我就走吧。"突然，她自己觉得也很意外地而且十分自信地小声说："感谢基督，现在我是什么都不怕了！"

"那好极了！"涅考拉并不看着她，叫了起来。"可是要请您告诉我，我的箱子和衬衫放在哪里了？您的手厉害得很，把所有的东西都抓了过去，我连自己的财产，都完全失去了自由处置的权利。"

撒莎默默地将纸片丢在炉子里烧掉，烧完之后，又仔细地将余烬和灰搅在一起。

"撒莎，你走吧！"涅考拉对她伸着手说。"再见了！不要忘记，如果有什么有趣的书，不要忘了我。好，再见了，亲爱的同志！要加小心啊……"

"您估计会很久吗？"撒莎问道。

"谁知道他们！一定有了我的什么材料了。尼罗芙娜，您跟她一起走吧。因为盯在两个人后面要困难些。好吗？"

"我就去！"母亲回答说，"我就去穿衣服……"

她仔细地注视着涅考拉，但是，除了发觉有一种担心的神气遮住了他平时的善良温和的表情外，并没有其他的发现。在她最亲近的这个人身上，她看不出一点不必要的慌张的动作，看不出一点不安的痕迹。对一切的人都是同样地关注，对一切的人都是那么和蔼平易；一向是那样镇静而孤独的他，在大家看来，仍旧是和以前一样，内心之中蕴藏着隐秘的思想，而他的思想在相当程度上是超过了别人的。

可是只有母亲才知道，他跟她最接近，她也用一种十分小心的、好像没有自信的感情爱着涅考拉。现在，母亲非常可怜他，非常疼爱他，但是，她抑制着自己的感情，因为她知道，假使她将这种感情流露出来，涅考拉一定会惶惑不安，不知所措，会像平时一样变得有点可笑——她不愿意看到他变成这个样子，这是由衷的。

母亲走进房间里来了。涅考拉握着撒莎的手说：

"好极了！我相信，这对于你俩都是很好的！稍微有一点个人的幸福，是没有什么害处的。尼罗芙娜，您准备好了？"

他微笑着扶了扶眼镜，走到母亲面前。

"那么，再见了，我希望是三四个月，至多是半年吧！半年——这就够长的了，不是吗？……请您千万自己要保重，好吗？好，让我们拥抱一下吧……"

瘦高个儿的涅考拉，伸出有力的两臂抱住了母亲，凝望着她的眼睛，笑着说：

"我好像是爱上了您了，我真想永远拥抱着您！"

母亲默默地吻着他的额和腮，她的两手在发抖。但她不愿意让他发觉，所以就把手松开了。

"好，明天要小心些！这样吧，您明天早上派个孩子来，——廖得米拉那儿有个男孩子，就叫他来看看。好吧，再见了，同志们！祝你们好！"

走到街上的时候，撒莎悄悄对母亲说："在必要的时候，他也会这样轻轻松松地去赴死的。在死神和他打个照面的时候，他也会整一整眼镜说：'好极了！'然后从容死去。"

"我很喜欢他！"母亲低声说。

"我钦佩他，但是并不喜欢他！当然我非常尊敬他。他这个人有些枯燥，虽然他很善良，有时甚至很温柔，但是这一切还不够有人情味……好像有人盯在我们身后！我们分开走吧。如果您真觉察出有暗探跟着的话，就不要到廖得米拉那儿去。"

"我知道。"母亲说。

可是撒莎好像不大放心，又执拗地叮嘱了一句："不要进去！那时候就到我那儿去！那么，再见吧！"

她飞快地扭过身去，朝回走了。

几分钟之后，母亲坐在廖得米拉那小房间里的炉边烤着火。女主人穿了束着皮带的黑衣服，在室内慢慢地来回走着，室内充满了衣服的摩擦声和她的命令似的声音。

火焰把室内的空气吸到炉子里，发出了爆裂声和悲号声。女主人的话流畅地响着：

"人们愚笨的程度要比凶恶的程度厉害得多。他们只看到眼前的、手边的、立刻可以拿到的东西。可是，这手边的东西都是没有多少价值的，贵重的、有价值的东西离得很远。事实上，如果生活能够改善，人类就能够更聪明，这对大家来说都是有利的，大家都会高兴。不过，要想达到这样的目的，目前，就非得麻烦不可……"

她突然在母亲面前站住，好像抱歉一般地低声地说："这儿难得有人来，所以一有人来，我就要讲这些，您觉得很可笑吧？"

"为什么？"母亲说。她竭力要猜出廖得米拉在什么地方印刷，可是看不见什么特别的地方。

在这有三扇窗子临街的房间里，摆着沙发、一个书橱、一张桌子、几把椅子，墙边放着一张床，靠床的角落摆放着洗脸盆，另外一个角落里装着炉子。墙壁上挂着照片。一切都是新的，坚固而清洁，在这所有的东西上面都反映出女主人的修女般冷若冰霜的影子。

这里使人感到好像藏匿了什么东西，但是，不知道在哪里。母亲仔细望了望门——一扇门是她刚才从小小的过道里走进来的，另外一扇门在炉子旁边，又高又窄。

"我是有事来的！"母亲发觉女主人在注意她，于是踌躇地说。

"我知道！没有事是不会到我这儿来的……"

母亲觉得，廖得米拉的声音好像有点奇怪。母亲对她望了望，她的薄薄的嘴唇旁边浮着微笑，没有光泽的眼睛在眼镜后面闪动着。

母亲避开了她的眼光，把鲍维尔的演说稿交给她。"就是这个，请您赶快印……"

接着，她就开始讲涅考拉准备被捕的情形。

廖得米拉默默地把纸塞在腰带下面，坐了下来。在她的眼镜上面反映出了红色的火光。火焰的热烈的微笑在她的凝然不动的脸上跳动着。

"要是他们到我这里来，我就要对他们开枪！"听完了母亲的话，廖得米拉坚决地、声音不高地说，"我有抵御暴力的权利！我既然号召别人去抵御暴力，我也应该这样做。"

火焰的反光从她脸上消失了，她的脸又恢复了刚才那严峻的、稍微有些傲慢的样子。

"她的生活太苦了！"母亲忽然这样亲切地想。

廖得米拉开始讲鲍维尔的演说，起初好像不很起劲，可是渐渐地把头越来越凑近稿纸，很快地将一张张看过的稿纸放在旁边。读完之后，她站起来，伸直了身子，走到母亲身边。

"这太好了！"

她低头想了一想。"您儿子的事，我不想跟您谈，我没有见过他，也不喜欢说这种悲惨的事，亲人被判充军的那种滋味，我是知道的！可是，我要问您，有了这样的儿子，一定很自豪吧？"

"是的，很自豪！"母亲说。

"同时也很害怕，是吗？"

母亲镇静地笑着回答说："现在已经不怕了……"

廖得米拉用她那浅黑的手整理着梳得很光滑的头发，转身走到窗口。一个淡淡的影子在她脸上颤动，也许，这是她抑制住了的微笑的影子。

"我很快地排起来，您睡吧，您忙了一天，也够累的了。您在我床上睡，我现在不睡，半夜里也许要叫醒您来帮忙……您睡的时候请您熄了灯。"

她在炉子里添了两根木柴，伸直了身子，走进了炉子边上那扇又高又狭的门，随手把门紧紧地关上。

母亲望着她的背影，一面脱衣服，一面还在想着这位女主人。"她好像很烦恼……"

一天的疲劳使她头昏脑胀，可此时，她的心里却是异样地平静。眼前的一切好像都沐浴着爱抚的柔光。这种柔光匀和平静地充满了她的胸头。母亲很熟悉这种平静的心情，每逢经过很大的骚动之后，一定会有这样的心情。

以前，这种现象使母亲有些不安，但是现在，这种现象只能是开阔着母亲的胸襟，并以强有力的感情来使得母亲更加坚强。

她吹熄了灯，躺在冷冷的床上，在被窝里蜷着身子，很快就睡熟了。

她睁开眼睛的时候，室内已经充满了晴明冬日的寒冷白光。女主人手里拿了一本书躺在沙发上，带着不像平时那样的微笑，望着母亲的脸。

"啊呀！"母亲狼狈地叫道，"我怎么啦，睡了很久了吧？"

"早安！"廖得米拉说，"快要十点钟了，起来喝茶吧！"

"您为什么不叫醒我呢？"

"我本来想要叫您的。我走到您跟前，看见您睡得那么香，脸上带着那样愉快的微笑……"

她用了一个柔软的动作从沙发上站了起来，走到床前，弯下腰来凑近母亲的脸。在她没有光泽的眼里，母亲发现了一种亲切可爱的和可以了解的神气。

"我不忍心叫醒您，大概您做了一个好梦吧…….."

"什么梦都没有做。"

"好，这暂且不去管它！可是我非常喜欢您的微笑。那么平静、善良……包含着那么多的意思！"

廖得米拉笑了出来，她的笑声很低，好像天鹅绒一般的柔和。

"我也想起了您的事……您也够辛苦的！"

母亲耸动着眉毛，默默地想着。

"当然很辛苦！"廖得米拉说。

"连自己都不知道！"母亲小心地说，"有时候好像很辛苦。事情那么多，所有的事都是那么严重，叫人惊奇，很快地一件事接着一件事，快得很……"

她所熟悉的那种大胆兴奋的浪潮又在她胸头涌起，使她心里充满了各样的形象和思想。她在床上坐起来，急忙要把这种思想说出来。

"大家都在前进，前进，一直向着一个目标前进……当然，痛苦的事情很多！人们都在受苦、挨打——简直惨无人道，许多愉快的事都没有他们的份——这是很痛苦的！"

廖得米拉很快地抬起头来，用爱抚的眼光对母亲看了看，说："您说的是您自己的事吧!"

母亲望了望她,一边从床上起来穿衣服,一边说:"在你觉得:这个人也重要,那个人你也喜欢,你替大家担忧,怜惜每一个人的时候,一切的事情都挤在心里,自己怎么能站在一旁呢……哪里还能退到一旁呢?"

她衣服只穿了一半,站在房间当中,沉思了一下。

她觉得,终日为儿子担心害怕,终日想保护他的肉体的她,已经没有了,这样的她,现在已经没有了;她已经离开了,到了很远的地方,或许,被兴奋的猛火烧毁了。这反而减轻了她灵魂的负担,洗涤了她的灵魂,使她的心灵生出了新的力量。她倾听着自己的心声,希望能看一看自己的心,一面又害怕会唤醒原有不安的情绪。

"你在想什么?"女主人走到她的身边,亲切而关心地询问。

"不知道。"母亲回答。

两人都默默地互相对望着,一会儿,又不约而同地笑了出来。尔后,廖得米拉一边向门口走,一边自言自语地说:"我的茶炉不知怎么样了?"

母亲看看窗外,窗外正是严寒的日子,阳光灿灿明亮,于是她心里也倍感光明朗照了,而且有种热乎乎的感觉。她想不断地、喜悦地讲一切的事情;为了汇集在她的灵魂里,像晚霞一样在那里发光的那一切,她不由得对某人抱着一种朦胧的感激之情。很久没有产生过的要祈祷的欲望又使她激动。

她想起了一个年轻人的脸,又好像听见一个响亮的声音喊道——"这是鲍维尔·弗拉朵夫的母亲!……"接着,撒莎的眼睛放射出了愉快而温柔的光辉,列彼以阴郁的姿态站了起来,儿子那青铜色的、果断的脸在微笑着;涅考拉狼狈地眨着眼睛……突然,这一切被一声轻轻的深长的呼吸激动了,融合成为一片透明的彩云,用平静的感情抱着她一切的思念。

"涅考拉果然猜中了!"廖得米拉走了进来,关切地说给母亲,"他被捕了。我照您的话,今天差孩子去打听了打听。他说院子里有警察,他亲眼看到有一个警察躲在大门背后。还有暗探走来走去,孩子是认识他们的，没错。"

"果然如此！"母亲点着头说，"唉，可怜的……"

她叹了口气，但并没有怀着悲伤，对于这种心境和情形，连她自己也觉得颇有点奇怪。

"最近他在城里工人中间做了多次报告，总之已经是应该出事的时候了！"廖得米拉皱着眉头，仿佛早有所料似的说，"同志们都劝他说：'走吧！'可是他不听！照我的意思，到了这种时候，不应该单用劝告，应该强制他走才行……"

一个男孩子站在门口，他长了一头黑发，面色红扑扑的，有一双美丽的蓝眼睛，鼻子小巧带钩。

"可以把茶炉拿来了吗？"他声音很响亮地问。

"请拿来吧，谢辽查！这是我的学生！"

母亲觉得，今天廖得米拉和以前有所不同了，变得比较随和、容易让人亲近了。在她那苗条的身体的柔软的动作里，有着无限的美和力量，使她的严厉而苍白的脸显得柔和了一些。一夜之间，她的眼睛下面添了一圈黑晕。从她身上可以感受到紧张的努力，她的心情恰似绷得很紧的弦。

男孩子搬来了茶炉。

"谢辽查，来认识一下吧！这是彼拉盖雅·尼罗芙娜，是昨天被判罪的那个工人的母亲。"

谢辽查默默地行了个礼，又和母亲握了手，尔后又出去拿来了面包，回到桌旁坐下来。

廖得米拉倒茶的时候，劝母亲不要回去，等打听清楚了警察究竟在那里等候什么人再做打算。

"大概是在等您！他们一定会盘问您的，您说呢？……"

"让他们盘问吧！"母亲说，"就是把我抓了去，也没有什么大不了的！不过，先得把鲍什的演说词分散出去……"

"已经排好了。明天就可以分发到城里和工人区里。……您认识纳苔莎吧？"

"怎么不认识？"

"请您送到她那边去……"

那个男孩子在看报，好像什么都没有听见似的，但是他的眼睛常常从报纸后面望着母亲的脸。母亲碰到他的活泼的目光，心里格外高兴，不住地朝他微笑。

廖得米拉又讲起了涅考拉，对于他的被捕并不感到惋惜，母亲觉得这是很自然很正常的。

时间过得要比平时快，喝完了茶，已经快到正午了。

"真是的！"廖得米拉惊呼了一声。

这时有人急急地敲着门。男孩站起身来，眯着眼睛好似询问似的望了望女主人。

"去开吧，谢辽查！这会是谁呢？"她镇静地把一只手塞进裙子的口袋里，对母亲说：

"彼拉盖雅·尼罗芙娜，如果是宪兵，您站到这个角上。谢辽查，你在……"

"我知道！"孩子小声回答着，快步跑了出去。母亲笑了笑。廖得米拉的这些准备没有引起她的惊慌——她心里没有半点灾祸临头的预感。

一个矮小的医生走了进来。

又听医生匆匆地说道："第一，涅考拉被捕啦。啊，尼罗芙娜，您怎么在这里？抓人的时候您不在？"

"他事先叫我到这儿来的。"

"哦——可是，我以为这对您并没有好处！第二，昨夜来了许多青年人，把演说稿油印了五百份。我看了，印得不错，字迹很清楚。他们准备今天晚上在城里散。可是我不赞成，城里最好用铅印的。那些油印的最好拿到别处去散。"

"那么让我拿到纳苔莎那儿去吧！"母亲起劲儿地说，"给我吧！"

她急切地想着赶快散发鲍维尔的演说，把儿子的话散到全世界。此时此刻，她用等待着答复的目光望着医生的脸，准备恳求他。

"天知道您现在做这种工作是不是方便！"医生犹豫不决地说了之后，摸出表来看了一下，"现在是十一点四十三分，火车两点零五分开。路上要走五个小时十五分。您到那里的时候，天已经较晚了，但还不太晚。不过，问题并不在这里……"

"不在这里？"女主人皱着眉头重复了一遍。

"那么问题在哪里呢？"母亲走近他们，问道，"问题是只要能够好好地散发出去……"

廖得米拉望着她，搓着自己的额角说："这对您是很危险的！"

"为什么？"母亲热烈地、好像央求似的问道。

"是因为这个！"医生很快地、忽高忽低地说，"您在涅考拉被捕之前一小时从家里出来，您跑到一个工厂里，那里的人很多的，都认识您是一个女教员的婶母。您到工厂之后，工厂里面发现有害的传单。这一切都可以编成一个绞索，勒在您脖子上。"

"我到那里不让人家知道不就成了？"母亲说得执著而热烈，"回来的时候，如果被他们抓住，问我到哪里去了……"

她停顿了一下，然后很响地说道："我知道该怎么说！我从工厂出来，直接回到工人区，那里我有一个熟人，他叫希索弗，我就说，一出了法院就来找他，因为很伤心。他也很难受，因为他的外甥判了罪，我想，希索弗他肯定给我证明的，你们看这样好吗？"

母亲感觉出来了，他们会对她的愿望让步；于是想赶快催促他们做到这一点，她愈说愈坚定，最后他们终于让步了。

"既然如此，您就去吧！"医生很勉强地同意了。

廖得米拉不说话，她沉思着在房间内来来回回地走着。她的脸色阴郁起来，也好像变得消瘦一些。她抬起头，看得出颈部的筋肉很紧张，好像脑袋突然变得沉重了，不由自主地要垂到胸前来。母亲一眼就看出了她的心情。

"你们总是爱惜我！"她笑着说，"可是对你们自己却不爱惜……"

"不对！"医生说，"我们爱惜自己，而且也应该爱惜自己，对那些无缘由的无所谓地浪费自己力量的人，我们要狠狠地骂他！现在这样吧——您在车站上等着演说稿吧……"

他对母亲说明了各个步骤，然后双眼凝视着她的脸色说："好，祝您成功！"医生似乎仍是有些不满地走了。

廖得米拉关好了门，轻轻地笑着走到母亲面前。"我理解您……"

她挽住母亲的手臂，又轻轻地在房间里走动着。

"我也有个儿子，他今年十三岁了，可是他跟着父亲。我的丈夫是个副检察官。孩子和他住在一起。我常常这样想：他将来不知道会变成什么样！"

她那湿润的声音抖了一下，然后又沉思似的平静而流畅地讲着："养育他的人，是我所亲近的、我认为是世界上最好的人的有意识的敌人。我的儿子长大了会变成我的敌人。他不能和我住在一起，现在我用的是假姓。我已经有八年没有看见他了——八年啊，这是很长的日子！"

她站在窗口，望着没有云的苍白的天空，继续讲述："假如他能够和我在一起的话，我一定可以更坚强，心里就不会有创伤一直在作痛。即使他死了——我也会舒服些……"

"我亲爱的！"母亲低声说，她觉得她心里满是同情。

"您真是幸福啊！"廖得米拉微笑着说，"母亲和儿子站在一起，——这真是了不起，这是多么难得呀！"

弗拉朵娃不自觉地喊道："对！这是特别好的！"她如同吐露秘密似的压低声音说。

"你们所有的人——你啦，涅考拉·伊凡诺维奇啦，所有追求革命真理的人们啦——也都站在一起！人们突然都变成了亲人，所有的人们我都了解。说的话虽然不了解，可是其他的一切都是能够了解的！一切！"

"对啊！"廖得米拉说，"对啊……"

母亲将手放在她的胸口上，轻轻地推着她，自语似的说，好像也在倾听自己所说的话。

"全世界的孩子们都起来了！这一点我是明白的——全世界的孩子们都起来了，从各个地方向着同一个目标前进着！心地善良的、正义的人，都起来顽强地攻击一切邪恶，用有力的脚践踏着虚伪。他们年轻而健康，要把他们无限的气量贡献给一个目标——正义！他们起来征服人间一切的痛苦，起来消灭地上一切的不幸，起来战胜一切的丑恶——而且一定会战胜的！有一个对我说，我们要创造新的太阳！是的，我们一定会创造出来！我们要将破碎的心结合成一颗完整的心，我们会把它结合起来的！"

她心里燃烧着新的信仰，又想起了已经遗忘了的祷词。她将这种言语由衷地散出来，如同火花。

"在真理和理性的道理上前进的孩子们，把他们的爱贡献给一切，他们用新的天空保护一切，用内心发出的不灭的火光照耀着一切。在孩子们对于世界的爱火里面，新的生活就被创造出来。有谁能扑灭这种爱的火焰呢？有什么力量能高出这种爱呢？有谁能战胜它呢?！产生这种爱的是大地，全部生活都希望着这种爱能获得胜利！"

她兴奋得有点疲惫了，她踉踉跄跄地离开廖得米拉，喘着气坐了下来。

廖得米拉也悄悄地小心翼翼地走开了，好像怕破坏什么东西似的。她的没有光泽的眼睛深邃而宁静地望着前方，柔和地走来走去，这便使她显得格外的苗条、挺拔而纤弱了。她那瘦削严峻的脸上露出全神贯注的样子，嘴唇激动地紧闭着。

室内的寂静叫母亲很快就平静下来，她发觉了廖得米拉的这种心情，就好像道歉一般地低声问道："我也许有什么话说错了吧！"

廖得米拉听了之后，迅速地扭过头来，仿佛吃惊似的望了望母亲的脸。她朝母亲伸出手，好像要阻挡什么似的匆匆地说：

"您讲的全对！可是，我们现在不要再讲这些了！希望它能像您所说的一样。"接着她比较平静地劝说："您该走了，路途还远着呢！"

"是的，我快要走了，您知道，我是多么愉快呀！我带着儿子讲的话，我们的骨肉讲的话！这不跟自己的心一样吗?！"

母亲满面微笑，但是，她的笑容只是模糊地反映在廖得米拉的脸上。母亲明白，廖得米拉是用她特有的矜持抑制着自己的喜悦。忽然，母亲的心里产生了一种执拗的愿望，要将自己心里的火点到这个严峻的灵魂里，使它燃烧起来让它也跟着充满喜悦的心一同和鸣起来……

母亲紧紧地握住廖得米拉的手说道："我亲爱的，假使我们知道，在生活中已经有照耀大众的光，而且将来有一天他们准会看见这个光，会衷心地和它拥抱，这是多么美好啊！"

她的善良的面庞颤抖起来，眼睛里闪出光辉般的笑，眉毛在眼睛之上跳跃飞舞着，似乎在鼓励着它们的光辉。伟大的思想使她陶醉；她把那使她的心燃烧的一切，把她所体验的一切，都灌注到这些思想里去。她把这种思想压缩在光辉的言语的坚固的、容量很大的结晶体里。在那被春天的太阳的创造力所照耀的秋天的心里，这些思想越来越茁壮地成长起来，越来越鲜艳地开放着。

"这不正像是替人类产生了一个新上帝吗？万物为万人，万人为万物！我就是这样理解你们全体的。真的，你们大家都是同志，都是亲人，大家都是一个母亲——真理——的孩子！"

她又被自己的兴奋的浪潮所淹没了，她停了一下，透了一口大气，仿佛是要拥抱似的伸展了双臂，接着说道："我一想起'同志'这个名词的时候，心啊，就会听见前进的声音！"

她终于达到了目的，廖得米拉的脸突然奇异地红起来，嘴唇不住地颤抖，眼睛里流下了大颗的、透明的泪珠儿。

母亲紧紧地拥抱着她，无声而幸福地笑了——她因为自己心灵的胜利而倍感骄傲与自豪。

分手的时候，廖得米拉望着母亲的脸庞，悄悄地问："您知不知道，跟您在一起是多么快乐呀！"

走到大街上的时候，严寒干燥的空气结结实实地搂抱住她的身体，并浸入了咽喉，使鼻子发痒，甚至有一刻工夫叫她不能呼吸。

母亲停下脚步站在那里。她四面看了看：离她不远的街角处，站着一个马车夫，他头戴皮帽，一派无精打采的表情。远远的，还有一个男子正弯着背缩着头走路。此外，还有一个士兵搓着耳朵在那人前面连蹦带跳地跑着。

"大概是派了兵到小铺子里来了！"母亲一边这样想，一边继续朝前走，心满意足地听着她脚下的雪发出的清脆的声响。

她很早就到了火车站。她要乘坐的那班火车还没有准备好，但是肮脏的、被煤烟熏黑的三等候车室里面已经挤了许多人，寒冷将铁路工人赶到这里，马车夫和穿得很单薄的无家可归的人们也来取暖。还有一些旅客，几个农民，一个穿着熊皮大衣的肥胖的商人，一个牧师带着女儿——一个麻脸姑娘，四五个兵士，几个忙忙碌碌的市民。

人们吸着烟，谈着天，喝着茶和伏特加。在车站小吃店前面有人高声笑着，一阵阵的烟在头上盘绕飞散。

候车室的门一开一关的时候总是吱吱地响着，当它被砰的一声关上的时候，玻璃发出震动的声音——烟叶和咸鱼的臭味强烈地冲进大家的鼻子。

母亲坐在门口的一个很显眼的地方等待着。每次开门的时候，就有一阵云雾般的冷空气吹到母亲的脸上。这使她觉得十分爽快，于是，她便深深地呼吸一口冷空气。

有几个人提了包裹进来，他们穿得很厚实，蠢乎乎地挡在门口，嘴里骂着，把包裹丢在地上或凳子上，抖落大衣领上的和衣袖上的干霜，又把胡子上的霜抹去，一边发出咳嗽的声音。

一个年轻人手里拿着一只黄色手提箱走进来，迅速地朝四周围看于一遍，然后径直朝母亲走来。他站在母亲的面前。

"到莫斯科去吗?"那人低声问道。

"是的，到塔尼亚那里去。"

"对了!"

他把箱子放在母亲身边的凳子上，很快地掏出一支烟卷来点着了，稍微举了举帽子，默默地向另外一扇门走去。母亲伸手摸了摸这箱子冰冷冷的皮儿，将臂肘靠在上面，很是满意地望着大家。

过了一会儿，母亲站起身来，向靠近通往月台的门口的一条凳子走去。她手里，毫不吃力地提着那个箱子——箱子并不太大——走过去，她抬起头，打量着在她面前闪现的一张张脸。

一个穿着短大衣的，把大衣领竖起来的年轻人和她撞了一撞，他举起手来在头旁边挥一挥，便默默地跑开了。

母亲忽然觉得这个人好像有点面熟，她回过头来一看，只见那人正用一只浅色的眼睛从衣领后面朝她望着。这种盯人的眼光好似针一样刺着母亲。于是，她提着箱子的那只手抖动了一下，手里的东西好像突然变得沉重起来。

"我在什么地方看见过他!"母亲回想起来，她想用这个念头慢慢地抑制脑中隐隐不快的感觉，而不想用别的言语来说出这种不快，这种不快有种使她的心冷得紧缩起来的感觉。

但是，这种感觉已经增长起来，升到喉咙口，嘴里充满了干燥的苦味。这时，母亲忍不住想要回头再看一次。

当然，她这样做了。只见那人站在原来的地方，小心地两腿交替地踏着，好像他想干一件事而又没有下足够的决心去干。他的右手塞在大衣的纽扣中间，左手放在口袋里，因此，他的右肩要比左肩高一些。

母亲不慌不忙地走到凳子前，小心翼翼地坐了下来，好像怕弄破自己里面的什么东西似的。

一种强烈的灾祸预感终于使她想起了这个人曾在她面前出现过两

次——一次，是在城外的旷地上，是在列彼逃狱之后；第二次，是在法院里。那人和在列彼逃走后向母亲问路时和被她骗过的那个乡警站在一起……

他们认得她，她被他们盯住了，这是显而易见的。

"完蛋了吗？"

母亲问自己，但接着是颤抖的回答："大约还不妨事吧……"

可是她又立刻鼓起勇气严厉地说："完蛋了！"

她向四周望了一遍，什么也看不见了，各种想法在她的脑子里像火花似的一个个爆燃起来，然后又一一熄灭。"丢掉箱子逃吗？"

但是另外一个火花格外明亮地闪了一下。

"丢掉儿子的演说稿吗？让它落到这种人的手里去……"

她把箱子拿到身边。

"那么带了箱子逃走吧……赶快跑……"

这些想法都不是她原来的想法，好像是有人从外面硬塞给她的。

这些想法好像烧疼了她，疼痛刺激她的头脑，好像一条条燃烧着的线似的抽打着她的心。

这些想法使母亲痛苦，并且侮辱了她，逼着她离开自己，离开鲍维尔，离开已经和她心连在一起的那一切。

母亲感到，有一种敌对的力量执拗地紧抓住了她，紧紧地压迫着她的肩膀和胸膛，玷污她，使她陷在死一般的恐怖里。

她觉得，太阳穴里的血管在猛烈地跳动着，发根很热……

这时候，她心里鼓起一股好像震振了全身的猛劲，吹灭了这一切狡猾而微弱的小火星，像命令一般对自己说："可耻啊！"

她立刻觉得振作起来了，她把主意完全打定之后，又添了一句话："不要给儿子丢脸！没有人害怕！"

她的眼光接触到一束没有精神的、胆怯的视线。后来，她的脑子里闪过了列彼的脸庞。几秒钟的动摇使她更加坚定了，心也跳得比较平稳了。

"现在到底会怎样呢？"她一边观察，一边想。

那个暗探把路警叫来了。他眼望着母亲轻轻地对路警嘀咕着，鬼鬼祟祟，不可告人。路警一面打量她，一面退了出去。又来了一个路警，皱着眉头听他说着。这是一个身材高大、没有刮脸的白发老人。他对暗探点了点头，朝母亲坐的凳子走了过来，暗探就很快地消失了。

老头子从容不迫地一步一步地走过来了，用一种好像生气的眼光注视着母亲的脸。母亲在凳子上把身体朝后面挪了一下，仿佛是下意识的："只要不挨打……"

老头站在她旁边，沉默了一会，声音不高不低严厉地问："在看什么？"

"没看什么。"

"哼，女贼，上了年纪了，还居然要干这种勾当！"

母亲觉得，他的话好像重重地在她脸上打了两下，刚才这些恶毒的、声音嘶哑的话使她感到好像把自己的脸皮撕破了、把自己的眼睛打坏了一般地疼痛。

"我？你瞎说，我才不是贼呢！"母亲用全身的力气喊道。她眼前的一切在她的激愤的旋风里面回转翻腾起来了，心里感到被强烈受辱的苦味儿。她把箱子猛地一拉，打开来。

"你看吧！大家来看吧！"母亲站起身来，抓了一把传单举到头顶上，高声喊着。喊声中充满了激动的愤恨与畅快的美妙……透过耳边的喧哗声，母亲听见了聚集过来的人们的喊声。与此同时，许多人从四面八方迅速地跑了过来。

"什么事？"

"有暗探！"

"什么事呀？""人们说那个女人偷了东西……"

"啊呀，看样子倒还体面！"

"我不是贼！"母亲看见人们纷纷拥上来，稍微安稳一些，朝着一张张奇怪而陌生的面孔放开嗓子说道："昨天审判了一批政治犯，里面有一个叫弗拉朵夫的，是我的儿子！他在法庭上讲了话，这就是他讲话的稿子！今天，我要把这些稿子分散给大家，让大家认认真真地看一看，想一想真理……"

有人小心而好奇地从她手里抽了几张传单，样子十分庄重。母亲把手猛地在空中一挥，传单便纷纷飘到人群里。

"这么干是不好的！"有人害怕地躲在一边说。

母亲看见人们拾了传单，并将传单藏在怀里和衣袋里——这种情形又使她振作起全身的劲头。

母亲周身有些紧张，切切实实地感到觉醒的自豪感在心里成长，被压抑了的喜悦突地燃烧起来了……

她的话更加镇定有力了。母亲不断地从箱子里取出传单，忽左忽右地朝群众们那一双双渴望的、灵活的、想接受真理的手上抛去。

"我的儿子和跟他一起的人们为什么要被判罪，你们知道吗？请你们相信母亲的心和她的白发吧！我可以告诉你们——因为他们要向你们诸位传达真理，所以昨天被判罪了！我直到昨天才算明白了，这种真理没有人能够反抗，没有人能够反抗！"

群众安静下来了。他们越来越挤，人数不断增加，用身体的圈子紧紧地围住了母亲。

"贫困、饥饿和疾病，这就是你们劳动的报酬。我们一辈子都是在劳作里面、在污泥里面、在欺骗里面、一天一天地葬送着自己的生命！可是别人却是利用我们的血汗来享乐，坐享其成，花天酒地，并且作威作福！我们就像被锁着的狗，一辈子被幽禁在无知和恐怖之中，没有一点点出路！我们却什么都不知道！我们对什么都害怕！我们的生活就是黑夜，每一天都是黑夜！是漆黑的黑夜！"

"对！"有人低声说道。

"勒住她的喉咙！"

在群众后面，母亲看见了暗探和两个宪兵。她想要赶快分散最后几叠传单，但是当她把手伸到箱子里去的时候，她的手碰到了另外一个人的手。

"拿吧，拿吧！"她俯着身子说。

"散开！散开！"宪兵拨拉开群众，高声喊着。

人们极不情愿地走开去，他们推撞着宪兵，故意阻挡他们，也许是下意识的。

围观的群众被这个容貌和善、长着一双正直的大眼睛的白发妇人有力地吸引住了。

是的！他们本来是被生活隔开，互相隔绝，现在被她热烈的言语所鼓动，融成了一个整体。这些话，也许在很久之前，就为那些受不平等生活的凌辱的人们所追求和渴望着的。只是没有机会发现……

近旁的人们默默地站着，母亲看见了他们的饥渴一般专注的眼神，那种眼神让她的脸上都感到了温暖的呼吸。

"老太太，走吧！"

"你马上就要被抓去了！……"

"啊，真勇敢！"

"滚开！滚开！"宪兵们的喊声越来越近了。

母亲面前的人们互相拉挽着，摇晃起来。

母亲觉得，大家都是愿意了解她并相信她的。因此，她也急于要把她知道的一切，把使她感到力量的一切思想，完全告诉大家。

这些思想此时此刻极其容易地从她心坎里浮动出来了，变成了一支歌曲。可是，母亲恼怒烦躁地感觉到，她的声音不够高了，嗓子已经嘶哑了，声音发抖，经常要中断："我儿子的话是工人阶级的纯洁的话，是不能收买的灵魂所说出来的话！你们可以看出来的，他的勇气是不能收买的！"

一些年轻的眼睛，又是钦佩又是恐怖地望着她。

母亲胸口被人推了一下子，她跟跟跄跄地坐在椅子上。

宪兵们的手在人们头上闪来晃去，纷纷抓住人们的衣领和肩膀，把他们推到旁边去，扯下人们的帽子，将它们丢得老远。

母亲觉得眼前一阵发黑，所有的东西都摇晃起来了，她努力克服了自己的疲劳，又用尽全身力气大声喊道："诸位，团结起来！"

宪兵用一只红色的大手抓住了母亲的衣领，将她摇荡了一下。"住口！"

她的后脑撞到墙上，一瞬之间，她的心被有刺激性的恐怖烟雾遮住了，但是，这烟雾立刻消散，心又光亮亮地燃烧起来。

"走！"宪兵恶狠狠地命令。

"什么都不要怕！还有什么比你们一生所过的日子更苦的……"

"叫你闭嘴！听见没有？"一个宪兵牵制住母亲的一只手臂，把她猛地一拉。另外一个宪兵抓住母亲的另一只手。他们带着母亲，大踏步地走去。

"这种生活每天折磨你们的心，吸干你们的心灵！"

那暗探跑到前面，举着拳头在母亲面前晃动着，尖声喝道："闭嘴，畜生！"

母亲的眼睛睁得大大的，闪烁着光芒，下巴颤动着。她两脚硬是撑在地上一块很滑的石头上，高声喊道："复活了的心，是不会被冻死的！"

"狗东西！"暗探挥着手很快地在她的脸上打了一下。

"打这个老鬼！"一个幸灾乐祸的声音喊道。

一样又黑又红的东西瞬间使母亲的眼睛发花。嘴里满是血的咸味。一阵密集而又响亮的呼喊声使她振作起来。

"不准打！"

"诸位！"

"你这个混蛋！"

"揍他！"

"用血是冲洗不掉理性的!"母亲的背脊和颈部被推着,肩上和头部都被打了。周围一切好像昏暗的旋风在那呼喊声里、怒号声里和警笛声里旋转起来。有一样使人眩晕的东西,浓厚而有力地钻进耳朵,塞住喉咙,使她不能呼吸。脚底下的地好像要塌下去,母亲动摇着,两腿弯了下去,身体好像被火烧伤般的疼得发抖,而且沉重起来,摇晃着,没有气力。

可是,母亲眼睛里的光并没有熄灭,她看见了许多的眼睛,在这些眼睛里燃烧着她所熟悉的勇敢而锐利的火——和她的心接近的火。她被人推着,推往门里。母亲挣脱一只手,抓住门框。

"真理是血海也不能扑灭的!"他们打了她的手。

"你们这些疯狗!只会让人更加憎恨!听着!憎恨就要压到你们自己的头上了!"

宪兵们凶狠地扼住母亲的喉咙,使她不能呼吸。她依然发出嘶哑的喊声。

"不幸的人们……"

回答她的是悲恸的哭声——不知是谁发出来的。